小说选刊评选

2009

中国小说
排行榜

北京工业大学出版社

图书在版编目（CIP）数据

2009中国小说排行榜/《小说选刊》杂志社评选.－北京：北京工业大学出版社，2010.1

ISBN 978-7-5639-1898-0

I.①2… II.①小… III.①小说-作品集-中国-当代 IV.①I247

中国版本图书馆CIP数据核字（2009）第218000号

2009中国小说排行榜/《小说选刊》评选

策　　划：张　明
责任编辑：李兰丁
特邀编辑：文　欢
版式设计：齐物秋水

出 版 者：北京工业大学出版社
　　　　　（北京市朝阳区平乐园100号　北京工业大学校内　邮编：100124）
发 行 者：北京工业大学出版社（电话：010-67392308）
经　　销：全国新华书店
印　　刷：北京中印联印务有限公司
开　　本：720毫米×1030毫米　1/16
印　　张：33.25
字　　数：470千字
版　　次：2010年1月第1版
印　　次：2010年1月第1次印刷
印　　数：10000册
标准书号：ISBN 978-7-5639-1898-0
定　　价：50.00元

目 录

短篇小说

解 冻......................迟子建 001

今夜无人入眠..................斯继东 018

吼 夜......................季栋梁 036

海军往事....................陆颖墨 046

昔我往矣....................王 甜 060

立夏·立秋...................陈世旭 075
　　　　——波湖谣

浮生记.....................艾 玛 094

爱情到处流传..................付秀莹 102

内科诊室....................铁 凝 112

怒目金刚....................韩少功 122

中篇小说

罗坎村.....................袁劲梅 135

白莲浦.....................陈旭红 177

哭 歌......................薛 舒 215

百鸟朝凤....................肖江虹 251

岁月如诗....................林 希 296

黑白电影里的城市................陈 河 355

通天河.....................徐 坤 387

小放牛.....................叶广芩 414

每一个下午...................陈继明 453

灵魂深处的大象.................晓 航 484

选自《小说选刊》2009年第2期

解　冻

迟子建

冰消雪融时，小腰岭人爱栽跟头的日子也就来了。

村路因解冻而变得泥泞不堪，腿脚不利落的老人和在春光中戏耍的孩子，往往走着走着，就被稀泥暗算了，"刺溜"一下，滑倒在地。孩子跌倒不冤，他们高兴的时候，又跑又跳的，忘却了泥泞；而那些老人，可是小心翼翼地走着的啊。老人们倒地的一刻，哭的心情都有了。中年人里，也有被泥泞算计的，比如酒鬼。他们飘摇着扑地的时候，往往醉话连篇，有的说自己钻进女人柔软的花被窝了——舒坦，有的说他没做伤天害理的事儿，凭什么要被领到阴曹地府的门口，还有的把稀泥当成了大酱，嚷着："来、来棵葱，蘸蘸！"

小腰岭的女人恨透了泥泞，一旦暖阳照拂得屋顶的积雪脱胎换骨，屋檐滴答滴答地滴水了，她们便不愿让老人出门，不愿让男人喝酒，更不愿让孩子玩耍。不然，她们得一天洗一盆衣服，耗力气不说，还浪费了肥皂。可是泥泞怎么能阻止得了人的日常出行呢，老人该溜达还得溜达，孩子放学归来的路上照样打打闹闹的，男人们也断不了仨仨俩俩地凑一堆划拳喝酒。你时常能在路上，逢着那些栽倒后滚了一身泥水的人。女人们没办法，只好让家人穿最破旧的衣服和鞋子。若是外乡人这时节来小腰岭，看着一村人衣衫褴褛的，会说："这村子穷掉底儿了！"

有一个在泥泞中依旧衣着考究的人，他就是小腰岭的小学校长苏泽广。只要上班，他必得穿上皮鞋和中山装，虽然他倍加小心，可是回家的时候，裤脚还是溅上了泥点，鞋帮也跟打了一圈儿眼影似的，沾上了污泥。他老婆黎素扇，少不了埋怨他几句，说你看看小腰岭的人，谁像你穿成这样，让人笑话！苏泽广说："我这么多年没穿中山装了，好不容易盼到能穿的日子了，再让它压箱底，不是可惜了吗！"工宣队进驻学校的那些年，青峰林业局机修厂一个满手老茧的锻工取代了苏泽广，做了校长，而他则被发配到畜牧厂养猪。苏校长养猪的那些年，无论冬夏，都穿着藏蓝色的土布工作服，他的裤管让猪拱得常沾着猪食嘎巴。那一单一棉的皮鞋，也被搁置起来。他夏天穿球鞋，冬天则是抗踢的大头鞋。他给猪絮干草时，一旦发现猪栏门被冻住了，便抬起腿，三脚两脚的，用大头鞋把门踹开。平反后的苏泽广官复原职，做的第一件事就是去供销社买了一盒鞋油，把皮鞋打得锃亮，然后又捧出中山装，让老婆把它熨烫得板板正正的，挂在衣柜最显眼的位置。小腰岭人看他穿着中山装的样子，有的羡慕，有的则嗤之以鼻，说："臭老九又抖起来了！"

苏校长喂猪的年月，每年初春，免不了闪失，做两三回泥猴。好像人一落魄，腿脚也软了。而这两年，他精神抖擞的，哪怕再湿滑的路，也没有跌倒过。所以黎素扇因丈夫裤脚的泥点发牢骚的时候，也会自我安慰道："唉，比起从前，这算是小打小闹的脏了，伺候得起！"

苏泽广这天下班回家，滚了一身的泥水，显然他是摔倒了。黎素扇气青了脸，嚷着："我说让你穿破衣服吧，你非不干！这咔叽布的中山装，洗、熨都费劲，你知道不知道？！"

"我知道。"苏泽广垂头丧气地说，"我自己洗，不劳你了。"

黎素扇心软了，她撇着嘴说："我也就是说说，你洗，肯定在水里逛荡几下就拎出来了，洗不透亮，还得我费二遍事。"

苏泽广吁了一口气，边脱衣服边说："你得赶快把它洗好晾干，我要去兴林开个会。"

"什么会呀，要去兴林？"黎素扇问。

"我要是知道就好了。"苏泽广说，"邮递员下午送来急件，我打开一看，是教育局发来的，让我后天到青峰报到，然后去兴林开个紧急会议，特别注明此事机密，不得外传。"

黎素扇"哎呀——"叫了一声，打了个激灵，说："是不是出什么事了？"

苏泽广阴郁地说："我也这么想。以前通知开会，什么内容，会期几天，都说得明明白白的。这次呢，既没说会议议题，也没说要开几天。而且，怎么会把人召集到兴林呢？我看这次，恐怕凶多吉少。"

"就你一个人吗？"黎素扇分明带着哭音了。

"通知上写着三个人。"苏泽广说，"还有林业局招生办的主任陈树典和一中的王中健校长。"

"人家都是青峰的，基层的只有你啊。山上山下这么多学校,南沟学校、山河学校、望江岭学校，怎么单单让小腰岭学校的校长去呀？你想想，这两年，你是不是犯了什么错误呀？"黎素扇问。

"我想了，小腰岭学校没有品德不良的老师，也没有违反校规的学生，没错误。"苏泽广说。

"你做没做什么越权的事啊？"黎素扇苦着脸说。

"去年冬天敲钟的老王重感冒，我帮他打了三天钟，如果说越权，这算是一件。"苏泽广笑了。

"你还有心思开玩笑！"黎素扇说，"你要是出了事，我们娘仨怎么活啊？"说着，眼泪落了下来。

"你放心，万一有不测，我会安排好你和孩子的生活的。"苏泽广说。

黎素扇正想说什么，苏合图回家了。合图十五岁，初中快毕业了。他的相貌随母亲，团脸，大眼睛，塌鼻子，性情却随父亲，爱说，爱开玩笑。他今天用弹弓追一只乌鸦，绊了一跤，栽到泥坑里，正担心进了家门会挨母亲的骂，一看父亲换下的中山装，知道他先做了反面教材了，便心安理得地对母亲说："爸爸的衣服得好好洗洗，我这身破衣服，就着爸爸洗衣服的水，搓巴搓巴就行！"

黎素扇泪眼蒙眬地说："两个冤家！"

小腰岭是个两百多户人家的小山村，归属于青峰林业局。青峰林业局呢，不过是兴林市下辖的一个县级小城。小腰岭离青峰十三公里，而青峰离兴林市则有三百多公里。从青峰去兴林，要乘六个小时的火车。小腰岭人常去青峰，办嫁妆，买年货，或是串亲戚；而去兴林，多半是因为病。但凡青峰医院看不了的病人，都会被转院到那里。所以小腰岭人若是听说谁家有人去兴林了，都不往好处想。

黎素扇生起火，烧了锅水，想着先洗了衣服，再做晚饭。她正要出去取洗衣盆，苏泽广提着它进来了。他先是舀了一瓢水，荡去盆底的浮灰，倒掉，然后才把清水注入盆中。当他舀完水，把手探到盆中，帮妻子试水温的时候，黎素扇红了眼圈儿。丈夫忽然对她体贴起来，让她觉得如果失去这个男人，日子将没有温暖可言。天色渐渐暗了，黎素扇把脏衣服浸泡到盆中，苏泽广知道这通洗要浪费不少水，而缸里的水快见底儿了，赶紧挑起水桶出了院子。

黎素扇坐在弥漫着水蒸气的灶房开始洗衣服的时候，忽然想起女儿苏彩鳞还没有回来，就吆喝后屋中的儿子："合图，去看看你妹，早该放学了！"

"她呀，肯定又帮人值日了！要不就是跟我和爸爸一样，也摔到泥坑里了。真要是那样的话，妈妈，你今天可是太倒霉了！"苏合图满怀同情地说。

"你少废话，快去看看吧！"黎素扇说。

苏合图刚出门，就迎着了妹妹。苏彩鳞虽然没被泥泞害着，可她的书包受害了，书包成了泥包，彩鳞一见母亲就呜呜直哭。看来，她只顾了自己，没顾上书包。而那个帆布书包，是最难洗的。黎素扇唉声叹气的时候，合图大声说："妈妈，都是烂泥惹的祸！它是咱家的敌人，我与它势不两立！"他张开双臂，用诗朗诵的形式来为母亲宽心："啊——让这不三不四的小春天——快快地过去吧，啊——让又香又甜的大春天——快快地到来吧！"

小腰岭人，确实把春天分为小春天和大春天。小春天就是初春污泥浊水横行的时节，这时的春天乍暖还寒，给人半阴半阳的感觉；到了大春天呢，真正是风和日丽了。那时道路干爽了，草绿了，花打骨朵了，燕子来了，南窗下暖风阵阵。一到这时节，小腰岭人就不爱回屋睡觉，因为星空也变得好看了。

小腰岭的小春天大抵是在每年四月的中下旬，而大春天则始于五月。一般来说，人们在小春天就开始翻地，运送积肥；到了大春天，就要播种了。

苏校长连挑了三担水。他每挑回一担，天也就衰老一层。等他把缸灌满，天已老气横秋了。黎素扇洗完了衣服。他们点起蜡烛，一起做晚饭。合图坐的椅子掉了条儿，他声言不用请木匠，自己就能修上。他里出外进的，一会儿去仓房取锯和斧子，一会儿去抽屉里翻钉子和锤子，忙得不亦乐乎。彩鳞呢，她正把课本和文具一样样地往一个三角布兜里装，她的书包没干之前，她得提着它上学。书包四棱四角的，一副正人君子的派头；而三角布兜，却给人贼头贼脑的感觉。彩鳞往里面摆书本的时候，就有点不信任它。果然，拾掇好东西后，她试着拎了一下，三角布兜里面的书本便乱成一团。它们就像是一群无赖，横七竖八地倒在一起。彩鳞噘着嘴，抽出一支铅笔，放到膝头折断了。她生气的时候，喜欢糟蹋东西。

黎素扇从坛子里取出一块腌肉，切成薄片，摆到盘子上，覆上花椒和辣椒，放到笼屉蒸上。之后，和了一块面，烙起葱花油饼。

苏泽广说："今天菜好，我想喝两盅。"

黎素扇说："你不说我也会给你烫壶酒的。"她看了看丈夫，取出擀面杖，说："我也想喝几口。"

苏泽广学会喝酒，是在他养猪的时候。那时无所事事，闷得慌。他跟畜牧局的兽医常聚在一起，喝得云里雾里的。

有一次他喝醉了，把酒桶里剩下的二斤白酒搅拌在猪食里，喂给了一头种猪。结果这头猪醉得连几步之遥的窝都回不去了，睡在了猪食槽子旁。第二天早晨，苏泽广醒了酒去喂猪的时候，发现它还呼呼大睡着，便用木棍扒拉它。可是种猪只是哼哼，起不来。苏泽广一看放在猪栏外的空酒桶，知道自己把种猪当作酒友了。这头猪从那以后，就不爱吃食儿，一天天地掉膘。苏泽广想来想去，觉得问题可能出在酒上，就悄悄将猪食淋上一点酒，前去试探，结果种猪对掺了酒的食儿大为青睐。苏泽广找到症结后，委实吓着了，他供自己喝酒都难，如果再加上一头猪，还不得倾家荡产啊。从那以后，他就给种猪戒酒，可是这猪一闻猪食没有酒味，吃个三口两口的，就回窝了。等到第二年春天，它瘦得走路直打晃儿，虚弱得无法交配。畜牧局的人一看它废了，就把它卖给青峰屠宰厂，供人食用了。

苏泽广沦为酒鬼后，不仅害了畜牧厂的种猪，还害了彩鳞。害那头猪，他当时就意识到了；而害了彩鳞，是这几年才察觉的。

"你喝了酒就是个兽，没命地要我！"这是黎素扇诉说那些年的委屈时，私下里常跟苏泽广抱怨的一句话。苏彩鳞，就是那个时期出生的。她一两岁在襁褓中的时候，还看不出与别的孩子有什么不同，咿呀学语，会哭会笑。到了三四岁，她的贪吃贪睡，让苏泽广隐隐担心。而五六岁以后，彩鳞的弱智渐渐显现出来。她练习查数，从一到十后，就开始发蒙，永远数不过十一的关口；黎素扇让她搬个板凳或递杯水，总要吩咐两遍，她才能明白。而且，一旦什么事情不对她的心意了，她就毁坏东西，用剪子铰掉裤腿，摔镜子，砸碗，把蜡烛扔进灶里当柴烧了，等等。直到这时，苏泽广才明白过来，自己酒后的发泄，酿了苦果。从那以后，他很少碰酒。就是前年落实了政策这么高兴的事，他也只是微微沾了沾酒。他觉得对不起老婆和女儿。

彩鳞上了三年小学，一直蹲级，现仍在一年级跟毛头小孩混着。小腰岭的孩子，知道她缺心眼儿，所以轮到自己值日时，为了偷懒，就夸彩鳞扫地扫得好，彩鳞一高兴，便挽起袖子，帮着值日。只要你看见她灰头土脸地回来，就知道她又帮人干活了。

苏家的饭菜摆上桌的时候，月亮出来了。合图一见腌肉和油饼，叫了声"真哏儿啊"，拿起一张油饼就吃。彩鳞一见哥哥吃上了，也赶紧抓起一张油饼。两个孩子抢着吃的时候，苏泽广换上一支蜡烛，黎素扇则斟好了酒。孩子在场，他们不好说什么，碰杯的时候，只是意味深长地望了对方一眼。黎素扇的目光幽幽的，哀怨重重；苏泽广的目光柔柔的，万般不舍。

他们干了一杯又一杯。合图边吃边用屁股晃着椅子，炫耀修好了它，那把椅子也就仿佛处于震中，稳当不下来。然而好景不长，只听"哗啦"一响，那条儿又掉了。椅子一瘸，合图的头磕在了桌角上，气得他蹦了起来，踢着它直骂："你个小春天养的，作践我不是？明儿老子劈了你！"骂完，才觉得额头疼，他苦着脸，一边用手揉着磕青的地方，一边说："我今天怎么这么倒霉啊？我要被气成林冲了！"

黎素扇和苏泽广一听这话，忍不住笑了。

彩鳞打着嗝问："哥哥，林冲是小腰岭的吗？"

合图龇牙咧嘴地说："他呀，八百年前路过小腰岭，嫌这儿太冷，就打这儿上了梁山了！"

彩鳞不知道梁山在哪儿，更不知道八百年前是什么朝代，她扳着手指头算了半晌，没弄明白，有些失落，合图一离座，她就打着呵欠回自己的小屋了。

孩子们走开了，夫妻俩就敢说知心话了。

黎素扇说："你估计，能出什么事儿？"

"我们这三个人，有两个是刚刚落实了政策回到教育岗位的，另一个呢，是刚成立的招生办的主任。你说能不能是高考出了问题？"苏泽广探询地问。

黎素扇在生产队当出纳员，她虽然初中毕业，文化不高，但脑子活泛，她说："恢复高考才两年，不可能又取消了吧？就是取消的话，别说是小腰岭和青峰，就是全中国的学校，哪一个跑得了？干吗单单找你们三个？"

"说得也是，当时恢复高考，下发的可是红头文件。"苏泽广说，"不过为什么招生办主任要跟着去呢？"

"能不能是夏老三家的孩子出了事儿呢？"黎素扇说，"你忘了，去年夏杰考上了沈阳的一个军事学校，人家不是来政审了吗？"

"他呀，学的是机密专业，当然得政审了。"苏泽广说，"他家成分好，又没有海外关系，政审早过关了，要不也不会录取他。"

"那我看这事跟高考还是没关系。"黎素扇说，"咱小腰岭不就出了这么一个大学生嘛。"

"是不是落实了政策的人，还得回头看啊？"苏泽广说。

"什么叫'回头看'？"黎素扇问。

"就是检查那些年劳动锻炼时，有没有过失。"

苏泽广说："我们那些人，有的去粮库看库，有的去酒厂酿酒，有的去工厂抡大锤，大家干那些活是外行，没少出错啊。我就听说，吴校长弄坏过一台机床，王中健不会使酒曲子，几缸酒没发酵好，酸得不能喝，白白倒掉了。秦校长看粮库的时候呢，有一夜睡过去了，小偷溜进粮库，盗了好几麻袋玉米呢。"

"哎呀，我想起来了，你喝多了，不是害了一头种猪吗？"黎素扇说，"不过这事不就你知我知吗？"

"有一天我跟刘兽医喝酒，一高兴，就把这事给秃噜出去了。说完，我也后悔了。不过畜牧局的头头没找我的麻烦，看来刘兽医没有出卖我。"苏泽广说。

黎素扇放下酒杯，说："喝多了嘴不把门是不是？看来酒不是好东西。这刘兽医调走有五六年了吧？也不知他离开小腰岭前，跟没跟别人说这事。"

"哪知道呢。就是说了，咱也没辙。真要追究起来，我认错就是了。大不了赔一头种猪。"苏泽广叹了一口气，说："只求别给我上纲上线，说我破坏社会主义生产力就行。"

"你还真是破坏社会主义生产力了。"黎素扇笑眯眯地端起酒杯，饮了一口，说："那头种猪要是不让酒害死，你想想，它能与多少母猪交配，能产下多少猪仔啊。要是按它可能生下的猪仔赔偿，起码有百八十头，我看咱家就是砸锅卖铁也赔不起。"

"你就知道火上浇油！"苏泽广端起酒杯，一饮而尽，说："我们党总该懂得，一个知识分子比一头种猪更重要吧。"

"对我来说是这样哩！"黎素扇打趣着丈夫，说："没做亏心事，不怕鬼叫门，来，咱干一个。想不明白什么事儿，今儿就不费这个脑筋了。"

苏泽广觉得妻子说得在理，于是两个人放松下来，一意吃喝。黎素扇喝多了，手脚就不安分了，她一会儿哼着小调用指甲去掐烛花，一会儿又从桌下伸出脚，踢丈夫一下，甜蜜地挑逗着。苏泽广觉得烛光下微醺的妻子就像燃烧在桌角的蜡烛，那么的细腻，那么的温柔。他想快些把妻子搂在怀中，于是赶紧帮着捡桌子，刷碗，烧洗脚水，铺上被褥。当一切收拾停当，他去拉窗帘的时候，发现月亮已到中天，好像天已经把话说尽，画上了一个圆满的句号。苏泽广拉上窗帘，吹了蜡烛。屋子陷入了黑暗，但他明白，另一种光明就要出现了。他用胸中的火焰，很快点燃了妻子。

黎素扇醒来时，曙色微露，丈夫不在身边，她觉得口干舌燥，便到灶房舀了一瓢水，畅快地喝起来。清水在她体内奔流的时候，困意渐渐消退了。黎素扇回屋后穿起衣服，出了家门。她想看看平素喜欢睡懒觉的丈夫，这一大早的，去了哪里。

空中仍能望见月儿的痕迹，那是月亮彻夜燃烧后留下的灰烬。在空气洁净的地方，日月常常同时出现。只不过太阳现出的是红彤彤的肉身，而月亮隐现的是淡白的魂儿。小腰岭的春天，早晚温差很大。白天时化得稀里哗啦的大地，到了夜晚，好像被清冷的月光给施了魔法，白亮的水洼又凝结成了冰，泥也由柔软变得坚硬。那些调皮的孩子，在上学路上，专拣那些结着薄冰的水洼去踩，"咕嚓"一声，冰绽裂了，孩子的笑声起来了。裂纹光芒四射的样子，像是一朵怒放的雪莲花。有的时候小孩子踩得重了，鞋子会被冰下的水浸湿，那时他们就得飞快地往学校跑，早点进教室，脱下鞋子，放到火炉旁烘烤。

苏泽广不在院子里。黎素扇发现堆在厕所旁的大粪被人撮了一角，便明白丈夫这是上大地送粪肥去了。

小腰岭的住户，既有房前屋后的园田，也就是前菜园和后菜园，也有离家较远的自留地，人们称之为"大地"。一般的人家都有一片大地，但也有人口多的，有两片。大地少则两三亩，多则五六亩，一般用来种土豆、白菜和萝卜。它们既能作为越冬蔬菜，又可充当粮食。通常，家中的菜园是由女人侍弄的，而大地则由男人经管。苏泽广种地并不在行，所以他家的大地常常是野草疯长，虫害肆虐。为了这，黎素扇没少遭小腰岭女人的耻笑。有人说："你们家的土豆,怎么长得跟牛眼珠一样，这么小，吃时都没法削皮吧？"还有人说："你说苏校长种的白菜怎么只知道长个，不知道抱心啊？"黎素扇嘴上说："一个吃的东西，分什么好孬啊！"可心里对丈夫也是怨恨的。他去大地干活，往往是泡上一壶茶背着，再带上一卷古诗。到了地里，草没锄几下，就坐在地头喝茶读诗了。

黎素扇朝自家大地走去。刚出村口，就碰见了生产队喂牲口的老木，他正在遛马。见了黎素扇，老木搌了一把鼻涕，说："刚才碰见你们家老苏了，他今年可是出息啊，一大早就去大地送粪，看来你们家秋天时要有好收成了！"

黎素扇淡淡地应了一声。

老木又说："其实你们家的大地种好种孬也没什么要紧，苏校长月月开工资，不像我们，年底要是不分红，就得穷着过！"

他的话，让黎素扇心底一沉。假如丈夫出了事，家里的经济支柱倒了，自己怎么养活这个家啊。

黎素扇心灰意冷的，没有继续向前走，而是折回身，返家做饭去了。等她生起火来，烧开一壶水时，苏泽广挑着一副箩筐，汗涔涔地回家了。

黎素扇说："我都不知道你几点起来的，睡得太死了。"

"你当然睡得死了。"苏泽广用手拂了一下妻子的脸，鬼笑着，"你昨晚醉着了嘛……"

黎素扇打了一下丈夫的手，嗔怪道："刚挑完粪，也不洗手，就摸我脸，我得晦气一天！"

苏泽广"噗噜噗噜"地洗脸的时候，说："咱家明年也得养头猪，靠这点大粪不行啊。"

黎素扇说："不是还有点鸡粪吗？"

苏泽广说："鸡粪得上到后菜园，那里不是种饭豌豆和倭瓜吗？老木说过，上了鸡粪的饭豌豆和倭瓜都面，你可得记着啊。他还说，大粪劲大，要是上到萝卜地里，萝卜爱烂心儿。"

黎素扇笑了，说："没听说过大粪能把萝卜烧烂心儿的！"

"前菜园的芹菜地，我看今年换个茬吧。年年种芹菜，那块地都死性了，今春种点柿子椒吧。人家不是说了吗？地不换茬不长，人不挪窝不旺！"

"你别交代给我——"黎素扇顿了顿，说："这些地都等着你回来种。"说完，侧过身，偷着抹泪去了。

苏泽广擦干了手，走到妻子身后，将双手搭在她肩上，柔声说："平常老跟我凶，现在对我这么亲，看来是患难夫妻啊，我都舍不得了。"

黎素扇抽了一下鼻子，说："少跟我套近乎，一个男人，手上打那么多香皂干什么啊，是不是为了那个音乐老师？"

苏泽广一甩手，说："一派胡言！"

他们不再斗嘴，一起做早饭。做好了，唤合图和彩鳞起床。一家人吃过早饭，上学的上学，上班的上班。洗过的中山装和书包都是半干，所以彩鳞上学提的是三角兜，苏校长穿的则是一套深蓝色便服。他们出家门的时候，黎素扇总要嘱咐一句："看着点儿路啊！"

家中只剩黎素扇一个人时，她开始帮丈夫打点行装。内衣内裤各装了两套，外衣外裤则是一套。毛巾一新一旧，新的擦脸，旧的擦脚。肥皂香皂，各装一条。蜡烛火柴，一样一包。茶缸、刮胡刀、拖鞋、花镜，只要是丈夫用得着的，悉数装上。想想他可能要个一年半载才回来，便将刚收好的冬衣又从箱底取出。那个大旅行箱，很快就被塞得满满当当。想着丈夫一个人可能寂寞，她把半导体搁上了。再一想想他离不开书，便把几卷丈夫常看的书也装上了。不过当她拉上箱子的一瞬，突然想起书是个惹是生非的东西，万一有一天这样的书再遭禁，他不等于带去了几颗炸弹吗？于是又把书抽出来。就这样，她折腾了一上午，才收拾好行李。

小腰岭人家的午饭，一般都比较简单。但这天中午，苏家的午饭是浓墨重彩的，有金黄色的炒鸡蛋，粉红的油炸花生米，还有雪白的炝土豆丝。合图放学回来，一看饭桌上的菜，叫着："妈妈，咱家不过了？"

彩鳞笑眯眯地说："有好吃的！"就先吃上了。

苏泽广小声对黎素扇说："你这么做，让我觉得要上刑场了。"

"瞎说什么！"黎素扇说，"我馋了，吃点儿好的还不行吗？"

苏泽广无精打采地吃过饭，一看妻子为他打点的行装，心更加沉甸甸的，他说："这像是带着半个家走，用不着吧？"

"你听我的吧。"黎素扇说，"有备无患。"

苏泽广朝妻子要了十块钱，说是晚上学校有个聚餐，不回来了，让她和孩子不要等他吃饭了。

黎素扇白了丈夫一眼，哼了一声，说："随你吧。"

苏泽广从妻子的眼神中，明白她以为他要去找新来的音乐老师。这个老师从青峰来，二十六岁，还没成家，住单身宿舍。她生得娇小玲珑，就像一个轻灵的音符，好像随时随地能飞起来。她的手风琴拉得很好，苏泽广常常以听课的名义，去她的课上听琴。次数多了，教导主任察觉了，有一次提醒他："苏校长，音乐课您听了五堂了，地理课一堂没听，是不是安排听听？"苏泽广这才不去她的课上了。不过，音乐老师的课，有时他坐在校长室也能听到，因为琴声长着翅膀啊。

其实苏泽广对音乐老师并没有非分之想。在他眼里，她不过是落在小腰岭的一只明媚的黄鹂，专为歌唱而来的。

苏泽广下午开始清点办公室中他认为该销毁的东西。他把平素偷闲写的诗一页页从抽屉里翻出，逐一过目。这时的他宛如一个审判官，裁决着哪些诗该活，哪些该枪毙。当他读到"三更里，雨潇潇，五更后，心犹寒"时，觉得它太颓废了，就把它放到处决的行列中；而"我在月下独酌，邀一朵彩云，做我杯中的新娘"，又过于小资情调了，也被他放到阵亡者名单中。就这样，经他裁定，只剩下五首诗了。他对这五首仍不放心，又仔细端详了一番，发现"我的泪，落入黑暗，于是黑暗有了种子，生长出了黎明"也容易惹祸，便让它作为最后的殉葬者。他把裁决的诗，连同一个断臂的维纳斯石膏像，以及一卷手抄的《纳兰词》，用报纸裹了，一并投入走廊的火炉里。只听"轰——"的一声响，炉盖震颤了一下，那些东西顷刻间就被腾起的火焰吞噬了。苏泽广叹息一声，离开火炉，回到办公室，枯坐着。待到下班时刻，他锁了门，去供销社，买了一瓶高粱烧酒和一瓶红烧赤贝罐头，提着它们到王统良家去了。

王统良比苏泽广小两岁，是个伐木工，也是个出色的猎手。冬天的时候，他去山上的工区伐木，到了春天，则回到小腰岭种地，直至秋天。王统良年轻时，看上了黎素扇，他求媒人提亲时，黎素扇说，她已经和苏泽广好上了。这让王统良很没面子，因为他相貌英俊，收入不薄，在小腰岭是数一数二的男人，而苏泽广那时只是一名语文老师。王统良悻悻地跟媒人说黎素扇："看上一个握粉笔的，她还不得跟着吃一辈子灰啊！"

　　黎素扇跟苏泽广结婚了，王统良也娶了女人。他老婆很能生养，每隔两三年，就要给王家添丁进口。这样，四十多岁的王统良，有六个孩子了。因为黎素扇，苏泽广平素很少跟王统良往来，他们在路上碰见了，也就是打个招呼而已。所以王统良见苏泽广登门，十分愕然。他以为孩子在学校闯祸了，苏泽广一落座，他就问："是哪一个干坏事了？"见苏泽广不说话，他判断："不是老二，就是老四，这俩东西不是省油的灯！"

　　苏泽广连忙说，他今天来，是私事，这私事得喝了酒才能张开口，说着，把酒和罐头呈上。

　　"哎，你来喝酒，还用得着拿这个吗？太见外了！"王统良赶忙去了灶房，大声吩咐老婆："把仓房里剩的那半只兔子拿来，红烧了，再切上一盘猪皮冻，掂掇几个菜，我和苏校长要喝点儿酒！"

　　王统良回到屋子后，苏泽广问："你又去山里套兔子了？"

　　"前一段闲着没事，偷着下了几个套子。大前天溜套儿去，发现还真逮着只兔子。"王统良说，"可别让森管所的人知道，又该上门罚款了。"

　　苏泽广笑着说："放心，哪能说出去呢。"

　　王家有四个在校生，以往他们放学回家，会像一群快乐的小鸟一样，打打闹闹的，蹿来蹿去。今天他们发现校长在自己家，吓得不敢吭气，猫在后屋，装模作样地写作业去了。只有六岁的老五和三岁的老六，还溜进屋子，蹭在爸爸身边。苏泽广和王统良说的，都是些无关痛痒的话，连小孩子都觉得无趣，老五老六又纷纷跑到灶房去了。那里煎炒烹炸的，显然比屋子里有意思得多。

　　天黑了，王统良的老婆把八仙桌支在炕上，点起蜡烛，将菜一样样地端上来。小腰岭的风俗，但凡家中来了贵客，女人和孩子是不能上桌的，他们要么等到客人离席后吃剩的，要么在盛菜时，从每样菜中扒拉出一点，偎在灶台前吃。苏泽广一看菜码很大，就对王统良的妻子说："弟妹，多给孩子拨些菜，我和统良吃不了这些。"

　　王统良的女人高个子，长脸，宽肩阔胸，浑圆的屁股。她脾气好，能吃苦，为人实在。听苏校长说让她再拨些菜给孩子，她真的去灶房取来一只空碗，每样菜又夹了些，说："让你见笑了，我们家小崽子太多，不够吃的时候，他们会打起来。"她夹完菜，放下筷子，端着碗出去了。王统良小声对苏泽广说："我这婆娘，实心眼儿，你要是再喊她进来夹点儿，她还会拿个空碗来的。"

苏泽广笑了，王统良自己也笑了。他们在笑声中干了第一杯酒。

王统良说："泽广，说吧，你一进来就拧着眉，好像又回到了喂猪的那些年。遇到什么难事了，只要我能帮的，没说的！"他拍着胸脯说。

苏泽广一五一十地，把紧急会议的通知悄声告诉给王统良。

"是不是又要搞运动？"王统良放下筷子说："把你们招到兴林，然后悄没声地下放到哪里去？"

"我怕的就是这个呀。"苏泽广说，"也许这一去，三年五载都回不来呢。"

"你们这些喝墨水的也是，说风光挺风光的，说倒霉就比谁都倒霉！"王统良说，"可怜素扇跟了你，吃粉笔灰不说，还过不上个安生日子！"

"要是我万一出了事，回不来了，我想求你帮着照看家。"苏泽广说这话时，额头沁出汗，说："别人我信不过。"

苏泽广求助于王统良，是经过反复思谋的。他想王统良毕竟爱过黎素扇，爱过，就会在心里留有余音，愿意帮助她；其次呢，王统良是个正人君子，不会乘人之危，黎素扇就不会有失身的危险。

王统良沉默片刻，喝了口酒，突然说起打猎的事情来了："泽广啊，我这辈子打得最了不起的一次猎，是二十一岁的时候。那年春天，我在乌玛河下游的一个沟塘子里，下了几只套。半个月后，我去溜套，发现套住了一头小黑熊，它已经死了。我没有摘套子，想等它腐烂了，用它做诱饵，逮个大动物。这样，我在小黑熊旁边，又下了几个大套。好嘛，五天后，果然套着了一只鹿！那是只母鹿，还活着！它一见我，就转过头，好像生我气的样子。我跑到它面前，让它正眼瞧我，猜猜它怎么着？它竟然低下头，还是不看我！我明白，它心底鄙视我，我用死去的猎物引诱了它，它不服气啊！于是，我把它被套住的那条腿，从铁丝套中卸下来，让它拔脚走。它一开始不相信我放它生路了，站在原地，动着蹄子，就是不迈步。我在它身上拍了一下，示意它走，它这才怯生生地一颠一颠地走了。不过它刚离开沟塘子，又返回身，从灌木丛中露出头，慢慢朝我走来。在距离我三五米左右的地方吧，它停下来，定定地看着我。它那眼睛啊，湿漉漉的，含着情，我从没见过世上有这么美丽的眼睛啊，真是看一眼，就让人忘不了！我知道，它临走前，想来谢谢我。我冲它拱了拱手，表示领情了，它这才转过身，朝灌木丛去了。这回它是跑着走的，它不是怕我再伤害它，估摸着好几天没跑了，它去林子里撒欢了！泽广，你说，这是不是我打得最好的一次猎啊？"

苏泽广明白王统良为什么讲这个故事，他无限感激地说："素扇和我家孩子，有靠山了。"

"你放心吧,有我家吃的,你家就饿不着!"王统良说,"谁要是敢欺负你老婆孩子,我就让他有今天没明天!"

王统良话说至此,苏泽广也就不需要再嘱咐什么了。他们一杯连着一杯喝酒,不仅把自己喝红了脸,月亮的脸也红了。这时灶房里忽然传来孩子的哭声,王统良没有下桌,将头朝向灶房,大声吆喝老婆:"桂香,小崽子怎么了?"女人高声回答:"老二老四在外面玩儿,老二这个混蛋,把老四推泥坑去了,滚了一身泥水,我打了老二一巴掌!"王统良笑了,对苏泽广说:"这娘们儿,收拾孩子也不挑个时候。"

既然事情安排妥当了,苏泽广想早点回家,王统良也不多留他。他送苏泽广的时候,打着手电筒进了仓棚,取了一捧狍子肉干出来,塞到苏泽广的衣兜里,说:"小崽子要是知道有肉干,早给我偷着吃了!你带着,明儿路上吃吧。"

苏泽广谢过王统良,回家了。村路上少见人影,他贴着边儿走,生怕脚下打滑。每当他经过那些有狗的人家,狗就会在院子里"汪汪"叫上两声。苏泽广想,自己家也该养条狗,狗在看门上,顶得上半个男人啊。因为是晚饭时节,村落里炊烟袅袅,空气中弥漫着草木灰的气息。苏泽广路过学校的时候,很想听上一曲手风琴。他迈进校门,不过还没走到音乐教师的宿舍,又折回身。他怕自己一身酒气地去敲人家的门,会让人误解了。

苏泽广进家时,黎素扇正用烧炭的铁熨斗,熨着中山装。合图和彩鳞坐在炕沿下,借着亮儿,看小人书。他们一见爸爸回来了,快乐地扑过来。

合图说:"爸爸,妈妈说你明天要去兴林,能不能给我买个望远镜回来啊?"

"你要望远镜干什么?"苏泽广拍着儿子的肩膀问。

"我要看天上的鸟和水底的鱼!"合图说。

彩鳞说:"我要泡泡糖,要十块!"她举起两只手,晃动十指。

"你怎么不要十二块呢?"合图问。

"你真笨,一个人只有十个手指头,比画十二,能够使吗!"彩鳞的话,惹得合图嘿嘿笑起来。

苏泽广一边从衣兜往外掏狍子肉干给彩鳞吃,一边对合图说:"到后屋去,爸爸有话跟你说。"

合图一进后屋,就坐在他刚修好了的椅子上,晃悠着腿,神气地说:"爸爸,它再敢磕着我的头,我就锯了它的贱腿!"

苏泽广拎了只小板凳,坐在儿子对面。儿子坐得高,像个主子,而他坐得矮,倒像个仆人。

"合图，爸爸这次出门，说不准什么时候回来。你十五岁了，也该顶天立地了。"苏泽广顿了顿，说："万一爸爸不回来，你得照顾好妈妈和妹妹。"

"你不是去开会？"合图警觉地问。

"是开会。"苏泽广犹豫了一下，说："只是怕有什么意外，你懂吗？"

"你是说这个会，还不知道是好会还是坏会？"合图一针见血地说，"要是坏会的话，你又得像前些年去养猪了？"

"养猪那算是好的，守家在地的。"苏泽广说，"我怕万一有什么新精神，把我们一火车给拉到新疆修路或是去哪个农场种地，一时就难回来了。"

合图低下头，不吭气了。他思谋片刻，突然抬起头，说："爸爸，要是你在外头待的年头长，你再回来时，我是不是也得有孩子了？"

苏泽广真是哭笑不得，他觉得儿子还不立事，把家托付于他，是徒劳的，便失望地起身。然而他刚要离开，合图突然跳下椅子，吹灭了桌前的蜡烛，"扑通"一声跪在地上，抱住苏泽广的腿，在黑暗中说："爸爸，你放心吧，你要是不回来，我管这个家！我帮妈妈劈柴、挑水、种地，不让彩鳞受欺负！我再养上一条狗，这样夜里坏人就不敢上咱家！"

苏泽广的眼泪"哗"地一下夺眶而出，他拉起合图，哽咽地说："好儿子！"

黎素扇熨好了中山装，正把它们往衣架上挂。刚才苏泽广进屋，她连个招呼都没打，满怀怨愤的样子，而现在，她和颜悦色地对丈夫说："锅里有热水，烫个脚吧，解解乏。"

彩鳞困了，回屋去睡了。夫妻俩洗完脚，吹了蜡烛，钻进被窝。黎素扇偎在苏泽广怀中说："你去王统良家，跟我直说不就行了？"

"你怎么知道我去他家了？"苏泽广问。

"在小腰岭，只有他这个爱打猎的家中才有狍子肉干啊。"黎素扇说。

"难怪他年轻时看上你了。"苏泽广紧紧地搂住妻子，说，"聪明女人谁不爱呢。"

"我要是聪明，就不嫁你了。"黎素扇颤着声说，"跟个知识分子过日子，提心吊胆的！"

苏泽广摩挲着妻子的秀发，说："你可要身体好好的啊，要是有个头疼脑热的，能吃药好了的，最好别去打针。我听说，卫生所的柴医生，自打死了老婆后，一见女病号，两眼就放光。不管大病小病，动不动就让人打针。一打针，就能摸女人的屁股啊。"

黎素扇"扑哧"一声笑了，说："我这可是老虎屁股，他休想摸！"

苏泽广热切地亲吻着妻子，喃喃说："这么好的老婆，真是舍不得……"

那一夜苏泽广似乎把身上的力气都耗尽了，他们缠绵了半宿，以至于第二天乘汽车去青峰的时候，他两腿发软，连旅行箱都提不动了。

苏泽广走后的第二天上午，黎素扇去豆腐房换豆腐，碰到了去挂马掌的老木。他"嘿哟"了一声对黎素扇说："真是稀奇了，我看见王统良往大地运粪肥，没送到自己家的地，而是你家的！你家买了他家的粪不成？"

黎素扇"啊——"了一声，心里明白了八九分，她含糊其辞地说："可能泽广跟他买的粪吧。"

合图好像一夜之间长大了，自从父亲走后，他每天早早就起来劈柴，烧火。他挑不动满桶的水，就半桶半桶地往回挑。每到放学的时候，他总是等着彩鳞，一起回来。晚睡前，他要检查院门闩得牢不牢，再查看炉子的火和各屋的蜡烛是否熄灭了，以免引起火灾。有一天黄昏，他兴高采烈地跑回家，说："妈，出奇了！我跟福生刚才去大地捕鸟，看见咱家的地里有好几堆猪粪！地里的蒿草也没了，收拾得干干净净的，我猜这是神仙下凡了！"

"神仙也真是的，要送送座金山，送猪粪做什么！"黎素扇跟儿子开玩笑。

"神仙看咱家的大地最缺这个呗。"合图很认真地说。

解冻时节的泥泞就像一个个流脓的伤口，治疗这伤口的，是阳光。只要天气持续晴好，这伤口的面积就会逐渐缩小，直至结痂。苏泽广走后，小腰岭始终春光烂漫，短短五天，路上的泥泞萎缩了，人们走路时敢挺胸抬头了。这天中午，从青峰过来的长途客车上下来一个人，他就是穿着中山装的苏泽广。他提着大旅行箱，神采飞扬地回家。那正是放学时刻，合图和彩鳞看见爸爸，欢天喜地地奔过去，迎着他回家。

黎素扇刚做好饭，见丈夫平安归来，什么也没说，只是长吁了一口气，然后平静地往桌上端饭。

苏泽广打开旅行箱，把给家人的礼物一样样地往外拿。合图得到了望远镜，彩鳞得到了一盒泡泡糖，他们都是如愿以偿。黎素扇呢，她得到的是一件月白色的的确良衬衫。当苏泽广抖搂着它，给黎素扇展览的时候，她说："我整天围着锅台转，白衬衫不抗染，哪有机会穿？"

吃过午饭，合图和彩鳞心满意足地上学去了。黎素扇问苏泽广："究竟是啥会啊？虚惊了一场。"

"说了你也不相信。"苏泽广喜滋滋地说，"招我们去，看了两场电影。"

"看电影？"黎素扇挑起眉毛，说，"青峰又不是没有电影院，何苦折腾到兴林，连来带去好几天，又是汽车又是火车的，耽误工夫又浪费钱。"

"青峰电影院，放的都是公映的电影，我们看的呢，是内部电影。外人看不到的！"苏泽广得意地说。

"啥电影？"黎素扇问。

"我告诉了你，你可不能出去说啊。"苏泽广说，"一部国产片，费穆导演的老片子《小城之春》，另一部是日本电影《山本五十六》。"

"它们讲的是啥呀，不让大家伙看？"黎素扇问。

"《小城之春》讲的是爱情，一个女人有两个男人爱，对了，就像你，不是也有两个男人爱吗？那里的女演员很有气质，看了让人忘不了！这片子拍得伤感，颓废，但看了让人动心啊。《山本五十六》呢，讲的是二战时日本联合舰队司令长官的故事，他叫山本五十六，他策动偷袭了珍珠港，美国人恨他，可是日本人爱他。最后，他死在战机上。"

黎素扇根本不知道山本五十六是谁，更不知道珍珠港在哪里。她叹了一口气，惆怅地说："这世道是不是要变坏啊？男女胡搞的电影也放，小日本子那么坏，还演他们的故事。"

"这是好事啊，大好事！说明思想解放的时代到了，再不会搞运动了！"苏泽广亢奋地说着，从旅行箱里翻出两盒过滤嘴香烟和一本书，说是要上班去。离开学校不到一周，他想得慌。

黎素扇指着香烟说："你不抽烟，这是给谁买的？"

"统良啊。"苏泽广说，"我把你托付给他，虽说他还没有照顾你，但他答应了，我得谢谢。"

"那你上咱家大地看看吧。"黎素扇说，"那都是统良这几天做的。"

"他做什么了？"苏泽广问。

黎素扇没有回答这个问题，而是指着那本书问："什么书？"

"歌本。"苏泽广说这话时，神色有点不自然。

黎素扇明白这歌本是给谁买的，她"哼"了一声，取过歌本，翻了翻，没说什么，又递还给他。

这天傍晚，苏泽广下班后，看过自家的大地，很气馁。他明白这些粪肥在妻子心目中的分量。所以他去王统良家送香烟时，心里很不是滋味。王统良见着苏泽广，淡然地说："回来了？"苏泽广犯了罪似的垂下头，说："回来了。"王统良说："回来就好。"苏泽广尴尬地笑笑，把香烟呈上。王统良说："我家一帮崽子，再抽烟，哪养活得起？早把它戒了。你拿回去送别人吧。"

苏泽广从王统良家出来时，步履沉重。他本想谢谢那些粪肥的，可最终还是没有张开口。回家后，他发现摆在餐桌上的，并没有他想象的七碟八碗，只是两个素菜，一盆大饼子。而且，也没有酒。吃过饭，黎素扇吆喝合图烧洗脚水的时候，他说："爸爸回来了，不该我管家了。"打了声口哨，拿着望远镜出去玩耍了。

那个晚上，黎素扇推托身体不舒服，睡在自己的被窝。苏泽广在暗夜中几次试探着把手伸向她，她都装作浑然不觉，动也不动。只是有一次他手重了，黎素扇火气十足地吼了声："老实点儿，我累！"

小春天过去了，大春天来了。冰雪完全消融了，小腰岭的村路上，再也没有因泥泞而跌跤的了。人们在春光中忙着翻地，下种。一连多日，黎素扇对苏泽广都爱理不睬的，他憋屈得慌。有天晚饭，苏泽广喝起了闷酒。他想等着合图吃完离开后，跟黎素扇谈谈。彩鳞在场，他是不忌讳的，他不认为她能领会他们的谈话。

合图终于吃完回后屋了，苏泽广呷了一口酒对黎素扇说："我这次从兴林平安回来了，好像不称你的心意？你是不是巴望着我出事，好有人帮着你过日子？我在这个家，是不是多余的？！"

黎素扇反唇相讥："谁说你是多余的了？我是不给你吃了，还是不给你穿了，你说清楚！"

"你身为妻子，不和我睡一个被窝了，这对我是最大的不公！"苏泽广重重地把酒盅蹾在桌上。

"凭什么非要跟你睡一个被窝啊？"黎素扇冷笑一声，"法律有规定吗？"

苏泽广气得七窍生烟，他正要发作，彩鳞忽然打了个饱嗝，用筷子敲着碗对父亲说："吵吵什么，妈妈不和你一个被窝睡，我和你一起睡！"

黎素扇和苏泽广僵在那里，想笑，却笑不出来。从窗口飘进来的大春天的晚风，吹得烛火摇曳。好像它们知道夏天要来了，提前为苏家备好了一把金色的蒲扇。

【作者简介】

迟子建：女，1964年生于黑龙江漠河。1984年毕业于大兴安岭师范学校。其中短篇小说作品曾获三届鲁迅文学奖，长篇小说《额尔古纳河右岸》获第七届茅盾文学奖。

选自《小说选刊》2009年第5期

今夜无人入眠

斯继东

李　白

李白发现那只未接电话，已经是第二天早上的事了。

"蹊跷！"李白对着手机嘀咕了一声。老婆正在客厅里给女儿把尿，就问了："什么？""噢，没什么。"李白敷衍了一句。有些事还是别让女人知道的好。这是李白结婚七年总结出来的经验。"爸爸，是什么啊？"三岁的女儿跟着问了一句。"爸爸的手机上有一只未接电话，你拉你的尿吧。"李白说，李白对女儿从不敷衍。号码是马拉家的。李白对数字木讷，能立马反应过来的号码没几只。让李白觉得蹊跷的不是号码，是来电时间：凌晨两点十八分。昨夜看完演出喝完酒，到底几点回的家，李白已记不确切，但不会超过凌晨一点，这个酒再多也不会错。

李白的单元房不大，两室两厅一厨一卫，不到九十平米。因为缺个书房，装修时李白就把饭厅合并到了客厅，反正家里从不开伙，可伸缩的西餐桌收紧了靠在客厅空着的那堵墙边，也碍不了什么事。为了给走廊腾地方，餐椅的屁股都被藏到了餐桌底下，只露着几张靠背，却成了天然的衣架子。每天回家，李白的第一件事情是脱衣服。等到衣裤在椅背上一一找到位置后，李白才会晃荡着一身赘肉挪进卫生间如厕冲凉。然后当然是上网，直到凌晨。如果应了饭局牌局或者卡拉OK局回来，则是如厕冲凉后直接睡觉。但不管有局无局，进卧室之前，李白铁定会有个动作，从椅背的裤袋里掏出手机，闹上钟，再带到卧室里。

如果不出差错，这只电话应该是已接电话，但显然昨晚进房间前李白遗漏了那个动作。这个遗漏显得不可饶恕——虽然李白还是准时醒了过来。是的，它很小，小得无足轻重。但最小也是生活不可分割的部分，所以依然不可饶恕。

嘀咕着"蹊跷"时，李白就站在餐桌前面，他刚刚从房间出来，身上只穿了一条裤衩。一模一样的裤衩，但已不是昨天那条。除了裤衩，还有这张演出票为证，它安静地躺在餐桌上，已经过期；还有李白嘴里的酒嗝为证。

在去单位的路上，李白给马拉打了个电话。他没回拨那个未接电话，而是打了马拉的手机。

凭直觉，李白认为那只未接电话不是马拉打的。马拉不可能这么迟给他打电话。不是马拉，那么就是马拉老婆。马拉老婆打这个电话只有一种可能，马拉那个时候还没回家。在把其他人送回家的至少一个多小时里，马拉干吗去了？马拉老婆不知道，李白也不知道。李白只知道，一个多小时能干成很多事，特别是一个男人和一个女人。现在，第二天的早上八点，马拉在哪里呢？他回家了吗？作为一个目击证人，在没有弄清来龙去脉之前，冒昧地把电话打到他家里，主动接受一位女警官的诘问，肯定是不明智的。

能不能打通手机李白并没把握，因为马拉昨晚喝酒时就宣称他的手机没电了。

但手机通了。看来他已回家——如果当晚他没说谎的话。

"喂！"是马拉的声音。嗓门沙哑，有些迷糊。

"昨晚给我打过电话？"李白问得小心翼翼。

"没事了——再说吧。"马拉说，声音一如往常的平静。连一丝起码的涟漪也没有，但李白却感觉到了底下汹涌的暗流。李白把手机放回裤兜，开始想象手机另一端的场景：客厅里还亮着昨夜的灯，曙光被窗帘严严实实地阻隔于外面，马拉高大的身体深陷于沙发——看上去一点都不高大。他的老婆就坐在对面，穿着睡衣。没人吭声，空气凝重得能绞出水来。

在办公大楼的电梯里，李白碰见了一位女同事。她看了看李白的眼睛，很关切地问了一句："昨夜没睡好？"李白去洗手间照了照，眼白里果然有不少的血丝。我睡得不好吗？昨晚我可能是睡得最好的一个。李白想。这样想时，他去开水间打来开水，倒掉烟缸里的烟蒂，擦干净办公桌和茶几，然后坐下来打开了电脑。新的一天开始了，看上去跟昨天没有两样，但确确实实是新的一天。

文书送来了文件夹。又是厚厚一叠，即使从头至尾看一遍，也得花去李白整整一个上午的时间。刚参加工作时，李白看得很仔细，字斟句酌，一个标点都不漏。后来，李白开始一行一行地看，再后来，就发展到一目十行。李白在这个岗位上已经整整干了十年。现在，李白一般只看标题。一上午的活半个小时完成。这就是效率。事实证明这样做是对的，单位的工作从没因此出过什么纰漏。

　　马拉还陷在沙发中吗？他老婆只穿了睡衣冷不冷啊？他们一定忘记开空调了。该发个短信提醒他一下吗？当然不行。作为朋友，李白自然希望马拉夫妻和睦家庭幸福。有次跟老婆聊起，李白曾经断言过，四家子中马拉那家子是最牢固的。都说七年之痒，已经过了那个坎，要出事早就出了。可是作为男人，说实话，李白骨子里是挺希望马拉干成点什么坏事的。我们都干不成，那么就让马拉去干吧。像马拉这样有才华的人这辈子不留下一点什么风流韵事，简直天理不容。另外，马拉要么别干，要干就得跟赵四小姐那个档次的人干，否则我们也跟着掉价。

　　当然，具体到昨晚上，这么个时间段，孤男寡女，不干好事能干什么坏事？

　　李白就想到了另外两位目击证人：黄皮和毕大师。先打黄皮。关机。再打毕大师。居然也关机。李白很扫兴。于是又开始在电脑前发怔。

　　真的是他吗？是的，是帕瓦罗蒂。他的全球告别巡演之中国行明明只安排了上海和北京两站，但在无数个演出公司一层接一层的不可告人的交易的操纵下，他的助手、经纪人兼保镖，长得富有明星气质的罗伯特·琥珀居然真的把他连哄带骗地弄到了这个在中国版图上找不到地儿的小城市。谁都没想到帕瓦罗蒂会有这么胖这么馋这么懒。在他下榻的贝斯特大酒店，为了能让他顺利通过，酒店的工人不得不把通向总统套房的门凿宽了三尺。应他的要求，酒店还专门在他的房间里配备了一套五星级饭店专用的肉类切片机。帕瓦罗蒂对经理解释说，他每次出门都带着意大利家乡小镇特选的肉，有了这家伙他就能随时为自己准备一顿美餐。演出当晚，主办方专门为他在人民大剧院的后台安装了一部国内最先进的液压升降机，这样他就可以直接从豪华汽车到达舞台，他甚至还提出从后台到前台的步行距离最多不能超过二十步。老帕的确是老了，由于年龄和体重的原因，舞台上的帕瓦罗蒂明显有些力不从心，他自始至终都坐在钢琴后面没站起来，每唱完一首就得停下来，歇歇气，喝上两口农夫山泉。据专业人士说，"开场的那几首，老帕偷懒了！"还有人说："他在《今夜无人入眠》最后的高音C上降了半个音"。但这些都不重要，重要的是在场的所有人（包括李白）终于亲眼目睹了老帕的风采，当"高音C之王"的最后一个高音在天际消失后，李白相信，所谓的天籁之音已在这个世界上绝迹。而更为重要的是，作为少数几个幸运儿之一，他见证了珍稀动物的灭绝。

　　演出结束了，老帕乘着他的豪华轿车走了，带走了这个城市所有的鲜花和掌声。他们被孤独地掷在人民大剧院门口涌动的人海里。一般情况，"他们"指的是四个人，李白、马拉、黄皮、毕大师。四个男人就好像是马拉那辆又破又脏的"7086"的四个轮子。但这次，很显然，"他们"得指五个人，四加一，另外那人是赵四小姐。"赵小姐姓赵，是赵钱孙李的那个赵。"反正张楚就是这么唱的。"7086"就停在剧院不远处的狗不理包子店门口。他们都不想回家。那个高音 C 把他们弄得很沮丧。跟它比起来，李白的后后现代诗是狗屎，马拉的先锋小说是狗屎，黄皮的"驴行天下"论坛总盟主是狗屎，毕大师的"江南根雕毕"是狗屎，赵姑娘的"草桥县第一女高音"应该也是狗屎。还有那个今晚要回的窝，明天要亲密接触的生活，都是他娘的狗屎。今夜无人入眠。今夜当然不应该这样草草收场。有人提议去府山的星子峰亭喝茶，但马上被否决了，这种天气上山，喝西北风还差不多。最后决定去根据地酒吧喝酒。李白、黄皮和毕大师都没车，他们习惯坐马拉的"7086"。赵四小姐本来开了一辆车来，他们让她挤挤得了，她也就上了马拉的副驾驶座。

根据地门口有个白胡子的外国老头在迎接，都意外，但随后就明白了。赵四小姐说，你们不知道吗？今晚是平安夜。是呀，老帕可真会选时间。"欢迎光临，圣诞快乐！""圣诞快乐，欢迎光临！"柜身里外的服务生都戴上了尖尖的圣诞帽。快乐就像禽流感，身处这暖洋洋的童话王国，哪怕白痴，哪怕外星人也会被感染。四个男人一块鬼混了这么多年，还从没在一起过过平安夜呢。加上还有一个女人。加上这个女人又漂亮。加上她的漂亮又是建立在高雅艺术的基础上。

啤酒上来了，烟点着了，天开聊了，于是他们就跟着傻乎乎地快乐起来。赵四小姐开始不肯喝酒，但终于还是喝了。赵四小姐开始不肯抽烟，但最后还是抽了。其实她能把满杯啤酒干得不留泡沫。其实她的烟圈吐得比毕大师都漂亮。这个城市太小了，小得连隐私也像厕所一样是公共的。其实他们对她都有足够的了解，之所以一次次在大街上擦肩而过，缺少的仅仅是一个认识的机会。这个机会就像干啤酒前必需的那个启瓶器。酒精和尼古丁能让软掉的鸡巴变硬，也能让僵硬的舌头变得无比柔软。那个"高音 C"早已被那辆狗日的豪华轿车接走。泡沫在暗暗地扛着他们，男人们一个个又重新变得牛逼轰隆。

啤酒在一打一打地上来，烟缸在一次次地撤换，客人在一批批地离去。又破又脏的"7086"载着"他们"在高速公路上飞驶。李白，黄皮，毕大师都是其中的一个轮子。加速，加速。他们只有一个念头。

坐在办公室的电脑前，李白的身体又回到了乱糟糟的酒吧。自己说过什么话，他已经一句都记不起来了。他只记得自己、黄皮、毕大师，一直在说话，高潮迭起，妙趣横生，声音夹杂在背景音乐中，像钓鱼线上的浮子一样浮浮沉沉。但问题是，他们把另一个轮子给忽略了。马拉根本就没说过什么话。他几次拿手机看时间，后来干脆把手机掷到桌上，操！没电了。十一点多的时候，他像是找到了一个难得的空隙："怎么样？喝光手上的酒——"但他的话刚出口，就被黄皮拦腰截断了，"早着呢！今夜无人入眠！"长夜漫漫，长得仿佛没有彼岸。我们都像黄皮一样讨厌那个该死的被窝。于是继续喝酒、抽烟、巧舌如簧。这之后还有过一次机会，音乐停下来，钟声敲了十二下，服务生上来说圣诞快乐，并送上了礼物。但毕大师没给第四个轮子机会，他又抢着拾起了被打断的话题。最后，如果赵四小姐不先站起来，这辆又破又脏的"7086"不知道会奔驰到什么时候。

漫长的聚会终于结束，马拉提前把车靠到了人行道边，于是商量谁先谁后。毕大师像是有点心事，他说，你们开路吧，我走回家。他的家就在根据地对面不远。于是剩下几个人上了车，赵四小姐还是坐了副驾驶座。李白照例是第一站。按路线第二个应该是赵四小姐，因为她的车还在剧院门口。黄皮是最后一个。车子启动后，赵四小姐说，这么晚了，你们谁总得送我一下吧？自然，这话除了毕大师，他们都听见了。赵四小姐在城郊的一所中学教音乐，好像在跟家里那位闹离婚（也有人说早已经离了），反正就一个人搬出来住在学校的宿舍里。

后来李白就下了车，他只知道，那个时候"7086"里还有马拉、黄皮和赵四小姐三个人。

毕大师

毕大师横穿过马路回家。从空调间出来，闷头闷脑一阵冷风，胃里的酒就泛了上来。喝了多少百威？不知道。在看演出之前，他还赶了场婚宴，攒了半斤高度烧的底。酒从胃里泛上来，他压了几次，到底还是压不住，于是撑在路边的墙上开始呕吐。吐的时候，毕大师想，胃真是了不起，居然可以装这么多的东西。吃啊喝啊的时候，人们并不记得有个胃，但现在当胃开始反抗时，人们终于想起了它。胃就像女人。

毕大师继续沿着人行道走，大街上很安静，半天才有一辆小车甲虫样驰过。人行道踩上去轻飘飘的，像铺了一块块带条纹的橡皮。再转个弯，家就到了。但毕大师回不去，他已经有半年多没回了。自从有了那个女人之后，不，应该是自从老婆知道他有了那个女人之后，他就再没回过家。那个女人欢迎他上床，但是却不允许他过夜。女人在床上很撩人，但床上是床上。干完活后，不管多迟，女人都会撵他出门。"你把婚离掉再说吧。"女人说。现在她好像只会说一句话了。以前可不是。以前她的话很多。女人在绣衣坊开了家时装店。毕大师在她门口等人，没事就转悠进了店里。"你长得像一个人。"女人说，嘴里嗑着瓜子。"像谁？"毕大师不看衣服了，开始看她的脸。"说了也白说，反正你又不是他。"声音跟瓜子一样脆，跟人说话并没有影响她嗑瓜子的速度，瓜子从嘴里进进出出，她的牙齿忽隐忽现的，很白。"你认识他？"毕大师问。"不认识，电视上见过。"女人说话有一搭没一搭的，也没拿正眼瞧人。后来，毕大师的手机响了，他等的人正在橱窗外给他打电话。毕大师从架子上挑出件衣服，付清钱，就扭头出了门。女人从里面追出来："嘿，你的衣服。"毕大师朝她笑笑，掷了一句话，"那个人送给你的。"后来他们就上了床。她知道他是有妇之夫，这在上床前似乎不是个原则问题，但现在忽然是了。

毕大师吃不准该不该去找她，就去摸兜里的手机。他想看看时间。但手机不见了。

丢哪了？脑子里雾腾腾的。在酒吧聊天时好像接过一个电话，记不清是谁的，但手机八成在酒吧。毕大师离开那摊巨大的呕吐物，开始往回走。吐完后，脑子清醒多了。这半年多来，毕大师几乎碰不得酒杯，一碰就醉。醉了之后就落东西。挎包啊钥匙啊手机啊外套啊，什么都落。就差头上那脑袋了。当然，还有脑袋上的那顶帽子。全城的人都认识毕大师那顶帽子。帽子在脑袋就在。艺术家嘛。别人都这么说。只有毕大师自己知道，这事其实跟艺术不沾边。他戴帽子只是为了遮盖脑瓜上的头发。头发每天都在掉，已经稀拉得不成样子。每次面对镜子，毕大师就会恐慌。他觉得自己正在一天天地老去。这跟年龄无关，但跟创造力有关。"我年华虚度，空有一身的疲惫。"这句话李白经常在念叨，好像是他崇拜的哪位诗人的诗句。李白当然只是无病呻吟，但毕大师觉得用在自己身上却是那么的确切。曾经（像李白一样年轻时），毕大师对自己的才华是那么的骄傲和自信。但是现在，他的骄傲和自信躲在帽子底下，已经所剩无几，并且每天还在流失。他已经再也离不开那顶帽子了。那顶帽子是什么，是他曾经视为狗屎的所谓的荣誉，全国美协会员，省民间文艺家协会理事，国家一级画师，民间工艺大师，等等。

在坐过的椅子上，毕大师找到了手机。有两条新短信。一条是在外地寄宿制学校读高中的儿子发来的。"老爸，圣诞快乐！"另一条是女人发来的。"别过来了，我睡了。"看得出来，儿子很高兴。这么晚了，他还在外面跟女同学鬼混吗？也看得出来，女人不高兴。生活中充满了矛盾。女人跟儿子就是一对矛盾。儿子暑假回来摔断了腿，他必须去医院看护。但他之前已答应女人，当夜陪她去省城进货。他狠狠心掷下儿子去了省城。女人要求他离婚，想想儿子，到底还是下不了手，于是只好有上顿没下顿地拖。

女人跟帕瓦罗蒂也是一对矛盾。女人想跟他过平安夜，虽然没说，但他知道。他当然不想让女人不高兴，但是他更不想错过老帕。平安夜明年还有，但老帕就要告别艺术舞台了，就算不告别就算他再唱一百年一千年，他也决不会第二次来这个狗屎样的小城。说实话，在认识马拉之前，毕大师根本就不知道帕瓦罗蒂。当然更不知道什么歌剧、咏叹调、连续九个高音C和《今夜无人入眠》。但问题是他后来认识了马拉，更为严重的是，他开始一次又一次地坐马拉的"7086"。刚开始那段时间，搭马拉的车是他最怕的事情之一。当马拉把车钥匙插进去后，一个吊嗓子的男人立马就会钻出来，直奔你的耳朵。吊嗓子并不可怕，可怕的是那男人的嗓子一直吊着，上去，上去，再上去，千辛万苦地，终于等到他下来了，下来了，这下总该着地了吧？可是颤一颤，他又上去了，上去上去再上去。毕大师根本就没听清他在唱些什么，他只看到一根喉管被人从嘴里吐出来，一截一截又一截，长得无穷无尽，长得无休无止。就在他觉得自己快要疯了的时候，马拉会靠近他的耳根跟他唠叨说：这是意大利的谁谁谁，二十世纪最伟大的三大男高音歌唱家之一，与谁谁谁和谁谁谁齐名，擅长演唱谁谁谁和谁谁谁的歌剧，某某某几项歌唱大奖得主，某某某主题歌的演唱者，复活了欧洲的传统古典歌剧，作为意大利美声唱法的一座高峰，至今还无人能逾越，等等等等。马拉唠叨起来时，毕大师真想一拳头把那个喇叭砸碎，他真想立马往车窗外跳，他对自己说，够了够了，这是最后一次。但问题是，毕大师一直没买成只属于自己的可以由他决定听不听帕瓦罗蒂的小车。于是他不得不一次又一次地搭乘马拉那辆又破又脏的"7086"去野营，去爬山，去骑马，去唱歌，去参加各种莫名其妙的酒会晚会宴会和文艺沙龙，然后一次又一次地听凭那个该死的帕瓦罗蒂来践踏他的神经。但人是一种最犯贱的动物。后来，慢慢的，毕大师中了毒。先是耳朵被收买，接着心脏也里通外国。上了"7086"如果听不到帕瓦罗蒂，毕大师就会骨头发痒，身体发软，像做爱时隔了只安全套，再怎么捣腾也进不了状态。再后来，在"7086"上听听已经不够，毕大师跑遍草桥县大大小小的音像店找来了所有跟帕瓦罗蒂有关的带子，自己在家里听，听着听着就真的上瘾了。

现在，帕瓦罗蒂居然来了，毕大师怎么可能错过这个千载难逢的机会呢？别说一个女人，就是一卡车女人拦他也没用。

老帕要来演出的消息，本地媒体提前半个来月就开始炒了。各种小道消息层出不穷。据说帕瓦罗蒂这次全球范围的巡回演出除了"告别艺术舞台"的意义之外，还有一个现实原因。五年前帕瓦罗蒂和前妻阿杜瓦正式离婚，为此他付出了高额的分手费，之后帕瓦罗蒂一直存在着经济压力，举办这次全球巡演很大程度上也是为了刚刚两岁半的女儿。读这则花边新闻时，毕大师就想起了一句话：女人都差不多，男人都一样。这话是以前写先锋小说后来改写畅销小说的女作家皮皮在一个访谈中说的。八十年代时毕大师曾经看过她的一个短篇叫《全世界都八岁》，于是就记住了这个名字。这句话应该跟一个叫马原的男人有关。据马拉说，马原也是个作家，跟皮皮一块在西藏待过，名气比皮皮大得多了。其实，有名气没名气，男人都一样。帕大师就没比毕大师好到哪儿去。在跟前妻离婚之前，老帕一定也像老毕一样举步维艰过。但最终老帕做出了抉择（这是他比老毕伟大的地方）。可这个代价是不是太大了？居然到这种鬼地方来演出，想想都让男人心酸。如果老毕做出抉择，那么他要承受的，除了经济上的压力，还有良心的谴责。草桥县的人都知道，在结识领带老板刘玄德的宝贝女儿刘美丽之前，毕大师只是一个整天在街头游荡的小混混，除了裤裆里那根鸡巴和一肚子自以为是的才华，毕大师一文不名。"我欠着那女人，没有她我早就死了。"这句话毕大师已经跟其他三个轮子说了很多遍，醉了就说。

演出的票子，黄牛们很早就开始炒了，票价一直像垃圾股一样在涨。但是毕大师做了决定，再怎么高也得掏腰包去买一张。算是一个可怜的男人支持一下另一个可怜的男人吧。让人没料想到的是，马拉居然弄到了票。"老是让你们听带子，这回让你们见见老帕。"马拉说话的神情比发表就职演说时的县长还牛逼。那段时间，毕大师、黄皮还有李白天天都争着请马拉下馆子、泡歌厅、洗桑拿，谁都生怕马拉一不高兴反悔。演出当天的早晨，毕大师还在被窝里，收到了马拉的短信，"晚上七点半，剧院门口等。别迟到。关掉手机。"于是，事情越加变得郑重其事起来。

那晚毕大师破天荒提早十分钟到了剧院门口，在出租车上他真的关掉了手机。可马拉在门口已经等急了，"怎么这么迟，别人早到了。"剧院的灯光已经暗下，四个轮子顺利在座位上会合，但是轮子中间夹了个女人。开始毕大师以为那女人是黄皮老婆。黄皮老婆叫倪萍，草桥县著名的钢琴师，开了家琴行，业余带着帮孩子。她当然配听老帕。按照国际惯例，演出一半中场休息。灯一亮，毕大师才发觉，那女人不是倪老师。毕大师认识赵四小姐。草桥县那么小，都算是文艺界有头有脸的人，难免不时凑在一块。但李白、黄皮与赵四小姐显然不熟，马拉在忙着介绍。赵四小姐来看老帕，当然也配。但是马拉把她和他们捣腾到一块来，毕大师还是有点纳闷。女人是女人，朋友是朋友。水乳不相融。这是毕大师的原则。

家回不了，女人那儿又去不成，毕大师就只好回他那冷飕飕的根雕毕工作室了。工作室刚刚新搬到草桥县艺术村里面，离酒吧有三四站路。街上的出租车已经很少，毕大师就沿着官河路慢腾腾地走，边走边回头瞅过往的车。

毕大师结果是走回去的，他一直没有拦到的士。在中国银行门口的石狮子底下，他倒是看见了一个乞丐。像只狗一样缩着，似睡非睡。不知道为什么，毕大师经过乞丐时，仔细地看了半天，好像在看一个刚买来的树根。

回到工作室，毕大师泡了包方便面，又从破纸箱里找出那床棉被。木沙发很硌腰板，棉被已经有点霉味。毕大师就想到了那个乞丐。他好歹还像只狗，可我连只狗都不如。这样一想毕大师就有点酸。但毕大师很快就睡着了，还做起了梦。他梦见自己在太阳底下晒棉被，棉被被支在那把藤椅上，怪兽一样贪婪地吸纳着冬日暖阳。他又梦见一帮工人七手八脚地在工作室给他安装空调。空调，空调，他想这狗日的空调已经想了一个冬天。

但是后来，振铃声把毕大师的美梦给搅黄了。手机不知放了哪，半天才摸到。铃声一直在响，就是老帕的那首《今夜无人入眠》。毕大师没看号码就接了，他以为是那女人。

谁知不是。

"你睡了？"对方说。

"早睡了！"毕大师没听出是谁。

"你们喝酒了？"对方又问。

"喝了。"毕大师还是没听出声音。

"马拉喝得多吗？"

"马拉？"毕大师听出来了，是李警官。

"他到现在还没回家！"李警官说。

毕大师蹦了起来，他的酒醒了一半。棉被完了，空调也完了。"马拉喝多了吗？"在酒吧时，他只顾着自己喝，根本就没留意马拉。糟了，马拉还开了"7086"。

"你打他手机了吗？"

"一直关机。我刚才还打了李白，无人接听。你几点回的家？"

"我离开酒吧应该是十二点多吧。"

"你们晚上不是看演出吗？"

"对啊，去看老帕。"

"看完演出后去喝酒了？"

"喝了！"

"去哪喝了？"

"根据地！"

"哪几个人去了？"

"就我，马拉，李白，黄皮。对了，还有一个女的！"

"女的？！谁？？？"李警官的平静露了馅。

天，女人——赵四小姐。毕大师的酒终于彻底醒了。该死的马拉，干吗偏偏要追求水乳交融呢？但问题是，他已经说漏了嘴。马拉怎么可能喝醉酒呢？凭他的酒量，凭他的性格。这么多年真是白混了！李警官是刑侦大队的业务骨干，据说草桥县那桩著名的"2830"连环杀人案就是她破的。警察就是警察。通话一开始，她就掌握了主动权，先用酒误导你，然后顺藤摸瓜。

"我不认识她。看演出时她正好坐我们旁边，有可能不是跟我们一块去的吧？"毕大师开始补嘴。

"喝酒她也去了吧？"馅又包了皮。

"去是去了，不过，好像是李白邀请她的。"毕大师开始撒谎。

"他喝了这么多酒，还开车。是他送你们回家的吧？"李警官可真沉得住气。

"我没坐他的车，我是从酒吧走回来的，我的家不是离根据地近吗？他们怎么回的家我也不清楚。"毕大师觉得这一句不能算撒谎。

"你睡吧，我再等等看。"李警官就挂了电话。

毕大师看了看时间，凌晨两点三十五分。看来事儿闹大了，怎么办呢？一个轮子打滑，就得靠其他三个轮子补救。赶紧跟黄皮通个气吧。按常理，应该是他最后下的车，只有他信息最全面。但是电话占线，李警官已经先了一步。再试着拨马拉手机，是一个电脑小姐的声音，你拨打的电话已关机。你拨打的电话已关机……

黄 皮

凌晨三点差五分的时候，黄皮开始起来穿衣服。他的嘴里嘟囔着。穿一件就嘟囔一句，我真倒霉。因为习惯裸睡，所以冬天他穿起衣服比谁都复杂。

"为什么是我？"黄皮说，他找到了内裤。

"他们凭什么可以呼呼大睡？"黄皮说，他穿好了保暖内衣。

"人家老公丢了，为什么要我去找？"黄皮说，他开始拉牛仔裤的拉链。

"活该！"倪老师说。倪老师半躺在床上看书。黄皮从酒吧回家时，她就这样坐着。黄皮从卫生间冲了澡出来，她也这样坐着。黄皮躺下睡觉时，她还这样坐着。她连个姿势都没换，那本书在她弓起的膝盖上一页都没翻动。"还没睡？"进门时黄皮问她，她没回答。"太迟了，睡吧。"冲完澡黄皮跟她说，她也没回答。黄皮就倒头自己睡了。半夜三更黄皮被电话吵醒，翻个身起来，发现倪老师还菩萨一样坐着，连电话都没接。黄皮火大了，但终于还是忍了。黄皮不想吵架，这么多年过来他已经吵够了。电话通了很长时间，是李警官打来的，说是马拉失踪了。黄皮是最后一个下的车，下车时"7086"上只有马拉。但赵四小姐的车跟在后面。马拉说他再送一下赵四。那时应该是凌晨一点差一刻。李警官打来电话时，黄皮看过时间，是两点三十五分。马拉送赵四得送两个小时？以前黄皮只知道马拉与赵四很熟，他曾在马拉的办公室见过赵四两次，另外还凑巧撞见过马拉跟赵四单独在咖啡馆。也就朋友吧。老夫老妻一屋子关那么多年，香炉对着蜡烛台，审美疲劳了，跟另外的异性接触接触，有什么好大惊小怪的呢？黄皮就有不少这样的异性朋友，一个在殡仪馆上班的高复班同学，一个大学刚刚毕业对黄皮崇拜得要命的超级嫩驴，一个QQ名为"百分百处女"的加拿大籍网友，一个在健身房认识的骨感得需要增肥的单身少妇。平时发发短信，能见的偶尔找个机会见见，不能见的网上打打情骂骂俏。说是普通朋友吧，似乎要暧昧得多，说是情人吧，当然没到那个份上。不是挺好吗？寡淡了，想放纵一下，可以跨出去一步两步；觉得过了，踩地雷了，又随时能收回脚。当然，这一切都是瞒着倪老师的。也不是有什么见不得人，只是觉得没这个必要。但是接了李警官的电话之后，黄皮就有了另外的想法。所以，他开始在电话里给马拉补漏洞。他说他回家也就半个小时，他说去看演出再喝酒也就四个男人，他还说马拉会不会把车停在路边休息，因为马拉真的喝了不少的酒。挂了电话后，他马上打了马拉手机。关机。于是他就开始穿衣服。他得找到马拉。撒了谎就得把谎给圆上，这事没谁逼他，但是也没谁会替他去做。这期间，倪老师依然没吭声。黄皮给牛仔裤拉拉链时，她终于憋不住，于是骂了句活该。

"别人老公丢了你会去找，自己老婆丢了你还不一定会去找呢。"倪老师说。

倪老师一开腔，黄皮就松了口气。他不怕别的，就怕老婆一声不吭。最多一次，倪老师三天三夜没吭声，黄皮都快被她逼疯了。黄皮当然清楚老婆这次怄气是为了什么。倪老师知道老帕来草桥，倪老师也知道他们几个去看了老帕。黄皮当然想带老婆一块去。但是该死的马拉只给他一张票。黄皮不心疼那几个钱，可如果去给老婆再买一张，马拉的脸面就会过不去。黄皮很想跟老婆说明白这道理，但老婆不提这事，他无从启口啊。老婆现在说话了，本是个解释的机会。但黄皮现在没时间了，他必须先找到马拉。

"你先睡吧，回头跟你说这事。"黄皮就出了门。

在去车棚拉自行车时，黄皮的手机响了。是毕大师打来的。黄皮马上就有了不祥的预感。他忘了还有另外两只轮子，该死！果然，毕大师已经提前把他给出卖了。当他自作聪明地在电话里跟李警官撒那些谎时，李警官一定在冷笑。"你怎么这么笨啊，你应该立马给我打电话啊。"黄皮真是火大了。"我是放下电话就给你打啊，可还是她抢先了一步，谁叫她是个警察啊？"毕大师在电话里很委屈地申辩。"好了好了，我去找人，你睡你的大觉吧。"黄皮啪地关了手机。黄皮拉了自行车呆在车棚门口。事情已经被越搅越混。还有再去找马拉的必要吗？开始是怕马拉有事，所以他才撒谎。而现在，马拉即使没事，也已经跳进黄河都洗不清了。在李警官眼里，我们都是一丘之貉。那么，就这样回去睡觉，让马拉去自作自受？万一的万一，马拉真没干坏事，只是酒喝多了车子出了事怎么办呢？

我一定是天底下最倒霉的人。这样嘟囔着，黄皮终于还是拉着自行车出了门。

让黄皮没想到的是，不知什么时候，天上已经飘起了雪。看来，连老天爷也被好心人黄皮给感动了，于是给了他一份意料不到的礼物。黄皮已经有很多很多年没有看到雪了。"你们这帮蠢猪都睡吧。明天起来雪就会融化。只有我一个人知道今年的圣诞节曾经下过一场雪。"于是黄皮就高兴起来。

但是黄皮高兴得太早了。先是从家里出发，沿着医院路，过东桥，再顺着307省道，找到赵四的学校。没人，也没车，只有漫天飞舞的雪花。再从赵四学校出发，顺着环城路，过西桥，穿长春路，找到马拉家门口。没人，也没车，只有漫天飞舞的雪花。雪越下越大，黄皮越来越冷，出门时他忘了戴帽子和手套，手僵了，脚木了，耳朵冻没了，落到他的项颈里的雪开始融化，并慢慢向下蠕动。现在，他早已看烦了雪，他只想把这份礼物连本带利送还给老天爷。一路上黄皮都在不停地打电话。先是给马拉打，一直关机。后来就想到了给赵四打。赵四的手机没关，音乐一直响着（居然也是那首《今夜无人入眠》，老帕来草桥的消息传开后，把手机铃声换成这首男高音已经成为一种时尚），但是一直无人接听。不会真出什么事吧？第三趟，黄皮是从马拉家出发，沿江滨路，过剡湖桥，经医院路，找到人民医院。看了所有的急诊病房，问了好多医生护士，都说没这号人。

赵四小姐为什么不接电话呢？如果她在睡觉，那么就是死人也被吵醒了，哪个死人受得了帕瓦罗蒂的嗓门？那么是因为她不熟悉我的号码。不会吧？她以前不是偶尔给我发短信吗？节日问候啊，稀奇古怪的成人笑话啊。

那么是因为她与马拉在一块？他们还在鬼混？在她宿舍的床上？在他或她的车上？或者在雪地上？对，一定是在雪地上。赵四说，我很冷。马拉说，我会让你热起来的。于是他们开始在雪地上忙乎。怎么做呢？躺着？坐着？或者站着？应该是站着吧，至少马拉是站着的。而赵四就挂在他的身上。脸对着脸，双手圈住马拉的脖子（马拉的脖子是足够粗壮的），叉开修长的双腿。只要找到支点，即使马拉站着，她也照样能骑到他的身上。对，赵四穿了条裙子。这个时候，裙子比裤子可方便多了。赵四说，我的手机响了。马拉说，别理它。马拉微微屈了屈腿，大腿就贴着了赵四的屁股。赵四说，我的手机又响了。马拉，一机不能两用。马拉又向下蹲了蹲，支点的活动余地更大了。赵四说，我的手机又响了。马拉说，管它呢，别忘了我的手机还关机呢。马拉的马步功夫很好。这点黄皮知道。

黄皮开始给赵四发短信。我是黄皮。发送。知道马拉在哪吗？发送。他老婆正找他。发送。我跟她说。发送。四个男人看演出。发送。喝酒。发送。说他。发送。酒喝多了。发送。可能。发送。在车上休息。发送。

他们不冷了，他们早已做得汗水淋淋。黄皮却摔了一跤。人摔了个狗吃屎，自行车的链条也掉了。从雪地上爬起来时，黄皮的手机响了。很意外，是赵四！老帕没影响他们，但是，气喘吁吁的短信把他们给吵醒了。也许按照国际惯例，他们正好中场休息。

"不会吧，他把我送到就走了。你都找了？学校也来过了？你找的是前门吧？我学校有两个门，他是从后门走的。"赵四小姐说，听不出气喘吁吁的迹象。

于是黄皮开始跑第四趟，从医院出发，重新沿医院路，过东桥，顺307省道，一路找到赵四的学校。路上，黄皮还给马拉家打了个电话，求证马拉是否在他找的时间段回了家。因为完全存在这样一种可能，赵四撒了谎，他们一直在一块，只是没工夫接电话，后来事完了，马拉走了，于是赵四才得空回话。雪已经积了起来，自行车在黄皮背后留下两条很不规则的麻花小辫，但在黄皮面前，马路像一张白纸，什么车辙，连一个浅浅的野猫的脚印都没有。

就在黄皮快要彻底绝望的时候，感谢上帝，他看到了一辆小车。那车子就停在学校的后门口，只露了个屁股。黄皮抖擞精神，脚底加加劲，把自行车踩了过去。

但是非常遗憾，那不是马拉的"7086"。黄皮只是个药剂师，不是魔术师，他没办法把一辆白色的现代跑车调包成马拉那辆黑色的桑塔纳2000。

马 拉

我很想跟赵四上床。从认识她的第一天起就想。

你们不想听从前的事，你们最关心的是那个晚上，那我就直接说那晚上的事吧。我不知道自己能不能说清。我真的一点都没把握。说了你们也可能不相信。

黄皮下车后，赵四的车子就超了上来。超过去时，赵四拉下车窗跟我说一句：跟着我的车。于是我就跟着她的车。她把车子开得很慢，我跟在后面，一直保持着五十米左右的距离。我不知道那个时候几点了，我想看看时间，但是我的手机没电了，喝酒那会就没了，这个你们知道。我车上的表也坏了，这个你们也知道。于是沿医院路，过东桥，再顺着307省道跑，一路上没碰见一个人也没碰见一辆车。狗娘养的夜晚安静得就好像只剩下了一个男人和一个女人。后来就到了赵四的学校。赵四的学校有两个门。正门就在307省道边上，早已经关了。我们走的是后门，走后门得转个弯再走二百米路。路的一边就是学校的围墙，另一边是一条灌溉渠。路是水泥路，不宽，碰到车技差的，两车交会有一定难度。后门的铁栅门像是坏了，黑嘴洞开。赵四跨着门停下车，把头从车窗探出来："你回吧，没事了。"我说："不急，送佛送上天。"反正外面也倒不了车。我对自己说。就没点别的蠢蠢欲动的念头？不瞒你们，有。我就跟着赵四的车进去了。进去是一个操场，赵四的宿舍在操场另一边。

赵四把车子停进一个自行车棚，走过来了。

"你回吧。"她说。

"不急！"我说。

"你不会想把我陪上楼吧？"她说，声音有点夸张。

"你需要我就陪啊。"我说。

"你要真陪我上去，那我可就不让你下来了。"赵四说。

发动机没熄火，借着车灯的光能隐约看见赵四的脸。我得说实话，赵四说那话时很迷人。当她以这样的口气跟我说话时，总是很迷人。我们平时发短信，她回复很快。有次我夸她：你打字的速度真快，服你。回复立马就过来了：我也有慢的时候，你会更服。那短信的确让我想入非非了。她在车灯下说那句话效果更理想。你们面前我就不说假话了。

"你要这么说，我可真陪你上去了。"我说。这是真心话。我挺想跟她上楼，然后上床。

但没等她回答，我的嘴立马又补了一句："不早了，你上去吧！"

我的嘴有时并不听我使唤。相比之下，它似乎更听别人的，比如我老婆。它知道什么时候该踩刹车，这一点很像我的脚。我的嘴不想给她回答的机会。于是，之前的话变成了很有分寸的戏谑。

她挥挥手进了楼。楼梯的灯亮了。一会儿，三楼的一个窗口亮了，再一会儿，楼梯灯熄了。

就这样，我蠢蠢欲动的念头熄了，你们等待的好戏也收场了。我不得不像往常一样，掷掉烟蒂，拉上车窗，松开手刹，踩下油门，方向盘死命一打，让"7086"在操场划出一条漂亮而又伤心的圆弧，离开了学校。

我知道你们很失望。其实我比你们更失望。

我刚才说了，我很想跟赵四上床，从认识她的第一天起就想。但问题是，我从没跟她上过床。我连她的一根发丝都没碰过。以前没有，那个晚上也没有。

我知道你们不相信。我知道你们有很多疑问。你们的疑问就是我老婆的疑问。这么多年来，上帝给过我很多次机会。每次都是这样，我把边鼓敲得很响，但是该把那层纸捅破时，我的手指头就软了。我怕什么呢？我当然怕老婆，但这不是主要原因。如果让你们跟一个警察在一张床上睡二十多年，你们也会在侦破中学会反侦破。我觉得我就是《手机》里那个费老。"左思右想，右思左想，最后改在茶室坐而论道。"像费老一样，我也怕"麻烦"。我不就请她看了场演出吗？结果呢？

不过，我想跟你们说的，不是这些。从赵四学校回家，我不可能开上三四个小时的车。我回家后看过时间，凌晨四点差十分。我想跟你们说的，是发生在后面那几个小时的事。但我必须先说前面这些。只有相信了前面这些，你们才有可能相信后面的事不是我编的。我不知道自己能不能说清。我真的一点都没把握。如果连我自己都没信心，那么我又怎么能期望你们相信它呢？

那个晚上，你们（包括我老婆）认为我跟一个女人在一块。

事实上，我一直跟一个男人在一块。

我还是从头说吧。

就在我刚刚打了转向灯准备转出校门时，一辆车子不知从什么地方冒了出来。它开了锃亮的远灯，简直是在朝我撞过来。我下意识地踩了一脚刹车。对方到底也踩了刹车。我以为撞上了，但是没有。两辆车像公牛一样对头对脑地顶在一块，估计中间最多也就插一只打火机。

那个人下了车，没关车门，一步一步朝我走来。

你们一定猜到他是谁了。兄弟们，你们跟我想到了一块。

当时，我的脑子有点蒙。跟一个女人上没上过床这种事，你说三言两语能说清吗，尤其是跟一个即将被抛弃又不甘心就范的丈夫？

我下意识地跟着下了车。但我把车门关上了。你们知道，我有这习惯。

在我的车屁股后面，我们迎面遭遇了。借着车灯的光，能感觉他的个头比我小，像是理了个平头。但我来不及看清他的脸。因为对方的拳头已经过来了。

我的右下颌结结实实地挨了一记。

很爽。真的很爽。

他没跟我废话，这挺好。

他的拳头告诉我，他受过专业训练。他的拳头还告诉我，他是个左撇子。这也很好。

容不得我多想，他的右腿已经朝我胯下踢了过来。对那个晚上来说，这是最最重要的一脚。如果我没有躲开那一脚，那么可能现在我就没机会坐在这里跟你们喝酒了。是的，我侧身躲过并撩到了他的脚，顺势一掀，他重重地摔到了地上。说时迟那时快，只见一个漂亮的鲤鱼打挺，他的拳头又影子一样跟了过来。

雪就是这个时候开始下的。你们看见那晚的雪了吗？太美了。当然，作为当事人我那会没心思欣赏雪景。

是的，那个晚上我太想跟人干一架了，是谁不重要，棋逢对手当然更好。要知道，我还从没跟一个受过专业训练的左撇子交过手呢。我的斗志被激了出来，但我的手早已生疏。你们看见过我书桌墙上挂的那对拳击手套吗？它已经结满了灰尘。幸亏我们还在驴行野营，夏天骑骑马，冬天裸裸泳什么的。深挖洞，广积粮。果然什么时候就用上了。

他的攻势很猛，有点急于求成。我基本取守势，防守加反击，因为我不想把事情闹太大。

雪越下越大。夜静得出奇。我们就像两只斗得难解难分的斗鸡。他的长处是身体比我灵活，腿功好，拳脚配合密切。估计除了拳击他还学过散打。我的优势是气长，内力还行，块头又比他大。所以，除了开始时猝不及防外，后来我就没再吃什么大亏。虽然我身上的落点比他多得多，但后来他落到我身上的拳脚已经越来越不让我觉得爽了。

我们的嘴都闭得紧紧的，自始至终都没说过一句话。这一点挺好理解。我知道你们是怎么想的。对他来说，事实就摆在那里，已经用不着问了；对我来说，什么都没干过，又有什么好解释的呢？对。后来我跟我老婆就是这么解释的。

他忽然停了下来，回身朝后车厢走。我有点慌，他去拿什么呢？刀啊棍的？我想到了自己座位底下的那把军刀——那刀你们不是看见过吗？是我上次作家节从龙泉买回来的。我该去拿出来吗？我说了，我不想把事情闹大，但这并不意味着我愿意有名无实地死在一个所谓的情敌手上。其实，即使我想拿也已经来不及了。他已经拿出来了。

他没拿刀也没拿棍。他翻出了一瓶矿泉水。

他开始拧开盖子朝嘴里倒水，头上雾气腾腾的，像刚揭开的蒸笼。我的口更渴了。

他看看我，再次回身朝后车厢走。

他朝我走过来，把另一瓶矿泉水递给了我。

是农夫山泉，小瓶装的，就是帕瓦罗蒂在演唱会上喝的那款。

我有点羞愧，为自己想到刀啊棍啊什么的。接过那瓶矿泉水时，我真想说声谢谢。我当然没说。我很清楚，谁先开口谁就会落个下风。但我的确很意外也很感动。如果换个场合相见，我想我跟他一定会成为朋友，甚至兄弟，就像我跟你们一样。因为我们有一样的口味，比如小瓶装的农夫山泉。你们知道的，如果我的后车厢里有水，那么一定是农夫山泉，因为我喜欢他们那句有点甜的广告词，而且还是小瓶装的。谈到口味，你们一定会说，也不仅仅是矿泉水啊，还有赵四呢。他喜欢赵四，这跟离没离婚没有关系；我也喜欢赵四，这跟上没上床也没关系。对，我当时就是这么想的。但这一点我没跟我老婆说。

接下去的事我也没跟我老婆说，但我必须跟你们说，否则我会死不瞑目的。

他喝光矿泉水，把空瓶掷到雪地上，我也跟着掷掉了空瓶。

他拍了拍衣服和头发上的雪，这个动作是多余的。我也跟着拍了拍身上头上的雪，我的动作当然也是多余的。

几点了？我的手机早已没电。

雪还在继续下。寒气像蛇一样笔直地从脚底朝上钻，我的斗志由冰化成了水，下颌也开始隐隐作疼，我已筋疲力竭。我想他也不会好到哪里去。

重新开始吗？继续打下去吗？

我不知道。当时我挺想抽根烟，或许他也挺想。于是我就去车里拿香烟。你们都知道我把香烟放在哪个位置。拿烟时我顺手把音乐开关拧高了，这次我也没关车门。

帕瓦罗蒂的嗓门破窗而出。荒唐，又是那首该死的《今夜无人入眠》。但是，怪了，老帕的高亢的声音从车里一飘出来，一下子就把我镇了，那一刻，我就觉得，我听了这么多年的帕瓦罗蒂，全是白听，那天晚上才听出味道，什么味道？怎么说呢？真的很难说，反正，那一刻，我突然明白了人们为什么那么喜欢听帕瓦罗蒂，听他那响彻云际的高音C，那不是声音，是一种境界，太纯净了，我他妈的眼泪都要流出来了，对，你说得对，是因为下雪的缘故，但也不全是。是的，跟打架也有关系，真的，这一架打得太好了，我感谢那个男人，至于那个男人是不是赵四小姐的丈夫不重要，我现在并不能确定他是不是，但是真的不重要了。告诉你们吧，那一刻我有一种圣洁的感觉。

对，就这些，还不够吗？你看，说了你们也不相信，后来我们干了什么？没有打架，打不成了，我们在一起吸了一支烟，吸完就各自掉头回家了。

【作者简介】

斯继东，1973 年生，浙江嵊州人。中短篇小说散见《收获》《青春》《长江文艺》《作品与争鸣》等纸刊及《他们》《黑蓝》《尚书屋》《中国新小说》等网刊。

选自《小说选刊》2009年第6期

吼 夜

季栋梁

一场透雨，又被伏天里的阳光一蒸，糜子就疯了。一同疯了的还有草，才锄过几天，又蹿出一拃多高，夺糜子的力哩。垄间的草用锄一拉就解决了，可糜子缝里的草得佝腰下去拔才能解决。巧红做活细致，就连才破土出来的毛毛草也不放过。因此，更多的时候巧红佝着腰，整个人就淹没在墨绿的糜子中，只能看到那水红衫子在风中一漾一漾的。

青木松椽一样的臂膀有的是劲，一把大板牙锄一抡扎进土里一拉，就发出哧哧的破裂声，板结得坚硬的土疙瘩都被拉了起来。在齐腿深的庄稼地里干活真是一种享受。青木锄了很远，却没了巧红的气息。巧红的气息很浓，青木不用看，就知道巧红的远近。他回头看看，见巧红拄着锄左顾右盼，就说糜子长得多喜人，还拴不住你的心？巧红不应答，将了一把头发，又佝下腰去拔草。青木不锄了，点了一根烟。他要等巧红撵上来一块儿锄才有劲。一根烟快吃完了，巧红还没撵上来。这不是巧红的风格，巧红干活不弱给他。青木嗷嗷了两声，巧红还是没理会他，他便索性唱了起来：

> 心肝肉来小妹妻
> 你想我来是假的
> 去年从你门前过
> 屁股一扭脸朝西
> 生怕哥哥到屋里

谣曲是男女对唱，他唱一段，巧红最爱接下一段。可巧红没吱声。他把"生怕哥哥到屋里"这句又唱了一遍，巧红非但没接，又跳下沟崖去了。青木就冲着那沟崖说，没一顿饭工夫你就跳了三次，小心把龙王庙冲了。说完就笑，自己接着唱下一段：

> 心肝肉来小哥哥
> 怪我怪我错怪我
> 我家门口是大路
> 村子大来人又多
> 叫我怎么喊哥哥

一个大男人唱女声，嗓音就得往细里憋，再往上提，听上去就滑稽得很。青木唱女声，巧红就会接男声。可巧红蹲在沟崖下不接应，青木就没心思再唱了。谣曲一共十二段，他能一字不落地唱下去。他就是想和巧红逗上一逗，巧红没心思接应，他也觉得没意思了。

巧红的老毛病又犯了。结婚后巧红一直怀不上，急得心都要跳出来。五年了才开怀，巧红整天两只手护着个肚子，像抱着个瓷瓶。谷雨一生下来，巧红就像抓住了命根子，生怕有个闪失，眼睛耳朵嘴巴手脚心思全都集中在了儿子身上。出月后正赶上黄豆熟麦的季节，这季节暴雨、冰雹、狂风多，哪个都是灾难，龙口抢黄，月婆下炕，闺女出阁，秀才出庄，何况那年雨水广庄稼好。巧红也下了地，可是一下地，干不了几把活，就说青木，你听是不是谷雨在哭。青木说疑神疑鬼，就是谷雨哭，离得这么远能听得见？巧红说我咋老听见谷雨在哭。青木说那是你灌上了耳音，风吹草动都像儿子哭哩。一个上午，巧红往沟崖下跳了七八次，中间又跑回去一趟。巧红红着脸说我老听见谷雨在哭，老想尿，可蹲下又尿不了几滴。青木嘻嘻一笑说你就地蹲下尿你的，又不是没见过没用过。巧红就捣了青木一拳头。夏庄稼进仓，巧红就落下这毛病，干活干得正起劲，只要一支起耳朵听，下一步准往沟崖下跳或往豆垄麦垛后面跑。青木心疼女人，五年才开怀，村子上不是没有看笑话的人，压力有多大，爹娘对他已经说过再不生就得离了的话。头胎就是儿子，她耳朵里当然灌满了儿子的哭声。他带巧红去看过大夫，巧红死活不去，说臊死人了，这毛病又不是啥大病，谷雨大点就好了。

巧红上了沟崖，青木说谷雨都一岁过了，又有娘看着咋会有事？娘生了我们六个，领了一辈子娃娃，个个领得虎背熊腰的，还怕把谷雨领不好？谷雨是婆婆心尖尖上的肉,让婆婆带着比自己带还放心,巧红当然放心了。谷雨现在都把奶奶当娘了,不拿奶头哄叫不到怀里来,叫来了咕咚咕咚地疯吃上一阵子,又钻进婆婆怀里去了,仿佛巧红只是个奶瓶儿。

巧红跟了上来,看也没看一眼青木,就往前锄去。青木说现在有儿子了,就有势了,看你溜滑,糜谷都让草淹了。巧红翻了青木一眼,继续往前锄。青木只是想逗一下巧红,庄稼让草淹了,她比谁都着急。巧红可是过日子的女人。

巧红佝腰下去,两个屁股蛋子圆丢丢的,一拉锄屁股一颤一颤。青木最喜欢摸巧红的屁股,他轻巧地往前蹿了一步,在巧红屁股上摸了一把,又拧了一下。巧红直起腰来,青木就从后面抱住了她。巧红没心思和青木玩耍,往后一退,很准地踩在青木的脚面上,青木提着脚哇哇地叫起来。只要到地里,青木从不穿鞋。挨过了疼痛,青木追了上来,斜眼盯着巧红的胸脯看,两座小山包撑起那水红的衣衫,随着巧红拉锄一挺一挺的。青木心里痒痒,嬉笑着说馍头熟吧。巧红又站下了,娃娃的哭声又在耳边萦绕着,奶头就一憋一憋的,像要破了。青木越过糜垄,往巧红跟前凑了一下,见巧红没反应,就扑上去抱住说我快渴死了,嗓子里冒烟哩。说着嘴巴已隔着那衫子衔住了乳头,两手去掀巧红的衣襟。巧红回过神来一用力,青木就被推得一个仰躺,倒在糜地里。巧红掉下了脸子说大天白日的真不害臊。青木有些生气地说你这人一点意思都没有。巧红往前锄去,可那娃娃的哭声猫叫一样细而尖,就像什么东西在她的心上一下一下划过,奶头就像往里充气似的一下一下地鼓胀,要爆了似的。她又跳到沟崖下去了。

巧红从沟崖下爬上来,青木说你还不如回去,你这样让人咋干活?巧红不高兴了,说你干你的,我干我的。青木说可你这样,我咋干活?就像犁地,一头驴站下了,另一头驴咋走?

巧红实在撑不住了,便揭了衣襟对着糜子挤起奶来。乳汁落在糜叶上又流到地上,乳香味儿就飘散开来。儿子过了满岁了,早就贪上了五谷,公公婆婆已不止一次催促她断奶,让她生第二胎。政策规定只能生两个,间隔期四年,胎数管得很严,年限却管得很松。女人只有断了奶才能再怀,她也想着断了,再生上一个,撂给公公婆婆抓养,然后和青木进城里打工。青木说得对,这土地就是把人种进去也长不出好日子来了。巧红这几天给谷雨喂奶就一天比一天少了。要让奶憋上去,就不能经常挤,经常挤就和娃娃还在吃一样,是轻易回不去的。可她实在没办法,那哭声就像谷雨厚墩墩的小手抓捏她的奶头。

几次跳沟崖跳出了几身汗水，浑身就乏困酸软，巧红躺在蛇皮袋子上歇缓下来。青木也躺下了。巧红薄薄的水红衣衫被搓上去了一些，露出一圈白皙的腰身来。青木拔了一根毛谷子去触摸那腰身，巧红给了他一巴掌，把衣服拉下来裹严实了自己。

有两只麻雀在草地上刨食，它们刨开地皮，啄食鲜嫩的草茎。一场透雨让地皮酥软了，麻雀的爪爪一刨，嫩黄的、粉红的、淡青的草根就露了出来。它们边啄边叫，蹦蹦跳跳地互相追逐。山风刮过坡地，一点都不野。青木偷眼去看巧红，巧红不知在想啥。忽然一只麻雀就跳到另一只麻雀身上去了，青木看得皮紧骨壮的，他伸长脖子窥了巧红一眼，发现巧红并没看那对麻雀，目光痴痴的，就有些失望。巧红要是看见了，他就能在这野地里把事做了。青木把手伸过去，抚摸巧红的腰身，又挨了一巴掌。青木扑过去将巧红压在身下，巧红恼怒了，连掐带咬。青木嗷嗷大叫着撒手滚开，胳膊上已给巧红掐拧出几个青印，肩膀也被抠了两道血痕，火辣辣地疼。青木没想到巧红这么对他，蹬了巧红一脚，到阴凉地方躺着去了。平时巧红会像做错了事的娃娃到他身边来，可今天他躺了好一会儿，巧红都没来。偷眼去看时，巧红已锄到远处了。

一群鸟飞过了头顶，又一群鸟飞过了头顶，太阳就坐在山头上了。巧红扛着锄一阵风似的回家了。青木悠悠浪浪晃到家，巧红已做好了饭。吃饭时青木不说话，脸子拉得老长。巧红说我看看，还越来越娇嫩了，苍蝇爪爪蹬了一下都当大病害哩。说着拧了青木的脸蛋一下，又捅了青木的胳肢窝一下。青木没憋住扑哧一声笑了。女人脸皮薄，先说了话，就算道歉了。青木再板起脸孔来，也就没意思了。

谷雨跟奶奶睡，巧红逗了一阵谷雨。谷雨掀了几次衫子，巧红没给喂奶，她给婆婆说从今个起断了奶去。婆婆说就是，断了去。巧红亲了谷雨几口，回到自己的窑里。见青木还坐在那里，巧红说还不睡？青木虽不生气了，却硬撑着说你这人咋了？城里人吃过饭还散步消化消化呢。巧红说那你就学城里人出去散步吧。

巧红一边打开包袱，一边说这谷雨个儿长得太快了，三天两头就得誊鞋样子。巧红这么说着，看了青木一眼。谷雨的鞋样从前洼水灵儿家誊来还没一个月，就是小了往大放一圈儿是个啥难事？青木知道巧红在找借口，心里笑着，嘴上却说不用去誊样子了，下回咱去赶个集，儿子能穿买的鞋了。巧红停顿了一下，说娃娃是笼里的馍馍，一蒸一个样子，买一双鞋花十几块，穿不烂就穿不成了，白糟蹋钱。青木说我就喜欢糟蹋这个钱。

青木本来还想憋一阵，可他实在管不住自己了，就抱住了巧红。巧红没反抗，青木就举起巧红来，巧红却一缩身子逃开了，说看把你精神大的，我去洗脸了。青木两把就扒了个净光，巧红一上炕，他就将巧红箍进了怀里。青木做那事的时候巧红一点也不主动，连个声气都没。青木觉得没意思，草草地完事。巧红钻出被窝，青木打了两个哈欠，说睡吧。

　　青木的呼噜声响起来了，巧红摸索着穿好了衣服，轻轻出了门。出了大门那哭声就响亮起来，一浪一浪地扑过来，哭声就像找不到奶头的小嘴乱咂乱唧，这让她的两个奶头格外地憋胀生疼。村子一片漆黑，像堆满了高高低低的铁疙瘩。多熟的路到了晚上都是陌生的，巧红走得磕磕绊绊，跟头流星的。

　　一道深沟像大刀砍下的，将村子劈成两半，这厢住着朱家，那厢住着牛家。门对着门都能看得见窑洞里的灯光和人影，可要走到一起，一上一下有六七里。夜里，很少有人翻这沟，累人不说，这沟还邪气。谁也记不得这沟里死过多少人，有失脚滚落摔死的，有被日子逼得没办法跳崖的，有在沟坡里放牲口割草被上面扑下来的山洪卷走的，也有莫名其妙地死在沟里的，都是冤死鬼。最多的一次死过九个人，是朱牛两姓为了争地盘，打了族架。沟两边的人都想将对方箍在沟底，结果两姓人就在沟底相遇了，一天结束，共死了九人，伤者无数。据说冤死鬼只有拉到了替死鬼才能投胎转世，鬼怕白日不敢出来，夜里沟里就到处是冤死鬼，等着拉替死鬼。春生有个晚上找赤脚医生给奶奶看病，到了沟里被三个鬼摁住了，都要拉他去，结果三个鬼打起来了，他才捡了条命。说得活灵活现，吓得有人尿过裤子。只要夜晚有人吼曲儿，必是有人要过沟，村里人叫吼夜！

　　巧红到了沟沿边心里发怵，是月头还是月尾记不清了，一点亮气都没有，沟墨黑得像吃人的大嘴。巧红硬着头皮往下走，刚下到半坡就摔了一跤，爬起来就听到一种像鸟又不像鸟的叫声。又想到种糜子的时候，老聋子从沟坡滚下去死了还没过五七，心里直打寒战。巧红对着摔倒的地方唾了几口唾沫继续往下走，快到沟底了，又跌了一跤，耳边是杂七杂八的声音，就是没了那尖细的哭声。巧红心里说这个小坏种，你哭出个声儿来也顶个事呢，偏偏这时没了哭声儿。越走越害怕，越害怕手脚越不利索了。忽然，沟沿上有了吼声，粗壮高亢的吼声：

　　　　大河向东流哇
　　　　天上的星星参北斗哇
　　　　说走咱就走哇
　　　　你有我有全都有哇

路见不平一声吼哇

该出手时就出手哇

风风火火闯九州哇

　　巧红心里一下就踏实了。这歌声就像灯光，有这歌声壮胆，巧红脚下也平稳了许多。巧红屏息听听，想听出是谁，可男人吼起这歌来都一个声儿。那个"哇"字就像大戏里的黑头吼出来的，带着雄浑的尾音儿。

　　到了秋早家门口，已是汗水湿透衫子，都能拧出水来了。巧红顾不上喘口气就进了秋早家院子。院心有火光一明一暗的，隐约看见秋早跪在院子里烧香。巧红轻轻地咳了一声，秋早问了声谁？巧红说我，还不等秋早说啥，便钻进屋里去了。

　　冬儿正愁眉苦脸地抱着娃摇来摇去，半裸的上身露出奶头来，瘪瘪的。巧红爬上炕去，抹起衣襟露出奶头，先对着墙挤掉了些奶水，然后接过娃，只见那娃鱼一样的嘴唇都青紫了。当奶头塞进娃的嘴里，娃的哭声没了，一阵咕噜咕噜的吞咽声响起来。娃贪婪地吸吮着，奶头一下子没了憋胀生疼的感觉，好不轻松，好不舒坦。奶头给娃娃厚墩墩的手抓捏着，巧红觉得浑身的筋骨都散开了。她轻轻地拍着娃的屁股蛋子，甚至发出了哦哦嗯嗯的声音。回头看冬儿，冬儿却正痴迷地看着她，她脸红了。

　　冬儿流产了几次才坐了胎，这娃更是命根子。她看着巧红，抚摸着巧红的后背，甚至把头贴在了巧红的背上。巧红抚摸着娃的头说这小家伙的头发好密，长大一定是个硬气的汉子。冬儿笑笑说怀上的时候他就不安分，老动。冬儿跳下炕去，拿了毛巾上来，拉起巧红的衣衫替她擦着身上的汗水，从脊背到前胸，连胳肢窝都擦了一遍。随后又跳下炕去，舀了盆清水把毛巾淘了一遍，又把巧红的脸擦了一遍。

　　冬儿拆开一包饼干，又喊秋早拆一瓶罐头来，橘子的。巧红说刚刚吃过饭，别费了。冬儿硬往巧红的嘴里塞了两块饼干，说这又吃不饱人。巧红说看你身子也不单薄，咋就没奶？是不是让啥把奶给踩去了？冬儿说母猪下过崽，不过已经出月，家里再没有怀崽的东西。巧红说临月时你身上装镜子了没？冬儿说没装。巧红说哎，这就是没婆婆又没娘的过错，咋能连镜子都不装？冬儿命苦，婆婆早些年就去世了，出嫁的前一年又没了娘。

　　奶了一会儿娃，巧红便将娃撤离奶头，说看小坏种贪的，等等再吃，把肚子吃坏了。

　　娃吃过奶不哭了，黑豆一样的眼睛盯着巧红。巧红在娃的脸上亲了一口，娃的嘴一嗫一嗫的。巧红轻轻戳了娃的额头一下说等会再吃，别胀坏了，说着觉得大腿上一热，知道娃尿了。巧红嘻嘻笑着说吃了婶的奶，还知道道个喜，刚从娘肚子里出来就这么懂事。冬儿拉着巧红的手说比他爹懂事，这话让巧红很受活。

秋早进来，把拆开的两瓶罐头一瓶递给巧红，一瓶递给冬儿。巧红没接，看着秋早她就来气了。她很想吃罐头，可今天她一嘴都不会吃。秋早和青木既是同学，又是好朋友，可到头来却狠狠要了青木一把，让青木到现在在村里都抬不起头来。冬儿硬把罐头往巧红怀里塞，巧红说我一吃这东西胃里就泛酸水。

秋早垂着双手站在一边，巧红也不看，冬儿说秋早，今年打水泥窖的经费下来，你要再不给青木家安排，我就和你离婚。巧红却说要个水泥窖做啥？等谷雨隔了奶，青木就带我进城去，活都说下了，青木说两个人打一月工就能打两个水泥窖。

这么说着话，那娃又将头往巧红的怀里拱，巧红说来，再咥上一起子，小猪唠唠。那娃吃了一阵就叼着奶头呼呼睡去了。巧红从娃的嘴里摘出奶头来，跳下炕要走，冬儿说咱姊妹再说说话，你把罐头吃了吧。巧红说谷雨还在家里哭呢，正是缠人的时候。冬儿就对着院子喊秋早，秋早你死在外面了。巧红听了心想，儿子就是女人的势哩，没儿子的时候，冬儿给秋早低眉顺眼的，连个大气都不敢喘。秋早进来，冬儿说巧红要走了，你送送，黑天半夜的，那沟里邪乎。

冬儿要下炕送，巧红拦住说月子里见不得风，造下病是一辈子的事情。冬儿把一点钱塞进巧红手里说明天……巧红把冬儿的手打了回去说，你当谁都是那样的人，明早天一亮我就过来。巧红这话是说给秋早听的。巧红顺手将门拉严实了，秋早把一包东西递过来说给青木提着吧。巧红说不稀罕，就出了大门。巧红在前面走，秋早在后面跟着，巧红回头说你跟着干啥，回去。秋早说我送你，那沟里邪气。巧红说不用，青木在沟里等着接哩，他那人做事意长。秋早说其实我也是没办法，牛家人盯得紧。巧红说那是你们男人的事，要说你跟他说去。秋早又说他们说青木把我当猴子要哩，在干部跟前坏我的名声哩。巧红说你们好得就差穿一条裤子了，你就信别人不信他，他是那号人？秋早又把那包东西递过来说，就当我给他赔不是了。巧红绕开秋早说要给你自己给去。

秋早被这句话钉了那里。巧红走到远处了，秋早说回去给青木说，就说我说了，村长是个尿。

巧红走下沟坡，谣曲就漫了过来，是憋着劲儿吼出来的，那曲儿便有些走样：

不变猪来不变牛

死了变个花枕头

白天跟妹守床被

晚上跟妹睡一头

当然是秋早。这曲儿男人要发疯一样唱出来，比刘欢那歌儿还粗壮，就是有些骚情。巧红脸红了，骂了句臭男人，都是骚猪，有选这曲儿来给女人壮胆的吗？

听着这歌声，巧红翻沟时就很轻松。到沟底抬头一看，前面有一星光亮鬼火似的一眨一闪的。巧红心里紧张，脚步就迟缓了，说老聋子，咱没冤没仇，你可别害我。那火光却像钉在那里，不往前来，也不往后去。虽然秋早使了吃奶的劲还在吼，巧红还是浑身发毛，偏又传来咕咕叽叽的低笑，心揪得更紧。她都要掉头了，就听到说话声，往前走，看把你吓的？

是青木的声音，巧红长出了一口气骂道，死鬼，想把人吓死了打光棍啊。青木说那可不一定，巧红说你不是睡了吗？

村子里现在谁不知道青木和秋早是死对头？现在他和秋早连话都不说，背靠背站着哩。就在一个月前，他还和秋早站在大沟对面骂了一个下午。

要说起来，他们是村里一直坚持念完高中的同学，从一上学直到高中毕业都同一个班，大小事情都互相帮衬着，比亲兄弟还亲。巧红和冬儿也是一个村的，从小到大亲姊妹一样，两家好得打个麻雀都要分着吃。事情出在前年，老瘸子贪污了些退耕还林补助，被人家撤了，村长的位子就空了出来。青木是会计，但他想也没想村长这个事。可青木没想到自己被朱姓推出来选村长，他不想干，掌门三爷把他传了去拍桌子说这是啥事？你当你家里的事，由着性子来？十来年的书念到狗肚子里去了，连个轻重都觉不来。该花多少你花，咱朱家人摊。在族里，三爷骂谁就意味着谁确实把事做错了。

牛姓推出来的候选人却是秋早。快选举时秋早来找青木说，他们逼我参选，我才不想当这个破村长，老瘸子才弄了三千多块钱，就让人家撤了不说，还让后账找得不得安生。你说我这身体，到城里一年咋也弄个万儿八千的。我是应付差事哩，我要到城里去闯闯，我全力支持你。

青木就说我也一样，我当了一年会计不到就受够了。上面来的人让你抱头捧脚，可找他们办个事，他们看都不看你一眼。

后来，秋早当选村长，青木也没啥想法，反正他不想当村长，谷雨断了奶他就和巧红到城里去。有一次他去赶集，和在乡上当干部的一个亲戚一起喝酒。几杯酒下肚，亲戚骂了他个狗血喷头。才知道他和秋早说的那些话，秋早调盐加醋地对乡长都说了。亲戚说青木你太不成熟了，怎么能背后乱说呢？伺候领导咋啦，自古就这么个理。青木才明白秋早有多么阴险，回来就气势汹汹地找秋早骂了一架，秋早一句话都没回。他曾给三爷认过错，并发誓要把秋早扳倒。可三爷却说秋早干得挺好的。

青木出来捶着自己的头说你真是个猪脑子，三爷再厉害也是人啊，人家一次给打了两口水泥窖就把三爷收买了。和秋早骂完架的那晚，青木在月光静静的小岗上坐了半夜，才释然地嘘出一口长气来，说反正老子就没想过当村长，老子明年就到城里去……

青木坐下来，巧红说走呀，深更半夜坐在这沟里。青木说沟里看夜多好，星星像钻石一样流成一条河哩。青木又说你瓜呀？巧红嗫嚅着说那娃没奶，哭得人心焦，我奶头上就像有一双小手抓来抓去的。青木说你不是给我说去菊子家誊鞋样儿去吗？巧红说人家的心思都让你猜透了。青木说我早就猜出来了，罢罢罢，过去的事情我不想提了，再说谁能保证儿孙不吃别人的奶？

秋早在沟沿上扯破嗓子还在吼：

妹妹你大胆地往前走呀
往前走 莫回呀头
通天的大路
九千九百九千九百九哇

吼完了《妹妹你大胆地往前走》，秋早又吼起《流浪的人在外想念你》，青木说挣死你个狗日的。巧红就明白了秋早听不到她上了沟沿，就会一直吼下去。

青木说，狗日的把嗓子都吼哑了。

巧红说，腿子酸困得不行了，上不了沟沿，你背我吧。

青木说，你把功劳挣回来了，让秋早背。

巧红说，这可是你说的，我叫一声他就会下来的，你信不信？

青木说，是啊，人家现在是村长了，多少女人都想着人家哩。

巧红说，放屁，说完就自顾自往沟沿上爬了。

青木紧走几步绕到巧红前面，弓下腰来说上来吧，你有儿子了，就有势了，人的脾气也就大了，不敢惹了啊。

巧红绕过青木，青木又绕到前面把腰弓下说上来吧，你省点劲，回去你还有用呢。

巧红说，秋早让我给你说一声，村长是个屎！

青木说，他真这么说？

巧红说，我哄你干啥？他还让我给你提烟酒，我说你不稀罕，要送你亲自给他送去吧。

青木说，我的好女人，还不上来？

巧红上了青木的背，摸着青木的头发说那娃头发好密，长大一定是个硬气的汉子。

青木说，有谷雨硬吗？

巧红说，长大了都那样吧。

夜黑漆漆的，对面的歌声还在吼，很嘶哑，巧红一进屋就找出手电筒来，像电影里那样向着对面晃了几个圈，那歌声才停了。

【作者简介】

季栋梁：1963 年出生。自创作至今已发表作品三百多万字。出版散文集《和木头说话》《从会漏的路上回来》，长篇小说《本命》《胭脂巷》等。作品入选多种文学选本。

选自《小说选刊》2009年第6期

海军往事

陆颖墨

长 波

如果你走进海湾里那座长波台，就会被那一座座高耸的天线震撼。每座天线有一百多米高，战士们每个月都要爬到天线顶维护。更多的是你看不到的，全在山洞里面，据说山洞里的机房比一个电影院还大。潜艇在水下远航时，只有长波台发出的电波才能传到千里之外，再进入海底。指挥部也只有通过长波台才能指挥远航的潜艇。

在这里，有一件怪事，常常会听到官兵之间问候不是你吃了吗？而是照了吗？照什么呢，一问，说是照镜子；再细问，才知道他们说的镜子是一个人，这个人或者说这个镜子，现在长波台的官兵还都没有见过。

他姓霍，是建设长波台时的总指挥，大家都叫他霍总。

那是上世纪六十年代初，长波台刚要开工建设，援建的苏联专家到这片海滩打个卯竟撤走回国了，大大小小一千七百多箱设备零件就堆在工地上。

之前，刚组建的人民海军潜艇是依靠苏联的长波台，所以说，长波台的建立，关系到中国的主权。到现在这个份上，不管多艰难，中国人也要把自己的长波台建起来。海军迅速抽调力量组建了一个指挥部，一时，荒凉的海滩热闹起来，除了两个工兵团，还来了大批的知识分子，都是全海军挑出的宝贝疙瘩。别看住着工棚，随便抓一个，不是清华、北大的，就是哈军工、西军电的，手气好时还能碰上个刚刚留苏回来的博士。当时大家奇怪的只是，上级派来的一把手霍总却是一位只在长征路上才开始识字的大老粗。

霍总在战争年代的传奇故事很多，如过草地时，他七天七夜不吃饭，居然没有饿得晕倒，出了草地，还能马上投入战斗，空腹空手夺来两支步枪；再比如，百团大战中，他单身爬入炮楼，用一颗土制手榴弹让七个鬼子都举了双手。还有一些可能是传神了，说泸定桥二十二勇士中有他，太行山用步枪打下日本飞机的也是他。不管怎么说，说明无论普通战士，还是知识分子，对老革命的尊重和对英雄的崇拜是毫无疑问的。

刚来那几天，几乎所有的人都是在仰视着霍总，他在指挥部的地位也无人可比。有一件小事可以为证，那时条件差，全指挥部的小车只有一辆，是苏联的嘎斯小吉普。霍总左腿上留着弹片，在方圆十几公里的海滩转悠全靠着这个吉普。他不坐的时候，那辆车就停着，没有规定别人不能坐那辆车，但没有人会想起去坐那辆车。

但是越来越多的人发现了霍总的文化水平。最明显的标志是经常说错别字，如果说把"造诣"说成了"造脂"还可以理解的话，那么在一次交班会上把"注意灼伤"说成"注意约伤"，在场的人只有面面相觑了。知识分子的嘴巴比一般的军人要活跃，渐渐议论就多了，霍总这样的文化水平能不能当好这个总指挥，确实叫好多人捏把汗，毕竟这个工程的科技含量太高，而且是那么重要。

开工誓师大会，是在海边的一片沙滩上举行的，主席台也就是架起的几块木板。系在两根木杆上的会标，让海风吹得猎猎作响，两千多名官兵都坐着小马扎，黑压压的一片。大会开始前，全场起立，唱起了《义勇军进行曲》，当时，大家唱得都很豪迈，也很激动。指挥部参谋长宣布开会后，霍总开始讲话。他一张嘴，就让全场振奋起来。

他说："同志们，你们知道这个工程是谁批准的吗？！"

台下一片寂静，大多数人都张大嘴巴等待结果。

他顿了一下，抬高嗓门说："是伟大领袖毛主席亲自批准的！"

顿时台下的人都挺身坐得笔直，好像长高了一截。

他又说："现在苏联人拿我们一把，只有靠我们自己了。如果我们完不成任务，毛主席就会睡不着觉。我们能让毛主席睡不着觉吗？"说着站起来用右臂猛地一挥。

台下传来了雷鸣般的吼声"不能"！

一时间，整个海滩让一股豪迈之气震撼，仿佛潮水也退了一大截。这时，霍总又是人们传说中的霍总了。他喝口水，坐下来，拿出准备好的稿子，开始部署任务。

麻烦来了。

他刚念到第二节，就出了个错别字。当时全场还沉浸在豪迈的气氛里，没有什么反应。等他念到那些专业名词时，那些知识分子竖起耳朵，拿着笔记本用心记录时，出错的频率一下子增多了，有时一句话中会念错两三个字。

台下出现了嗡嗡的议论声。霍总自己不知道发生了什么事，疑惑地停下来，看了看台下。由于他的目光，台下暂时又安静了。可他刚开口念了一会儿，又嗡嗡地议论起来。他忽然觉察到什么，右手翻开下页时，翻了两次才翻过去。但他还是稳得住，清清嗓子又接着念了下去。下面记笔记的由于许多次听不明白，只好停下手中的笔，一个个满脸迷茫。

突然，他再一次念到了"频率"两字，念的是"步卒"，终于有人听明白了，前排有个调皮的开发了艺术细胞，说了句"我们不是步兵是海军"，周边上的几个人忍不住"哧哧"笑了起来。

霍总自然听到了，脸上再也挂不住了。他是个直性子，突然把手中稿子朝前面用力一摔，大声说"写的什么破玩意儿，没法念"。

全场惊呆了。

稿子散了一地，让风吹得满地跑。主持会议的参谋长带着几个兵费了好大的劲，才一张张捉了回来。参谋长满头大汗地把稿子理好，用目光请示霍总。这时的霍总喘着粗气谁也不理，用手撑着脑门，满脸涨得通红。参谋长咳嗽了一下，对台下说："我先做个自我批评。这稿子是我带人准备的，昨天晚上搞得匆忙了些。字体比较潦草，笔误也比较多。霍总年龄大了，眼睛老花，念起来不方便。现在由我来替首长念完。"然后，参谋长就念了起来。

霍总还是保持那个姿势，一直到参谋长念完。

参谋长收起稿子，请示霍总："是不是散会？"

霍总看了他一眼，突然说："我说几句，刚才参谋长有几句话讲得不对。"

参谋长一下子紧张了，在场的人也都紧张了。

霍总从参谋长面前把稿子又拿过去，然后面对台下举起来："哪有什么笔误？哪有什么潦草？大家都看看，这稿子写得很好，字体也很工整。"

参谋长一脸尴尬。

霍总缓了口气："同样的稿子，为什么我念不下去，而参谋长念得好好的呢？你们说。"

这时候，自然没有人会站起来回答他的这个问题。

他说："很简单，就因为参谋长上过高中，有文化；而我小学都没上过，没文化。这下好啊，大家都可以看到有文化和没文化的区别了吧。"他停了一下，又说："在座的，文化程度有高的，也有低的。我想啊，这长波台咱中国人没搞过，文化程度不论高低，都要拿镜子照自己身上的不足。低的自然要学。为了让苏联人不笑话我们，为了让毛主席能睡得着觉，高的也要学。从今天开始，我带头学，因为你们的文化都比我高，都是我的老师。"

全场起立，自发地响起了雷鸣般掌声。从此以后，找自身的不足和抓学习成了这支部队的传家宝。一代又一代的人都把这个故事的主人公当作一面镜子。

彼 岸

要说这龙凤岛上的居民，海虎是老资格了。

海虎是一条军犬，纯种的德国黑背。打从海军陆战队驻守龙凤岛以来，海虎就一直住在这里。兵换了一茬又一茬，海虎总是站在码头热泪盈眶地看着它那些身穿海洋迷彩服的伙伴消失在海天相连的地方，又含情脉脉地迎来了新的伙伴。

一晃十年过去了，海虎老了。

驯犬员王海生是七年前上岛的。前任把海虎交给海生时，他还是个新兵，如今已是三期士官。在岛上论资格，海生仅次于海虎。别看现在在礁盘上巡逻，是海生牵着海虎，海生刚上岛头一年，上礁盘都得要海虎带着。这龙凤岛在南中国海的南端，方圆大小不会超过两个足球场，四周都是白花花一片珊瑚礁。那礁石像花一样绽放在海面，可每个海石花缝隙之间多是几十米深的海沟，谁要是一失足掉进去，出来的可能性几乎没有。特别是涨潮时，不少珊瑚岛礁在水下，巡逻走上去，哪儿能落脚，哪儿要避开，一般士兵不摸个一年半载是不会清楚的。这种情况下，都是要靠海虎来做向导。

海虎退休的命令是一艘地方的水船带上岛的。一同上岛的还有一条军犬训练基地毕业的年轻黑背，名叫金刚。海生虽然心里有准备，但没想到上级的动作这么快。他赶紧找到守备队长，要求请示上级，把海虎再留下来一段时间，就当是超期服役。

队长是去年刚从军校毕业后上岛的，年龄比海生还小两岁，对老同志海生的意见自然不好当面否决，就劝他："老王，我知道你和海虎感情很深，要不战友们怎么都把你们俩叫兄弟。"

海生不否认他和海虎的兄弟关系。海虎原来叫大宝，听起来像一个化妆品的名字，正因为战友们这么说，他索性把它改名叫王海虎，和自己一个系列。

队长装模作样地叹口气："谁都讲感情。可你想过没有，就算这狗，王海虎同志，和你一样真是个人，人也要退休的呀。你放心，我问过了，海虎退休回大陆后，就进了军犬休养队，有人伺候着它，何苦让它在这吃这么大的苦。"

其实这些海生都知道，他想了想说："我感情上不想让海虎走是一方面，主要还是咱龙凤岛现在离不开它。"

队长一愣，马上笑着说："金刚不是上来了吗？再说了，真没有军犬，咱海军陆战队就守不了这么个小岛了？"

海生说："队长，你看咱们上岛的队员，现在基本上是一年一轮换，连几任队长也是两三年就高升走了，所以，你也快升了。"

队长笑着搡了他一拳："哄我有意思吗？净拍不花本钱的马屁。"

海生一脸认真地说："我听我师傅说，海虎刚到龙凤岛也是两眼一抹黑，有两次上礁盘也是差一点掉到沟缝里，一年半以后，它才完全熟悉地形。你说，要是我这兄弟一走，这礁盘上巡逻安全可要伤你脑筋了。你别看着我，我是指望不上的。大家说我是活礁盘，那才扯淡呢，没有海虎，我可不敢上礁盘。"

队长看海生不像是自我贬低的样子，还真有点疑惑了。忽然，他想起了什么："好你个王海生，差点让你糊弄住了，前几天你这弟弟居然爬到我的床上，你说它老了，眼睛花了。咱们陆战队巡逻还非得让一条老花眼的军犬领着？"

这回海生心虚了，这狗确实眼睛老花了，其实他也早知道，队长只是刚发现罢了。不过，他有招，回头叫了一声："王海虎同志。"

海虎马上跑了过来。海生说："快去把视力表拿来。"海虎一溜烟不见了，不一会儿，叼来一张大家常见的视力表。不过，这视力表一看就是海生用钢笔描出来了，上面的E字都长得不太周正。他打开一个小木箱，笑着对队长说："这也是水船刚带上来的。"说着，掏出一把眼镜，有十多副。

"你这是干什么？"队长纳闷了。

海生把视力表用饭粒粘在了椰子树上，让海虎在五米处坐好。他拿起一副眼镜，用橡皮筋给海虎戴上，像模像样地测起视力来了。

战友们都觉得好玩，围过来看怎样给狗测视力，都说海生这么闹着玩太有创意了。

海虎戴上老花镜，像模像样地伸起前右爪上下左右地挥舞，等换到第五副眼镜时，它的视力达到了一点五。这小子肯定让海虎对着视力表训练好长时间了。

"好了，你不当飞行员，这二点零就不指望了。"海生拍了拍海虎脑袋说，转身问队长，"怎么样，你还能说它视力不行吗？这叫老狗伏枥，志在海疆；海虎暮年，壮心不已。"

队长又好气又好笑，但是完全被海生这番真情和心血感动，他不声不响去了趟队部，回来后对海生说："请示了一下，就让海虎在岛上再待一阵吧。我汇报了它的作川、让它带带金刚。"

海生惊喜地抱起海虎："快亲队长一下。"

海虎似乎也明白了，还真张开了嘴，友好地露出白森森的牙齿。队长闪身连连摇手："好好好，心领了心领了。"转身去忙他的去了。水船上的船员看到岛上这条戴着老花眼镜的军犬，都感到新奇，围过来和它合影留念。

于是，礁盘上经常看到海虎领着金刚在熟悉地形。

水船走了没两个礼拜就出了事，还真亏得海虎。

是三号台风。台风来的时候，巨浪滔天，大雨瓢泼。海虎测视力的那棵椰子树，一头秀发随风飞舞一下就成了板寸，战士们防台风都有经验，躲在钢筋水泥碉堡里没有出来。

事情出在台风刚走。防台风时两边窗户都要打开，风带着雨从这边进去再从那边出来，自然就有一些雨点落到桌子上，值班室的值班日志放在抽屉里让渗进的雨水淋湿了。通信员见台风走了，雨也停了，火辣辣的太阳又出来了，赶紧把值班本放在窗台晒干，没想到，忽然来了一阵怪风，把本子吹跑了。这风来的很不地道，一点征兆也没有，更不用说预报。这是南中国海上自生自长的土台风，常常跟着洋台风屁股来偷鸡摸狗，小通信员没经验，一下子中了招。

那值班本像个方"轮胎"朝海边滚去，等几个战士追到海边，值班本已到了海里。情况非常紧急，要知道不少国家的侦察船只经常在这片海域出没，这本子要是真落到他们手里，麻烦就大了。因为这时涨潮，太危险，没法行走，也没法游，战士们无法下水。就在这时，海虎一下子扑向海面，它优美地扭动着身子，熟练地在水面上跳跃，每一次都准确地踩上水下的礁石，不一会儿，就一口叼住那本日志，在大家的欢呼声中返回。突然，一个大浪打了过去。等它再从浪里出来时，行动有些迟缓。海生知道是海水把海虎的老花眼镜打模糊了，心一下子提了起来。但海虎没有让大家失望，它叼着值班本，凭着自己的感觉，又跳跃起来，很快回到了岸上。队长从它口里取出值班本时，激动而又深情地抱着它亲了一下。

第二天早上，海生发现海虎走路后边右腿有些瘸，一看，居然右腿根部有个一寸左右的口子，而且红肿了。海生急了，要知道，虽然现在是初春，可岛上的温度却有四十多摄氏度，要是伤口处理不好，海虎很危险。他赶紧从卫生员那里要来碘酒和消炎药，搬来一把椅子，让海虎坐上去，命令它抬起前爪直立起来，而后，用药棉蘸上碘酒。

当碘酒涂上伤口时，海虎一阵惨叫，它是伤口部位被碘酒刺痛。慌乱中，海虎用前爪把海生推开，刚好抓到海生额头，划去了一块皮。不一会儿，鲜血顺着海生鼻梁流了下来。海生捂着额头朝门外跑了几步，又回过头来用另一只手拍拍吓呆了的海虎："没事，没事。"

因为岛上没有狂犬疫苗，海生受伤的又是头部三角危险区，因为海岛到大陆有两天两夜的航程，上级很快派直升机把海生接走了。

海生一走，海虎开始不吃不喝了。

开始，大家也没太在意，觉得一时的事，虽然它知道自己误伤了海生后悔，虽然它想念海生，但毕竟是条狗，肚子饿了吃东西是本能，饿极了还能不吃？

这样到第三天，大家知道了问题的严重性。队长让大家想办法，海生的战友们各自拿出自己珍藏的宝贝，有排骨罐头，有牛肉罐头，还有红烧肉罐头，一共十几种，放在海虎面前。任凭香味环绕，海虎的鼻子居然没有丝毫反应，更不用说喉结了。到天黑时，由于天气太热，这些罐头只好让金刚当自助餐了。

从军用长途里得知海虎已饿了三天，海生在医院里急得脸都白了，赶紧找到医生，要求出院。医生训了他一顿："你没拆线就想着出去，再说还有一针狂犬疫苗没有打，你不要命了！上级批准用直升机救你来医院，你以为是闹着玩的？"

他只好偷偷溜到码头，到处打听有没有到龙凤岛的船只，一连三天，都没找到。他急得真想跳进海里游回去。第三天晚上，总算找到一只去金沙岛的水船。海生苦苦哀求终于把船老大打动，同意多绕半天航程，把海生送到龙凤岛。

那两天的航程，对海生来说，是两周，两个月，乃至两年，漫长而又焦虑。等两天后水船靠上龙凤岛码头，没等跳板摆好，海生就飞一样奔向海虎的住处。

犬舍里，队长和几个战士正在摇着一动不动的海虎，队长用手在试它的鼻孔。海生心里一阵激灵，全身都凉了，冲过去扒开他们，大叫："海虎！海虎！"

忽然，海虎缓缓睁开了眼睛，耳朵也慢慢竖了起来，它看到海生，眼珠子顿时闪亮起来。海虎抬起身，居然，吃力地挣扎着站起来了，它没有停止，继续吃力地把自己的两个前腿抬起来张开，像人一样直立起来，一头扑在了海生的怀里。

海生紧紧地抱住它，眼泪止不住掉下来。他喃喃地说："好海虎，想死我了，快吃东西吧……"忽然，他停住了，感到海虎全身重量都压过来，两只手没抱住，海虎整个身躯像小山一样塌了下去。

舱　门

试验进行到四个半月的时候，上将来到了潜艇支队。

这是一次潜艇远航模拟试验，参加试验的官兵都在挑战生理和心理的极限。这艘远航的潜艇其实是一个模拟舱，五十名官兵要在里面待满五个月，所有的事情只能由他们自己处理，哪怕是像阑尾炎这样的简单手术，也要舰艇医生在艇内自己解决。模拟的潜艇并不在海里，是在离海边二十米远的大试验厅内。在已经试验的四个多月里，潜艇遇到了台风引起的涌浪，遇到了不可预测的暗流和礁石，甚至还遇到了敌方的跟踪和攻击，艇长带着大家都闯过来了。

但是，专家组从观察屏幕里看到，艇员们绝大部分时间是在面对寂寞和烦躁。他们还自办了远航简报，每期都以电报的方式传出来，最近的一期上居然有这样三篇小文章，是《怀念阳光》《梦中的月亮》和《在一片蓝天下》。专家们非常理解，阳光、月亮和蓝天已离他们非常遥远了。

将军此次是专门来海军部队调研的，因为首长忙，调研时间只有三天，在支队只停留半天。他的到来，让整个支队乃至海军、舰队都非常重视。因为像总部机关这样级别的首长下来调研，在支队历史上还是第一次。调研要求不要机关陪同，所以机关陪他最大的官就是舰队的作战处长。处长以前是这个支队的参谋长，他悄悄地打了支队长一拳，说："老兄，给你带个话。舰队首长交代，这次调研，潜艇部队就你们一家，你可得给海军露脸。"

将军在码头上一下车，就钻进了一艘新改装的潜艇。在艇员宿舍舱，他拍着狭小的吊床说："潜艇一远航，潜艇兵要在这住上几个月，艰苦是难以想象的。"他回头对支队长说："我是陆军出身，坦克经常坐，头一回钻进潜艇。刚才你还说我个子高，怕进来难受，劝我不要进来。你看，不进来我能看到这些吗？"

支队长笑笑说："唉！再苦再累，我们这些搞潜艇的都习惯了。"

"你们是习惯了，可是好多人不仅不习惯，还不一定能理解呢。"将军说，"你们知道吗，两年前，全军部队伙食费调整时，有的部门还跟我提出来，说潜艇兵的伙食标准和飞行员的一样，是不是太高了，要有差距。说实话，我当时还真犹豫了一下，想了想还是让他们上潜艇体验了一回出海。他们回来后向我汇报说，潜艇兵确实太艰苦了，那点伙食费根本就不高。"

将军说的事情在场人都知道。那回，总部来的几个人听说真能跟潜艇出一次海，而且还能下潜，高兴得够呛。可也就下潜了一个多小时，在海底遇到了小小的涌浪，他们晕船晕得连胆汁都吐出来了，潜艇只好提前返航。

听支队长把这事又说了一遍，将军点头笑了笑说："这些他们回来都说了实话，我问他们潜艇兵吐不吐，他们说也吐，不过我们吐完就躺着不能动了，而潜艇兵一边吐，一边还在战位上操作执行任务。多好的伙食吃下去，只要出海遇到风浪，都吐出来了。所以说呀，两年前我就想到潜艇上来看一看。"

大家不知道两年前那次总部机关来调研，出一次海的意义这么重大，更感动首长对潜艇兵的关心。其实潜艇兵都已经习惯了寂寞，这种寂寞包括远航几个月不出水面，更包括他们的艰苦不为人了解，更不为人理解。飞行员都被称作天之骄子，而他们呢，他们自己开玩笑，称自己为黑鱼，老在水下钻来钻去的，因为潜艇的形状与黑鱼有点像。

将军高大的身躯费劲地爬出潜艇，眯着眼睛看了好一会儿天空，然后上了码头，回头问作战处长："你们现在最长能在水下远航多久？"

作战处长回答："全舰队的潜艇最长的一次执行任务是在水下三个月。"

支队长说："不对，应该说至少四个半月。"

将军一时间没有明白。作战处长明白了，赶紧说："首长，支队正在进行一次时间为五个月的模拟远航试验，现在已经四个半月了。"说着，指指不远处那个试验大厅。

一行人很快就进了试验大厅。从屏幕上，可以看到艇员们在各自的战位上工作，他们丝毫没有也不可能知道舱外有一群人在注视他们。试验专家组组长王教授是海军著名的潜艇医学专家，他用简短通俗的语言汇报了潜艇远航时不同阶段对官兵生理和心理的影响，汇报了专家组得出的初步结论；而且简要地介绍了下一步对艇员训练更加科学化、人性化的设想，包括饮食结构和生活习性的培养和转变。

将军听着很新鲜，特别感兴趣。他若有所思拿起艇员自办的简报翻了起来，碰巧看到上面有一篇短诗，题目是《永远的黄桃》，再一看，内容是歌颂黄桃的。

他有些不解，问王教授："黄桃？这个兵怎么会对黄桃有这么深的感情？还'永远'。"

王教授还真没法回答这个问题。支队长想了想，说："会不会这样，我们在远航的时候，主要是吃罐头，罐头有荤有素，还有水果。你要是吃上几个月，那罐头都咽不下去。还真是，我和这个作者一样，比较能接受的还就是黄桃罐头。"说着，脸上竟露出一丝孩子般的笑容。

边上的作战处长竟然也跟着说："嘿，怪了，我出海时也最爱吃黄桃罐头。"陪同在边上的几个支队领导也都说自己远航时爱吃黄桃罐头，细心的人可以看到他们的喉结都在羞涩地滑动。

王教授一下子像捡了个大宝贝，激动地说："你看你看，我看到这首诗，就没往这想。这可是个新发现,没准这黄桃会成为解开潜艇兵远航饮食课题的一把钥匙。"

将军当然非常高兴,想了想,对随行人员说:"计划改变一下,今天晚上我就住在这里,住在这个模拟舱里,和潜艇兵们好好聊聊,今天运气不错,肯定还能摸到不少珍贵的第一手资料。"

大家都慌了神,将军这么大年龄,那么高个子,要在模拟舱中窝一夜,应该是非常难受的,而且按照训练计划,今晚潜艇要遇到涌浪,模拟舱要晃动起来,将军他能受得了吗?这个责任谁也不敢负。支队长把情况向将军汇报了,坚决要求他不要进舱。

将军笑了笑:"到了舱里,看不到天了,也不怕天塌下来了。我们总部机关来的那几个人都晕过船,我就不能晕一下?我想进去吃两个黄桃罐头,你们还舍不得吗?"然后他收起笑容,认真地说:"刚才,我想了很多。你们这个试验搞得很好,对广大潜艇兵来说是件大好事。对我来说,对全军来说意义还不仅仅如此,我们还有不少战士在雪山上一待半年,在无人区一待几个月,还有野外生存,还有在山洞里待很长时间,这些官兵的生理和心理,我们都要好好地研究。你们说,我今天碰到这么好的机会,再放弃走掉,不是太可惜了吗?"

边上的人听到这些,一时还真不知说什么好,王教授红着脸忽然冒出一句:"首长,你不能进去,不是怕你吃苦,是因为现在潜艇模拟的是水下航行,这种环境下外人是不能进去的,如果舱门打开,就意味这次试验结束。"

将军听了一愣,想了好一会儿,像下了什么决心似的说:"好家伙!你看支队长劝不住我,你想出这么个理由。有那么玄乎吗,你蒙不住我,我今天一定要进去。"

首长说得这么坚决,大家更不好说什么了。于是将军去换作训服,做进舱的准备了。支队长也要去准备,王教授一把拉住,再次强调说:"我必须对试验负责,我是不会打开这个舱门的,你下命令也没用。"

支队长自然明白这些,上个月,海政有个编导从北京来,死缠硬泡要进舱去体验生活,给王教授写了好几首诗,表达他对潜艇兵的真情,王教授感动地和他拥抱之后还是不同意,气得这位编导满怀遗憾走了。但支队长还是诚恳地说:"我知道你是在想我是势利眼,拍上面马屁,以牺牲试验效果来讨好首长。说心里话,开始,我和你的想法是一样的,坚决不能打开舱门,但是现在这个舱门必须打开。总部首长来参加我们这个试验,机会是可遇不可求的。为了总部决策部署好全军其他兄弟单位的试验,我们做出点牺牲,是应该的。"

王教授张了张嘴,也就不再说什么了。这时,将军已做好准备过来了,王教授用电报的形式通知艇长："首长要进来，准备开舱。"

一分钟后，艇长回电："请下达试验结束命令，否则不能开舱。"

支队长急了，又电："是总部首长，上将。我命令你开舱。"

艇长很快回电："我现在执行试验命令，任何违反试验规则的命令都是错误的命令，我拒绝执行。"

支队长一下不知道怎么办好，等在舱门口的将军说："发电，立即打开舱门，如不执行命令，解除艇长职务。"

没想到，刚才和蔼可亲的将军一下子变了脸，而且这么严厉，在场的人都吃了一惊。支队长更加紧张了："赶紧按首长指示发报。"而后，他对将军说："这个艇长非常优秀，舰队已经上报提拔了。"显然看出他是怕这个事情影响到艇长的进步。

偏偏这时候，艇长回电："我必须遵守试验纪律，没有试验停止的命令，我不会开舱。试验结束后，我愿意接受任何处理。"

支队长急得直冒汗，抓着头皮无奈地说了一句："下达试验结束命令吧。"

这时，将军说："停止下达命令。"

他笑了，笑得非常灿烂："试验比我想象的还要成功，我们的潜艇兵比我想象的还要勇敢，还要优秀！我刚才是给他们出了个难题，我还真替他们捏把汗，真担心把他们难倒了。这样吧，我有个愿望，试验结束那一天，我还来，进舱内吃黄桃罐头。"

远　航

"西昌"舰要走了，是最后一次远航。

舰长肖海波下达起航命令时，眼睛像是飞进了小虫子，眨巴了好几下，细心的副舰长发现了，明白那是怎么回事，于是自己的眼圈也红了起来。

"西昌"舰悄悄地驶离了海军博物馆的码头，它走得很沉重，似乎满腹心事。在舰桥上的肖海波看了看手表，已是凌晨两点，他朝左前方张望了一下，整个城市都熟睡了，父亲这时候真的已经睡着了吗？会不会从梦中惊醒？

父亲叫肖远，今年七十多岁了，是"西昌"舰的第一任舰长。三十多年前，国产的"西昌号"驱逐舰刚刚服役下水，就参加了一次海战。激战中一颗炸弹在后甲板爆炸，不知震坏了机舱的哪块部件，引起高压锅炉管道着火和严重泄漏。当时情况很危急，一旦高压锅炉爆炸，"西昌"舰只有沉没。根据险情，剩下的时间只有九分钟，机电部门一片紧张和慌乱。要命的是能够处置这种情况的两位老水兵都是海战中的新手，他们更知道形势的危急，一时都蒙了。一个由于过度紧张，双手不停地发抖，工具都掉到地上；另一个脸色苍白，满头大汗，手里捏着工具在原地转圈。边上的人急得不知怎么办好，甚至有人提出赶快弃舰。这时，舰长肖远从舰桥冲到机舱，抓住两人的衣领，一人一个耳光，而后说：有我在这儿，不要急，慢慢弄。还真怪，两个水兵很快就镇静了，熟练地开始抢修。突然，舱面又传来一阵爆炸声，头顶的一根横梁朝两个水兵砸了下来。肖远冲过去，用身体挡住了。"西昌"舰得救了，肖远在医院躺了三个多月。以后的日子，无论是他担任支队长，还是舰队司令，只要"西昌"舰一起航，肖远受伤的腰部就会隐隐作痛。

昨天上午，在海军博物馆隆重举行了"西昌"舰退役仪式。选定这个日子也是因为肖远，他在舰队医院已经住了一年多了，记不清的化疗和放疗，已经让他铁塔一样的身子虚弱不堪。本来，医院坚决不同意他再走出病房，但是，海军和舰队首长认真研究，觉得这个仪式必须有肖远参加，并要求卫生部门拿出保障办法。经过气象部门的预测，昨天的海边无风，温度终于达到二十八摄氏度，是三月份以来唯一的好天气，终于符合医院提出的要求。

肖远从救护车上下来时，身穿脱下九年的海军中将军装，一帮医护人员带着各种抢救设备，用轮椅把他推上了甲板。"西昌"舰的每一任舰长跟在他的身后，依次走上军舰。现任舰队司令宣布"西昌"舰退役命令后，肖远缓缓地站立起来，给后任的八位"西昌"舰长点名。而后，他用沙哑的嗓子慢慢地说了起来，讲得很平静，只是详细地讲"西昌"舰年龄、吨位、各个部位的尺寸，以及"西昌"舰执行的每一次任务和受过的伤。排在最后的肖海波看到身边的几位老舰长泪流满面。这么多年，父亲从来没有表达过他对"西昌"舰的特殊情感，他不明白父亲在和军舰作最后告别时，为什么依然没有表达，甚至没有评价"西昌"舰。原以为父亲会流泪，但是没有。他命令自己，自己也别流，但眼前还是模糊了……

不到半个小时的讲述，肖远喘着气停顿了十多次，护士用手绢不停地擦拭他额头上的虚汗。临下舰时，肖远摸着舰艏的主炮喃喃地说：再见了，老伙计，我们都退了……等我出院了再来看你。但边上的肖海波知道父亲不可能再看到这个军舰了，父亲的病情他很清楚，不可能再出医院了。正因为这样，大家才告诉他"西昌"舰要永远待在这个博物馆。父亲更不可能知道，这个军舰也要离开博物馆，去执行它最后一次任务。

肖海波已经被任命为新的"西昌"舰舰长，这是国产最新型导弹驱逐舰。新舰已经下水。最后一次试验成功后，就要服役。这个试验就是要验证舰上新型导弹的打击能力，如果仅用一枚导弹能击沉一艘驱逐舰，新"西昌"舰就合格了。而老"西昌"舰就是这次试验的靶舰。肖海波面临的是，他只有亲手击沉老舰，才能驾驶新舰进入人民海军的序列。

肖海波当然知道，过去，老"西昌"舰只要一起航，父亲腰部就会疼，所以担心老"西昌"舰离开博物馆无法瞒住父亲。为这件事，他专门与他父亲的主治医生商量多次，医生们研究了半天拍着胸脯说保证没有问题，因为首长的癌症已到晚期，浑身都在剧痛，每天晚上需要注射镇痛剂才能入眠。他腰部原来的隐隐作痛和现在的病痛相比，可以忽略不计，自然也不会再察觉了。肖海波还是不放心，为了万无一失，上级批准"西昌"舰选定在凌晨出发，这时候父亲已经在药物的作用下进入深睡眠了。

"西昌"舰缓缓地沿着海湾航行，除了左边远处海岸边偶尔冒出的点点渔火和航标灯，剩下都是漆黑一片，大海也仿佛睡着了。负责夜间值班的副舰长劝肖海波回自己的舱室抓紧时间休息，因为明天下午到了目的地，还要指挥新"西昌"舰参加重要的试验。

肖海波回到舰长室，躺在铺上，刚睡着没几分钟，就莫名其妙惊醒。这是以前从没有过的，他觉得有什么不对，赶紧起身穿衣奔向舰桥，问正在指挥驾驶的副长有没有异常情况。副长让他问愣了，说一切都很正常。肖海波看看确实没有什么事，但就是不想离开舰桥。他找了个理由，笑着对副长说：新"西昌"舰靠电子信息系统指挥，指挥室在舰艇中心舱室，外面什么情况都在屏幕上一目了然，上舰桥来的机会也不多了，我就在这再待一会儿。刚说完，信号兵报告左侧海岸边山头有信号。

副长说："是不是睡迷糊了，这个山头上没有信号灯塔。"

肖海波也知道信号兵肯定弄错了，这段航道他太熟悉了，左边山头是……忽然他身子一激灵，跳了起来，赶紧拿起望远镜朝山顶看去，马上呆住了。

山顶上有一个小亭子，亭子里有几个人，父亲肖远坐在轮椅上，正用手电朝军舰发着信号，反复只有两个字：去哪？

肖海波知道舰队医院就在山那边，医院离这个山脚有几公里，这倒并不要紧，因为有公路。问题是山脚到山顶的石阶路有一公里多，父亲是怎么上去的。无论是抬、背，医护人员固然辛苦，父亲的病躯要承受多大的痛苦和危险，更不用说现在夜里海风很大，很冷。这一切他没法细想，因为父亲的信号还在问他，他必须赶快回答。

父亲果然没有被瞒住，镇痛药能镇住癌症病痛，却无法割断"西昌"舰对他的牵引。他觉得关于"西昌"舰的一切，他是无法隐瞒父亲的，现在只有将全部真实情况告诉父亲。但是他遇到一个技术难题。因为这次导弹试验密级很高，信号灯的语言是全世界统一的，如果现在用信号灯告诉父亲，那就会严重泄密，怎么办？

他想起了自己小时候，常常和一帮小伙伴们光着屁股趴在沙滩上，等待着父亲们出海归来。那时，国产驱逐舰还没下水，父亲还是快艇艇长，记得有一次，因为小伙伴的父亲没有回来，父亲对那小伙伴说："你爸爸远航去了，去了很远很远的地方。"多年以后，肖海波才知道那个叔叔在战斗中牺牲了。他马上对信号兵说回信：军舰要去远航，要去很远很远的地方，但只走很短很短的时间。

父亲似乎明白了什么，但依然不死心，又问：远航？

肖海波回答：是的，就像我小时候那个叔叔远航一样。

父亲那边又问：为什么？真是最后一次了吗？

肖海波回答：是最后一次，也是第一次。

父亲那边停了一会儿，又问：第一次什么时候？

肖海波回答：很快，但是军舰变年轻了，就像您当年第一次见它一样年轻。

父亲好一会儿没有回信，军舰快要驶远了，肖海波命令放慢航速再等待一会儿，终于父亲回信：我真羡慕它，能在轰轰烈烈中远航。

军舰渐渐远去，山上再也没有信号发出，肖海波这才发现自己刚刚读懂父亲，这时，他在望远镜里惊讶地看到，父亲的眼角闪着亮光。这是他第一次看到父亲流泪。

一个月后，按照肖远的遗嘱，在我国最新型的导弹驱逐舰——"西昌"舰上为这位老舰长举行了海葬。

【作者简介】

陆颖墨：1963 年生于江苏常州，毕业于海军工程大学，工学硕士，现任海军机关某部副部长。主要作品有小说集《寻找我的海魂衫》，电视剧《军港之夜》等。

选自《小说选刊》2009年第9期

昔我往矣

王　甜

　　在去医院之前的几个月时间里，永明开始了穿越真实与迷幻两个世界的寻找。那时候他的寻找方式常常是具体的，不顾年事已高且疾病缠身，动用了一切在主观上还属于自己的物件：拐杖、电筒、昏花的眼睛和偶尔哆嗦的腿，去所有熟悉与不熟悉的角落翻翻拣拣。那些地点都看似平常却又暗藏玄机，比如小花园西面一丛已经枯死的三角梅所形成的杂草堆，又比如工具间阴冷潮湿的门背后。熟悉与不熟悉也是相对而言的，有时去熟了的地方，某一次再去，忽然会有奇异的发现，眼前宛若一片佛光祥云，一棵树变成了从未见过的一棵树，一张脸幻化为梦中的一张脸，周遭的景致混合在一起熠熠闪烁，全然是焕发了青春的新天新地。他究竟在找什么，没有人知道；他找到了什么，倒是一目了然——从他含混不清的目光与怅然若失的表情。所有人都不闻不问，假装对这些无用亦无害的行为予以认同。

　　他能找到什么呢？到了这个年纪，生命里的所有都只能是负增长，做着减法一般不断地失去，失去。哪怕是安宁。哪怕是回忆。

　　从医院回来之后，永明倒乖顺了很多，他把自己装扮成一个影子，牢牢挂靠在南雁身上。雁。雁。他这样唤着，几十年不变——当然是背着外人的，孩子们在家时他就喊"南雁"，跟街坊说起她就是"我们家小蒋"。她比他小，当然是小蒋。他唤她时面上已经没有表情，声音也寥落下去，只有眼神还揪着，加倍用力地揪着。

　　他只剩了一双眼睛，唯一的曲折小径，让人可以进入他漠漠的领地。南雁陪他在阳台上晒太阳，坐在他身边，用长满老年斑的手轻轻抚着他皮肤松弛的后脖。只是枯坐，然而是永明最大的满足，他缓缓移过眼睛来研究南雁的面孔，许久许久，渐渐眼中升起了混沌之气，南雁知道，他又开始了寻找。

　　现在他是用另一种方式寻找。记忆也是一个个不起眼的角落，如果不常去，再熟悉的地方也会杂草丛生，阴冷潮湿。相比之下，在头脑中的寻找更加简略却更加艰难，通往回忆的路上阡陌纵横，险象环生。他总是孩子般胆怯了，要她扶着，所以不由自主地唤着，雁，雁。

南雁握紧了他的手，她是他辽远的故乡，也是他栖身的小屋，他最广大的世界，只要还能感受到她的温度，天就不会黑。他的手努力地回握了一下。南雁知道，永明又一次在无声地哀告。他能找到的不多了，南雁得帮帮他。

"好，就好。"

开篇总是预设好安抚的口气，仿佛是演奏之前校正音调。同样的话她恐怕说了几百万次了，如果把它们一遍遍写下来，就是木简也被写穿了；如果它们变成人的模样，应该比他们两个加起来还老。历史在陈述中简单循环，绕着一个圈儿跑，说不上起点亦看不到终点，山河岁月都变得无穷无尽。多年来，她不停地说，毫无新意地说，心里总有些歉意。也只有他听得下去，每次都听得认认真真，像听别人的故事。

"我命中注定是要照顾你一辈子的。从第一眼看到你，我就知道了。"

再平常的"第一眼"，经了自一九四八年盛夏以来漫长的回忆加工也变得万水千山、余音绕梁。那个野战医院安置在一个叫金龙沟的地方，隐蔽得很好，充斥着山里野洋槐的暗香和疯狂做声的蝉鸣，如果没有满地伤员，可以说这里风景如画。医院的地理位置没有变，但随着战事的吃紧，离前线却越来越近了。那天伤员特别多，简易病房一时放不下，门口积累着，红红白白一片，呻吟一片。有的还没等到腾出床位来就不行了，医生检查证实后，默默点一点头，就让小兵抬到后院去，集中放一排，等待入殓。比起伤员来说，这一排的人显得沉默而整齐，保持着基本队形，一律用纱布蒙脸，纱布不够了就拿几枝树叶盖一盖。

南雁出来倒一盆血糊糊的水，她胸前的围腰、左臂上的红十字袖章都沾着深深浅浅、极有渊源的血迹，红成一块一块的，理直气壮的，好像这辈子就没打算与其他颜色打交道。往临时排水沟里泼掉了水后，南雁甩甩手上的残液，小心地蜷起拳头，用手背擦了擦汗，将粘在额上的乱发拨到头上去。这时她看到"那一排"旁边蹲着个穿军装的人，一一掀开纱布或树叶看一看，再盖回去。

"你在找什么人吗？"南雁开口问。

那年轻人像遇到诈尸了，浑身一颤，刷地站起来惊恐地看看南雁，晕头晕脑地转过身跑了。他是太过专注，忽然被人一打搅，不知道下一步该怎么做了。只有跑。

一个有着吃惊眼神的黑皮肤方脸的军人。缺少战场以外实际经验的军人。

被形容成惊鸿一瞥的最初印象也不过如此。可以判断南雁那句"从第一眼看到你"所引出的情意绵绵的预言是不准确的，至少那一眼没有使她在心里让自己与这个年轻人发生关联，她甚至很快忘了这事。

过了两天她又在同一个地方见到了他，还是那样的，将牺牲者一个一个检查一遍。这次南雁没有打断他，看着他轻手轻脚的，仿佛怕打扰了躺着的战友，揭开面纱来认一认，又郑重地盖好，顺便替人家理一理凌乱的军装。他的后脖上隐隐有块疤，像是炮弹残片擦伤的痕迹，小指甲盖大小，随着脖子上的肌肉运动一晃一晃的。南雁忽然觉得自己的脖子也痒起来。

年轻人检查完，站起来时，回头看到了南雁——那时的南雁是什么样子呢？她每次讲到这里都要追问永明，用各种旁敲侧击的手段激发他的思路，企图唤起他对自己的美好印象。不管怎么说，这一次他应该记得的，因为他没有仓皇逃跑，而是认认真真地面对着南雁了。

一个扎着两条毛乎乎粗短小辫的卫生员，大口罩吊在尖尖的下巴上，兴许是瘦的缘故，眼睛特显大，睫毛吧唧吧唧重重地拍打着眼眶。从年龄上说，那是南雁一生中最好的时光了，哪怕穿着空空荡荡的大号军装，哪怕一天到晚捂着个大口罩，哪怕她并不算野战医院里特别拔尖的美人，但是，那样的美好真是不容错过的，带着满山野洋槐的暗香，馨馨地袭来。

南雁在叙述中总是恋恋于这一段，她应该是这个样子的。也许是启发多了，也许是真的想起来了，永明在后来喃喃的叙述中也会明白无误地这样形容她，令她满心感动。

"你在找什么人吗？"南雁又一次问他。

然而这次她一开口就后悔了。军人脸上露出犹豫不决的痛苦表情。南雁知道了，他不是在找什么人，而是"害怕"找到什么人。也就是说，他是来这里寻求否定答案的。他实在天真得可以，战场上天天在死人，谁知道埋在哪里呢，拖到这里才死的实在是很少的一部分。

南雁在心里训导，嘴上却说不出来。在男兵眼里，女兵都是难以接近的、有资格骄傲的群体，她们不拘长成什么样子，能让你看一看就很不错了。如果因为接近女兵而让人家伶牙俐齿地训了一顿，那会让一个成长中的男人留下久久不散的挫折感。这道理是袁队长讲的，她要求所有卫生员都和气待人。南雁虽然只有十七岁，但她懂。

"你要找的……哦，你不愿意找到的那个人是什么样儿的？我可以帮你留意一下。"

南雁说完这话，并没有意识到自己的天真。年轻人冲她感激地淡淡一笑，神色又凝重了。他做了个手势，在脸上比画着，似乎想形容一个人，最后他放弃了这个努力。

"我这样的。"

他终于开口说话，说完后又一脸歉意地眺望着南雁。是的，他们离得很近，可是他在眺望南雁，好像她是远远的一尊雕塑，带着相当距离的景仰。南雁听在耳里，忽然觉出他语气里的怆然。他能怎么形容呢？还在打仗的，躺在这里的，都是跟他差不多的人。你能找到吗？昨天，今天，明天，不拘哪一天，你天天看到有人躺在这里，你又分得出谁与谁有什么不同？南雁叹了口气。

算是认识了。野战医院里住着一位受伤的大领导，是哪个级别的，什么职务，叫什么名字，都不许打听，属于机密范围，大家也习惯了，只笼统地称为"首长"。这年轻人是负责保障首长安全的警卫排排长。首长在这里养伤养得很不耐烦，一有事就急得大声喊，罗排长！罗排长！她知道了他姓罗，却从没问过他的名字，仿佛他也是首长的一部分，是机密的一部分。罗排长倒是在暗地里留意着她，因为他们前两次在医院里遇到了，他都"哎"一声表示打招呼，第三次他忽然叫出了她的名字：蒋南雁！当时南雁正提了木桶，要去南坡晾被单，听到罗排长这样一叫，好像叫得跟别人不一样，她不可思议地脸红了，故作镇定地把头一点，偏过身走了。木桶提在手上格外沉，别手别脚的。

事实上他们同在野战医院的时间并不长，可以称作单独会面的——如果躺在地上的"那一排"忽略不计的话——更是只有寥寥几回。其中有两回是配合着，两人分别蹲在遗体首尾两头，南雁揭起面纱，罗排长就认真地看一看：不是。盖上面纱又揭下一个。南雁在医院见到的生死之事太多了，早已自然而然。全部认完，没有罗排长认识的人，他会略略松一口气。

这天，罗排长认出了一个人，是他刚入伍时教会他打第一枪的一个老兵。他在这具遗体前怔住了，南雁意识到什么，悄悄走开了。过了很久，她去药房取药品路过后院，看到罗排长还在那里。罗排长一丁点一丁点地仔细给老兵整理遗容，替他拈掉粘在身上的枯草，正一正偏在一边的头。他的背影跪在地上，肩膀一耸一耸的，无声地哭了。后脖上那块指甲大的疤一跳一跳的，恍惚中南雁似乎来到他身边，伸出已变得粗糙的手指轻轻抚了抚那块伤疤，那个让人心痛的小细节，她能感受到伤疤下面的皮肤在痒痒地愈合，皮肤下的血液在声势浩大地奔涌。当这一瞬间的白日梦被一阵山风惊醒，她出了一身冷汗！千真万确，她真的想到了抚摸！抚摸一个异性的皮肤！她的羞愧来得排山倒海，令她没有招架的余地。

作为对罪恶念头的自我处罚，后来的几天南雁一直让自己很忙，避开了与罗排长的种种邂逅，她在心里找了个冠冕堂皇的理由：应该给他留出空白的机会去寻找自己的战友。

局势像山里突如其来的雨说变就变，一场恶战即将展开。罗排长找到南雁的时候，他只剩二十分钟时间待在野战医院了。当听到"二十分钟"这个时间界定词，南雁抬起头，她感觉到面前这个警卫排长在焦虑，他的青春期和其他所有人一样杂乱无章，二十分钟是一张局促的画布，难以将心里的细枝末节勾勒得清清楚楚。然而他的目光却不像往常那样忧郁复杂，反倒滋长着一片坚固的决绝。他将随首长奔赴前线，参加一场必然惨烈的战斗，首长已写好措辞简单而情感深沉的遗书托人转交给家人。罗排长没有说自己写没写遗书，他只是在脸上带着一副遗书的表情。

二十分钟容不下太多虚无的暗示，离别的高潮很快出现，罗排长用宣誓入党般的神情望着她，说：我叫罗永明。

她一辈子都忘不了这个眼神。他是在说，记住我啊，记住我！

那样悲怆地恳求着南雁，也许是因为他喜欢她，也许是因为他找不到除她以外的可靠人，战乱之中谁能活谁不能活都说不清楚，但相对于直面枪林弹雨的一线，医院的安全性总要高一些。罗排长说如果他平安回来，定会去找南雁；如果自己死了，死在战场上倒罢了，若是他能有幸死在野战医院，死在南雁面前——像"那一排"……他希望南雁能帮他整理好最后的装容。无论哪一种，南雁都听出来那层意思：等着我。

上阵前的离别兴许都是相似的，战友别战友，恋人送恋人，然而南雁说不上他们算哪一种。连话都没有多说过几句的……乱了，什么都乱了。南雁觉得自己干巴巴的，笨呆呆的，只有让他这么走了。罗排长慢慢地向后撤退了一条腿，做出离开的准备姿势，这一刻悲壮的气氛促使他忽然下了一个很大的决心，将衣领扯开，从脖子上取下一块小小的玉石挂坠，一把塞到南雁手心里。他什么也没说，可他的眼神是惝惶的，那块带着他体温的玉坠是发烫的，南雁呆呆地握着坠子，忽然全身心都酸软了，简直支撑不住。

罗排长伸出双手，郑重地将南雁的手使劲地捂了捂，点了一下头，又点了一下，抿住嘴不让嘴唇颤抖。一阵风过，南雁抬眼时，罗排长就只剩个背影了。后脖上那块指甲大的疤一跳一跳的，教人心疼。

野战医院转移了，事实上它被分成了若干医疗队，根据战事需要配给到各个点上。南雁一直跟着袁队长，二十六岁的袁队长是南雁青春课堂里对"女人"这个词最标准的解释：她出身名门，有着温文尔雅的大家闺秀的良好气质，短发轻轻地别在耳朵后面，露出细致的眉目与挺直的鼻梁；笑起来，唇只是半弯的，笑是笑在眼睛里；而一旦投入工作，她又有着超凡的强悍，指挥大大小小的医生护士有条不紊地接纳伤病员、临床诊断或是展开手术。她到了哪里，哪里就像一所小型医院。南雁觉得，"女人"就应该是这个样子的。

袁队长的爱人是师里的副政委，姓俞，以前难得一见，反倒是后来在各医疗点巡诊时见上了两次。俞副政委本来是国字脸，瘦，一瘦脸颊就塌下了两大块，每每令袁队长心疼。他们两口子谈话，关于局势说得不多，只有皮毛的消息——"不跟我泄密哪，"袁队长曾甜蜜地埋怨过，"其实，在嫁他的时候就知道安生不了的。"他们最挂念的还是女儿。两岁的女儿阳阳在后方军部的托儿所里，保育员们充当着她的临时妈妈。只要得空，袁队长便会目光怔怔地瞅着远处。

爱是什么？是心疼一个人瘦了，是挂念一个人在远方。

南雁渐渐有了心事。战事缓解的一个星期里，忽然有了小道消息，某位领导在打听南雁。这种"打听"是比较委婉的说法，女兵们都很清楚"打听"的实质。袁队长隐去了那位领导包括姓名、职务在内的具体情况，带着过来人常有的积极表情，笑着问南雁"愿不愿意考虑"这件事。如果她愿意呢，袁队长才会进一步往下说。

南雁不说话。她不是羞怯，而是着实没有主意，所以她反问：我该不该考虑呢？袁队长被逗乐了，说，都是大姑娘了，你自己决定啊！南雁又问，什么情况下我应该考虑，什么情况下我不该考虑呢？袁队长被这个苦恼的女孩子问住了，她只好笼统地说，只要自己还没有中意的人，就可以考虑。然而这个在她眼皮底下成长起来的女孩不懈地追问：怎样才叫中意，怎样才叫不中意呢？

袁队长盯着十七岁的、一脸疑惑的女护士，细腻地感觉到了什么。她轻轻地问，南雁，心里有人了？南雁本来好好的，被这么一问，心里某个部位的盖子一下子揭开了，拦也拦不住地，她蹲下去，把手叠放在膝盖上，头深深地埋到肘弯里，放声大哭起来。

我不知道啊队长——我不知道——

就在那个寒意逼近的晚上，盖着薄被的队长从南雁哭哭啼啼的叙述中洞悉了这个女孩子情感上的最大秘密。袁队长回想起来，是有那么个小伙子，首长总是"罗排长""罗排长"地叫，她甚至能想起他的面庞。南雁说起他时，摘下随身戴的玉坠，轻轻抚着——那上面已带上了自己微暖的体温，她的眼神牵扯到模糊的远处，嘴角却是微笑了。袁队长看到这副表情，什么都明白了。她不再说话，关于领导"打听"的事便到此为止。

两个月后，一场小规模战斗很突然地发生了，后来大家都把它叫尖角山战役。虽然规模小，但敌方是直接冲着前线指挥所去的，几位重要首长都在那里。那一仗打得顽强而激烈。南雁当时正在七里外的另一个点上，袁队长带人去了尖角山。第二天下午，袁队长回来了，因一夜没睡，她的眼睛里夸张地布满红色线条，脸上摔出一块青紫，头发上盖着尘灰，一身上下都有一股呛人的硝烟味。大家都在忙，见到她了也只是点点头，问声那边情况怎么样了，她疲惫不堪地闭闭眼睛说，指挥所安全撤退了，但是……太惨了。

当她的视线里出现了南雁时，一种奇怪的神情充盈了她的眼睛。她几乎是下意识地叫了声：南雁！南雁应声回头，袁队长怔怔地盯住了她，半晌，又怅然若失地说，没事，去忙吧。

那种表情……南雁后来总会一次次地想起，一次次地体会它的含义。可在当时，她们真的是太忙了，她连追问一声都没有。

"如果不是袁队长牺牲，我也不会老去回忆她那个表情。"南雁对永明说，她的眼角周围布满了松弛的皱纹，但微笑起来仍是动人的。只有参透了世事的人才会说起死亡时带着微笑。太阳渐渐弱了，热量隐到阴云里。南雁起身去屋里取了一条薄毯来给永明盖上，她给他细致地整理好，拍拍紧实，手在他身上来回，路过他脖子的时候，她忍不住又用手指抚了一下他的后脖。

永明轻轻颤抖了一下。

袁队长牺牲得非常突然——虽然每个人的牺牲都是突然的，可袁队长对南雁来说意义非同一般，她简直就是自己心中战无不胜的女神。女神也会死，而且，很突然。

就在尖角山战役后不久，袁队长在一次运送伤员的任务中带队走在前面，不幸踩到地雷，瞬间，巨大的响声与气浪掀起的泥巴组成了她人生的告别仪式。南雁永远记得，她听到响声以后冲到前面，只见袁队长侧身躺在一片被炸得乱七八糟的泥巴地上。她绝望地哭叫着，不顾一切地扑过去，替袁队长轻轻翻过身。血肉模糊的袁队长秀丽的眼睛在这时睁开了，她看清了南雁，是的，是南雁——仿佛在谢天谢地，幸亏是南雁——她虚弱地说：

"别等了……那个罗排长……已经在尖角山……牺牲了……我亲眼见到的……没敢告诉你……"

南雁浑身如电击一般，刷地一阵痛，痛到麻木的地步。袁队长没有时间多说，她将有更重要的嘱托，那是一个令南雁更加不知所措的临终嘱托。袁队长拼着全身的力气说，南雁，你是个好姑娘，你答应我，以后嫁给老俞，替我把阳阳养大，你会对他们好的……南雁完全呆住了，不知道该说什么好，袁队长的气息弱下去，但嘴巴还在动，南雁将耳朵贴近那张无力的嘴，她听见袁队长最后的话：求求你。

南雁大哭起来，一边哭，一边使劲地点头。

在那之后的半个月里，暴雨倾盆，来势汹汹，山都快被冲垮了似的。那是南雁有生以来最难受的一段日子，她忽然之间失去了两个可以信赖的人，两个……亲人。她一改过去笑盈盈的模样，一得空总是抽抽搭搭，眼里储满了泪水。

她觉得自己成了孤儿。

雨停之后俞副政委来过一次，取走了袁队长留下的几件东西。那时南雁正在洗绷带，满院都晾着被单啊绷带啊衣服啊，纺织物都随着风轻轻飘动，带着清凉好闻的水汽。南雁一直埋着头，鬼使神差地忽然抬起了头，瞥见了站在一床被单后面的老俞。老俞更瘦了，眼袋重重地耷下来，在目光与南雁相碰的一刹那，他立刻把视线移开，并且羞惭地低了低头。

南雁明白过来。袁队长冰雪聪明，一定在生前就选定了南雁，也一定跟老俞说过，万一有一天自己牺牲了，这个姑娘是个不错的继任人选。

南雁把脸埋进臂弯里，无声地哭起来。她没得选了。

很快，部队向敌占区步步推进，一场大规模战斗就在眼前。趁着休整，医疗队搞整编，南雁做好了随大部队前进的准备，老俞却在这时很正式地来找她。在背过临时病房的那片毛竹林里，老俞用一种痛苦的口吻说：小袁说你……会喜欢阳阳，会对她好……

所有潜台词都隐藏在这句话里。这不是一个男人对一个女人的求婚，是两个革命者完成一个革命烈士的遗愿，气氛中有着不可言说的悲壮。早有思想准备的南雁哽咽着，点了点头，算是表态。老俞似乎松了一口气，又说，上面规定，现在家属都要留在留守处，不用跟着部队跑了，你收拾一下，等明天办了手续，我派人送你回留守处，那边会给你安排工作——保育员或者教员。说完，带着完成重大任务后的轻松，他转身走了。

南雁站在原地，不敢相信自己的终身就这样定了下来，像安排工作一样，充满理性的战斗色彩。她知道，老俞之所以这么急着把事情定下来，是因为大战在即，他不愿让她再冒危险，在留守处才是最安全的。

那一晚应该是南雁待在医疗队的最后时光。她虽然照样来来去去地忙着，照料伤员，送药端水，协助手术，但只要一得空，她的目光就空了，身子也软了，人就像个游魂在那里仓皇摇荡。她所熟悉的战斗生活就将结束，不知道这是好还是不好。至少应该有个仪式，像过年时放的烟花，哪怕是一瞬间的绚烂，那也足以照亮回忆的夜空。但没有人懂得她，没有人懂得这个明天将成为副政委家属的女孩子。

上天似乎起了怜悯之心，在这命定的结局前，点燃了南雁命运的烟花。医疗队不定时地会有伤员送来，这个夜晚也不例外。将近午夜时分，一个战士背着一个伤员急冲冲地赶来，把人一放下便可着劲儿地喘气。医疗队副队长刚刚躺下，听到消息又披上衣服出来了，他一边查看着伤员一边问那战士，他怎么回事？

战士喘着气说，我也不认识他，我们去山上送给养，在山沟里发现了他，班长见他还有口气，就叫我把他背到这里来。他擦着汗说，好了，人送到了，我得走了。转过身呼呼地迈开大步离开了医疗队。

副队长一眼看到不远处站着发呆的南雁，便喊了声，南雁，来帮一下！南雁回过神，顺从地赶过来，把一盏马灯拎到伤员跟前。灯光打到伤员脸上，像被瞬间冲洗出来的底片，刷一下，一个影像牢牢地钉入南雁眼帘！

她不敢相信，几乎是推开了副队长，不顾一切地捧起伤员的头仔细察看。熟悉的眉，鼻子，嘴巴……是他！是他！罗排长！罗永明！

她的胃忽然痉挛起来，伴随着浑身上下难以抑制的颤抖。他没有死。他没有死。他没有死！她答应了要等他，而现在她却要嫁给别人了。南雁一时没有理清堵塞得厉害的思路，她只有一个明确的念头：他回来了。

罗永明在昏迷中。副队长检查了他的伤势，说他身体有几处外伤，关键是头部的创伤一时还判断不出严重程度，已经出现血肿。估计他是从山崖上摔下来的。

在副队长充满疑虑的眼光中，南雁坚持要守在这个身份不明的伤员身边。她把他挪到帐篷窗口的位置，让月光透进来落到他的脸上，这样，即使病房里熄了灯，她还可以一直看清楚他的脸。她久久地望着他，从来没有这么大胆地面对过他——这个失而复得的人。长久的思念、痛苦、委屈聚集在一起，战胜了南雁所有的矜持与羞涩。天微亮的时候，她醒来了，发现自己竟依偎在他肩上。这种甜蜜的感觉从未有过，如果嫁给了老俞——她坚信——也绝不会有。

老俞……后来，来了么？

永明在薄毯保护下把身体缩起来，分明是惭愧的表现。对，他一定是惭愧的，抢了俞副政委未来的爱人。男人哪，一方面想得到红颜知己，一方面又想做得仗义，甘蔗哪有两头甜的道理？

中午的时候老俞来了，来接我去办手续，我就已经打定主意不跟他走了。我倒是没有抱歉，心里面倒有些怪袁队长，为了让我嫁给她们家老俞，骗我说你牺牲了。差一点点哪，你看看，真是只差一点点……

南雁微笑着，对命运的玩笑抱着宽大的态度，她倒是在漫长的岁月中原谅了袁队长。都是女人。女人那点心思，从古到今也就巴掌大那么一点，一猜就透。

南雁是在帐篷后面一丛毛竹下哭着告诉老俞事情真相的。她知道老俞已经开好了证明，也派好了护送她回留守处的战士，在这万事俱备的情况下她反悔了。南雁一遍遍地说，语无伦次地说，我一直在等他，我一直等的那个人回来了，袁队长说他死了，我也以为他死了，可是他没有，他回来了……

瘦削的老俞怔怔地看着南雁，眉宇间锁起了不易察觉的伤感，那是一种"即将失去"的表情。他从女孩子慌乱不堪的叙述中看到了无可替代的爱情。他无法从她那里得到的爱情。

他还在沉默倾听，一个小护士跑过来了，一脸欣喜地对南雁说，南雁姐，你那个伤员醒了！南雁一听，好像整个世界都不存在了，万事一抛，撒腿就往病房跑。老俞犹豫片刻，也跟了上去。

副队长和两个护士围在那个床铺前。这样的隆重是难得的，大约大家都从南雁的举动中察觉到了什么，知道他是一个重要的人——对于护士南雁来说。南雁来到的时候大家都让开了，她清楚地看到黑皮肤方脸的罗排长端端正正地坐着，睁着眼睛，用一种寻找记忆的神情茫然地向她看过来。她一步步朝他走近，他一点一点地探寻着，直到她来到他面前，与他近距离对视，他却依然神情陌生。

那一刻忽然安静极了，病房里没有其他伤员的呻吟，没有林子里传来的鸟鸣，没有任何人在呼吸。

那一刻，两个年轻人对视的目光都充满了疑虑。副队长在旁边叹了口气，说，南雁……他头部的伤虽然不致命，但是他失去了记忆，连自己的身份他都回想不起来了。

与其说难堪，不如说彻底的难过。南雁的泪水夺眶而出，她哇的一声哭起来，人软下去，趴在床沿上哭得死去活来。他回来了，可是他的心已经空了！他的记忆像沙滩一样被潮水洗得干干净净，哪里还记得野战医院的那个小护士呢？他又怎么可能理解南雁的痛苦呢？

大家都没有见过南雁这副模样，一时都不知怎么劝慰。老俞的眉头锁得更紧了，他盯着罗排长，半晌，凑到他面前，轻声问：同志，你身上带了什么可以证明身份的东西没？

罗排长听了，迟钝地想了想，费劲地用受伤的右手在身上摸索，慢慢地，从兜里掏出一个磨破边角、浸着血迹的笔记本，递给老俞。大家都聚拢过来，老俞翻看着，上面记录的都是政治教育的内容，人民军队的纪律、条令，和任何一个军人的笔记本没有两样。唯一的线索便是封面写了名字：罗永……第三个字被血迹盖住了。

"他叫罗永明。"

南雁不知什么时候停止了恸哭，擦着红彤彤的眼睛，向周围的人庄重地证明。老俞仍然疑惑地说：你怎么能肯定呢？你刚才说，他是已转移的前线指挥所的警卫排长，但据我所知，那次负责警卫保障的人大部分都牺牲了，活下来的也跟随首长们撤离本区了，这一个……算是怎么回事？

南雁一下被问住了，片刻之后她气鼓鼓地说：我怎么知道是怎么回事？也许他受伤了被老乡救下来了呢？反正我知道他是罗永明！他的笔记本上也写着他的名字！

被叫做罗永明的年轻人忽然举了一下手，大家朝他看去，原来他又发现了一件东西——是挂在脖子上的一块玉坠。一见玉坠，南雁就激动起来，她迅速地从自己衣领里掏出了一块相似的坠子。两块玉坠拼在一起，可见两条长龙盘踞，共同托着一只火球——竟是一件完整的玉雕作品。

这两枚浑然一体的坠子令大家长长地吐了一口气，这答案太明显了。除了老俞，所有人都以同情的眼光打量着两个年轻人。老俞把笔记本还给罗永明的时候，盯着他的眼睛说，如果你想起什么来，就来告诉我，好吧？

老俞离开之后，聚在一起的医护人员也都纷纷散去，各忙各的。副队长把南雁叫到帐篷外面，犹豫再三，还是开口了：南雁……你要想清楚，你和那个罗……罗永明之间有没有可能在一起？他还是个排长，按规定要营级以上才能谈婚论嫁，你要等到什么时候？再说，他已经……已经记不起以前的事了，这样耗下去有没有意义？我看俞副政委人不错，袁队长生前又嘱托过……

南雁抬起头，认真地看了副队长一眼，掐断了他后面要说的话。他停顿了一会儿，叹了口气，说，好吧，你自己考虑。

南雁不用考虑，她早就考虑好了，再也不受相思之苦了。她得到过一个年轻人的心，后来失去了他，现在他回来了，她要重新得到他，再也不要失去什么了！枪里来炮里去的日子，生生死死只在一线间，活一天就要幸福一天，没有爱情，还有什么意思呢？

"就是从那个时候开始，"南雁用幸福的眼神凝视着呆呆望着自己的永明，"我养成了这个习惯，一有时间就去陪着你，给你讲我们过去的事情。我告诉你，我们是怎么认识的——你那个吃惊啊，我们居然是在烈士遗体前相识的；我告诉你，后来我们是怎么悄悄恋上的；我还告诉你，分手时你把玉坠拆散了送了一枚给我……"

从那时起她还有一个习惯，一旦陷入回忆的美好遐思之中，便会情不自禁地伸出手，抚弄永明的后脖——然而那块小小的疤已经没有了，它被一块更大的、由炸弹弹片造成的伤疤代替了，每当南雁抚到他的脖子，永明便会忍不住发颤。痒了？她轻轻地笑着问。她的眼睛晶亮，笑盈盈的时候会充满细碎的泪花，她就用这样动人的眼光深深地注视着永明，久久地注视，想从他眼睛里挖出那条路，通往回忆的路。

永明渐渐有了起色，不仅仅是伤势的好转，精神也好多了。有一天南雁坐在他身边，认真地替他缝着军装上脱线的地方，一针一针的，太专注了，一点没有注意到，永明一直看着她，屏住呼吸看着她。

南雁……

他叫她。南雁抬起头，一下子就看见了他的眼睛。那是一双深情款款的眼睛，带着劫后余生的沧桑与破釜沉舟的勇气，他的眼神已经像伸出了双手，把南雁紧紧地拥在了怀里。

南雁一愣，忽然把脸埋下去，埋进正缝着的军装里大哭起来！他想起来了，他真的想起她了！

她又得到了他。

那是南雁生命中最重要的一个转折点，她真正的幸福就是从那时开始的。那已经是一九四九年六月，战争形势相当清楚了，包括罗永明在内的大批伤员被送到后方留守处的医院，很快的，南雁也调到了那里。她无限感激地认定副队长暗地里帮了忙，因为医护人员的调配方案是他上报的。尔后是永明身份的确认，折腾了好一阵，因为永明仍然回忆不起太多过去的细节，加上部队经历多次整编，早已找不到原来的部队与战友，而永明一直负责保卫的那位首长也在一次突围中牺牲。关于罗永明身份的证明人只有蒋南雁一个人，当她第三次在证明材料上签字之后，罗永明的身份终于得到了正式的确认。

然后就是，胜利，建国，转到地方，结婚，生孩子……

暮色悄然而起，向晚的天空像是垂垂合下的眼皮，对人间不再有觊觎的动机。南雁用力握了握永明的手，很欣慰地表明今天的讲述圆满结束。她凑近他，研究着他逐渐恢复清澈的眼神——如她所料，每天到了这个时候，永明都会有一小段完全清醒的时光，不需要任何人的提示与帮助，就像是真正属于他自己的自由领地。南雁知道，随着时间推移，他所拥有的这一片天地将会变得越来越小。

"我找到了你藏起来的医院诊断书，"他站起来颤颤地揭开毯子时说，"我都知道了。"

南雁一时不知道该说什么好。好在永明没有去看她尴尬的表情，兀自走进屋里去。南雁在阳台上发了一会儿呆，感觉压力如夜雾般增加着浓度，终于，她决定进屋，坦然面对永明这一小段珍贵的时光。

永明竟然直直地站在屋子中央，面带着参加神圣仪式才有的庄重表情恭候着她。他手里捧着一个长满铁锈的老式饼干盒。南雁很熟悉那个盒子，永明经常打开翻看，那里面存放着满满当当的他毕生最珍贵的纪念品，比如那个笔记本，比如两枚玉坠，还有领章啊，钢笔啊，劳模证书之类代表某段过去的东西。

"我一直在想，总会有这么一天……"永明皱纹遍布的嘴唇又开始颤抖，"雁，我不知道该不该告诉你，这念头已经压了我一辈子了……如果再不说出来，连我自己也不知道我是谁了……"

他把盒子小心地放在桌上，从里面取出一个用手绢裹成的小包，打开小包，是一块叠成的小纸片。他哆哆嗦嗦地把纸片递给南雁。南雁接过来，缓缓展开，是一张《阵亡将士通知书》。南雁忙从桌上取来老花镜戴上，凑到灯光下细看，上面写的是某师某团三连指导员罗永亮（二十二岁）不幸阵亡，"英勇事迹"一栏里清楚地记载着，一九四九年三月，三连执行增援任务时，指导员罗永亮不幸摔下山崖，光荣牺牲。

南雁一脸诧异地把眼光从通知书上移到永明脸上。永明已经老了，他的表情被沉重的皮肤纹路遮掩起来，然而在这一刻，他的记忆清楚地回到了二十二岁的年轻时光。

"我就是罗永亮。"

要讲的是关于永明、永亮这对孪生兄弟的故事。在参军离家时，母亲含泪把一对祖传的玉坠分给了他们，要先人保佑他们平安。到了部队，虽然在同一个师，他们却分到不同的团，难得有对方的消息，但在那个时候，他们又是多么惦念对方啊！永亮成为三连指导员的时候，他听说永明当上了首长的贴身警卫排长，可在尖角山战役结束的时候，又听说他牺牲了——那是永亮所知道的最后一个关于永明的消息。

永亮——如阵亡通知书上所说——在一次增援任务中摔下山崖，他后来的一切经历都在南雁的掌握中了。事实上，他在短短几天以后就开始慢慢地恢复记忆，而意识到的第一件事便是——南雁把自己当成了永明。这位单纯、善良而又痴情的姑娘一次次地坐在他身边，向他讲述温暖而美好的往事，毫不掩饰满腔的爱情——谁会忍心让她痛苦绝望呢？谁又能拒绝这样一份天赐的缘分呢？在漫长的休养时光中，永亮一个人在思想中徘徊，排山倒海的矛盾情绪几乎把他压垮。"这是永明的。"他告诉自己。很多次他决定说出真相，而一旦面对南雁柔情的目光他就忍不住退缩了。一天又一天，当他终于也陷入万劫不复的爱情中时，他决定永远不说出真相，宁愿躲在永明的影子里，也不愿失去一个美丽小护士的感情。

而现在，白发苍苍的南雁不敢相信地望着永明——不，是自称永亮的永明，她一时间不知道这一生究竟出了什么差错，造成了一个多么大的误会。她自以为圆满的人生历程竟然是一个巨大的谎言！就在极短的时间里，一些零零碎碎的疑问都拼凑到一起了：这么多年，丈夫居然从来没有带她回过自己的老家，哪怕一次也没有；女儿长大后曾经无意中说过，那对定情玉坠为什么是双龙而不是一龙一凤呢？还有，当初南雁问永明害怕在烈士遗体里见到谁，永明说过："我这样的。"他是说永亮啊！在那决定赴死的告别时刻，他要南雁答应，如果自己牺牲在医院，希望她能帮自己整理好最后的装容——他没有说，这里面也包括永亮。如果永亮倒下了，他相信南雁会像对待自己一样送他最后一程。

"只有一个人……知道我……"永亮的眼神迷离起来。

老俞。在三连执行增援任务时他见过永亮，事实上他在医疗队见到无名伤员的第一时间就认出了他。但是，他没有说。为什么没有呢？谁也不知道。更不知道为什么老俞会在替永亮承担巨大秘密的同时，还帮他们调回了留守处，又派人落实了"罗永明"的身份问题。"永明"最后一次见到他是在新中国成立之后，老俞在一间涂满白漆的简陋办公室里，把一份填好的《阵亡将士通知书》亲手交到了"永明"

手里，神情凝重地看着他，半晌，说了一句：好好待她。

南雁的鼻子发酸。虽然上了年纪，她还像年轻时一样，一动感情就有酸涩之味阵阵涌上来。不知不觉，她蒋南雁的一生，竟是由三个男人小心维护起来的。永亮的眼中刻画着乞求原谅的凄然，南雁心里却在一刹那间充满了光芒四溢的感激。在难以言表的复杂心情中，她握住了永亮枯瘦的手，轻轻摇撼着。

"不管你是谁，"她用原宥一切的慈悯的声音说，"我只知道，你是我这辈子注定要嫁的人。"

永亮像小孩一样呜呜哭起来，肩膀耸动着。南雁轻轻地抚着他的肩膀，他的后脖——这一次，他没有发颤。多年来，每次南雁抚摸他的脖子都令他想起永明，和永明脖子上那块长得像疤的胎记。

止住哭声后永亮从兜里掏出自己找到的那张写有"老年痴呆症"的诊断书，仔细看了看，叹了口气，把它叠成小纸片，装进了饼干盒子里，盖上，稳妥地按了按盖子。仿佛一生都有了交代，他可以放心地把自己遗失在记忆的任何角落里，哪怕再也找寻不回来。

南雁苍老的喉咙里终于发出了无法抑制的悲切的声音。

她又将失去他了。

最后一次失去。

【作者简介】

王甜：女，四川渠县人，现为成都军区《西南军事文学》编辑。曾在《文汇报》《上海文学》《解放军文艺》等报刊发表小说、散文及报告文学多篇，四川省作家协会会员。

选自《小说选刊》2009年第10期

立夏·立秋
——波湖谣

陈世旭

立 夏

1

李玉生在酒桌上很斯文，不是他做东他从不招惹别人，如果是他做东，他就最先站起来敬一次酒，此后就只看别人闹。别人要闹到他头上，他也从不推三阻四，来一杯干一杯，微微一抬下巴，一杯酒就落了肚。到最后，那些招惹他的人，一个个都醉翻到桌子下面了，他依旧纹丝不动，最多是脸上的酡色厚了一点。

萧光明走到哪里都要宣称自己的"酒精考验"，论喝酒，敢说打遍天下无敌手，差不多走遍了中外的好地方，从来都只有他搞醉别人，没有被别人搞醉过。

"玉生，这回到了你的地盘，莫舍不得酒。听说过你的酒量，莫跟我装孙子哦。"萧光明还没有坐下，就说。

"我尽力就是。"

"嚯，口气不小。"

会吃鱼的讲究湖水煮湖鱼。一条十几斤的深湖野鱼，用湖水熬出了一大盆奶样的浓汤，热气腾腾地摆在桌子当中。村支书何来庆和何教授是不喝酒的，只跟着一桌人大呼小叫，为村主任李玉生与县旅游局长萧光明的酒擂助阵。萧光明上了岸，何来庆还临时叫上摆渡的何神仙，若是李玉生败阵，他就出马。总之是要把萧光明这顿酒陪好。

"怎么喝？一杯杯来还是一碗碗来？"

萧光明叫板。

"听领导的。"

李玉生很恭敬。

"那干脆这样，一人一瓶，喝完数瓶子。"

"行。"

喝的时候，李玉生不做声，只看着萧光明，萧光明喝多少他喝多少，只慢不快，不抢先。

两个人面前的酒瓶很快都见了底，萧光明打了个嗝，问：

"怎么样，还来？"

"听领导的。"

李玉生还是很恭敬。

"那就——来。"

萧光明用力咽下一大块没嚼烂的鱼肉。

一边的何来庆和何教授对看了一眼，何教授说：

"萧局长，先吃点菜，歇歇。你这样的海量，我看着腿肚子都抽筋。"

"歇？歇——什么歇！"

萧光明眼睛发红，拿筷子指着李玉生：

"问他，要——不要歇。"

"玉生哪里是你的对手。"

何来庆插进来。

"你是不是没酒——了？"

萧光明眼睛一斜。

"我是说——"

"你说什么？你有什——么资格说。是不是对——手让他自己说。"

"听领导的。"

李玉生还是那句话。

"那就接——着来。"

第二瓶喝到一半，萧光明盯住李玉生，像是要从他脸上看出什么动静。李玉生斯斯文文坐着，浅浅地笑。

"看样——子，要来第三——三瓶。你准、准备好——好，这回要——要让你们何谷破——破产。"

萧光明把脸转向何来庆，又一个嗝，把一大口从胃里翻上来的东西强咽回去。

何来庆赶紧说：

"不瞒你说萧局长，我还真没有准备那么多烧酒。"

"什么？没有准——备？没有准备还请——请我——来？不——不行！现——现在去办也——也不——不迟！"

"萧局长，我这里还有半瓶，我肯定是喝不动了，我认输。你没喝够，给你吧。"

"你真认——认输？"

"认输。我哪儿是你的对手，我只是喝酒不上脸罢了，再多一口就栽了。"

"该认输——输的是我。酒醉心明，别——别以为我不——不知道，你们是在给——给我台——台阶——阶下。"

萧光明在村委会会议室的长椅上睡了一个大头觉，一醒来就往外走，临上船抓住李玉生的手用力晃着：

"行，交个酒友！"

又对何来庆、何教授他们说：

"事情就按你们报告上说的办！"

2

何谷村村委会给县旅游局的报告是要求把何谷列进旅游线路，让游客在何谷上岸用餐。萧光明这次来，就是实地论证。

事先已经开过会，征得了大多数村民同意。萧光明一走，何谷就忙乱起来：除了保留少量的鸡、狗和屋前屋后的菜地，岛上的猪、牛都迁去鲤鱼嘴；各家各户大清大洗，把多年堆满岛子周边的垃圾，一船船运到鲤鱼嘴去沤肥；李玉生和几个也在镇上有企业的捐了几万块钱，加上县里的拨款，建了环岛水泥路；有条件的村民办起渔民酒家或是小卖店；村委会帮几个困难户在信用社贷了款，让他们跟着做点以游客为对象的小生意。

把开发何谷旅游的想法逐步落实，这是李玉生当选村主任的第一个承诺。事情进行得很顺利，中间只出了一个小岔子：前任村支书何立森保外就医从劳改农场回来，不好意思住县城他儿子的家，回到村里的老屋。那天上午，他不知为什么非要在三眼井杀狗。

三眼井是何谷最老的"古迹"：井口与井台平，井盖是块一丈见方的青石板，上有三孔，每孔刚好够水桶上下。老人说这口井宋朝就有了。井在湖滩上，涨水的时候会被湖水淹没，湖水一退井水很快就清澈见底，跟没淹过一样。平时大家都有些敬畏，家里出了什么蹊跷事半夜会去烧香上供。这回办旅游也把三眼井做了整修，周围砌了矮墙，墙里种了竹子，竹丛中设了石凳，地上铺了细沙子，井台几处破损得厉害的地方换了老砖。

何立淼带着几个人杀狗，弄得到处狗血淋漓，没有干透的那几处台面都给踩烂了。

李玉生得到报信匆忙赶来，连叫了好几声"何书记"，蹲在地上的何立淼才抬起头："你喊我？"

"是。"

"我不是书记。"何立淼重新低下头。

"何叔。"李玉生的声音不轻不重。

"你不是在街上开馆子的吗，来这里做什么？"

"我现在也是村主任。"

"哦，是村主任？得罪啊村主任，有什么事？"

"我想请你莫在这里杀狗。"

"这么大个湖，你们连根葱都不准洗，我不到井上来到哪里去？不要人活了是不是？"

"何叔，村上的决定讲得很明白的，村民公约也都议好了的……"

根据村委会决定和村民公约新增的条款，为了保证废水和丢弃物的集中处理，村民不再下湖洗濯衣物。在已经开工的统一供水管道完成之前，各家用水先靠肩挑手提。

"我是劳改犯，不晓得什么决定和公约。"

"何叔，要不你把狗交把我，我来帮你杀，只要你信得过，我做熟了端到你桌上。"

"操，以为回来自在，没想到还不如劳改农场。"何立淼说归说，还是带着几个人叽叽咕咕着走了。

跟着李玉生来的几个气不过，对着何立淼的背痨嘴，啐痰。何立淼好歹是何谷的长辈，不是一房也是一族，当面谁也放不下脸。但李玉生犯不着来这里看人脸色过日子。他高中毕业去杭州打工，在一家大酒店的厨房做下手，不声不响地学了几年手艺，回到镇街上自己开了一家餐馆，生意很火，县里天天有人成群结伙往这里赶饭，到后来，甚至有了专程从省城寻来的食客，他的店面越租越大。镇政府看出了前景，主动提出给他在镇街上划一块地，让他建个像模像样的餐馆，既增加税收，也增加这个湖区小镇的知名度。村里的何教授却找上门来了，希望李玉生答应当这一届村主任的候选人。何教授当校长的时候，李玉生的父亲在他手下当教工，很照顾的。现在老校长求上了门，哪有回绝的理。钱赚不完的，李玉生父亲说，店先让你婆娘看着，我也会帮着照应，扩建的事搁年把再说，先帮帮村里。从李家边迁到何谷鲤鱼嘴的那几户人家，李玉生家是其中一家。政府这样安置本来就有让李家边和何谷亲善的意思，让玉生出头为何谷办事，也是大家看得起，应该的。

李玉生如果不当村主任，哪里用得着受何立森的憋气！几个人很是为他不平。

"没有事，何叔还是通人情的。"李玉生说。

3

过了立夏，来瓢背看夏候鸟的游客渐多。线路安排得很巧，游船绕瓢背鸟岛转完一圈，差不多就是中午，游船泊到何谷，游客上岸在"渔民酒家"吃中饭，饭后三三两两在村子里转悠，听串堂班唱戏，买零食和小纪念品。各家各户也就从中得到收益。

原本是皆大欢喜的，忽然有了一种议论，说是李玉生跟县旅游局的萧光明合伙，要在何谷的旅游开发中大捞一把。

事情是由开发鲶鱼头引起的。

瓢背既被视作神山，久已封禁。若要从高处观鸟，唯一的位置是离瓢背最近的鲶鱼头。鲶鱼头从来是何谷人的柴山，山林权落实在各家名下。现在，县旅游局要在这里修环山游步道，建山顶观鸟亭。因为不是所有游客都一定会上山观鸟，这条线路的收费也就不包括在鲶鱼头上岸，游客有想上岸的另外买票。

私下传言李玉生日后就是要从这笔收入中提成。

放着镇上的生意不去做大，原来是看中了村里的油水！大家恍然大悟。

大清早一帮村民就吵吵嚷嚷地把何来庆堵在村委会门口。

何来庆的大圆脸涨得通红："你们瞎吵什么，玉生不是那样人！连村里请萧局长的那顿酒都是玉生出的钱。"

"他那是吃小亏占大便宜！"

声气越来越高，像是抓住了十足的把柄。

何教授单薄的身子挤进人堆："各位讲话要负责任，切不可听了风就是雨。"

众人不敢当面顶撞何教授，说："何教授，你是菩萨心肠，太善了。我们当初就是信了你才选了一个外姓人当村主任。这么大个何谷，哪里就没有一个出得了头的！"

"也是，无风不起浪。"两个何姓的村委嘀咕着帮腔。

何教授嘴唇乌青，瑟瑟发抖："你们是村委，怎么也跟帮腔？讲句不好听的，这是以小人之心度君子之腹。好了好了，各人先回各屋。"

何来庆忽然看见了人群后面的李玉生，脸色突变。那帮人也意识到什么，顺着何来庆的视线回头，一下子住了口。

李玉生看着众人从身边散去，进了会议室，坐下，始终一言不发，等主持会的何来庆开口。

何来庆和村委们跟着坐下，何教授是村民理事会会长，也留下了。几个人你看我我看你，大眼瞪小眼，一时无话。

昨天就议好了今天开会的，许多事都着急要定。旅游开发是李玉生主抓，没想到一早出了这样的事。何教授说过，当初李玉生老子就有言在先，玉生是个心重之人，冷饭冷菜吃得，冷言冷语听不得。这帮人这样瞎闹，若是他一甩手走人，那何谷的旅游开发搞不好刚见一点起色，就黄了。

"开会吧。"何来庆憋红了脸，眼睛却看着何教授。

"那帮人是没谱的。"何教授清了清嘶哑的喉咙，"那些不着四六的混账话玉生你莫往心里去。"

"何伯你放心。"李玉生说，"该怎样我会怎样。"

何谷先前给县旅游局的报告里并没有开发鲶鱼头这一条，现在的想法是根据游客的要求提出来的。萧光明把李玉生找了去，说是个好主意，县里的投资他来负责，李玉生回去做村民的工作；县财政也不宽裕，什么时候收回投资再与村民分成。

"同不同意，大家定。"

"大家议议。"何来庆说。

"这还用议？县里出钱，村里出地，就是合股，就要分红，明摆的事。"两个村委的意见一致。

"你看呢？"何来庆问何教授。

何教授说："先听听玉生的想法。"

鲶鱼头这样的岛子，存在了亿万年。没人动它它就是死的，有人动它它就会活，活了就会有利。利有近利和远利。眼前要动它缺的是钱，让出钱的得了近利，我们就能得远利。那些钱丢下了是带不走的，何况，花样多了游客也就多了，我们也不是没有一点近利。若是不肯让利，出钱的也就不肯出钱，那就什么利也没有。

玉生轻言细语。

"什么利也没有就没有，宁肯鲶鱼头死在那里，也不能好过了外人。"两个村委很倔。

"你们！"何教授乌青的嘴唇又抖起来。

话说成这样，局面也就僵了。两头牛顶架，制止的最好法子只有打岔。何来庆说："今天就先议到这里，各人回头再想想，想清楚了再来定。"

又叫上李玉生和何教授："我们去趟鲶鱼头，看看到底要花多少钱。"

4

早间的雾还没有散尽，在被云霞照得斑斓的湖面悠长悠长地漂浮。天边，山是一抹淡淡的烟痕。鲶鱼头脚下，毛色油亮的牛在湖滩的浅水里打着响鼻。风吹着嗯哨，在苇丛上掀起涟漪。隔年的枯草里，素净的白蒿、翠绿的芨芨菜、肥硕的铁扫帚、柔韧的马鞭草和纤细的碎米花一堆堆地汹涌绽放。生命萌动的气息四处弥漫。像是近在咫尺的瓢背，不久就要像大雪一样覆盖瓢背岛的夏候鸟还在孵化期，不时有三三两两的白鹭从密不透风的树林中飞起，在瓢背上空盘旋，忽而钻进云端，忽而贴近水面，最终又消失在密林中。

这是中国的第一大淡水湖，上吞五水而下纳长江，大气磅礴以波动日月。将近一千年前，遭了贬谪的范仲淹攀上瓢背，举目四顾，长啸浩叹，一吐积郁，挥笔题下"小南海"，他后来写《岳阳楼记》，其中涌动的未必没有这里的烟波。在这里操练的兵甲曾令天下鼎立三分；在这里厮杀的豪强曾立大明江山于一统；在这里汹涌的鲜血、浮沉的尸骨和萦绕不去的湘军和太平军的悲歌曾使历史瞠目结舌；在这里驻足和歌吟过的有李白、苏东坡、范仲淹这样中国最优秀的诗人和文章家。这里是云的故乡，水的故乡，生命的故乡，神话、英雄和诗歌的故乡。

上学的时候，李玉生常常独自跑来这里，在山头一坐老半天，一遍遍地数山下湖上过往的船帆，过去一拨，又是一拨，怎么也数不尽。船帆像宽阔的鸟翅，在烈日下闪着白光，无声地在绸缎般的波浪上飘忽。常常地，他一直坐到夜晚也不肯回去。湖上四十八大汊，七十二小汊，汊汊有人家。到夜晚，远远近近、大大小小的湖汊里，泊船纷纷亮起船灯，跟满天的星斗互相照应，让你明明白白地入了梦境，分不清是星斗落在了湖里，还是船灯点在了天上。而今，这些都成了记忆。有了发动机就不必再挂船帆，有了更赚钱的去处就不必再点船灯。

这里成了世界最后最大的一湖清水。

人们向往外头的精彩，感叹里头的无奈。

其实最无奈的是人心。

李玉生仰面躺下，含一根狗尾草在嘴上，呆看着极蓝的天空，一朵一朵的云缓缓移动。

"你是何苦呢，店开得好好的，跑去当村主任，若是人家信你，没有话说。现在呢，好心不得好报，烧香惹得鬼叫！"妻子性急，白天在店里听了话，晚上李玉生一进门就是一通劈头盖脸的埋怨。

他也不知道他是何苦，他只知道，他从小多梦，但从没有开餐馆和当村主任的梦，他的梦大多跟这片没有边际的、飘浮着云朵、船帆和鸟岛、活跃着几百种水族、变换着日月星辰的湖有关。

说他跟萧光明勾结在何谷旅游开发中间谋利，是何立森放的风。他一点不想跟何立森计较。何立森其实也是个背时的人：几个人下湖偷鱼，拢共卖不出几千块钱，结果丢了村支书，丢了上万块钱网具，还判了几年徒刑。心里有气，总想找个缝发泄，是情理中的事。村民相信何立森，是因为本身有相信的理由。

"有句话我不知该不该讲。"坐在一边的何来庆说，"真要开发鲶鱼头，投资规模不会小，若要等他们收回投资再分红，村民怕是真等不得。"

"叫花子烧粑等不得热，也是没法子的事。"

何教授也叹了口气："何谷太穷了。"

"好不好再跟萧光明商量，一开始就分红？县里总比我们有办法。我们对村民也好有个交代。旅游开发的效益虽说不是一朝一夕的事，但村民眼前的利益照顾不到，再好的事也会办不下去。"

> 撑过岭来撑过江，
>
> 撑过高山出湖荡。
>
> 前面分出两条路，
>
> 行左行右难主张。

鲶鱼头脚下渡船上等着的何神仙咿咿呀呀地唱。

"我试试。"李玉生从地上爬起来。

何教授定定地看着他，哑声说："玉生，难为你了。"

5

李玉生从小怕羞，脸皮子薄，见人就红，两只女人样水汪汪的眼睛一动不动地瞪着，再多的话都憋在肚子里，大人说他棍子都打不出个屁。但这回他好像是要把一辈子没过的嘴瘾都补回来。

萧光明一上来就说，这回不上你的当了，要喝就是我一瓶对你两瓶，不然你日后说我舍不得酒。我知道上回是你出的血，这回我来出血。酒醉英雄汉，饭撑糊涂神，你我兄弟一场，不干不明不白的事。

喝酒是最见性情的。萧光明这个人跟他的名字一样，开朗敞亮，光明磊落，李玉生心里欢喜，只是嘴上不说出来。

"随你。"

李玉生眼睛眨都不眨。萧光明自从那次在何谷醉过之后，记住了李玉生，一喝酒就想起他，只要场合和机会合适，就一定把他拉上。他好酒，最佩服的就是酒量比他大的人。

这回的酒本来是李玉生请的。何谷的旅游开发总算搭起了架势，是得了县旅游局的支持，旅游局支持了何谷，首先是支持了他，因为担子主要压在他身上。他请萧光明把局里其他几个头一起邀上。

萧光明二话没说就答应了。其他几位也雀跃着，来看热闹。

李玉生是喝到第三瓶的时候话多起来的：

"听说——过卡、卡尔——多标、标准吗？"

"什么狗——屁标准，我一瓶，你两——瓶就——就是标准。"萧光明的舌头已经发直。

"听、听说——过卡、卡尔——多标、标准吗？"李玉生又说。

任何一个方案要被通过，方案的受益者都要给方案通过后的受损者足够的补偿，经济学上这叫"卡尔多标准"：一个决策可以给一百人中一个特定的人带来二百元收益，而让另外九十九个人每人损失一元钱。从福利经济学的角度看，决策通过福利会增加二百元，损失九十九元，两相抵消，仍有一百零一元净福利；如果不被通过，大家就谁都得不到什么，净福利为零。然而，一旦真的交由投票表决，结果肯定是一票赞成，九十九票反对。为此，决策者的最佳选择是通过协调，让受益的那个人从其二百元收益中拿出一百零八元九角，补给另外的九十九人每人一元一角，不仅弥补他们每人一元的损失，还让他们每人净得一角，使他们给方案投赞成票。这样，受益者虽然收益减少，但最终仍有九十一元一角的净赚。

李玉生的餐馆置了个小书吧，这是他从打工的那家大酒店学来的，有闲的时候他自己也喜欢从中找本杂志翻翻。这个"卡尔多标准"就是从一本时尚杂志上看来的。

昨天从鲶鱼头回来，他找出那篇文章，背了个滚瓜烂熟，今天拿来说服光明。

"你是来喝——酒、酒的还是来——说、说事的？"

萧光明的眼睛已经迷糊。

"都、都——是。"

"都——是？就你那、那点墨——水？跟我——讲经——济学？"

"那又——怎，怎——样？"

"嚯，还牛——了，你！"

"牛——牛？"

李玉生大口喘气：

"牛——又怎、怎样？"

"那你知——知道希——克斯标、标准吗？"

萧光明讲的"希克斯标准"是指一个方案出台，只要收益与损失相抵还能增进国家整体的福利，决策者就该设法让这个方案通过。

"稀——客？你——要讲稀、稀客，那大家都——光、光卵一条、条绳！"

"那你想——怎样？"

"补、补一个共同开——开发鲶——鱼头的分、分——红合——合同。"

"行，我看你是、是条汉——汉子，那就听——你、你的！不、不过现——现在你——得听、听我的！"

"你只——管说！"

"说：'我醉了。'"

"我没醉！"

李玉生一梗脖子。

萧光明没轻没重地把李玉生面前还剩大半瓶的酒呼啦啦倒进一只大碗："没——醉？那你把——它干、干了。"

李玉生"噔"地站起，端起那只碗，一仰下巴"咕嘟咕嘟"地灌起来。完了，前后一晃，又一把撑住桌子，站住。

"说：'我醉了。'"

萧光明不依不饶。

"我没醉！"

李玉生清清楚楚地大喊一声，忽然一个激灵，身子一缩，弯下腰大吐特吐起来。

立 秋

1

窗户还没有大亮，屋外响起"扑扑"的拍翅声。起先都以为是哪条早发的船惊醒了滩上的宿鸟，后来响声越来越激烈，还夹着细弱的尖叫，家狗青混也越叫越厉害。何神仙两公婆才觉得不对头，赶紧披衣爬起来，大门一开，不由又惊又喜：牵挂在柚子树之间的渔网上，一只孔雀样的大锦鸡一头钻在网眼里，怎么也挣脱不出来。青混摇着大尾巴在它身后乱窜。

何神仙脚没有抬够，身子先出了门槛，一头栽在院子里，就那样连滚带爬地扑过去，一把搂住那只锦鸡。

"手脚轻些！"何神仙看着老太婆一点一点地帮锦鸡把头退出网眼，心痛得不得了。

脱出了网眼的锦鸡伸直颈子，张开翅膀，只一晃，就往一边倒下了。

刚才他们只顾了锦鸡的头，锦鸡真正受伤的地方是脚。那只脚血糊滴答，骨头露出惨白的裂口。一看就是中了埋伏的夹子。

"狗屎！"何神仙牙骨咬得"咯咯"响。

偷猎明令保护的禽鸟，原来只听说是外湖的事，现在内湖也一日日多起来。何神仙骂娘最狠的话是"狗操的"，但是骂这帮人改成了"狗屎"，他觉得这帮人连狗都不如，最多是狗屎。这帮人包括偷猎、买卖以及烹吃明令保护的禽鸟的所有人。

好在伤口不深，小心在意地一点点洗净，让老太婆找出女儿留在家里的西药和纱布，敷上扎好，何神仙才轻舒了口气。

锦鸡摇晃着，踮了踮，总算站住，畏畏缩缩地傍在何神仙胸前。何神仙蹲着，一遍遍地抚着它的颈子、背脊，捋它的五颜六色的大尾巴，半天舍不得站起。

也是有缘。何神仙白天摆渡，夜里巡湖，睡在船上，昨天夜饭酒又喝多了，一觉睡过了头。到底年纪不饶人，越来越不胜酒力了，一条船上巡湖的好几个，并不在乎少他一个，只是他自己一夜不去就会不过意。巡湖的收入别处是按出工的日子算的，他们这条船从来就是平分。一条船上吃喝，一条船上睡觉，一条船上拉屎拉尿，闹不好还一条船上跟人玩命，计较个卵！只要不是家里实在有离不开的事，谁都不肯随便缺工。

"不要圈，就随它在院子里自在。青混看着，莫让生人、野物碰它，若是它想走就随它飞走。"

何神仙一边交代老太婆，一边拍青混的大头："夜里我会回来，它要出了事，我就要你的命。"

"只管走你的，老不死，流涎。"老太婆挥了挥手上的围裙。

青混很讨好，摇着尾巴把何神仙送到渡口。

2

> 哦呀呀喔！
> 哦咿呀喔哦！
> 呃嘿也哦也喔！
> 嗨也嗨呀！
> 太阳一出把船照哟，
> 大叫一声把橹摇哟，
> 嘿嗬！
> 把橹摇来把橹摇哟，
> 把船摇到湖中间哟，
> 嘿嗬！

船还没离岸何神仙就咿咿呀呀地唱起来。

"这么快活，女儿又搬了'郎酒'来啊？"有人问。

何神仙做了一辈子酒神仙，天生有喝酒的命。女儿长得像个明星，在省城当护士，女婿是在外国留过学的外科大夫，很有点名气，收不收红包不晓得，烟酒横竖多的是，自己又烟酒不沾，就都送给了老丈人。"郎"就是女婿，"郎酒"就是女婿送的酒。女儿每次回来都带着一大箱。

"街上的酒，我才不作兴。"

除非请客和做客，何神仙自己从来喝的都是湖里土灶烧的谷酒。说着话，何神仙腾出一只摇橹的手，从屁股上抓过那只瘪水壶，仰面"咕嘟"了一大口，酱红粗壮的颈上，老大的喉结猛地一抽。

> 三面朝水哟嗬嘿，
> 一面朝天呀嗬嘿，
> 顺风那个又顺水哟，

赛过神仙哕嘿嗬嘿。

何神仙每日睁开眼就开始喝酒，身上永远挎着一只瘪得不成样子的老式军用水壶，一天到晚醉醺醺的，说话、唱歌嘴里都像咬着卵子，咿咿呜呜的听不明白。他矮矮墩墩，本身就像一只酒坛子。有一回过年待客，喝到中间酒没有了，何谷那时没有商店，他驾起船就过鲤鱼嘴去镇上打酒。从镇上返回，摇船过渡的时候，他却又把那坛刚打的酒喝了个精光，又再回头。酒喝够了，他就是真神仙。再吓人的天气，他都敢驾船。船上说话有许多忌讳：不说"帆"，说"篷"；不说"翻面"，说"调边"。他什么忌讳也没有。一天到晚口边不离"要死卵朝天，不死万万年"，只是从来也没有人见他卵子朝过天。在风浪里钻了一辈子，只翻过一回船。但那回说是出事，不如说是出风头：他先是攀在桅杆上，随后顺势从桅杆跳上露在水面的船帮，再从船帮走到翻出来的船底。等船被风打到岸边，他连鞋帮都没有湿。

船到鲤鱼嘴，上来一帮照相的，县旅游局从省里请他们来拍风光。一上船，这帮人就嗷嗷乱叫，照相机喊喊嚓嚓地乱响。何神仙很得意，扯起喉咙唱起来：

造起船来哪个划？
八洞神仙请上船。
左边摇橹曹国舅，
右边荡桨汉钟离。
拐李就把水来踩，
采和就把纤来拉。
果老就把风来看，
仙姑就把舵来捺。
洞宾就把账来管，
湘子测日划龙船。

唱得兴起，何神仙一下子敞开了胸脯，酱红色的干巴筋肉跟刚用桐油油过的船身在日光里闪闪发亮。那帮照相的一下子注意到了他，纷纷转过镜头，吓得他一把丢落了橹，赶紧把散开的大襟重新扣起。

"别别，就那样！"那帮人大喊。

何神仙不理，把扣子上上下下扣了个严严实实，连颈子上那个一向扣不上的也硬扣上了。然后身子挺了个笔直，微微抬头，高瞻远瞩，神色庄严，像电影电视上的好汉就义。

"老大你好不好随意些啊！"

何神仙身子动了动，却比先前站得更直，脸上也跟着动了动，像笑，又像哭，最后又绷回去，比先前还僵硬。一个人递过去一顶草帽，指望加个道具能让他的形象多少活跃些。他接过去抓在手上，两只手依旧是笔直垂着。

"把草帽拿起来！"众人有些急了。

何神仙把草帽换到另一只手上，还是笔直垂着。

"何神仙，你这个样子不像神仙，像《红灯记》里的李玉和。"

一船人笑起来，何神仙也笑，眼睛眯成一条缝，露出雪白坚硬的牙齿。

船到湖心了。

哦——嗬嗬嗬嗬嗬嗬——

远处的一条船上，起了号叫，何神仙立刻响应：

哦——嗬嗬嗬嗬嗬嗬——

何神仙渐渐放松，橹似摇非摇，手指指点点：近处是虎山，远处是蛇岭；这里是飞燕投水，那里是老龟出洞；前面山上树丛里有座庙，真命天子朱元璋就在那里钻过供桌，蜘蛛在供桌脚上结了网，躲过了陈友谅的追兵；对面山头有块望夫石，真命娘娘陈友谅的老婆就是在那里看见男人的队伍倒了旗，投水自尽。事先约了，只要见倒旗，那就是败了，她就以死殉夫，绝不落到朱元璋手上受辱。其实那一仗陈友谅赢了，倒旗是因为掌旗的洗脚，插在地上的旗被风吹倒了。而今那座山叫"美女现羞"，就是她的身子。

说话的何神仙眉飞色舞，整个人一下就极为生动了。一船的摄影家都静下来。何神仙以为这帮人给他的话迷住了，愈加来劲，口水四溅，一张脸绽开了花。湖上这　类传说大同小异，哪里都有，那帮人其实是铆足了劲在抓拍他，一边拍一边止不住嘟囔：太好了！真绝！

何神仙久经风波雕刻的渔民形象很上镜，体格强壮，轮廓分明，加上动作，格外有神采。等何神仙发现自己没摆好架势就让人照了相，那帮人已经很是心满意足了。其中有一张是所有人公认最好的：没说的，百分之百又要获世界大奖，搞不好就是金奖！拍这张照片的人好几年前获过一次国际人物肖像摄影大赛的银奖。

"真要获了奖，首先得感谢你。你可以做波湖形象大使的。"那位对自己的成功很有信心的摄影家很认真地看着何神仙。

这是一个极愉快的上午，所有人都兴高采烈，接下来发生的事谁也没有想到。

船接近瓢背鸟岛，摄影家们要求下船上岛。按规定是禁止的，但县里陪来的干部小吴说，摄影特殊，不下去怎么能拍到好照片？县里干部开了口，何神仙只有听，那帮人一个一个抓着他的手下船的时候他一个一个细声叮嘱：手脚轻些，轻些，莫惊了鸟！

何神仙忽然明白过来时，事情已经晚了：开始他看见下了船的人中间，有一个抱着一只大纸箱，在滩上放下后从中抽出了一长串像是红带子的东西，接着就看到了火苗，等他跳下船头，爆竹已经震耳欲聋地炸响。何神仙向那只已经炸散的纸箱猛扑过去，在一大片"腾腾"的硝烟里爆竹一样蹦蹦跳跳，想踩灭火头。

何神仙疯样地蹦跳，疯样地叫喊，全不顾爆竹和火花的迸溅。

瓢背鸟岛，从来没有被侵扰过的肃穆的鹭鸟王国，先前自在、悠闲、骄矜、尊贵的主人，从浓密的树丛中间轰然而起，遮蔽了瓢背的上空，惊恐的失魂落魄的鸣叫揪心断肠。

摄影家们则进入了极度的亢奋，湖滩上只听见一片"喊喊嚓嚓"的快门声。何神仙疯样的蹦跳和叫喊，他们全不当回事。等他们终于不得不面对何神仙的时候，忽然傻了：停止了蹦跳的何神仙挥舞着带铁头的粗长的船篙，对着他们所有人横扫过来：

"世界奖！世界奖！世界奖！"

刚才让摄影家们喝彩叫绝的那个"神仙"，那个"波湖形象大使"，成了凶神恶煞。

"何神仙你疯了？！"小吴喝道。

"世界奖！世界奖！世界奖！"

何神仙蛮横地挥着船篙，对那些不放下相机的人，见一个是一个，兜头便打。

小吴打手机让何谷村支书何来庆另派条船来。等船的时候何神仙两只手横抓着船篙就那样站着，虎视眈眈地盯着那帮照相的，谁一动他就跟着一动。那帮人一个个像中了毒的鸟，张口结舌。

"你晓得他们是什么人？"小吴怒吼。

"……"

"就敢动手打？！"

"……"

"我回县里要去告你！"

"……"

"要法办你！"

"……"

何神仙石头一样站着，一百二十个不理睬。他不想吵，吵了又会惊鸟。法办就法办，要死卵朝天，不死万万年！

何来庆和李玉生一块儿带着船来了。何来庆让李玉生送那帮人去鲤鱼嘴，自己随何神仙回何谷。李玉生会不会代表村里向那帮人道歉他不管，反正他不想说客气话。他不觉得何神仙有错：

"法办？有那么容易？大不了就是我这个村支书不当了，我还回去教书。"

"我才不在乎。就是这世上作恶的狗屎，越来越狠，越来越多。"

何神仙跟何来庆说起一早落到他院子的锦鸡。

坐在船头上的何来庆两只手在后面撑住，想起祖父年轻时在湖上抱回一羽在异地中了鸟枪的白鹤，伤养好后那鹤竟不肯离去。祖父高寿故世，那鹤日夜哀鸣，直至绝食而亡。不由朝天长叹了口气。好山好水与其被糟践，倒不如任其荒着。天地也是父母，对不起天地，就是对不起父母。

3

锦鸡的脚伤恢复得出奇快，没有几天就行走自如了，毛色越来越滋润，油光水滑。院子里有人就"咕唧咕唧"在人前人后跟着转，没人就飞到柚子树上，安安静静地朝湖上张望。一见到何神仙就张开翅膀，脚下踏出一溜烟，飞扑过去。何神仙一伸手，它就跳到他掌上。那时候，青混就在何神仙脚下仰起头，酸溜溜地眨着眼睛。

何神仙几次三番地把锦鸡带到湖上放飞，眼见它飞远了，飞进了瓢背的树丛，燕投山的树丛，老龟山的树丛，虎山甚至美女现羞的树丛，何神仙吁口气，发阵呆，以为再也见不到了，可是一回何谷，系了船，上了岸，远处才现家门，那只上午已经放飞的锦鸡就从他院子的柚子树头上钻出来，直接落到他的肩膀上。爪子抓得铁紧，像是生怕他跑了。

"不走就不走吧。"

何神仙终于放弃了放飞锦鸡的打算，抚着它的冠，抚着它的颈子，抚着它的背脊，抚着它五颜六色的大尾巴，心里欢喜得直颤。

多次放飞的结果是锦鸡习惯了跟何神仙上船，随后就每天跟着他摆渡，站在船头上，站在船尾上，站在船篷上，有人逗它，它就一飞冲天，在半空打个旋，又飞回来，落在何神仙肩膀上或是头顶上。

有一天从鲤鱼嘴上来了两个生人，说是想到这湖心一带收购野鱼，从老鳖、银鱼，到米虾、泥鳅，只要是野生的，都要。他们看见高翘着五颜六色的大尾巴在船篷上跳来跳去的锦鸡，眼睛发绿，一个问，哪位老板的？卖不卖？何神仙答，不卖。又问，要是价钱出得高呢？又答，也不卖，再高也不卖，就是出一船金子也不卖。另一个冷笑：犯不着买。有一回我一石头就砸死一只比这还大的。

何神仙对那两张黝黑的瘦脸重重地挖了一眼。

瓢背脚下出现漂浮的白鹭的尸体是那之后没有几天的事。滩上和坡上的树缝中间，留着拌了毒药的鸟食的残渣。

"狗屎！狗屎！狗屎！"何神仙连连跳脚。

瓢背叫"鸟岛"，其实该叫"鹭岛"。白鹭该是这一方水面的王者。湖里各种白鹭应有尽有，而瓢背多的是最好看的黄嘴白鹭，何谷人叫它"白老"。白老像白面书生，又傲气又文雅。嘴、颈、脚和身子，都又瘦又长。额边细长的冠羽，像对细软的辫子，飘然摆动。颈根丝线一样的蓑羽一直垂到下胸。胸口、腰边和大腿根，有种羽毛能随生随长，毛尖不断地碎成粉粒，把粘上的污物清得一干二净，难怪一身白毛从不见腌臜。寻常时候，白老一只脚站在水里，一只脚缩在肚下，头颈一扭三弯搁在背脊上像个驼背，一站老半天。一旦走动，步子轻巧稳当，晃着长颈和长腿在水边和田地优哉游哉。飞起来两脚向后伸直，远远超过尾巴，两扇宽大的翅膀缓缓鼓动，从从容容，气度非凡。

各种白鹭都上了世界濒危物种的名单。黄嘴白鹭更是国家重点保护的禽鸟。它纯白的毛状羽和蓑羽是极贵重的装饰品，偷猎的越来越多，种群数量越来越少，许多地方已经难得一见了。

省里有个写书的说光是为了白鹭他就值得请求借住何谷。何神仙听他念过自己写白鹭的文章，他说有一个大文豪说白鹭是一首韵在骨子里的诗。这诗没有花花草草的词藻，没有红红绿绿的装扮，是朴素和高洁的形象化。丽日之下有白鹭翩飞，蓝天便有了心跳的动静；细雨来时水田里站了一只两只白鹭，水田便成了一幅玻璃的画框；山岩上有白鹭群立，山岩便登时有了蓬勃的生气；夕阳里有成行白鹭低飞，更是乡间日子的一种恩惠。这些话何神仙没有听得太明白，但是晓得意思，那意思都讲到了他的心里。

像是迎接一场世界大战，何教授打开高音喇叭，何来庆和李玉生反复喊话，让何谷各家出人，轮流去瓢背值夜，守偷鸟贼。各家也都没有二话，摩拳擦掌，踊跃上阵。

将近一个月过去，瓢背平安无事，偷鸟贼的影子都看不到。值夜只能在暗中枯坐，瞌困来极了就闭会儿眼睛。除了交替带班的何来庆和李玉生，都是花甲上下的老倌子，长年抹牌晒日头打发日子，哪里经得这样整夜整夜的苦熬。眼见得就立秋了，湖水开始凉得沁骨，湖上的夜风有了越来越重的煞气。鹭鸟纷纷动身南飞，留下过冬的没有几只，值夜的意义也就不大了。何来庆和李玉生本想说再坚持几天，终开不了口。

值夜一撤，何神仙急了。他不知为什么，觉得那些偷鸟贼就躲在附近什么地方，只等着这一天。鸟岛上只要有一根鸟毛他们就不会放过。他跟夜里一条船巡湖的几个商量，他去瓢背过夜，巡湖就请几位代劳。几个说，我们没有事，就是你值不值得。偷鸟贼要是不来呢，你值夜值到哪天是头？

"这帮狗屎，会来的！"何神仙好像闻到了他们的气味。

吃过夜饭，巡湖的船就泊到瓢背山脚，几个人陪着何神仙，让他睡一觉。过了上半夜，他们去巡湖了，何神仙就独自留在滩上，天亮后他们再来接他回何谷。

出事在好几天之后。连着几天大家都在劝何神仙莫那么倔，就是铁打的也要生锈。那天几个说笑：今天就是最后一回接他了，他要再值夜，就让他留在这里做鸟食。

湖滩上没有见到往日等着的何神仙，下船才走几步，就看到何神仙终日不离身的瘪水壶，带子扯断了，很凄惶地歪在一堆乱石上，还散发着酒香。

4

李玉生还没有到，他和老婆孩子住在镇上的店里，当了村主任以后，每天一早骑摩托从镇上到鲤鱼嘴的老屋，然后搭何神仙的船过渡到何谷。何来庆带着几个巡湖的先去了何神仙家。老太婆一见他们就哭起来：

"鸡狗一到下半夜都不安生，早上我一开门鸡就扑出去，眨眼就没影了，青混一直闹到现在，我就晓得老不死坏事了。"

何来庆说："莫急，我是来告诉你一声的。我们这就去找，也向县里报了案。"

人们说话的时候，青混一直在脚下狂叫乱钻，见没有反应，咬住何来庆的裤脚，拼命往外扯。

"青混，你要晓得就带我们去！"

众人意识到什么。

青混松开何来庆的裤脚，转头往船上跑。上了船，青混只对着一个方向喊叫。船也就朝那个方向加速。

前面是与瓢背隔着一个汉子相望的老龟出洞。

船还没有靠岸，青混就一跃而下，回头喊了一声，就往老龟背上飞奔。

山洞就在老龟背后面，一帮人从坡上跌跌滚滚地滑下，跟着青混钻进去。洞里又高又阔，大得吓人的石头横七竖八，底下泉水哗哗作响。

"汪，汪汪——苦……汪，汪汪——苦……"

洞深处传来青混欢天喜地的呜咽。

所有的打火机都亮起来。

何神仙手脚被索子捆着，夹在一条石头缝里。那只锦鸡"唧唧咕咕"地拍着翅膀，在他头两边的石块上跳过来跳过去，一刻不停。青混埋着头，拼命撕咬捆着何神仙的索子。何神仙不知什么时候已经醒了，看见众人，咧开满是血的嘴。何来庆俯下身子，隐约地听见他说："我就晓得我命大。要死卵朝天，不死万万年。"

【作者简介】

陈世旭：1949 年生于南昌。著有长篇小说《梦州》《裸体问题》，短篇小说《小镇上的将军》《惊涛》《马车》等作品，现为江西省文联主席、作协主席，中国作协主席团委员。

选自《小说选刊》2009年第10期

浮生记

艾 玛

"请看在打谷的分上……"

新米坐在毛屠夫的火塘边，听到姆妈用恳求的语气跟屠夫说话，就把头低下去。姆妈以前都不用眼睛看毛屠夫，新米这还是头一次听到姆妈对他说话。

毛屠夫是新米的爸爸打谷的同庚，人人都知道他们曾在后山的一树野桃花下撮土盟誓，要做一辈子生死不离的好兄弟。毛屠夫对别人冷淡得很，却独独对打谷好。新米小时候不止一次听到大伯栽秧劝阻打谷与毛屠夫来往。

这鸟人，邪性！栽秧说。

打谷红着脸低了头，一声不吭，却照旧隔三差五和毛屠夫一起喝包谷烧——这也是人人都知道的事。

毛屠夫的火塘里烧的是一整棵的栎树根，劲大得很，烤得新米的脸红红的发烫。屠夫的女人一言不发、面无表情地用火钳在柴火上烧清水粑粑。新米低着头，看见白玉般的粑粑被柴火燎起一个个小泡泡，泡泡迅速地瘪下去，变成焦黄的斑点。粑粑身上遍布这样的斑点时，屠夫的女人把火钳松开，让它落在新米脸前的柴灰里。

新米，吃！屠夫的女人说。

清水粑粑是姆妈带来的。立秋前种下的糯米和粳米，打下来后晒干，用筛子筛出完整的米粒，三升糯七升粳，蒸熟捣匀，费了一番心力做成的粑粑，一直养在半人高的绘有蟠龙的清水坛子里。在煤矿里当掘进工的打谷，歇班在家的时候把衣袖卷得高高的，在门前的稻场里喜滋滋地捣米浆。不过他还没有来得及吃上几个，就在入冬后的一个下午被埋在了屋后的土坡上。他在新米爷爷长满蒿草的坟墓旁占了块同样大小的地方。

火塘的铁支架上坐着一只乌黑的铝锅，里面煮着猪大肠和白菜苔。毛屠夫就着锅里的菜喝着包谷烧。柴火和包谷烧都养人，毛屠夫的脸像块绸布似的又红又亮。

新米不是可以顶班去煤矿里么？毛屠夫喷着酒气说。他始终没有看姆妈一眼。

姆妈从柴灰里捡起一个烧好的粑粑，拍掉粑粑上的灰，把粑粑一分为二，递给毛屠夫的两个小女。那个大点的女孩子比新米小两三岁，像屠夫的女人那样不苟言笑。小女长着一张毛屠夫那样的肥肥的圆脸，因为还小，看上去就有几分天真的可爱。她们把下巴搁在膝盖上，挤挤挨挨地坐在火塘边，隔着乌黑的铝锅和带着噼啪火星的青烟偷看红着脸的俊秀的新米。

姆妈把手伸到毛屠夫大女的头上，慢条斯理地理她的打结的头发。姆妈说，田家已有两辈人死在煤块下了，栽秧那一房我管不了，我的新米，尿尿我也不许他朝着煤矿的方向。

姆妈从怀里掏出一个红纸包，放到她带来的一篮子清水粑粑上去。姆妈说新米十六岁了，脚长手长的，好力气就在后头——你要是同意新米给你磕两头，这钱就是新米孝敬的包谷烧。

毛屠夫把身子后仰，打着酒嗝醉眼看一直低着头的新米。新米长得着实像打谷那个鬼。

毛屠夫的语气温和下来，说这几天都有活做，吃过早饭过来挑家伙。

新米跟毛屠夫学杀猪的事很快传开了，新米的伯伯栽秧让儿子新荞给新米拎来一双崭新的高筒水鞋。新荞跟新米一样在右臂上缠着打谷的黑纱，他和新米蹲在新米家门前的枣树下说话。

新荞说："……听说同庚叔给小四家杀年猪的时候手抖了。"

新米说："活还是做得很好的，血放得很干净。"

小四家杀猪的时候，新米也曾过去帮忙。毛屠夫手持抓钩，和小四的大哥一起跳进猪圈里。毛屠夫跳进猪圈时，正好踩在一摊猪粪上，他差点摔一跤。看热闹的人哗地笑起来。毛屠夫没有笑，他示意小四的大哥揪住猪尾往上提，猪后腿刚一离地，毛屠夫一个箭步冲上去，将猪头夹在腋下，揪住一只猪耳猛力往后扯，猪头后仰嘴被迫张开，它还未来得及哼一声，毛屠夫手中的抓钩已牢牢钩住了猪的上颚。整个动作干净利落，博得了满堂喝彩。毛屠夫把抓钩的一端勾在一根手指上，慢慢悠悠地从敞开的猪圈里走出来，那头猪就像条上了钩的鱼似的，嘴里咬着抓钩乖乖地跟在他后边。几个小伙子一拥而上，合力将猪抬到案板上捆好。新米从樟木刀架上抽出杀猪刀递给毛屠夫，毛屠夫并没有马上接，他把手扣在肚子上，面无表情地端详着那头猪。后来毛屠夫把刀子捅进猪心窝里后，动作上有轻微的停留与迟疑，让新米感觉到了他一刹那间的不同往日的异常。小四的爹端着盛着一些盐水的木盆站在猪脸前，看到这一幕脸一下子就拉了下来。活做完后，小四的爹没有邀请他们留下来吃杀猪饭，只是照例把一段猪大肠和一页猪肝用草绳捆了，挂在刀架上，包着十元钱的红纸包却没有放进冲洗干净的腰盆里，而是搁到了案板上。

新米问新荞，你年后去煤矿上班？

新荞没有吭声，他随手捡起一根小木棍在地上划来划去。新荞读到高中毕业，因为没有考上大学，所以这书就跟白读了一样，他只有和小学也没读完的小四一起去砖厂打工。他没有小四有力气，干得还没有小四好。

新荞在地上划了半天，说新米你什么时候后悔了，跟哥吱一声。

在煤矿干一个月就可以赚到上千元钱，命大干到退休的话，老了以后就能光拿钱不干活呢。新荞总觉得自己像是占了新米的便宜。煤矿里好几千工人，有很多人活到头发雪白，日日坐在矿区的小花园里含饴弄孙……新荞不相信田家的运气总是那么坏。再说了，跟活人比起来，有时候死人反倒是一件再平常不过的事呢。

新米听到新荞的话，摇摇头站起来，用力而准确地把一块小石子扔到稻场下的稻田里去。冬天的稻田像饥饿的嘴一样空空地张开，小石子落到这空里，连声响也没让人听到一个。新米摇头不是不相信新荞，新米知道新荞是可以为兄弟舍命的人。打谷在的时候，新米时常带着妹妹新叶到煤矿里去玩。他们都喜欢吃煤矿食堂蒸的钵子饭，夏天食堂还卖三毛钱一杯的冰酸梅汁，冬天有热水澡堂，洗澡的时候一点也不冷，每个洗完澡的人都像刚褪完毛的猪，浑身被热气焖成粉红色。不过现在的新米，只要想到打谷最后的样子，他宁愿把煤矿的诸多好处统统都忘掉。打谷在的时候，有许多好时光，现在回想起来简直会让人胸口疼……姆妈出去打猪草回来，一边把满满一篮子猪草抵在稻场边的枣树上歇息，一边笑吟吟地看打谷捣米浆。打谷当着孩子们的面埋怨姆妈，说死婆娘，老毛喊我去喝包谷烧，还有辣椒炖猪大肠，你偏要我在这里捣米浆。不知道为什么，打谷面上有些恼，但他的语气听上去却是喜滋滋的，仿佛比喝了包谷烧还畅快。姆妈亦很麻利地回答打谷："哦呵，我又没有拴住你，你的腿未必是两条桌子腿？要不就是两条蛤蟆腿，你想吃的不是猪大肠，只怕是天鹅肉。"新米和新叶就一起笑起来。

新荞把手中的木棍也用力扔到稻田里去，说哪天轮到外婆杀猪，你喊我一声。

新荞所说的外婆，是新米和新叶的外婆，新荞还没有出生，他自己的外婆就死了，从小他就和新米新叶共了一个外婆。他们都喜欢外婆屋里的一张带踏板的雕花坨床，小时候的新荞和新米并头挤在外婆那张杉木坨床上做过数不清的好梦。年初新荞去砖厂打工前，特地陪着新米去乡场上给外婆捉了一只小白猪，两人用麻袋装了"小白"，轮番拎到外婆家。外婆往新荞新米口袋里塞煮鸡蛋和米花糖，外婆说，新荞，年底和新米新叶一起来吃杀猪饭。看来新荞没有忘记这顿饭。

新米到毛屠夫那里挑家伙。

新米脚上是新水鞋，半截裤管都塞在靴筒里，看上去帅气得很。毛屠夫的大女在结满霜花的窗前梳头发，一言不发地看站在门口的新米。她的头发似乎是这个世界上最难梳理的东西，新米站在门口，隔窗听到梳齿拽动头发发出的噼啪声。毛屠夫一大早就坐在火塘边喝包谷烧，打谷过世后，他的酒喝得多而寂寥。屠夫的女人一副漫不经心的样子，手里有一下没一下地扫稻场。新米走过去接过扫把，"刷刷刷"地扫起来。

大女把梳子咬在嘴里看新米扫稻场，看得有些呆了。大女走到火塘边坐下，端起一碗白菜煮清水粑粑吃了两口，大女就停下筷子，发了一会呆。大女说长得那么好看，不去读书当秀才，却要……她像个大人似的叹了口气。

毛屠夫听大女说得有趣，很难得地一笑，说吃人家的粑粑，说人家的坏话，杀猪怎么不好？他又未必杀一辈子猪。毛屠夫说着话，就在椅子上伸直了脖子，从窗子里看稻场上的新米。新米扫地的样子让他想起打谷。吃的是同一川的稻子，喝的是同一个塘里的水，打谷自小就与众不同。年少的打谷性情和顺、眉眼清秀，像过年的时候贴在墙上的观音。一帮男孩子一起去塘里洗澡，脱得精光的打谷扎了个猛子从水里钻出来，整个人清新得像一杆莲花……可是最终他却是这样一种收场。太好的东西大约都是经不起磕碰的，一朵花再长久也就是一季，哪能一年开到头？

毛屠夫忆起打谷最后的样子，心就像被掏空了一样。他想人这一辈子实在是没有什么意思啊，于是就仰脖把一盏包谷烧倒进肚子里去。

杀猪的家伙大大小小有十几种。毛竹挑子上一头是个雕花樟木刀架，刀架里插有两指宽的杀猪刀、剔骨刀、大斩刀、小斩刀、挺棍，还有刮刨、抓钩、挂钩等，件件都被鲜血滋养过，每一件都亮铮铮、闪着寒光。另一头是一只松木腰盆，油腻腻的，盆底沾有各色猪毛。毛屠夫背着两只手走在前面，新米挑着担子走在后面。田埂狭窄弯曲，两边的稻田里覆着白霜。刀架上的刀子碰到钩子，寒风中发出了"叮叮叮"的细碎而冷冽的声响。

毛屠夫走得慢悠悠的，身子略微有些摇晃，他的后背看上去宽大厚实。

新米看着毛屠夫的背影，想起新莽说他手抖了这件事……不知道为什么，那天毛屠夫没有像以往那样一下子就把刀子捅到猪心上，这是他近二十年屠宰生涯中从来没有过的事。毛屠夫的内心里涌起一种无法言喻的沮丧。后来，他只好用刀尖在猪的胸腔里小心翼翼地寻找猪心，他每移动一下，猪那被草绳捆缚的蹄子就在案板上敲出一阵急促的鼓点。毛屠夫的脸渐渐变得煞白。尽管最后刀子拔出来时，血紧咬着刀尖喷射而出，一滴不漏地溅入木盆，他还是觉得没有脸拿放在案板上的红包。

新米想起小四他爹那难看的脸色，和毛屠夫最后黯然离开的情形，就有些不平。不管怎么说，活还是做得很漂亮的。新米始终这么想。

可毛屠夫不这看，从小四家回来的路上，毛屠夫一路无语。新米把挑子搁进毛屠夫家的偏屋，出来跟他道别的时候，毛屠夫两眼看着脚尖前的一点地方，喃喃地说："……即便是猪，也应该有个好死嘛……吃的人也会感觉到。"

新米听到这话，稍稍停了会才离开。回家的路上，新米想起了自己跪在煤矿澡堂那湿漉漉的地板上，看着伯伯栽秧与毛屠夫一起清洗父亲打谷那血肉模糊的身子时的情景。寒风中的新米流着眼泪，默默地哭了一路。

这日的猪是只黑毛猪，体格庞大，嘴脸狭长，后臀像马一样高高耸起来。

毛屠夫站在猪栏前看了一眼，说，好头猪。

主家在稻场上支起一口铁锅烧水，铁锅的旁边架着一张门板，门板旁边是两张并在一起的条凳，屋檐上靠着一把木梯，一个简易的屠宰场像个小戏台一样搭了起来，且样样齐整，单等主角登场。新米把杀猪的家伙一件件从樟木架子上摘下来摆在门板上，稻场顿时充满杀气。

主家的女人生着一脸雀斑，她坐在灶孔前往灶里添木柴，不时撩起衣服前襟擦眼泪。

猪养了整一年了，开春的时候，她踩着雪化后的泥泞小路去乡场买它回来的。那时候它还很小，不像一般的猪那样安分，半路上竟然把背猪的背篓拱坏了，她是把它抱在怀里走回来的。二月的风很冻人，她倒出了一身的汗。还有一回，是个雨天，闲着没事男人打了她。她哭着哭着，听到猪栏里的猪叫声，到底还是披了蓑衣、挽了竹篮出去扯猪草。每回她提着潲水桶进养猪的偏屋，这猪都会从墙角下起身，哼哼着走到栏边迎她。

这件件事，哪一件不让女人感伤落泪？

不过新米对女人的眼泪并不以为然，每年到杀年猪的时候，都能看到这样的场景。女人养大了畜生，年底到乡场上的税务所扯上张税票，亲自喊来杀猪佬给它一刀，女人的心情就很复杂，就要不停地抹眼泪。她们到底是哭那可怜的猪，还是哭自己一年的不易？没有人能搞得清。不过等猪被解成一块块挂到称钩上去称，来吃杀猪饭的亲朋好友啧啧有声地夸这猪的肥壮，女人就会擦干眼泪，面露得意之色，说一顿也没有饿着它……女人大都这个样。

女人坐在灶孔前抹眼泪的时候，这家的男人招呼了几个亲朋好友过来帮忙。他们和毛屠夫一起立在猪栏边，抽着老旱烟打量这猪。

只怕有三百斤。有人说。

新米拿来一桶热水冲洗门板，一切准备停当后，他也来到猪栏边。这猪不像一般的猪那样懒洋洋的，它大约也察觉到大限来临，像只狗一样满栏打转。新米想起小时候听打谷说猎野猪的事，心想这只黑毛猪，倒有点像野猪的样子，有劲道，不憨。新米看着这猪，心突然"嘭嘭"地跳起来，他想起外婆家的"小白"，他和新荞从镇上挑中了它，两人合力拎到外婆家的……新米压制住嘭嘭的心跳，对毛屠夫说，让我试试吧。

毛屠夫抽完烟，把抓钩夹在腋下，搓着被寒风吹僵了的手，也想起了和打谷猎野猪的旧事。

那时候还没有实行严格的猎枪管制，他和打谷都在比新米现在略大点的年纪，也一样逞强。他扛了祖上传下来的一杆老枪，成日和打谷形影不离地满山打转，遇到兔子猎兔子，遇到野鸡猎野鸡。有一回碰到一只半大野猪，他想也没想抬手冲它开了一枪，这野猪的肚子当即像个筛子一样漏下血来。但这一枪并未致命，受伤的野猪像辆疾驰而来的车一样冲他过来了，而他却来不及给枪再装上颗子弹，情形很危急……最后还是打谷从侧面冲出来，用一把砍刀砍翻了它。

毛屠夫到现在还记得打谷浑身溅满猪血、站在死了的野猪旁边哆嗦个不停的样子。回过神来的毛屠夫扔了枪走过去，使出毕生的力气抱住了打谷，打谷身上的猪血味道，毛屠夫在很多年后忆起来依然觉得新鲜。

也就是在这一回，他们下山到一户人家借扁担绳子抬野猪，遇到了做姑娘时的新米的姆妈。这个女人不过是给打谷端了碗水，就想让打谷把在桃树下许下的誓言都忘了。毛屠夫对新米姆妈的不满在打谷的葬礼上突然终结，他们偶然交互的一眼让他们在一瞬间看清了彼此，他们何曾是敌人？他们不过是难友。

　　毛屠夫看了新米一眼，把抓钩递给新米，双手往猪栏上一撑，人就到了猪圈里。新米和几个帮忙的男人也跟着跳了进去。毛屠夫把猪尾握在手里，抬脚往猪肚上猛力一踢，双手用力上举，猪的前半个身子"扑通"一下落在了地上，几个男人扑上去，把它牢牢地摁住了。新米揪着一只猪耳，往后猛力一扯，顺势将抓钩狠狠地扎进了猪的上颚。众人连声叫好。

　　毛屠夫惊愕地看着新米，慢慢退到猪栏边站定。

　　新米从会走路起，就是打谷的小尾巴，他安静地跟在打谷后面下塘里玩水、上山里捉獾，是个不喜形于色的孩子。

　　毛屠夫发现自己以前竟然很少注意到他。有几回打谷坐在毛屠夫家的火塘边喝包谷烧，他们并没有多少话说，两个人只是在微醺的气氛里相对而坐，慢慢将身心从微贱而艰难的日子里挣脱出来。他们各自把手撑在自己的膝盖上，眉头舒展、面容安详，像经历过无数沙场恶战的英雄，一片天高云淡……大人们喝得正好，小小的新米打着呵欠，把头从打谷的腋窝下伸过来，有些戒备地看向毛屠夫，这种眼神引起的短暂的不快，连当时的毛屠夫自己都未能清楚地意识到，此刻背倚猪栏，新米那戒备的眼神却清晰地在毛屠夫的脑海再现。

　　毛屠夫倚着猪栏站着，一群兴奋的孩子在稻场里跑来跑去。

　　几个男人合力把猪抬到了条凳上捆好，新米把抓钩递给其中的一个，示意他往后拉扯。男人稍一用力，这猪的头就往后仰，猪心窝一览无余。毛屠夫双手抱在胸前，看新米麻利地将刀子捅进猪腭下的一尺三寸处，新米一抽刀，血像条蛇一样蹿出，一滴不漏地射入木盆。

　　接下来是给猪开气脚、吹气、用刮刨给猪刮毛，被吹得肿胀起来的猪四肢张举地躺在松木腰盆里，看上去竟有些欢喜、有些憨态可掬的可爱。

　　杀了这么多年的猪，毛屠夫还是头一次看到这种景象。他默默地走到条凳前坐下，看新米用挺棍轻轻拍打被刮得干干净净、吹得肿胀的猪身。

　　新米全神贯注地做事，举手投足间似有些不屑，而略带稚气的眉宇间又似有股凛然。新米用挂钩钩住猪的后臀，指挥众人将猪挂到斜倚在屋檐下的木梯上去。新米取出小斩刀，先绕猪脖子一切，卸下猪头，再顺猪尾一刀劈到猪的胸腔处，只见猪的心肝肚胃肠顺势涌出，冒着热气落入木梯下的木盆里。新米弯腰用抓钩从木盆里勾出猪尿泡，转身扔给那几个围观的兴奋的孩子。孩子们接过去，尖叫着踢着跑远。新米无声地一笑，转身从樟木箱子里取出大斩刀，将刀举过头顶，凝神屏气，顺猪脊一路劈开。但见刀过处平整光洁，无半点零星碎骨，令人叫绝。

毛屠夫默默地看着手起刀落、神情专注的新米，他惊讶于单薄的新米那令人困惑的力量与专注……此刻的新米不再是那个曾偎在打谷身边、用警惕的眼神看他的孩子，他在一瞬间长大成人。

毛屠夫把手撑在身体两侧，静静地坐在沾满猪毛的条凳上看新米做活。他想起新米将刀子捅进猪心窝前的情景，新米把那把细长的杀猪刀隐在肘内，示意那个手持抓钩的男人用力往后扯猪耳。男人一用力，躺在条凳上的猪无助地将头后仰，它嗷嗷叫着，双眼潮湿而惊恐。新米伸出一只手——合上猪的双眼，这潮湿和惊恐消失在新米手掌下的那一刻，毛屠夫惊愕地看向新米，他看到的不是新米，而是另一个打谷，这个打谷在温和的外表下，有着刀一般的刚强和观音一样的……慈悲！

毛屠夫用双手支撑着自己的身体，沉浸在自己的发现里不能自已。这时这家的麻脸女人给毛屠夫端来一杯热茶，女人恭恭敬敬地说，你这个徒弟，难得。

毛屠夫接过茶，听到女人的话仿佛吃了一惊。他回过神来看着手持利刃的新米，眼前浮现起多年前跪在一树桃花下起誓的打谷，打谷俊秀的脸上竟然有和此刻的新米一样的神情。

原来自己从来没有像今天这样看清楚那一天的打谷。这一发现令毛屠夫忍不住潸然泪下。

【作者简介】

艾玛：女，原名杨群芳，生于上世纪 70 年代初，湖南澧县人。曾做过军校教员、兼职律师。现就职于中国海洋大学。2007 年开始文学创作，迄今在《黄河文学》等刊物发表小说多篇。

选自《小说选刊》2009年第11期

爱情到处流传

付秀莹

那时候，我们住在乡下。父亲在离家几十里的镇上教书。母亲带着我们兄妹两个，住在村子的最东头。这个村子，叫做芳村。芳村不大，也不过百十户人家。树却有很多，杨树，柳树，香椿树，刺槐。还有一种树，到现在我都不知道它的名字，叶子肥厚，长得极茂盛，树干上，常常有一种小虫子，长须，薄薄的翅子，伏在那里一动不动。待要悄悄把手伸过去的时候，小东西却忽然一张翅子，飞走了。

每个周末，父亲都回来。父亲骑着那辆破旧的自行车，在田间小路上疾驶。两旁，是庄稼地，青草蔓延，野花星星点点，开得恣意。阳光下，植物的气息在风中流荡。我立在村头，看着父亲的身影越来越近，内心里充满了欢喜。我知道，这是母亲的节日。

在芳村，父亲是一个特别的人。父亲有文化。他的气质，神情，谈吐，甚至他的微笑和沉默，都有一种与众不同的东西。这种东西把他同芳村的男人们区别开来，使得他的身上生出一种特别的吸引力。我猜想，芳村的女人们，都暗暗地喜欢他。也因此，在芳村，我的母亲，是一个很受人瞩目的人。女人们常常来我家串门，手里拿着活计，或者不拿。她们坐在院子里，说着话，东家长，西家短，不知道说到什么，就嘎嘎笑了。这是乡下女人特有的笑，爽朗，欢快，有那么一种微微的放肆在里面。为什么不呢？她们是妇人，历经了世事，她们什么都懂得。在芳村，妇人们，似乎有一种特权。她们可以说荤话，火辣辣的，直把男人们的脸都说红了。可以把某个男人捉住，褪了他的衣裤，出他的丑。经过了漫长的姑娘时代的屈抑和拘谨，如今，她们是要任性一回了。然而，我父亲是个例外。微风吹过来，一片树叶掉在地上，轻轻的，起伏两下，也跑不到哪里去。我母亲坐在那里，一下一下地纳鞋底。线长长的，穿过鞋底子，发出哧啦哧啦的声响。对面的四婶子就笑了。拙老婆，纫长线。四婶子是在笑母亲的拙。怎么说呢，同四婶子比起来，母亲是拙了一些。四婶子是芳村有名的巧人儿，在女红方面，尤其出类。还有一条，四婶子人生得标致。丹凤眼，微微有点吊眼梢，看人的时候，眼风一飘，很媚了。尤其是，四婶子的身姿好，在街上走过，总有男人的眼睛追在后面，痴痴地看。在芳村，四婶子同母亲最要好。她常常来我们家，两个人坐在院子里，说话。说着说着，两个脑袋就挤在一处，声音低下来，低下来，忽然就听不见了。我蹲在树下，入迷地盯着蚂蚁阵。这些小东西，它们来来回回，忙忙碌碌。它们的世界里，都有些什么？我把一片树叶挡在一只蚂蚁面前，它们立刻乱了阵脚。这小小的树叶，我想，在它们眼里，一定无异于一座高山。那么，我的一口口水，在它们，简直就是一条汹涌的河流了吧。看着它们惊慌失措的样子，我格格地笑出了声。母亲诧异地朝这边看过来，妮妮，你在干什么——

　　在芳村，没有谁比我们家更关心星期几了。在芳村，人们更关心初一和十五，二十四节气。周末，是一件遥远的事，陌生而洋气。我很记得，每个周末，不，应该是过了周三，家里的空气就不一样了。到底有什么不一样呢，我也说不好。正仿佛发酵的面，醺醺然，甜里面，带着一丝微酸，一点一点地，慢慢膨胀起来，让人有一种说不出的喜悦，还有隐隐的不安。母亲的脾气，是越发好了。她进进出出地忙碌，根本无暇顾及我们。我知道，这个时候，如果提一些小小的要求，母亲多半会一口答应。假如是犯了错，这个时候，母亲也总是宽宏的。至多，她高高地举起巴掌，然后，在我的屁股上轻轻落下来，也就笑了。到了周五，傍晚，母亲派我们去村口，她自己，则忙着做饭。通常，是手擀面。上马饺子下马面，在这件事上，母亲近乎偏执了。我忘了说了，在厨房，母亲很有一手。她能把简单的饭食料理得有声有色。在母亲的一生中，厨艺，是她可以炫耀的为数不多的几个资本之一。有时候，看着父亲一面吃着母亲的饭菜，一面赞不绝口，我就不免想，学校里的食堂，一定是很糟糕。一周一回的牙祭，父亲同我们一样，想必也是期待已久的了。母亲坐在一旁，倚着身子，随时准备为父亲添饭。灯光在屋子里流淌，温暖，明亮，油炸花生米的香味在空气里弥漫，有一种肥沃繁华的气息。欢腾，跳跃，然而也安宁，也妥帖。多年以后，我依然记得那样的夜晚，那样的灯光，饭桌前，一家人静静地吃饭，父亲和母亲，一句一句地说着话。也有时候，什么也不说，只是沉默。院子里，风从树梢上掠过，簌簌响。小虫子在墙根底下，唧唧地鸣叫。一屋子的安宁。这是我们家的盛世，我忘不了。

　　芳村这个地方，怎么说呢，民风淳朴。人们在这里出生，长大，成熟，衰老，然后，归于泥土。永世的悲欢，哀愁，微茫的喜悦，不多的欢娱，在一生的光阴里，是那么漫长，又是那么短暂。然而，在这淳朴的民风里，却有一种很旷达的东西。我是说，这里的人们，他们没有文化，却看破了很多世事。这是真的。比如说，生死。村子里，谁家添了丁，谁家老了人，在人们眼里，仿佛庄稼的春天和秋天，发芽和收割，是再平常不过的事情。往往是，灵前，孝子们披麻戴孝，红肿着一双眼，接过旁人扔过来的烟，点燃，慢慢地吸上一口，容颜也就渐渐开了。悲伤倒还是悲伤的。哭灵的时候，声嘶力竭，数说着亡人在世的种种好处和不易，令围观的人都欷歔了。然而，院子里，响器吹打起来了，悲凉的调子中，竟然也有几许欢喜。还有门口，戏台子上，咿咿呀呀从门口经过。才子佳人，花好月圆。峨冠博带，玉带蟒袍。大红的水袖舞起来，风流千古。人们喝彩了。孩子们在人群里跑来跑去，尖叫着。女人们在做饭，新盘的大灶子，还没有干透，湿气蒸腾上来，袅袅的，混合着饭菜的香味，令人感到莫名的欢腾。在这片土地上，在芳村，对于生与死都看得这么透彻，还有什么看不开的呢？然而，莫名其妙地，在芳村，就是这么矛盾。在男女之事上，人们似乎格外看重。他们的态度是，既开通，又保守。这真是一件颇费琢磨的事情。

父亲回来的夜晚，总有人来听房。听房的意思，就是听壁角。常常是一些辈分小的促狭鬼，在窗子下埋伏好了，专等着屋里的两个人忘形。在芳村，到处都流传着听来的段子，经了好事人的嘴巴，格外地香艳撩人。村子里，有哪对夫妻没有被听过房？我的父亲，因为长年在外的缘故，周末回来，更是被关注的焦点。为了提防这些促狭鬼，母亲真是伤透了脑筋。父亲呢，则泰然得多了。听着母亲的唠叨，只是微笑。现在想来，那个时候，父亲不过才三十多岁，正是一个男人一生中最好的年华。成熟，笃定，从容，也有血气，也有激情。还有，父亲的眼镜。在那个年代，在芳村，眼镜简直意味着文化，意味着另外一种可能。父亲的眼镜，它是一种标志，一种象征，它超越了芳村的日常生活，在俗世之外，熠熠生辉。我猜想，村子里的许多女人，都对父亲的眼镜怀有别样的想象。多年以后，父亲步入老年，躺在藤椅上，微阖着双眼，养神。旁边，他的眼镜落寞地躺着。夕阳照在镜框上，一线流光，闪烁不已。我不知道，这个时候，父亲会想到什么。他是在回想他青枝碧叶般的年华吗？那些肉体的欢腾，那些尖叫，藏在身体的秘密角落里，一经点燃，就喷薄而出了。它们那么真切地存在过，让人慌乱，颤栗。然而，都过去了。一片阳光从树叶的缝隙里漏下来，落在他的脸上，他微微蹙了蹙眉，把手盖在脸上。

母亲坐在院子里，把簸箕端在膝头，费力地勾着头。天热，小米都生虫子了。蝉在树上叫着，一声疾一声徐，霎那间，就吵成了一片。母亲专心捡着米，也不知想到了什么，就脸红了。她朝屋里张了张，父亲正拿着一本书在看，神态端正，心里就骂了一句，也就笑了。她顶喜欢看父亲这个样子。当年，也是因为父亲的文化，母亲才决然地要嫁给他。否则，单凭父亲的家境，怎么可能？算起来，母亲的娘家，祖上也是这一带有名的财主。只是到后来，没落了。然而架子还在。根深蒂固的门户观念，一直延续到我姥姥这一代。在芳村，这个偏远的小村庄，似乎从来没有受过时代风潮的影响。它藏在华北平原的一隅，遗世独立。这是真的。母亲又侧头看了一眼父亲，心里就忽然跳了一下。她说，这天，真热。父亲把头略抬一抬，眼睛依然看着手里的书本，说可不是，这天。母亲看了父亲一眼，也不知为什么，心头就起了一层薄薄的气恼。她闭了嘴，专心捡米。半晌，听不见动静，父亲才把眼睛从书本里抬起来，看了一眼母亲的背影，知道是冷落了她，就凑过来，伏下身子，逗母亲说话。母亲只管奔着眼皮，低头捡米。父亲无法，就叫我。其时，我正和邻家的三三抓刀螂，听见父亲叫，就跑过来。父亲说，妮妮，你娘她，叫你。我正待问，母亲就扑哧一声，笑了，说妮妮，去喝点水，看这一脑门汗。然后回头横了父亲一眼，错错牙，你，我把你——很恨了。我从水缸子的上端，懵懵懂懂地看着这一切，内心里充满了莫名的欢喜，还有颤动。多么好。我的父亲和母亲。多年以后，直到现在，我总是想起那样的午后。阳光。刀螂。蝉鸣。风轻轻掠过，挥汗如雨。这些，都与恩爱有关。

周末的时候，四婶子很少来我家。偶尔从门口经过，被我母亲叫住，稍稍立一下，说上两句，很快就过去了。看得出，此时，母亲很希望别人同她分享自己的幸福。母亲红晕满面，眼睛深处，水波荡漾，很柔软，也很动人。说着话，常常忽然就失了神。人们见了，辈分小的，就不禁开起了玩笑。母亲轻声抗辩着，越发红了脸。也有时候，四婶子偶尔来家里，同我母亲在院子里说话。我父亲在屋子里，静静地看书。我注意到，这个时候，他看得似乎格外专心。他盯着书本，盯着那一页，半晌，也不见翻动。我轻轻走过去，倒把他吓一跳。说妮妮，捣什么乱！

事情是什么时候开始发生变化的呢，我说不好。总之，后来，记忆里，我的母亲总是独自垂泪。有时候，从外面疯回来，一进屋子，看见母亲满脸泪水，小小的心里，既吃惊，又困惑。母亲看到我，慌忙掩饰地转过身。也有时候，会一把把我揽在怀里，低低地啜泣不已。我伏在母亲的胸前，不知道究竟发生了什么。母亲的身体微微颤抖着，我能够感觉到，来自她内心深处的强烈的风暴，正在被她竭尽全力地抑住。我想问，却不知道该问些什么，如何开口。在我幼小而简单的心目中，母亲是无所不能的。她能干。这世上，没有什么能够难倒她。后来，我常常想，当年的母亲，一定知道了很多。她一直隐忍，沉默，她希望用自己的包容，唤回父亲的心。她装作什么都不知道。平日里，家里家外，她照常操持着一切。每个周末，她都会像往常一样，迎接父亲回来。对父亲，她只有比从前更好，温存，体贴，甚至卑屈，甚至谄媚。而且，一向不擅修饰的母亲，竟也渐渐开始了打扮。多年以后，我才发现，原来，母亲的打扮是有参照的。当然，你一定猜到了，这个参照，就是四婶子。

怎么说呢，在芳村，四婶子是一个特别的人物。四婶子的特别，不仅仅在于她的标致。更重要的是，四婶子有风姿。这是真的。穿着家常的衣裳，一举手，一投足，就是有一种动人的风姿在里面。你相信吗，世上有这样一种女人，她们天生就迷人。她们为男人而生。她们是男人的地狱，她们是男人的天堂。直到后来，我常常想，父亲这样一个读书人，敏感，细腻，也多情，也浪漫，偏偏遇上四婶子这样的一个人物，什么样的故事是不可能的呢？我忘了说了，四叔，四婶子的男人，早在新婚不久，就辞世了。据说是患了一种怪病。村子里的人都说，什么怪病？丑妻，近地，家中宝。这是老话。也有人说，桃花树下死，做鬼也风流。听的人就笑起来，很意味深长了。

关于父亲和四婶子，在芳村，有很多版本，流传至今。在人们眼里，这一对人儿，一个郎才，一个女貌，真是再相宜不过了。然而——人们叹息一声，就把话止住了。然而什么呢？人们摇摇头，又是一声叹息。我说过，芳村这个地方，对于男女之事，向来是自相矛盾的。保守的时候，恨不能唾沫星子把犯错的人淹死。开通的时候，怎么说呢，在芳村，庄稼地里，河套的林子间，村南的土窑后面，在夜色的掩映下，有多少野鸳鸯在那里寻欢作乐？有时候，我想，父亲和四婶子，他们之间，或许真的热烈地爱过。也或许，一直到老，他们依然在爱着。我不愿意相信，当年，父亲只是偶一失足，犯了男人们常犯的毛病。当然，这一桩风流事惹恼了很多人。男人们，对我的父亲咬牙切齿。女人们，则恨不能把四婶子撕碎。她们跑到母亲面前，声声诅咒着，替母亲不平。在她们眼里，父亲是无辜的。是四婶子，这个狐狸精，勾引了父亲，坏了他的清名。母亲只是听着，也不说话，脸上淡淡的，始终看不出什么。

周末，父亲照常地回家。我和哥哥受母亲的委派，在村口迎他。夕阳在天边慢慢融化了，绯红的霞光一片热烈，简直就要燃烧起来了。远处的树啊庄稼啊都被染上一层薄薄的金红。远远地，有一个黑点渐渐移过来，越来越近，越来越近。是父亲。我们欢呼起来。暮色一点一点笼罩下来，黄昏降临了。我们跟在父亲身旁，雀跃着，回家。淡紫色的炊烟在树梢上缠绕，同向晚的天色融在一起，很快就模糊了。至今，我老是想起那样的场景。黄昏,我们同父亲回家。家里,有温暖的灯光,可口的饭菜,还有,忙碌的母亲,她似乎从一开始就在那里,永远在等。

一家人静静地吃饭。父亲和母亲,照常说说闲话。我和哥哥,为了什么争执起来,打着嘴仗,手里的筷子也成了兵器,说着说着就纠缠在一起。父亲呵斥着,骂我们不懂事。你们两个,能不能让你娘少操些心?我们都住了口,默默地吃饭。母亲却忽然扭过头去。我惊讶地发现,她的眼里,分明有泪光。父亲不说话。他的半边脸隐在灯影里,灯光跳跃,我看不清他的表情。那一天,晚上,我半夜里醒来,听见母亲低低地啜泣,压抑地,却汹涌,仿佛从很深的地方,一点点升上来。父亲也例外地没有了鼾声。夜色空明,我想挣扎着睁开眼睛,然而,一不小心,又一脚跌入夜和梦的深渊。我实在是太困了。

现在想来,那个时候,父亲和母亲,或许正在经历着一生当中最致命的一场危机。他们在人前若无其事,尤其是,在我和哥哥面前,几乎从来没有流露过什么。然而,可以想象,在他们的内心深处,正在经受着怎样的海浪,潮汐,以及飓风。他们站在岁月的风口处,听任那些袭击降临,一次又一次。当然,平日里,他们也吃饭,睡觉。逢红白喜事,一起出礼。他们端正,平和,像天下大多数夫妇一样,昵近,亲厚,也淡然,也家常。一个眼神,一个手势,一句欲言又止的话,不待开口,全都心领神会了。人们见了,非常诧异了。当然,这里面,也有隐隐的失望和释然。因笑道,怎么样——我早说过的——

对这件事,母亲一直保持沉默。她没有像大多数女人一样,找上那个狐狸精的门,撒泼,示威,直唾到她的脸上,出尽胸中的那一口恶气。在家里,也没有跟父亲闹。母亲照常把家里家外收拾得清清爽爽,然后,把自己打扮整齐,等父亲回家。我记得,母亲甚至托人买了雪花膏。在那个年代,在芳村,雪花膏简直是天大的奢侈。一种精巧的小瓶子里,盛了如玉如脂的东西。我曾经趁母亲不注意,偷偷地尝试过,那一种香气,芬芳馥郁,令人想起所有跟美好有关的一切。后来,只要想到爱情,我总是想起多年前的那一种香气,穿越时光的尘埃,它扑面而来,让人莫名地心疼,黯然神伤。

四婶子,几乎再也不来我家串门了。不是万不得已,总是绕开我家的门口,宁愿多走一段冤枉路。有时候,在街上遇见,也是赶忙把眼睛转向别处,只作没有看见了。有一回,是个傍晚吧,我们几个孩子捉迷藏,绕来绕去,我看见一个麦秸垛。在乡间,到处都是这样的麦秸垛。麦秸垛已经被人掏走一块,留下一个窝,正可以容身。经过一天的日晒,麦秸垛散发出一种好闻的气息,夹杂着麦子的香味,热烈,干燥，烘烘的，把人紧紧包围。小伙伴的声音由远而近，看到了，早看到你了——妮妮——我躲在麦秸垛里，一颗心怦怦直跳，紧张，不安，还有模模糊糊的兴奋，我的心简直要蹦出来了。忽然，我听见一阵脚步声，很轻，但是很急。在麦秸垛前面，停住了。我的心跳得更厉害了。一定是三三，他识破我了。可是，却迟迟没有动静。许久，一个女人说，天，黑了。是四婶子。这个时候，四婶子是来抽麦秸吧。可不是，天都黑了。父亲！竟然是父亲！我记得，下午，母亲派父亲去姥姥家了。姥姥家在邻村。这个时候，父亲，和四婶子，在这麦秸垛后面，他们要做什么呢？我支起耳朵，却再也听不见什么。沉默。沉默之外，还是沉默。然而，在这黏稠的沉默里，却分明有一种异样的东西，它潮湿，危险，也妩媚，也疯狂，像林间有毒的蘑菇，在雨夜里潜滋暗长。也不知过了多久，脚步声，一前一后，渐渐地远了，远了，再也听不见了。我躲在麦秸垛里，一动不动。心头忽然涌上一种莫名的忧伤，还有迷茫。我不知道这是为什么。暮色越来越浓了，四下里一片寂静。一个孩子，她无知，懵懂，仿佛一只小兽，尘世的风霜，还没有来得及在她身上留下痕迹。然而，在那一天，苍茫的暮色中，她却生平第一次，识破了一桩秘密。这是真的。父亲和四婶子，几乎是沉默的，可即便是只言片语，也能够使一些隐秘一泻千里。这是多么奇怪的事情。那一年，我只是个孩子，五岁。那一年，我什么都不懂。

想来，那一天，一定是个周末。我回到家的时候，夜色已经把芳村淹没了。屋子里，灯光明亮，一家人坐在桌前，桌上，是热腾腾的饭菜。看见我回来，父亲微笑了，说，来，吃饭了。母亲骂道，又去哪里疯了？看这一身的土。我坐在灯影里，静静地吃饭。父亲和母亲，偶尔说上两句。哥哥呢，始终不怎么开口。我忘了说了，从小，哥哥就是一个寡言的人。然而，长大以后，也不知从哪一天开始，他忽然就变了。变得——怎么说——甚而有些油嘴滑舌了。他风趣，灵活，会说很多俏皮话。跟他相熟的人，谁不知道他那张嘴呢？想想都觉得不可思议。在我的童年记忆里，哥哥一直是沉默的。我无论如何努力，都听不见他的声音。当然，我们总有吵架的时候。吵架的时候不算。父亲和母亲说着话，不知说到了什么，父亲先自笑起来。我疑惑地看了一眼他的脸，平静，坦然，笑的时候，眼角已经有了细细的鱼尾纹。英俊倒还是英俊的。也不知为什么，我忽然感觉到了父亲的不平常。他在掩饰。那些从容后面，全是惊慌。他微笑着，有些艰难，有些吃力——至少，我是这么认为的。他慢慢地喝了一口汤，强自镇定。母亲也笑着。她正把一筷子菜夹到父亲碗里。我停下来，看着父亲，忽然跑到他的身后，把一根麦秸屑从他的头发上择下来。父亲惊诧地看着饭桌上的麦秸屑，它无辜地躺在那里，细，而且小，简直微不足道。

然而，我分明感觉到父亲刹那间的震颤。我是说，父亲的内心，剧烈地摇晃了一下。灯光也倏忽间亮了，也只是一瞬间的事。那一根麦秸屑，衬了乌沉沉的饭桌，变得是那么的触目。那一刻，似乎一切都昭然若揭了。母亲抬眼看了一下电灯，咕哝道，这电压，不稳。一只蛾子在灯前跌跌撞撞，显得既悲壮，也让人感到苍凉。

夏天过去了。秋天来了。秋天的乡村，到处都流荡着一股醉人的气息。庄稼成熟了，一片，又一片，红的是高粱，黄的是玉米、谷子，白的是棉花，这些缤纷的色彩，在大平原上尽情地铺展，一直铺到遥远的天边。还有花生，红薯，它们藏在泥土深处，蓄了一季的心思，早已经膨胀了身子，有些等不及了。芳村的人们，都忙起来了。母亲更是脚不沾地。父亲的学校不放假，我们兄妹，又帮不上忙。收秋，全凭了母亲一个人。那些日子，母亲简直要累疯了。她穿着干活的旧衣裳，满脸汗水，疲惫，邋遢，委顿。然而，周末，父亲回家的时候，他看到的，却是另外一个母亲。母亲已经仔细洗了澡，头发湿漉漉的，还没有完全干透。米白的布衫，烟色的裤子，浑身上下，无一处不熨帖得体。她把饭菜端上来，笑吟吟的。转身的时候，就有一股雪花膏的香气淡淡地散开来，芬芳而馥郁。父亲看着她的背影，在刹那间，就怔忡了。他在想什么？或许，他是想起了当年。那时候，他们还那么年轻。他最不能忘记的，是她那一头黑发，在颈后梳成两条辫子，乌溜溜的，又粗又长，一直垂到腰际。走起路来，一荡一荡，简直要把他的心都荡飞了。那一回，也是个秋天吧，他们在通往镇上的乡间小路上，一前一后地走。忽然，一只野兔从田野里跑出来，把她吓了一跳。那是他第一次拉她的手。玉米正吐缨子。青草的气息潮润润的，带着一股温凉。风很轻，拂上发烫的脸颊。这一晃，多少年了！母亲把一双筷子递过来。父亲默默接了，半响，叹一口气。

一直到现在，我都无法明了，我的母亲，是如何独自走过了那一段艰难的岁月。那个年代，物质上，当然是贫乏的。她也曾经为了柴米而犯愁，忍受过旁人的轻侮。也尴尬过，带着两个年幼的儿女，捉襟见肘。然而，那个时候，她还想不到，物质上的贫乏，到底不能把人打倒。同精神上的磨难相比，它简直不值一提。那个时候，她还想不到，人生更大的不如意，还在后面。她还远远没有触及。这是真的。多年以后，母亲老了，坐在院子里，偶尔，抬头看一眼树梢，一片流云轻轻飘过去了。蝉在叫。忽然之间，就恍惚了。这还是多年前的蝉声吗？她也不知道，当年，自己怎么会那么——那么什么呢？她抬手拢一拢头发，微笑了，非常难为情了。父亲这个人，怎么说呢，自己的男人，她怎么不知道？当年，那么多，那么多的磨难，她竟然都一一承受了。有时候，想起来，她自己都不免要惊讶。这惊讶里有得意，也有疼惜。当年，她竟然去找那个女人，四婶子，主动同她交好。她若无其事地叫她，同她说笑，约她一道赶集，下地。请她到家里来，在周末。她和四婶子坐在一处，叽叽咕咕地说着女人间的体己话儿，忽然就格格笑了。阳光从侧面照过来，给四婶子镀上了一层淡淡的光晕。她脸颊上的绒毛微微颤动着，说话的时候，偶尔一摆头，眼波流转。母亲从旁看着，心里感叹一声。难怪。现在想来，那个时候，四婶子也不过刚满三十，也许，还不到。正仿佛清晨的花朵，经历了夜雨的洗礼，纯净而娇娆，也成熟，也单白。也宁静，也恣意。母亲入神地看着，不知道想到什么上去了，忽然就红了脸。这两年，也可能，是有些委屈他了。然而——母亲在心里恨一声，自己的男人，她怎么不知道？当然，也不止这些。她知道。她不识字。可是，这怪不得她。在芳村，有几个女人识字？四婶子，也不过是勉强能写写自己的名字罢了。然而——母亲在心里暗想——也许，这都不是最重要的。阳光在院子里盛开，满眼辉煌，也有些颓败。母亲坐在椅子上，隔着几十年的时光，静静打量着当年的一切。她叹了一口气，然而也微笑了。她是想起了那一天，想起了父亲。她小孩子一般，得意地微笑了，眼睛深处，却分明有东西迅即无声地淌下来。她抬手擦一把，看一眼四周，自己也不好意思了。

　　那一天，母亲和四婶子，在院子说话。父亲不出来，他在屋里看书。眼睛紧紧盯着书上的一行字。那些字密密麻麻，像蚂蚁，一点一点，细细地啃啮着他的心。院子里传来两个女人的轻笑，弄得他心神不宁。他的一只手握着书本，由于用力，都有些酸麻了。他盯着眼前的那一群蚂蚁，仿佛什么都没有看见，他看到虚空里去了。母亲在院子里叫他，扬着声，他这才猛然省过来，答应着，却不肯出去。母亲就派我叫，妮妮——父亲无法，慢腾腾地站起身，他来到院子里，从小井里提出水筲，把冰镇的西瓜拿出来，抱着，去厨房。他从四婶子身旁走过，轻轻地咳一声，把容颜正一正，他在掩饰了。四婶子呢，她坐在那里，半低着头，一团线绕在她的两个膝头，她的一双手灵活地在空中绕来绕去。眼睛向下，待看不看的。我母亲从旁看着这一切，微笑了。她把一牙瓜递过来，眼睛却看着父亲，问道，甜不甜，这瓜？父亲搭讪着走开去，心里恨得痒痒的。她这是故意——简直是——然而——父亲眼睛盯着书本，黯淡地笑了。

　　四婶子一辈子没有再嫁，也没有生养。我一直不敢确定，四婶子，这么多年不肯再嫁，是不是为了父亲。

　　在她漫长的一生中，尤其是，当她红颜褪尽，渐渐老去的时候，在无边的夜里，或者，昏昏欲睡的午后，我不知道，她是否还会想起我的父亲。想起当年，那一个意气风发的青年，英俊，儒雅，还有些羞涩，如何见识了她的嫣然百媚。那些惊诧，狂喜，轻怜蜜爱，盟誓和泪水，人生的种种得意，以及失意，如今，都不算了。

关于我的父亲，和我的母亲，他们的婚姻，他们的爱情——如果还称得上的话，他们之间的种种纠葛，物质的，情感的，肉体的，精神的，他们之间的挣扎，对峙，相持，以及妥协，以及和解，其实，我并不比芳村的任何一棵庄稼知道得更多。我单知道，他们携了手，在那个年代，在漫长的岁月中，相互搀扶着，走过了许许多多的艰难，困厄。也有悲伤，也有喜悦，也有琐碎的幸福，出其不意的击打。然而，都过去了。他们的时代，早已经远去了。而今，是我们，他们的儿女的天下了。他们风风火火，来了又去。他们活得认真，没有半点敷衍。这很好。

院门开了，想必是孩子们回来了。他们在躺椅里欠一欠身，就又不动了。他们是懒得动了。

【作者简介】

付秀莹：女，毕业于北京语言大学中文系，文学硕士。2008年开始文学创作，有中短篇小说《小米开花》《传奇》《灯笼草》《空阒》《迟暮》等发表于《中国作家》《钟山》等刊物。现居北京，供职于某报社。

选自《小说选刊》2009年第11期

内科诊室

铁 凝

慢着，请你再说一遍。卫生间的门按"非标"定做还得加一百五十块钱？那为什么非得按非标做不可呢？你让施工队把门框留成标准的不就行了吗？毛坯房本来就是可以局部修改的啊，那个门又不涉及承重墙。不行，我不同意再加钱了。你让我现在去现场见个面？我现在去不了，我得去医院。嗯……那就下班后……施工队长也留下等我？六点钟？差不多吧。嗯，行，行吧。

她关掉手机，轻轻叹了口气，轻到了不被觉察。这是一个清静的下午，她站在一间同样清静的点心店里，打算给自己选一块蛋糕，"黑森林"或者"抹茶"，不然就是"Hello Kitty"—— 一种淡香奶酪小圆蛋糕。可是刚才这个电话让她的心不得清静了：一旦你请了装修公司装修房子，就如同上了贼船，每隔几天准会发生像电话里那位设计师讲的，一件又一件加钱的事。本来她可以立即赶到她那正在装修的新房和设计师见个面，但是手边有一份中午刚拿到的年度体检报告，她计划着离开点心店之后就到医院去一趟。

倒也不是非得今天去医院不可：以她的年龄，对照她的查体报告，她应该算一个健康的女人，她生于一九六三年，今年四十六岁，身高一米六八，体重五十六公斤。她很重视每年的体检，每长一岁，这重视就强烈一层。她同时又爱看各种健康小报，容易受报上一些论点的暗示或者明说。比方去年，她看到某报载女人"入围"更年期的年龄是四十岁，心里竟咯噔一下，接着便格外注意更年期啊绝经期啊这类的文章，去年她四十五岁。照那些文章的说法，她应该特别关爱自己了。她赶紧观察自己的心理啊生理啊等等的感觉，也还没有什么特别的感觉，有几个月例假不准，说不定是去西藏的高原反应，夏天她去了西藏。她一边抵抗着那些文章有点骇人的说法，心里却不免生出几分恓惶。去年体检她的血压不稳定，胆固醇也偏高，难道这已经是更年期的预兆了么？她遵医嘱戒了奶油、黄油、甜点、冰激凌之类，排骨汤也少喝甚至不喝，这几样本来都是她的最爱。结果，今年她的体检报告就比去年叫人满意得多了。在胆固醇一栏里，无论是高密度的还是低密度的，她都在正常参考值的范围内。她接着往下看，这体检报告的"主要诊断"一栏却用加粗黑体字写着：您有高胆固醇血症。建议您低胆固醇饮食，增加运动，服用他汀类药物，内科门诊随诊……这是什么意思？她看不懂。诊断和化验结果如此相悖，她该相信谁呢？她本能地觉得生化报告错不了，肯定是最后的诊断错了，吓人唬啦的。所以她有必要去医院讨个明白。去医院的路上，路过点心店时她没有像往常一样躲避，她走进去，站在半弧形的钢化玻璃柜台跟前，看着里边久违了的裱花鲜奶油蛋糕，欲望的唾液从舌根两侧冒出来直涌向舌尖。她一定要为自己选一块蛋糕来犒劳这好几百天的辛苦，又好像要用吃蛋糕来证明今年医院的这个诊断一定是错误的，她的胆固醇生化报告本身才是正确的。为了这个她想要的结果的已经到来，她对奶油蛋糕可以放肆一下。这时那个设计师的电话来了。

她接完电话关掉手机，一边轻叹着气，一边又不想买蛋糕了。她想起刚才接电话时对设计师连说了几个"慢着"，禁不住暗自发笑，好像她多么喜欢这个词，好像这词一经她说对方立刻就"慢着"了。其实人若遇见自己想要的，谁愿意"慢着"呀。柜台后面的营业员见她这么慢吞吞的，提示似的说，您刚才是要买抹茶的吧？营业员是个二十来岁的女孩子，因为店面清静，她的姿势便也带出了闲散和随便，她干脆就在柜台后面坐下，把胳膊肘往柜台上一支，双手合拢十指交叉抵住下巴颏，似要特意展示她的指甲——她的指甲油是紫黑色，这使她的手显得雪白但却凶狠。置身于这样的双手附近，似总有被抓或被掐的可能。

她从营业员这双手上错开眼光，什么也没买就离开了点心店，按计划来到医院。"计划"是她喜欢的词，虽然现在已经是下午四点多钟，她还是为自己能够按计划行事感到满意——说来医院就得来医院。她到挂号处挂了内科的专家号，穿过大厅，直奔一楼的内科诊室。这是某大部所属的一家三级乙等医院，就医环境逐年在改善。走廊里的候诊椅从以前的木条长凳换成了连排式软靠椅，颜色也清淡可人。但是今天她不必在这样的软椅上久等，今天下午内科的病人不多，她几乎一进内科走廊就在护士的引导下来到"内三"——内科第三诊室。一位中年女医生坐在一只小巧的黑色皮转椅上，正伏身在白色两屉桌前写着什么。见她进来，女医生立刻停止书写，扭过转椅脸朝她说，请坐吧。

白桌子旁边有一把白漆木椅，她坐上白椅子，向医生递过自己的体检报告，同时不忘掏出手机把铃声调至"振动"。从小她就对医院有某种难以言说的敬畏感，有过两次发高烧的经历，一进医院，医生的手在她脑门上一摸，她的温度似乎就降了下来。医生的手大都相似：干燥，微凉，麻利，如同这位女医生的音调，还带着职业性的有距离的客气。但毕竟是客气，比职业性淡漠让患者心定。她从女医生身上看出了客气，所以才客气地把手机"消"了音，这是对医生的尊重。她觉得女医生也领会了她这尊重，女医生有一瞬间把眼光落在了她的手机上，她也就用一瞬间观察了一下对面的女医生。她首先闻到从她白大褂上发出的碘汀和肥皂的混合气味，理性，洁净，可靠，叫你一闻见就想倾诉病情。女医生没戴帽子，一头染黑的略显粗硬的直短发，头顶和鬓角露出新生的灰白。她没有化妆，上唇的那层汗毛有点重，这使她看上去很严肃。从白大褂西式翻领里露出一件墨绿色中式罩衣，领子上那枚横 8 字形中式扣襻，俗称"疙瘩襻"的，又让她显出老派。她有五十多岁吧？

您哪儿不舒服？女医生问她。同时观察着她的脸。

她于是开始"主诉"。她指着体检报告说她没有不舒服，只是想请医生解释一下这个报告。为什么她的胆固醇生化检验数据还有其他一些数据都和正常参考值相符，而"主要诊断"却说她是"高胆固醇血症"呢？为此她把去年的体检报告找出来和今年的作了对比，去年的胆固醇的确不正常，特别是低密度脂蛋白胆固醇超出正常值，还有血压什么的，所以她才竭力配合医生调整啊锻炼啊，控制饮食啊。为了更专业，她摒弃了电子血压计包括最新腕式的，她买了医用台式血压计和听诊器，学会了自己给自己量血压，以便于随时观察。她觉得一切都是有效果的，该降的都降了，那么为什么还会出现这样的诊断呢？请问这结论的依据来自哪儿？她说着又从放在膝上的包里拿出去年的报告，摆在医生眼前。她在一间私立中学教语文，长期的教学训练使她口齿清楚，逻辑有序不乱。

女医生一边听她"主诉"，一边仔细研究着两份体检报告。片刻，她抬起头显得果断地对她的患者说，从您的各项检查结果看，的确不应该得出这个诊断，也许……也许是我们哪个环节有疏忽。您的各项检查结果真是挺叫人满意的——对了，您的名字，费丽，还让我想起费雯丽。

她——费丽，在这时立刻就轻松了许多，也可以说，她变得愉快了。这愉快来自女医生对她查体诊断的初步更正，还来自于本来是公对公的医患关系稍微呈现出那么点私人色彩：医生主动提到患者的名字带给她的联想。如果患者想要和医生套近乎——这是一多半患者的心态，这个时刻正是最恰当的时机。虽然费丽在这个下午并没有要刻意讨好医生，可她毕竟愉快了。她愉快地迎着女医生的话说，从前我就叫费雯丽,后来自己做主去掉了"雯"字,一个普通人干吗要叫电影明星的名字呢。这时她还想起在点心店里接的那个电话,便估算了一下从医院到她那正在装修的新房的路程。现在离开医院去施工现场,时间正好来得及。虽然那是五环以外,但路上花一个小时,六点也应该到了。

费丽站起来向女医生道谢,并询问了体检报告如何更正。女医生讲了更正的程序,却没有请费丽离开的意思,相反她再次打开体检报告,又把诸如血糖、血钙、血清铁和甘油三酯什么的详细给费丽解释了一遍。然后她指着总胆固醇之下的两项说,关于胆固醇,我还要特别告诉你。当她说到"特别告诉你"时声音突然有点紧张,似要宣布什么意外。费丽也跟着紧张起来,难道医生又从查体报告中发现了什么别的?她又坐下,直视着女医生的脸。女医生的表情和她刚进门时差不多,客气,严肃。费丽想起来了,就在刚才,女医生说到费雯丽的时候,表情也是拘谨的,仿佛她在和人沟通时总会有某种程度的难为情,无论她要沟通的是好消息还是坏消息。女医生"特别告诉"费丽说,现在如大家已经知道的,胆固醇不是一无是处,人体内是非常需要好胆固醇的,就是高密度脂蛋白胆固醇。去年你的总胆固醇偏高,可是你的高密度胆固醇也高啊。今年呢,低密度胆固醇也就是坏胆固醇降下来了,可是高密度胆固醇也有所下降。她说这是很可惜的,为什么有人看起来会比他(她)的同龄人年轻许多?我说的年轻是指各方面的,生理的心理的,皮肤的弹性啊头发的光泽啊眼睛的明亮度啊……你知道就是高密度胆固醇在起作用啊。至于后天的保养啊营养啊不产生根本性的意义。重要的还在于,不是每个人都会有这样理想的高密度胆固醇,更不是谁想高就能高上去。因为——女医生顿了一下接着说,这是遗传所致而且多半来自母系。你就比你本来的年龄年轻得多,你的查体报告上的年龄和坐在我眼前的你比起来,很让我吃惊。你想想你的母亲是不是也比她的同龄人年轻很多?嗯?

费丽跟着女医生的问话点点头,她想她那八十岁的母亲的确看上去十分年轻,满口真牙,最爱吃花生米,每天都和她父亲到小区的老年活动室打一个小时乒乓球。女医生见费丽点头,进一步劝诫似的说,所以,有多少人羡慕你还羡慕不过来呢。不要一味地克制自己,黄油可以少吃一点,奶酪完全可以吃,依我看其他也没有什么不可以的,不要太辛苦明白吗?不要让自己太辛苦!你看这里——女医生指着查体报告的"体重"一栏接着说,你的体重和身高相比,你没有达标,偏瘦了。噢,对了,请躺到诊床上去,脱鞋,平躺,我还需要做腹部常规检查。

费丽听话地躺到诊床上,有那么一小会儿她轻松,她得意。她对这位正走到门后的一只白色陶瓷盥洗盆前洗手的女医生充满感激。她真是没想到自己能够得到医生如此的——如此的肯定，这其实是一个中年女人最想听到的赞美。她躺着，听话地配合着女医生的双手在她腹部的一些叩敲和一些揉压，配合着呼气或者吸气。然后她听到一声"起来吧"。她从诊床上起来，整理好自己，又坐回到那把白漆木椅上，等待女医生再次到盥洗盆前洗手。

片刻，洗过手的女医生回到桌前，坐在那只小巧的黑皮转椅上，皱着眉对费丽说，很好，一切都很好，你。

费丽听见了这些话，在心里慢慢适应着这位女医生。回忆刚才，女医生向费丽报告那些好消息的时候其实一直是皱着眉的，就像有几分痛苦，有几分沮丧。可从她那上唇汗毛偏重的嘴里说出来的，实在又都是你爱听的话。费丽心里笑着，想起她在哪张小报上见过一篇谈风俗的文章，说有个民族（她记不清是哪个民族了）同意你意见时摇头，不同意时反而点头。她一边想着那篇点头不算摇头算的文章，一边站起来，她要告辞了。但是女医生再次留住了她。她开始给她量血压，她要留下血压记录。费丽的收缩压和舒张压都正常，这时她真是急着要走了。她掏出手机把铃声从"振动"调到"大声"，"大声"二字让她觉得仿佛电话里已经有人在大声催她了。她顺便看了看手机上的时间，已经五点三十分了。她和设计师约的是六点。

她却还是没能离开内科诊室。女医生要她坐下，紧盯住她的脸，仿佛她的脸上正落着一只苍蝇。然后她说，刚才我好像听见你说你会给自己量血压是吗？是这样，你能不能……能不能帮我量一下？我的血压偏低，一直就偏低，而且压差过近。也是遗传吧，我母亲……你看我把话扯远了。我们还说血压，如果你会，就请你给我量一量。女医生边说边把左臂的袖子卷至肘弯以上。

费丽感到意外，作为患者，她从来没有给医生量血压的打算，即使她的确学会了量血压。何况她约了人得赶去见面。她下意识地看了一眼诊室的门，窃盼这时有个病人进来看病，她就可以借机脱身。可是刚才还开着的门不知什么时候给关上了。这使她心里略微有点起疑：难道是女医生自己关的门吗？她想干什么呢？这个瞬间还让费丽想起这家医院住院部对面的那间鲜花水果店，那是一间方便探视病人的小店，小店的玻璃窗上并排写着一溜红色大字：鲜花，水果，砒霜。她第一次看见这六个字时曾经吓了一跳：鲜花水果竟然能和砒霜一起卖。当然她很快就发现是她认错了字，不是砒霜，而是硅霜——听说是医院自产的一种药用护肤霜。可她每次走过这小店时，还是恶狠狠地错读着"鲜花，水果，砒霜"。为什么她会在内科诊室的门被关起来的瞬间想起鲜花、水果、砒霜呢？

女医生似觉察到她对门的这一瞥，及时地告诉她让她放心，说估计不会有病人来了，说完把桌上的血压计推给费丽，并摘下脖子上的听诊器放在桌上。这些动作加重着她的请求，或者已经把请求变成无声的命令。费丽不再有退路，她偏过头往桌上看去，她得熟悉一下真正的医生的听诊器和血压计。她发现就在离听诊器不远的地方摆着一个手机，粉色金属壳的，配着粉色的手机链，链子的端头拴着一只同样粉色的衬衫扣子大的"Kitty"猫——"凯蒂"猫。费丽想，这是女医生的手机吗？可这款手机看上去像是投错了主人，它摆在这里，更像是被严厉的老师没收的一个女中学生的物品。费丽的女儿小时候有一阵子最爱"凯蒂"猫，凯蒂猫书包，凯蒂猫水杯，凯蒂猫袜子……著名的凯蒂猫歪别在头发上的蝴蝶结发卡让这猫看上去幼稚而又容易结交。费丽还在这时想到刚才点心店里的那块"Hello Kitty"小圆蛋糕，奶黄色蛋糕的正中印着一只巧克力色的凯蒂猫，这同属于小女孩子们心仪的系列。这时女医生就像要证明这手机绝不是什么女中学生的这手机就是她的，拿过手机调了一下铃声，对费丽说，我把它调到"振动"，我们就不受干扰了。

女医生的细心更加重了费丽的疑心，特别是那个粉色的小女孩子气十足的"凯蒂"猫手机，使费丽有种人和物之间的错位感。不过，也正是这种错位感又让她生出些恻隐之情，这手机使看上去五十多岁的女医生忽然显得脆弱，费丽还想到一个词：无辜。也许这个词是不准确的，她一边想着，一边还是动作了起来。她拿起听诊器，她的手机就在这当儿及时地大声响了，帮她解围一般。她本能地看看女医生，女医生却听而不闻地仍然向她伸着胳膊。这姿态还捎带出了一种强硬，好像费丽是否该接电话得需要她的首肯。而费丽竟然真就有点不好意思去接电话了，特别当她听着那铃声大到好似撒泼一样，就更显出一点亏心：她本可以将铃声设置在"通用"一档的。尽管她猜电话一定是设计师打来的，她最终还是没有接。当铃声停止，她手持听诊器动作了起来，笨手笨脚地为女医生量了血压，结果还是偏低。她抱歉地冲女医生笑笑，向她宣布了结果，就再也不知该说些什么好。虽然她现在做的本是医生该做的事，但显然她没有进入从患者到医生这个角色的瞬间转换。她面对的还是医生，医生用得着她说什么呢，医生应该知道怎样面对自己的低血压。

女医生整理好自己的衣袖，对费丽说谢谢，说我就知道你会帮我量的，我看了你的查体报告听了你的主诉就有这个直觉，我有这个直觉。听上去就仿佛费丽是被她特意选中的——那句话是怎么说的，上帝的选民。此刻费丽就是女医生遴选出的一个……一个理想的听者吧。只听女医生又说，你到医院看病有过那样的经历吗？被迫大声喊出自己的病，被迫大声地喊，在我们医院，尤其急诊挂号处，各种各样的喊声太多了。我记得有个星期天晚上是我值班，路过急诊挂号处，那儿围着好几十个看急诊的病人……费丽想起了急诊挂号处，这个医院的急诊挂号处实际上就是一楼门厅摆上两张对成直角的桌子，护士站在桌后，痛苦万状的病人拥挤在桌前。费丽记得有一年母亲家里的保姆小绪来例假，肚子疼得直在床上打滚。她带小绪来医院看妇科，那是个星期天，只能挂急诊。她领着直不起腰的小绪挤到挂号桌前，大声回答着护士大声的问话。她们必须大声，因为大厅里的人都在气急败坏的痛苦地大声：姓名、性别、年龄、住址……怎么不舒服啦？前边的话费丽替小绪喊了，怎么不舒服应该小绪自己说。那年小绪刚从西北老家来北京，十八岁不到，颧骨上的两团"高原红"还没有褪去，一见生人就抬不起头来，可是现在她必须在众目睽睽之下大声告诉护士她正在来例假，她肚子疼得受不了了。护士紧接着又问小绪，有过性生活吗？问这话时那护士是那么大声，那么无所谓，就像问体温多少、咳嗽几天啦一样的无所谓。费丽却觉得那声音格外尖利、刺耳。为什么一定要当众大声询问一个十几岁的女孩子这样的话，而且要这女孩子当众大声回答？一时间不仅小绪回答不出，费丽也几乎没有反应过来。护士又不耐烦地对小绪说，问你哪，怎么回事啊你，没看见后边排着那么多人吗。你说清楚了我好帮你选择挂哪个科的急诊，是妇科急诊还是外科急诊。你有过性生活没有？嗯？小绪眼里转着泪花蹲到地上，亟待挂号的各样患者也暂时从病痛中脱离出来那么一小会儿，他们不约而同地注意着蹲在地上的小绪，似竭力要从她身上找出一点和性生活有关的蛛丝马迹。费丽记得她大声指责了护士，两个人吵起来，直到被人劝开。

现在，刚被她量完血压的女医生提到医院急诊挂号处，勾起了费丽的记忆。关于看病她有过太多的不愉快，自从她成人之后，对医院的敬畏之情便荡然无存。也许这就是她被女医生的话题吸引的心理基础。她忍不住把这记忆讲给女医生，女医生说，那天她正好路过，她听见了那里的争吵，她相信她听见的争吵就是费丽刚才告诉她的那次。本来她早就对医院里的各种问答麻木了，她对费丽说，你知道从来都是医生少病人多，想不了那么周到那么细。说话就……应该说是肆无忌惮吧。对，肆无忌惮。

可是那天晚上我感觉到一种残忍，一个女孩子疼得蹲在地上，被护士当众大声追问着……

我同意您用的这个词：残忍。费丽说。之后两个人沉默了一下，很短的一下，这正是费丽告辞的又一个机会。虽然对急诊挂号处共同的不愉快的记忆增加着她对女医生的好感，但这并不构成她在这里延误时间的理由。她还是依照自己的需要想叫手机"大声"就"大声"，她还是急着拔脚就走。女医生却像决不给她这个机会似的突然又抢着说起话来，这次她的声音变得很大，就像要用大声严密地遮蔽费丽那企图告辞的妄想——想必她早已明察费丽企图告辞。她大声说道，你不觉得我们，我指我们的国民其实很缺乏对海岛知识的普及吗？比方我吧，我只知道中国版图有960万平方公里的陆域国土面积，我可不知道中国是世界上海岛最多的国家之一，有近300万平方公里的海洋国土。最近我在想，这些常识中学地理课上就该讲过的，为什么我的概念竟是那样模糊呢？有一本书，有关生物还原论的局限性的，其实我基本读不太懂，但是我喜欢知道深奥理论的通俗表达。比方关于哲学上的还原论，笛卡儿是这样认为的：如果一件事物过于复杂，以至于一下子难以解决，那就把它分解成一些足够小的问题，分别加以分析，然后再把它们组合在一起，就能获得对复杂事物完整、准确的认识。听说西方现代科学就是沿着这条路走过来的。但是科学发展到今天，还原论的局限越来越明显了。很多生物医学家已经意识到，还原论生物学研究除了最简单的问题以外，什么问题都解决不了。而在生物学中几乎就没有简单问题。只有从整体上对生命复杂系统的审视，才能使人们完全了解这个系统……女医生一刻不停地说下去，如同正受着眼前这个理想的听者不断的鼓励。而这时，听者费丽听得并不忠诚。她望着对面这位疲惫而又亢奋的女医生，完全不明白她嘴里吐出的那些词都代表了什么意思，虽然从某种意义上说，她和女医生都算是生物之一种，并且她还是一名中学教师。她地理学得不好，她也不明白什么氢键的构成和断裂，受体，信号转导分子，测序，碱基，小鼠 T 细胞……后来她又听见女医生说到生命的起源、个体的发育还有意识的产生等等生命现象的很多基本问题，据说当今科学家对这些仍然所知甚少，那么费丽完全不懂也在情理之中吧。然后又一个话题开始了，女医生讲到人死后灵魂的去向问题。不管你有什么样的文化背景，很多人都相信灵魂是以这种或那种形式存在，即使死后。这种非理性的信仰来自我们祖先固执的错觉，我们继承了这个错觉。我读过一本书，描写死亡来临时的虚无感，说是死亡是一个黑洞，一个深渊。书上又批判说这是个谬误，原因就在于这虚无太过具体。我也想啊，既然死亡是一个黑洞那它和虚无又有什么关系呢。当你觉得死亡是一个黑洞时你就还没死啊，其实你永远也不会知道你已经死去。这你应该相信吧你永远也不会知道你已经死去！

费丽觉得自己在点头，她听懂了女医生的这一小部分话，与其说她用点头来表示同意女医生的"你永远也不会知道你已经死去"，不如说此刻她更想用点头来证明她还活得挺好。她活着，坐在这里听一个陌生人滔滔不绝地讲着莫名其妙的话，时间分分秒秒地过去了，她的手机已经又响了好几次，她没去接听，偷空看了短信，的确是设计师的，已经六点半了，他不等了，已经走了，还有两家客户在焦急地等他。她活着，为了活得不赖，她和同是中学老师的丈夫业余都兼做家教，几年下来他们买了一套小三居，她计划着搬进新房就把现在住的两居室租出去，再用房租还按揭款。她多么喜欢"计划"这个词，可是在这个下午，她的一系列计划却无法连贯地实施。不知何时只听女医生的言说里突然又出现了"费丽"这个词，费丽这才强使自己把精神集中起来。女医生对费丽连着说了好几个谢谢，她还说对不起，让你花了这么多时间……总之还是那句话，不要在吃东西上有那么多忌讳不要让自己太辛苦。你知道你知道高密度胆固醇失掉后是很难补充的你知道吗它的宝贵……

这时候费丽看见女医生又开始皱眉了，她的感情不明的眼睛变得有些潮湿。她该不会是身体不舒服吧？她说了那么多话，说话是很伤神的。费丽试着伸手扶了一下女医生的肩膀，她感觉白大褂下边的那个肩膀有轻微的颤抖。费丽起身到盥洗盆旁边的饮水桶前接了一杯水端给女医生说，您喝点水吧，您……也许您放松一点会舒服些的要不然您闭一会儿眼？她真的有些担心眼前的医生，她从来没有在医院看见过医生不舒服，虽然——不，当然医生也有不舒服的权利。费丽还想到现在医院已经下班，假如这女医生真的不舒服她到哪儿去喊另一个医生来呢她还是应该到那个急诊挂号处给医生挂个急诊？这样想着的时候女医生已经喝下了那杯水，她不再皱眉了眼睛也不再潮湿，她又恢复了费丽刚进门时的状态：冷静，客气。她再次向费丽道歉，她说请快点走吧，不用担心，我很好。没想到没想到……占了你这么多时间，你一定有很多事呢。

费丽从医院回到家里七点半已过，丈夫先她吃了晚饭去一个高考生家里了。她打开电视，中央一台正在播天气预报。她听着天气预报吃着饭，手机又响了，还是设计师。他说因为明天他要去外地看一个新项目，问费丽能不能今晚去一趟工地，时间晚点也没关系，他宁愿也辛苦点把事情定下来。费丽听着电话，一边在房间里走来走去。设计师的建议有可取之处，"非标门"的事落实不了，施工就要停。正在装修新房的业主，谁愿意让施工停滞呢。正在犹豫间，她看见餐桌上有一个印着凯蒂猫的桦木餐巾纸架，女儿上大学那年买给家里的。餐巾纸架上的凯蒂猫让费丽立刻又想起了内科门诊的女医生。当她这样想起，才意识到其实她一直就没有忘记。她心里忽然一阵子没来由的酸楚——那应该是酸楚。仿佛就是因为这一阵子酸楚，她大声拒绝了电话里设计师的建议。电话那边传来设计师的不满，可能他在抱怨她不断失约还不讲理地大声。她承认她有些急躁她大声了，可她还是挂断了电话。

今天晚上她就是哪儿也不想去，她控制不住地想着女医生和她的粉色手机，她的横8字中式扣襻，她的寂寥她的严肃和拘谨，她的感情不明的突然潮湿的眼，还有她那一股脑的磕磕绊绊、让人困惑的话……在她的生活中肯定发生了一些事情，发生了什么？费丽莫名地惦记起来。在她拥挤的各项计划里，她愿意计划一个完整的晚上，她应该舍得出一个完整的晚上，为了一个不相干的人，坐下来，想点什么。她在餐桌前坐了下来，印着凯蒂猫的餐巾纸架就在跟前。她伸手摸了摸那块木头，就像在试着触摸她一时还够不着的什么东西。

啊，鲜花，水果，砒霜——不，鲜花，水果，硅霜。

【作者简介】

铁凝：女，1957 年生于北京，著有长篇小说《玫瑰门》《笨花》等，中短篇小说曾多次获全国奖。中篇小说《永远有多远》获第二届鲁迅文学奖。中国作家协会主席。

选自《小说选刊》2009年第12期

怒目金刚

韩少功

老邱会砌墙，一把砌刀敲得当当响，只要砖块和灰浆供得上，两三个呼呼喘气的砌匠也赶不上他。他又会打猎，一枪放倒野猪，用不着其他人补枪，大家只管前去挂绳子抬肉就是。他还身高体壮，见几个后生抬一根水泥电杆上山，别别扭扭，累得嘴斜鼻子歪，便一声冷笑："嗦，嗦，这么多筷子如何夹肉呢？"他扬扬手让后生们后退，自己紧了紧腰带，大吼一声，三百多斤的电杆就上了肩，稳稳地腾空而去，吓得后生们无不倒吸冷气，再也不敢要求加工钱。

正因为身手不凡，加上全乡在他的整治下粮食增产，他这两年臭脾气见长，帽子从没戴正过，衣襟从没扣好过，眼睛珠子总是朝天上翻。"你小子""我老子""他妈的""老子崩了你"一类行伍京骂，动不动就遍地开花，大戳乡亲们的耳朵。但大家拿这位活阎王能怎么办？他说太阳从西边出来，你就不敢说从东边出来。他说一天有二十五个钟头，你就不敢少说一个钟头。人们忍气吞声，任他一张臭嘴到处吆三喝四骂东骂西，任他四方步、八字步、蛤蟆步或螃蟹步呼呼地带风，走到哪里都排山倒海。用本地人的话来说：他要进你家的门，你得赶紧砸门框。他要是在你家坐，你得赶紧往椅子下支砖。

这些话的意思，是指这位书记霸气太大，门框都容不下；也太重，椅子也顶不住。全乡的门框和椅子都遭了殃。

这一天，活该吴家村的玉和倒霉了。刚过大年初五，老邱召集村干部们学习。这正是大抓马克思主义哲学下农村的时代，物质、精神、内因、外因、质变、量变、辩证法、形而上学……这一类小册子上的古怪名词折腾得大家冒虚汗、翻白眼以及舌头抽筋。但哲学是明白学、鼓劲学、斗争学、粮食增产学和肉猪长膘学，哪个敢不捧着小册子出汗？哪个敢逃脱这种哲学大刑？

玉和来迟了，拍拍身上的雪花，笼着袖子往墙角里蛇行鼠窜。

"嘿！站住！"书记铁青着脸，"你小子怎么又迟到？"

"我……刚才看见对面山上牛吃菜……"

"哄鬼呵？今天是牛吃菜，明天是鸡吃谷，每次迟到都有理。妈那个×，我看你小子就是目无领导对抗学习！"

"确实是断了牛绳，真的，不信你自己去看看，西坡的油菜秧子少了好大一片。我要是说假话，就把舌头割在这里。"

"油菜重要还是哲学重要？你就不能叫别的人去赶牛？你猪娘养的啊？不会动动脑子啊？要是在战场上，迟到半分钟也不行。妈那个×，贻误战机，军法从事，老子一枪崩了你！"

书记今天火气特别大，主要是发现下属的学习一塌糊涂，不是把"黑格尔"记成了"黑木耳"，就是把"辩证法"记成了"变戏法"，甚至把"巴黎公社"理解成"篱笆公社"，将来遇到上级派人来检查，肯定烂他的场子和大丢他的脸面么。他已经拍了三次桌子，疯狗一样逮谁骂谁。据玉和后来清算，那骂娘骂爷的粪团子至少砸下了一筐。

说起来，玉和虽是尖嘴猴腮苦瓜脸，但在同姓宗亲中辈分居高，被好几位白发老人前一个"叔"后一个"伯"地叫着，一直享受着破格的尊荣。因为读过两三年私塾，他能够办文书，写对联，唱丧歌，算是知书识礼之士，有时候还被尊为"吴先生"，吃酒席总是入上座，祭先人总是跪前排，遇到左邻右舍有事便得出头拿个主意。想一想吧，这样的堂堂君子为何今天成了茅厕板子说踩就踩？成了床下夜壶说尿就尿？不就是迟到吗？不就是赶了一回牛并且在水沟里摔了一跤吗？他姓邱的凭什么狼心狗肺当众打脸？

玉和抹了把脸，端坐着一声不吭，只是休会时在门口拦住了书记，说你慢点走，我有事要说。

书记斜睨了他一眼，说你迟到这么久，还有什么屁事？说完向另一个人交代运化肥和挖塘泥的任务，发出哈哈大笑。几个人额对额地借火点烟，亲热出抹脑袋和捅腰身一类动作。

玉和嘟哝一句："我要辞职。"

"你说什么？"

"我要辞职！"玉和只得高声。

对方这才扫来胡乱的一瞥："想叫板？你今天迟到，我骂你有什么不对吗？"

"骂得对，都对。"

"那你还有什么好说的？"

"你骂我对，骂我娘不对。我娘没有要我迟到，还特别怕我迟到，今天一大早就起床给我煮饭，三番五次催我出门，说山上有雪不好走。你如何左一句'猪娘养的'右一句'妈的×'？这事与我娘到底有什么关系？你同我说清楚。"

邱书记一怔，翻了个白眼，"我这是……这是……教训你。"

"你明明是骂我娘，哪是教训我？这大家都听到了，人人可以作证。"

书记左看一眼，右看一眼，说不出话来，最后憋出了一个大红脸，呼啦啦甩下烟头拂袖而去。

副书记见玉和跟上去纠缠，只好插上来紧急救驾。"玉和同志，你辞什么职？给人剃了半个脑袋就丢下不管？有话好好说，好好说。你看事情是这样的。今天你来迟了，与你娘确实没关系。书记也不是要骂你的娘，只是他当过几年兵，习惯了行伍里骂人的一些口白。你不能太认真啊。"

"怪事，对娘不认真，他姓邱的是树上结的？是土里长的？是螺蛳壳里蹦出来的？莫非只有他的娘金贵，别人的娘就是狗屎？"

"你消消气，骂娘确实，确实这个么……"

"今天才初六，照规矩元宵节之前都是过年，得讲个喜庆和睦。他这个时候当着上下百多号人来指着鼻子骂娘，是不是欺人太甚？"

"人家老邱可能根本没掐这个日子……"

"我比他整整大一轮，多吃了十二年的饭，他也没掐一掐？出门要尊贤，入门要敬长，他连这个道理也不懂？"

"这样吧，你抽烟，你抽烟，我把你的意见转告他……"

"你告诉他：去年他来我们队蹲点，我娘为他煮过饭，烧过茶，洗过衣，做过鞋垫，亏了他吗？他不记恩也就算了，为何一转脸恩将仇报？我娘快七十的人了，一辈子没做过恶事，连蚂蚁都不踩，连蚊子都不打，脑壳痛了十年，腿痛了二十年，眼下只剩下几粒牙齿喝稀饭……"

玉和不愧是吴先生，一较真果然有板有眼，条理分明，证据确凿，情理并茂，大义凛然，气壮山河，铁齿铜牙足以逼得对手一截截出屎。副书记知道今天遇到大麻烦了，再递烟也无济于事，再拍肩再赔笑也阵脚难守。眼看着幸灾乐祸挤眉弄眼的闲人越聚越多，他只好适度背叛一下。"老邱怎么搞的？确实不该这样说么。这样吧，我给你道歉行不行？我代他向你道歉行不行？杀人也不过头点地，我们认错了，不行吗？"

"你不用道歉，这不关你的事。冤有头债有主，我只找他，要他到我家去坐一下，同我娘说清楚，就可以了。"

"好好好，会去的，你放心，肯定要去的。"

下午开会，邱书记成了霜打的秋茅，不时用袖口在额头上抹汗，嘴里干净了许多，在造林一类问题上还无端称赞了吴玉和几次，散会时又主动前来招呼，说天在下雨，玉和同志你要不要借把伞？

玉和戴上自己的斗笠扬长而去。

"雨太太太大了吧……"书记的结巴和巴结都留在远处。

几天过去了，玉和一心一意等着，等着老邱上门来的那一刻。其实他嘴硬心软，没准备下毒手和动大刑，甚至不打算说重话。他平日里对待牛马猪羊都和颜悦色从无恶语，如何会为难一个人？一个长官？他只要对方来坐一坐而已。坐一坐就是坐一坐么，喝杯茶，抽根烟，天南地北说几句，事情点到而止就行。玉和还准备了酒肉，说不定到时候还要贴上一顿呢。老邱最爱吃的小腌笋，他一直小心地留着。他知道老邱的行伍脾气，知道人非圣贤孰能无过。问题的严重性在于，那家伙不该在不当的时间、不当的场合、以不当的方式、向不当的对象撒泼发癫，这一背天理，二败习俗，岂能听之任之？士可杀不可辱也。树活一张皮人活一口气也。老话就是这么说的。

门外总算有了脚踏车的铃声，玉和清清嗓子出门迎候，发现来人不是老邱，是一个走门串户的蛇贩子。

屋前的老黄狗大吠，玉和拍拍身上的灰屑钻出厨房，发现来人仍然不是老邱，是一个挑着空箩筐的亲戚，大概是来借粮。

不是说了他会来的吗？

玉和等得心里越来越虚。直到家里的小腌笋霉得只能沤肥了，还不见姓邱的影子和声气。后来听人说，邱天保来什么来？这家伙刚接到调令，脚板下抹了油，已经去其他地方上任，你八人大轿也接他不来了。吴玉和顿时两眼发直，全身抽搐，像重重挨了一枪，胸口有撕裂的剧痛，差一点口喷万丈鲜血然后直挺挺地倒下去一命呜呼。天啊天，那家伙肇事逃逸，欠债不还，杀人不偿命，拉完臭屎屁股一撅就溜了？他吴玉和老娘头上的这一泡臭屎只能没完没了地顶下去？

他大病了一场，额头上贴膏药，在床上躺了半个月，整个人瘦下来一圈，不再兴冲冲地办文书、写对联、唱丧歌，也不再吹嘘祖上那些翰林、都督、御医的故事。

他不知乡亲们会如何议论此事，甚至不敢出门见人，但相信自己已斯文扫地可笑如猴，他婆娘就是猴子的婆娘，他儿子就是猴子的儿子，他孙子将来就是猴子的孙子。一只飞鸟此时刚好把两滴稀粪拉在他的茶碗里，更让他看到了形势的严重。他拿定主意，忙去打听邱某人的去向，然后给所有去那个地方的人捎口信，拜托各位开车的司机、走娘家的女人、卖竹席的小贩、补锅或者修伞的师傅，去找到那个王八蛋，就说这里有个姓吴名玉和的人在等他，要找他，永远跟着他。他得听好了：躲得了初一但躲不过十五，他就是躲进了蛇洞，吴玉和也要挖洞灌水凿洞灌烟；他就是逃到了台湾，中国人民也一定要解放台湾！

不知这些口信捎到了没有。到最后，他气呼呼地把儿子叫到面前，说养兵千日用兵一时，你给我带上一双草鞋和两斤米，明天就到河口乡去。记住：你到了那里，找到那个姓邱的货，一不要讲理，二不要打架，三不能毁坏东西，只是咒他邱天保不得好死。记住：你要咒九九八十一遍，嗯啦，八十一遍。你回来以后，老子付你口水费，让你吃三天肉！

儿子一听说吃肉，乐得摩拳擦掌，"要不要咒他绝代根？"这是一种村里人最恶毒的命运预告。

"不可，他娃娃与此事无关。你不能乱来。"

"要不要咒他癞头猪在粪坑里的？"这是一种乡下的下流描绘。

"不可，他爹娘与此事无关。你也不能乱来。"

"要不要往他窗户里砸牛屎？"

"不可，不可。你砸了牛屎还不是他婆娘来清洗？他婆娘又没骂我，不关她的事。你休得连累无辜。"

儿子把老爹交代的政策和纪律记住了，顶着一个草帽，提一根打狗棍，斗志昂扬上路而去。不料他这一次毫无战果，原因是他寻到河口时，姓邱的不在那里，据说他不久前违法犯罪，闯下大祸，一头栽进了公安局。

玉和先是一惊：公安局？他姓邱的能犯什么罪？接着是一喜：老天总算开了眼啊！走多了夜路要碰鬼啊！这个贼坏子也有栽跟头的时候！再下来却有点左右为难：因为他听人说，天保那家伙吃官司，一不是拿错了钱，二不是上错了床，三不是反党反社会主义，不过是擅自下令砍了公路两旁的行道树。事情的起因，是河口遭受水灾，上面迟迟拨不下救灾款。眼看着几百灾民没房住，他一冒火，"妈那个×"，就带人去给干线公路猖狂地操刀剃头，把护路的樟树、杉树、梓树统统砍了，然后分给灾民盖房子——这种毁林毁路之罪，在抗美援越的特殊时期尤其罪不可赦。

但不破坏又怎么办？不擅自不猖狂又如何？吴玉和大张着嘴，有点想不通：那些树反正没运出国，不都是给中国人享用了？又没烧成灰，没化成水，不也是派上了正当用场？这算什么违法犯罪呢？未必有了"黑木耳""变戏法"，有了"篱笆公社"的革命哲学，灾民就可以不住房子了？或者房子就可以用纸片来糊？邱天保居然为此获刑两年，丢了饭碗，一栽到底，实在匪夷所思。玉和由此想到小人暗算、权奸作乱、昏君恶法、国运不兴一类大事，想着想着就把一段私仇暂时放下。这一天，去县城卖猪鬃和拉酒糟，他还忍不住想去看一眼邱犯天保，想送上一碗牢饭。

在送完牢饭以后再啐他一口，这样做可能比较合适。

后来他知道，天保没蹲看守所，算是刑期监外执行。那家伙在县城也没住房，只是眼下靠老婆当临时工养家，就在城郊租了一间库房，方便老婆去大米厂上班。这样，玉和顶着烈日打听了好几个地方，最后在大米厂围墙外找到一排库房，找到了邱家一张歪门。库房是以前用来囤放石灰和水泥的，已经破旧，还阴湿，还窄狭，墙壁不过是篱笆上糊了些黄泥，炉灶不过是墙角里几块砖上架一口锅。有一张木椅因为少了一条腿，只能斜斜地靠着墙。一线蚂蚁从墙上爬到了椅子上，聚叮着几颗剩饭。

往日的大书记眼下又黑又瘦，胡子又乱又长，在黑暗中瞅了好半天才认出来人。但他没法站起来——右腿据说是不久前在一次批斗会上被踹伤。他只能捉住来客的手，禁不住浊泪一涌而出："我在三个地方任职为官，前后干了十多年啊，没想到……没想到只有你今天来看我。"

"你不要动，不要动，就这样好。"玉和让对方坐稳。

"上茶！"老邱凶猛地表示客气。

一个小女孩赶忙来招待客人，但揭开热水瓶的盖，发现里面没有水；从井边提来半壶水，发现火柴盒又空了；好容易从邻家引来火，又发现小铁筒里已无茶叶。看到这场忙乱，玉和轻轻地叹了一口气。

他喝着一碗白水，见小女孩靠两张凳子相叠，爬到小阁楼上去写作业。"这么爬上爬下好危险，你不给她打一张楼梯？"

"早就拜托了人，都一个多月了，人家也没个回音。"

"怕是木匠没空吧？"

"没空？我算是明白了，世态炎凉啊，墙倒众人推啊。如今我成了王八蛋，还有什么人情面子？"

"这事好说，包在我身上。"

"麻烦你？不用，不用，我自己会想办法。"

"你嗦什么？五天之内，保你有楼梯用。"

"哎呀呀……"天保眼里闪着泪花，"那也好吧，到时候我给你算钱。"

"钱？你要说钱，那这事就不能谈了。我吃饱了没事干啊？要赚你这几个臭钱啊？算了，你另求高明吧，我也没得空。"

鼻涕声更响亮，天保再一次紧握来客的手，嘴巴张开了两三次，像一再慎重挑选词句，要说出激动和重要的什么话来。

玉和等着，等着，等啊等着，甚至等得自己怦怦心跳，一心等到对方最应该说出的那句话，等着云开雾散阳光灿烂的美好。但不巧的是，小女娃偏在这要命的时候问父亲一个字，又问一个题。这事刚消停，主人的老婆又下班回了家，于是天保的口舌胡乱支应离题万里，让玉和暗暗叫苦。

主妇见家里有客人，顾不上一身灰土，忙去买了一条鱼，打回一瓶酒，留客人吃晚饭。豆豉大蒜烩鱼的香味很快在窝棚里弥漫开来。天保揭开热气腾腾的汤盆，喜滋滋地说："来来来，吃！"

"你吃。"

"你吃。"

"你先来。"

"你吃嘛吃嘛吃嘛。"

"你来嘛你来嘛。"

推让三番五次，天保嗓门越来越大，见客人还是怯怯地往后缩，竟急红了一张脸："你到底吃不吃？"见客人呆呆的，更是气不打一处来，端起鱼盆往地上咣当一砸，"不吃就不吃，不吃了不吃了不吃了！"

他气呼呼地摸火柴抽烟，吓得玉和差一点翻下椅子，面色惨白，不知所措。好容易看清眼下的局面，玉和只得先安抚哇哇大哭的女娃，又与主妇争着去救地上的鱼，争着用扫把和抹布清理污秽。幸好装鱼的是铝盆，没砸破。主妇回头将鱼用清水漂一漂，略加油盐，还能上桌。

"你急什么急？人家这不是在吃吗？"主妇把筷子重新塞到丈夫手里。

一顿回锅鱼吃下来，邱犯天保还是喝醉了，脖子都红红的，哭出一把鼻涕一把泪，先是骂法院判决不公，接着骂自己脑子里长草，再骂某人落井下石，骂某人见风使舵，骂某人皮笑肉不笑，骂某人明明输了棋偏不认账……都是一些玉和不知头也不知尾的事，让他接不上话。只有妈那个 × 妈那个 × 妈那个 × 一类口白，"你小子""我老子"一类前缀，玉和倒是听得耳熟。

玉和不再说话，只是一听对方说"吃"就赶紧操作筷子和嘴巴，全身紧张，一直持续到欠身告辞而去。

四天之后，一张小楼梯就由玉和求村里的木匠打好，托拖拉机手捎去县城。据说那楼梯又光洁又结实，长短恰到好处，还有防滑倒的挂钩，显然是来自一种用心的观测。邱家人见了喜不自禁。

但玉和再也没有去过那一家。有时捎去一包茶叶，有时捎去半袋豆子，这点人情倒是有的，但他不愿再进那扇门。日子久了，熟悉他的人才得知，他无非是嫌邱家缺文少墨，不遵礼数。做女儿的不会叫人，是个哑巴吗？当主妇的在客人面前穿短裤，白花花的肉晃来晃去，天气再热也不能如此不成体统吧？再说吃饭，主先客后，这是规矩，就算是吃碗老萝卜烂白菜也得讲究的，为何推让几下你就要瞪着眼睛砸碗？你拷问犯人啊？你痞子闹场啊？真是莫名其妙——人家客方一个肚子是来装饭的还是来装气的？一餐饭下来没长肉还要吓得掉肉啊？

最后一个捎豆子的人回来时说，邱天保已经搬家。相关的好消息是，因为不少群众一再上书，法院重审案件之后终于对邱天保改判。这家伙命好，八字硬，居然还得到某个大人物的赏识，虽写下一份深刻检讨，但最近被提拔为副县长了。

听到这事，吴先生点了点头。

"你不高兴吗？"传信人觉得对方还应该有更多表情。

吴先生提着牛鞭出门，"高兴什么？这家伙，落难惹人怜，得势遭人嫌。"走出地坪好远又在柳树林那边扔过来一句："你们看吧，他那张嘴巴又会变成大屁眼，到处喷屎喷尿，哪个受得了？"

邱副县长是否到处喷屎喷尿，不得而知。不过他当然不会忘记玉和，据说很快就捎话来，邀他去县城走一走，请他去看什么大戏，接他去赏什么灯会，但玉和充耳不闻，就当没这回事。有一次，副县长在路上见到他，远远就要司机停车，热情万丈地迎上来，但玉和借口手上有泥水，没接住对方伸过来的手，自始至终也只是点点头，或者摇摇头，不咸不淡地支吾一下。

老伴事后埋怨他："事情过去就过了。你们这对冤家也结得不容易。照我说，冤仇宜解不宜结，得饶人处且饶人么，你呀……"

没料这句话引发玉和的勃然大怒："我又不是个疯子，凭什么要握手？凭什么要应答？"

"他问问你有什么困难，怎么说也是好意吧？"

"困难？我最窝心的困难，他装模作样不知道？"

"他可能……真是忘记了？"

"这种事都能忘记？那他就更不是个人！"

老伴吓得舌头一伸，再也不敢接话。

一天，四五个乡干部一齐来到玉和的地头，见两口子栽瓜秧，就这个帮忙点粪，那个帮忙覆土，另有人大张旗鼓地砍树枝扎棚架，"吴伯""吴爹""吴先生"一类叫得特亲热，递烟点火一类动作也让人应接不暇。他们无事不登三宝殿，其实是想接先生去县城走一遭，帮他们去拉拉关系，解决乡政府旧楼改造的资金问题。照他们说，这四乡八里就吴伯面子最大——不然邱副县长为何三天两头就要问到他吴玉和？他雪中送炭青松傲雪慧眼识英雄的感人事迹谁个不晓？

玉和一直不吭声，最后冷冷一笑："我是三岁娃娃吧？你们还要我去找那个王八蛋，不是偏偏要踩我的痛脚？"

众人吓了一跳，面面相觑。黄乡长怯怯地问："你说哪个是王八蛋？"

"你们说哪个，我就是说哪个。"

"这就怪了。前……前……你与他不是来往最多吗？在他最倒霉的时候……这可都是邱副县长自己说的。"

"那是我看在他落难。"

"吴伯，这我们就不懂了：一面破鼓，补它是你捶它也是你？"

"有什么不好懂呢？桥归桥，路归路，一码归一码。他蒙冤落难，我要行公道。他伤我太深，是亏了私德。懂不懂？公道与私德是两笔账。诸葛亮气死周瑜和哭吊周瑜也是两笔账。我吃了五十多年的干饭，连这个账都算不清？"

众人说不过他，甚至听不懂什么诸葛亮的账。另一个干部只好苦着脸另找话头："吴伯，你就算是帮我们一个忙吧。你看我们那个办公楼，实在破得像个猪窝了。昨天一下雨，我在房里摆三个桶子接漏水呢。老鼠天天在我头顶上打架。你老人家菩萨心肠，大人大量，德高望重，对我们全乡的发展建设功勋卓著！这样吧，你老人家消消气。到时候我们在城里最好的酒馆摆上一桌，你与人家老邱相逢一笑泯恩仇，往事一笔勾销……"见玉和一张苦瓜脸正在转暗变黑，又赶忙顺着来："哦，当然啦，都按你老人家的要求办，人家邱副县长肯定有个说法。是不是？我向你保证，事情一定圆满解决。今天我一个脑袋赌在你这里……"

"这关你们什么事？"玉和把来人的一张张脸盯过去。

"我们不就是要促进团结么……"

"在酒馆里搞团结，我娘听得到？我娘有这么长的耳朵？"玉和哼了一声，挑起粪桶径直下坡去了。

大家拍拍脑袋，这才想起一个重大疏失：玉和老娘的坟头在这里——既然事情因她而起，当然就得在这里了结，酒馆里再圆满再伟大的团结也是锣槌没打在锣上，不合吴伯的章法。

日子就这样过着，有晴有雨有暖有寒地过着。又一个冬天到来了。村里遭遇一次山火。那天风太大，烈焰横蹿，火团远跳，几乎逢路过路逢溪过溪一往无前。离火舌还十几丈远的林子，哪怕隔着荷塘或地坪，一眨眼就由绿变黄和由黄变黑，然后噼噼啪啪自燃，把在场者都吓得差点尿裤子。谁也没见过这么疯魔的火，不知道如何对付。玉和的儿子就是在火场差点丢了小命，黑糊糊的一团送到医院时，冒出皮肉焦煳的气味。

听说儿子需要清创、消炎、植皮等费用两三万，母亲几天来以泪洗面。玉和赶到医院时，女人告诉他很多人都来看过了，其中包括乡干部和邱天保，都在着急钱的事。

玉和忙着倒水和打饭，又去上厕所，好像没听到。

女人吞吞吐吐地说，邱天保还批了一张条子，要县民政局特事特办，参照抢险抗灾英模待遇，给伤者家庭补助一万元。

玉和愣了一下，接过纸条看看，顺手撕成碎片，扔到地上还踩一脚。"无聊！无聊——"他冲着墙角瞪眼睛。

"你要死啊？"女人大惊，忙不迭地捡起碎片，"你挨千刀，你下油锅啊——这是什么时候？你还称什么大？赌什么气？要什么横？"

"你也不看看，那么多错别字！"

"你抠什么错别字？你是比他会写字，但你的字不值钱，有什么用？"

"我的儿，我自己来管。"玉和气歪了脑袋，"没有钱，我去卖血，卖房子，沿街讨饭，总可以吧？"

"没见过你这号人，一条路要走到黑。"

"对，就是走到黑。"

"不就是一句话吗？那句话能吃？能穿？能生金子？"

"列祖列宗在上，儿孙后代在下，我没得到这一句话，还算个人？还算我娘的儿？"

"你娘是有儿了，我的儿……"女人嘴一歪，哭着夺门而去。

吴玉和翻了翻医院账单，果然出门去卖血。不过他年纪偏大，个头瘦小，面相还丑陋，被采血的护士皱着眉头瞥了两眼，当歪瓜裂枣打发出门。他想了想，只得坐车来到一个小镇医院，找到一个当医师的亲戚，算是走后门通融，偷偷卖出了红色液体——那里有个病危者正好需要这种血型。"你们肯定还有病人！是不是？肯定还会有难产的、中风的、撞车的、跳楼的、闹癫痫的……"他捏着钞票还不愿走，一个劲地纠缠这个或那个医生，恨不得这一刻有千万人大祸临头，都抬进急诊室，都气息奄奄，都急需他价廉物美的鲜血。不用说，他望眼欲穿也没有等到这种奇观，倒是自己几乎被亲戚轰出了院门。

他这才感觉自己有点头晕，两脚如同踩在波浪上，周围一切飘忽不定。扶墙歇一会儿以后，他喘口气再走，差一点撞到树。有位路过的熟人发现他脸色不好，问是不是要用脚踏车驮他一程。他缓缓地摇手，说自己不过是想赏一赏风景，不过是在等一个朋友哩，不急着走，不急的。

他其实很想叫住那个骑车人，请对方帮一把，但不知为什么话到了嘴边又咽回去，还是咬紧牙继续观赏美丽秋色。

儿子出院回家后，身上虽有几块疤，但行走什么的已无大碍，让全家人松了一口气。"不吃嗟来之食，饿死了吗？饿死了吗？"玉和对这种结局兴高采烈，冲着儿子问一句，冲着老婆问一句，冲着邻家的鼻涕娃娃也问一句，问得他们都迷迷瞪瞪。然后面对门外的重叠山峰摆上一碗谷酒，好好地豪壮了一番。不过，治伤所欠下的债，以后得慢慢偿还了。从这一天起，这一家不开电灯，晚上能摸黑就摸黑。这一家也不用肥皂，洗衣时只用草灰或茶枯凑合。玉和豪壮地戒了酒，不买烟，胶鞋换成草鞋，皮带换成草绳，着装像个叫花子，在务农之外寻找一切挣钱的生计。他以前从来不去屠房的，总觉得那血淋淋的砍杀，嗷嗷嗷的惨叫，实是不仁，实在戳心，但现在也不能不硬着头皮去那里帮着操刀行凶。他以前从不挖坟砖的，即便是挖一些无主的野坟，死者为尊，虽殁犹存啊，后人岂能咣咣当当地打砸抢烧横加欺凌？但眼下的青砖值钱，卖一块就赚两角哩，他也不得不寡廉鲜耻地扛着锄头混入小人行列。最后，他还跟着后生们上山倒树。一个年过半百的老汉，还经过多次卖血，在根本没有路的陡坡上和密林里蹿上蹿下钻来钻去，被马蜂刺，被树刺扎，被毒草割，被风雨淋，一张沾有青苔和泥沙的脸经常像恶鬼，落在水潭里吓自己一大跳。

他手捧清水洗了几把，才在水面倒影中辨出自己的苦瓜脸，兴之所至，还随口吟出一联："人面兽心方可恨，兽面人心又何妨？"

他那干瘦如钉的两条腿越来越哆嗦和晃荡了——终于有一天，他突然觉得肩头重量消失，膝盖和腰身忽然舒坦，阳光明亮耀眼，山风鼓荡爽身，整个身体有一种飘起来、浮起来、飞起来的感觉，有一种浮游在五彩天宫里的自在逍遥。

这才是人过的好日子啊——他差一点笑了起来。

其实他是在村民们的大声惊呼中，一失足便连人带树坠下山崖。几只鹧鸪在那个落点的周围大叫着绕飞不已。

落物惊起一大群金色蝴蝶，如一朵灿烂浪花升起来，然后缓缓地溅散。

村里人在谷底找到他的时候，发现他嘴巴、鼻孔、眼眶、耳穴里都流血，手腕已无脉跳，全身正在变冷。玉和，玉和伯，玉和爹……大家的喊声撕肝裂肺，然后在村里引发一阵阵炸响的鞭炮。家人们哭号着，发现他手冷如铁，只得赶紧给他洗身与换衣——据说尸体僵硬后就不方便这样做了。

遵照他以前有过的交代，丧事一切从简，比如道场和傩戏是断断不可的。但有些规矩则不得马虎：儿孙晚辈一定要跪着守灵，白豆腐和白粉条一定要上丧席，香烛一定要买花桥镇刘家的——那一家的质量最好；祭文一定要出自桃子湾彭先生的手笔——那是死者生前最为知心的文友；出殡的队伍还一定要绕行以前的两个老屋旧址——死者在那里度过几十年，必须向熟悉的土地和各类生灵最后一别。

入殓前，儿子发现父亲大睁双眼，目注苍天，不论亲人如何揉，如何搓，如何抹，眼皮也只是半闭。他的牙关紧紧咬住，咬出了一个宽宽嘴形，咬得腮帮微微鼓起，整个一张脸有些扭曲和扩张，活生生一个怒不可遏上阵打架的模样，让身旁人无不想起佛庙门前的怒目金刚。

是不是人家欠了他的粮？是不是他欠了人家的钱……人们悄悄议论。只有家人最明白他的心事。儿子凑在他耳边大声喊："爹啊，爹啊，那个人已经来过了，已经给你赔不是了，你就放心去吧……"

金刚还是紧紧盯住屋梁，时刻准备出手。

"爹啊，爹啊，他实在是太忙了，但已经写来了条子，打来了电话，这事大家都知道的啊……"

死者依然严阵以待。

儿子拿一块白布盖住死者面孔，但仍然不解决问题。更麻烦的是，白布盖上去不久，有人听到嘎巴嘎巴的声响，若有若无，似在非在，来自左边又来自右边。待大家侧耳细听小心寻找，才发现越来越大的异声其实来自死者，来自他体内各个骨节的暗中发动。人们赶紧揭掉白布，消除这恐怖的声响，在临战者周围一个个吓得脸色发白。村长急得直摇头，说不行不行，玉和爹是什么人？你们想拿一块布打发他？这件事再难也得帮他办实了，不然他如何死得透彻？如何走得顺心？

村长赶忙到村部去打电话。这是一个通讯不太方便的时代。邱天保在省城办事，从吱吱吱喳喳喳的电流声中知道事情原委，不免大吃一惊，依稀想起了十多年前。他连夜赶火车，换汽车，把慢腾腾的火车汽车骂了个狗血喷头，差点与无精打采的汽车司机打上一架，及至连跑带蹿赶到死者面前，已是天亮时分了。他跌跌撞撞扑向床前，一把抓住死者的手放声大叫："玉和大哥，对不起对不起，我今天是让那辆狗屎汽车给耽误啦——"

随他推金山倒玉柱扑通一声跪拜，死者的家人忍不住掩面放声大哭。门外更多的人也跟着抽泣或唏嘘不已。

"我就是邱天保，我在这里给你赔礼，给你娘赔礼——"

人们真真切切听清了这一句。这时，天上突然劈下一个惊雷，震得灵堂烛火慌慌地跳荡，在山谷里激起隆隆回声。顷刻之间大雨也狂泻而至，在门外拍过白花花的一浪浪雨雾，又把一团团雨雾送入门内。据说死者就是在这一刻牙关松弛，欣然闭目，隐隐呼出最后一丝气息，眼角还神奇地挂上了一滴泪。

有人偷偷地笑了，说这就好，这就好，生要晴日亡要雨日，老天也在陪着他放声一哭呢。

【作者简介】

韩少功：著名作家，1953年生于湖南长沙，作品有短篇小说《西望茅草地》，中篇小说《爸爸爸》，散文《山南水北》，长篇小说《马桥词典》《暗示》等。另有译作《生命中不能承受之轻》等。

选自《小说选刊》2009年第1期

罗坎村

袁劲梅

> 正义是社会制度的最高美德，就好像真理是思想体系的最高美德。
> 正义是灵魂的需要和要求。
>
> ——约翰·罗尔斯《正义论》

陪审团与我们罗坎

认识老邵的前一年，我亲眼看见我的同事，哲学家布朗教授在办公室里被两个警察带走了。原因是他收到了镇法院传唤他去当陪审员的通知，看了一眼，就忘了。公民当陪审员是法律责任，无理拒绝法院传唤视为犯法，或罚款，或坐牢。布朗教授正在写一本《存在的形而上结构》，写得瘦骨嶙峋，不食人间烟火，把罚款的机会又给错过了。突然间，两个"形而下的存在"剽悍地立在他的办公室门口。他认了半天，认出这两个"存在"原来穿在警察的黑制服里，只好气哼哼地伸出手，戴着铐子，跟着他们坐牢去了。

一年后，当我收到镇法院传唤我去当陪审员的通知时，我们全哲学系的人都诚惶诚恐，动不动就有人提醒我不要忘了到法庭报到的日期。布朗教授不喜欢说废话，他闷头闷脑走进我的办公室，要过我的传唤通知拿在手上看了半天，然后，像对付一个仇敌一样，把我的通知狠狠地拍到桌子上，两片薄嘴咬牙切齿："不是活成野兽就是活成上帝。要想活出第三种情形，既是野兽又是上帝，就得活成哲学家。陪审团既不管野兽，又管不了上帝，管管人间是非，找人去就行，为什么总是麻烦哲学家！"布朗教授这样说的时候，自然是带了情绪，于是就有其他同事过来插话："还是先活成一个公民吧，戴博士还年轻，美国的监牢毕竟还是形而下的地方。"

我不知道我能不能活成哲学家，我倒情愿活成个诗人。如果我有一半得是野兽，我就让脖子以下变成美女蛇或者狐狸精，但头脑一定留给上帝，让他随便塞进来一些智慧。做女人也许应该连头也变成美女蛇，我的问题就是保留了头。这样的坏处是：让男人受不了；好处是：在对待法律的问题上，我头脑清醒。

这天，我一改开会迟到的坏毛病，提前三十分钟到镇法院报到。报到不是开庭，报到是让被告选自己信得过的陪审员。那个被告就是老邵，癌症研究室的白老鼠饲养员。

老邵叫邵志州，英文名字叫戴维邵，黑而矮，一副倒霉相。额头上有一些老实巴交的皱纹，圆脸圆鼻子，眼睛看不出是什么形状，藏在变色的眼镜片后面，嘴巴有肉，紫黑色的，和他脸上的肤色很般配。这样的男人，让人一看就爱不起来，不过，也恨不起来。老邵对我谨慎地一笑，嘴与鼻之间皱起两道括弧。我也对他一笑。信任建立。老邵在二十个陪审团候选人中选中了我。我成了老邵案十二个陪审员之一。

老邵案是一起虐待子女案。告老邵的人是老邵十六岁的儿子和他的代理人——镇政府指派的免费律师。老邵没请律师，自己给自己辩护。英语马马虎虎，能把话说清楚。

他的故事很简单：儿子不读书，玩电子游戏玩昏了头。他不过是管教儿子。他是单身父亲，谁还能比他这个当爹的更疼儿子，更为儿子好？他老邵是砸了儿子的光盘，打了儿子一个耳光。可没想到人高马大的儿子跳起来就把他打到床上，左一拳右一脚把他给狠揍了一顿。老邵不是儿子的对手，瞅着空儿打电话给警察报警。警察一来，二话没说倒把老邵给抓起来了，说老邵犯了虐待儿童罪。他儿子打他，那叫"自卫还击"。老邵说的时候委屈得不行，还提到他小时候老爹打他，把他从裤腰带处吊起，挂在房梁上，抢拳头挥棍子，想怎么打就怎么打；那才叫打，越打越孝顺，越打越成材。他至今还感谢他老爹的那几顿打，因为他逃学、偷邻居家的鸡蛋吃，没那几顿打，他邵志州也出息不到今天的戴维邵。说到这里，老邵要求法庭考虑到他家的文化传统给予公正判决。

老邵儿子有律师，不用亲情、关系、回忆、类比说事儿。人家用证据。证据一：老邵白纸黑字写给儿子的三条选择：一、每天写一百个汉字，每个写二十遍；二、到大太阳底下晒三个小时，晒到中暑为止；三、自己选一条皮带，让老爸打一百鞭子。按这条子上的日期看，老邵儿子那时才八岁。让一个八岁小孩在这三条道路上选一条走，选哪条都构成儿童虐待罪！证据二：老邵在家请客过春节，给儿子倒了杯酒，儿子不喝，反倒叫客人到屋子外面抽香烟，老邵骂儿子没规矩，举起大汤勺打到儿子头上。那时儿子十三岁，老邵逼儿子喝酒，犯法；用汤勺打人，虐待。而那年老邵自己兴头高，春节请客都录了像，录像带就在律师手里拿着！证据三：老邵和儿子最近的冲突也不尽如老邵所述。老邵从儿子身下翻身出来，不仅打电话报了警，而且直奔厨房，出来的时候，手持一把菜刀，被儿子用手机拍录下来。那照片上，老邵龇牙咧嘴，头发竖立，眼镜挂在一只耳朵上，一手高举菜刀，如同杀人犯一般。

老邵还有什么可说？要法律干什么？不就是同情弱小保护弱小吗？现在，"弱小"手里全是被欺负的证据，法律还能不维护这个公正？

我们十二人陪审团中，有三人是中小学老师，四人是农民，一个理发师，两个家庭妇女，一个超市经理，外加我。算我学历最高，同情老邵的就我一个。十二个人个个认真负责，有裁决权在手，才真叫"民主"。大家把案情翻过来掉过去地研究，又扮演现场打斗情形：超市经理演老邵，理发师演儿子，其余演警察，由我掐表看时间。结果，算出：老邵有足够时间先打电话报警，后又进厨房持刀，然后花了四分钟以上时间，举刀威胁儿子生命。在警察敲门时，又花三十秒把刀放回厨房案头，接着，以受害者的姿态去开门让警察进来。老邵的"儿童虐待罪"着实成立。据此，陪审团认为：老邵应该入监下牢三个月；儿子搬出单住或寄宿，老邵每月付儿子九百美元抚养费，至十八岁止。

就在陪审团表决前，我突然提到了我的老家罗坎村的七个牌坊。我说我在罗坎村住到七岁，会认字了，那七个牌坊前都有说明，我小时候一遍一遍读过很多次。那是七个惊心动魄的故事：明清之交某女子为小妾，十九岁守寡、守节。养育丈夫与前面诸位妻妾生的十三个子女，让数个子女中举做官成材。该小妾任务完成，三十六岁归天。罗坎人立此牌坊以表彰其贞节有志。又，明清之际，有一九岁男孩，其父好赌，离家不归，该男孩养母养弟，又数次出寻，将父找回。最后一次，其父跑到甘肃，该男孩又不远万里将其父找回。其时，父亲已病，男孩自己放牛种田，养活一家，将父亲养老送终。罗坎人又立一牌坊表彰男孩遵守孝悌之道。又有某书生，家贫寒，好学，以沙为纸，以水为墨。得功名，中进士任高官，治世有功，罗坎人立一牌坊表彰其政绩……

我说，当年，小小的我站在那七个牌坊下，弄懂了一个词儿："宏伟巨大"。后来学了中国历史，也想到那七个牌坊，觉得它们着实如社会栋梁。在一个不靠民法宪法活的大家庭里，我们立几个牌坊，像立地界一样，祖宗们就地画个圈，谁要跑出去，"伦理纲常"就兀凸支起来了，叫你老实坐下！中国社会几千年原来就是这么过下来的：修身，齐家，治国，平天下。规矩根据亲情、等级立，家有家法，族有族规，天下才能有秩序。谁都知道大圣人孔子吧，这是他老人家给世界上五分之一的人设立的价值标准：等级、孝悌、忠义，从家到天下。

戴维邵从中国一个叫邵坷庄的地方出来，那还不就是另一个罗坎村呀？他老家说不定也能有一溜牌坊。他提出要我们考虑他的文化传统，我们也许应该考虑他不过是在按另一套道德体系行事。虽是违反了美国法律，但说他要故意虐待儿子，是否可能冤枉。人家是单身父亲，对儿子还不知有多少期望呢。

我这么一说，陪审团的人都愣了一下。没想到，原来有些地方，不靠法律，光靠家庭关系人也能活，还活了上千年。这故事有学问。陪审团责任重大，不能只用自己鱼缸里的水去度量人家鱼缸里养出的鱼。陪审团得跳出自己的文化框架。于是，大家又对戴维邵的虐待动机进行了重新分析。最后，陪审团提交给法官的裁决是：老邵入监一周，儿子搬出去住，老邵付抚养费到十八岁。

陪审职责尽完，回到哲学系，就有同事笑盈盈地过来问我行使司法权的感受。我就说了案情、判案经过和罗坎村的七个牌坊。布朗教授也在这几个充满好奇心的哲学家之中。他在光脑袋上抹了一把，就嘿嘿笑了，说："在美国当人，自由与不自由中间的边界是'法律'。美国的法庭要的不是伦理意义上的公平，是逻辑意义上的公平。正义和亲情在边界上一撞，定撞出个二律背反，它俩的化学性质不相容。"

从这个话题开始，我的哲学家同事们挤在我的办公室里，转而讨论起"正义"问题来。有人随手从我的书架上抽了一本罗尔斯的《正义论》，说罗尔斯认为，法律和社会制度不管多么有效和有序，如果不正义，就必须改良和废除。有人立刻追问：正义不是菜刀，社会不是萝卜，你怎么切，怎么改，才能确定社会走在正义的大路上？引用罗尔斯的人就进一步引用，说：有办法。当社会的设计不仅为增进人们的利益，而且受公众正义观的有效规范时，这样的社会就和谐有序。然后，大家又开始批评美国政府，这个政府真让美国人感到羞耻，怎么能把石油放到"正义"之上呢？于是，大家又计划起带领学生到佐治亚去参加反战大游行的事。公众的利益，公众得自己说出来……总之，老邵案突然又和人类历史、当今世界联系起来了。

后来，与我同在陪审团的一个中学历史教师又打电话给我，说他对我说到的罗坎村的社会结构感兴趣。那样一个尊重亲情伦理的社会，似乎很有情感，可是非对错如何决定？会不会父亲权力太大，儿子没有权力？社会的公平问题怎么处理？

我本来以为老邵案一完，就可以把这个没啥情节的案子丢了，写我自己的诗，吃我自己的哲学饭。但周围的人又发评论，又提问题，使我的思想继续纠缠在"公正"、"正义"、"伦理纲常"这些问题上。觉得人活成什么样子大概是一种训练，西方人从柏拉图开始就把是非看得比亲情重。古希腊的尤什伏赫能痛苦不堪地跑到法庭告发其父杀了人；苏格拉底拒绝学生帮他逃跑，选择冤死在监狱而不违法越狱。我们的孔夫子却教导学生：父亲偷了人家的羊，要"子为父隐"，当孝子。换成现在的话，就是"靠关系"。不同情况不同对待，邻居父亲偷了我家的羊，叫"贼"；我家父亲做贼，我就要保护，宁死不说。我们就是有大义灭亲的典故，灭的也总是儿子。看来，"公正"不是一把糖果，撒下去大家都甜。什么都是有得有失，要么坏了人际关系，要么坏了原则。这么想着，我就又把罗坎的旧事翻出来，唠唠叨叨地讲给人家听。那是我们经过的训练。对我，是回忆童年。

要说在罗坎判案子，我小时候也见过几次，不过没有法庭，判案都在罗坎猪场。

罗坎村其实就是一个家，罗家。最早的老祖宗叫"罗业华"。他是罗坎子孙的曾曾曾……曾爷爷。与我无关，我姓戴，外来户。猪场在罗家的"业华祠堂"后面。"业华祠堂"门匾上有"孝悌出忠义"五个金字，不管何年何月都有人明着暗着一次次重新描过。以前罗家先人的牌位几路列开，王侯将相森严林立。我在罗坎的年代，祠堂封了，牌位也就封在里面，落满尘土，如同埋在土地下的根。

祠堂是罗坎的中心，石板街道像从心脏伸出去的筋络，把罗家后代的房屋一个个联系起来。白墙依照里面人的地位定高低，灰黑色的细瓦像密密的牙齿，在高高矮矮的屋顶上排开，家家户户咬在一起。人人都是亲戚，唇齿相依，一荣俱荣。白墙越往村外越矮，再外面就是一块块绿油油的水稻田。这些水田是磁力场，罗坎村的农民像一群小铁片，每天清晨就被吸了过去，织布一样在水田里来回忙碌。到天晚，磁力线一松，小铁片缩回各自的白墙，让炊烟从黑黑的烟囱里飘出来，在一片黑瓦屋顶上又结成一家。罗坎周围三面是大罗山、二罗山和小罗山，农民军排座次，高低分明。第四面是清浏河，活水长流。一代代罗家人都系在这块土地上。清浏河是唯一一条通到外界的水道。

我们戴氏猪场属村子的外圈，红砖墙，一看就是外来户。至于我们这个戴氏猪场怎么会跑到罗坎村来的，我小时候想也没想过。小孩子把世界的安置看作天经地义。罗坎村就是我的老家，白墙外面就该是红墙。直到后来，猪场撤了，猪都卖了，我也上小学了，这才知道，过去的日子叫"十年浩劫"，猪场是"下放"到罗坎村来的。猪场里养猪的几位老兄，都是教授。我爸不叫"老戴"叫"戴老"，"老耿""小耿"

不叫"老耿""小耿"叫"大米草王"和"二米草王",张礼训也不叫"张礼训"叫"康熙字典"。我之所以长在猪场,是赶上了"十年浩劫"的尾巴。

罗坎是有结构的。一家挨一家的村落统称"家",清浏河沿岸的集市叫"江湖",在祠堂前面有一间小小的房子,叫"村部",猪场叫"祠堂后"。"祠堂后"为罗坎人判过很多案子,只是我太小,能记得的案子都是我的小男朋友罗清浏的老爸犯下的。能记住,也是因为记住了罗清浏。罗清浏后脑勺拖一根小辫子,脖子上挂一个银锁片,把他爹妈给他指下的娃娃亲撂在一边,整天带着我爬高上低。他和他爸都不是安分守己的人。

我看见过罗清浏老爸和另一个男人斗气。两个男人都挥着拳头做出动武的架势,于是,立刻有一大群邻居从这家或那家的土门楼里跑出来,嘴里叫着:"回家,回家。"拉着这个,拖着那个,把他们往各自家里推。那个男人狠一点,被推到自家门口,还继续挥着拳头。罗清浏老爸弱一点,扭着头,在众人的肩头上说:"明天走着瞧。"然后两个人都凶神恶煞地叉着腰站在自家门里,嘴巴张着喘粗气。就在这时候,那家的女人又和自家的婆婆斗起气来。因为,婆婆把她往门外推,要她出门,去骂罗清浏老爸在拉屎时捏了她的大腿。女人不知是出于什么心思,就是不去。她丈夫正在气头上,被他妈在耳边嘀咕了两句,回手就给了女人一个耳光。女人给逼急了,抱起儿子,一路哭着跑到村部,把孩子往村长跟前一放,然后做出喝农药的样子,等着村长跳起来去抢下,孩子就叽叽哇哇在村部哭个把小时。到了天晚,丈夫来寻,然后三口子一起家去。

走到半道,撞见罗清浏老爸拉着罗清浏往猪场去,罗清浏手里捧着一小碟梅花糕。于是,那三口子也统统折回"祠堂后",一副要把官司打到底的样子。村长就敲钟,召集大家到猪场大院开会。这就是判案。兄弟姊妹闹事,都是要找外人评理的,猪场的能人没一个姓罗,和谁也不沾亲带故,诸如这样的小案子,他们常常几句话就能平了。判案就成了猪场的副业。

原来,罗坎有三个公共茅房坐落在高坡子上,对着路口,可以一边拉屎一边看风景,且男女共用。家家都是亲戚,兄弟姐妹都是从光屁股一块儿长大的,男女之事并不像城里人那么诡秘。但是,要有人就此把事儿造大,多半可以借题发挥。至于罗清浏老爸有没有捏人家媳妇的大腿,这样的事其实是天知地知。不想把事儿造大,就没事。可那媳妇被丈夫逼着点了头,而村长又决定凡有伤风败俗的事都要严管,罗清浏老爸就活该被重判,定为监督审查三个月。监督审查期间,停止罗清浏老爸参加村委会的权利,还要贴一张告示,叫大家和他划清界限。罗清浏老爸倔头倔脑说不服。茅房就是那么造的，女人来了他想不看都不行。女人就坐在旁边，不当心碰一下，怎么就叫"捏大腿"？

这个"不服"把人们一下子难住了。整了罗清浏老爸，这以后怎么办？总不能不让女人上茅房吧？

于是，猪场的几位老兄头对头，商量了一分钟，就把案子里最困难的问题给解决了。他们决定：从此以后把张礼训订阅过的旧报纸，在几个茅坑墙根上放一堆，上茅坑的人拿一张报纸在手，没人的时候赶蚊子，有女人走来遮着脸。从此是非不就没了？

这个决策后来让罗坎人非常敬佩，凡去那几个公共茅房拉屎的人，连手纸也不用带了。至于分放报纸的工作，当场就交给了小孩子罗清浏。这个决定在村民大会上一宣布，挤在猪场院子里的大人小孩都很兴奋。

罗清浏老爸被村民们监督了三个月，一上茅房就有人看他拿不拿报纸遮脸。弄得他走到哪儿都提着张报纸，一有人对他指指点点，他就把脸放在报纸后面，闷头闷脑在水田里苦干了三个月。到了第三个月末，大家觉得罗清浏老爸可以刑满释放，回到罗坎大家庭来了。他已经用拼命劳动挣回了大家的信任和同情。

就在罗清浏老爸被解放那一天，"江湖"上来做生意的外地人突然说：在城里给罗清浏家找到了一门远房亲戚。罗清浏老爸的腰就立马硬起来，走到哪儿都赶上其他人高了。就连那家跟他吵架的凶狠男人也来主动招呼他一块儿下水稻田，还把牛借给他使。罗清浏老爸也聪明，在关键时候把烟斗递过去了。于是，两家人就又像兄弟一样，蹲在树阴下呼噜呼噜地喝粥，还把自家腌的韭菜花往对方碗里夹，互相吹捧说：你媳妇腌的比我媳妇腌的香。好得恨不能把自己媳妇的大腿送过去给对方捏一把。

以后，不仅罗清浏，而且他的老爸也成了我们猪场的常客。罗坎的结构也慢慢有了一点点小变化，当年，祭拜"业华祠堂"里的祖宗被定作是封建迷信。于是，再多跑几步，到猪场去，就成了罗坎人日子里的新生事物。动不动就会有农民和江湖上的人跑到猪场来，找先生们评公道。这样，慢慢地"村部"就和"祠堂后"分了工：婆媳之间鸡毛蒜皮的小事到"村部"，有重大纠纷就上猪场。猪场的那几位老兄除了养猪，又有一点儿像陪审团里的角色。他们说话不多。张礼训说：言多必失，祸从口出，君子一言，驷马难追。但是，他们若说了，罗坎人定信以为真。就是村长和村干部也没有对先生们出言不逊的。罗坎那个地方，规矩很大，我爸常说：知识分子有好新癖，喜欢自己整自己，结果，什么都给你砸了。文化倒是农民在守着。

"祠堂后"在罗坎村不仅有政治地位，而且有灵气，连猪都能教成士兵。不信？张礼训的典故里说：孙子能把吴王的三千美人训练成士兵，我们怎么不能？古人能做到，我们要做到，古人做不到，我们也要做到。倘若猪场五百头猪成了五百个士兵，那《孙子兵法》都得重写。

在我的记忆里，"祠堂后"猪场红墙上写的标语是："农业学大寨，科学养猪好"。现在看，那前一句是"中学为体"，后一句是"西学为用"。为了这个目的，老戴、老耿、小耿和张礼训都睡在猪场，我和我弟弟也睡在猪场。我爸是场长，猪场就是我的家。不臭。我们的猪讲卫生，懂礼貌，一窝一圈，喂食在屋里，拉屎到墙根的小洞口。清浏河接过一条水管，猪场的家伙们先洗澡后洗猪。虽说养猪是体力劳动，文人的脑子闲不住，那么多聪敏脑袋窝在这么一个小山村里，还不想着点子干点儿流芳千古的事儿？大胆假设之后，就是小心求证。老戴、老耿、小耿管猪儿们的"条件反射"，张礼训管它们的"思想教育"。也不知从什么时候起，进我们猪场就跟进军营一样。猪儿亮灯吃饭，摇铃拉屎，排队散步，让人都不忍心吃它们。猪的聪明我是从小就知道的。我养的小猪崽子是学龄前儿童，"军营"里的那一套还不会，但人家就已经会抱着奶瓶喝米汤了，粉红的小鼻子顶住我的肚皮，就跟我生的一样。

"祠堂后"猪场的奇迹，又让罗坎的农民惊讶不已。罗坎的猪几千年都是在屎坷子里吃，屎坷子里拉，啥时候成人啦？于是，猪场就成了一个充满智慧的希望之星。罗坎人要是抱怨穷日子不好过，会说："活得不如猪"或者"还不如投胎到'祠堂后'"。我长大以后，读到伊壁鸠鲁讨论猪的幸福，脑袋里理解的猪全是我们猪场的。它们是胖乎乎的富农，优哉游哉地吃，优哉游哉地睡，天塌下来不管，肉体上无痛苦，心灵上无烦恼，活上那样一辈子，不是很幸福？突然有一天被人一刀宰死，那不是它们的错，是它们的命。至于杀它们正义不正义，到死都不是它们想的问题。这样的世界多容易，我们猪场那群成了人精的富农猪，是七十年代撒在罗坎的希望种子。

我记得在那样一个贫穷却到处长着"美梦"的时代，罗坎村还有一个大案子，发生在罗清浏家的酒席上，也是到我们猪场判下来的。

罗坎人都沾亲带故，一家婚丧嫁娶，一庄子人都能蜂拥来凑份子吃酒席。人家出了你的份子，下次该你出的时候，你也不能不出。从村长到孤寡老人，大家日子过得都差不多，份子可大可小，送一捆柴也可以算是份子。酒席也可大可小，有钱就吃肉，没钱就吃花生，吃什么都叫吃酒席，永远也吃不完。小孩子在野地里玩得好好的，说被叫回去叫人，就被拉回去，舅爷、叔爷、姑奶、姑父一圈叫下来，头顶被人拍得生痛：这娃儿懂礼。

那天，罗清浏跟我在七个牌坊那里打赌：牛跑得快还是猪跑得快。罗清浏十一岁，上小学。他刚从山上砍了一捆柴，说要砍一千斤，卖了交学费，读书识字。我们俩坐在柴堆上，屁股底下像有一堆汉字，后背还倚靠着那个贞节寡妇的牌坊。心里很踏实，以为日子永远都会这样，再过下去就自然到了人人平等，家家富裕。后来，罗清浏被他老爸召回家去见人。

农民的酒席，猪场人一般不去，我爸说："去一家，就要家家去。反不如谁家都不去公平。猪场本来也走不开。"结果，家家请客，过后都会使唤女人或小孩子送点食物来。那些梅花糕、麦芽糖、韭菜炒小藕、莲子糯米粥是对猪场参政的报酬，对我，却都是长久热爱罗坎的理由。所以，那天罗清浏被拉走后，我就一路采一些野花儿，跟在后边往"祠堂后"走，等着他家酒席散了，罗清浏能给我送点什么吃的来，并没想到罗家去凑热闹。我心里是小孩子常有的那种无缘无故却又清澈如水的快乐，从第一个牌坊走到第七个牌坊，似乎觉得有一种水稻一样整齐的秩序，在罗坎的空气里，一排一排，密密地张开，绿色的。后来，我远远看见他们父子二人走进他家的白墙，突然又被人从院子里推挤出来，接着，吃酒席的人蜂拥往外逃，嘴里叫着："猪吃人！"

原来，罗清浏家五百斤的大种猪，突然从猪圈里跳出来，发了疯一样向吃酒席的人扑来，撞翻了桌子，撞倒了村长的侄女侄孙，踩断了侄女的一只胳膊，撞掉了侄孙两颗门牙。于是，不一会儿当事人和受害人都跟着村长到红墙猪场来找几个先生评理了。这种时候，作为猪场的小孩，我是很自豪的，觉得世界上的战争都能在猪场停止。

受害的那家人说罗清浏的老爸想当村长，故意养出个猪八戒欺辱女人，吃人孩子。罗清浏老爸说："没有的事。村上多少人家的猪都是这只种猪的后代，若这只猪会吃人，咱村子就是高老庄、白骨洞了。"

农民们或在猪场院子里蹲着，或在墙根下蹲着，还有妇女倚着猪圈的半截红墙一边纳鞋底一边看热闹。猪场的几个先生都坐在长木凳上。村长站着："不要胡扯。清浏爹你说清楚猪是咋疯的，都喂了些什么，弄得要吃人。"罗清浏老爸说："我家猪不吃人。它就是见不得扫帚。您那侄孙举着扫帚在院里走，猪就急了。"村民们就笑："鬼话，还有猪见不得扫帚的事？那猪识家什啦？"村长说："你家的猪伤了人，你不给个说法，大家伙儿放不过你。把你送进县上局子里，可就不是这么说事的了。"罗清浏老爸急了："我说的都是实话。我学着猪场先生训练它来着。没训练出真本事，就训出了这个扫帚疯。"

　　就在村民们笑得前仰后合的时候，老戴、老耿、小耿、张礼训已经把案情搞清楚了。他们说："条件反射。你训练猪的时候用扫帚打它了吧？"

　　"不打怎么训？"

　　罗清浏老爸如实招了。人家原来有了雄心，也想把自家的猪训练成士兵。猪不去粪坑拉屎，用扫帚打，猪不等亮灯就吃食，用扫帚打。四年打下来，就把猪训练成了"扫帚疯"。

　　"科学是打出来的吗？"村长语重心长地说，"若打能成事，不要猪场啦，办成刑房得了。科学也是你这样种田人碰的？"罗清浏老爸嘟嘟囔囔地说："孝子不都是打出来的？越打越孝顺。"

　　结案。村民们给罗清浏老爸两个选择：一是，杀了种猪设席，给全村人赔不是，猪头给村长侄女；罗清浏给村长侄女家捡三个月牛粪，跌打损伤一百天，至人家膀子好了为止。二是，把种猪贱卖给猪场，钱分三份，一份给村里公积金，一份给断了胳膊的女人，一份清浏老爸自己留着；罗清浏给村长侄女家割三个月的猪草，至人家膀子好了为止；至于侄孙的两颗牙，就算了。奶牙，迟早要掉，村民也就不追究了。

　　罗清浏老爸在两个惩罚中选了后者。罗清浏听说他要给人家割三个月的猪草，脑袋后面小辫子一甩，跳起来就说不公平。他爸的邪猪撞了人，他凭什么要去割猪草。割猪草这活儿可不像到茅坑发放报纸那么神气，还累人。

　　村上的人说："你和你爸还分家？"

　　罗清浏小脾气还挺大，站起来就要走。张礼训一把拉住他，要做"思想工作"。才说了一句："子为父隐，木兰从军，割股啖母，说的都是小孩子要替家长分忧。"被罗清浏胳膊一甩，推了一个趔趄。

　　这下风声急转，大家都从罗清浏家的猪转过来说罗清浏的不是。公平是一村人定的，不是你一个小孩子说了算的。结果，倒还真的成了棒打出孝子，罗清浏的老爸当众抄起扫帚就打罗清浏，嘴里骂着："打死你这个小杂种，当奴才的命还敢翻天！"有人嘴里说别打，也有人说要打，大部分人等着看热闹。一扫帚打下去，罗清浏头上肿起一个鸽子蛋。

　　我心里非常同情罗清浏。罗坎人打孩子都喜欢当众打，从来不顾小孩子的感受。罗清浏老爸明显是要打给人看，下手还不算重，有真打的，能把小孩子的耳朵给割下一块。我知道罗坎人有欺负弱小的毛病。以后，我仔细想过这个问题，觉得其实就连那些牌坊上说的事儿，也都是欺负弱小，没有公正可言。凭啥人家十九岁守寡就得养一群儿子？凭啥九岁的儿子要养四十岁的老爸？明明是社会或成人的责任，却都推到家庭或小孩子身上，难怪中国过去几千年也不用养老院、托儿所。如果，社会福利问题各人自家解决，那社会公正自然也是各家自己的事。要那些民法宪法干什么？罗坎人自有自己的规矩，人和人之间的位置就是这些规矩排出来的。不然，谁养人，谁被养呢？

罗清浏挨打那天，很是难堪。脖子拧着，小辫子也散了，黑糊糊的手背不住地在细长的眼睛上揉一下，眼皮一眨，就有一滴眼泪滚出来。他本来就一只眼睛大一只眼睛小，像一大一小两颗黑豆。那天，大黑豆里全是委屈，小黑豆里全是仇恨。最后是我爸和两耿跑过去拉住了罗清浏老爸的胳膊，告诉他："猪场不是打人的地方。要科学育人。"先生们发了话，大家都得了台阶下。罗清浏老爸的凶器停在空中，农民们也点头称是，说："要能把人育得像猪场的猪那么听话就好了。"

结果，小小的罗清浏还是被村长和村民们逼着写了一份检讨书，贴在某一个关于当孝子的牌坊上，让各处到"江湖"上赶集的人读。在那几个牌坊上，动不动就会贴上一些检讨书或者喜报。这是罗坎人的修身养性，罗坎人喜欢张扬自己教子有方和丰收喜讯。第二天，张礼训自家的女婿因为不肯在把旧报纸送进茅房之前，按照岳父的指示，把每一份报纸上的"张"字叉掉，引起争执，也把张礼训推了一个趔趄。同样都是"趔趄"，公平的问题就被提出来了。猪场的女婿干了不敬之事，坏了罗坎的规矩，不处理，以后猪场就没有威信，如何再开口裁判是非？于是，猪场几位老兄和村长一商量，招呼村民来开会，一时呼声上下，为张礼训老先生撑腰。张老先生都不用开口，村民们就又逼着张家女婿写了一份检讨书，一视同仁，贴在牌坊上。和罗清浏的并排，风吹日晒，三个月才掉光。我们实在不能不承认罗坎是个有德性的村庄。

罗清浏老爸的种猪后来真到了我们猪场。那猪看上去憨厚仁慈，全身是膘，和别的种猪没区别。我爸说：它的种叫约克夏。若和苏联长白猪交配，能生很好的瘦肉猪。我爸还说："你可以跟它玩，但千万不能给它看扫帚。它给训练坏了。"我七岁，农村野地里长大，我爸刚走，我就对弟弟说："怎么样，我们拿把扫帚试试看？"我弟弟三岁，我说什么，他都说行。于是，我们两个人扛着一把大扫帚，向约克夏的猪圈走去。离着还有五米远，那猪突然上蹿下跳，蹦出猪圈矮门，向我们冲过来。吓得我们掉头就跑，认定它要把我们吃了。我弟弟跑了三步，大嘴一张，坐在地上大哭等死。因为扫帚在我手里，那头约克夏认定我是定时炸弹，跟着我紧追不放。

直到老耿小耿对我大叫："扔了扫帚！"我才明白过来，扔下手里的祸害，保下小命。

第二天，我对罗清浏说："你家的那头猪真有扫帚疯，吃人哩。"

罗清浏说："猪都没打成奴才，人倒打成奴才了。罗坎的规矩就是大吃小。等我长大，再也不回这个罗坎村。我当科学家去。让他们在这里东家吃西家喝吧。我恨罗坎。"

罗坎的美和规矩，甚至罗坎的怪事儿都是曲径通幽。不过，就算小孩子什么都没有，他还可以有希望长大。我们再看。

罗坎式结构的解体和各色世界人的出现

半年以后，陪审团和罗坎的故事都没人再提了。所有的事情都会成为过去。过去没有时间、没有远近，三十年的差距，半个地球的间隔，凡掉进过去的黑洞，都成了插在同一个黑花瓶里的干菊花。有心的时候看一眼，没心的时候忽略不计。所以，那天我在一棵大橡树底下碰见邵志州戴维邵的时候，我们俩都没提被告和陪审团的事。

邵志州穿着实验室的长白褂子，捧着一盒大虾饭，坐在大树下的长椅子上正准备吃，树阴慷慨大方，小风呼呼，锯齿形的橡树叶子打打闹闹，在老邵的白褂子上凌乱游动。老邵头顶上的叶子、脚底下的树阴都是活的。老邵的脸也活了，比在法庭时展开很多，还有一种跃跃欲试的神情。他看见我路过，就赶快合上饭盒，笑容满面地站起来，解嘲似的说："又当单身汉啦，做点好的自己吃，不省了。"

于是，我也就停在树阴下，跟他聊了几句。也都是家常话。我问他老家邵坷庄在哪里，父母身体可好；他问我老家在哪里，有没有小孩，叫什么名字，上什么学之类。然后他说他要发起成立一个同乡会或者联谊会什么的。"一个人不成家，孤单。"老邵说，"找些老乡来喝一杯，做几个家乡菜，写几笔书法，叙叙乡情，唱一段黄梅戏。到时候，请你。"

我对"同乡会"之类不感兴趣。就和罗坎的那种来回吃酒席差不多。不过就是一大群走向世界却依然闲着无事干的老婆们，外加几个听老婆话的学者聚在一起互相抬举，凑热闹，都是因为在自家的金鱼缸里过习惯了。美国钱要挣，中国关系要结，样样割舍不下，于是就想着切一小块中国带到美国来过。要这样，不该叫"留学"，叫"建立殖民地"得了。为啥我们中国人走到一起就要扎圈子？一有圈子就难免有帮派亲疏、背后说坏话，烦不烦？而且，在美国，圈子里的人一闹，还没有一个"祠堂后"做仲裁，最后都是不欢而散。我对老邵说："戴维，别以为我是你在法庭上看到的那个正经人儿，你要把我弄进你的同乡会，你就是自己把一粒老鼠屎扔进了自己的粥里。"老邵说："哪能呢？不过是聊以自慰、自得其乐的事情，人总得活得有点情趣。"

他邵志州戴维邵还真有本事，一个月后，不仅建立了同乡会，召集着要过中秋节，还打电话告诉我，他找到了一个人，男的，这个人中秋之夜非要见我不可。老邵卖关子，就不告诉我这人是谁，叫我自己想。

我费劲想了一圈儿，实在想不出哪个旧情人能跟老邵沾上边。

中秋快到了，老邵热情洋溢，一个电话接一个电话打来，要我说定到他家去聚会。还说他这是要谢我。

那样的聚会叫"罗坎模式的高级阶段"：厨房里，一群老婆围着小桌子包韭菜饺子，说着张家夫妻买了新房子，李家儿子赢了钢琴赛，王家岳母摔断了腿，赵家先生才找到新工作；客厅里，几个先生坐在沙发上谈癌症（老邵在癌症实验室嘛），谈升迁，谈中国变化真大，谈油价上涨，一个个都很爱国。若碰巧有一个不知天高地厚的来了，还会真不真假不假地说谁谁谁你该得诺贝尔化学奖。要是有人指出我来，说这里还有个不搞癌症的，会写诗，那下面一句就是：好呀，还有诺贝尔文学奖等着呢。这种鬼话，只有一个功能，就是把人羞愧至死。也就是我们中国人得个奖都目的明确：好做人上人。像我这种介于老婆和先生之间的文人，过日子凭兴趣，且没有宏伟目标，头上还插根草标：离异。在这样的聚会上只能手足无措，上下游走，东转转，西转转，在人家书架上抽本名人传记翻翻，又拿起人家儿子的电动玩具开动一回，等着主人叫：吃。

我干吗要去？不去。所有结圈子的事情我都不喜欢。大家都是来自五湖四海，要结圈子，回老家去得了。我们罗坎式的圈子才叫抱得紧密，用得着到美国来？我对圈子里的人事帮不上忙，对圈子里的人也无所求。中秋之夜那个要见我的男人，可以给我买花呀，可以请我吃饭呀，跑人家家去干什么？还给人当一个筹码逼着我也去应酬罗坎茶馆里的赵钱孙李。见他的鬼去。这种鬼鬼祟祟的男人绝不可能是我的旧情人。除了两三个旧情人，我谁都不稀罕见。

于是，中秋之夜，我吃了三个鸡蛋，还拿了其中一个大的双黄蛋在儿子眼前晃了一晃，对儿子说："你妈吃恐龙蛋。"儿子八岁，不太好骗了，斜了我一眼，平静地说："那是弟弟妹妹蛋。"人家见过双黄蛋，认定一黄为弟弟，一黄为妹妹。家庭和睦，中秋团圆。只是门口汽车喇叭一响，儿子从椅子上跳下来，拿起他的恐龙机器人就跑，到小朋友家过周末去了，不跟我过什么中秋节。我把腿跷在矮桌子上，给女朋友打了两个电话，骂了几句经济贪污犯。过了一个随心所欲的中秋之夜。

到了晚上十点半，邵志州戴维邵突然来了。跟他一车来的还有那个对我情有独钟的鬼祟男人。那男人一冒头，天呀，那是我的前夫！

老邵真是送货上门。我好不容易退掉的，他给我贴上"中国制造：使用一次，百日有恩"的新品牌，送回来了。我叫道："老邵，你到底要干什么？没人管你就不能活？我看你还真成了一族之长呢。"

老邵嬉笑着脸："一日夫妻百日恩嘛。人家从中国到美国来访问一趟，总共十天，还抽出一个晚上来看你，够情义啦。别怪我多事，我这也是情面；咱们是党校校友，就跟战友差不多。下面你们自己看着办吧。两小时后，我来接人。"临走还没分没寸地加了一句，"大家往前看。"

我和我前夫离婚，离得是斯文扫地。他本来就是一张苦大仇深脸，老婆要跑要离婚，还不打翻在地再踏上一只脚？他一边打一边说："现在不打，以后就打不到了。临了也要叫你知道家规。"家规是什么，我在罗坎就见过：谁弱小就吃谁。挨他一顿打，我还能和他做朋友？跟他一起手拉手向前看？

现在，我前夫上前两步，没事人似的往我面前一站，嘴里说着："乡亲乡亲，离家越远越亲。"我恨不得当时就变成母夜叉孙二娘，给他一叉子铲出去。

洋人离了婚能当朋友，因为双方平等，脸对脸说话，一方再厉害，也不能把另一方的自由拿了去霸占着不还。婚姻本来是契约关系，若闹到动手，就成了"家庭暴力"，法律在头上看着，陪审团给你做主。中国人就难做到了。我那结婚证就像卖身契，你要离，你就是没良心，害人虫，背信弃义，不懂妇道，坏了人家的名誉，断了人家的仕途。上上下下，一大圈亲戚朋友来劝你：三思而后行。弄得你吵架都不敢当人面，怕让双方父母、祖父母伤心，折了他们的寿。所以，凡我和前夫大吵大闹，都是在外地的大街上，没人认识。只有一次是在回罗坎时吵的。那次，我做了一个错误的判断，以为离开十八年后，罗坎不会有人再认识我了。结果还是被儿时那个发誓不回罗坎的小朋友罗清浏当街认了出来，让我大跌面子。

那次我们两人回罗坎村，是因为我前夫要寻找一个带职锻炼的点儿，下去一年，回来好升官一级。两家老人都劝我跟着去玩几天，来个"旅行弥合"，只当出去玩一圈，便能统一观点，统一标准，统一价值观。没想到才走到清浏河边的"江湖"，还没见到那七个牌坊，我们就基础倒塌，指鼻子上脸地干了一场。起因是：我那个五短身材的前夫一挥手，从兜里掏出一张证件，在罗坎村鱼铺子上一晃，说："看清楚了，我是上边来的！"卖鱼的汉子正在和旁边卖鸡蛋的女人打情骂俏，顿时转过脸来，从鱼篓里拎出一条大青鱼，递到我的鼻子底下，弯着腰，人矮了一截，龇着黄牙，笑成一盘向日葵："活鱼，活鱼，刚抓上来的！"我转身就走，当时就给我前夫起了个外号：石壕吏。

我前夫那张唬人的招牌不过是张工作证。在到罗坎村的路上，他已经先后甩出来两次。不过是要带职下放，搞得像个钦差大臣。那天，我在前，他在后，在"江湖"上疾走。先是他要我说清楚，为啥骂他"石壕吏"，然后我们就停在街心，从"石壕吏"吵到"非离不可"。最后他手一伸说："东西拿来！"他指的是那条戴在我脖子上的"狗链子"。我说："我还你狗链子，你还我自由。"他说："不识好歹的东西，老子在深圳花了三千块钱买的，24K 金！"

罗清浏就是在这个时候，从路边看热闹的人群中走过来，把我拉到身后，说我是他妹妹，打老婆不能打到娘家来。"石壕吏"矛头一转，对罗清浏吼："你是什么人？你是什么人？"

"石壕吏"的老家是朱家集，说起来是个比罗坎还小的村子。他心眼小，雄心大。心眼小表现在：自从跟他结婚以后，不但我的男朋友被他吓得不敢再来找我玩了，连我的女朋友也不敢来找我玩了。雄心大表现在：他不会平视说话，要么仰着头说奉承话，要么眼睛朝下教训人。这样他就总是处在向上爬的过程中。那天罗清浏戴着眼镜，两个眼睛一样大了，且穿着军装，不像罗坎村当地的农民，"石壕吏"一时不能决定该如何对待他，吼过之后就停住了。而我因为被小朋友在一种丑陋的状态下认出，很有点难为情。我们两个人的战争告停。

在罗坎的三天里，"石壕吏"对罗清浏一直戒备着。还说我到罗坎，原来就是要见这个男人。罗清浏当时刚结婚。后来，我们到罗家，罗清浏的母亲误把我当作罗清浏的新媳妇，"石壕吏"当堂就认定我七岁的时候和罗清浏有过一划子。

罗清浏的母亲在灶膛里煮了冰糖鸡蛋拿出来，叫我们吃吃吃。罗清浏告诉他妈：他媳妇有采访不能回来，而我是以前猪场先生家的丫头。他妈大为放松，一件又一件把身上穿的毛衣脱下来。脱了四件之后，手腕上露出一个大手表。罗坎村的人富裕要摆在脸上，这样没人敢欺负。在九十年代初，罗坎人富裕的象征是毛衣和手表，比七十年代空得一门城里亲戚实在多了。罗清浏他妈说，媳妇是个军官的女儿，不敢轻慢了人家，把家里的毛衣全都穿上了。就是穿这么多毛衣烧火，实在太热。

罗清浏他妈这句话里提到"军官"，使"石壕吏"改变了对罗清浏的看法。我说："七岁的时候，我和罗清浏一起看过猪交配。"他居然还有了一点笑脸。我知道他是装笑，就跟罗坎村的妇女用毛衣来装门面一样，想当官的文人都会用谦和的笑脸来装门面。笑也可以有好几层，根据对方与他自己的相对位置决定给多给少。那回他像洒花粉一样洒了一点笑，并同意和我们一起去"祠堂后"猪场看看。

罗清浏他妈说："你家猪场改成幼儿园了。娃娃们讨个灵气好考大学。"

把"祠堂后"变成幼儿园，是罗坎结构在新时代的重大变动。其意义比当年猪场参政还伟大。以前，大人下水田插秧，小孩子就在田埂上抓田鸡、玩泥巴，到天晚，小泥手牵着父母空了的水稻担子，迎着金盏花一样的落日走回家吃饭。清浏河一湾阳光，金币一样闪，今天流走了明天又流来，转来转去离不开家乡巴掌大的地方。现在，农民孩子也进幼儿园，罗坎人想着把孩子往土地之外送了。金盏花要长得像金元宝，金币要能看又能用。他们能如此抬举我们那个猪场，这在我意料之外。这是农民发财梦里的天真烂漫。不管怎么说，把孩子都送进猪场，这是"老家"对我幼年的一个肯定。我们猪场的传奇应该是能够流传下去了。

往猪场去的路上，过去的石板路还是光溜溜地泛着水色，两根青青的狗尾巴草在墙根上谦恭地弯着须子，有小狗从我们脚边哧溜穿过去，鸡屎味儿和糯米糕的清香同时从竹篱笆里冒出来，有两个人高马大的男人嗷嗷叫着在街口互相挥着拳头。罗坎的颜色、气味和声音都还在，只是不见有一大群邻居从各自的土门楼里冲出来拉架。碰巧这两个男人打到我身边来，我便一把揪住一个大汉的后衣领把他往后拖，嘴里叫道："回家，回家。"罗清浏便把那第二个男人也往他自家推。"石壕吏"把手插进兜里，以拔手枪的姿势，去拉他那张王牌。

罗坎的两个男人并不恋战，似乎就等着有人出来推他们回家。没等"石壕吏"的武器出手，战事就以罗坎的传统方式结束了。两个男人各自站在自家的土门楼里喘着粗气说："明天走着瞧。"一个坐在自家门洞里蒸梅花糕的老太太叹气道："人都走光了，不归家了，拉架的人都没有了。"

等我真看到"祠堂后"改成的幼儿园，我又担心起罗坎判案子、断是非的事情，不知哪个机构司掌公平问题了。我把这个问题向罗清浏提出来。罗清浏在军校读书多年，因为要出国留学才回家道别，脑袋里想的全是世界上的大事，对罗坎的公平问题不怎么上心。倒是铁了心要在中国干的"石壕吏"说了话，他说："现在市场经济了，又不要那么多平均分配，公平问题都可以用经济杠杆来解决。"

那时候，"经济杠杆"对我来说还是一个比较抽象的概念，我脑袋里想着的是一根金箍棒，金光闪闪，被尖嘴猴腮的"市场"拿在手里滴溜转，把罗坎农民甩出了土地的磁场，成了一片一片零星的小铁片，自由鸟一般在乡村和城市之间巡视，哪个枝头有金果子就落到哪里去。按照"石壕吏"的理论推下去：既是四海为家了，

"村部"、"祠堂后"本来也就可以废了。谁家的猪要是再踩断人家的胳膊，撞掉人家的牙，放到"经济杠杆"上一称，赔他几个金果子就是了。用钱来计算是非，不像用礼数那么麻烦，单位为"元"，清清楚楚。这也挺好，若用礼数，是非对错都在前人的框子里定，反倒说不清今人的公平不公平，不老不死的只有"钱"。

旧时司掌罗坎"公正"问题的机构废了，但奇怪的是"业华祠堂"的香火却前所未有地旺盛，门匾上"孝悌出忠义"五个金字刚重新描过，发出威仪庄重的亮光。进进出出的老人儿童，个个敬香敬果，求祖宗保佑他们在外打工的亲人发财致富。罗清浏在路过罗家祠堂的时候有了一些感慨，他说："等有了儿子要带回来拜拜，祖宗保佑起子孙来，想必比菩萨还卖力。"

我说："你小时候说离开罗坎再也不回来了。"罗清浏就憨厚地笑："这就要出国了，真不能回来了，想法倒变了。有些事儿身不由己。家总归是家。"在对罗坎村的态度上，我从来没有罗清浏那种"一去不复还"的偏见。他是土生土长，却没有我这个外来人家乡情结重，我永远喜欢绿油油的水稻田和白糯香甜的梅花糕。看到"祠堂后"幼儿园里，儿童蹦蹦跳跳，过的还是我小时候的好日子，我真有点儿后悔：要是嫁给罗清浏，也许能混到"罗业华"他老人家的恩荫之下，也生几个罗子罗孙。可惜我年幼无知，心大了一点，要找一个有文化且上进的，却不知道文人上进就是入仕求官，结果错嫁了"石壕吏"，明明学的是"流体力学"，整天想着的却是"平衡权力学"，我看着都累。

就在这时，"石壕吏"拍着罗清浏的肩，说："你们罗坎和我江西老家朱家集是一种风格，像。我祖上是朱熹的后人。你们罗家能沾上罗吒吧，托塔李天王的后代。"

当然，我们都是北京猿人的后代。嫁给谁都是英雄的子孙。

从那次去罗坎到现在，又有十来年了，收集往事的黑花瓶里，又多了几枝干菊花。如今，前夫"石壕吏"新衣新裤跑到美国来看我，那是"朱买臣"来看"会稽愚妇"的架势。他已经爬上了做家长的位置，把多少年前老婆闹离婚丢失的面子挣回来了。他肚子鼓得像个小地球，红领带在紧绷绷的前胸挂下来，狗舌头一样拖在肚脐眼下。头发只剩三条，风一吹，就飘到一边，又被他抓回来，小心翼翼地放回头顶，恰好完成"欲盖弥彰"的任务。他向周围打量了一圈，递过来一张名片，说："你这房子不错，在美国当个教授也算是够上中产阶级了吧。"我看了一眼他的名片，就知道他其实是说：你不就一个房么，我这几年官职有了，学术地位也有了，钱也有了，进退自如，比你在美国社会地位高。

　　从前人给皇帝当官，得精通道德文章，不必"博导"。现在，现代化了，当个县级市的行政官，名片上还得写上"博导，流体力学"。我说："没听说你读过博士呀。"他说，一九××年以前生的当"博导"不要博士学位。言下之意，你跑到美国白花六年才弄到一个博士，不如我在中国等着，日子一到，直接弄一个"博导"。用生日决定学术水平，这种标准很有中国特色。不知哪个官儿生在一九××年十二月三十一日，定下了这条生死线。我忍不住要开玩笑，说："原来你是赶上了'黄金分割'。"

　　可惜跟"石壕吏"开不出玩笑来，他平时板着一张"衙门脸"，这辈子恐怕只玩过一次幽默。在儿子过四岁生日的那天，他从中国给儿子寄来一张生日卡，上面说："你爸爸评上正研了！这是给你的生日礼物！""石壕吏"从政多年，却从来没有和技术断钩，拿个正研究员再一心从政，脚跟硬，现在当官得有高学历，这是他多年的计划。他的幽默是想告诉我：计划实现了。可咱那四岁的儿子，正日夜热衷于恐龙，就像我当年热衷于肥猪一样疯迷，见了一个新物种，立刻就要归类。他摇摇摆摆走过来，举着生日卡，要我给他爸回信，问问"正研"是"翼龙"还是"毛鬼龙"。

　　两小时很长，我既想装成文明人，大度有礼，又觉得你把一个人看得那么透，还装什么装？那些"当街大吵"早就让我知道他和我骨子里都不是文明人，是蟊贼。我是罗坎村养出来的，他是朱家集养出来的，我们其实门当户对，不同的是，他想做官，我想做人。他要像蔓子一样在一个三脚架上爬，那叫"官架子"，搭在那里上千年。一个等级结一个瓜，为了当某个位置上的"瓜儿"，他得使劲往上爬，还得左扯右拉，跟其他的"上瓜""下瓜""平级瓜"拉扯好了，才能不掉下来。而我，作为一个"官瓜妻"也得站好自己的位置，要当一片硕实肥大的绿叶，托着这个瓜，供着这个瓜，替他吹牛，大声吆喝："不甜不要钱。"还要别有用心地访问其他"瓜妻"，手里拿着东海鱼油、西海除皱霜。我曾经问过他：既然有经济杠杆了，你那么想当官干什么？他说："有的人有钱，能办成事；我当官，没钱也能办成事。"这个回答很有一点魔高一尺、道高一丈的味道。要是我说：我是诗人，"安能摧眉折腰事权贵，使我不得开心颜？"那我就只剩下一条路：挣断瓜葛，揭竿而起，战斗到离婚为止。这是一种选择：当傻瓜，还是当人？

　　现在，我们各得其所，本应无爱无恨，各走各的路，可我却又在心里狠狠地看不起他，而他却踌躇满志，要向我证明他的成功。当我们对面坐着的时候，我发现我那个收集往事的黑花瓶里，与他有关的好事儿就没插进来过一枝。就算谈恋爱时有过几枝好的，也都给我拔出来扔掉了。我们除了小孩子，没什么话可说。

"石壕吏"问:"儿子在干什么?人呢?"

"到小朋友家研究恐龙去了。"

"别尽让他研究古代的东西,没用。他得走向未来。"

"用不着你操心,未来早有了。人家的儿子叫'南光'。"

"南——光?"

南光是某本《儿童食物指南》的作者,那本书封面上有个胖脸娃娃,"南光"二字就写在胖脸娃娃头顶上。儿子早就指定那是他的儿子。我当时就肯定了。南光是我孙子。

"石壕吏"说:"我要和儿子谈谈话,叫他好好学习。"

我就拨了电话到儿子的小朋友家。儿子很文明,对他爸说:"您好。祝贺您又结婚了。"

"石壕吏"说:"你还学中文吗?"

"我妈说我太难教,她以后教南光算了。"

"别跟我提南光,谈别的。""石壕吏"不耐烦咱们这个子虚乌有的孙子。

儿子就换了一个话题:"我妈说你的新太太像个汽油桶。"

这下,我暗暗叫苦,童言无忌。这话是我说的,我出于怨恨、蔑视和看笑话的丑恶心态说过这话。尖刻是我的毛病。"石壕吏"皱着眉头:"嗯,她没有你妈漂亮,不过比你妈年轻。"

儿子又说:"那您要当心,不要生个儿子太丑。"

"还行,他才生下来,还看不出美丑。"

"他叫什么名字?"

"还没取名字。"

"那就叫'南2光2'吧。"

"什么?这是啥名字?""石壕吏"对儿子叫道。

我笑,还有点幸灾乐祸。儿子是聪明儿子,他脑袋里想什么,我当然知道。儿子喜欢《星球大战》里的机器人。那个机器人脑袋半圆,银色和蓝色相间,叫"R2D2"。"南2光2",翻译得好,既创新,又科幻。可惜"石壕吏"是朱家集出来的,不懂在我离家出走后,过去的家庭结构就解体了。儿子既不是罗坎人,也不是朱家集人,人家是"新世界人",前关心恐龙,后关心宇宙,科学得很。他爸那套"学而优则仕",换成"新世界人"的语言,不过是"找工作"。他爸折腾了半天要当"人上人",在"新世界人"的时代是"职业歧视"。

"石壕吏"和儿子没话谈，挂了电话，抱怨了两句：儿子没大没小，一点规矩都不懂，真是跟谁像谁。意思是我把儿子带上了邪路，将来恐怕混不到他的水平。此后，我们这两个在闹离婚的过程中，把对方所有老底都骂遍了的旧人，就脸对脸，无话可说了。干等着那两小时过完，他走人。

后来，"石壕吏"想到了一个我们两人都感兴趣的题目：罗坎。他说罗坎村没了，三年前被市里收去当民俗公园了。他邀功说："罗坎民俗村的建设是我抓的。很有特点，你下次再回老家，就要买门票了。"

"那村里人呢？猪场改的'祠堂后'幼儿园呢？"我问。没想到一个人的老家还能就这么没了。把一种生活方式存起来，展览给人看，是为了让它更值钱还是更不值钱？

"石壕吏"说："从我们上次去过罗坎之后，没多久，罗坎村就样样都走了下坡路。村子越来越空，留不住人。到现在，只有那个沾了你家猪场风水的幼儿园还发达。青壮年一个个都进城打工去了。孩子留在罗坎，老年人在家给年轻人看孩子。"

看来"经济杠杆"还真是条金箍棒，一点都不含情脉脉，一直打到农民的老家去。"石壕吏"描述的是一种新的家庭结构，和我小时候见过的四堵白墙一家人，三顿饭一大家子围在一张桌子吃的罗坎家庭不一样了。罗坎的人不再像小铁屑一样被绿油油的水稻田吸引住了，工厂和城市是力量更大的磁场，把农民从土地中拉出去，嫁给社会工业化。七个牌坊撑了上千年的罗坎和我的小家庭一样，说解体就解体了。最后，连"老家"头上也贴上了商标，拿出来卖钱。真不知罗坎人东家的份子，西家的酒席，数不清的礼数和修身养性的情趣在离开土地之后，都变成了什么样子。

"石壕吏"开始对我提罗坎出去闯生活的人，谁最出息，谁最坏。报了几个名字我都不记得了。最出息的那位当了什么"罗总"，最没出息的当了"杀人犯"。"石壕吏"见我记不得这些人，就扳着指头算，算了半天，算出来"罗总"是罗清浏的表妹夫的堂兄，"杀人犯"是罗清浏堂姐夫的表侄。这关系一算清楚，他问我："这下你该记得了吧？"我说："我记得罗清浏后脑勺上有块大疤，他叫我用黑蜡笔给他涂成黑色。我花了半小时才涂上去。"

"石壕吏"说："你从小就喜欢男人头。"他话里带酸带刺，我立刻回击说："可惜，挑多了，一头也没挑到。"我知道我很讨人嫌，不会让步。但"石壕吏"明显过了吵架的年龄，有了一些领导对待群众的风度，他只是说："十几年前我们到罗坎，我干了什么坏事，你要叫我'石壕吏'？要不是我坚持搞民俗村，你老家罗坎恐怕已经给房地产公司拍卖了。"

我也不知道为什么要叫他"石壕吏"，他干的那点儿事，最多也就是个拉大旗作虎皮，既谈不上腐败，又谈不上贪污，但我的容忍度从来比较狭隘。我说："你拿了人民的权力，只要你不代表人民了，你就是腐败了。"

"石壕吏"说："跟你说白了，我还真不贪。想当官做事，都得我这样活。这次抓民俗村，整下了罗坎的村长，那才叫'石壕吏'。利用计划生育睡女人，利用修路卖土地，拿回扣。不像话。"

罗坎村长们在我记忆里都是老农民的形象，一时间怎么变成地主了？也许私欲就像性欲，在人本性里，一刺激就活。金箍棒不仅能打人，还能变成蝇子，钻到人肚皮里去，把欲望都给发酵起来。"七个牌坊"和"农业学大寨"的时代，没这个发酵剂。农民是蜂巢里的一只工蜂，和家族不分家，蜂巢在，工蜂才能活。那时的人理解的"个人"，是家庭结构里的个人。每个个人所在的位置都是家庭结构里的位置。他们长得都很像，举止也相似。你放一个屁，我就知道你肚子里要拉什么屎。风调雨顺之时，这些大哥大姐、干爸干妈就喜欢在屋檐底下闹事骂街，屁大的一点事儿也能闹出帮派情仇来。其实，那是因为大家心里踏实。"家"是有的，怕什么？你爸的猪伤了人，你就得去给人割猪草。你做，给你一碗"精神饭"吃，叫你孝顺儿子；你不做，给你一扫帚"皮肉苦"，管着你灭了人欲。碰上为所欲为不听管的，还可以枪毙。大家异口同声，你只好为别人活。

突然，资本成了钻进茅草房的大象，挤倒了桌子，撞翻了凳子，进得来，出不去。罗坎的农民像被人捅了蜂巢的工蜂，漫天飞，自由了。过去对付"人欲"的家法不灵了，手一松，楼房跟着钱流出来，商品跟着钱流出来，农民跟着钱流走了。不会在财富的洪流里游泳的，成了最受欺负的一群，会在财富里游泳的，拿到财富也不知道要财富的目的，一碰就成为最容易腐败的一群。

话讲到这里的时候，老邵来接人了。"石壕吏"站起身，手放在肚皮上，说："我们谈得很好。以后再谈。趁你俩都在，托你们一件小事：我有个领导，是个老总，最近把儿子送到美国来读书了。就在小戴的大学。能关照就关照一下，小孩子叫罗洋，会点武术。我叫他过两天来拜见你们？"

老邵说："没问题，校友的嘱托嘛。"

我说："我不管，老邵愿意老邵管。"

"石壕吏"说："这个罗老总就是刚才跟你说到的罗坎出的能人。和你的朋友罗清浏沾亲。这罗洋就是罗总的儿子。你不看在我的面子上，看在罗清浏的面子上，他的小表侄子你总该关照一下吧？"我说："幸亏我没嫁给罗清浏，嫁一个就等于嫁了一县城。我好不容易才和你们朱家集离清了，这又冒出一县城。"

"石壕吏"并不放弃："这样说吧，那小罗洋还是你的校友，人家也上过几天猪场幼儿园。"

到这时，我完全明白了"石壕吏"今晚专门来看我的目的。离了婚，还指望我继续给他当绿叶子。又扯出我的罗坎旧情，又给我找了个校友，又当着老邵的面说，就是让我不好拒绝。说起来不就是关照一个孩子吗？其实，是他大蜘蛛吐网，离了婚也让你逃不脱。他对你好必是有目的。我说："你还是'石壕吏'的风格呀，'领导'就是你的爹娘。"

几天后，罗洋来访。这个罗洋人高马大，穿了一身全棉的衣裤，耳朵上戴着耳塞，手里拿着 MP3 唱机。属于罗坎式结构解体过程中长大的新一代，在我们猪场幼儿园上到大班，被父母接进城。现在又到了美国，从衣着看，也像个新世界人。说起话来有一点罗坎口音，可以叫做有罗坎特色的世界人吧。他一来，也自称和我是"校友"。我问他还记得多少"祠堂后"，他说记得墙上写的口号是："计划生育，科学育人"。这个口号让我感到亲切，和咱那"科学养猪好"是亲戚。

罗洋给我带了一条围巾做见面礼，还送了我儿子一支笔。我也没拿那围巾当回事，天冷了就随便扯来一戴。结果在校园里碰见一个越南籍的女秘书，她拿着我的围巾角赞不绝口，说，你有这么好的围巾呀！又说了一个什么名牌。我还没有介意。直到她说，这条围巾要五百美元，我才惊得一跳。我全身上下的衣裤皮鞋加起来也不值五十美元。我收了学生的贿！这样贵重的礼物是什么？明显是具有目的性的财富以社交的方式跑到我脖子上来，把我圈住。罗坎式的显富，在十多年后变成了不显山不显水了。钱来得不声不响，花得也不声不响。当年罗清浏他妈穿在身上的四件毛衣，大概件件都是儿子、老伴给她挣来的；而这条不声不响绕到我脖子上来的围巾，却魔鬼一般狡猾，来处可疑，去处险恶。罗坎农民的小家子气在资本面前像冰山一样化了。

我回到家，到儿子房间找到罗洋给的那支笔。第二天，又拿去给越南籍的女秘书看，人家一看，就说这是什么名牌金笔。怎么能给八岁小孩子玩？给医生律师用还差不多。我说，别说什么牌子，我也不懂，就说值多少钱吧。女秘书说，两百美元。

我到了办公室，立刻打电话叫罗洋来。罗洋来了。我把围巾和笔退还给他，说："在这里，教授收学生的礼物，止于几块巧克力。这围巾你留着将来送你的女朋友，笔自己用。"罗洋说，这是他父母的意思。别的也没说什么就把围巾和笔收回去了。

过了几天，我看见那条围巾戴在一个中国女学生脖子上了。只当罗洋这么快就找到女朋友了，一问，才知道那女孩并不是罗洋的女朋友，不过是罗洋在请几个中国留学生吃饭时，随手挂在她脖子上的。人家罗洋拿五百美元不当回事。送条五百美元的围巾还真不算行贿。

罗洋很会抓朋友，动不动就请客。只要和罗洋吃饭，都是他付账。有几个中国留学生时常跟罗洋一起上馆子，吃起来热热闹闹，学校附近的餐馆里时常能看见他们高高兴兴地进进出出。到付账的时候，谁也争不过罗洋。据说后来大家也不跟他争了，把"去餐馆"换了说法，叫"陪罗洋"。不是这个陪，就是那个陪，罗洋肯花钱，身边总有几个哥们姐们陪着。虽然去国离家，人家顿顿都吃家庭餐。罗洋有时候也请我，被我拒绝后，他就教育我说，为啥"吃"在中国那么重要？一吃就成了一家人。

有一天，我看见罗洋在校园路中央吻一个女孩子，长吻不止。美国学生不好意思看，绕开他们走，忍着笑。美国学生也拥抱接吻，但在公开场合，没人把事儿做得如此夸张。我路过的时候，在他们旁边立了两分钟，罗洋也没有发现。这让我想起我们罗坎那几个对着公路的公共茅房，男女坐在里面拉屎，来往行人路过，男人女人如太行王屋两座大山，泰然自若，巍巍不动。从罗家一代代喜爱异性的传统方式看，罗清浏老爸捏人家媳妇大腿的事儿，也应该是有的。

罗洋吻的那个女孩也不是他的女朋友，只在路上吻了一次，后来就算了。他身边又换了几个中国男人跟着，也不像是学生，走在路上一排，高声说笑，迎面若有美国人过来，不管长幼都不让道。有一次被我路上看见，问起来他们为什么这样做。罗洋说："中国人现在有钱了，给洋人让道的日子一去不复返了。"我说："让道不过是一种文明，用不着联系到国际关系。谁腰粗，谁就要吃小的，这是罗坎的坏家规。"他就说："大的吃小的是全世界的家规。商场、官场都是这样。"我说："你找出一千个邪恶的例子，也不能证明邪恶是对的。难道你喜欢生活在那样一个吃来吃去的残酷社会？"他就笑，说："我不过是在给中国人争口气。"

快到期末的时候，布朗教授拿了一篇罗洋写的文章来了，神情紧张地说："你看看要不要报警？"

那篇文章的题目叫"灵魂的食物"，这是布朗教授给的题目。按他的期望，学生应该讨论精神生活的形而上追求，因为人有理性，不是动物，幸福感不光是身体感受，更是精神感受，光有物质食物还不能给人真正的幸福感。

罗洋英文很不好，书大概也没读，因为题目里有"食物"二字，文章开头就列了几个中国菜，每一道菜名都惊世骇俗，一道叫"陈先生的皮烧鸡儿子"，一道叫"操他娘的生姜爆烤龙虾"，还有一道叫"丈夫和妻子的肺切成片"。我脑袋使劲一转，能把那第一道和第三道还原了："陈皮烧子鸡"和"夫妻肺片"。那个"操他娘的生姜"是什么，猜不出来。

文章再往下看，大概懂了罗洋的意思：他在谈如何识别人。他请几个中国学生吃了这么一些好菜，学生们吃的时候互称"大哥""小妹"，关系亲密，但他还不能相信他们。如果他需要做铤而走险的事，得靠忠心耿耿的铁哥们。他花钱结识了两个福州偷渡来的黑工，这些人抱团讲情义。他帮助这两个哥们各还了蛇头一千美元的偷渡费，这两个哥们就跟他铁成一家人，为他杀人都肯。有钱就可以买来灵魂的食物——义气。

这文章狗屁不通，看起来却是满篇杀气腾腾。文章结尾处，布朗教授用红笔给了个大大的"F"。我对布朗教授说："报警就不必了，主要问题是英语不好，没懂你题目的意思。"第二天，布朗教授就把他办公室的三个窗户都用黑窗帘给挡上了。他说："我给了那个危险分子'F'，谁知道哪天就会有一颗子弹飞进来，把我和我老婆的肺炸成碎片。"

我再次碰见罗洋的时候，见他依然大大咧咧，并不为一个"F"烦恼。据他说，他数学尚好，得到了"C"。我问他"操他娘的生姜"是什么东西，他说："干姜嘛。"这样的英语也能来留学，实在让我怀疑他是找人代考的托福。

快到年终的时候，老邵急急忙忙跑来找我商量事。邵志州戴维邵着急地说："我遇到麻烦了。罗洋是你前夫介绍来的，我只好找你商量。这事儿知道的人越少越好。"

原来，老邵手上有四万块钱，是他的癌症实验室让他去买白老鼠的。因为实验室里存着的老鼠还很多，新老鼠来了没处放，还要人喂养，所以老邵就没有立刻去买。那天跟罗洋谈起买宠物养，罗洋说他要买两条银鳗养。老邵就说，你要在动物实验室里呆着，就什么宠物也不想养了。就提到了手上有四万美元，能拖一天是一天，不想早把老鼠买进来，多事。罗洋就说："钱停在手上是死的，还不如投出去，转一圈，生出一点新钱来，然后再买老鼠。"老邵揉揉罗洋的头，说："你这小子心眼活。不过这事儿在美国做不得。犯法的。"罗洋说："我找我爸手下的人，让你的钱快去快回，回来的时候还牵一群子孙。这多好。两个月工夫就能做一笔。"

罗洋说的那些人，做棺材生意。老邵算算实验室里的老鼠再用四五个月都没问题，心就有点动了。他也不是贪污。实验室的钱他一个也不会拿。等到需要老鼠的时候，有四万块钱买就行了。于是就同意了。他把手中掌管的四万块钱都投到中国去做棺材了。

结果，钱一出去，左等也不回，右等也不回，等得老邵提心吊胆。看着实验室的老鼠一天天少下去，老板已经问过两次，新买的老鼠什么时候进来。那批棺材死了一样，还没踪影。老邵着急了，找了罗洋好几次，要他催他爸手下的那些棺材商，又担心那些人把他的钱贪污了。罗洋依然是一副没心没肺的样子，说："不就四万美元吗？到时候，钱不回来，从我银行账号里先拨一笔还你，让你去买老鼠。"

老邵不知道罗洋有多少钱，四万！他买房子头一笔定金也就才两万。他一年吃喝付税养儿子也就只能存个五千块。他说："你罗洋二十刚到的小家伙，哪来这么多钱？"罗洋说："关系就是钱。愿意为我舍命的人都有，别说四万块钱了。"老邵这才把心放下来一点。罗洋父母有钱有关系。

眼看五个月了，钱还没回来。做棺材的人说木材出了一点问题，国内禁止伐木，管得厉害，看样子生意不好做。老邵已经不再想发财了，只想老鼠能接上。罗洋答应立刻给他四万块钱，先替他国内的朋友把本钱退给他。老邵连滚带爬把老鼠订了，就等着罗洋的钱，却不想罗洋出了事。说来本来也不是大事，罗洋借给一个中国留学生几百块钱，学生从中国带进了一旅行袋"小尿人"，头上热水一浇，小人屁股一撅就撒尿。这个学生拿了这些小尿人到小学门口去卖，五块钱一个。结果因为没有营业执照，受到了学校的起诉，被法庭传唤出庭。这个同学来找罗洋想办法，罗洋说："就这点儿小事？到时候我陪你去。我倒要看看美国法庭胆敢欺负中国人。"

去法庭的日子到了，罗洋和这个同学按时去了。这样的小民事法庭，也就一个法官一个书记，没有人旁听。他俩在过道里排队，等着。先看美国老百姓进去，出来，并没有什么胆怯的样子。头一伸，看见里面坐的法官也没穿黑袍子，也没高高坐在审判台上，红红的脸膛，就跟老农民一样。等了半小时，两人半点惧怕也没有了。等轮到叫他们的案子了，两人就大大方方地走进去，隔着一张办公桌，在法官对面坐下。罗洋一句话不讲，拿出一个信封，沉着镇静地往法官面前一放。法官问："这是什么？"那个中国学生也不知道。罗洋两只胳膊自信地抱在胸前，微笑着不说话。法官打开信封一看，里面是三千美元，顿时像抓到火一样跳起来，当场把两个人逮捕。他们犯了"行贿罪"。罗洋还算义气，自己做的事情自己担了，没把那个留学生扯进去。

一个人下了狱。

罗洋一去不复返，老邵急得上蹿下跳。他才买了房子，手上的现钱不足一万。要是老鼠不能按时接上，他要丢了工作，房子贷款就付不起了。他骂罗洋笨蛋，三千美元就想行贿法官，昏了头了。

这样的事，老邵跟我说，我有什么办法？我说："老邵，你活得没有原则，还要再次以身试法呀？为了那么一点小利，就让一个半大的纨绔子弟指挥着转。这事是你自己的责任。"老邵唉声叹气，骂我那个前夫害人，介绍了这么一个"青红帮"到这里来，小小的年纪，学了这么一套世故，不把美国变成中国式的"江湖"不甘心。他提到"江湖"，我就又扯到罗坎，我说我们罗坎的"江湖"就是一个扩大的罗坎，来来往往的生意人都找着当地人拉关系、结干亲，结一个没有血缘关系也要建成血缘关系的大家族。罗洋这小子定是从小跟着他父母在江湖上闯荡，名利场上那一套游戏规则见多了，一来美国就要拉你做他的干爹。

好在罗洋还有江湖义气，那天去法院之前，给老邵把支票寄出来了。老邵第三天收到了支票，大大松了一口气，在最后一分钟把老鼠给运回来了。又过了一个月，老邵的棺材投资赚的利钱也回来了。这下，他想起罗洋，人家小伙子没骗他，家里还真有人。

罗洋以"行贿罪"被捕后，他的房东按他填的紧急联系人来找我。一是房租问题，二是电话费，三是他的宠物得有人喂。我到罗洋的住处去了，屋里堆的都是他在网上买来的各种新玩意儿。电脑还开着，屏幕上开着几个网上购物的窗口。有一本课本压在还没开封的照相机盒子底下。一张电话账单上就打了一千多美元的长途电话。客厅里一个奇大无比的鱼缸，里面养了两条银鳗，买银鳗的收据随便和那篇布朗教授给了"F"的论文窝在一起，两条银鳗三千块，正好是收买法官的钱。我真不知道这样的孩子出来留学干什么。

我把两条银鳗给他带回家养，其他的交给老邵处理。儿子看到银鳗，说："放了。"这个新世界人是动物保护主义者。

老邵虽然按时把老鼠买回来了，但是，到年底，老板找他谈话：他支出老鼠钱近半年，老鼠才进实验室。半年，两批老鼠都养大了。他明显是挪用了公款。老邵被解雇，还得交出所有用公款赚的黑钱。老邵还是被罗洋坑了。

老邵决定卖房子那天，他儿子打电话来，说："我为您的错误遗憾，但我还是很同情您的不幸。"几个字，说得老邵热泪盈眶。

走到哪儿也走不出罗坎

我以为罗洋的父母会花大钱找律师，替罗洋想办法，或把他弄回国。但学校通知他父母的信一去无回音。我打电话给"石壕吏"，才知道"罗老总"被政府"双规"了，再有钱也不得挪用。不过人家留了话儿："罗洋无论如何不能回来。"不知"石壕吏"是如何在这些人事变更中走平衡的，他反倒升了。可怜的是罗洋，无人管无人问了。罪证确凿，赖都赖不掉。若是等他从监狱出来，怕是学生身份就没了，就得回国。

我去探了他一次，给他带了一些吃的用的。罗家沦落到"抄检大观园"的田地，"石壕吏"却能升官，我还不知道我那个前夫是不是又该换个新外号，叫"贾雨村"了。说不定，他袖子里就藏了一张护官符。他那么巴巴地跑来，要我照看他领导的儿子，如今他那亲如爹娘的领导犯了案子，他却没事人一个。交到我手上的这个宝贝罗洋就像他一口气吹出去的肥皂泡，在哪里爆炸都与他无关了。这倒让我有点内疚起来，觉得罗洋来了以后，我也从没把他当个正经学生待，若早点告诉他，在美国的自由不包括违法行为，也许他也不会去行贿法官。现在，他在异国他乡，几乎成了孤儿，钱恐怕也不会再源源不断地来了。他能不自杀，就算是个英雄了。

在探监房里，罗洋第一句话就是问那几个跟他一起吃过饭的同学，要我千万阻止他们来看他。他丢不起这个面子。我问他为什么要那么做，他说不过是想试试美国的官员贪不贪。

那天探视，我对罗洋说，贪心的人到哪儿都会有。就像排队时总有人要加塞儿。如果一个人加塞儿，第二个、第三个人也可以加塞儿，要是人人都加塞儿，队就没了。没队，这样的社会就只能是谁劲大谁有饭吃。一个没有公正的社会，谁住在里面也不舒服。所以，就算有人会不排队，社会的大多数也要保持个队形。有个队形，并不是平等，人人舒服，想不排队的人就不舒服，但没了队形是人人不舒服。布朗教授跟你们讨论"灵魂的食物"，那些"食物"就是灵魂保持队形的定力。

罗洋瞪着眼睛不说话。"灵魂"本身对他可能就是一个陌生的题目，他那篇宝贝文章里，谈到的最高境界不过是哥们义气。可"情义"和"正义"是两回事儿。中国儒家的伦理纲常是过去社会的队形，它让社会有一种秩序。只不过，那个秩序说：谁是家长，谁可以不排队。这种秩序本身就给腐败留下了许多可能性。

探监回来，我到布朗教授家去开晚会，布朗教授的《存在的形而上结构》出版了。他一时高兴，请了系里好几个同事到他家去喝酒。在喝酒的时候，我告诉他，他办公室三面窗户上的黑窗帘可以拿掉了，那个"切人心肺"、"强奸生姜"的混尿已经因为行贿罪下狱了。

没想到，第二天布朗教授自己跑去探了监。他说，他给罗洋"F"，不能就这么白给了，罗洋得知道为啥得"F"。他在监狱里跟罗洋谈了"存在的形而上结构"。罗洋很有礼貌，听了半小时，没有睡觉。然后说了自己的看法："我在中国听老师说过'仓廪实而知礼义'。我觉得吃饱喝足之后才能管灵魂的温饱。"布朗教授说："不行，灵魂的温饱随时都要管，等到吃饱喝足之后再管，灵魂就已经被邪恶腐蚀了。"罗洋说："我现在最想吃的是红烧猪大肠。"布朗教授说："能让灵魂安心的最高善是'正义'，猪大肠算是个什么东西？"

我不知道罗洋他爸妈给他转出来多少黑钱，只知道，他最后听了他父母的话，不择手段留下来。这个罗洋，那么一个捍卫中国的人，说变，变了个底朝天。看样子猪大肠是喂不到灵魂里去的。

老邵丢了工作，卖了房子，在伊列城附近的一个小镇畜牧场找了一个临时工作。因为他要走，他创办的那个同乡会就召集着要给他开送别会。毕竟老邵为人热情，喜欢管人闲事，人缘挺好，卷到棺材生意里，怎么着和我前夫还有点关系，想起老邵的不运气，我也觉得不安，所以，我去了老邵的送别会。老邵的房子几天后就正式签字过户，老邵垂头丧气地坐在客厅的长沙发上，周围是包装好了的家什。大大小小的纸盒子，堆得比人高，只等着搬家公司来搬。墙上还有几幅字画没拿下来，那都是老邵自己的作品，有日出，有日落，有老鼠在转轮上跑，还有小夫人侧面向着空明的池塘。老邵说："谁要谁就拿去做个纪念。都是业余创作，情趣所至，情趣没了，都是废纸，看了心烦。"

老邵情绪一直不高，去送行的人就故意说些好笑的事让他乐，或说些比他更倒霉的人，让他心理平衡，还有人故意抱怨自己的美国老板不讲人情，早就想辞掉工作不干了，让老邵可以惺惺惜惺惺。这时候，一大家人在一起的好处就看出来了。慢慢地，老邵就感觉好一些了，这是美国，哪儿都不是家乡，飘到哪儿都一样，此处不留爷，自有留爷处。于是，老邵脸上也有了笑，招呼大家吃这吃那。他儿子又在中途突然拎着一只老邵最爱吃的"明炉烤鸭"来了，这一下，送别会成了团圆会。老邵没有什么放不开的，喝酒吃饭管闲事，还和过去一样活。老邵逢人就说："塞翁失马，焉知非福。我儿子今年就考上了爱荷华大学啦，有奖学金。"

老邵管闲事的习惯一恢复，立刻就给我找事来了。他说，"石壕吏"为了罗洋和棺材一事给他打了几次电话道歉。他还说，"石壕吏"每次都很关心我，说他同意我找到合适的再嫁。我说："老邵，你要再婚就再婚，谁也管不到我的事。"老邵就笑："我们共同努力，共同努力。我记住欠你一个大人情。"

老邵没明说他欠我什么人情，我知道他是指陪审团判案的事。他这样说，倒让我觉得不安，好像我在陪审团不是为了什么"公正"，而是为了"回报"。我说："老邵，你还是断了你那邵坷庄情结的好。你不欠我什么大人情。"

老邵就是老邵，他的固执和坚持不可抗拒。人家到了乡下牧场，在百无聊赖的长日子中，根据"石壕吏"提示的人名，居然从网上，把罗清浏给我挖出来了。"石壕吏"说，罗清浏是我的旧情人。

我知道"石壕吏"的心思，他是怕我再嫁一个洋人，把他儿子异化了，只会爱猫爱狗不会做人上人，丢了他中国男人的脸面。老邵的热心我就不能理解了。好像他非得把个男人像还礼一样送到我跟前，心里才能摆平。这种做法就像他不停地提醒我去检查有没有得乳腺癌一样奇怪。我说："老邵，我们君子之交淡如水，不要管人家的私事好不好？"老邵就说："我拿你当妹妹。"

所有的中国女人都可以当中国男人的妹妹。妹妹的意思就是"酸葡萄"——暂时吃不到的"准情人"。不过你也别想跑，先把你的家庭所属表明了。我们没有亲戚不能活，朋友同事还不够，一定要上升到骨肉关系才安心；要不就直接是情人，也要到肉体为止。我们生命的意义非常实在，就在这吃吃喝喝几十年。罗清浏不也说过我是他妹妹？最亲密牢靠的人际关系都要落实到家庭关系上，这才好办事。

等老邵的魔术生效，罗清浏突然从天上掉下来，目的明确地站在我面前的时候，我发现罗清浏的头发还很旺盛，肚子也不像地球。模样谈不上好看，跟他爸当年打他的那个年纪差不多。穿了一件"破落衫"，胸前有一个骑马小人在打马球。我知道那是名牌，科技人士的休闲服。眼镜没了，换成隐形的，两只眼睛又一只大一只小了。四十多岁的人，站在那里还算精神。他说还有一个月就要回国"海归"了。

从二十过到四十多，罗清浏过了一圈，也离了婚。也离得个斯文扫地。像他那样的出身，本来就不该找个军官家的女儿。人看上他，还不是就拿他当个"勤务员"？罗清浏决定"海归"，说出口的理由是：想干点实事。他先说大话："想起来在罗坎砍柴交学费的日子，就像昨天。没有'祠堂后'的猪场，我恐怕都不可能知道什么叫'科学'。现在真成科学家了，总要找个用武之地回报一下父老乡亲。"说着说着，就又把他另一个说不出口的回国原因也说出来了：他那离了婚的媳妇不是好惹的。

罗清浏出国前，在一个军用水港研究所工作，那时年轻，又娶了首长的女儿，前途很是看好，早早地就参与了一个大水工工程的主要设计，飞快成了最年轻的副总工程师。正干得好好的，他老婆偏偏又要他搞出国。他老婆说："你指望你还真能呢，没我爸妈的关系，你能这么快当到副总工程师？"硬让他从部队退出来，留学。罗清浏不想退出已经上马的工程，觉得能接这么一个大工程，是在建造纪念碑。多少人一辈子也未必能得到这么一次机会。他老婆说："你犯傻，你自己没有背景，等我爸一离休，我们怎么办？出国，好就不回来，不好还可以回来。是个活棋。"

最后罗清浏还是听了老婆的。出国折腾了十多年，依然搞水工工程，可在美国几乎没有什么大水工工程可做，因为环境问题，三四十年代建的水坝什么的有不少还要拆了。罗清浏一直在大学实验室里搞理论，钱不多。钱不多就要吵架。美国并不像他老婆想象的那样适合每个人。最让他老婆不能适应的是：大家都要排队，是官是民都一样。他老婆喜欢不排队，总指望打个电话，什么都干成了。他老婆还不喜欢银行，喜欢现金，所有的钱都装在一个从国内带来的军用帆布书包里。走到哪儿背到哪儿，最多的时候能背到三万美元。罗清浏叫她放进银行，说背在身上太危险。他老婆说，那银行倒闭了不更危险？他老婆还有"藏金癖"，把好好的金项链、金戒指、玉手镯都藏在抽水马桶底下，时间一长，都沾上一些臭气，还要拿出来晒。罗清浏不明白，那些玩意儿是戴的，都放在马桶底下晦气不晦气？后来，罗清浏发现，他老婆的"背钱癖"、"藏金癖"，其实是一种乡下人进城的不安全感。到了美国，没有那种看得见、摸得着的关系网可依靠了，人就像吐不出丝的蜘蛛，不知挂在哪儿活了。加上语言不通，丈夫不硬，只有碰到那一帆布包现金，看到马桶底下的黄金，才能有一种"不怕了"的感觉。

有时候，罗清浏听他老婆和别人谈话，一开口就是："我给你介绍一个人，他的爸爸是某某某，他的妈妈是某某某的小姨，都是我爸的老战友。"罗清浏就觉得可笑，说："像你这样有背景的人，当初为啥比我还想出国？"他老婆就骂他没本事，官当不了，钱也挣不多。罗清浏就说："到了美国，我们是白丁一个，只能脚踏实地干。没有钱从天上掉下来。不过，你包里背的每个小钱都是我自己挣的，用起来不会担惊受怕。"

罗清浏这样说的时候，似乎很堂堂正正，比年轻时当那个"副总工程师"还要心安理得。他老婆气得直跳，说："还有我挣的，我国内记者的身份丢了，到这儿来陪你，给你养小孩当老妈子，你不给工钱？"吵着还能动手，抓到什么都扔过去。开始，罗清浏也认了，忍气吞声地当他老婆的最后一块殖民地。再后来，国内他老婆以前的一帮部队姐妹都富起来了，这倒使他老婆以前计算的那盘活棋不活了。父亲离休，权力没了，自己混得还不如国内的姐们儿，连回国都不好意思。于是越发心理不能平衡，无端就能吵一架。

最后，他老婆认定：罗清浏是扶不上墙的狗屎，她得永远省钱、省钱、再省钱。于是，她一个星期只发五块钱零花钱给罗清浏用，跟发给他们儿子的钱一样多。罗清浏气起来，骂他老婆："你拒绝跟我回罗坎，不准我提你我父母是农民，你我祖辈都是农民，可你算什么军官子女，地道一个罗坎村的啬嗇农妇。我们罗坎最邪的媳妇都赶不上你。"为这句话，罗清浏挨了他老婆一个耳光。这一巴掌打出了罗清浏的倔劲。罗坎的女人闹得再狠，也就是跑到"村部"喝农药，没多少敢打男人的。在中国时，他老婆家地位比他高，可在这里，谁认识谁？于是，罗清浏正式提出离婚。

在罗清浏闹离婚的过程中，他老婆跑到罗清浏的实验室里，用狗屁不通的英语向每个教授、实验员控诉；那天碰巧没来上班的人，她也都打了电话到人家去；电话不通的，她也写了条子去。说罗清浏利用了她家庭背景，达到了自己的目的，等她父母一离休，没了以前的权势，罗清浏就虐待她和孩子，等等。

罗清浏的同事们倒还好，并不因此另眼看待罗清浏，都说他媳妇有精神抑郁症，叫罗清浏赶快带她看医生。丈夫虐待你，到法院去起诉呀，跑到"水流水速实验室"来告，算啥事儿？跟这个抱怨，跟那个抱怨，说丈夫要害她，这不是典型的精神抑郁症是什么？至少也得算个严重更年期变态。只是罗清浏觉得自己已经给弄得名声扫地，单位不能再待了。跟他要好的同事劝他别走，说，我们雇的是你，谁会介意你那精神抑郁症的妻子说你的话。但是罗清浏还是中国人，面子拿不下，又担心将来会影响晋升，等等。所以决定"海归"。

现在，我是单身，罗清浏也是单身，从小一块儿看猪交配的朋友，见了面什么都说，也没什么需要了解的。罗清浏说："你要同意，我就考虑不回国。"但是，我却不能肯定我与他是什么一种感情。这么多年，他过他的日子，我过我的日子，他一来，我们就像小时候还坐在柴堆上聊天一样，这中间的时间，没让那种儿童时代的关系发展。突然叫我"同意"，还牵连到人家干事业的雄心，这个我不能决定。更重要的是，我同意也没用，还得我家那个"小油瓶"同意才行。再说，我一个"同意"就把爱情定了，那谈恋爱还有什么意思？不就跟做"选择对错题"一样？所以，我说："不行。你还是按计划回国。我再去看你。"

我虽然说了"不行"，但罗清浏就像我说了"行"一样，第二天就在我的屋子前种花剪草。买的花全是一串红，矮枝上拖着一个一个小红嘴。罗清浏说："一个红嘴一个吻。不吻情人就吻妹妹。"这话儿说出口，脆邦邦的，像罗坎"江湖"上卖的洋花萝卜。

接着，罗清浏又以一个父辈的身份开始管我儿子，说人家裤脚拖到地，裤腿太肥，走路不像士兵。我儿子说："我为什么要像士兵？我不是你，不是你儿子，我不要像士兵。我是我自己，我想像迈克尔·乔丹，像大鲨鱼和科比。"罗清浏说："你个子这么矮，打不了篮球。做选择要实际。要不然长大找不到工作。"

罗清浏教育孩子的方式和"石壕吏"没大区别。这不就是"石壕吏"要帮我找男朋友的原因吗？我赶快把儿子打发出去玩，免得罗清浏再说下去，伤了孩子的自信心和想象力。我只要儿子健康、快乐、博爱。十岁不到就要他想"找工作"，我要他当童工呀？

罗清浏在我家住了三天走了，我家的"小油瓶"对他的态度很暧昧。所以到他走，我和他的关系依然保持在坐在柴堆上聊天的水平。可是等他走了一阵子之后，老邵打电话来，用长兄一样的口气问我："我对你的苦心开花结果没有？"这时，我才觉得也挺想罗清浏的。毕竟知根知底，年纪相当，是同一代人呀。

之后，老邵每天都给我打电话，支支吾吾地谈些结婚恋爱的事，明着是问我和罗清浏的进展，实则是想告诉我他自己的什么故事。后来，终于说白了：他想追他们牧场里的一个洋女孩儿，问我怎么看。我说："好呀，你长得是典型的中国人模样，洋人要喜欢中国人，一定喜欢你这种模样的。"老邵很受鼓舞，就放开手来追了，还同时鼓励我："爱情不是想，是行动。给罗清浏打电话写情书呀！"

老邵看中的是一个从伊列湖边来的美女季妮。从他寄给我的照片看，季妮的漂亮是那种简单的漂亮。眼睛蓝，蓝得像眼睛；鼻子直，直得像鼻子；嘴巴红，红得像嘴巴；头发长，长得像头发。漂亮还需要什么？有季妮的简单就什么都有了。季妮对老邵一笑，老邵就中了邪，从此，鞍前马后跟着季妮。老邵情趣一恢复，立刻就不是等闲之辈了。他老邵戴维邵除了会养老鼠，还会画画，会拉胡琴，艺术修养是有的。老邵对我说："刚到牧场，看见那些奶牛，都是尖嘴猴腮、贼眉鼠眼的模样。有了季妮后，就是想起从前实验室里的老鼠，也个个都是芙蓉如面柳如眉。"在这样丰富的想象力的刺激下，老邵的艺术才能像白馒头一样发起来了。而且，一发不可收拾，他有时拿一把胡琴坐在草原上，一遍又一遍地拉"梁祝化蝶"；有时又支起画架子，涂上一片黄灿灿的小向日葵，远方还用银色涂一条亮闪闪的小河，流到跟前，有三五根长穗子芦苇突然竖起，穗子弯弯，细长的绒毛烟雾一样飘在画面中央。老邵在画上题了诗："原来生活在这里"。

老邵给季妮画像，画了正面画侧面。直着腰，弯着腰，抬胳膊举腿，张张都是只有灵气没有细节。画虽不专业，还有两张嘴巴画得太尖，有老鼠精的神态，但老邵用的是国画人物的勾勒手法，把季妮浑身上下的灵气都画在抱朴未璞之中了。老邵要就要的是她那种乡间少女的清纯，季妮是农民的女儿。老邵先用画儿抓住了季妮的精气神，接着就开始抓季妮的心。老邵本来就是热心人，会说甜话。甜话没说几句，季妮就化了，也不扭扭捏捏，一口就答应当老邵的"小甜心"。

老邵非常得意，告诉我："和洋人恋爱就是简单，我现在是开头顺利，信心十足。"又催我，"你也赶快行动。好男人不多。"

于是，就在老邵决定和季妮一同回乡下见季妮的父母的时候，我也决定，一放暑假，把儿子送到夏令营，回中国去追罗清浏。

到了淮南老家，开了车来接我的是罗清浏和"石壕吏"两个男人。一上车，我就看出来两个人的关系不平等，罗清浏说："朱局长，您别动，小戴的行李我一个人拿。"然后，"石壕吏"请客，给我接风。把我们开到一条河边，进了一家白墙黑瓦的淮南酒店，请了一大桌人，一圈问下来，没一个我认识，也没一个是罗坎人，但也都是从什么"集"、什么"洼"、什么"村"、什么"县"来到城里的精英分子，个个都是领导。大家在排座位上万分客气地谦让了十分钟，最后，"石壕吏"坐了上座。那些人说：朱局长是在座干得最好的，再升就要往省里调了。"石壕吏"嘿嘿笑，踌躇满志地说："我告诉你们，最好过的日子是有领导告诉你路怎么走，上面有人指方向，你永远也不会担心犯错误。别以为掌权好，真轮着要你独当一面的时候，下面人就等着你拿主张了，那日子不好过，有压力。"

我转过脸对罗清浏说："听见了吗？这是他袖子里的护官符。"

罗清浏装着没听见我的话，选了一个下座，在"石壕吏"对面坐下。我却被推到"石壕吏"旁边"主客"的位置上坐下。这样的抬举，让我咬牙切齿才压下了要变成母夜叉孙二娘的念头。我扭着脸打量这个包间，墙上的条幅是：走回明清时代。

大家刚坐定，有个胖乎乎的年轻妇人抱着一个小孩子来了。一桌人又都站起来，叫她"嫂子"。"石壕吏"指着我对那"嫂子"说："去见见你大姐，人家是美国大学教授哩，说啥也是咱的结发，还生了个聪敏儿子。"那妇人向我走过来，嘴里叫着"大姐"，脸上堆着笑。手里抱着的孩子圆头圆脑，也在笑，笑声瓮声瓮气。

我说："这就是'南2光2'？"

"石壕吏"说："大名朱传人，属龙，龙的传人。"说完他赶快筷子一挥，招呼千军万马，"吃！都是家乡菜。"他这回甩出来的牌可不是从前到罗坎时的狐假虎威了，是一张树大根深、一唱百和的"全家福"。几十年在"官架子"上爬行，瓜大叶肥，关系网结成了。席间大家给他敬酒，说他胸怀广阔。意思是，他不忘前妻，对我宽大处理，仁义有加。那个年轻的"嫂子"就坐在我旁边，侧过身子给我夹菜，一边还很夸张地说："老朱不忘大姐，是我的福气。这样，野草野花我们老朱就正眼都不看一下了。"于是，又有人起哄，说，朱局长是真丈夫，真情种。他们说的"朱局长"、"大姐"这些人，我一开始听起来好像都不在场，与我无关。过了半天，才认识到"石壕吏"原来姓"朱"，我姓"大"，"石壕吏"的名字叫"局长"，是他的社会地位；我的名字叫"姐"，是我在他家的地位。不过事实上，我是他家的乱臣贼子，他们应该叫我"母大虫"才对。只是因为"石壕吏"对我不计前嫌，所以，我才有今天。

席间，有人问到罗洋，听说罗洋不回来，就有人非常愤怒地说："卖国贼！"还有人提到罗洋的父母，说："罗总硬是压了朱局长七年。现在是谁笑到最后，谁笑得最好。""石壕吏"一句话不说，含笑喝酒。这倒让我心里一惊。我只当"石壕吏"巴结罗洋父母，是因为要靠"爹娘"，没想到人家"石壕吏"明修栈道，暗度陈仓，是要篡了"爹娘"的位。我不禁暗自感叹：二十四史里记下的宫廷险恶、手足残杀、鹿死谁手、争权夺利，咱们这地方家庭也能经历一小回。靠关系行事，大家都牵扯着，一切都这么不清不楚。这席间一桌人，大概也包括我在内，都是他的死党，替他效过劳，尽过孝。看这场孙子兵法玩的，可真是炉火纯青。难怪"石壕吏"要给我设下这一桌接风酒。谁知有多少只可意会不可言传的故事在其中呢。把罗洋送到我这里来，搞不好就是他下的药引子，埋的导火线。说不定连老邵那起棺材案也是他的炸药包呢。我敢肯定，就算我这样的胡乱联想统统不合事实，他"石壕吏"也不会被我冤枉至死。于是，我拿起酒杯对他说了句："老石，你好！"

我吃了"石壕吏"这一顿接风饭，其间，想到了一百次小时候在罗坎村看农民们"吃酒席"。时隔三十多年，酒席吃的内容变了，但吃酒席的功能还是一模一样。大家吃一顿，是加肥，大家喝一杯，是浇水，不是乡亲也要灌溉成乡亲，不是一家人也要结成一家人。恩怨情仇就是这些酒席上的大碗酒、大块肉。再盖多少高楼大厦，过日子的模式还是叫"罗坎式"。这样好办事。

吃完饭，好歹算是社交结束，罗清浏把我送到酒店，关上门，他一屁股坐在沙发上就开始向我诉苦。"海归"也不是一条好走的路。他回国后，在一个大学里得了十万人民币的启动经费，下面就没钱了，得自己到外面搞项目。他说："什么都要关系，人家花了十几年结关系，我们花了十几年弄学问，从资源学的意义上讲，我们资源贫乏。"

我说："你当年也干到了副总工程师，当年那些老关系呢？"

罗清浏说："你这就天真了，当年在我之下的研究员，现在都是研究所所长、副所长了，人家不要我回去。回去了把我放在哪儿？放在哪儿他们都不顺心。过去欣赏我的老人呢，又都退了。我要想干事业，得项目，全得重新开始。"

罗清浏说，他回来半年后，一切都想通了。用人和娶媳妇一样，太漂亮的不能要，太丑的没人要。他罗清浏"嫁"不出去，因为他成了大龄青年，小姑子、大嫂子容不得他了。所以，他得重新下厨房，洗手做羹汤。多少"海归"们还放不下这个架子，处处拿国外的规范说事儿，那是他们忘了，各家规矩不一样，在咱这儿，关系也是一种具有目的性的社会财富。

"关系要结，本事也要显出来。"罗清浏总结道，"还要有上面人赏识。"

这以后，我就看着罗清浏一到吃晚饭就跑出去"吃酒席"，然后酒气冲天地回来，肚子看着就成了"小地球"的妹妹。他说，他有可能得到某运河工程中的一个大项目，得和评委吃饭，还得和农民工的包工头谈条件，忙。他还说："你那前夫，也并不像你说的那么坏，人家不过是会做官，会看风向。你不能要求人家都像你一样地活。这次，我得到机会见这些评委，就是他的推荐。人家对你、对我们很关心，算是个好人啦。"

我说："罗坎的人能坏到哪去？你小时候怎么那么恨罗坎？"

"我是恨他们落后，不讲理。"罗清浏回答。

我立刻抓住了理："你只当我前夫那个当官的法子不落后？落后到旧社会啦！回到明清时代！靠关系办事！"

被我一吓唬，罗清浏愣住了，嘟囔道："没办法，折腾来折腾去，把个罗坎村都折腾成商品了，人际关系怎么还是在罗坎式的框子里？"

于是，我们俩都感叹起来：过去，生活在罗坎那样的地方，五十里内都是亲戚，不按亲缘关系活，几乎不可能。现在，工业社会了，人们从土地的限制和束缚中挣出来了，聚到城市，谁也不认识谁，也不是亲戚了。可不知怎么的，到了城市也没有用，人们折腾来折腾去，互相叫"大哥""大姐"，非得把家族关系在一个没有血缘联系的生地方重新建立起来方才罢休。拉帮结派，互相送礼，人情世故，直到把以工业为标志的城市，弄成从前过惯了的"江湖"为止。唉，三千年家族社会的根深呀！

罗清浏身不由己。一条鱼在鱼缸里游，水怎么流由不得它。留了洋也没用，回到罗坎还是要入乡随俗。他动不动就有应酬，有些应酬要叫我看简直是滑稽可笑、浪费时间，和他的工程毫不相干。譬如说，替领导去开会。领导事多，叫他代替领导去开会，是对他的信任和抬举。还有，替朋友去吃酒席。朋友帮他找好建筑材料，他得回报人家，帮人家做点儿事。还有大学同学、中学同学聚会等等，现在没用，说不定将来什么时候会有用。罗清浏像个风车轮，风风火火，恶补关系资源。

吃完酒席回来，罗清浏才有时间做科研。他的投标项目是个聪明计划：计划建的运河，要穿过一片膨胀土地段，那种土会见风使舵，水少的时候能土地干裂，一来水又膨胀得不可收拾，南水从这里走到北，河床就很不稳定，会变形。有人计划换土，可那样工程浩大，影响民生。罗清浏的计划是：不换土，把膨胀土装进口袋，高压压实，当土砖铺垫河堤用。你不是要膨胀吗？袋子把你管住了，再膨胀也跑不出袋子的结构。理论很好，还要实验证明。罗清浏每晚十点钟跑到实验室，一待就能待到半夜两点，真比在美国还忙。

我只好决定自己出去玩。总不能罗坎都不回去看一次。于是，我搭上长途车，自己去罗坎。在罗坎村门口买了门票，卖票的是个小姑娘，说一口罗坎土话，大概也是我的猪场校友。村子口新开了一弯月牙池，一池子荷叶，片片都成了精，舒卷有致，小家碧玉，风一吹，碧嫩的脸上滴水流盼，浅笑滚动，活灵活现，几株出头露脸、大开大放的粉色荷花，个个都该叫"潘金莲"。有几个慕名而来的游客不由得深吸几口清香，指着月牙池说："看，荷塘月色呀！"

我沿着青石板路走回老家。白墙大多新刷过，牙齿一样密的黑瓦依然一家一家紧咬着，只是，过去的"家"大都改成了一些农家客栈或农家菜馆。牌坊倒是重修过了，从此不准人往上贴东西，或拴牛羊，那叫"文物"。我转了几家，决定在过去的"村部"投宿。因为看见"村部"的墙没有重新刷，还有旧时褪了色的标语，让我能感到"老家"的意味。管"村部"客栈的老人端着一杯茶，把我引进过去妇女闹喝农药的堂屋，说："吃农家菜就到这里。"我问老人，来投宿的人多不多，生意好不好做。老人说："要看啦，周末会有司机带小姐来睡。"

"村部"是真没了，标着价，成了商品。"祠堂后"还在，依然是幼儿园。我看见有个小女孩在以前猪场的院子里疯跑，我觉得那就是我自己：手里举着装满米汤的奶瓶，后面跟着鼻子粉红的小猪崽。于是，我就想给那个小女孩照相。突然，一个小男孩儿跳到小女孩儿前面，手里舞着一根树枝："不准照相。要钱的！"

这让我吃一惊。永远有罗坎的哥哥跳出来救妹妹，只是救的原因很不同。这里的儿童也许和我当年一样，认为世界就该这样设置的：司机带着小姐，在他们祖父母的家里过一两夜就走。给他们照张相，要付钱。司机和小姐把他们的小模样和白墙黑瓦、石板路收到相片里带走，当作一段艳遇的见证。而他们的爸爸妈妈却要过个把月才能回来看他们一次，留下一点新鲜玩意儿又走。这些孩子中，会不会有一个也像当年的罗清浏那样说，"我恨罗坎"呢？

我从罗坎回来，真想把回老家的感受告诉罗清浏，他却先告诉我要请"石壕吏"吃酒席。罗清浏提出的那个解决膨胀土的方案全票通过。他得到了这个大项目，手中有钱了。

"石壕吏"开着车来接我们去酒店，一见到我就说："怎么样，我是好官吧？"一副我的大恩人的架势，让我看不过。我说："你做了什么？不过就是没有压制人才，这也算是功？"罗清浏赶快插在中间说："小戴你不好，你怎么总是不给朱局长面子。这次我中标，全靠朱局长的关系。"一副讨好的样子，真让我生气。他们现在是一家人，公事私办。说不定哪天还可以私事公办。罗清浏请的这顿酒席，还不知是不是他项目里出的钱呢。

接了项目之后，罗清浏立刻就去了工地。他一走，我又觉得，在中国当个想干事的男人真不容易，得人格分裂，几张脸换着用，几个脑袋换着使。累呀。

罗清浏现在又得费尽心力去对付几个包工队了。那恐怕又是一些"罗坎村"、"邵坷庄"、"朱家集"吧。咱那个勤奋有志的罗清浏，在一块文化悠久的土地上，拼命想用财富重修历史。看吧，发财了之后，也许又会发现：发财是个贫乏的概念。要是财富的最终目的不是定在社会正义上，发了财也得把防盗栏钉到三楼五楼，像坐牢一样过日子。

在我的恋爱进入平淡期的时候，老邵给我写来长长的伊媚儿。他老邵邵志州戴维邵，在罗清浏拼了老命干现代化的时候，躲在美国乡村，为了爱情，干着与罗清浏倒行逆施的事情。

老邵跟季妮回了她家，只要季妮父母一点头，他们马上就结婚。季妮的家在伊列湖边的一个农村小镇，叫"水码头"。因为靠近伊列湖，那一带走几步就有一个小池塘。每个池塘里都停了许多灰色的大雁。老邵是热恋中的人，所以他眼睛一眨，那些池塘就在他眼里变成了天鹅湖，灰色大雁也一律漂白成了白天鹅。"天鹅湖"边到处都是老树，凉风一吹，秋天的颜料盒子就被风的快脚踢翻了，空气里到处都是色彩的味道。红色的叶子像舞女的开领红舞裙，疯狂热烈，让老邵忍不住要单膝跪下，去捡红裙子上掉下来的红纽扣。黄色的叶子是月亮从黑夜的光头上擦出来的火星儿，萤火虫一般跳跃旋转，让老邵不由自主想尖嘴巴去亲吻。

老邵一到季妮家，季妮的爸爸妈妈和季妮的七个弟妹都在家门口等着他们呢。季妮妈妈一见他们就下厨房烧饭。老邵以准女婿的身份，卷起袖子帮忙。帮着帮着，老邵就取代了季妮妈妈。因为季妮妈妈只会做沙拉和通心面。那玩意儿哪吃得下去？老邵大勺一挥，又加了炒鸡丁和土豆烧牛肉。季妮一大家子，十来个人吃得红光满面，肚皮滚圆。老邵在季妮家的地位就这么轻而易举地确立了。

老邵在季妮家住到第二天，就发现了一个问题：季妮全家老小都不跟季妮爸爸讲话。季妮爸爸长得高大剽悍，季妮的所有漂亮似乎都是从她爸爸那里继承下来的。季妮爸爸只是闷头干活。晚上喂马，早上扫雪，上午修车，下午收拾播种机。只是不说话，也没人理他，像是季妮家的下等人。老邵不但会说甜话，还会做甜事。老邵对季妮爸爸笑，诚心诚意地笑，热情洋溢地笑，像中国女婿讨老丈人欢心那样地笑。季妮爸爸低下头，眼圈就红了。老邵不知所措，赶快给季妮爸爸把螺丝刀递过去。吃晚饭的时候硬要坐在季妮爸爸旁边。季妮爸爸依然不说话，脸上有一副对老邵感恩戴德的表情。

吃完晚饭，季妮妈妈对老邵说，我们都信耶和华，我们是"耶和华见证人"教派的，晚上我们得到圣经学习组去学习，明天我们还要去教会。我们都很喜欢你，但是耶和华见证人只能和耶和华见证人结婚。你先去参加我们的学习和教会活动，等你也成了耶和华见证人，季妮就可以和你结婚了。

老邵只对爱情感兴趣，对宗教不感兴趣。但是为了爱情，老邵什么都愿意做。不就是学圣经吗？老邵愿意就是了。老邵跟着季妮一家去了学习小组。学习小组在另一户农民家办，老邵一进去，大家都对他很热情，叫他"新兄弟"。小组里的人都是附近的农民，红脸膛，大嗓门，互相也称兄弟。

开始学习了，小孩子带头发言，谈耶和华怎样帮助他们战胜撒旦。撒旦就是邪恶，邪恶就是撒谎、贪吃、想玩电子游戏。学习组里的长老也发言，对未来充满信心，告诉大家耶和华在三年内就要来了。耶和华一来就世界大同，不但核武器、战争没有了，贫富也没有了，连车祸也没有了。不过，只有成了耶和华见证人的信徒才能得救，过天下太平的日子。

听着这样天真的议论，老邵在心里直笑。他从邵坷庄出来，转了一大圈，连飞机都没用坐，又回到邵坷庄来了。这样的学习老邵很熟悉。就像他当初在邵坷庄的时候，到了冬闲，村里农民挤在一起，喝着烧酒，谈大同世界、太平天国一样。不同的只是这里的农民手里拿着圣经，中国的农民手里拿着旱烟袋。一时间，老邵有了回到青少年时代的感觉，这种感觉曾被他的科学脑袋嘲笑过，否定过，但他不得不承认，只有在找到这种感觉的时候，他老邵才有自信心和安全感。于是他也举手发言，问那长老，怎么就能连车祸也没了？长老说："到那时候，就没汽车了。出门有个大风管道，你想到哪里，只要一想，风就把你吹到哪里。"老邵一听，心里一跳，浪漫呀！原来列御寇乘风而行的老庄梦，这里的农民也做着。

学习小组里的人个个都发了言，只有季妮的爸爸一言不发坐在角落，依然没人理他。到了学习小组散会，老邵实在忍不住了。他故意和季妮爸爸走在一起，悄悄地问："这里的人怎么啦？怎么对您这样？"季妮爸爸小心紧张地左右看看，然后小声对老邵说："你不要跟我讲话。我的资格被暂停一年。再过两个月，等我恢复了资格，就能跟你讲话了。"这对老邵是个新鲜事，美国的农民也搞"留党察看一年"？于是，老邵又问："您怎么啦？为什么要取消您的资格？"季妮爸爸快快地说："我原是教会里的长老，可我犯错误了。我到佛罗里达帮助我们的兄弟盖房子的时候，和我们的一个姐妹睡了。"老邵一听，心里说，明白了，这里的农民也整"生活作风问题"，是个有德行的村庄。

老邵在季妮家待了两个月。啥事没干，小组学习却去了二十次，礼拜更是一个星期也不缺。心里只想赶快能把季妮娶了就走。季妮爸爸依然天天过着不被当人待的日子。老邵心里不平，不都是农民兄弟、父母姐妹吗？搞什么"划清界限"呢？别扭。季妮爸爸却任劳任怨。哪个兄弟家房子漏雨、马桶不通、车子抛锚，都是季妮爸爸赶着过去帮助。老邵在心里把季妮爸爸的行为翻译成中文里的"劳动改造"。

终于有一天，季妮约了老邵到伊列湖边散步。季妮问老邵这两个月过得好吗，老邵说："好，好，每天和耶和华的天国越来越近。"季妮就靠在老邵的肩头笑。老邵头一侧亲了她一口。季妮突然收住笑，从小坤包里往外掏东西，先掏出些口红胭脂之类塞在老邵手上，然后，从包里掏出了耶和华见证人用的《圣经》和几本传福音的杂志，狠狠地扔进伊列湖里，说："我恨透了这些玩意儿。都是假的！"

老邵太高兴了，他跳起来抱着季妮说："啊，宝贝，我就等着你这句话呀！我们赶快离开这里，结婚去。你们那个学习组里都干的什么事呀？！不是让我想起中国农村的阶级斗争，就是让我想起'文化大革命'。"

季妮却哭了："戴维呀，这是学习组要我给你的最后一次考验。你失败了呀。你要是跳进伊列湖，抢救起那些圣经福音，我们下周就可以结婚了。我爸爸刚解放就已经在准备给我们盖房子了。现在完了。"说完就哭着跑了。

老邵一个人傻乎乎地站在伊列湖边，把一块鹅卵石"砰"一声踢进湖里，骂道："他娘的，老子给'农民的狡猾'耍了。"

在老邵被农民的狡猾耍了的同时，罗清浏也被农民工包工头耍了。那个家伙拿了一个二级公章盖的介绍信，说自己领的是"石壕吏"老家朱家集出来的农民工工程队，直属"石壕吏"管，是"石壕吏"介绍他来这里承包工程的。罗清浏已经掉进了关系网，他寻思这是一个回报"石壕吏"的机会，官当得再大，也是念家乡人的。挖土又不是建运河河堤，给谁都行，于是大笔一挥，就把一期挖土工程给了"朱家集工程队"。谁知那包工头拿了四万块钱头笔工钱，第二天就没影子了。罗清浏跑回来问"石壕吏"，"石壕吏"说："根本就不知道这个人、这个队，你被人骗啦。"

罗清浏气得上蹿下跳。"石壕吏"还批评他书生气，一半埋怨一半义气地说："我会图你那点儿回报？你把我儿子带好了，我将来还要报答你呢。"我在一旁听得差点气死。他"石壕吏"啥时会白给？交易做到儿子头上来了。这上了贼船的罗清浏若跟他成了兄弟，我还真不能要呢。

罗坎情结的启示

我回美国的那天，又是"石壕吏"和罗清浏两个人送我。罗清浏本来准备自己把那四万人民币赔了，但"石壕吏"说，你刚从美国回来，不了解中国市场行情，上了人当，不能让你个人承担损失，算作运输损失报了吧。这下罗清浏就又欠了一笔大人情。

在去飞机场的路上，罗清浏把"石壕吏"的这份恩德对我提了三次。在他说到第三次的时候，我突然觉得，罗清浏只不过是一个和我一起坐在柴堆上聊天的男人，我和他的感情到此为止。

也许，我想爱的那个男人其实是不存在的。这不是别人的错，是我自己的错。我要这个男人吃中国饭，说中国话，懂中国诗文，为中国的事儿飞马扬刀，最好还要懂林妹妹耍小性子，却不活在中国那种说不清道不白的人际关系里。是是非非一出来，他就举着正义大旗，在人头顶上哗啦啦舞。这就是贾宝玉站在这里，也不合格呀。

但我情愿没有，也不能放弃理想，否则，连有的希望也没有了。

我的前夫和我的前情人对我挥手告别。我看着这两个男人站在一起，都穿着西装，一个深蓝，一个藏青；都戴着领带，一个紫红，一个酱红；都挺着肚子，一个挺着地球哥哥，一个挺着地球妹妹。他们俩，一个不是坏人，一个是好人。他们是两棵水稻，两株玉米，两栋宿舍楼，两个眼睛向上的官人。他们是兄弟，是亲戚，他们长得很像，在没有闹分家的时候，他们团结得像一个人。他们可以选择在哪儿挖运河，在哪儿盖高楼，他们甚至可以选择把自己的家乡拆了卖了，但轮到选择按什么方式活着的时候，他们其实根本没有选择，只有罗坎式。能把猪场改为幼儿园是非常伟大的事，可要改教孩子怎么活和为什么活，才是改到了骨髓，那才艰巨。改外貌总是容易的，改骨髓难。但是，不管怎么说，这两个男人还是干事的，从易到难总比什么都不做好吧。只是盖完高楼、修完运河之后干什么呢？如果财富的目的不是"正义"，那它就是一个可怕的东西。

回到美国，我在离老邵牧场不远的城市转机，老邵到飞机场来接我去他家住一天再走。虽然失恋了，老邵倒并不垂头丧气。他说，虽然是失恋一回，却深入了解了美国社会。并不是人人都喜欢民主，只不过你要不喜欢民主，你也可以有其他选择。你要划出一小块私人地盘，过你的封建社会，过你的清贫简单，你尽管可以过，别违法、别强迫别人伤害别人，且按时纳税就行。农民嘛，当他们和土地绑在一起的时候，他们可以很快乐地过着罗坎村或者邵坷庄的日子。其实，老邵在伊列乡下的那段日子，过得还是很如鱼得水的。

等老邵听说罗清浏被人骗走四万块钱，当作运输损失报了账，连喊自己冤枉呀。他老邵一分公家的钱也没丢，却丢了自己的工作。罗清浏要是在他老板手下，为了讨好朋友送人情，丢了四万块钱，那定是要被开除的。看来罗清浏回国回对了。这个美国不讲情面。不好。

经过一场恋爱，老邵明白了许多事情。野心和雄心都没了，一心就想过个农民或者小地主的日子。他在乡下买了一个"汽车屋"，放在河边住下，养了几只肥鸭子，种了一圈西红柿。动不动就跑到附近农民开的跳蚤市场，买一堆旧工具回来，把鸭子窝建得像个学校。

我早上起来，从窗户看出去，见老邵穿着游泳裤在教鸭子游水。河边一棵杨柳树，逆着早晨的阳光弓腰俯首立着，投下一团蓬乱的影子；河面悄然无声，细小的波纹尖上，跳跃着太阳自己写的象形文字，一片明亮的扇形；风一吹，白水愈发宽亮，十八岁的大姑娘一般妩媚可人。老邵对鸭子说话的声音带着清晨的回音传过来："你们下来呀！"

鸭子们嘎嘎叫着打圈子，不肯下水。老邵就教育它们："都得跟着我游。我告诉你们：你们是鸭子。"看见我在窗户里笑，老邵大声解释道："这些鸭子都惯坏了，不会下河游泳了。"说着，自己往河里走，一边走，一边扭过头对我说："这样的日子才是我小时候过的日子。"

在这个时候，我也看懂了一些真理：我们这些男人走不出罗坎的原因，是他们断不掉土地和他们结成的无数缘分。这些缘分给他们温馨，给他们烦恼，给他们亲戚，给他们负担，给他们后门，给他们不平，给他们地位，给他们羞辱，给他们不排队的权利，也给他们当贪官的可能。好好坏坏，这个婚姻也有三千年，不是那么好离的，因为，这个长长的婚姻生下了太多的孩子，包括，猪大肠，黄梅戏，好新癖……还有"春江水暖鸭先知"。

【作者简介】

袁劲梅：女，旅美学者、作家，美国克瑞顿大学哲学系教授，兼任夏威夷华文作家协会理事。发表文学作品与学术论文数十篇，主要作品有《忠臣逆子》等，并出版过中短篇小说集《月过女墙》。

选自《小说选刊》2009年第2期

白莲浦

陈旭红

1

爷死那天，我确信人世间的岁月是又长又凉的，我应该背着包儿去流浪，在世上任何一个角落，还不是一样的阴晴风雨，但是我没有，我默默地跟在母亲身后，没什么可想也没什么不可想，像自青岗峰顶掠到白莲浦上空的那一缕变化万千的云。

爷疼爱母亲没得个止，母亲爱吃螃蟹，每年入秋后，他都会去白莲水库里翻拣。这次他捉了足有两斤多螃蟹，在白莲浦的碧幽潭边清洗，谁也不知道他怎么就栽下了水。

垸里有人跑到我家来，告诉母亲爷落水的消息。母亲忙丢下正在拣择的黄豆簸，又嘱咐细骚儿："快，把拗种牵到浦北去。"在母亲的意识里，爷生在水边长在水边，一个猛子可以游半个白莲浦，无论如何爷是不会被淹死的，她以为不过是多喝了几口水噎着了，将爷放在拗种背上倒立出水，爷就会醒过来。

母亲快步来到一群人前，人们纷纷让开一条缝，她看到摊在青岗峰下白色石崖上的爷，她挽起他的手背，努力将他抱起来，可没有用，那一刻她才明白事情完全不是她想的那样，她一下子没劲了，泪水开始涌出来，然后，她一头砸在爷怀里，哆嗦着，轻轻地叫："我的人我的人，你起来你起来啊……"

许多人，都流下了眼泪，我悄悄地转身，泪水爬满了我的脸，让母亲痛快地哭吧，她有足够的理由放声大哭。

这是星期天的下午，如果爷没出事，过一会儿我还得去上学，我在镇上念初一。但现在，我远远地听着母亲撕心裂肺地哭。爷死了，我得像个懂事的孩子去劝慰母亲，或者陪着她一道伤悲。可那时我明白，我应该离开，我在场一点儿也安慰不了母亲，她的眼里已没有任何人，只有躺在那里的爷。

母亲已忘了世上还有她的一个女儿，她的女儿才感觉有父亲是那么幸福时，父亲却死了，而母亲也做好了陪他前行的意状。那情景让我认定，她并不是真的爱我，她最爱的人是爷——继父柳逢春，再说我毕竟不是她亲生的女儿，她可以随时抛丢下我，我有可能会再次尝到被父母抛弃的痛与恨。我又犯了爷初来我家时的疑病，固执地这样想。

我心上一层层的霜凝结起来，慢慢地变成一坨冰雹。

细骚儿牵着拗种黄牛迎面走过来，他傻呆呆地看着我，我已抹干了脸上的泪，走过去，牵住拗种。细骚儿惊疑地问我："爷怎么样了？"

我没有回答，于是他飞快地向那群人跑去。

这一天的天气竟是这样的平静，蓝天上飘着朵朵白云，青岗峰上黄一团青一团的秋色是如此的静美，白莲浦的水一点浪儿都不曾有，碧幽潭淹死了我的爷后，一如往日的平静幽亮。它们像是不知道我爷死了我母亲正在天崩地裂地悲怆，云远远地闲着，水暖暖地亮在阳光里，拗种在我身边衔起一棵草，悠闲地嚼着，它居然也漠视主人的离世，这无情的畜生。

而我又在做什么呢？我什么都做不了，我想自己如果是一团静止的风就好了，等我凝到足够力量的时候，就飞奔开来，搅乱这些不动声色的所有东西，然后扶起爷，让他和母亲一道做好晚饭，安然地坐在饭桌上方与我们一道吃螃蟹，让他避着我和细骚儿逗得母亲呵呵笑……

2

爷葬在白莲浦北面的青岗峰尾下，远远地与家门和南窗斜望。

爷死后的第三天，母亲将我和细骚儿喊到饭桌前，母亲像爷生前那样坐在正上方，母亲叫细骚儿坐到她以前一直坐的位置，而我仍坐在我原来的位置，细骚儿从最下方坐到比我更显优势一点的位置上去，我猜想这是母亲对他的安慰，因为带他来这个家的爷死了，母亲以这样的方式告诉他，在这个家里他仍有着很重要的位置。

母亲说："细骚儿，爷不在了，我们娘仨日子还是要过下去。这几年你学过木匠，做过砌匠，爷在世时不让你出去打工要你在家学艺，爷要你学得两样手艺，将来走南闯北也有个挣饭钱的本事。现在你也长大了，该让你出去见见世面了，你联系一下在外打工的伙伴，妈给你两千元盘缠出去转转，看看外面的世界，腊月赶回来过年就行。"

细骚儿说："我不想出去。昨天豪儿哥打电话说要接你去北京住一阵子，我在家看家吧。"

母亲说："妈如今哪儿也不去，白莲浦才是我待的地方，我一天也离不得它。"

细骚儿说："妈，等开年我再出去吧，这时候出去，我会挂念你和云儿，爷晓得了也要怪我。"

母亲没有再坚持要细骚儿出门。

她扭头对我说："云儿，这几天不见你说一句话，一个人又乱想些什么？"

听到母亲说这句话，我心里一惊一戚，母亲仍是母亲，她是知道我的。

抬眼望着母亲肿胀的双眼，我哭哀哀地说："妈，我帮不了你……"说着，我伏在桌上大哭起来。

母亲的泪一下子涌了出来，连十八岁的细骚儿也哭了起来。

多年以后，我想起这些事儿，就怨自己那时简直是母亲的心魔，不时地折磨着她。而母亲变得沉静了，如同入秋的白莲浦，天高云淡，水瘦山明。

3

我的家在白莲浦的一个边角上，浦的上游是横隔畈野并排下来的两条约两丈宽的流水冲，它流经许多村落田野，到了我们这里合为一条，成为一大片浅水域，早远的年岁里这片水域清一色地种着白莲，白莲浦也是因此而得名。

白莲浦半接群山半接良田，群山之中数青岗峰最高最峭，早年有佛脚行至这里，当时正值初夏，雨后才晴，僧人看到山中云起雾开，缭缭绕绕一片蔚然，山下的村落上炊烟微微，竹树掩映，鸡犬相闻。浦中碧圆阔大的莲叶撑起一支支白莲花，朵朵丰盈净美，阵风经过，一大片的荷莲摇风荡气，满世界的清香洁净，白莲向他频频颔首，他欣然止步，在青岗峰中落下佛脚，筑起佛坛，从此，这里佛事兴盛，晨钟暮鼓敲打着众生的古往今来。

可是年深日久，改变也随之而来。人们将白莲浦改田的改田，造湖的造湖，凼凼凹凹各有名堂，到现在只剩下我家门前近十来亩清波浅浪的水面，意幽幽地映着旷空流云，浦尾是一条两丈余宽的小水港，缓缓地向东而去。

生长在浦边的孩子，会行走后到学龄前这段时光几乎都是在水边度过的，我们与浦上的一切物种共同生长，相伴着从不生厌。

白莲浦首尾的小水港生机益然，两岸臭柳株株，别看它的名字不好听，枝叶儿排排对对地生长，开的花一串串，秋季里，叶落了果儿一串串地悬在枝头，阳光好又遇上无风的时候，枝枝果果地映在水里，水更清幽明净，偶尔些些小鱼虫鸟倏然而过，一圈圈儿的清波漾了开来，直消失到两岸的水草丛中。水草儿和杂蔓随着岸坡浸入水中，除了冬季外，人们无不来水草丛中捕捉小鱼小虾，给餐桌上添一碗腥荤。不管你用什么器具，只要向水中捞一把，就没有扑空的，总会捉上一些活蹦乱跳的鱼虾来。小时候，细骚儿常带着我来这里捉鱼，我捧着半捧水，让小鱼儿小虾儿在我手中游荡。小家伙们在我掌中乱蹿，正痒着我的手，让我欢喜的时候，却突地一个猛跳，跳到河浦里，让我怅然半天。

河浦中的小鱼小虾捉不完捕不尽，这一湾水域因了爬虫、飞鸟、鱼虾多出许多生气，尤其是鱼虾们欢快地攒动着，似乎可以随流水一同游进西边流金泻银的晚霞里。水岸外侧全是正抹籽儿的稻谷，勾头奇脑的似羞涩似满足。水面左上侧有一个小浅港，种了一港的莲藕，藕叶有些衰败，泥底的藕儿却已长成，冬季里人们便可以挖起来，或炖或炒着吃，泥底下没被挖出来的藕便做了第二年的荷种。我就出生在岸边，但我绝对不是从泥藕里长出来的。

十二年前，我的母亲在六月的晨风中路过这里拾到了我。一个用粉色小被包裹着的瘦小女婴正熟睡在竹篮里，母亲说当时只看到像一瓣荷花的小脸儿，她伸手弯下一株莲花，从莲瓣上滚落几滴荷露，母亲将露珠在掌中温了温后，拍上我的小脸，母亲嘴里念念叨叨，算是替我去尘。随后她连忙将竹篮托抱在怀，眼睛盯着篮里的我，半跑着回家，拿出一挂长鞭让隔壁的长生伯帮忙放了。湾里的老小雲时听到消息，都前来祝贺。母亲说我来到白莲浦比垸里出生小孩子还热闹，那天我其实出生已有一个多月，母亲得到我，如获至宝。

我来到我家的第三天，母亲同样办了三朝酒，请了满垸乡亲，并告诉他们："爹爹婆婆们，姊子嫂子们，大伯细叔们，小哥细弟们，我的伢起名了，跟我姓白，叫白云，你们叫我伢云儿吧。"

我渐渐长大，听到一些关于我身世的话儿后，去问母亲。母亲如实告诉我："不要怨恨你的父母，他们有他们的难处。从包裹你的物件看，你的父母是不错的人，将你扮得像小仙子一样。可能是青峰寺的菩萨显灵，特地让你父母把你送给我，母亲有你活得才有意思。"

我相信母亲是真的爱我，但一想起世上有两个人合伙丢弃了我，我就恨。不过我的这些恨是想起来就恨，大多数时我忘了，因为母亲很疼我，我心里从来就没想过还有别的人与我有关。

我小的时候，每年有个哥哥来家一趟，母亲让我叫他豪儿哥。他像小大人那样或坐着或站着，也帮妈妈做做事儿，但我感觉他其实很不习惯。住了一星期左右，豪儿哥的亲戚又把他带走了，去北京他爸那里。

他一走，母亲就会偷偷地抹泪，我装作不知，可心里明白，那才是母亲亲生的儿子。夜里，我搂着母亲的脖子，要母亲说爱我比爱豪儿哥多。母亲有点苦涩地笑，用手拍着我的小屁股说："妈肯定爱你多一些，你和妈相依为命。"

这话没说多久，在我快满四岁的那个春天里，爷带来了细骚儿，我们四个人在一起吃饭，母亲带着我和细骚儿住在家里，爷住在白莲水库中央的小岛屿上。

白莲水库是以青岗峰为主的群山中的一个大型水库，二十世纪六十年代初依山塘而建成，深山中辟就这么一块广袤的水疆，汛期蓄水旱时为流，滋养浦上万物苍生。每逢汛期山里各处小沟壑中浑浊的雨水流入水库，入库时如同一条黄龙钻入库底，浊流到了这里，经过时间与宽广的水域来慢慢澄清与融合，使得它们沉下泥沙，化成山中一面更亮更宽的镜面，仰照苍天，藏星纳月。

白莲水库最大的一条水渠直通白莲浦，这条水渠也是大旱年间向山外通流的干渠，逢夏燥秋干便抽闸开渠，白莲水库的水在水库时是绿蓝绿蓝的，流到渠里就变成白色的游龙，沿途触须四散，滋润着山脚下白莲浦以及白莲浦方圆几十里的农田作物。近些年白莲浦的水日渐见少，只好将水库里的水以浅流的方式长年潺潺地浸润着它，慢慢地白莲浦人将白莲水库与白莲浦统称为白莲浦。有路过白莲浦的人说："这才是人住的地方。后有高山，前有平湖畈田，有山有水，好地方好地方哦！"好像不能生长在这里很遗憾。我的爷和母亲生长在这里，他们同白莲浦一道浸润我的生命，让我享受到了人世间最温暖的情义！当我心中感念这一切时，我会像母亲一样，面对着青峰寺祷告谢恩。

爷是水库管理员，他初来我家时，我背地里叫他守鱼的或看水的，长大后渐渐懂得爷的工作是多么有意义。他在水库中央的云踪屿上垒了两间小石屋，里间安了张床铺并存放着水库上要用的渔业工具，外间的一角垒了个小石灶，屋子中央放着个小桌儿，上面还有一副围棋，两只编得很精致的柳藤篓分别装着黑白棋子儿。我跟母亲来到屿上，我常把棋子儿倒出来，用小篓来装花花草草或小虫儿们，离开时，母亲一定要我放下它，并重新分装好黑白棋子。爷看出我很喜欢小篓，在一旁嘿嘿地笑着说："小云儿，等春天来了爷给你编个柳藤小篮，好不好？这对小篓是顿危师傅送的，爷不能拿它送你。"我嘴里说要得，心里一点儿也不期待他给我做柳藤小篮，也不相信他会做。

回去的路上，母亲告诉我，这"云踪"小岛的名字还是青峰寺里顿危师傅取的，他常就着月色或微雨来小屿和爷下棋，因为爷只有晚上或下雨的时候不忙。我们这里的人都敬畏顿危师傅，没想到他居然与爷要好，爷在我心里一下子变得可敬起来。但我担心母亲嫁给这样的一个好人，会不爱我，我还是不应该喜欢他。

爷和细骚儿来我家的这些年里，爷给我编了柳藤小篮；有时我和细骚儿来云踪屿学下围棋，爷坐在一旁要么拧着一根绳，要么修个什么渔具，还一边指点我们，等我们稍知点皮毛，就不大听从他的指导，他也不要求我们听他的，只是过一阵子过来瞧一瞧笑一笑；逢庙会的日子他荡着小木船送我和母亲去青峰寺里烧香；还捉小兔子给我，捉到红鲤鱼儿也会送回来，让我养着。我像细骚儿那样叫他"爷"，他总是笑眯眯的，对这个人世满心足意。

有一次，我和细骚儿就着月色儿偷偷地荡着小划桶来到爷的云踪屿，见爷和顿危师傅正在一只煤油灯下下棋。

爷见我俩在夜间摸到屿上，一惊，站了起来，有些恼地说："细骚儿，你胆子不小了，这划桶是你能划得好的？万一翻过来，扣住你们，我和你妈的天就塌了啊，娘爷呀，想想脚就发软。以后要来先跟我招呼一声，我来接你们。"爷说到后面，声音越发低落下来。

才收了声，又紧着问："你妈知道你们来云踪屿了吗？"

细骚儿红着脸，低着头，不说话。

我第一次见爷数落细骚儿，平时我还敢在他面前娇纵分辩几句，这回也默声不语。

顿危师傅也在这里，他是一位能预知人的命运，还能帮人们化解命中劫难并指路将来的高人，我对他充满了敬畏。他一直面带微笑地看着我们，眼神里有着喜爱，我便觉他也可亲，心里的那种敬畏变得平和了些，于是，走到小桌几前看他们正下的棋。

爷和顿危师傅的棋下得很细密，边角上几乎没留什么劫路和征子。我不喜欢这样的下法，我和细骚儿下棋全盘下到，处处留下断点生机，又处处会被心细的人盘算殆尽，好在细骚儿和我一样，下棋像敲棋子儿玩，要满盘开花，到最后，他连输带让，我总是远远地胜他几十目。我高兴地说他："牛儿啊牛儿啊，只会走沟上不了岸。"我家的拗种黄牛小的时候，爷常挥着鞭让它"沟儿的走沟儿的走"，黄牛就是那样被驯会了犁田犁地。那时我却没想明白细骚儿被驯会了什么，竟也如此作比。

爷轻言慢语地给细骚儿讲了道理后，过来抚了抚我的头问："小云儿要下棋？"

我摇了摇头，说："爷，是我吵着要细骚儿来云踪屿，我想这里凉爽又好看月亮，爷莫怪他。妈这会儿在院子里跟婶子们乘凉，我们出来时没跟她说，玩一会儿我们就回家。"

说完，我拉着细骚儿出去看月亮，大大的水库里，缕缕的山风吹拂着一层层的银浪远远地递出去，到峰影下就黑了，远处全露在月色中的水面透着神秘的回响，好像有什么虾兵龙女在水底打闹，我问细骚儿水下面是不是住着水怪鱼仙。

细骚儿说："你想它住着什么就住着什么，爷天天夜夜住在这里都没看见过它们，天晓得到底住了些什么。"

那时细骚儿是这个世界上最顺着我意的人，时常地遭我欺负，他看上去也心甘情愿，有时我心里明明觉得自己过了，嘴里却不饶过他。

细骚儿是他刚来爷家时，爷见他壮实得像头牛犊子给他取的小名，他原来的大名叫牛建成，他娘走了后，他自改姓柳，直到他读一年书后，爷看到成绩通知书才知道细骚儿改成了他的姓，对他更是疼爱如命。

细骚儿的命运和我差不多。细骚儿的老家在湖北与安徽搭界的大山里，他父亲在他三岁时病死了，五岁时他随有点姿色的娘改嫁到爷家，七岁时细骚儿娘回了趟娘家就再也没回来，半年后爷找过去，他娘嘤嘤地哭，说她想在老家过日月，更重要的是她肚子里已有了别人的孩子，便让他将牛建成带回去。爷回来问细骚儿愿走愿留，细骚儿说："爷要不嫌弃我，就留下我吧，我愿意跟爷在一起，爷老了我养爷。"

爷就这样带着细骚儿从爷的老家白莲浦西边搬到水库来，爷自那以后便做了一名水库管理员。爷天天与水库打交道，天长日久爷变得如同月夜下的水库那样广纳宁静，月色中的水面包容了鸟的惊鸣、鱼的欢畅戏水、行人赶路的脚步声、寺宇的钟鼓声，这所有的声响在水波中一漾一漾，美妙而神奇，爷生活中的所有气息和声响与它们相互感通。

这时的我成天撞在母亲腿边怀里。爷是母亲的姨表哥，他时常送点鲜活的鱼虾来，农忙时前来帮母亲做农活。细骚儿负责领着我在浦边玩，玩泥捧沙，捉虫捕蝶，最多的还是我背着小鱼篓跟在他后面沿浦岸捉鱼儿。母亲说我小的时候特别喜欢细骚儿，与他一道疯。细骚儿背着我，玩得像风中的风车，要多开心有多开心。后来爷娶了母亲，细骚儿和我们成为一家人时，我一点也不开心，与爷和细骚儿气扭扭的，偶尔与细骚儿玩得忘情，心中的怨气自个消了也不知。

那天夜里，爷和顿危师傅下完那盘棋后一道出来，陪我们说话儿。

顿危师傅温和地问："小宝小丫多大了？"

细骚儿嘿嘿地傻笑着说："我十四了，云儿八岁。"我知道细骚儿和我一样对顿危师傅充满着敬意，能得到他的关心十分激动。

顿危师傅回头对爷说："你家一对好孩儿！"

爷一笑说："我知足了。"

说话间，青峰寺的晚鼓敲了起来，幽幽长长地荡入群山的旮旮旯旯，最后缓缓流泻于水面，余声随月波层层递消。

此时，仿佛有个神秘的大手在安抚尘世上的一切，而又开启了另一片天地。空明的天气里，月亮变得格外的幽古魅惑，它是精灵妖魔的领袖，它正鼓动着它们闹响夜的另一个世界。我瑟缩地往细骚儿身边靠了靠，说："细骚儿，我们回家吧！"

寺里的鼓声一声一声地递过来，顿危师傅也要回了。爷用小木船将顿危师傅送到离青峰寺最近的山路边。

顿危师傅下了小木船，他踏着寺里的鼓声上了树掩藤牵的小山路，看着寂寂又魅影丛丛的山路，我想顿危大师也算是菩萨吧，所以他不害怕。

顿危师傅走后，爷缓缓地划着小船。

我怕这种寂静，不解地问爷："爷，你一个人住云踪屿怕吗？"

爷呵呵笑说："不亏人不欠人怕什么呢？爷白天忙累了，晚上头一挨枕头就睡着了。"

不亏人不欠人，是爷常说的话，听得多了，我和细骚儿也明白了其中的意思，慢慢地以此作为某种准则来左右我们平常的为人处事。

前两年大凡爷与母亲亲近，我总会找岔耍脾气。我爱母亲，也爱爷，可就是见不得爷与母亲在一起，最担心母亲有了他而不要我。后来慢慢地知道爷和母亲愈好他们就会愈爱我，几次想跟母亲说让爷回家住，又不好意思。那晚，我借了月色的掩护，对爷说："爷，今天回家去住吧，青峰寺的鼓点敲得多幽哦。"

爷高兴得胡茬都翘翘的："小云儿晓得体贴人，你妈晓得了要笑出眼泪来。今天不回，爷明天大早趁鱼儿闹汛捞鱼，隔壁长生伯六十岁大寿办酒宴要用。"

我们这一家四口，幸福快活地才过了四年，爷的去世如同早到的秋霜寒了一家人的心。

4

爷的头七那天，豪儿哥又打来电话，说要回来接母亲去北京，母亲不让他回来，说自己不会去北京，电话是在村部接的，挂了电话母亲一路悄悄地抹泪。

回到家，我装作看不出她流过泪，与母亲亲近起来。母亲吁口气说："小云，下午早点洗澡，让细骚儿骑车送你去镇上转转，看中了什么叫细骚儿给你买，在学校里像往常一样学习玩耍，家里的事你都要撂开，好好念书，妈现在就指盼你和细骚儿将来都有个好落处。"

"你不指盼豪儿哥有个好落处？"我不知自己是怎样说出这句话来的。

母亲稍稍愣了一下，说："他已在好去处，我放得下心。"

母亲的话我相信，因为豪儿哥随着他父亲住在北京城里，而且他父亲在部队里当了个官，自然可以安置好豪儿哥，我也见过豪儿哥的父亲。

那时，爷带细骚儿来我家快三年了。

有一天一个陌生男人来到我家院门前，母亲正在院里喂鸡，我在一旁戏耍。他叫母亲"白莲"，母亲扭头见到他，有点意外，很快镇静下来，说了声："你回来了。"母亲略顿了一下，忙问："豪儿呢？"

"我是出差顺路回家看看，没带他回来。"他回着母亲的话，不大想进屋的样子，母亲也没叫他进屋，淡淡地"哦"了声。路过的长生伯见了，忙教我喊他："三爸爸"。我拿眼看着他，只觉他是另一个天地的人，母亲不会与他有什么干系，不想叫他，也叫不出口。他向母亲问了问家里的收成及生活情况。母亲说都好。这时有他家的亲戚前来叫他，他跟母亲说声我走了，便随来人去了，没走几步，回头又对母亲说："家里有什么难处，告诉我一声。"说完就大踏步走了。

这个三爸爸似没来过我家一样，一家人谁也没提他。这天夜里母亲做了好吃的酱面，就着肉末儿，我吃了两大碗，额头上汗密密一层。母亲笑看着我说："晚上吃多了，出去转转。"爷在一旁喊收碗筷进了厨房的细骚儿："细骚儿，陪小云儿去屋外转转。"

正是晚春时节，空气又暖又软地舒服着人。我和细骚儿一前一后出了家门，出门便见月亮像长歪的红桃子挂在天上，我对细骚儿说："细骚儿，你把那颗桃摘下来。"细骚儿问："在哪儿？"我努嘴向着天上。细骚儿挠着头皮说："那怎么摘呢？"突然他灵机一动，指着他的胸脯说："这儿有一颗桃，你要的话，我给你拿出来。"我冲他呸了一口："你那什么烂桃，拿来给我吃！"

说完我向隔壁长生伯家门口走去。长生伯搬出凉床，和长生婶一起坐在枣树阴里。我还没到凉床前，长生婶就挪着屁股说："小云儿，这儿坐。"长生伯也招呼细骚儿过来。我盘腿坐到凉床中间去，伸着鼻子嗅向枣树。长生婶揪着我的脸蛋说："小精怪。"

细骚儿赶忙溜下竹床，跑过去抱着枣树一阵摇晃，枣花儿香米粒似的纷纷地撒下来，我高兴极了，大声说："细骚儿，使劲摇使劲摇。"

长生伯忙叫住细骚儿："别摇了，再摇秋天就没得枣儿吃了。"

"就当风吹下来的。"细骚儿很聪明地说，说着又使劲摇了两把。

长生婶说："小云，要不要我讲红毛狗精的故事给你听？"

红毛狗是真的有，爷说他父亲上山打柴时常见过，它们三五成伙地同行，悠悠荡荡可爱得很。大狗的体形比现在的家犬要小，身体圆，腿偏短，红毛丝丝绒绒的披在身上讨人爱。爷还听他父亲和老辈人讲红毛狗儿通人性，经常给迷路的行人引路。还有它们灵敏的嗅觉会预知洪灾来临，那些年还没建白莲水库，山雨下来，直冲白莲浦，再加上平野各处涨水，白莲浦周遭年年遭洪涝之灾。在洪涝之前，它们会纷纷跑下山，咬着山下人的裤腿往山上拉。山下的人们喜欢美丽的小红毛狗，火艳火艳有吉祥色，古往今来一直奉它为神狗儿。新中国成立前几年，不知哪里来的一批人，突然以高价收购红毛狗儿，一些财迷心窍的人迅速上山捕捉，满山的红毛狗儿几乎被捉光了。由于价钱出得高，当初反对捕捉红毛狗的人看到那些以红毛狗换回钱物的人们，也眼红了，纷纷加入到捕捉的队伍中。最后山下周边的"红眼人"一起进行了拉网式的捕捉。在近青岗峰顶的一个洞穴内，发现了一窝红毛狗，这窝红毛狗有一公一母和两只小狗儿，小家伙不知眼前处境，它们如同两团落地祥云在父母身上翻滚踩踏，狗妈妈不时亲昵地用嘴努一下它们，当它抬眼看到一步步逼近的"红眼人"时，眼里晕起一层泪雾，她用美丽的眼睛不解地看着人们，那些利欲熏心的人仍向洞穴进逼。狗父亲轻轻扫了这些人一眼，扭头探出温软的舌舔了舔它们的孩子后，注目它的妻子，伸出前爪在它的毛下抚了抚，用头顶了一下它的头，轻轻跃出洞穴，迎向正逼近它们的那群人。走到他们跟前，狗爸爸半跪前身，伏地就擒，抬起饱含泪水的眼，乞求这些人放过它的妻子和孩子。人群中一阵慌乱，有人说作孽啊作孽啊，放过这只生灵吧。而洞穴中另一双泪水长流的眼正看着这一幕。可仍有人套牢了狗父亲，还有人向洞穴逼近，狗父亲见此景，凄厉长叫，奋然挣脱了捕捉人的牵制，飞身跃上向洞穴逼近的人，四脚缠绕着他，咬得他满脸流血，最后与他一同滚下山去，狗死人亡。狗母亲刹那间停下了流泪，口含两朵小祥云纵身跃出洞穴，直奔崖下，青岗峰飘失了最后一团祥云。这些人随后去崖下找寻那三只红毛狗，却连狗毛也不曾找到一根。

从那以后人们纷纷传言，最后的三只狗集聚了所有红毛狗的灵性，异化为狗精，而且将会下山来找他们复仇，山下的人们日夜惶恐不安。一年之后的某个有月亮的冬夜夜半，他们隐约地听到红毛狗母亲凄厉的哭声，人们瑟缩在被窝里，担心不已。

那些年天灾人祸，理亏心虚的人们传言是红毛狗儿变成了精，大家小户的不幸都是红毛狗精用妖术报复他们的结果，红毛狗精要让这里的人们尝尝骨肉分离的痛苦。近些年，又说只要是有月亮的夜里，红毛狗精就会下山来，叼走小孩子的魂魄去陪它的小红毛狗儿玩。长生婶说得有板有眼，我半信半疑。最初听时，回家特地问母亲有月亮的夜晚是不是不能待在屋外，不然红毛狗精会叼了我的魂魄去？

母亲说红毛狗精是白莲浦人编的，没有这回事儿，是人自己做了亏心事心不安，红毛狗儿从老早老早的时候就和白莲浦人结缘，后来捕杀得绝了种，现在想找出一只来，就是翻遍了山连一丝狗毛儿也见不着的，这是白莲浦人遭天谴。我和母亲分辩，我说得有鼻子有眼的，仿佛自己也在场亲见，某个月夜谁在山地里下兔网时遇见了一飘红狗形，谁在夜半乘凉时有妖魅的红毛狗精前来逗弄他……母亲一笑，那些人说自己看到了红毛狗精，怕是想借红毛狗精来助助自己的势儿，世上就算真有红毛狗精，有情有义的它们还会回白莲浦？母亲这句话让我想了很久很久，想通透了，我再也不相信红毛狗精害人的话，也不担心红毛狗精会叼走我的魂魄，心里隐藏着巨大的希望，希望白莲浦的月夜里，真有红毛狗精前来，它们如此的好看可爱，这样地爱人们爱自己的家，它们是天下最好的生灵，比我们人都好。只要是有月亮的夜晚，我会悄悄地躲在枣树下，很多时候都等到夜露湿了脚，月亮被我看得更精神了，红毛狗精还是没有来，它大概知道我没有伤害它的同伴和孩子们，所以不找我，许多月夜令我无比怅然。

这个故事白莲浦附近的大人小孩子早已耳熟能详，但小家伙们仍是无数次瑟缩在一起听大人们讲。而我再也不向任何人打听关于红毛狗精的故事，也不再听这个，因为他们讲的与我心想的是那么不一样。我似乎不再关心红毛狗了，其实是我把它们藏在心里了，不让别人抚摸我心中的红毛狗儿。我没让长生婶讲故事给我听，心里还惦记着今天来的那位"三爸爸"，我很想知道有关他的事，我不敢问爷和母亲，只好向长生伯打听。

"长生伯，今天来的那个人我为什么要叫他三爸爸呢？"

长生伯没有马上回答我，摸索出一根烟抽上一口，才说：

他原来是你母亲的男人，家住白莲浦秋田湾，姓章，兄弟五人，他排行老三，人们从小就叫他老三，大名我不晓得。湾里人叫你母亲三嫂、三婶、三娘，就因为这个章老三。原先你外公是大队民兵连长，看中章老三人长得高大周正，书也念了几句，就留心看他平时的行为动静，认为他还算机敏聪明，便有心把你母亲嫁给他。那时的章老三巴不得成就这样的好事，你母亲虽说只念了个高小，但是身形模样标致,行为脱俗大方,戏儿歌儿唱得清亮亮,样板戏中的李铁梅阿庆嫂只有她演得活像,哪样配他都有足余。

那时你母亲的姨表哥也就是你现在的爷暗地里一直喜欢你母亲,可他觉得自己配不上你母亲,也就不敢请媒说破。你母亲隐约晓得你爷的心思,但也不好主动开口说这事儿。再说章老三这人看上去也不错,你母亲也就由着你外公定下了章老三。

章老三与你妈定亲后,你外公很快给他弄到一个当兵的指标,将他送到部队去,你外公当初想到的是一个女婿半个儿子,只要章老三在部队好好干,肯定会有出息。章老三果真有出息,才三年时间就提了干。你外公急急地叫他回来和你妈成亲,一年后添了章豪。又过了三年,你外公不知哪儿打听到凭章老三的身份,可以带你妈随军,但章老三回来只字未提你母亲过去的话。你外公悄悄地让你妈带着章豪去部队探亲,你妈去了三天就带着章豪回来,对部队的事只字儿不提。这年年底,你外公死了,你母亲哭得像个刚出壳睁不开眼的雏鸡儿,你母亲要说娇贵也娇贵,说苦也很苦。你外公外婆在世时把她当花儿养,可怜你外婆在她十五岁时就不在人世,娘不在还有老子疼,你外公走后,你母亲又没得个兄弟姐妹,身边只有个三四岁的小儿子,怎么能不伤心。章老三回来奔丧,待三天就回部队去了。第二年秋天,他们就离了婚,你妈留下章豪。有一次章老三把章豪接到北京玩了几天,章豪再也不愿意回来。你妈先是死活不甘心,最后没得办法,只得依了他们父子俩。

唉,遇上这样的事没得法儿,磨命儿。

听到这里,我说不出有多心疼我妈,一溜儿地下了竹床,趿着拖鞋往家去,细骚儿跟在后面。

回到家里,母亲和爷在灯下正编着渔网上的洞洞,他们平静安宁的神情,让我觉得刚才长生伯讲的只不过是个故事,我的母亲如此的平和安然,她的心上肯定没有伤心事,有我们在母亲身边她肯定是安心乐意的。

见我和细骚儿进屋,母亲笑盈盈地招呼我们过去,探着身子望向我和细骚儿说:"你们头上都是些什么呀?"

细骚儿一摸脑袋,枣花儿米粒似的往下掉。我忙把脑袋伸过去,让母亲和爷闻闻,问他们:"香吗?"

母亲深深地吸着气儿说:"香,香哦!"

爷的双手总也不停歇地做着活儿,笑眯眯地用眼望一望这个望一望那个,一副爱不尽的样子。

爷走了已经八天,他的眼光往哪儿看呢?我仿佛看到爷闭着的眼渗出许多不舍的泪，他像一粒种子埋进山里，他牵不动山也就走不出来，他只会在地底下一个人苦苦地想苦苦地恋。其实母亲和我还有细骚儿无时不在想念他，只是我们现在都不大提起他，可我们的眼神相互诉说着思念爷的哀痛，细细密密地布满家里家外，这份哀思出了家门就荡进了浦上的秋风里，栖在云踪屿上，也会散浮于水库里，却没有一个地方可以消融它，它聚了散，散了聚，来来去去，萦绕不断。

5

又是一个星期六，又是祭七的时候。母亲说："今天是七七，你爷的魂儿得了这次祭奠就要离家去了。"

听母亲这样说，我似乎感觉爷正在云踪屿上做事，待会儿会回来吃午饭，可母亲说他吃过了就要走，他的魂魄要去哪里，还有地方是他愿意去的？他肯定不会离开这里。

我和母亲在家准备好了祭奠用的东西，等细骚儿回来一起祭奠。

细骚儿竟和顿危师傅一起回来了。

爷死那天，垸里有人看到顿危师傅去看过爷，只是我们没注意到他。顿危师傅这是第一次来我家，爷在世时，他只在云踪屿会爷。

顿危师傅没有念"阿弥陀佛"就进了家门，脸上的神情平静淡远。母亲进里屋找出一只紫红砂杯给他泡了茶，递给他说："这还是你送给逢春的砂杯，他怕忙手忙脚摔坏了它，一次也没用，只说等老了清闲下来再用它，可他……"

顿危师傅接过砂杯，放在桌上的酒水边，说："供七七吧！"

依照前几七一样，我们烧香磕头，一样样依仪式顺序而行。

事毕。顿危师傅平和宁静地说："今天我只做俗子，告诉你们一段俗事，你们听听吧。"

他略顿了顿，说："早年我有妻有子，我们三个人坐船渡河，妻和子落水死了，我活着。反过来其实是我死了，他们都活着。他们的人世课业已满，我仍在不明中向明……"顿危师傅说这些话时言语清淡，脸上没有安与不安的神情，他心里想些什么，对母亲和我与细骚儿到底要说明什么，我弄不懂。母亲似乎懂得了，她眼神虚缈地飘到大门外远远的地方，我不喜欢她这样的神情，于是我有点厌烦顿危师傅的到来。

顿危师傅没喝我家一口茶水，更不用说吃饭，讲了一段不清不楚的话就走了。母亲送他出门，看他离去后边往回走边说："早听人说，顿危师傅的命当初就是青峰寺的老和尚给捡回来的，劝他留下来又收他做徒弟，取法号顿危，原来如此。"

母亲喃喃自语，我似乎听出什么不妙之音，赶紧着说："妈，那顿危师傅是没有亲人的哦，我和细骚儿可要你呢。"

母亲听了我的话，一怔，等她缓过神来，忙走过来一把揽过我坐在椅子上说："我的傻女儿，你小脑壳里尽想些什么事，妈在想，世事就是这样子，这世上有几人修得全能全满，有你爷在，我们一家过得圆满。爷走了，就像顿危师傅说的，其实他没死，在妈心上搁着，眼前妈还有你和细骚儿，妈要大谢天和地。"

细骚儿在一旁听了，忙着表态说："妈，你放心，我和小云儿会养你后半辈子的，一定让你享福。"

母亲笑着松开我，说："细骚儿，你是爷的好儿！也是妈的好儿！只要你和小云儿平安幸福地过一辈子，妈就享尽了福。"

可是，又有一桩事儿突然降临。这年的春节前夕，细骚儿的娘来了。

6

细骚儿的娘提着酒水香烟还有食品猪肉等一大堆东西，一路问询着摸上了我的家门。母亲开始没弄清这位不速之客的来路，她一直说她是牛建成的亲娘。牛建成这个名字白莲浦从没被人叫过，母亲脑子绕了一下，终于转了过来，知道来人是谁，她忙乎乎地招呼她。放寒假在家的我躲在房里向外瞧了一眼细骚儿的亲娘。她长得像极了电影中的地主婆，脸庞又白又圆，大眼弯眉，鼻略有点塌，一张笑脸让人顿生防备之心。以前听人说细骚儿的娘有点姿色，仅用"有点姿色"来形容她是不公正的，突如其来的到来让我相信她还是个会谋划的活溜人。

她双手接过母亲递给她的茶杯，拉了一把椅子并排放着，母亲与她并排而坐。她喝了一口水，顺便叹了一口气，对母亲说："老姐，建成这些年有劳你们啊，我这做亲娘的不及你一半，几次想过来看看你们，又没得这个脸来见你们。现在逼得我没得法儿，也管不了脸不脸，你们大人大量，莫计较我，我会遭报应的……"

"哎，莫咒自己，活在世上的人没几个容易的。"母亲打断她的话劝说道。

她拿手压在母亲手上，语气诚恳地说："老姐，这不是咒自己，我真的遭报应了，我那后头的男人无事生端中风瘫痪了。"

"哦？现在好些了吗？"母亲忙问。

"哪里好得了，半瘫在床，吃喝拉撒都得要人照顾，我现在是顾里顾不了外，前几年跟他一起起五更睡半夜，好容易撑起石材厂。这两年生意刚做得顺当些，他却倒下了，家里厂里的事儿全撂下。眼下的石材厂没人打理，临时让小叔子帮忙看着。你说现如今他瘫痪在床，两个孩子一个上学，一个才两岁，都是要照料的人，我再有能耐也顾不过来这里里外外的事情。这次来想让建成跟我回老家打理石材厂，建成若不回去，只怕石材厂迟早要落到小叔子的手上，到那时我什么都没有。虽说眼下他什么都好，可哪一天翅膀硬了，想欺负我们这又残又弱的人还不就吹熄灯的劲儿。老姐，我也想过了，建成不愿跟我去，你帮我劝劝他，求老姐儿你能多体谅体谅我。"说罢从挎包里掏出一个厚厚的红包，双手递给母亲说："老姐，这是五千块钱，请你们收下，钱不算什么，只是我的一点心意，你千万莫嫌弃。"

母亲推开她递钱的手，站了起来，对她说："钱，你还是拿好，细骚儿是你的儿也是我的儿，我不卖我的儿。"

细骚儿的娘有点窘，半坐半立地僵在那里，好半天才说："老姐，我晓得你的心思，可是我这也是没办法。这钱给你，只是我的一点心意，建成这辈子都是你的儿子，就是我想他不是，他也不会答应。他跟不跟我回去，还要求老姐你帮我说说……"说着说着，她的眼眶都红了，声音有些哽咽。

母亲听完她的一席话，重重地叹了口气，过了好半天才说："细骚儿会跟你回去的。"

我就知细骚儿的娘这次来非比寻常，爷当初娶她可能是一时之念，她的离开早在爷的意料之中，所以尽管人近中年才娶妻，失去她爷并没有多大的伤痛。正因为如此，我坐在室内并不愿意出去，悄悄地自门隙间打量她，听她和母亲讲话儿。

想到她这半生的经历，变着法儿地要得到，可终究也是顾此失彼，到头来还得回头向早年丢下的儿子求助，好在她还明白细骚儿已不是她想叫走就能走的，这大约也是知晓自己有愧于细骚儿，因此她也就算不上是个十足的坏人。

可母亲说细骚儿会跟她回去，我不明白。我不相信细骚儿会随这个女人走，他像我一样早就是白莲浦的人，还会回哪儿去？

我正坐在床前发愣，细骚儿从南浦回来，进屋前路过窗口，一个挺胸直背的高个儿小伙子一晃就闪进了屋，看到家里来了客人，他放下肩上的锄说："妈，家里来客啦！"

细骚儿的亲娘看到细骚儿回来忙站起来，听了细骚儿的话羞愧地低下头。

母亲忙说："细骚儿，你看清这是谁——是你亲娘来了！"

细骚儿这才定睛仔细打量起来。

"你怎么来了？"细骚儿问她。

"我来看看你……"细骚儿的娘眼神忽闪，眼里已起了一层雾水，不过她仍是努力控制。面对已人高马大的细骚儿，她心中定是百味纷呈，想亲近他又有一种惧怕，上上下下不停地打量着细骚儿。

"这些年你没来看过我一次，你刚走那一年我想你，爷送我回老家两次，两次都没见着你，你就没听人说我回去过，你就没想过来看我一次？现在遇上什么事了吧，不然你肯定不会来看我。"眼前忿忿不平的细骚儿是我第一次见到，我相信母亲说的话是对的，他肯定会随他娘走。

这时，我涌起一股莫名的恼意，丢下手中不曾看过一页的书，走出房门。

"妈，让他们走吧。像从前那样子，就我们娘俩过。从这些人绕到家来，我们就没消停过。"我扶着母亲的胳膊，又扭头对细骚儿说："你娘来接你回去，你就随她回去吧，省得她在这里大吐苦水，还嫌我和母亲不够苦啊！"

"云儿！"母亲制止我，不让我再说下去。

其实我的话也已经说完了。

母亲牵着我的手，站起来说："细骚儿，陪你妈说说话，她有事要告诉你。云儿，你和我做饭去。"说着，母亲牵着我往厨房走。

我一边走一边往下流眼泪，坐到灶膛边，我还在不停地抹泪。

母亲说："伢儿，莫坐在灶膛哭，哭得灶神不安，你我往后就有得哭了。生死由命，富贵在天，当初不该让他爷俩来就好了。"

"妈，我别的不气。你看细骚儿那样儿，见了他娘那么大的脾性，到底是见了亲娘。"我不知我生什么气儿，反正气儿大着，尽扭着说。

母亲见我这样子，一笑。

"细骚儿的娘现在这处境，细骚儿要是丢下不管，他这样的人你愿意认他做哥？再说细骚儿就是走了，哪怕走到天边，白莲浦在他心里这一辈子走不丢。他永远是你哥，将来妈老了，谁欺负你，他就是舍了性命也要来护你的，你莫哭，也莫冲他撒气，听见没？乖伢。"

我和母亲正说着话，屋外细骚儿的娘忽然大哭起来。

我和母亲赶紧走出来，只见细骚儿扭着脖子冲着门外望着，他娘扭身伏在椅背上鼻涕一把眼泪一把地哭。

"我的儿哟，你怎么这样苕啊，爷走了也不把个信给我哦……"细骚儿的娘抹了一把鼻涕甩出去，接着哭。

"我这一生，不欠你的亲老子，不欠这后头的人，只欠你爷一生的大人情啊……

你叫娘哪生哪世找他还啊，苕儿哦……"

细骚儿的娘哭得我的眼泪止不住地流，她那好听的哭声带我入深林下幽潭般寻觅爷，爷却哪儿也不在，我也就一把一把鼻涕一把一把眼泪地甩。

母亲红着眼过去安慰细骚儿的娘。细骚儿的娘接着哭。

"老姐啊……我俩同样苦的命哦……"这次我倒哭不出来了，细骚娘脸上的脂粉已浑成一片水粉白，进屋时的光洁大发髻也松垮向一边，那朵用缎带系出来的花儿像被雨打蔫了，欲谢的样儿。

母亲抽抽搭搭地将细骚儿的娘半抱在怀里，我不想再看，回厨房烧火。

吃过午饭，母亲和细骚儿的娘又说了好半天的话儿。我在一旁坐了会儿，就有些犯困，大凡我认真哭过一次就这样。我回里屋关门睡下，很快就睡着了。

爷披一身的亮光回来，堂屋敞亮敞亮，爷面目清正地对娘说："白莲啊，细骚儿还是你的事，你不要因他回去就丢了手啊。再说小云儿将来也要有这个哥帮衬着才好。"

我从不见爷在世时这样与母亲说过话，见爷回来我更是高兴，想跳到爷跟前与爷说笑几句。爷说完话，自顾自走了，连问候母亲的话都没有一句，他只提到细骚儿，而我不过是爷希望母亲留下细骚儿的由头，我心里好不憋闷难过，使劲地捶胸，眼里的泪向两耳纷纷灌注……

"云儿云儿，醒醒。你莫不是做噩梦了？"我听到细骚儿急促地叫我的声音，我睁开眼，看到的细骚儿与原来的细骚儿是完全不同的两个人，他有太多的人挂念，而我只有母亲，母亲却又分出那么多的爱要给这个哥哥那个哥哥，其实他们谁也不是哥哥，母亲只有我一人，我只有母亲一人。

我没理会细骚儿，扯过被子蒙头继续睡。母亲走过来，拉开被子问我两句，见细骚儿的娘在后面跟了进来，我说自己刚才做了个梦，梦是假的，我不信，只想再睡睡。

母亲帮我掖了一下被角退出房，我隐约听到细骚儿的娘问母亲小云儿今年多大？

母亲说满了十二，进十三……

后面的话我没听到，也不想听，怪母亲将自家的事与一个外人说。

细骚儿的娘在我家住了一宿。

第二天吃过早饭，我和母亲便送走了细骚儿娘俩。冬日的阴天雾霭霭一片，哪怕扬一下眉也觉得费劲。白莲浦畈上的稻谷早割了，只剩下一片枯苍的草蔸，畈野上下死沉沉的寂静，一只野鸟惊飞或一只冬虫仓皇逃走，隐隐地透着孤单与悲凉。十二年来我一直担心自己会有这样的一天，母亲的力量不够强大，她驱不走它们，就像我不能抹平母亲内心的哀伤一样。可是母亲总会放下自己的心思，来眷顾女儿。

母亲蹲在田埂上扯起一蔸小小叶儿的鹅儿草说："云儿，你看这草儿，你小的时候叫它糯米草，一棵棵扯起来，小手掐着小叶儿一片一片地吃。"

我走在母亲前头，回身将母亲手中的草儿接过来，细细地看，叶儿又嫩又小，跟糯米粒儿大小差不多，能吃糯米小草的小孩子肯定挺乖，我自个儿想着，不由地笑起来。

"那时细骚儿来我家了吗？"我问母亲。

母亲说："来了，他大些，知道这些草儿不能吃也不让你吃，你就闹，他只好眼巴巴地看着你吃一棵又吃一棵，还带回家一棵给我们看，说你吃了好多棵这样的草儿。"

我悄悄地又摘下一片叶儿放进嘴里，竟没有任何感觉，不苦不涩也不甜不酸，小时候吃它是什么味道呢，我一点儿也不记得。

"云儿，你是大人儿了，妈有些话要对你说。爷死了，细骚儿走了，我们舍不得他们，伤心难过。人活在世上就是这样子，来的来去的去，你要懂得放下。活着只求个暖意儿，爷在时给了我们暖意儿，有这些在心里就要得，莫再去苦思乱想。细骚儿离开我们，可他和我们在一起时，暖意儿也多，这家里哪样没得他留下的印迹，再说他的暖意儿也都在，人活在世上有分有聚，先分了才有后来聚拢时的乐，放豁达一些。妈看到你提不起神的样子，心里着急啊……"母亲说着有些哽咽。我听着，感觉母亲其实也是在劝她自己。我打起精神，笑吟吟地回头等母亲与我并排走上机耕路。

我扶着母亲的臂膀说："妈，我好好儿的，是天气不好闷雾秋气。我们去菜地扯大萝卜，回家用瓦罐煨了，香香地吃。下午我还得去同学家借书回来，没日没夜地看它几天……"说着说着，我就想起还有许多的事儿要做。

母亲开心地笑起来，大眼半眯起来含蓄着欢喜。

别处都是苍黄枯败，菜园子里却是青葱一片，白菜白茎绿叶滋滋亮亮，萝卜叶儿黄蔫气虚，萝卜却大得可爱，水晶晶的似雕玉儿。葱葱蒜蒜在地边地角直伸着腰长不够似的往出拔，紫菜薹儿胡萝卜香菜儿芹菜儿热热闹闹的，香的香，嫩的嫩，全是好日月。我提了大萝卜，母亲捏着一把白菜和几根葱，说些山话儿水话儿往家里荡。

白莲浦的水瘦瘦的，沉静而清和，通向水库的渠道此时完全干涸了，我们走在渠道的石板桥上，一侧是渐渐高去的渠路，蜿蜒去了深山，一侧是渐渐入浦的渠路，斜脚伸进水里，山水似共枕一渠而眠，任天高地阔日月时光，它们做自个儿的梦去。

我有了安详自若的迷离，母亲与路遇的行人打招呼，相互交流某种腊味的制作心得，我在一旁听着，晃着大萝卜，闲性悠悠，细骚儿你走吧，我和妈这不也在共度好时光嘛。

7

腊月二十八，北京的豪儿哥回来了，准备在老家陪母亲过春节，他说也是陪我，我想那是他对我的客气话。

豪儿哥正在一所军事院校念大二，母亲说他长得像夏天里的一棵水杉，笔直笔直向天上钻去，蓬蓬枝叶儿便是那绿军装，一副得人爱的样儿。

我不喜欢豪儿哥的心性儿，感觉他像那个三爸爸，冷声冷气。我私下觉得他不过是小孩子，不懂事儿，所以心性浅，也就不跟他一般见识。可他这次回来，他的心性似乎长得跟我一般大，已配得上我叫他的那声"豪儿哥"。

我慢慢地也看他顺眼些，仔细打量，发觉他倒是大帅哥，顶平额宽是母亲最爱形容他外貌的话，他那双略带凉淡的眼神让人一怔，他也有不如意？细想想，他很小离开母亲跟随父亲，父亲不久就给他娶了一位后娘，生下一个小妹，这些在他的心底肯定添了许多的孤单与忧伤，一时之间，我忽地很同情他，原本他怨我和细骚儿也是应该，我们占据了他的母亲，削弱了母亲对他许许多多的爱。

仅两天时间，我和豪儿哥玩得极熟悉。母亲没吩咐我们做事时，我带他去白莲浦上逛荡，他处处都觉得新奇，说他中间每次回来都匆匆忙忙，随便看一眼，没觉得有什么意思，听到我各种趣闻乐事地讲来，他说老家是故事天地。

与他在一起时，我随口乱编乱造些是非曲直的故事，他听得津津有味。年三十的上午，我跟他讲到长生婶版的红毛狗精的故事，他听了后神色变得惊诧疑惑，不像个有知识的现代人，倒像个迷信的妇人，也认定是红毛狗精前来复仇，祸害山下的人们，他认真地说："要不，你和妈回我爸的老家秋田湾去住吧，避开这里。"

我大笑起来说："这是假的，妈也不信，再说妈生在这里长在这里，当初你爸都是倒插门来白莲浦，她怎么会去你爸的老家，我就更不乐意去那个生克克的地方，就是真有这样的事儿，我也愿意待在这里，要受苦那也是我和妈的命。"

豪儿哥少年老成的样子，许久才意沉沉地说："你才像我妹妹呢，难怪妈疼你。"

我没心没肺地说："妈爱我在嘴里，妈爱你在心上，我倒想与你换过个儿呢。"

"你这没良心的小丫头，怕也是妖精变成的。"没想到他说出这样的一句话来。

"你……"心头被什么东西堵塞了一下，我甩掉他拉住我的手，一路向家快走，全然不顾他在身后喊我，任冷冷的风从脸上硬直直地撞过，我一声不吭。

回到家，泪眼模糊中，晃见细骚儿回来了，我没有细看，直接进了我的卧室，将房门死死地闩好，把自个儿扔倒在床上。

我伏在被子上大哭，细骚儿在门外不停地叫唤我，我仍是不开门，母亲来到我的窗前，细细地说："云儿，是不是豪儿哥欺负你，你开门，跟妈说说。要是他的不是，我现在就让他回北京去。"我仍是不理他们。

细骚儿走到窗户边，让母亲回了屋，他将脸紧贴着窗纱，把整张脸弄成一格格，像我小时候画的比例图，低压着声音说："云儿，大过年的，不要惹妈伤心哦。就是豪儿哥有错处，这也是他去北京后回老家陪妈过的第一个年，你这样做，妈多伤心，豪儿哥也没意思。你现在是大姑娘，要学会体谅别人，莫任性好不好，有什么气儿冲我出，来，开开门，打细骚儿一顿。"

哭了一阵我就一点也不生气了，豪儿哥的话也犯不着我这样无端地哭闹，大过年的真是扫兴儿。想到母亲和细骚儿的不安，我心生许多愧意，起身将门"咣当"一下开了。母亲进来，嘴里仍说着豪儿哥的不是，我心里又生出许多的嫌隙来，当两个人辩理时，劝说的一方总会说自家的不对，这是一种礼节上的谦逊，从这里我感觉豪儿哥在母亲心中的位置是重过我的。而一旁的细骚儿正替豪儿哥辩护，我忽地觉得这世上只有细骚儿是最疼我的，尽管我知道这样想不对，却仍是这样去想。

豪儿哥没精打采地回来时，我正坐在窗前发呆，瞥见他那无趣的样子，暗暗开心不少，细骚儿见他回来，赶紧上前招呼，活像个马屁精。

母亲从厨房出来说："小豪，怎么玩得好好的，却惹妹妹哭了？"

豪儿哥说："我无心说的话，谁知她这么计较，我这就向她赔不是。"说完他就进了我的卧室。我仍偎在窗前不看他一眼，他嘿嘿一笑："好大脾气的妹妹，吓得我半天不敢喘气，来，跟哥哥笑一个。"我扫他一眼，鼻子哼哼气，起身出了卧室。

他倒好，尾巴似的长在屁股后面，嘴里还唠叨："你这娇小姐，比我那个妹妹还娇气，都是因为妈太宠你，还有那个细骚儿惯的。你以后面对的可不仅仅是妈和细骚儿，要学会让人拍着头生活哦，不然，将来遇点不顺心的事儿就会觉得天崩地裂……"

"你有完没完，妈宠我细骚儿惯我，其实都是可怜我，我不像你还有一个好爸爸和一个好妹妹，我也不想顺着谁的气过，不好就跟我妈一起过算了……"我嘴里只管说出来，也不想母亲和细骚儿听了会怎么想，只是豪儿哥听到我说"不好跟妈一起过算了"忍不住笑出来，伸手拧着我的鼻头说："小丫头，你很幸福哦，明白吗？"

母亲在一旁瞧见，偷偷一笑回厨房，才进去又出来说："小豪，爷不在，今年本该不贴春联，可你们兄妹三个聚在一起不容易，还是贴上一副，用绿纸儿写白字，你和云儿两个做好这事儿。"

母亲说完，就去厨房里继续忙活。

我去大橱柜里取出旧墨和纸张，豪儿哥仔细地对折裁开。

接下来必得想点什么写，我将在厨房帮妈当下手的细骚儿也喊了出来，说："你也想副春联，到时择优选一副。"

细骚儿乐乐地一笑："又捉弄我，晓得我不会弄这些。"

我不依，说："那是你把爷忘了，所以脑子里才没得。"

细骚儿也不辩，摸了一圈脑袋，好像这一摸，里面就有些东西能滋长出来，他说："我想一想，不过你们莫笑话我。"说过，他找出纸和笔，灶膛里红亮的火光映在他脸上，暖暖的，一副正在冥思苦想的神情。

我心里飘忽忽，对爷的思念不知是淡了还是沉入了心底，爷不在后的许多夜半我醒来，听到屋外的风声就更想念爷担忧爷，老觉得爷在外面进不来。我拿起笔，写了一副：昨夜东风掠窗过，只疑爷亲又归家，横联写上：我爷不去。

豪儿哥拿起纸笺看了看，没说话，挥笔写就。他的字写得很好，笔墨饱满，字体敦实有力，整体看来沉着、大气、庄重。

细骚儿也在厨屋里写好了，他先递给母亲看。

母亲看了看，说："过年了，应个景儿，莫多想。"

细骚儿拿出来，见豪儿哥已将我的写上，呵呵笑着说："我凑着写了一副，你们看看。"

他话才脱口，我已扯过来，一瞧：秋去春来慈父永在，南迁北徙孝儿怀恩。

在这一刹那，我有些羞愧，细骚儿是爷的好儿子，而我远不是爷的疼心女儿。

我对豪儿哥说："把我的那副丢了，写上细骚儿的。"我把细骚儿的春联递给他。

豪儿哥看过后，极认真地看了一眼细骚儿，墨饱字遒地写下细骚儿的这副春联。

写好后，豪儿哥搬了一只木凳，用一把干净的扫刷把门窗上的浮尘一一扫去，然后将我的那副贴在南窗上，细骚儿的这副贴在大门框上。贴完后，豪儿哥仔细端详，神情敬重又庄严。

我感知到，豪儿哥的心正慢慢靠近我们，也靠近死去的爷。

依照我们白莲浦的习俗，团年饭之前，要先去坟地祭拜先祖和亡灵，给他们带去祭祀供品、光亮与冥钱，这些，母亲早准备好了，等我们贴好门联，她就催我们早些去坟地祭奠。

一绕过浦上的藕塘，无意中我回头看到母亲正站在大门前，看新贴上去的门联和窗联，母亲略高抬的头看着对联，她正在此中，爷在此外，我们儿女可以坦然祭拜倾吐，而母亲只能悄悄默默地怀想。我第一次想到是不是红毛狗精在作怪，让我的母亲如此伤心孑然呢？可是我的母亲如此良善温厚，上天何故要作难于她啊？

回望到的这一切，在两个哥哥面前我不动声色，更不提起。来到坟地，豪儿哥主动拿出祭品摆好，替爷亮上烛光，烧冥钱，放鞭燃炮。坟前，我和细骚儿趴在地上给爷磕头时，豪儿哥半蹲在爷的坟侧替爷扯了几把草，添了几把土，轻轻地拍了拍，仿佛叫爷安心地睡。

亮了灯火的坟地，变得温馨许多，香烟缭绕，仿佛可以看见爷在坟地里满面含笑、心满意足的模样儿，好似我们三个都是他的亲儿女，其实在我们心里，爷就是世上最好的父亲！

从坟地往回走，垸落里鞭炮起起落落地响，各种菜肴香味，鞭炮硫磺味散漫而来，满是我记忆中过年的好味道。我的家可以远远地斜望着，母亲已不在门前，我料想她此刻或许独坐南窗下正往这边探望。往年的除夕团年饭都是爷来做，她只管烧火，母亲哪有不哀伤！母亲在我们面前几乎不展露她内心的哀思，逢上这大年大节她会隐忍得更好，好在两个哥哥都回来了，多少可以宽慰母亲一些。我这样想想，那样想想，径自走路，也不说话儿，细骚儿和豪儿哥找话逗我。

我不想让自己这样胡乱想下去，有意大声对他们说："我闻到家里的饭菜香啦，它们等着我们回家吃呢。"

听了我的话，两个哥哥都加快了脚步往家里赶。

一进家门，就瞧见酒菜已摆上了大方桌，母亲正在堂屋等我们，脸上依稀有过泪痕，但此刻的笑脸是温甜而亲和的。

母亲吩咐我们去洗手，然后放过一挂短鞭，将大门关严实，用黄表纸从里面将大门封好，此时封门，表示旧年已尽，所有的好与不好都成过去。只待时钟指向零点，重开门时，要放长鞭响炮，祭天拜地，求取来年人兴物旺，五谷丰登，也是我们白莲浦人所说的出天方，出天方讲究万响鞭响起后不能中断声响，不损坏任何器物为最好，大凡出了点差错，便预示这一年将会有什么不吉不利的事发生。

母亲封好门，开了各屋的窗，堂屋里烧了一盆旺旺的炭火，炭火旁煨坐着一壶水，用来湿润空气，我们笑呵呵地倒酒打趣儿。母亲笑落落地坐到上座，举杯祝福她的儿女们。

我和两个哥哥先后给母亲敬了米酒，母亲端起酒杯，笑盈盈地慢慢喝尽，说："你们吃丸子，要连吃三颗，云儿豪儿正读书吃完三颗丸可以三元及第，建成吃了三颗丸事圆业圆心圆，妈跟着你们共个家圆。"

两只红亮的台烛下，我们一家人都喝下几杯水酒，酒晕上了大家的脸，母亲格外地温慈怜爱我们，不时地招呼我们吃这个菜吃那个菜。

豪儿哥和细骚儿喝到兴起时，说起未来的打算，亮亮的双眼足够照射一路理想的征程。

我们兄妹仨不停地相互戏酒，一杯接一杯。

母亲看到我喝得多了，不让我再喝。我快乐地握着杯说："好……妈妈……最后一……杯，我们一起……干掉……它……"我的舌头有点不听话，说出的话牵牵绊绊不明晰，两个哥哥歪着嘴笑，妈妈也忍不住在我额上点了一下。

这一杯下去，我是真的醉了。妈妈扶我在火盆边的沙发上半躺着，替我盖了一床薄棉被，两个哥哥一左一右地替我掖被子，我仿佛就要醉死了，仿佛就要幸福死了，我的心底涌起巨大的热浪：我爱母亲和哥哥们，希望生生世世与他们在一起，这就是我人生最大的梦想。我不让那幸福的泪涌出来，我小心翼翼地珍藏着它们，让它们在我心底慢慢地发酵酿成酒，供我一辈子来享用！

嘿嘿，可是呀，他们仍当我是小女孩，他们不时唤我一声，我哼一下，表示自己没睡着也没醉糊涂，他们的谈话我听得见。两个哥哥听到我的应答之声就哈哈大笑，母亲嗔笑地说："这丫头，喝多了，闹酒话儿。"我嘿嘿地笑，不时会睡过去一阵，但我努力不让自己沉睡过去，我想知道我的亲人们在说些什么好听的年话儿。我醒来时，会听到一句半句不成串的话儿，又很快睡着了。

"云儿，起来，出天方了！"细骚儿喊醒我。

我一骨碌爬起来，忙着洗把脸，将头发重新梳理一遍，穿上新衣服，回头看到母亲整洁素净地等着我开门出天方。

细骚儿一手执绕鞭的长竹篙一手拿着香火在前，豪儿哥抱着三十响的春炮在后，母亲点燃一挂小鞭，迅疾上前抽了门闩，细骚儿自屋内点着鞭，几步踏到院中央，举着鞭四面燃放，豪儿哥将春炮放置在已选好的地方，点燃它。

此刻，白莲浦向来幽远沉寂的上空在我的醉眼中格外绚丽奇俏，双耳里灌满了屋前岗后连绵不断的鞭炮声。年事变得千古由来的沉实厚重，它牢牢地把我们吸附在上面，美好而又轻微的伤感，世事变迁不过一瞬之间，明年今日会如何呢？当这个念头爬上心头，我晃了晃脑袋，在心里郑重地向天祷告：愿年年今日永团圆！

烟花过后的那片天复归沉寂，黑蓝蓝的幽罩着，一种神秘莫测的天意混合其中，我不愿去想关于天意的事儿，只瞧在门前东方祭拜天地的细骚儿，正燃香烧纸，仿佛就是旧岁爷在时的模样，只是细骚儿口中没有爷轻轻的叨念声。

两位哥哥做完各自的事儿，在院子里边甩着手脚相互祝愿。母亲刚才还站在门口看烟花，此时已进屋忙着给我们煮甜甜的蜜枣儿汤。

我有些恍惚地走进屋内，两个哥哥随后进来，打趣我酒后的醉态。我向他们表示了祝愿，祝愿他们一个当上将军，万里风云由他叱喝，一个做上大老板，净石铺向北京城。他们听了哈哈笑，豪儿哥说："云儿这酒醉得好，出口不凡。"

细骚儿赶紧着说："我祝你年年做状元……"

"你心里只有状元，你就不能祝我快快乐乐过上一年又一年吗？"我打断细骚儿的话。

"你本来就是快快乐乐的呀，这个不需要祝愿就有。妈多疼你，豪儿哥多迁就你，还有我，随叫随到……"细骚儿说着，还做了个听话的模样。

"谁叫你们是我的哥哥，做哥哥就得这样子，谦让小妹，世上所有的好东西全给小妹……"说着说着，我来劲了，掰着手指一桩桩地算下来。

细骚儿看着我一个劲地傻笑，嘴里说让的让的当然让的。豪儿哥却神色淡淡地看着。

我赶紧着不再说下去，有点摇晃地往厨房去，准备帮母亲往外端蜜枣儿汤。

母亲拿托盘已装好了四碗，努嘴让我去堂屋。

吃过蜜枣儿汤，母亲说："伢儿们，都睡觉去，天明再玩。"说过将火盆里的火炭微微散开来。

我头一挨上枕头，就入梦了。满天烟花热热闹闹地又响又亮，我在天底下看它们，看得累了，低头寻找亲人，竟无一人，我孤孤单单明明暗暗地映在地上，心里慌乱害怕，妈妈呢？哥哥们呢？我也想到了爷，梦里仍然清楚爷躺在青峰岗里，他陪不了我，那为什么母亲和哥哥们也丢下了我，我在热闹的天底下哭泣，哀伤无助……也找不到我的白莲浦上的家园，都去哪儿了？我在梦中疯跑，哭倒在地。母亲喊醒了我，一只手臂环过来拍着我的背。我见到母亲，心里喜极，眼泪更多地流出来，嘴里叫："妈，妈，妈……"

母亲有点哽咽地说："云儿，又做噩梦了吗？妈盼着你长成大人，将来我老了，还要你来安慰，你莫乱想乱猜，养好你的精神读书习文章，将来有个依落饭碗，不乞求别人，一辈子腰直背不驼。再说两个哥哥哪个不心疼你，只是现在都是大人了，各人有各人的事，没得以前那么多工夫陪你，你要学会他们来了我们欢喜，他们不来我们也不忧愁……"

十二岁是我人生的一个大转折，爷走了，两个哥哥脚步悠悠地行过来，来来往往对我和母亲照顾入微。我安心乐意地享受人世间最美好的情义，享受他们所给我的关爱与呵护。六年后，我顺利地进入了北京一所地质院校。

8

我考上了大学，人生在此刻于母亲来讲是莫大的快慰，在她的眼中，我的前路是一片光明朗照，母亲将会少一份顾虑，不再担心我的将来行事的去向，我的出息也是母亲乐意接受的最好回报。母亲自我收到录取通知书以来，行也笑坐也笑。

母亲大办起酒宴，母亲说要宽宽阔阔地摆，因为她心里太宽阔太敞亮了。

白莲浦人无不羡慕母亲，都说是母亲心好修来的晚福。宴请的头天下午，建哥也回来了。宴席上，母亲带着建哥和我端着酒盅一桌桌敬酒。每一席上，她满盅一口喝尽，亲友乡邻们皆举杯干了。我从没看到母亲如此的豪爽，兴奋地叫"妈妈，真是好样儿！"母亲双颊红艳，如同三十岁的少妇一般，扭头含笑对我和建哥说："是我的云儿和建成了不起，儿女贵母随荣啊！"

人们的欢快声浪一阵高一阵，赞誉不断。这个曾经被别人称之为"三凑"的家庭成为白莲浦上最被人称道的人家。

然而，这天却有一个小小的插曲，垸中许多人知情，我和母亲却不知道。事后的第二天午后，我和长生婶一起坐在她家挂满青枣的树下歇阴，长生婶告诉了我这件事。

她说："昨天我从浦上的菜地走出来，远远瞧见一个女人在浦上向几个垸里人说什么。等我上前去时，已围了不少的人，她正在向人打听十八年前遗弃的女儿。云儿呀，她长得跟你太像了，她是你的生母肯定错不了。垸里有人气愤地说没这么个人没这么个人，想打发她走。你生母看上去不相信他们的话，我的心一下子乱了，知道哄她肯定哄不了。再说她万一不听劝，跑到垸里来，正巧你家又在为你考学宴请大家，她竟挑了这样的好日子。最后，我横心下来，直截了当地告诉她，孩子在垸子里，是被一个孤身女人养大的，她们娘俩相依为命十几年，女儿刚养大成人，你就前来认她，你想没想过那个养娘怎么能承受得了？你不能前去认她。你生母听了半天没出声，说只想看你一眼。我还是那句话，不能见。她长长叹了口气，才对我说，不看也罢，有劳垸下的伯爷婶子们多照应照应她们娘俩。你生母说完，向垸里望了几眼，才走。云儿，做人都不易，你妈这辈子太苦了，这是她，换了我早活不过来，我实在不忍心再看她受这一遭波折。也不知婶子这样做要得要不得，我心里是这样想的，这件事你最好不要对你妈讲起，日后万一你生母找到了你，对她你要有个态度，在你妈面前，还是不能提起这件事，人老了，忧虑更多，你不要让她劳神费心，人经不起这样搬来折去啊。"

听了长生婶的话，我恍惚在梦中，不知多么遥远的事情突地拉到面前，纷纷杂杂，我好久没说话。

长生婶见我这样子，有点担心我，不停地叫我云儿云儿，哎，这本不能告诉你的。

我缓过神来，对长生婶淡淡一笑："长生婶，没什么事儿的。那个生母有缘见了，我会报答她的恩情。可是我妈是我的亲人，她丢不了我，我丢不了她，只要她能过得快乐些，做什么我都高兴。"说了这番话，我已彻底从刚才的恍惚中出来。一阵风从浦上送过来，吹落几只病枣，有一颗滚在脚边，枯干黄涩的样子，我将它踢得远远的，起身寻母亲。

手挽菜篮子的母亲出了家门，笑微微地冲着长生婶家喊我，我迎上去平静一如往日，和母亲一道往浦上去。母亲带我来到爷的坟前，她扶着建哥前两年特地给爷做的青色大理石墓碑说："逢春呢，你这没福分的人哦，看我们的儿女个个好样，你要是活着，只怕乐得像只檐前叫的花喜鹊啊！唉，你这没福分的人哦！"

母亲喜归喜，到了夜晚，就偷偷抹泪。我知道母亲舍不得我离开，可我不离开又不是她所希望的。我劝慰母亲说："妈，别伤心，等豪儿哥回来，你也去北京住。"

母亲摇摇头，缓缓地说："妈是伤心也不是伤心，舍不得你走是人之常情，只要你们在外面样样好，妈也就放心了。北京我不想去，妈守着白莲浦，等你们想家了，就回来住住。"

我陪母亲静静地坐着，浦上的秋风透过南窗渗进来，凉凉淡淡。顺南窗远望是青岗峰尾，爷在那里日夜将母亲守望，母亲也日夜思念着他。我们母女都无法言说什么，我握着母亲的手，不得不说："妈，爷去的地方大家迟早都会去，你就好好的吧，没有妈我们几个伢们心往哪儿靠啊，再说爷看不到我们的造化，你就替爷多瞧几眼。"

母亲抑制伤感，浅浅地笑："有你们兄妹仨，母亲满足得很。人生没得个万全，妈晓得想。倒是你去北京念书，妈有点放心不下，好在豪儿哥在那里，多少能照应一下，你也要学会照顾自己，更要学会爱惜自己，做到这些，妈就放心了。"

明天我即将去北京，夜里我睡不踏实。我几乎从未真正意义上地离开过母亲，进入初中高中每隔三两天我就回家一趟，或者母亲送菜送衣过来看我。如今完全地离开母亲，离开白莲浦，那种茫然若失的感觉困住我。母亲感到我的不舍，说，我们娘俩出去转转吧。

我和母亲出了门，才知已是八月初了，一弯弦月斜贴西空，梦晃晃的。

浦上的凉风吹过来，带着鱼的腥甜草的芳香，这些气味早入了我的衷肠，轻轻一拨动，它们就缓缓蠕动，胸腔中有依依绵绵的难舍。上天把我放置在这半围山半围水的人间天堂，有母亲的菩萨心肠，爷的福音启旨，人们的各样关爱，我如何不造化成他们的骄傲与自豪，我是白莲浦人，他们爱我，我爱他们，哪怕行程万万里，我终生归属白莲浦。我心中起伏万千，感慨万千，一句也不曾说出来。我依着母亲脚挨脚儿地走，耳听的是母亲絮絮叨叨的嘱咐，眼见的是黑灰的山，清灰的水，我踏实我安详，我回屋一夜好睡。

建哥没有食言，带足了钞票准备乘机送我去北京，豪儿哥此时还在国外，无法前来接我，再过五天他就回国，他来电话表示道歉并说回来再为我接风，夸我这个妹妹真是好样的。

我的两个哥哥现在在他们自己的位置上都有了显著的成绩，人更显成熟稳健。尤其是建哥，当他与人谈生意时，言简意赅，礼节周全又不失真诚。我真不敢相信他是我记忆中的那个细骚儿长成的。有着高大魁梧身材的他，给人一种稳实可靠感，一双浓眉下的大小适中的眼预示着未来生活的安定富足，高高的鼻子一点也不像他娘，倒像死去的爷，有这样的哥哥我像依在铁塔旁般稳固。以前的细骚儿早没人叫了，人们早叫唤他的大名柳建成，我也听了母亲的话改口叫他建哥。

建哥这次陪我去北京，直玩到豪儿哥回北京。那几天里，建哥带我去了故宫长城颐和园，这些让我感到都城的深厚贵气，但分明少了我喜欢的灵秀。最后去了雍和宫，在这里看到几层楼高的木雕大佛像，人来人往中只觉这里的神佛也透着富丽堂皇，少了一股肃穆神秘气息。这里的香火似乎也不及青峰寺的近人情，处处皆显帝王的气势，压抑着人。

我们玩得累了，刚休整一天，正好豪儿哥回来了。

豪儿哥一回来就为我们接风，并请来了三爸爸和他的亲妹妹，三妈妈没有来，豪儿哥说阿姨生病了，不方便前来。见到三爸爸，分明感觉到他老了，比母亲更显得苍老。我略有点拘束，也不知怎么称呼他才好，好在他很大度，主动关切地问候了我母亲，也问到我和建哥的一些学习生活情况。

豪儿哥的亲妹妹欢欢喜喜地半拥着我的肩说："白云姐，我叫章浦云，很小的时候就听我哥说起你，十几年了，哥哥每次回老家都带来你的消息，一直想见到你，今天终于看到了你，我又多了个西施一样美丽的姐姐，真幸福。"她说完回头嗔怪她爸道："老爸，你早就该带我回老家，都是你和妈不让我回去，要是小的时候就能认识，我们早就是天下最好的姐妹了。"

浦云真是个好女孩儿，明明朗朗的性情，圆润白净的脸让人感觉她的生活幸福安详，一双清澈的眼没沾染一丝儿世事的杂芜，自那双眼可以看到她心底的清亮与明晰，初次见面我就深深地喜欢她，我愿意跟这样的女孩子一起玩耍，她可以驱散我内心诸多对世事人情的忐忑难安。

我们坐在一起，相互探问各自的情况。我知道她正上高二，成绩很好，她希望自己能进入清华大学，言说之间，那仿佛只是件简单的事儿，并不让她多为难，这份自信透着一种坦然的高贵。由这份高贵中，我似乎可以想象她的母亲，大约是位雍华的贵妇人，但必定是冷漠的，浦云跟她母亲应该还是不太一样，她某些特质应该与豪儿哥相近。

饭桌上，豪儿哥与建哥相互传达各自的生活，我和浦云也有说不完的话，三爸爸不时地参与一下豪儿哥那边的对话，一会儿又参与我和浦云的对话中来。他看上去特别的开心，也许是我们四个小青年让他感到某种快慰吧，尽管我和建哥与他并没什么关系，可因为某种关联，他心底同样认定与他仍有某种切不断的东西在里面，他肯定这样想过，因为他每每跟我们聊了几句后，总会独自愣一下神，愣过之后，几次问起我母亲的情况。于是我有点感激他对母亲的挂念，母亲其实早淡然了他，母亲的心中只有爷。我告诉他母亲在家过得很清静，她喜欢生活在白莲浦，也请他安心。他哦哦哦地应声，不再说什么。

浦云在我耳边轻轻地说："这就是负心郎的下场。"我笑着抬眼看她，这傻姑娘嘿嘿地笑，其时我感觉她是如此的纯真可爱。

我轻轻问浦云："你爸和你妈过得好吗？"

"还好吧，我妈很爱我爸，我爸呢，可能是对大妈有些愧疚，他们一翻拣这过去的事儿就有点闹别扭。这事儿梗在其中，怕也要随他们一辈子。"浦云有点无奈地说。

我又看了一眼坐在我对面的三爸爸，他眼望着豪儿哥建哥，神情却飘到了遥远的地方。我心里添上了一阵难过，想帮帮他。

我跟浦云说想过去与她爸说说话儿，浦云睁着一对亮灿的眼说："好啊，老爷子肯定很高兴和你说话。"

我在三爸爸旁的一张椅上坐下来，浦云参与豪儿哥和建哥的聊天中去。我告诉三爸爸，我母亲现在身体不错，内心也平静，对他早没什么责怪，让他不要过于自责。三爸爸轻轻地吁了口气说："我知道她不会怪我，要是你爷在，我什么都放得下。而如今她一个人，我哪能不挂念，这辈子我最对不住的人是她。都说人老了会变得通达，可是这些年我老梦见白莲浦，往事忽左忽右地涌上心来，我也帮不了你妈什么，可心情还是有。你转告你妈，三爸有愧于她，三爸希望她健健朗朗地多活些年，三爸老了，愿意有她在世的念想。"

我理不明白，三爸爸怎么会对母亲产生了这样的依念之情，他让我感到一阵酸楚，我忍不住说："三爸爸，人生走过了的路途无法更改，何必要这样去折磨自己和身边的人呢。浦云和浦云的妈见你这样子，她们心里怎么想？再说我妈真的不在乎你记得与不记得，豪儿哥建哥还有我都是母亲的安慰，你莫自寻烦恼，想老家了，一家人回去看看，我妈肯定会接待你们。"

三爸爸又吁了一口气，说："她有她的理儿，自然不在乎我记不记得。可我有我的错儿，这辈子就宽待不了我自己。"说过，他喝了一杯水，不再说话。

我一时愣着，不知如何是好。

浦云过来，伏在三爸爸肩上，脸凑到他跟前说："老爸，又在搞自我批评啊。其实大家都不在乎这事，连老家的大妈也是这样子，就你无事生非折腾自己，弄得妈妈也不开心。记得有首诗言：满目河山空念远，不如怜取眼前人。这样才对哦，不要等到眼前人也变成了远人再去空念想，那有什么意思呢，我的老爸，想想你宝贝女儿的话吧。"

浦云的一番话，似笑似闹，却含着真切的道理。

两个哥哥和我们一起给三爸爸敬酒笑闹，三爸爸看上去又开心了许多。那时我就想啊，大人也同小孩子一样，为做错事而后悔，其实这样的对与错在多年以后早变得不那么单纯为对与错，道理虽然人人明白，却仍要固执地去惩罚自己。

长辈的事儿，我们作为小辈看在眼里，也帮不上他们什么忙，还是要他们自己去找寻放归自己的心路。

9

每逢寒暑假，我必定回到白莲浦与母亲一起生活。念大二那年，我将浦云带回了白莲浦，母亲见到浦云很是喜欢，说这伢儿跟栀子花一样细腻香净，舒手舒脚的大模样儿，一看就是体面人家生长出来的。浦云傻丫头悄悄地对我说："白云姐，大妈素净得跟个道姑差不多，你看她将头发全拢梳成一个圆圆的发髻，清瘦的脸庞，恬淡的眼神，神情和顺，这哪里是个普通农妇，哪有天天上山拜佛、拾柴、下山弄渔船、织渔网、夜里翻棋谱悟玄机的农妇，我简直要拜她为师，听听她讲玄说道。"

我知道母亲现在过的生活完全是爷在世时的生活模式，只是她没有顿危师傅来陪着下棋，不过没关系，孤灯之下，她已习惯一人双下，每下至收关时，她大致扫一眼黑白子儿各占的目数，就搁下来放着。第二天醒来，又端详一阵，再各自收聚黑白棋子儿放在小藤篮里，从不真正地收关。

这年，我大学毕业，工作还没有明确定向。浦云已是北京某所高校历史系大二的学生，暑期又吵着要再回白莲浦。想到以后工作了，难得有长时间陪她回白莲浦，答应她这次一定要玩个痛快。

浦云再次回来，坚持要住云踪屿。母亲顺她的意思，划着爷留下来的小船带我们去云踪屿，将石基小屋打扫清理干净，并重新安放了两张小床铺，挂上蚊帐，供我和浦云歇息。浦云掐了云踪屿上的小野花儿，拿一只小瓶装上水插放好，将小瓶子放置在灰白的石窗台上。做完这些她倚靠在石槽门边，看水库遥遥的波面上鸟儿上上下下飞来飞去，水库四围进进退退的山峰葱茏碧绿。浦云眯着眼，偏低着头笑着回望我："白云姐，我仿佛在梦里似的，梦里我回来过呢。你看我这样子，像不像等郎来的小阿妹呀？"说得我和母亲都笑了。

她这样子，倒让我想起爷在世时和母亲的一件旧事。记得那是一个细雨霏霏的秋天午后，母亲抱着干爽的夹被和一个干净的枕头带我来云踪屿替爷换下脏了的被褥。大凡秋雨缠绵，我就显得格外的困。母亲在整理小屋时，我迷迷糊糊地伏在爷的小床铺边睡着了。那时爷被村长抽出去做水利，说好要半个月才回来。可是离回家还有两天时，不知怎的他提前回来了，还是从水库那头的茄子岗摇船直接来到屿上。爷上得屿上，见我睡着了，笑着对坐在门前清整杂物的母亲说："我就晓得你在这里，连家都不回。"说完一屁股坐在石门槛上。母亲起身给他倒了一缸子茶水，问他怎么提前回来了。爷嘿嘿地笑道："麻喷雨儿稀，哪有丈夫不想妻。"母亲嗔怪道："才出去几天，学得一张油嘴回来。"爷回来我实际上似睡似醒，但又醒不完全，迷糊中听到爷和母亲说话，感觉爷说的话儿又顺口又好听，只是爷很少说这样的话儿。现在想起来，爷和母亲的情义真是浓而又浓，甜而又甜。母亲年轻时大概也似浦云这样的清纯得人爱。

　　暑假期间，我和浦云每天晚上八点左右来屿上，上午九时以后离开，因为小屋太低矮，旁边又没什么杂树生阴，尽管小屿处在水中央，酷暑季节里白天仍是格外的炎热。

　　逢上有月的夜晚，浦云感慨万千："白云姐，我们好像回到古代了，看这里的月亮，自大自小自个圆缺，听那僧敲鼓点夜沉沉，嗅那风送荷露香，鱼儿浅水嬉，我都想活到跟天地一样久……"

　　浦云沉浸在白莲浦美妙的夜色中，有说不尽的感慨与留恋，于我来讲这一切不过是又一次身心的回归，白莲浦的一切都化为魂灵永远跟随着我，走到哪里都有它来昭示我。

　　我和浦云在家的日子，建哥回来得会比平常更多一些，他已是当地赫赫有名的财神爷，财大气粗更显得他派头十足，每每驾车回来，吃的喝的几大箱子往家里搬，母亲仍像多年前那样叮嘱他节省着点，不要乱花费。我和浦云才不管那些，安然享用。

　　浦云边喝着饮料边说："白云姐，扯你的衣角我也添了个哥哥，建哥有个小名对吧，是叫什么细牛儿的，以前听我哥说过，现在忘了。"

　　建哥抿嘴笑着，不搭腔。

　　我告诉她，他叫壮牛儿。建哥扬眉笑瞪着我，有点相视一笑的感觉。偏这落入浦云眼中，她嚷道："肯定不是这名，你们瞒着我。"

　　建哥说："没有，就是壮牛儿，你不觉得我像牛儿那样健壮？"

　　我们在家闹嘴玩，屋外忽地变得阴沉起来，云层自白莲浦外的天际处涌过来，黑压压铺伏上了浦上的闲滩荒岸，田野里的秧苗谷物一片晃荡，水鸟山雀匆匆忙忙鸣鸣喳喳地飞过。我们走出屋去感受大雨之前的劲风，看这片天地之间霎时变化中万物的惶惑。

　　雨点一颗颗掷下来，石子落水般溅起一晕轻尘，顷刻雨点密集起来，把我们打进了家门。浦云站在门口，看屋外雾水一片，说："乡下的雨下得真有趣，雨像被人赶着似的踏过来，看伏在屋檐前哭得多可怜，谁惹得它这样伤心哦？"

　　建哥笑着说："云儿，你看浦云这小丫头倒像个坐绣楼的小姐！"

　　浦云望着建哥笑，不说话。

　　我走到浦云身边，对着她的耳朵说："是建哥惹的。"

　　浦云一串脆生生的笑声在雨天里响得格外地明亮，她指着我对建哥说："白云姐说是你惹得雨这样伤心的，你说是不是你？"

　　建哥望望我又望望浦云，半天才说："我没得那本事吧。"

聊着聊着，天放晴了。雨后的天空格外清新，浦云说去山中的水库划船吧，这个建议我和建哥都赞成。

此时的山峰一派清明爽净，身旁的青枝亮叶上不时地垂滑着雨滴，惹人怜爱。

建哥划过小木船，把我和浦云搭手扶到船上。他慢悠悠地向云踪屿划去，浦云用手不停地在水中搅摆，时不时地发一阵感慨，说什么现在哪里也不想去，要永远留在白莲浦。

小船过了一峰弯，浦云惊叫道："你们看，彩虹彩虹！"

啊！真是一条七彩飞虹啊！这条飞虹正架在两座高峰之间，弓形顶在水库的上空，我们坐在小船上仰望它，不停地赞叹天地间的这份美丽造化，恨不得搬来梯子搭架而上。

建哥带了一部相机，他慢慢地将小船靠向云踪屿，从不同的角度调试着拍下彩虹。建哥替我和浦云拍了几张以彩虹为背景的相片，浦云要求与建哥合拍一张，我从建哥手中拿过相机，认真地选景。水畔后的半空中一轮彩虹精美如画，湖光山色相互映衬，恰时临近晚午，阳光璀璨过朝霞，又不渗伤人的眼眸，图景中浦云裙裾轻扬，建哥如一树临风，任其依傍，如同明净的天空配上亮丽的虹霞，万物都是那样和谐丰美。

没想到的是，因了这张美妙无比的相片，我、浦云和建哥之间竟生出丝丝微妙来。

10

早在小的时候，我就知道人的际遇变化莫测，但我料定这一生与建哥不管以什么关系生活在这个人世，我们终会是一生相守，可后来我知道这不过是我一个人的美好想象，人生的际遇并不一定有可寻的轨迹，我有了失落与挫败感。

浦云拿到她和建哥的合影，日日夜夜不时端详，从她的眼中我看到她喜欢或者说迷恋上了建哥。她对白莲浦不再感兴趣，不停地打听建哥的过往以及现在的生活，我心里有些烦乱，但仍是将知道的一切告诉了她。

建哥再来时，她吵着要他驾车带我们去外面玩，建哥隐约感觉到什么，不时地用目光询问我，我避而不理，那时心里生了他的气，认定是他闹成这样子，再说这事儿只有他自己心里拿捏分寸，我不应当表示什么。

这次，我借故没陪他们一道出去。他们一走，母亲就过来陪我坐着说话儿。

"云儿，今年你已二十三岁了，学业也完成得差不多了，你建哥都二十九了，有些事该敲定的要敲定，这些年见你在念书，妈也没好跟你说起个人的事儿，现在你跟妈说说你的心事儿。建哥可是用心等你，这个你我都清楚，这四年你在外面念书，见的世面多，你对建哥还有没有那个意思呢？"

母亲的话让我如同误入了旧梦，过去的生活景象不停地来来回回，想起小时候细骚儿将心比月的事儿，心里难过起来。

我没有马上回答母亲的问话，细想几年来，我时常忘记建哥，但白莲浦的旧日时光幽幽地潜伏在我的心底，我所有的向外延伸都凭借它的内力，是它支撑着我，我希望它是我今生永远的据地，而不要因为某种特殊的情义去更改变化它，我害怕任何一种更改变化都会摧毁我内心的这片乐土。一面我试想过我与建哥能否存在爱情，这种试问的答案是模糊不清的。于是我试想与另一个人发生爱情更合适一些，不管将来怎么变化，建哥都将成为我生命中回退的据地，还是让他永远做我的哥哥吧。可是看到浦云和建哥如此，我真的感到心痛，有不可以承受的哀伤，我理不清自己该怎么做，也不想让母亲知道我此刻的心情，怕母亲牵强他。再说浦云这大概也算是初恋吧，因我伤她也不应当，最重要的也许还是建哥自己怎么做吧，再说了一时的喜欢也并不能定论未来的方向，这样想来，在母亲面前我居然装得像个有点修为的僧人，淡淡一笑说："妈，随缘吧，有缘自会在一起，没缘呢，拉扯也不中用。"

母亲用食指轻轻点了一下我的额头："你在这儿端着架子吧，等别人带走了人，你一个人找个旮旯哭鼻子去吧。"

母亲这一说，让我一下子不舒服了，气哼哼地说："他要是这么一个人，要他有何益？尽管走好了。"

母亲一愣，浅浅地坐下来叹口气："云儿，人生在世，没得几人像你这样活，有些事儿由不得你想。世上没有生下来的坏人恶人，都是生活打磨成的，我只是担心你这样的心性遇上真心待你的人，将一辈子幸福，遇上个没良知的人，哄你就像小伢过家家那样轻松。建成这些年不在我们身边，看着仍旧是他，但我们不一定知道他有些什么变化……"

我不想听母亲这样说建哥，便对她说："妈，不管他怎么变，我想他是我哥这一生都变不了的。我只求保这个底，其他的我想可能真的需要缘分来解决。"

母亲没再说什么，找出菜篮子问我要不要一起去菜地。在家没什么事儿，我愿意陪母亲去逛菜园，这是我向来喜欢的事儿。

在浦云正痴迷白莲浦及白莲浦上长大成人的建哥时，豪儿哥来电话说三妈妈病重，让我们早些去北京，而且三妈妈想见我母亲一面，希望母亲能一同去。

母亲略思索了一下，还是答应了下来。

当天我和母亲建哥护送着茫茫无措的浦云飞往北京。

我们离开北京不足两个月，三妈妈竟病成这样，是我和浦云怎么也料想不到的。浦云见过三妈妈后，一人躲在窗户旁，借着窗帘的遮掩悄悄地掉泪。

病床上的三妈妈见母亲来了，颤抖着伸出枯瘦的手，母亲上前双手捧握着，一时两位母亲没有说一句话，只有眼泪轻轻地滑下来，人生多少的恩怨至此只剩一行清泪，她们相怜相惜。

这一幕让我们这些儿女们感伤无语，人生更多的应是相互疼爱。

三妈妈还是走了，平静安然地走了。

三妈妈一走，三爸爸突然老去许多。

一天下午，我和母亲在宾馆正商量着回老家的事，三爸爸来了。给两位老人倒了茶水后，我回避到里间看电视，可屋外的谈话我仍能依稀听到。

几天来三爸爸在我母亲面前，一直是欲言又止的神情。今天还是母亲对他说开了："老三，有什么话你就直说吧，别压着自己，活着就要健健康康的，让孩子们放心。"

三爸爸抖抖索索地说："白莲，我对不住你，对不住老父我的好丈人，他当初用心用意地对我好，希望我能好好待你一辈子，我却……日后我死了拿什么脸面去见他……"

"老三，人死如灯灭，就是在天有灵，我父现在也想通了，不会怪你。你放健当些，少想这些过去的旧事，过几天又是重九，我呢，也要回白莲浦去。"

两位老人面对着即将的别离，相互宽慰对方，也知道此去各个都是未可知，顾惜之情都出于心灵深处。他们慢慢聊着些旧时的人事，我在里屋一片伤怀，人生能说哪样是对哪样是错呢？哪是真哪是假？宽宥了世事，自会赢得真海与彻悟。

离开北京之际，我们一致不要三爸爸前来送母亲，只让他们在电话里通话，说着说着母亲哽咽了，可以想见三爸爸那头同样是黯然神伤，好在有浦云和豪哥在身边抚慰照顾他。

重九前两天我和建哥一起送母亲回白莲浦。母亲经见这一世事变化，心里同样有许多哀思，人显得疲倦不堪，我决定在家陪伴照料母亲一些日子。

重九这天上午，母亲挽着竹篮，里面盛装着祭奠爷的酒水菜肴冥钱香烛，来到爷的墓地前，我正好自青岗峰上下来，手里拿着用菊花编好的花环，准备献祭给爷。我和母亲祭奠过了，母亲拿锄头细细地刮坟地里的衰草，边和我说些人情世故的话儿。我边听着边将花环套在墓碑上，如同套在爷的脖子上，我甚至能感受到爷正笑眯眯地看着我。我蹲在爷的坟前拣开较大一些的石子，不时地站起来看看白莲浦四围的山水闲径，远远地看到顿危大师自一条山路往这边来。十多年没见到他，看上去他似乎没有多大的变化，只是背稍稍有些驼，但还是能一眼认出来。我忙喊母亲，母亲抬头一看，放下锄头，来到离爷坟地极近的山路一侧等着往这边来的顿危师傅。

顿危师傅走近，双手合十，道了声"阿弥陀佛"，母亲忙低头跟着默念了一句什么。顿危师傅抬眼对母亲说："施主，老僧要回乡了。"说罢眼神似乎扫过了爷的坟茔又似乎没有，他径自走了。母亲对着他的背影，伏地而拜。我忙上前去搀扶母亲，站起来的母亲冲着顿危师傅的背影洒下泪来。我有点莫名其妙，想问母亲又怕扰乱她的心思。

第二天上午，母亲带我来云踪屿，刚坐定。青峰寺的钟鼓鸣成一片，我问母亲庙里出什么事了？母亲说："顿危师傅去仙乡了。"我说什么也不相信，昨天还硬硬朗朗的顿危师傅怎么会说不在就不在呢？母亲说他昨日前来，是有意而遇，有些僧人临死前会向生前走得近的施主道别。

以前常听人说佛家人万事皆空，这个空原本也是有个对应的不空。人世间俗人也罢僧人也罢，心里都有理有念，在世求存的方式不一样，拈花一笑也是有花有笑，人世温暖最为重要，他来招呼一声，便是传存暖意儿，活着的人需要这个仰捧。

不管俗世之中我们是什么样的人，有了温暖才能相安相存，我慢慢地明白爷和顿危师傅的友情，爷和母亲的爱情亲情，以及三爸爸三妈妈之间诸多的情义，还有豪儿哥浦云细骚儿和我之间的情分，不论世事人情如何变化，我们一定要让它长久地温暖着。

我在白莲浦待了一周，母亲要我去北京，让我到北京后多陪陪浦云，多去看望三爸爸。我问起她一人在家怎么办？母亲说："你走了，我去云踪屿住住，回家住住，不会生闷，再说垸下老小都挺关照我的，又有你建哥时常回来看我，你放心好了，我这身子骨还硬朗呢！"

看着母亲的情形，我相信母亲已平静了，因为这些年母亲就是这样走过来的。说起浦云，我真的有点担心她，一向生活在福窝的女孩子，一下子母亲去了，父亲苍败无神，她怎么过？

我来到北京，豪哥已给我联系了一家单位，虽说与专业不对口，但更适合生存。我前去看过一次，也算不上是报到，就着这个空闲我可以陪陪浦云。

浦云因为三妈妈的过世，三爸爸的落寂，她倏然长大成人，变得沉默少言。我们偶尔相约出门，多半是寻个地方坐下来，喝点茶，说几句天高云淡的话。我清楚这不是我们内心有什么疏离，而是我们已经踏上人生的又一段征途，生活中突临的际遇让我们只得以沉默来应对，似等待似无言地接纳也似包容，也是我们眼睁睁的无可奈何。

豪儿哥和建哥到底是男人，他们能以事业为重心，而摆脱其他的各种干扰，在各自的路途上仍是一往无前。我和浦云论起两个哥哥来无不自豪，只觉得我们的人生有厚重的依托，不应该有什么不安与惧怕。

渐渐地，我和浦云自三妈妈和三爸爸的不幸中脱离出来，开始了各自有序的生活。

临近春节时，我开始还打算着在北京陪浦云过年，后来建哥打电话来说，单位一放假，你就赶快回白莲浦，母亲身体不太好。

我怎么也不相信母亲的身体会不好，在我的记忆中母亲从来就没有身体不好过。不等放假，我就提前了两天赶回老家。

回到白莲浦，又是枯寒阴冷的天气。才三个月不见，坐在藤椅中的母亲竟衰老得这样快，似乎空气中有某种东西吸干了她，枯瘦的脸，呆滞的神情，少语而又长久地愣怔。我真想抱着母亲大哭一场，我责怨建哥对母亲照顾得不周全。母亲听了，冲我摆摆手说："莫怪建成，伢儿，妈的时候到了。"说完后竟似要睡觉一般，眯缝着眼耷拉着脑袋。

我让建哥抱母亲回屋睡，母亲没有抬头睁眼，伸手缓缓地摆了摆，说："让我坐在这儿。"母亲就这样坐在寒风一阵阵吹来的大门口，好似要等候谁归家来。我关闭了门窗，切断所有外屋的寒凉，亮了屋内的灯，又把炭火弄得旺一些，让建哥抱母亲回屋躺下。母亲没有再坚持，半靠着被褥舒展了脸庞，有了安然的神情。我和建哥进进出出跟她说话，吃吃喝喝热热乎乎地照应着，母亲竟然睡着了，还有了鼾声。我鼻子一酸，母亲真的衰老了。

腊月寒天，母亲不时地要我和建哥送她去云踪屿住一住。我和建哥买了御寒的衣被和用具，每每给母亲更换时，母亲总带着暖暖的笑意儿由我们侍弄，不出声地抿着嘴笑。

一天，母亲又要来屿上，我和建哥送她过来后，她便叫我们回去，她要独个儿静坐一阵。我们在离小屿不远的小船上望向她，冬日午后的阳光稀薄而晃悠地照在屿边的几株枯芦苇上，母亲在一侧如一株矮树长在那里，她勾着头打盹，嘴不时地努一下，似含着一口的梦话欲说又留，漾漾的水波轻轻地抚着屿石，怕惊着母亲的沉沉酣梦，我想不明白母亲为何一下子这般地苍老。

夜里，母亲不回家，我和建哥只得陪她在屿上住。母亲这晚精神气特旺，话儿也多了些，她说她这一生过得真好，尤其是在有豪儿哥之后又添了我和建哥这对儿女。说着，她伸出双手，分别握住我和建哥的手，她有点乐呵呵地说："我还能捉住你们两个呢！"说着把我和建哥的手叠在一起，她抬眼看着建哥说："你妹妹今生就交给你照顾，你不许丢下她哦。"母亲说话，亮着眼盯着建哥。建哥隐含着眼泪不说话，冲母亲重重地点头。

母亲又扭头看着我："有什么心事儿跟你哥说，莫隔着肚皮猜心思，你哥是个老实人，凡事儿你说明白些，你轻的重的话儿他都承受得住。"

母亲说完，笑眯眯地看着我们，像极了爷曾经的神情。我的心一抖一抖的，母亲已有了要陪爷的意思，我嘤嘤地哭，母亲笑着说我成了小孩儿，建哥在一旁红着眼看着我和母亲，不出声。

夜半中，我迷迷糊糊地睡着了。

睡梦中，一片金色的光亮中走来了爷，爷的旁边跃动着紧紧相随的两只小小红毛狗儿，我在画外，看到母亲笑盈盈地走向爷，他们含笑相逢，然后各自抱起一只小红毛狗儿背离我，慢慢地化入渐渐耀目的光亮中，慢慢地几乎都看不到他们了，我正焦急万分，建哥急急地推醒我说："云儿，妈——怕是要走了！"

母亲最后睁开眼，看着她跟前的一对儿女，流泪了，却说不出一句话来。我和建哥一人握住她的一只手，可她最终还是走了，随爷去了。

这天夜里，远在北京的三爸爸竟然也离世了，当建哥打电话通知豪儿哥母亲去世时知道了这一消息，豪儿哥自然赶不回来，我和细骚儿发送了母亲。三爸爸的骨灰留在了北京，陪伴着三妈妈，愿他们二老在另一个世界不再生嫌隙，能幸福美好地生活。

我的母亲走了，走到爷的身旁，两座坟墓并排而立，像两扇洞门，洞后是上通天下入地的深广幽邃大道，只是不知爷和母亲行在哪一条，我们日后是否能追寻得到他们我不得而知，只祈愿母亲能追上爷，他们能相搀相扶走上另一条永不离弃的路途。

豪儿哥和浦云是在母亲头七那天赶回白莲浦的，正是大年三十。

头夜下过一场小雪，次日浅浅地露出凉淡的阳光来，把河川山路上那一抹抹的雪痕映上一层浅浅的金色，透着逢迎新年的暖意儿。我们兄妹四人路过浦上，顺着小道来到母亲和爷的坟前供祭，并排的两座坟茔一新一旧安稳地坐着，这几天二老定然相互转达了离别后的尘事。此时的爷和母亲如若能感知到我们的到来，应有着满心足意的安然。而我心里，真的感觉母亲与爷已重聚，所以并不悲伤。

一些小山腰上四散着祭奠的人们，座座山坟给活着的人传送着隔世的温暖，活着的人因此有源可寻，有念可执，祭奠时已不必忧伤与哀戚，生命来向归程便是这样的运行，一代一代如此传承，不忍离去不忍归来，在人世的日子我们必得相亲相爱，相互依恋相互温暖。

我们闲话了一阵往事，沿着蜿蜒的土路向山里去，大家都想去看看白莲浦，再去探望一次云踪屿。

冬季的水库瘦了许多，云踪屿也就显得壮实了些。四围进进出出的山林似乎已睡着，山中静谧得连飞鸟也不见一只。水面透着轻寒沉静，全没了春夏的碧波细浪，如同暮年的人生光景，混浊的眼中全然是世事洞明的豁达与开怀。我们带着他乡的尘埃到来，似乎捅动了这群山这水域，我的双目早已潮湿：我来了，你们都好吗？

我的兄妹们同我一样，目祭这里的一切过往，爱在我们心底相互传达相互渗透。建哥以自居老家为主人，说起白莲浦即将要得到改造，国家已准备投资在此新建水利发电站，开年就动工。继而又说起自己新的规划，正说着，他的手机响起，原来是他妈妈请我们兄妹几个人一起去她家吃团年饭，建哥嗯啊地说着，把手机递给了我。

我接过来放在耳边，我还来不及叫喊她一声，她就说："云儿，回来过年吧，你们都过来，这里还有个妈妈等你们回家过年！"

泪一下子冲出我的眼帘，其他几位兄妹一一接过电话来听，大家幽咽地"嗯"了一声，说不出一句话来，都顺着羊肠小道向着阳光逐渐黯淡下去的浦西走去，建哥的车正停靠在那里。

【作者简介】

陈旭红：女，1970年出生。小说处女作《人间欢乐》发表于《芳草》2008年第5期，后被《小说选刊》转载，并入选花城出版社编选的《二〇〇八年短篇小说精选》。

选自《小说选刊》2009年第2期

哭　歌

薛　舒

1

你们外乡人，大概不知道什么叫"哭歌"吧？哭歌呢，就是一边哭一边歌，哭里有歌，歌里有哭，是哭和歌的和谐统一，是歌和哭的完美交融。这么说吧，刘湾镇上有一个祖上传下的习俗，但凡谁家死了人，亡人的女眷就要在葬礼上哭诉，历数亡人生前的成长经历、为人处世、事业成就、家道兴衰……那可不是普通的哭，那是有调门的，嗓子要好，音色要脆亮，音准要入调。而且，这哭的，还必须是有情节、有故事的歌。盖棺定论的关键时刻，怎么能不竭尽所能地哭出亡人一生的先进事迹呢？这样的歌，听起来是朗朗上口，千回百转。哭歌的时间呢，往往比较长，经不起折腾的嗓子就会沙哑，一沙哑，音色音准音量都打折了。所以，若是家里死了人，拥有一条好嗓子就十分重要了，不仅要嗓子好，还要能说会道，要有即兴创作能力，信手拈来即是歌词，这才算是一名好的哭歌手。这么一说，你们就知道，哭歌，完全是一门技术活了吧。刘湾镇人，就把这技术活叫"手艺"。

都说三百六十行，行行出状元，我们刘湾镇上的各行各业，都有一两个拿得出手的状元。比如竹器行的小卜，篮子筐子编得是样样精巧滑溜，家什用具成了工艺品，生意做到了美国加拿大。小卜把祖传手艺发扬光大，走出中国，走向海外，小卜无疑就是声名远扬的竹器状元了。再比如，林家好婆蒸的糯米糕绵软香甜，远近闻名，一到节跟前，别个镇上的人都会慕名来买，当场买不到，要预订。林家好婆当仁不让就是刘湾镇上的重阳糕状元了。哎呀，我们刘湾镇上诸如这样的行业状元，掰掰手指头，一双手都不够用。那可是货真价实的状元，没有黑哨，没有幕后手脚，都是一件件一桩桩做出来的。小凤仙的"哭歌状元"，就是她哭了一场又一场，歌了一曲又一曲得来的荣誉称号。

可是前些年，不是不允许搞唯心主义的活动吗？哭歌这门祖上传下的手艺，已少有人能学到个三五分像，几乎绝了传人。然而最近，不知从哪里吹来了一股风，一夜之间，就掀起了大办葬礼的潮流。哭歌的规矩，便随着葬礼的习俗，在刘湾镇上欣欣向荣地卷土重来了。只是，现在的年轻人，哪里还会哭歌呢？哭是会哭的，家里死了人怎么不会哭？大多是哭得鼻涕眼泪涂一脸，嘴里发出一些不明所以的"呜呜哇哇"声，最多是几声"爹呀"、"妈哎"，全数不明白哭的是什么内容。这么差劲的水平，怎么能让亡人心甘情愿心满意足地启程去极乐世界呢？怎么能让活人充分了解亡人辉煌灿烂的一生而以其为榜样化悲痛为力量继续努力继续奋斗呢？

卜家竹器行老太太死的时候，小卜就陷入了没有上好的哭歌人的困境。按老规矩，送葬时的哭歌声越响亮，哭的时间越长，就表示这家小辈越孝顺。若没人哭歌，不孝，那是肯定的。一般人家有丧事，就请出一两位稍稍能哭的七大姑八大姨，不能说哭得极好，但总算像个哭歌的样子。可小卜和他老婆，都是生在新社会长在红旗下的一代，当然不会哭歌。而且，竹器状元卜老板家的葬礼，那是一定要哭得质量上乘万里挑一的。现在的刘湾镇上，哪还有这样的人啊。于是，小卜瘦条条的人白净净的脸愁得越发干瘪狭长，像一根插在泥塘里过了季还未拔下的芦苇秆子。可小卜再发愁，也要想办法在大殓那天，让自己的老娘听着婉转绵长亦哭亦诉的歌声走向天堂。他不是不孝的儿子，怎么能给人留下不孝的话柄呢？有人提议，七大姑八大姨里找不出哭得好的，请旁人代哭也行。有人反驳说：旁人家里又没死人，凭啥让人家哭？一哭，把丧气哭上了自己的身，不吉利。前边那人就说：大不了花钞票，多拨点铜钿，还会没人愿意哭？

小卜最不怕的就是出钱，他有钱。穿着孝衣扎着白腰带的小卜当场拍出一叠卖竹篮竹椅的钱，用虽不响亮但却铿锵的语气说：啥人要是帮忙寻到可以代替哭歌的人，我一个钟头给两百！

旁人立马在心里算计起来：大殓那天，只消有一批吊孝的客人来，就要哭一场歌，一直哭到出丧，一天下来，起码有六七个钟头，我的天爷，一天就挣一千多？天上掉钞票下来啦！可是，重金聘请，也难找哭得出水平哭得出档次的人。谁能担当这样的角色啊！

小卜拍出的那叠钞票还在桌上，头顶的电扇呼啦呼啦地吹，吹得小卜身上的白麻布孝衣欢欣鼓舞地飘动着，吹得那叠钞票展开又合拢合拢又展开。客堂靠墙角落里，小卜老娘已经停止了一天一夜气息的身躯盖着一张白被单，床架子边插满了五颜六色喧腾热闹的塑料花，地上围着一圈冷库里拉来的大冰块，晶莹剔透的，小卜老娘就像是躺在插满鲜花的水晶棺材里。只是冰块正在义无反顾地从固体变为液体，地上已汪了一摊摊水迹。香火蜡烛的气味和着凉丝丝的空气飘满了灵堂。小卜老娘死在大暑天，明天再不火化，就要臭开了。小卜急得火烧火燎，嘴角顿时生出两个烂疮。

刘湾中学退休语文教师唐贵龙，被小卜请来写挽联，看小卜发愁的样子，他就蹙着眉头使劲想，想啊想啊，就想起自己的一个女学生来了。女学生高中毕业后，曾在镇文化站里做活，前些年，经常看见她在农村、工厂到处演出。唐老师说：这小姑娘，一折《宝玉哭灵》唱得可真是好啊！开首一句叫头"林妹妹，我来迟了，我来迟了"，从轻声呼唤，到呼天抢地，叫出了强烈的悲剧气氛。唱腔呢，更是高低自如、层层推进、如泣如诉，听的人是无不动容啊！

唐贵龙毕竟是语文老师，他丰富的词汇和生动的描述，让人一听便觉得这小姑娘的《宝玉哭灵》肯定是唱得绝好的。小卜大喜过望，他一把抢下唐老师手里的大楷狼毫毛笔：谢天谢地，总算有人选了，唐老师快去请，出多少钞票都可以，只要把伊请来。

唐老师身负重任、满怀信心地去了。大半天后，唐老师带着一个女人出现在摆满花圈挂满绸布奠帘的卜家客堂里。唱《宝玉哭灵》的姑娘来了。

这姑娘，就是小凤仙。

其实，小凤仙早已不是姑娘了，现在她是刘湾镇五金厂冲床车间工人姚春福的老婆，是刘湾中学高一男生姚谣的妈。那会儿，我们刘湾镇已经被规划为浦东开发区的一部分了，虽说地处远郊，但刘湾镇人面向上海浦东，背靠国际机场，一抬头，就看见银色的飞机在头顶上来来往往。所以，刘湾镇人是很识时局很领市面的。可小镇自有小镇的性格，好比乡里人再把房屋造成欧式别墅的外形，屋内的陈设，却还是八仙桌、长条凳、雕花木床蓝布帐。比如葬礼这件事情，刘湾镇人就不肯马虎。什么旧习俗都可以破除，就是不能在死人头上改规矩，不能在死人身上节省金钱节省精力。

起先，小凤仙无论如何不肯跟唐老师去替人哭歌，她说：帮人家哭死人，这种不吉利的事体哪能做？叫我男人晓得了，要骂死我的。

唐老师劝道：新时代了，不讲老迷信。侬反正蹲在屋里没活做，一天赚一千多的好事体为啥不做？你家男人晓得侬出门赚钞票，不会怪侬的。

小卜出的价的确有诱惑力，可那是哭歌，不是唱戏。小凤仙就推托道：哭歌这种活，老代头里的人会做，我不会啊。

唐老师便说：侬以前在文化站的辰光，不是唱过越剧《宝玉哭灵》吗？侬唱得台下的女人全部落下了眼泪，男人也被侬唱得红了眼圈。哭歌和唱《宝玉哭灵》是差不多的。当年侬唱得那么好，哪能不会哭歌？我晓得，侬肯定来事的。

唐老师一提起那些往事，小凤仙就有些发呆了，脑海里便出现了七零八落的乐声，扬琴二胡、锣鼓钹镲，响成了一片，涂脂抹粉的俏脸蛋、木板搭起的土舞台一一闪回。二十年前的事儿了，都过去了，可过去的事儿，还是小凤仙的骄傲，当然，也是小凤仙心头的痛。

2

小凤仙其实不叫小凤仙，叫什么呢？刘湾镇人从不打听。有一回，刘湾中学师生与镇上的部队官兵开军民联欢会，一位女学生，学着电影里蔡锷将军那个相好的，唱了一首叫《知音》的歌：山青青，水碧碧，高山流水韵依依，一声声如泣如诉，如悲啼。叹的是，人生难得一知己，千古知音最难觅……那声音，简直和李谷一一模一样，把那些当兵的听得目瞪口呆，然后掌声雷动，大叫"再来一个"。当兵的最擅长的就是拉歌，他们扯着嗓子齐声喊：一二三，快快快，四五六，来一个；一二三四五，我们等得好辛苦；一二三四五六七，我们要听小凤仙……蔡锷将军的相好就叫小凤仙，当兵的便也叫她小凤仙。小凤仙这个诨号，就是从那次军民联欢会上叫开的。高中毕业后，小凤仙没考上大学，那些年，大学录取率可不像现在这么高，也没有自费大学啊，民办大学啊，总之，要是没到分数线，就只能是哪儿来的回哪儿去。小凤仙仗着她的一条好嗓子，没有回农村种田，她被镇上的文化站招去做了一名文艺工作者。

说文艺工作者，其实平时没有演出任务时，就得在镇办绣衣厂里做活计，三抢农忙时节也要下地干活。只有正好遇到庆祝某届某中全会召开了、计划生育义务宣传周了，文化站才把文艺工作者们从绣衣厂里抽出来赶排节目。文化站会议室就是排练场，他们吹起笛子，拉起二胡，弹起琵琶，敲起扬琴，上海说唱《喜迎十三大》啊，沪剧《阿必大回娘家》啊，舞蹈《秋高气爽收割忙》啊，节目就这么一个个排出来了。然后就走街串巷、涂脂抹粉地到处去演出。那会儿，小凤仙可是刘湾镇上一颗小小的明星呢，小凤仙这个诨号，仿佛是她的艺名，被人们叫着，便更有了明星的意思。一个小镇姑娘，一不小心当上了明星，就多了一些别人不敢想的梦了。小凤仙的梦想，就是要做一个真正的明星。她找到县里越剧团唱徐派小生的名角方雅心，向她拜师学艺。她把绣衣厂里上班赚的钱，都付给方雅心作了学费。她也的确把个徐派小生学得惟妙惟肖酷似徐玉兰嫡传弟子，《宝玉哭灵》成了她的拿手戏，《宝玉哭灵》也成了文化站的保留节目。小凤仙撒开了双腿，奔跑在通往艺术圣殿的大路上，她要让自己变成一个专门从事文艺工作的人，而不是像现在这样，一忽儿在绣衣厂里做活，一忽儿在村间田头演出的业余文艺工作者。她参加了县里的戏曲大赛，兢兢业业地练，认认真真地演，功夫不负苦心人，得了一等奖。县里推荐上去，参加市里的戏曲大赛，又得了二等奖。小凤仙离真正的明星只差没几步了，刘湾镇人呢，干脆就把她当成了大明星，到哪里演出，都有人跟着看，还说：小凤仙来唱《宝玉哭灵》了。她不是刘湾镇人心目中的明星，又是什么呢？可真正的明星又应该是什么样的呢？小凤仙没多想，就这么可着劲儿地往明星路上挤着跑着，那是她的梦，或者，那该叫做理想。

要是这世道一直不变，也许，如今的小凤仙真的该是个大明星了。大明星做不成，那就像方雅心那样，进县剧团，做一方土地的名角儿。最差的，起码也能转成个正式编制的文化站干部，那也还是一个文艺工作者。坏就坏在，世道的变化实在太快了，人的脚步总是跟不上，所以这人，就常常会处于被动中。

那些年，刘湾镇上家家买了彩色电视机，他们看了中央台的春节晚会，看了上海台的歌手大赛，知道了唱《思念》的大陆歌星毛阿敏，唱《爱在深秋》的香港歌星谭咏麟，唱《北方的狼》的台湾歌星齐秦……他们，才是真正的明星呢。刘湾镇人见识了大明星，县剧团的演出就不稀罕看了，更不要说本地土明星的《宝玉哭灵》了。文化站的节目显然已不能满足刘湾镇人日益高尚的欣赏水准，便有单位在举办活动时，请来了市里的专业演员。哎呀，那可真是大受刘湾镇人欢迎！只要花钱，大明星都能请到。刘湾镇人的口味，就这么提升了档次，土豆萝卜不当菜了，本地明星迅速沦为过气明星。著名越剧明星钱惠丽来刘湾镇演《宝玉哭灵》时，小凤仙也去看了，一看，一比，就知道自己差得实在太远。不是大明星的唱功好到遥不可及，而是那派头、那阵势、一举手、一投足，说不清的有款有型。刘湾镇人是很识货的，大明星一曲唱完，掌声和"再来一个"的呼喊声经久不息。小凤仙也鼓掌了，也喊"再来一个"了，拍完巴掌喝完彩，就有一股强烈的失落感在心头潮涌泛滥。那是一种什么样的感觉啊！腮帮子发酸，心头钝痛，梦想好遥远啊，梦想破灭的感觉，大概就是这样的吧。

那以后，县剧团解散了，方雅心不再唱戏，开了家服装店做起了老板娘。小凤仙呢，文化站没有了演出任务，文艺工作者的称号成了虚名，她只能在绣衣厂里长久地做一名绣花女工。前些年，她是把心气养得有些过高了，究竟无法在本镇找到配得上的男青年，媒人也很少登她的门。仅有的几次相亲，也都是两厢里不满意的，人家找的是老婆，一个"戏子"，怎做得了正经家庭主妇呢？于是，高不成低不就的，小凤仙就成了大龄女青年。

大龄女青年已是过气明星，可还是有人把她当成下凡的七仙女，当年追捧小凤仙的男青年里，就有情深似海忠贞不渝的那么一个。五金厂冲床车间工人姚春福，一个老实巴交的大龄男青年，成了七仙女的董永。七仙女很识时务地认识到自己的地位和身份已不如从前，便下了凡，嫁给了董永。此后二十年，小凤仙再也没有唱过戏。

唐老师一提《宝玉哭灵》，小凤仙就发了呆，她已经多久没有亮过嗓子了？她都忘了自己曾经是个文艺工作者呢。那些年，她是把唱戏当成了吃饭，整日整夜琢磨着那些唱腔、念白、做功、身段，手里捏着针线，嘴里还哼着调曲。她终于想起来，她是有过这样一个梦的，不对，是理想。现在，那个埋在她内心深处的叫理想的东西，就像惊蛰夜后的一条小蛇，天一亮，就睁开了冬眠的眼睛，游移着身躯，顶撞着洞口淤积的泥土，挡也挡不住，就把小凤仙的心，顶撞得又酸又痛。小蛇要出洞了，小蛇在钻小凤仙封得牢牢的心呢。她就这么发着呆，在唐老师看来，她是蠢蠢欲动了，她是在犹豫。当一个人无法为自己定夺的时候，就得有人给她一个提示，或推她一把，她也就走出疑惑，走出困顿，走上一个新台阶了。唐老师尽管退休了，但几十年来，他做的就是给人提示，或推人一把让人走上一个台阶的工作。就这样，趁着小凤仙发呆的时候，唐老师拉起她的手，把她拖出了门。

一路往卜家去时，小凤仙竟有些恍惚。仿佛回到了许多年前，她在绣衣厂里干活，忽然就接了通知，要赶排节目了，县里领导要来检查工作，检查完工作还要请领导看一场刘湾镇人民自编自演的文艺节目。赶紧丢下绣到一半的衣裙，匆忙往文化站赶，大片油菜花金灿灿地后退着，青石板路面在脚下后退着，街边密密匝匝的房子后退着，文化站就在东市街尾。排演节目可比整天绣花好过得多，上台演戏掌声簇拥的感觉是多么让人满足啊，这实在是让普通人羡慕甚至嫉妒的快活事儿。演什么节目？《宝玉哭灵》肯定是少不了的，她小凤仙可是角儿呢，角儿总是想要上自己的拿手戏的。脚下的步子，就越发兴冲冲、乐颠颠了，欢喜流满了汗津津的脸。好了，文化站到了，色彩缤纷，人头攒动，香火蜡烛气味弥满鼻息，时有时无的哭声传来。哎呀，不是文化站，是卜家客堂，缤纷的色彩是花圈绸帘，攒动的人头是卜家亲眷，有人在哭，哭了几声，又被劝得不哭了。小凤仙恍惚的神思便转悠了回来。她跟着唐老师，竟已走到了正办着丧事的卜家，她不是来排演节目的，她是来哭歌的。这可怎么是好？她几乎想夺门而逃了，可唐老师在她身后轻声说：既是来了，就试试吧，算给你当年的老师一个面子。

小凤仙没敢逃跑，来了，就不能退回去了。况且，唐老师看得起她，还把她当学生，她能驳他的面子吗？那就试试吧，只能这样了。

3

第二天，小凤仙一袭素衣着身，两汪泪水长流，整整一天，她哭了五场。小凤仙不是一个天生的哭歌人，所以，她并不是一上来就哭得那么好、那么像回事儿的。她战战兢兢地站在灵堂里，灵床周围刚换上一批新的冰块，凉丝丝的气流携带着不好闻的气味，弄得她的鼻子一阵阵发痒。第一批吊孝客人来时，小卜在小凤仙身后叮嘱了一句：伊拉都是我家姆妈的侄甥辈。小凤仙点点头，沉了沉气息，准备开哭了。可这是哪门子的事儿啊，莫名其妙地，竟跑来替人家哭死人。为一个不相干的人哭歌，又不是在舞台上唱戏，叫她怎么能进得去角色？

小凤仙进不去角色，那群客人也进不去角色，三五个年轻人围着灵床，呆站着不知所措，场面就有些冷落了。灵堂里响起了嗡嗡的议论声，所有人都在等着小凤仙发音，他们等得都不耐烦了，都交头接耳、指指点点起来。这请来哭歌的人怎么不会哭呢？那时刻，小凤仙只觉背后被人轻推了一把，便不由自主地跨前了一步。背后推她的这双手，也许是小卜的，也许是小卜老婆的，更也许，是唐老师的。她没办法了，只能硬着头皮上了。小凤仙深吸一口气，然后眼睛一闭，嘴巴一张，人头簇拥的灵堂里，一声颤悠悠凄切切的叫板响起来：亲人啊——

这一声喊，顿时把嘈杂的灵堂喊得一片寂静，太安静了，这是在哪里啊？小凤仙胆战心惊地睁开眼睛，只见香烟缭绕，烛火闪烁，一张张脸在周围闪掠而过，那些脸上的眼睛，正专注地期待地看着中间的哭歌人。仿佛是多年前的某一个乡间舞台，小凤仙被赶来看戏的人们围绕着，她已经上场了，肚里的唱词正跃跃欲试。那时刻，她心神一念，手抚灵台，轻叫一声："林妹妹，我来迟了"，接下来，便是呼天抢地喷口而出的第二句："我来迟了——"真是惊天动地悲苦异常，听的人，汗毛孔顿时就打开了，心头便有一股股酸涩的气流蜂拥而出。这寂静的灵堂，难道不是舞台？这一声"亲人啊——"难道不是哭歌旋律唱响之前的叫板？小凤仙封存的记忆忽然全数打开，她果真是在舞台上唱《宝玉哭灵》，那么多人看着呢，该唱起来了，叫板结束了，就是散板、嚣板的唱腔了，悲切凄惨的哭腔随之而来：

亲人啊——你匆忙归九泉，叫我好生悲伤；

亲人啊——你不应我一声，叫我好生痛心……

　　眼前的亡人是谁？这已经不重要了，重要的是，现在，她小凤仙正在扮演一个哭亡人的角色。周围那么多的观众，那么多的看客，这不是表演又是什么？可分明，簇拥在周围的不是鲜花，不是掌声，而是大大小小的花圈和身着麻布孝衣的亡人子孙。过去那个唱《宝玉哭灵》的小凤仙，与现在这个哭别家死人的小凤仙，还是一个人吗？小凤仙啊，什么时候，你竟落得个哭歌人的身份？你是终于走近了你那个理想了呢，还是离它越来越远了？眼泪情不自禁地哗哗落下来，她哭得那么真实，那么尽情，她已经不是在哭那个平坦坦躺在冰块中的亡人，而是在为自己哭，为一个曾经灿烂如花的生命终于意识到自己的凋谢而哭，为活着的躯体与早已死去的灵魂久别之后再度重逢而哭。小凤仙大放悲声，她哭得可真伤心啊，泪水连绵不断，哭声撕心裂肺。所有人都受了她的感染，纷纷落起了眼泪。刚才还进不去角色的侄甥辈们，这会儿，也都一口一声"姨啊""姑啊""舅妈啊"地跟着哭起来。灵堂里一片哭声，悲惨不已。

　　小卜老娘葬礼的第一阶段哭歌结束了，大家一致认为，这请来的哭歌人，嗓音倒是松脆嘹亮，但由于初次上场，没有经验，因过度悲伤而忘了哭歌的真正要领。哭出来的歌，曲调过于单一，多了哭的凄切悲惨，少了歌的婉转优美；哭的内容范围也过于狭窄，只表达了失去亲人的伤心痛楚，而未诉说亡人生前的丰功伟绩。

　　小凤仙哭得伤心不堪，第一批客人出去了，她还站在灵堂里止不住地抽噎。小卜走进来，递给她一瓶农夫山泉：喝口水吧。

　　小凤仙接过瓶子，肩膀依旧一耸一耸的。小卜却说：这样子哭，旁人还没听出个所以然，侬倒要累死了。这才是第一批客人，一天下来怎么撑得住？

　　小凤仙的肩膀顿时停止了耸动，喉头里的抽噎声也消失了。她听出来了，小卜是嫌她哭得不够好，客人听不明白她哭的内容。她便想起来，今日里，她是替人家来哭歌的，不是来哭自己的失意哭自己的命运不济的，这么着力地哭，真是吃力不讨好。小凤仙迅速调整心态，她得给自己留点体力，既已开哭了第一场，那接下去，就要接二连三地进入这个新角色了。她要适应她的角色，又不能把角色当成她自己。这就是哭歌和唱戏的区别，唱戏是要把自己完全融入角色中，而哭歌呢，是要进得去，出得来，收放自如，那才能算是一个成功的哭歌人。

第二批客人来时，小凤仙就吸取了教训，她提醒着自己不要太投入地哭，要更多地想着唱的调和诉的词。果然，第二回有进步，然后，回回有进步，直到发送亡人前的最后一回，简直可以说是突飞猛进。这一回是代替小卜和他老婆，以儿子、媳妇的身份来哭诉。小凤仙的感情依然相当投入，但因前几回反复排演过，所以这一回，歌词的即兴构思十分到位，哭腔也很是婉转动人。人们在小凤仙的哭歌声中反复回顾着小卜老娘含辛茹苦养育儿女的往事，半小时的送行哭歌，把围观的群众和卜家近邻远亲都哭得分外悲伤。小卜和他老婆双双跪在灵前，更是泣不成声。小凤仙的哭歌是主旋律，小卜和他老婆的哭声是和声，衬托着小凤仙抑扬顿挫的曲调词句，声响效果便显得尤其悲切凄惨了。最后，小凤仙的哭歌，把小卜老娘的葬礼推向了高潮。

小凤仙人生中的第一次代人哭歌，就这样圆满完成了。参加葬礼的人们纷纷啧啧赞叹起来：哭得好，到底是有基础的，要嗓子有嗓子，要内容有内容。小凤仙呢，竟也有些暗暗得意，这就好比过去唱戏时得了热烈的掌声和喝彩一样，心头荡漾起隐隐的骄傲。许久未有体验的成就感，今日，又重新悄然来了。

豆腐饭吃过，葬礼宣告结束，客走人散后，小卜拿出一叠钱，递给哭得两眼红肿头晕眼花的小凤仙：今朝侬辛苦了，这是侬的工钿。

小凤仙接钱的手有些退退缩缩，脸都红了，好似这钱拿得不够光明正大。小卜就用他能说会道的嘴巴劝她：拿着吧，这是侬该得的，不要嫌少。

小凤仙这才接下钱，手里一掂，又觉得过于厚重，脸上又红起来，喏喏地说：卜老板，不消介许多的。

小卜手一挥，豪爽地说：侬哭得很好，很到位，这点钞票要的，以后还要劳烦……

小卜想说"以后还要劳烦侬帮忙"，说到一半，忽然想起自己的爹和妈都已经死干净了，以后若再要劳烦小凤仙帮忙，那死的就是自己或老婆了，这就等于是预约小凤仙在自己未来的葬礼上哭歌，太不吉利了，这事儿，怎么能预约呢？

小卜说到一半赶紧刹车，一转话头：现在改革开放了，不要觉得代人哭歌拿钞票有啥不妥，这和我编竹器，和林家好婆蒸糯米糕有啥区别呢？我们都是靠劳动吃饭，哭歌也是一门手艺，没有技术，没有水平，是哭不出好歌的。再说，超度亡灵的事，是修善积德的。下趟要有人家请哭歌的，我帮侬介绍，不要不好意思，这是很正常的嘛。

小卜究竟见多识广，嘴皮子三翻两翻，说出来的话就很在理。小凤仙捏着一叠钞票，听着小卜的话，心里，就想得有些远了。

4

小凤仙踏进家门时已是傍晚，她两眼红肿，脚步却分外轻捷。姚春福正端着一碗泡饭，就着一碟咸菜，吃得脸色铁青，嘴歪眼斜。儿子姚谣在房间里看电视，不知哪个港台歌星在唱歌，姚谣跟着电视大声吼着：安妮，我不能失去你，安妮，我无法忘记你，安妮，我用生命呼唤你……儿子遗传了小凤仙的好嗓子，十六七岁的大男孩，声音已近粗犷。

姚春福眼角瞄见小凤仙进了家门，没理她，继续捧着饭碗吃，吃出一片稀里哗啦的响声。里屋，歌声和着电视里的音乐声，越发响亮地传出来。姚春福不知哪来的火气，猛然把手里的碗往桌上一摔，瓷碗与桌面剧烈碰撞，发出一记响亮的钝击声，泡饭汤水泼了一台面，碗居然没破，姚春福的嗓音倒是撕破了一般叫嚣起来：吼什么丧啊，再吼，当心我给侬吃生活！

里屋的歌声戛然而止。小凤仙知道，姚春福一定听说她出去哭歌的事儿了，这是借着骂儿子，向她挑衅呢。她快步走到饭桌边，收拾着桌上的饭粒和汤水，有些将功补过的讨好劲儿，嘴里好声好气地说：春福，侬晓得今朝我赚了几钿？

姚春福嘴角一咧，没有回答，他是不屑回答，哭一天歌，就算赚上三五百，也是丢人现眼的事。小凤仙擦干净手，从口袋里掏出一叠钱，笑眯眯地说：一千六百呢。

姚春福一怔，呆了几秒，才说：什么世道？哭一天歌，倒比我一个月的工钱还多。

小凤仙眼皮又红又肿，说话声却依旧脆亮：人家肯出高价请我，一者是人家有钞票，二者呢，是我唱得好。

这女人，嗓子可真是天生的好，哭了一天也不见哑，说这话时，竟有些嬉皮笑脸的得意。姚春福的态度，就不尴不尬了。一千六百元，的确压住了他的火气，可这钱是老婆替人家哭死人得来的，实在有些下不去面子。他接过小凤仙给他的一叠钱，不由得叹息起来：侬讲，我的女人，出去给人家哭死人，这以后，叫我怎么走得出去这扇门？

姚春福显然不可能再发火，可他又不甘心被一千六百元钱打倒，于是要表示一下对这件事情的态度。当然不能过于强硬，毕竟，那么多钱已经捏在他手里。也不能太软弱，要不他刚才摔了碗，不白摔了吗？这时，也只有表达一下无奈的情绪，才是恰当的。有什么办法呢？去都去了，钱也赚回来了，总不能不让女人进门，也不能把钱扔了吧。

当年，姚春福娶回小凤仙，那可是把她当仙女啊，捧在手心里爱惜着供养着。

可家长里短的日子过久了，他就发现，娶个过气明星当老婆，一点实用价值也没有，不如找个身手麻利的持家女人。唱戏顶什么用呢？睡在床上，灯一灭，都一样。

绣衣厂停业关门后，小凤仙找不到活干，就待在家里给男人和儿子做饭洗衣裳，日子过得分外紧巴。头顶上的蓝天里，每天都有银色的大鸟从国际机场飞往世界各地，可她却连北京都没去过。物质生活没有进步，精神追求更是缺少，戏都没得唱了，更不要说外面时兴的卡拉OK交谊舞了。总之，小凤仙家的两个文明，抓得都不怎么好。

现在，已经没人叫她小凤仙了，刘湾镇人叫她姚谣姆妈。有时候，电视里的戏曲频道播越剧《红楼梦》，小凤仙一见就换频道，她看不得别人唱《宝玉哭灵》，就像一具死了的躯体，看到了自己活着的灵魂。灵魂在甩水袖，灵魂在念白，灵魂在吟唱……那个灵魂，早已脱离了这具死去的躯体，它回不去了。活人是永远看不到死去的自己的，可活着的灵魂，却可以看见已然与自己脱离了关系的躯壳，那是一种什么样的悲伤啊，只有小凤仙自己知道。所以，小凤仙是决计不肯看电视里播的《宝玉哭灵》的。姚春福呢，却一如既往地喜欢看越剧，他瞪着电视屏幕说：亏侬年轻时还唱过这戏呢，要不是侬唱《宝玉哭灵》，我们还会有今朝？还会有姚谣？

小凤仙就在心里反驳：要不是唱不成戏，还会有今朝？姚谣也不会是姚谣，而是别的什么谣了。当然，小凤仙没把这话说出口，心头却像长了一个瘤子，堵得难受。她便不再看电视，扭头回房睡觉去了。姚春福呢，没人和他抢，他就笃悠悠地坐在电视机前，独自欣赏着别人唱《宝玉哭灵》。小凤仙就想，原来男人是爱着戏里的角色，才娶了她这个扮演角色的人。现在，她每日里做的都是她自己，男人就不再稀罕她了。小凤仙越想越气，却只能哀叹：谁叫我连个绣花女的角色都做不上了呢？

可是今天，从小卜家回来的路上，小凤仙感觉心情与以往很是不同。也许是大哭了一天，长久堵塞在心头的污秽淤泥被冲刷掉了，忽然畅通了，已经差不多遗忘的满足感和成就感又回来了。她由衷地发现，她实在是喜欢被众人围绕着，成为一个群体的中心，成为万众瞩目的明星的感觉的。她甚至不怎么在乎小卜给的那一叠钱，钱是拿回来打点男人的，她内心所获得的满足和畅快，于男人毫无用处，所以，钱，便成了小凤仙哭歌所得的附属品，成了买一送一的那个送出的东西，当然，她把这附送的东西转送给了家里的男人。

姚春福果然被不劳而获的一千六百元弄得不知该不该责怪小凤仙了，他只是一味地叹息，然后把女人给他的钱收进了口袋，叹息着上床睡觉了。这一夜，小凤仙却没睡着，她辗转反侧，思来想去，脑袋里，竟是挡也挡不住的歌声乐声、台前幕后、上蹿下跳、从古至今……第二天早上起床，小凤仙的眼皮还是红肿的，精神却格外的好。她打点完男人和儿子的早饭，一大一小上班上学去后，她就锁了门，往东市街上走去。

小凤仙是想念在文化站排练演出的往昔岁月了，她已经有多少年没去过那个曾经那么熟悉的地方了？就好比一个被爹娘抛弃的孩子，长久流浪在外，都快忘记爹娘的长相了，因心里恨着丢了她的爹娘，所以刻意地躲着避着，不提及，不议论。不是这孩子不想爹妈，实在是这孩子太要强，心里是打着不肯原谅爹娘的结，在旁人看来，这就是一个冷漠的孩子了。小凤仙就是这个被爹娘抛弃的孩子，文化站呢，就是她落魄的爹娘。然而，是个孩子，总有想爹娘的时候，昨天在小卜老娘葬礼上的哭歌，让小凤仙终于无法克制了。于是，她决定要去一趟东市街，看看她失散多年的爹娘了。

文化站还在东市街尾老地方，小凤仙往门口一站，光线顿时暗下来，屋里冷冷清清的，只有一个年轻人在玩扑克牌通关。他低着头问：有事体吗？寻啥人？小凤仙说不上要找谁，她只是来看看昔日自己生活过战斗过的地方，或者说，她是来祭奠那个曾经死去的自己。她仿佛有了重生的感觉，三生轮回，她再次投胎，又活了回来。现在，这个很久前那么熟悉的地方，这艘曾经让她抱着希望把她摆渡到人生彼岸的方舟，已经破陋不堪。办公桌油漆剥落，靠壁的一排橱柜，拉门和抽屉把手都已脱落，吊扇叶片上蒙着厚厚的灰尘，光线昏暗，空气闷热，屋里弥漫着一股霉味，仿佛这世间万物都在改变，只有文化站依然保持着二十年前的老样子。小凤仙看着屋里一片狼藉的样子，鼻子就发了酸，眼窝里竟湿漉漉的。

年轻人的扑克牌终于通不下去了，他一把掳乱纸牌站了起来，发现了门口的小凤仙：咦，侬哪能还没走？有啥事体吗？

小凤仙笑笑说：没啥事体，随便看看。小阿弟，里边的那个会议室还在吗？

年轻人说：在啊，不过老早就出租了。

小凤仙心头一阵失落，随即，文化站站长邱寅生光秃亮堂的脑袋，就跳了出来：那么，邱站长呢？伊还在吗？

当年，邱站长可是刘湾镇群众文艺的发起人、组织者，也是演出队伍里的重要成员。他会吹小号、拉二胡，还会作曲。三十多岁的男人顶着一颗光芒四射的脑袋，带着一帮姑娘小伙下乡慰问演出，他的脑袋就成了小凤仙们的太阳，太阳朝向哪里，他们就跟到哪里。邱站长二十年前就谢了顶，都说他像个艺术家。二十年过去了，他过早秃谢的脑袋没让他变成一个真正的艺术家，现在，小凤仙看到的文化站办公室，更像是垃圾站的办公室。

年轻人在桌上布了一局新的扑克牌通关，嘴上回答：邱站长？哦，侬是问邱寅生吧，伊老早不在文化站做了。

小凤仙一怔，邱站长也离开文化站了？想想，又觉得正常，当年一起唱戏演节目的人，有几个不改行的？年轻人又一次低下头，投入到危难当头千钧一发的通关大业中去了。小凤仙觉得没趣，就想走了。转身离开前，忍不住又问了一句：那，邱站长，伊现在去哪里了？

年轻人手里翻着牌，语气已显不耐烦：邱寅生搞了个吹打班子，专门给办丧事的人家吹丧乐，全世界都晓得，侬哪能不晓得？

从文化站出来，小凤仙感觉心头一阵阵酸痛，可这酸痛里，又有一丝欣慰。邱站长去给人家吹丧乐，与她小凤仙去给人家哭歌，都是一样的工作，可谓异曲同工，心里，便对记忆中那颗光秃闪亮的脑袋，多了一些惺惺相惜的感情。看来这个世界上不只她小凤仙一个人丢弃了理想，做上了为死人超度的事情，这可真是时光如水，物是人非。小凤仙心里的酸痛和欣慰，就这么夹杂在一起，撩拨得她眼里又要情不自禁地涌出泪水。

5

自从在小卜老娘的葬礼上哭过歌后，小凤仙发现，刘湾镇上办丧事的人家格外多起来。那么大热的两个月里，小卜就给她介绍了两户。此后，就再也不用小卜介绍，人家自己会找上门来。现在，小凤仙已经不会再像第一次为小卜老娘哭歌那样，把自己哭得劳神伤怀身心疲惫了。现在，她的哭歌水平差不多到了游刃有余的地步，她能进能出收放自如。哭歌的腔调，可说是延续了《宝玉哭灵》的唱腔风格，刚烈中带柔情、悲伤中有控诉，她可以哭得周围的人等跟着一起掉眼泪，也能让听者对亡人活着时的为人品格充满敬仰、爱戴和怀念。这样的哀悼，完全可说是具备了文学性、艺术性的哀悼了。小凤仙很快成了周边方圆葬礼上的一道靓丽的哭歌风景，高水平的哭歌，报价自然是不低的，办丧事的人家多半不会在丧事上节约用度，那是不孝，要遭人唾弃。小凤仙呢，往往在收钱的时候还会客气一番，显得她替人哭歌，不仅仅为赚钱。可不为赚钱，还能为什么呢？这个，小凤仙从未认真想过，也许，在她的内心深处，是把现在的哭歌与过去的唱戏等同相待。可还是赚了不少钱，这也是无奈的事情，过去的演出都是义务的，现在呢，还有哪个歌星明星会不收钱为你唱戏？

那一回，刘湾镇上活得最长的老人死了，死在一百零四岁生日刚过的冬天。百岁老人是镇上的宝，百岁老人一死，政府街道子孙亲邻就全部到场了。这么重要的、高规格的葬礼，丧家是不会忘了把小凤仙请来的。除了小凤仙，他们还请了道场班子来念经，请了吹打班子来演奏。喜丧嘛，热闹得，简直像文艺会演。就在百岁老人的葬礼上，小凤仙见到了站在一群乐手中间，手捧喇叭，鼓着腮帮子狠命吹号的邱站长。乐手中有好几个小凤仙认识，他们和她一样，过去都是邱站长张罗来的文艺工作者，多年前，他们扛着乐器和道具的身影在下乡演出的队伍中，与小凤仙如影随形。

邱站长的脑袋原本只是头顶中心秃出一块，周围还绕着一圈稀疏的毛发，现在，中央荒漠地带已完全扩散蔓延，邱站长的脑袋就是一块不毛之地了。小凤仙只和邱站长打了个照面，来不及说话，便各自就位了。邱站长现在已经不是文化站站长了，他是吹打班子的指挥，浑身上下依然透着一股文化人的气质。每一批客人到来时，他就对二胡手笛子手月琴手快快叮嘱几句，然后，光芒万丈的脑袋轻轻磕一下，磕出一个启奏的节点，咪里嘛啦的音乐便奏响了。小凤仙呢，等客人走到灵床前站定，那边的音乐声渐渐停歇下来，这一边，她就拉开嗓子，哭歌声随即回旋而起。当年，小凤仙唱《宝玉哭灵》，都是邱站长给她做琴师。毕竟是曾经的老搭档，将近二十年没有操练，配合还十分默契，虽然一个是在堂外的场地上，一个是在堂内的灵床前，却似心有灵犀，音乐与哭歌，起落有致，相辅相成，绝不冲突。

百岁老人的葬礼，来客实在太多，所以，小凤仙哭歌的时候，手里是拿着一个麦克风的，居然还是无线话筒。外面的场地上，两台黑色的大音响站在冬天的阳光下，小凤仙的哭歌声，通过音响，传得特别遥远。整条街都能听见，街外的十字路口也能听见，十字路口四个角上的百货店、五金店、川扬饭店和魏记茶馆里的营业员、服务员、食客、茶客，都听见了带着混响效果的哭歌声：

　　春季里来杨柳绿呀，婶娘背我磨麦冻呀，弯腰曲背侬直不起身，哎呀，我的婶娘啊；

　　夏季里来荷花香呀，婶娘帮我赶蚊虫啊，蒲扇拍拍侬抱着我困，哎呀，我的亲人啊；

　　秋季里来菊花开呀，婶娘牵我学走路呀，大手挽着我肉肉小手，哎呀，我的婶娘啊；

　　冬季里来雪花飘呀，婶娘替我汰屎布唉，天寒地冻手上长冻疮，哎呀，我的亲人啊！

……

　　这一曲《四季调》，是替百岁老人的侄辈哭的，调子婉转凄切，内容耐人寻味。打一开口唱，小凤仙就落下了职业化的眼泪，边唱边哭，旁人听来，真是回肠荡气，肝肠寸断，便也跟着伤起了心，抹起了泪。一曲哭完，客人纷纷称赞，这哭歌，实在是好得没人可比了。小凤仙呢，从口袋里掏出一块手帕，擦了擦眼角脸面，镇定得像没事人一样。她放下麦克风，趁着下一批客人未到的间歇，一转身出了灵堂，跑到场地上的乐班前，冲着乐手中那颗光亮异常的头颅，欢天喜地地叫道：邱站长，老长辰光不见，侬近一腔里好吗？

　　邱站长赶紧笑呵呵地回答：还好还好，我老早就晓得侬现在哭歌哭得好，很有名气了，就是一直没碰着过，今朝总算听到了。哭得不错哭得不错。

　　乐手们纷纷附和：哭得很好啊小凤仙，好久不见，水平越来越高了。

　　小凤仙就有些不好意思，她对那些熟悉的面孔客气地说：好什么呀，瞎哭哭的。

　　说完又把目光看向邱站长：邱站长，侬觉得我啥地方哭得不好，帮我指出来哦。

　　邱站长就又是谦虚又是老道地说：没啥不好，没啥不好。有些地方，还可以提高，哭丧歌，也是有讲究的。这样吧，等一歇丧事结束了，抽个辰光，我给侬细讲。

　　小凤仙脸一红，就像当年唱戏时，得了邱站长的指点一样，更加好学上进起来：好啊，那下午结束了我不回家，我来寻侬，谢谢啊邱站长。

　　话说到这里，又一批客人到了，邱站长冲着乐班众人说：开始了，注意我头势。然后，他把小号塞进嘴巴，光头一点，音乐就起来了。小凤仙快步回到灵堂里，抓起麦克风。片刻后，乐声渐停，哭歌声再度凄婉唱响，这一回，是替百岁老人的孙辈哭的《上孝歌》：

亲人阿奶啊！一炷青香齐点燃，双手插下侬香炉。
我的阿奶！三张钱纸齐点燃，钱纸化灰侬知情。
……

　　屋外场地上，音响里的哭歌声震耳欲聋，邱站长听着，心里默默地想：小凤仙这个人，真是个可造之才，是人才，怎可以浪费了伊的好才能呢？

　　百岁老人的葬礼圆满结束，东家给的酬劳不少，邱站长拿了钱，一五一十分给乐班成员，打发大伙散场回家。这一边，小凤仙拿了钱装进口袋，便站在场角边等着邱站长。冬天的日头落得早，才下午四点，太阳已经发不出力。阳光就像烧得不热不冷的洗脚水，温吞吞的，风一吹，便一丝丝凉了下去。邱站长缩着脖子拢着袖子走过来，冲小凤仙笑笑说：叫侬等我，不好意思啊！

小凤仙爽朗地说：我是要向侬讨教，等等是应该的。

邱站长说：找个清净地方吧，总不能立在这里讲。

小凤仙想了想，竟想不出个合适的地方来。邱站长也想了想，说：侬要是不嫌简陋，就跟我去我们乐班的排练室。就是绣衣厂的仓库，厂子关了，屋子空下来没用，我就借来做排练室了。地方蛮大，就是冷。

小凤仙说：那很好啊，总比露天吹风好。

两人竟不避讳路人的侧目，出了百岁老人家的场院，向镇边的绣衣厂走去。虽然近二十年来，两人从未有过交往，但一经走在一起，小凤仙的心里，竟又如当年，充满了兴冲冲喜滋滋的感觉。身边并驾齐驱的男人，依然是那么熟悉，不需客套矜持，好似还可以如以前那样，为某一桩高兴事儿跳起来搲一把男人亮光的头顶，或者为演出成功纠缠着他请客吃八分钱一支的可可雪糕。小凤仙心情很好，冬日萧条的景致，在她眼里也有了暖意，掉光了叶子的榆树枝桠竟有几分盆景般的艺术性，远处的麦田露着斑驳的褐泥，潮冷的空气吸进口腔，果真如吃了邱站长请客的可可雪糕，甘爽清冽。

绣衣厂到了，刘湾镇边缘接近农村的地方，房子已经破败，围墙被拆得只剩下几堆残砖碎瓦，厂房周围是大片枯萎的荒草。远处，有人点了火在炭茅柴，一股股青烟在夕阳下袅袅蔓延，天色被草烟氤氲得灰沉沉的。邱站长掏出钥匙打开小仓库破旧的木门，小凤仙紧随其后，不禁一声惊叹：哎呀，真不错啊！

与外面的破落景致比较起来，小仓库的陈设要像样得多。五十多平方米的一间房，中央摆着四张课桌拼起来的大方台，方台上横七竖八地躺着二胡、笛子、京锣、小镲什么的乐器，周围摆着十多个油漆剥落的凳子，墙上挂着几件五彩绸布长衣，不是上好的料子，颜色倒鲜艳得很。邱站长说：进来吧。

房间太大，东西又少，小凤仙一进门，就感觉一股冷气直逼脊梁骨。她打了一个哆嗦，心头却分明兴奋不已。小仓库虽说简陋，但还是像足了一个排练场，这让小凤仙不由得想到了当年文化站的那个会议室，那陈设，那气氛，甚至散发出的陈年气味，都是一样的。小凤仙默默地观察着屋内的一切，心里差不多翻江倒海了。这一边，邱站长清了清嗓子说：抓紧时间开始吧。

小凤仙赶紧拖了一张凳子坐下，邱站长开讲了：哭丧的习俗，在我们这里历来就有。中国民俗文化中，哭丧占有重要的一席之地。确切地讲，是从汉武帝时代开始的。我国古时就有著名的丧歌，在我们这里，叫哭歌，书里叫挽歌。

小凤仙记得中学历史课本里讲过汉武帝，但不知道哭歌是从汉武帝那会儿开始的。她也没有向哪位哭歌老人拜过师学过艺，现在，邱站长娓娓而叙的样子，倒像是她的老师了。

邱站长继续：挽歌的代表作有《韭露》《蒿里》。《韭露》是为王公贵人出殡时唱的；《蒿里》则是为一般百姓出殡时唱的。这两首通行西汉的挽歌，是迄今为止有文字记载的最早的挽歌。

小凤仙十份惊讶，邱站长居然对哭歌的典故了解得这么清楚，她脱口问道：邱站长，侬哪能晓得介许多？

邱站长笑说：这几年，文化站没活干了，我就把老底子里会玩乐器的人召集起来，给办丧事的人家做点服务工作，所以才找来一些书，稍微学习了一点。

小凤仙仰脸看着这个男人，神情越发专注。邱站长拿起一把二胡，说：听听《韭露》吧，词是《诗经》里现成的，曲是我根据词的意思，自己琢磨着瞎配的。说着，吱吱嘎嘎调了一下琴弦，然后坐下来，把二胡摆正在腿上，抬起胳膊，拉起琴弓，悠悠然唱了起来：

> 韭上朝露何易兮。
> 露韭明朝更复活，
> 人死一去何时归？
> ……

这曲调，是小凤仙从未听过的，歌词，也不是现代人通俗易懂的白话。小凤仙听不懂，但邱站长唏嘘长叹的吟唱，和着二胡咿呀婉转的伴奏，听起来就格外的哀怨、凄婉，透着忧伤的美感。邱站长唱得很投入，青白的脸面上流露出一丝悠远的惆怅，面容虽已显老态，但整个人，却无以掩饰地透出一股清朗的书生气。

邱站长唱完《韭露》，停下弓弦说：《韭露》出自《诗经》，是为达官贵人哭丧用的，曲调比较优雅，悲伤的情感表达得收敛一些。《蒿里》就不一样了，《蒿里》哭的是平民百姓，所以，就比较泼辣和直截了当。邱站长复又拉起弓弦，起音唱道：

蒿里谁家地？

聚敛魂魄无贤愚。

鬼伯一何相催促？

人命不得少踟蹰。

……

果然完全不同，这一回，是凄惨刚烈的风格。两种丧歌，就像两个不同的女子在哭。一个是大家闺秀，一个是村姑农妇；一个是嘤嘤抽泣，一个是号啕大哭。小凤仙不能完全透彻地理解，但也有些微领悟。邱站长这么认真地又是拉又是唱，很容易地，就感染了她。她不由自主地跟着邱站长的二胡，咿咿呀呀地学唱起来。

天色已晚，屋里没有开灯，两人竟在昏暗中反复吟唱着，不似讨论哭歌，倒像是借着研究哭歌的理由，回顾着两人都不舍丢弃的那份感觉。屋内的空气越发寒冷，邱站长拉着二胡，闪着冷亮光芒的秃头动情地摇晃着，小凤仙站在一边，一词一句，一腔一调，可说是一丝不苟。两人好似回到了多年前的文化站会议室，为着某一场演出加班加点排练，饭也忘了吃，家也忘了回。

6

小凤仙回到家，已过了夜里八点半。姚春福还没回来，一准是在棋牌室里玩。姚谣在里屋看电视，这一回看的是那个把黑皮肤整成白皮肤的美国人，美国人唱歌不像唱歌，倒像是嚎叫，姚谣跟着美国人，一起嚎叫得十分带劲。家里乱糟糟一片狼藉，碗筷堆在饭桌上，衣服鞋袜东一件西一只地散落在各个角落。小凤仙叹了一口气，开始收拾屋子。她手脚不停地忙碌着，脑海里，嗓子眼里，却弥漫着适才绣衣厂仓库里经久不断的哀歌丧乐。

现在，姚春福已经不会在小凤仙出门哭歌回来后发出一声声叹息了。这大半年内，他用女人赚来的钱，为自己作了全新包装。姚春福出行的交通工具鸟枪换炮了，原来每天骑着去上班的破自行车，如今变成了一辆崭新的轻骑摩托，速度和舒适度，都是自行车所不能比的；姚春福配备了随身携带的通讯工具，他买了一台诺基亚手机，闲来没事，同事朋友之间发发黄色短信，生活顿时丰富多彩起来；姚春福还给自己买了花花公子皮鞋、梦特娇 T 恤衫、鳄鱼手提包，那都是十多里外的国际机场免税卖场里淘来的名牌货。姚春福身穿工作服、怀揣手机、驾着轻骑飞驰着去五金厂上班，厂里规定上班要穿工作服，没办法。一到礼拜天，姚春福如农村企业家一般浑身名牌的身影，就是刘湾镇上棋牌室、茶馆里的常客了。

姚春福花着小凤仙哭歌赚来的钱，却对小凤仙这个人，越发没了兴趣。每次女人哭歌回来，姚春福就会使劲擤着鼻子，好似她把死人的气息从葬礼上带到了家里：快快，去汰浴，快快，衣裳换掉，浑身的香烛味道，也不嫌恶心。

姚春福越来越像个有身份的人了，小凤仙看着脱胎换骨的男人，心想：原来自家男人还是很经得起打扮的，过去倒没发现，可见得，人只要一有钱，就能做得更像个人了。虽说钱不是男人赚的，但男人的相貌，倒是越发地挺括起来。要不说，男人四十一枝花，女人四十豆腐渣呢。

入夜，躺在床上，豆腐渣就有些讨好一枝花的意思了。豆腐渣探索挑逗，一枝花无动于衷；豆腐渣竭尽温柔，一枝花爱理不理；豆腐渣终于憋不住了，掀开被子跳将起来：姚春福，对侬客气侬不要当福气，我啥地方对不起侬，侬要这样子糟践我？

一枝花横眉冷对，嗤之以鼻：不是我糟践侬，侬身上一股香烛味道，我实在不习惯。

说完，翻个身，把背脊对着豆腐渣，顾自睡去了。豆腐渣黯然神伤，长夜无眠，泪湿枕头。好在，眼睛哭肿了也不打紧，她干的就是哭歌的活，眼睛是见天红肿的。

姚春福直到半夜过后才回家，一到家，就急急进房，抓起小凤仙脱下的外衣，伸手去摸外衣口袋。小凤仙没睡着，人躺在被窝里，嘴里说：钞票我已经摆到抽屉里去了。

姚春福赶紧拉开床头柜的抽屉，果然有一叠不薄的钱。姚春福把钱塞进自己口袋，深深地喘了口气，这才坐下来，点上一支烟。抽了几口烟，他对床上的女人说：扯那娘的，今朝输得屋里厢不认得，手机都抵给三老板了。

小凤仙腾的一下子从被窝里坐起来：侬讲啥？不是说只不过白相相，不赌的吗？

姚春福吐了口烟，不以为然地说：我这哪能算赌？人家真赌的，这点点钞票，毛毛雨。我讲给侬听算好的了，起码我没有瞒侬。

小凤仙爬出被窝，也不披件外套，穿着棉毛衫裤冲到姚春福面前说：侬是没办法，要不是问我拿钞票，侬也不会不瞒。好了，钞票还给我吧。

姚春福一脸莫名其妙：啥钞票？

小凤仙脸色都青了，不知道是冻的还是气的：刚刚从抽屉里拿的钞票，侬还给我。

姚春福用鼻子发出两记哼哼声，理直气壮地说：钞票我要拿去赎手机的。

小凤仙顿时跳起来去抓姚春福的外衣口袋，男人起先是捂着口袋躲，后来，在女人攻击力较强的追逐下，男人招架不住了，他一把抓住小凤仙的手，脸上做出一个凶狠的表情，说出来的话，却软弱到无以复加：侬今朝不给我钞票，我就只好拿命去抵了，老实告诉侬，摩托车我也卖掉了，侬要是想叫我坐监牢，我就去偷去抢，侬不要拦我。

小凤仙颓然倒下，一屁股坐到地上。这个男人，还是不是自己的男人呢？她抬头看着一脸丧气的姚春福，想起多年前，她下乡演出，他跟着下乡；她到县里参加比赛，他跟去做拉拉队。那时候，他对她是那么痴情，那么真诚。他有始有终地以戏迷身份追随在她身边，直到把她娶回家。可现在，这个男人怎么就变成这样了呢？难道是自己出去哭歌，哭回了一些钱，就把男人养成了这样？也许，这种迷恋看戏，追捧戏子的男人，骨子里就是公子哥儿，纨绔子弟，过去只是没钱给他挥霍，一旦有了钱，他早晚会变成这样的人？小凤仙越想越觉得悲哀，她甚至觉得这就是自己的命，她命里就该嫁这样一个败家男人。因为她热爱着唱戏，所以，她就逃不过戏迷的追逐，最终，也就逃不过这种男人给予她的悲惨命运了。

小凤仙没有从姚春福口袋里夺回哭歌赚来的钱，男人顾自躺到床上，衣服也不脱，似怕女人乘他睡着后抢回钱一样，就这么捂着口袋，和衣睡了。小凤仙穿着单薄的棉毛衫裤，长久地坐在地上，也不觉得冷。那会儿，她很想大哭一场，但居然哭不出来。她心里有很多哀怨悲伤，可就是欲哭无泪。以替他人哭歌为职业的女人，轮到自己悲伤时，却发现不会哭了。难不成，伤心了，想哭了，也要找个不相干的人来替自己哭？那会儿，小凤仙就想，整日里替人哭，有谁能替自己哭一场呢？

7

小凤仙正式加入了邱站长组织的乐班，邱站长给乐班起了一个正儿八经的名称，叫"丧葬礼仪服务公司"。邱站长的脑子很活络，他对小凤仙说：合起来做比单打好，本来我们乐班就是为办丧事服务的，侬给人家哭歌，也一样。我们强强联合，生意肯定会很好的。

小凤仙完全赞同邱站长的意见，最主要的是，她发现，跟着邱站长做，有一种找到了组织有了靠山的感觉。小凤仙早已是一个没有单位的人，虽然这一年来她的哭歌生意日渐兴隆，但长久的离群索居，让她始终缺乏安全感。入了邱站长的伙，她就不再是一个人孤军奋战了。

邱站长说：除了给丧家吹打，哭歌，我们还可以承接很多业务，比如丧葬需要的一切用具、仪式的操办、殡葬公司的联络安排，都可以做。

小凤仙的头点得像只啄米的母鸡，她做梦都没想到，有朝一日，她会再一次跟着邱站长村头田间跑来跑去忙活她的事业。邱站长真是太有经济头脑太有改革精神了，他说：既然要成立公司，服务是一定要过硬的，现在不是小打小闹了，得有规矩，有程序，有组织纪律。当然，最重要的是，我们的产品质量要上乘，那样才能在竞争中不被淘汰。

小凤仙对邱站长说的"产品质量"不太理解，她问：我们做丧葬服务，还生产产品？

邱站长笑起来：服务当然也算产品，比如侬给人家哭歌，这哭歌的好坏，就是产品的质量。现在侬不是代表侬小凤仙一个人了，侬代表的是整个公司的信誉，所以，哭歌的质量，是一定不能差的。

小凤仙明白了邱站长的意思，便似加足了油的跑车，立马要请缨作战了：邱站长，那侬给我再上上课，好坏我现在也是公司里唯一的哭歌手，不能唱砸牌子啊！

邱站长对小凤仙的态度十分满意，他说：侬讲得对，现在，我们要想办法搞出一套规范的哭歌本子，这需要我们共同努力。

这俩人，就是这样，有商有量，有理有节，简直好过相敬如宾的夫妻。

如果把哭丧归类为民间艺术的话，如今的小凤仙，又成了一名业务繁忙的文艺工作者了。而且，现在文艺工作者的事业还牵系到每一位从事该项工作的个人的经济效益，所以，文艺工作者的动力，就不单单是为艺术献身这么简单了。为了让哭歌产品更上层次，提高公司的信誉和效益，小凤仙经常与邱站长留在绣衣厂小仓库里加班操练。邱站长真是一个才子，肚子里的真才实学很多，给小凤仙上起课来，有讲不完的典故，摆不尽的理论。他们还一起到乡下去，找那些老得走不动路的老人，搜罗来许多过去流传过、现在已差不多失传的民间哭歌段子。翻开邱站长的笔记本，上面记录着什么"散哭"、"套头哭"、"哭经"；女儿哭母亲的"梳头歌"、出殡唱的"出材经"……厚厚一大本。经过邱站长的搜集整理，又有小凤仙的参谋，两人联手二度创作，编写出了一套《哭丈夫》《哭娘舅》《过奈何桥》等丧歌。当然，说联手创作，那是对小凤仙的抬举，创作的重头戏，主要还是归功于邱站长。在小凤仙眼里，邱站长的地位和魅力，更是与日俱长。

这个秃头男人，实在令小凤仙心生敬意。他浑身充满了文化艺术气息，无论如何，他与丧葬服务这个行业是搭不上边的，他应该是一个研究民俗文化的学者，是一个民歌艺术的挽救者，推广者。小凤仙对邱站长的尊敬里，就多了一些崇拜和爱戴了。也许，她自己并未发现尊敬、崇拜以及爱戴之间有什么区别，她只是喜欢听邱站长讲课，喜欢听他拉着二胡唱自己编写的丧歌，还喜欢跟着他去乡下搜集哭歌段子。总之，和邱站长在一起，能让小凤仙忘了自己是一个哭歌手。她感觉到来自邱站长身上的一种气场，这气场无时无刻不在吸引着她，让她越来越靠近了文化艺术的殿堂。哭歌手的身份，只是一个借以表现艺术的形式。用邱站长的话说，那就是：侬不仅仅是在为死去的人哭歌，侬是在用哭歌的形式，传播民间艺术，弘扬民族文化。

可是，刘湾镇人对于为文艺工作废寝忘食的人，总是难以用他们的思维去理解。这男人和女人经常一起混着，哪能消停？于是，绯闻就很容易地出现了。那晚，小凤仙回家后，破天荒地发现姚春福没有出去打牌，他躺在一张新买的摇椅里，表情严肃，目光凌厉地看着刚进家门的女人。小凤仙懒得和他说话，现在，男人除了她口袋里的钱，还对她身上的哪个部位有兴趣？

男人却开口了：听讲，最近，侬日脚过得很滋润啊。

小凤仙心里咯噔一下，随即回道：要讲日脚，还是侬比我滋润，侬不赚钞票，倒不缺钞票用，潇洒得不得了。

这对夫妻，就这么钉头碰铁头，一说话，火焰砰砰四溅。女人厉害，男人也不是吃素的：侬帮着野男人赚大头，我用侬点零头钞票，头上还顶个绿帽子，不罪过。

女人当然更不买账：侬闲话讲讲清爽，啥人给侬戴绿帽子了？

男人从摇椅里跳起来：侬还有面孔叫我讲"清爽"，全世界都晓得侬跟那个秃头不清不爽，侬当我戆大啊！

女人跳得更高：姚春福侬不要无中生有，血口喷人，侬自家在外面花天酒地还有面孔讲我？

男人哈哈笑起来：侬看侬看，连讲话的腔调都变了，"无中生有"、"血口喷人"？文绉绉的，哪里学来的？还不是从野男人那里学的？我看侬身上飘出来的，都是野男人的闷骚气味了！

女人完全被激怒了，几乎像只被黄蜂叮了一口的小母鸡，蓬开翅膀，向着男人扑将过去。只听得一声脆响，是肌肤与肌肤的撞击声，男人的脸面和女人的手掌在刹那间剧烈碰撞。女人的手掌一阵刺痛，竟一路痛到腋窝处。力道太猛，实在太猛了。男人呢，脸上顿时泛起一片赤红，他捂着嘴巴，目瞪口呆地看着两眼血红的女人，似不相信自己的脸已经遭受了女人巴掌的重击。呆了好一会儿，男人的嘴里才发出一些含糊不清的声音：女人给男人吃耳光，女人是要倒霉的，侬看着好了，总有一天侬要倒霉。

小凤仙的气焰实在是有些嚣张，平日里的好态度，只是表面应付，骨子里，可刚烈着呢。男人呢，究竟还是有些英雄气短，好不容易抓到了女人的把柄，想借这事诋她一下。他不是不在意外面的传闻，只是对这种事，他是无能为力的，谁叫自己不会赚钱，又花钱如流水呢？姚春福吃亏就吃亏在这里，一个让女人养着的男人，还有什么说话的权利？失去说话权利的男人，唯一能做的就是诅咒。他诅咒打了男人耳光的女人终将倒霉，当然，他的诅咒是要冒一定风险的，若女人真倒霉了，那他以后靠什么去玩牌赌钱？姚春福清楚地认识到小凤仙对他的重要性，所以，被打了耳光的男人再也没有向女人发起任何挑战。男人高高兴兴上班，平平安安回家；勤勤恳恳打牌，兢兢业业赌钱。男人的日子过得也不空虚，生活丰富着呢。

这一次较量，小凤仙显然占了上风。可占了上风的女人还是被气得伤心不堪，于是，便在下一次与邱站长单独排练时，倾诉起了她的苦楚。那天傍晚，绣衣厂仓库里，小凤仙哭哭啼啼地向邱站长复述着夫妻打架的经过。说的人哀哀切切，悲愤交加；听的人呢，是竭力安慰，温柔体贴。最后，邱站长伸出瘦削白皙的手，拍了拍小凤仙因抽泣而耸动的肩膀，语气凝重地说：同是天涯沦落人啊！唉——我何尝不是和侬一样的处境？

小凤仙不是很明白"同是天涯沦落人"的用意，但后面那句话，她听懂了，也就是说，邱站长与她一样，因为绯闻而遭受了老婆的猜忌和挑衅。小凤仙完全把邱站长当成了她的精神支柱，那会儿，她忽然产生一种错觉。她为什么要把家丑倒给这个男人听？为什么一站在这个男人面前，她的娇弱和柔情就毫无遮拦地流溢出来？为什么这个男人的手搭在她肩膀上，感觉是那么温暖，那么令她不能自已，不能平静？难道，外面有关她和邱站长铺天盖地的绯闻，都是真的？

小凤仙越想越糊涂，这么想着，就有些神情恍惚，看邱站长的目光，也变得迷离闪烁。那只搭在她肩膀上的手，居然长久地搭着，没有要离开的意思。女人适才悲戚不已的心，竟如一池被春风轻轻抚摸的水，荡漾起层层涟漪。小凤仙发现了自己身体内的异样感觉，这感觉，是从她开始做哭歌营生之后，再也没有从姚春福那里得到启发和引导的。她已经多久没有沾过男人的身体了？她都要忘了，做一个女人，是应该有着女人秘密的快乐的。此刻，她的身体里，心眼里，忽然就冒出了一种渴望，一种对享受女人秘密的快乐的渴望。

那个傍晚，小凤仙和邱站长在绣衣厂仓库里待到天黑尽了才离开，他们用自己的行动让绯闻变成了真实。临走前，邱站长挂着一脸严峻的表情，语重心长地说：都是有家有小的人，声张不得。

小凤仙说：我不是戆大，这种事体，我怎会声张？

邱站长点点头，打头出了门。小凤仙跟在后面，看着男人在黑夜里闪着亮光的头颅渐渐远去，适才还强壮有力生龙活虎的人，这会儿，脚步竟有些飘忽绵软。小凤仙心里就止不住涌上一股甜蜜的潮水。她想，看起来瘦弱文静的男人，刚才捏她胸前的肉团，竟是这般凶猛有力，简直粗鲁啊，都把她弄痛了。男人啊，一到关键时刻，就和平时不一样了。

那天，小凤仙整夜无法入眠，胸前不时牵出的隐约疼痛，让她既感羞耻，又觉甜蜜。可她究竟还是一个传统女人，姚春福不入她的眼，毕竟还是自家男人，哪怕闹到分灶吃饭分床睡觉，也不可能和他离婚。邱站长呢，家里也有女人孩子，更不可能做出离经叛道的事。小凤仙也能想通，日子过到这种份上，有个情投意合的人，足够了，还在乎什么名分呢？

从那以后，小凤仙越发像个气度非凡的女侠了，她把哭歌赚来的钱拨出一部分给姚春福，全当她养了一个吃软饭的男人。虽然男人并未在身体上对她尽任何义务，但她给他钱，仿佛是因为她让男人戴了绿帽子，所以要给他一定的补偿。当然，小凤仙吸取了教训，给自己留有充分的余地，不会再像从前那样，把钱全部给男人。若不留点钱下来，那就是对自己下半辈子的不负责任，是对儿子的不负责任。

8

冬天过去了，春天来了，风吹在身上不那么刺骨了，杨柳也冒出了黄绿的嫩芽。丧葬礼仪公司的业务越来越繁忙，简直应接不暇了。小凤仙的哭歌是公司的拳头产品，那是有口皆碑、享誉盛名的，小凤仙的工作量，就有些太大了，一个礼拜要哭好几场，虽然歌词和曲调都已熟稔在心，但毕竟是伤精神的工作，这人，就变得憔悴消瘦了。邱站长说：侬太辛苦了，生意忙起来，侬一个人哭歌，实在不够用，干脆，再招一名哭歌手吧。

小凤仙有些犹豫，多一名哭歌手，自己的地位会不会受威胁？好比一个戏班子里，位居主角的人，总是不希望有竞争对手的。可邱站长目光长远着呢，他说：公司要可持续发展，必须得增加人手，扩大规模，规章制度也要健全起来。新的哭歌手招来，侬就是带教老师，往后出去，就有人替侬分担哭歌任务，侬也不要这么吃力了。

小凤仙还是很有大局观念的，邱站长的话，她觉得很有道理。这招来的哭歌手，就是她的徒弟，对她是好处多于坏处。再说，邱站长主持工作，还会让她吃亏吗？这个男人，如今与她是合穿一条裤子，难舍难分着呢。这么想想，小凤仙就点头同意了：好是好啊，可到哪里去招这样的人呢？

邱站长摸了一把亮光光的脑袋，眼睛里冒出两缕光芒：上趟海滨村一户人家办丧事，这家的外甥女，年纪不大，哭起伊的娘舅来，倒很有一套，我看可以考虑的。

小凤仙竟想不起来这个哭娘舅的外甥女，想必，因为自己哭得好，丧家女眷哭的那些歌，她是没放在眼里。邱站长却与她不一样，他看待事物，用的是长远的发展的眼光。所以，哭娘舅的外甥女，就入了他的法眼了。

邱站长回忆道：这个小姑娘，来奔娘舅的丧，到了灵堂，却被伊的舅妈冷落了，不晓得啥道理，舅妈不给伊发白布孝衣，这意思，就等于是不认伊这个外甥女。小姑娘就不声不响地走到灵床边，朝她死了的娘舅有声有色地哭起来。

小凤仙追问：伊是哪能哭的？

邱站长说：内容我记不全了，大致是这样的——

　　亲娘舅侬走上这条阎王路，小小外甥今后哪得过？

　　娘舅在世还会来顾惜我，拿我外甥当囝看。

　　朝后日脚我好像沟里一棵浮萍草，

　　飘到东来无人撩，飘到西来无傍靠……

小凤仙大吃一惊，这姑娘哭得这么有水平，她怎么就没注意到呢？邱站长得意地说：我打听过了，姑娘叫姜梅花，不错吧？

小凤仙点头认可，心里却如打翻了调味瓶，五滋六味一齐涌上来。

小凤仙收徒弟了，她现在是公司里唯一有学生的带教老师。师傅教得很是卖力，徒弟学得也十分努力，很快，姜梅花可以代替师傅上场实践了，效果还不错，小凤仙的十分本事，姜梅花学得了三分像，形似，神，还差了些。可小凤仙还是常常要把自己和姜梅花进行对比，结论当然尚属乐观。姜梅花的嗓子不错，哭歌基础也挺好，但比起小凤仙来，还少了点修炼和经验；姜梅花年纪轻，长相嫩，体力好，但谁没年轻过？小凤仙唱《宝玉哭灵》的时候，多年轻，多漂亮！差一点就当上明星了呢。

可毕竟年龄不饶人，小凤仙的身体大不如前，一场哭歌会把她累得头晕眼花。过去她的嗓子是从不会沙哑的，但最近几次，哭了上半场歌，下半场，嗓子就起毛发沙了。而且，自从半年前请姚春福吃过耳光以后，小凤仙那只打人的胳膊，就一直隐隐作痛。还不是光胳膊痛，胳膊连着腋窝的地方，一牵动，整个前胸，就引出丝丝缕缕的疼痛。胳膊痛是因为打男人造成的，胸口痛，她就不知道是胳膊痛引发的呢，还是让邱站长捏痛的。但小凤仙请姚春福吃的是唯一一个耳光，此后，她的巴掌再也没有触碰过男人的脸。邱站长揉捏她的胸口呢，也不是经常的，那是要情绪和时机都合适才可以的。可她的胳膊和胸口，却持续疼痛着，这就有些蹊跷了。小凤仙想起来，那天姚春福捂着被她打红的脸说：女人给男人吃耳光，女人是要倒霉的。

小凤仙终究有些不放心了，她想，是不是姚春福的诅咒果然应验了？于是，她独自去了一趟医院。

刘湾镇卫生院那个浓眉大眼黑胖高大的妇科医生伸出她肥壮的黑手，十分灵活地钻进小凤仙的衣服，一把抓住她右边的乳房，使劲捏了两下，把小凤仙疼得直咧嘴。妇科医生的手从小凤仙衣服里退出来后，胸有成竹地说：侬这是严重的小叶增生。

小凤仙不明白"小叶增生"是什么病，医生很快解答了她的疑问：小叶增生就是乳腺组织增生，这个病，中年妇女很多见，与卵巢功能失调有关。

小凤仙似懂非懂：那怎么治啊？

妇科医生黑脸上的浓眉忽然一皱，露出一个暧昧的笑：怎么治？叫你家男人多摸摸啊！你们夫妻，是不是很少同房？

小凤仙羞得满脸通红，他们夫妻岂止是很少同房？那是长久没有房事了。当然，和邱站长还是偶尔有的，但那只是偶尔。所以，说"很少同房"，那是十分准确的。

妇科医生收起暧昧的笑，恢复了严肃，一本正经地说：不要觉得年岁大了就没有需要了，和谐而有规律的夫妻生活，是治疗乳腺增生最好的方法。

和谐而有规律的夫妻生活，于小凤仙而言，那是绝不可能的。和姚春福，连做事的欲望都没有，怎么能和谐呢？和邱站长，倒是和谐的，但也做不到有规律啊。又不是自家男人，不可能每天晚上等在床上，等着与你一起共创和谐生活。妇科医生提供的治疗建议，实在让小凤仙一筹莫展。近段日子，这就成了小凤仙的一件烦心事了。好在，公司的生意越来越兴旺，外县都有慕名而来请他们操办丧事的。姜梅花的哭歌水平见长，徒弟的进步非但没有降低师傅的地位，相反，因为带出了优秀的徒弟，小凤仙的名声更是远扬了。邱站长对她还是一如既往的好，公司的赚头，她拿的份子钱总是最多。这些，都是让她高兴的事儿。小凤仙一高兴，就忘了小叶增生了，生活照旧过得欣欣向荣，蒸蒸日上。

那一回，公司接了一个邻县的生意，丧家开了一辆大巴来接人，车开了一个多小时，才到达邻县。一班人吹吹打打开进丧家院子时，那个场面，可真是浩浩荡荡，气势磅礴。那天，丧葬礼仪公司全体成员受到了空前的礼遇。东家好酒好烟好饭好菜款待他们，对公司领导邱站长更是尊重有加。小凤仙的眼光追随着头顶一颗硕大闪亮的明珠，忙得上蹿下跳的男人，心里就觉得特别自豪，特别幸福。这么能干的男人，实在令她心生爱意。外人看起来，是邱站长在主持公司工作，其实，那是她和他齐心协力共同创造的成果啊。应该说，这公司，是她小凤仙和邱寅生的"夫妻店"呢。这么想着，甜蜜和羞涩就染红了小凤仙的脸。当然，没有人认为丧葬礼仪公司是小凤仙和邱站长的"夫妻店"。他们怎么是夫妻呢？外面的传言再沸沸扬扬，他们也不是一家人啊。虽然她早就不把姚春福当自家男人了，但谁都知道，她的男人依旧是姚春福，而不是邱寅生。这么想着，小凤仙的心头，又有些失落。不过，看看眼前这阵势，想想这众人吹捧的感觉，那是远非过去下乡巡回演出可比的，仅这样，已经让小凤仙对邱站长充满了感激，对生活充满了信心了。她想，老天已经厚待她了，邱站长给了她实实在在的快乐和成就，她怎么还能要名分呢？人不能过于贪婪，要不，老天都不答应的。

那天，葬礼结束后，丧家又用大巴将丧葬礼仪公司全体成员送回了刘湾镇。下了车，乐班人马都回了家，小凤仙没有回家，她向邱站长发出了神态娇媚声音温柔的邀请：今朝晚点回去，好不好啊？

邱站长说：哦，我家里还有点事体，下趟吧。

小凤仙眼睛一红，有些生气了。邱站长看了她一眼，说：好吧好吧，晚点回去。

两人就留在了绣衣厂小仓库里。现在，小仓库已经不再是乐班排练室，那叫丧葬礼仪公司办公室。公司成立后，邱站长请人装修了一下。墙壁刷了奶黄色立邦漆，地上铺了马可波罗地砖，靠墙是一排摆放乐器和用具的柜子，靠窗，是两张前后排列的办公桌，一张是公司会计的，另一张，是邱站长的。

小凤仙关上门，拉上百叶窗帘，屋里就一片昏暗了。邱站长坐在办公桌边整理着乐谱，他低着头说：哎呀，太暗了，开灯吧。

小凤仙没有开灯，她走到邱站长背后，伸出双臂，把男人的身躯团团围绕在胸怀里。男人瘦削的后背抵着她的胸口，右胸就被压得一阵疼痛。她想起妇科医生说的话，治疗小叶增生，就得让男人多摸摸那两团增生了的肉，就得过正常的夫妻生活。现在，她是想和他过夫妻生活呢，他居然还要开灯，这个书呆子。小凤仙下巴抵着邱站长光秃秃的头顶，嘴角一咧，就吃吃地笑了出来。邱站长的秃头被小凤仙笑出的气流弄得痒痒的，他躲了躲，没躲开，小凤仙把他抱得很紧呢，胸口两团实沉沉的肉硌在他后背上，撩拨得他有些起了意。男人毕竟是男人，再是瘦弱，一到这种坎上，力气就大得惊人。他抓住小凤仙的双手，一个反身，就把女人捉在了怀里。小凤仙吃吃的笑声，就变成咯咯的了。她故意扭捏着把身体往后仰，男人干脆端起她整个人，把她抱上了办公桌。然后，女人就仰躺在男人面前了。她媚眼漾漾地看着正火速脱衣服解裤扣的男人，眼神里充满了勾引。她用眼睛召唤着男人来抚摸她得了小叶增生的乳房，她用仰展的身姿邀请着男人来与她过正常的夫妻生活。她需要这个男人，这个男人可以让她变得健康，变得年轻，变得更像个女人。此刻的男人呢，脱去了一身铠甲，便轻松上阵了。他一伸手，就去抓女人胸前的肉团，这一抓，就抓出问题了。男人手里的力气很大，男人的手掌使劲一握，就发现掌心里的感觉不对了，少了绵柔感，有硬硬的小块。他看了一眼那个有硬块的肉团，发现原本光滑柔润的肌肤，竟浮着一片橘子皮样的褶皱。男人凑上脑袋，细细审视了一番，又用手捏了捏，然后直起身子，神色严峻地问女人：侬这是得了奶结呢，还是得了皮癣？这么难看！

说完，男人竟放下仰躺在办公桌上的女人，转身开始穿衣服。本来她是想告诉他医院的检查结果的，她还想告诉他妇科医生的建议，她以为，他应该配合她，和她一起治疗这种需要男人帮忙的疾病。现在，男人急急往身上套着衣服，神情焦虑，像是对她避之不及。小凤仙的心，刹那间一坠，心里就冒出了一股酸水。她不想告诉他了，看这情形，即便现在告诉他，他也不会配合她帮她治疗的。

邱站长穿好衣服，对躺在办公桌上的小凤仙说：家里还有事体，我先走了。

说完，男人打开办公室门，一步跨了出去，头也不回，碰上门走了。天色已昏黑，小凤仙依然躺在办公桌上，她一点儿都不想动弹，她就想这么躺着，不回家，不想回家。她看着黑沉沉的天花板，想着无边无际的心事，想来想去，还是想不通：出什么事了？怎么会变成这样呢？

9

丧葬礼仪服务公司正式挂牌营业已一年，小凤仙是公司的元老，是元老就有资格指手画脚，发号施令，所以，小凤仙现在的主要工作不再是上场哭歌，而是管理公司属下的一班人马。这也是邱站长为照顾她特意安排的。邱站长说：侬身体不好，不要每次哭歌都出场了。

邱站长这么说，小凤仙就有些不祥的预感，戏班子里的角儿通常就是从被照顾不上场，一直发展到失去上场资格的。小凤仙便对邱站长说：我不出场哭歌还能做什么？我又不像侬，还可以作曲写歌。

邱站长说话的口气很是温和：侬就管管公司的内务，带好侬的徒弟，薪酬不会少侬一分钱。现在侬最主要的任务，是养好身体。

小凤仙就被感动了，眼圈红红的，口吻里带了点撒娇：只要侬不把我一脚踢掉，侬叫我管内务，带徒弟，我都没啥怨言。

邱站长嘴巴一喷：这是什么话，我哪能一脚把侬踢掉？公司里这么些人，想来混口饭吃的，嫌我工钱给少了走人的，来来去去，只有侬和我，是风雨同舟，患难与共。只要公司开一天，侬就有资格在公司里待一天。

邱站长这几句话，把小凤仙心头多日的淤塞疏通了，心情顿时畅快起来。前段日子，因为邱站长不是很配合她治疗小叶增生，小凤仙一直闷闷不乐，身体更是每况愈下。有一回，竟在为一户丧家哭歌时晕倒在了灵堂里，幸好有姜梅花代替师傅上场，哭得也很像样子了。只不过，刘湾镇人认老牌子，姜梅花其实哭得挺好，可他们还是更希望小凤仙出山哭歌。他们认为，哭歌这个事，与做歌星明星是不一样的，歌星明星是越年轻越讨人喜欢。哭歌是要有生活积淀的，不到一定年岁，没有生活阅历，哪怕嗓子再好，还是哭不到位，哭不上档次。姜梅花与小凤仙比起来，就差那么一点厚重感，只是一点点，地位层次就分出高下来了。所以，刘湾镇上哭歌状元的位置，暂且还是被小凤仙占据着，无人可以替代。

小凤仙却并未因此得意忘形，她心里，是时刻保持着紧迫和警惕的，人生莫测，朝不保夕，好似今天过去了，明天就有可能是末日。当然，这是因为她的身体状况而导致的焦虑情绪。那回哭歌晕倒后，邱站长就不让她每次都出场了，慢慢地，她出场得越来越少，除了指名道姓一定要小凤仙哭歌的人家，别的，都由姜梅花去做了。她也的确感觉到体力的不支，胸口的疼痛越发严重，这一点，她又对邱站长心怀不满。每次她想叫他留下来单独在办公室里待一会儿，哪怕对小叶增生的治疗起不到多大作用，也能给女人一些心理治疗啊。但邱站长总是有着繁忙的工作，不是有丧家客户要与他谈葬礼的安排，就是要记录谱写新的丧乐哀歌。不要说单独与小凤仙相处一会儿，就是停下来与她说上几句话，都是不容易的。可工作再忙，邱站长还是雷打不动地要下乡搜集风俗民歌，他可是一个热爱艺术，把艺术当事业来追求的人。只是现在，他去采风，不是带着小凤仙去，他带的是姜梅花。小凤仙不是身体不好吗？那就在家养歇着吧，亏待不了她就是。

邱站长的确没有亏待小凤仙，他给她发最高的工资，让她做最轻松的活，这等于是把她养起来了，可他却没有把她养得滋润一些。没有男人触摸的女人躯体，就像没有雨露滋润的鲜花，枯败得尤其快。小凤仙感觉自己就像一朵正在枯萎的花，越来越消瘦萎靡了。浑圆的臀部瘪塌了，原本穿着紧绷绷的裤子，现在是空荡荡的；原来肉嘟嘟的肩膀，现在只剩下两把硬硬的肩胛；胸口两团缺乏男人抚摸的小叶增生，变得越发坚硬，肿块也更加明显了。没有男人与她配合治疗，她只能自己给自己治疗了。可是用自己的双手去揉捏抚弄自己的身体，就是没有任何效果，连一点点触动的感觉都没有。人就是这么奇怪，有些事情，必须得男人替女人做，女人替男人做，自己做，是没有用的。那回，她一个人躺在床上抚摸着胸前两块像石头一样硬邦邦的乳房，摸着摸着，就发现手掌心里湿漉漉的，低头一看，发现乳头里竟渗出了浓黄黏稠的汁液。老天，这可不是儿子刚出生后的发奶，她知道，她身上真是出大问题了。她又一次想起姚春福捂着被她打红的脸说的那句话：女人给男人吃耳光，女人是要倒霉的。这么想着，她袒露着坚硬的胸脯的身躯，就止不住地一阵阵发起冷来。

小凤仙又去了一趟卫生院，这一回，黑胖的妇科医生建议说：卫生院没有设备，侬快去东方医院做个检查吧。

东方医院在黄浦江边，离刘湾镇四十公里。小凤仙独自去检查了身体，一个礼拜后，又独自去拿检查报告。东方医院的医生用普通话对小凤仙说：你是选择保守治疗呢还是手术？以你现在的程度，手术治疗还有希望痊愈，只是要割除右乳房。通知一下家属，带上钱来办理住院手续吧。

小凤仙捏着医生开的住院通知和写着"乳腺浸润癌"的诊断书，走出了东方医院。一张薄薄的纸为小凤仙做了宣判，她果真得了恶病，可她并不显得特别受刺激，特别不能接受，她那个镇定的样子，仿佛就是等着这个结果呢。医生一宣布，她本来悬着的心就咕咚一声落了地，猜到了，就是这个病，给姚春福乌鸦嘴咒到了，给男人吃耳光的女人，果然倒霉了。医生让她通知家属，她就想，她是通知姚春福呢，还是通知邱站长？想了一会儿，觉得还是应该通知邱站长。姚春福这个男人，怎么靠得住？他除了盘剥她的钱，就是咒她倒霉。要是知道她病了，往后没人给他赚钱了，还不想着法子把她藏起来的钱都给搜罗出来？邱站长呢，虽然不是自家男人，不能大张旗鼓、名正言顺地照顾她，但起码，他还能给她出出主意，她还能从他那里得个关心和安慰吧。

小凤仙坐在车上，一路想着，到了刘湾镇，先去一趟公司办公室找邱站长，问问他，是手术还是保守治疗。再回家一趟，取出藏在阁楼板壁夹缝里的存折，收拾一下衣物，然后，就住院……要是手术，她将变成一个只有左乳房的女人。只有一个乳房的女人，还叫女人吗？想到这一层，小凤仙鼻子就酸了。可是，老天要让她受这些，她能违抗吗？少一个乳房还是她运气好，说不定命都丢了呢。

下了车，她就朝绣衣厂方向走去，她要找邱站长，现在，只有这个男人是她可依赖、可倾诉的人，只有这个男人，还让她有信心去保住哪怕是一只乳房，做一个还勉强像女人的女人。那会儿，小凤仙真是太想邱站长了，她也只有这个男人可以想念。

已经变成丧葬礼仪公司办公室的绣衣厂仓库就在眼前，那间熟悉的屋子里，有小凤仙要找的男人。远处的田间垄埂上，野草被深秋的风吹得已近枯黄，麻雀扑棱棱地起飞，又吊儿郎当地纷纷落下，日头下跌着，暮色晕染得天空一片昏黄。这情形，正如小凤仙此刻的心境，荒凉、落寞、惆怅，交织缠绕。耳里听到二胡的声音从那间屋子里传来，悠扬婉转的曲调，有些哀怨，有些忧伤。二胡声，无疑是邱站长拉出来的。她不由得想，她小凤仙还没落到什么都没有的地步，她还拥有一个男人，在她愁肠百结的此刻，男人拉起二胡，正等待着她的归来呢，这是一种什么样的幸福啊！就算死，也是死而无憾了。小凤仙的心头，就涌起了阵阵酸楚和莫名的感动。她红着眼圈，向着发出二胡乐声的方向走去。走到办公室门外，刚想推门，就听见屋里除了二胡咿咿呀呀的乐声，还有一男一女的对话声。那女声说：邱老师，侬哪能懂介许多啊！

男声说：我喜欢研究这些东西，丧歌，也叫挽歌，这可是我国民俗文化的瑰宝。就说《韭露》吧，那是出自《诗经》，是为达官贵人哭丧用的，曲调比较优雅，悲伤的情感表达得收敛一些。侬听听吧，我是根据词的意思，自己琢磨着瞎配的：

> 韭上朝露何易兮。
> 露韭明朝更复活，
> 人死一去何时归？
> ……

小凤仙站在屋外听着，那时候，她竟感觉是在梦境里，男人女人的说话声、吟唱声、二胡的拉奏声，缕缕飘逸而来。她想，这屋里的女声是谁呢？姜梅花吗？可她分明发现，那是她自己。她看见，那个叫小凤仙的女人，正被一个男人牵引着，亦步亦趋地走向她的梦想。

10

小凤仙没有去住院，更没有告诉任何人她去检查过身体了。她独自在家躺了三天，这三天里，姚春福依然一下班就混在棋牌室，对她的卧床不起不闻不问。这三天里，邱站长倒是来看过她，只不过他是带着她的徒弟姜梅花一起来的。邱站长的问候和安慰显得例行公事，他甚至不敢直接与她的眼睛对视。那会儿，小凤仙就想，这个世界上，还有什么值得她留恋的人、留恋的事吗？想来想去，除了儿子，没有哪个人、哪件事能让她有信心有动力去独自抵挡一场恶疾。姚春福自然是不提了，原本以为来探望她的这个男人是可依靠的，但现在，她已经不这么想了。这个男人的身旁，紧紧跟着一个比她年轻得多的姑娘；这个男人看她的目光，闪烁躲避；这个男人劝导她的话，也是言不由衷。这个男人，怎么会可靠呢？小凤仙终于看到，埋藏在她心底里的，她一直不敢正视的绝望，此刻已完全裸露。

邱站长带着姜梅花离开后，小凤仙躲在被子里哭了很久，几乎把一辈子的眼泪都流光了。哭完后，她决定，从明天开始，就要去公司上班了。她要对儿子尽责，为儿子尽责的最好方法，就是留给他足够的钱。

第二天，小凤仙果真像从未得过病一样，去公司上班了。从那以后，她照旧管着那些二胡笛子锣鼓铙镲，偶尔指导一下姜梅花，尽着师傅的责任。姜梅花的歌哭得越来越好了，现在，外出哭歌的任务全部由徒弟承担。小凤仙很现实地作着她的打算，能赚一天邱寅生的钱，就多赚他一天吧。这钱，是她替儿子赚的。身上的病，看起来是治不好了，她已经感觉到整个胸腔都在疼痛，这大概就是医生说的癌细胞转移吧。人呢，总归逃不脱一个死，早晚的事。与其把钱花在这看不好的病上，还不如留给儿子呢。只是，小凤仙总是想，她要是死了，谁来替她哭歌呢？这个世界上，还有比她小凤仙哭得好的人吗？就好比世界上最好的木匠，可以提前为自己做好一具死后入殓的棺材；世界上最好的裁缝可以为自己未来的尸体缝制好一套寿衣。可世界上最好的哭歌手，却不可能为活着的自己预先哭一曲丧歌的。想到这，小凤仙就觉得有些伤心，一个专门为死人唱丧歌的人，自己死的时候，居然没有人来替她哭歌，或者说，这个世上，没有一个比她更好的哭歌手，能用那种音乐般的咏叹，把她送进天国，这实在是天大的遗憾和悲哀啊！

小凤仙要为自己创作一首挽歌了，她不能保证在她死后，别人会替她哭出个什么样来。一个最好的哭歌手的挽歌，还能由别人来创作吗？白天，公司里的人都出去做活了，她就留在办公室里涂涂写写，晚上回到家里，她还不间断地哼哼唱唱。就这样，小凤仙暗暗地反复修改，悄悄地多次试唱，最后，一首给自己的挽歌创作完成了。可是，作好的挽歌，交给谁唱呢？交给姜梅花吗？不放心，也不甘心，交给谁都是不合适的，还是只能靠自己。可要是她死了，怎么还能为自己哭歌呢？身体的种种征兆都预示着她的生命正在亦步亦趋地走向枯萎，可还是没有找到一个有能力担当她的哭歌手的人选。这便成了纠缠在小凤仙心头的一个心结，无以解脱。

这一年冬天，姚春福的姑妈去世了。姚春福来丧葬礼仪公司找小凤仙，姚春福说：姑父晓得侬在丧葬礼仪公司上班，托我来请侬办葬礼。自家人，可不可以打折啊？

小凤仙说：我又不是老板，我不好做主的。

姚春福说：侬去寻邱老板商量商量，看看能不能减免一些。

小凤仙心头暗暗冷笑，曾经为了她和邱站长的绯闻而与她闹腾的男人，现在居然为少付点丧葬费用，叫起人家邱老板来了。小凤仙就说：侬自己去寻伊好了，我能帮的忙，最多是亲自给你姑妈哭歌，不收工钱。

姚春福想想还是不好意思去找邱站长，只能说：好好好，侬帮忙哭歌，哭歌的钞票就给姑父免了，别的照你们公司规矩做。

小凤仙已经很久没有出去哭歌了，这一回，她又要亲自上场了。那日，作为亡人的侄媳妇兼丧葬礼仪公司的哭歌手，小凤仙跟着公司乐班人马，一起到了镇外农村的丧家。

一进丧家院子，邱站长就开始忙碌着安排任务，布置工作，该装点的装点起来，该就位的就位，还要向东家嘱咐一些注意事项。如今的葬礼，完全可算是一场大型集会，会上的活动程序和礼仪要求繁琐复杂，邱站长不仅要指挥自己带去的各等人员，还要指点丧家亲人配合完成这些复杂的礼数。所以，邱站长一到，就忙得脚不沾地了。

小凤仙呢，身上着一款白素衣，腰里绾一条白布带，静静地坐在灵堂角落里，等待着葬礼正式开始。照理，请来的哭歌手是不用穿孝衣扎白布的，但今天，死的人不是小凤仙的夫家姑妈吗？她是亡人的小辈，她一到，就被几个女人拖到一边，在她腰里缠上了白布条。她也并不反抗，就让女人们打扮着她。穿戴完毕，她就坐下，转着脑袋到处看起来。这一边，灵堂角落里，死去的人平坦坦躺在角落里的灵床上，铺天盖地的塑料花几乎淹没了盖着白布单的亡人，周围墙上挂满了五颜六色的挽联绸布，香烛烟雾缭绕弥漫，女眷们坐在一边有说有笑地叠着锡箔元宝。简直不像死了人，倒像是办喜事。当然，这死的是个七老八十的人，就不显得那么伤心了，喜丧嘛，都是这样的。外面，挺大的院子里搭起了油布篷，摆上了十几张八仙桌，葬礼结束后，这些八仙桌是用来摆豆腐宴招待来吊孝的客人的。现在，十几张八仙桌，却有七八张坐满了人，哗啦哗啦的麻将声和人们的喧哗声传将出来，很是热闹。刘湾镇农村，就是这样的规矩，谁家死了人，整个村子的乡邻都要来帮忙。亡人发丧前停留在家的三日，儿子媳妇女儿女婿要守灵，谁去操办豆腐宴？谁去买白布做白花扯黑布缝黑纱？这些活，都是乡邻们帮忙做的，所以这三日，整村的人都要在丧家吃饭，东家招呼他们帮着做这做那，当然也要招待他们好吃好喝，还要让他们坐在灵堂外面的油布篷下打麻将打百分。当然，也不是每个乡邻都是来帮忙干活的，有的，就是来吃饭打麻将的。平时都是各忙各的，好不容易死个人，好不容易有机会那么多人聚在一起，图个热闹嘛，要不，这三天，家里停着个死人，冷冷清清的，像个什么样？所以，哪家要是死了人，总归是这样，哭声、喧哗声、麻将声，交相辉映着，一片繁荣昌盛的景象。

小凤仙四顾的眼睛里，就看见了自家男人姚春福瘦条条的身影。七八张麻将桌里，姚春福占据其中一个位置，两手忙碌着摸牌打牌，手边散着几张大大小小的纸币，眼珠子熬得红彤彤的，一看就知道，这三天，他坐在麻将桌上几乎没下来过。不了解他的人，还以为他是为姑妈的死哭红了眼睛呢。小凤仙看着，心里就想，自己死的时候，姚春福会不会也像现在这样，挤在麻将桌上摸牌打牌呢？这么想着，心里就空落落酸涩涩的，瘆得慌，胸腔里的疼痛也未雨绸缪地一阵阵袭击而来。

午前，葬礼终于正式开始。第一批客人进场，小凤仙便卖力地开始哭歌了。客人到了几批，小凤仙就哭了几场。轮到儿子给亡人穿衣，小凤仙就哭《穿衣歌》，轮到媳妇给婆婆梳头，小凤仙就哭《梳头歌》。她哭得凄切哀婉，哭得那几个刚才有说有笑折叠元宝的女眷都伤心落泪了，哭得围观的人伸出大拇指纷纷赞叹：到底是哭歌状元，出手就是不一样，水平高，水平高！直到发丧时，小凤仙已经哭得嗓子沙哑筋疲力尽。那一边，亡人已被抬到了灵堂门口，场院外面，殡仪馆的灵车敞开着后车门，正等着那具死去的躯体进入它那张黑洞洞的嘴。小凤仙被两个女人搀扶着，头晕脚软地走到灵车边，跟在亡人的子孙后面跪了下来。她哭得口干舌燥，胸口剧痛，她想坐下歇一会儿，想喝口水。她抬起头，想叫谁给她倒杯水来，她的目光里，却是一张张陌生的面孔，一堆堆五彩的花圈，油布篷下的七八桌麻将还剩下两桌在继续，她的男人姚春福依然坐在原来的位置上，低着头，摸着桌上的麻将牌，眼皮都不抬一下。一阵疼痛从胸腔里透出，小凤仙几乎栽倒下来。脑子里一片空白，耳朵里，却响彻着熟悉的丧乐，这曲调里的每一个音节、每一个段落都了然于心。那个奏响这熟悉的丧乐的男人呢？小凤仙向着场院角落里的乐班看去，她看到一颗光芒闪亮的头颅，正和着乐声使劲地摇摆着。那个男人，正沉浸在自己创作的乐曲中，享受着为死亡而演奏的音乐带给他的满足和成就。小凤仙倾听着，竟发现这缭绕在她耳际的曲调是那么亲近，那么贴心，好似就是为她自己送葬而奏响的哀乐。她仿佛看见，在不久以后的一场葬礼上，男人摇晃着光秃秃的脑袋，为一个死去的叫小凤仙的女人，吹奏着一曲又一曲绝美的丧乐。时辰到了，跪在小凤仙前面的亡人子孙们集体发出一阵巨大的哭号声，最隆重的发丧开始了。亡人子孙的哭号声渐渐落下，周围一片寂静，人们等待着小凤仙发丧时的最后一场哭歌，也是整个葬礼上最精彩的哭歌。小凤仙抬头环顾四周，人们期待的眼神和表情闪掠而过。她忽然产生了一种错觉，这是在哪里？是二十多年前的某一场演出吗？这些人，是等着她一声叫板，唱响那首让她出了名的《宝玉哭灵》吗？不是，不是的，她早已不是唱《宝玉哭灵》的那个文艺工作者了，她现在是一个哭歌手，她是在参加一场葬礼，在为一个死去的人哭歌。这个死去的人，就是她自己，这是在她自己的葬礼上呢，她哭的，就是小凤仙。

小凤仙的脑海里，忽然地，就跳出了她为自己创作的那首挽歌，那是她预备用在自己的葬礼上的，只是，她还没有找到一个能为她哭歌的人。现在，这首挽歌逐字逐句地在她心里呈现，只要一张开嘴巴，那些句子，那些曲调，就会止不住飘然而出。她管不了这首挽歌用来哭眼前的亡人是否合适了，她管不了周围的人是否会对她的歌词产生异议了，她果然张开了嘴巴，然后，人们就听见一声凄厉的叫板：亲人啊！叫一声亲人，我送侬一程……

所有人被这一声叫板唤得浑身一颤，鸡皮疙瘩凛冽而起。紧接着，人们便听见，刘湾镇首屈一指的哭歌手小凤仙哭给亡人的哀歌，正娓娓唱响：

> 叫一声亲人，我送侬一程。
> 侬一人上道要看清楚路。
> 知人知面不知心，当心阎王路上跳出拦路狗。
> 人虽强来命不强，命不强来人辛苦；
> 有病有灾平常事，只怕伤心害煞侬。
> 心虽强来命不强，命不强来无人疼；
> 自怜自惜自顾全，一路走到极乐宫。
>
> 叫一声亲人，我再送侬一程。
> 侬过路过桥不要回过头。
> 回头还是苦命人，好比鲤鱼胆被绣花针穿过。
> 来生投做一棵草，好过做个苦命人；
> 喝饱露水晒日头，无人咒来无人诅。

来生投做一只鸭，好过做个苦命人；

游水捉鱼唱山歌，有人喂来有人养。

叫一声亲人，我送侬最后一程。

侬九泉去路无人伴到底。

走要走得好好较，路上停停歇歇看看才稳当。

黑天黑地黑沉沉，道不平也摸不着；

为侬点上一盏灯，侬好避开绊脚石。

冷冷清清无声响，孤孤单单吓着侬；

为侬唱起一路歌；壮起胆子赶前程。

亲人啊！叫一声亲人！侬再看我一眼，再答应我一声。

亲人啊！侬走好啊——

一曲哭歌绝唱，在初春凛冽的风中飘逸远去。死去的灵魂脱离了苟且存活的躯壳，正向着遥远的天际飞去。小凤仙婆婆的泪眼，仿佛看见遥远的天际里藏着一个世界。那个世界四季如春，鲜花烂漫；那个世界里没有一出叫《宝玉哭灵》的戏，也没有死亡，更没有为死亡而歌哭的人。

【作者简介】

薛舒：女，2002年开始发表小说。中国作协会员，上海市作协理事。曾就读于鲁迅文学院第八届青年作家高级研讨班。作品发表于《十月》《中国作家》等杂志。至今，已发表作品100余万字。

选自《小说选刊》2009年第4期

百鸟朝凤

肖江虹

1

过了河，父亲再一次告诫我，说不管师傅问什么，都要顺着他，知道吗？我点点头。父亲蹲下来给我整了整衣衫，我的对襟短衫是母亲两个月前就做好的，为了让我穿上去看起来老成一些，还特地选了藏青色。直到今天离开家时，母亲才把新衣服给我换上。衣服上身后，父亲不满意，蹙着眉说还是没盖住那股子嫩臭味儿。看起来藏青色的短衫并没有拉长我来到这个世界上的日子。毕竟我才十一岁，这个年龄不比衣服，过过水就能缩短或抻长的。

一大早被母亲从床上掀下来的时候，还看见她一脸的怒气，她对我睡懒觉的习惯深恶痛绝。可临了出门，母亲的眼神里却布满了希冀、不舍，还有无奈。父亲则决绝得多,他的理想就是让我做个唢呐匠。我们水庄是没有唢呐匠的，遇上红白喜事，都要从外庄请，从外庄请也不是容易的事情，如果恰好遇上人家有预约，那水庄的红白喜事就冷清了。没有了那股子活泛劲头，主人面子上过不去，客人也会觉得少了点什么。所以被请来的唢呐匠在水庄都会得到极好的礼遇，烟酒茶是一刻不能断的，还得开小灶。离开那天，主人会把请来的唢呐匠送出二里多地，临别了还会奉上一点乐师钱，数量不多，但那是主人的心意。推辞一番是难免的，但最后还是要收下的。大家都明白这是规矩，给钱是规矩，收钱是规矩,连推辞都是规矩的一部分。

听母亲说，父亲想让我做一名唢呐匠其实并不完全是为了钱。父亲年轻时也想做一名唢呐匠，可拜了好多个师傅，人家就不收，把方圆百里的唢呐匠师傅都拜遍了，还是没有吹上一天的唢呐。人家师父说了，父亲这人鬼精鬼精的，不是吹唢呐的料。许多年过去了，本以为时间已经让父亲的理想早就像深秋的落叶腐化成泥了，可事实并不是这样。自我懂事起，我就发现父亲看我的眼神变得怪怪的，像蹲在狗肉汤锅边的饿痨子，摩拳擦掌，跃跃欲试。有一次，我的老师在水庄的木桥上遇见了父亲和我，他情绪激动地给父亲反映，说我从小学一年级到五年级，数学考试从来没有超过三十分。我当时就羞愧地低下了头，想接下来理所当然地有一场暴风骤雨。老师说完了，父亲点点头，很大度地挥挥手说三十分已经不错了。然后牵起我走了。走到桥下，他回头看了一眼身后可怜的一头雾水的教书匠，嘿嘿干笑了两声，教书先生哪里知道，水庄的游本盛对他儿子有更高远的打算。

我确实不喜欢念书，我们水庄大部分娃子和我一样不喜欢念书，刚开始还行，渐渐地就冷了。主要是听不懂，比如我们的数学老师，自己都没有一个准，今天给我们一个答案，明天一早站在教室里又小声地宣布，说同学们昨天我回去在火塘边想了一宿，觉得昨天那个题目的答案有鬼，不正确，所以吓得一夜都没睡安稳，今天特地给大家纠正。我们就笑一回，后来又听说数学老师其实也只是个小学毕业的，更有甚者说他根本连小学都没有毕业。我们就无可奈何地生出一些鄙夷来。鄙夷的方式就是不上课，满山遍野去疯。

我不喜欢念书，可我也不喜欢做唢呐匠，我也说不清为什么不喜欢做唢呐匠，可能是从小到大总听见父亲在耳边灌输唢呐匠的种种好处，听得多了，也腻了，就厌恶了。而且我断定，我的父亲之所以希望我成为一个吹唢呐的，目的就是图那几个乐师钱。

2

翻过大阴山，就能看见土庄了，那就是我未曾谋面的师傅的家。我们这一带有五个庄子，分别叫金庄、木庄、火庄、土庄，再加上我们水庄，构成了一个大镇。按理这个镇子该叫五行镇才对的，可它却叫无双镇。未来师傅的宅子在一片茂盛的竹林中，翠绿掩映的一栋土墙房。我曾经从爷爷的旧箱子里翻出一本绣像《三国演义》，里面有一幅画，叫三顾茅庐的，眼前的这个场景就和那幅画差不多。通往土墙房的路一溜的坦途，可父亲却发出吭哧吭哧的喘气声，他额头上还有针尖大小的汗珠儿，两个拳头紧紧地握着。我看了他一眼，父亲有些不好意思起来，他想我定是把他的紧张看破了，于是他就露出一个自嘲的讪笑。

面子有些挂不住的父亲就转移话题。福地啊！父亲说，你看，左青龙，右白虎，后朱雀，前玄武，一看就不是一般人家。我想笑，可没敢笑出来。父亲是不识风水的，连引述有关风水的俗语都弄错了。这几句我也是听水庄的风水先生说过，不过人家说的是前朱雀，后玄武。我想父亲真的是太紧张了，他怕自己小时候的悲剧在下一代的身上重演。我顿时有了一些报复的快感，想师傅要是看不上我就好了，最好是出门了，还是远门，一年半年的都回不来。

看见我左摇右晃的二流子步伐，父亲在身后焦急地吼，天杀的，你有点正形好不好！师傅看见了那还了得。

父亲的运气比想象的要好，土庄名声最显赫的唢呐匠今天正好在家。

我未来师傅的面皮很黑，又穿了一件黑袍子，这样就成了一截成色上好的木炭。他从屋子里踱出来的时候燃了一袋旱烟，烟火吱吱地乱炸。我很紧张，怕那点星火把他自己给点燃了。他大约是看出了我的焦虑，就抬起一条腿，架到另一条腿的膝盖上，把鞋底对着天空，将那半锅子剩烟杆灭了。做这样一个难度很大的动作只是为了杆灭一锅烟火，看来我未来的师傅真是一个不简单的人。

焦师傅，我叫游本盛，这是我儿子游天鸣，打鸣的鸣，不是明白的明。父亲弓着腰，踩着碎步向屋檐下的黑脸汉子跑过去，跑的过程中又慌不迭地伸手到口袋里摸香烟，眼睛还一直对着一张黑脸行注目礼。可怜的父亲在六七步路的距离里想干的事情太多了，他又缺乏应有的镇定，这样先是左脚和右脚打了架，接着身体就笔直地向前扑倒，跌了一嘴的泥，香烟也脱手飞了出去，不偏不倚地降落在院子边的一个水坑里。我的心一紧，赶忙过去把父亲扶起来，父亲甩开我扶他的手，说扶我干什么？快去给师傅磕头啊！我没有听父亲的，毕竟我认识父亲的时间比认识师傅的时间要长，于情于理都该照看刚从地上爬起来的水庄汉子。主意打定，我仍然不屈不挠地挽着父亲的手臂，我抬起头，父亲的额头上有新鲜的创口，殷红的血珠正争先恐后地渗出来，我一阵心酸，眼泪就下来了。

师傅摆摆手,说磕头？磕什么头？他为什么要给我磕头？这个头不是谁都能磕的。

父亲哑然，很难堪地从水坑里捡起香烟，抽出一支来，香烟身体暴涨，还湿答答地落着泪。

这？父亲伸出捏着香烟的手为难地说。

屋檐下的扬了扬手里的烟锅子说，我抽这个。

我、父亲，还有我未来的黑脸师傅，三个人就僵立着，谁都不说话，主要是不知道说什么。还是屋檐下的木炭坦然，不管怎么说这终归是他的地盘，所以他的面目始终都处于一种松弛的状态。他看了看天空，我也看了看天空，他肯定觉得今天是个好天气，我也觉得今天是个好天气。太阳像个刚煎好的鸡蛋，有些耀眼，我未来的师傅就用手做了一个凉棚，看了一会儿太阳，又缓慢地填了一锅烟，把烟点燃后，他终于开口了。

哪个庄子的？他问话的时候既不看我，也不看父亲，但父亲对他的傲慢却欣喜若狂。父亲往前走了两步，说水庄的，是游叔华介绍过来的。父亲把游叔华三个字做了相当夸张的重音处理。游叔华是我的堂伯，同时也是我们水庄的村长。

我听见唢呐匠的鼻子里有一声细微的响动，像鼻腔里爬出来一个毛毛虫。他继续低头吸烟，仿佛没有听见父亲的话。看见游村长的名号没有收到想象中的震撼力，父亲就沮丧了。

多大了？唢呐匠又问。

我的嘴唇动了动，刚想开口，父亲的声音就响箭般地激射过来：十三岁。比我准备说的多出了两岁。怕唢呐匠不相信，父亲还做了补充：这个月十一就十三岁满满的了。

唢呐匠的规矩你是知道的，十三是个坎。唢呐匠说。

知道知道。父亲答。

这娃看起来不像十三的啊。唢呐匠的眼睛很厉害。

这狗东西是个娃娃脸，自十岁过来就这样儿，不见熟。

嗯！唢呐匠点了点头。看见唢呐匠表了态，父亲的眉毛骤然上扬，他跑到屋檐下战战抖抖地问：您老答应了？

哼！还早着呢！

我原本以为做个唢呐匠是件很容易的事情，拜个师，学两段调儿，就算成了，可照眼下的情形来看，道道还真不少呢。

院子里摆了一张桌子，桌子上放了一个盛满水的水瓢，水瓢是个一分为二的大号葫芦。唢呐匠递给我一根一尺来长的芦苇秆，我云里雾里地接过芦苇秆，不知道唢呐匠到底什么用意。

用芦苇秆一口气把水瓢里的水吸干，不准换气。我未来的师傅态度严肃地对我说。

我看了看父亲，父亲对着我一个劲地点头，牙咬得紧紧的，他的鼓励显得格外的艰苦卓绝。

我把芦苇秆伸进水里，又看了看他们两个人，唢呐匠的眼神和父亲形成了鲜明的对比，自然而平静，像我面前的这瓢水。

我提了提气，低头把芦苇秆含住，然后一闭眼，腮帮子一紧，一股清凉顿时排山倒海地涌向喉咙。我睁开眼，看见瓢里的水正急速地消退，开始我还信心满满的，等水消退到一半的时候，气就有些喘不过了，水只剩下三分之一的时候，不光气上不来，连脑袋也开始发晕了，胸口也闷得难受，我像就要死了。

快，快，快，不多了。是父亲的声音，像从天外传来的。

终于，我一屁股坐倒在地，仰着头大口地喘气，我又看见太阳了，是个煎煳的鸡蛋。

等太阳重新变成黄色，我听见父亲在央求唢呐匠。

您老就收下他吧！父亲带着哭腔说。

他气不足，不是做唢呐匠的料子。

他气很足的，真的，平时吼他两个妹妹的声音全水庄都能听见。

唢呐匠笑笑，不说话了。

这时候我看见父亲过来了，他含着眼泪，咬牙切齿地操起桌上的水瓢，劈头盖脸地向我猛砸下来。

你个狗日的，连瓢水都吸不干，你还有啥能耐？水瓢正砸在我脑门上，我听见了骨头炸裂的声音。我高喊一声，仰面倒下，太阳不见了，只有一些纷乱的蛋黄，还打着旋地四处流淌。

怎么样？他叫的声音够大吧？气足吧？父亲的声音怪怪的，阴森潮湿。

我努力睁开眼，又看见了父亲高高扬起的水瓢。

叫啊！大声叫啊！父亲喊。

我不知道父亲为什么要这样。我做不成唢呐匠怎么会令他如此气急败坏。

正当我万分惊惧的时候，我看见了一只手。

那只手牢牢攥住了父亲的手腕。

3

好多年后师傅对我说，你知道当初我为什么收你为徒吗？我说你老人家心善，怕我父亲把我给活活打死了。师傅摇头，说你错了，我收你为徒是因为你的眼泪。我说什么眼泪？师傅说你父亲跌倒后你扶起他后掉的那滴眼泪。

父亲走了，看着他离开的背影我顿时有一种无助的感觉，以往天天看见他，没觉得他有多重要，被他揍了还会在心里偷偷骂"狗日的游本盛"，现在才发现父亲原来是极重要的。他就像一棵树，可以挡风遮雨，等有一天自己离开了这棵大树，才发现雨淋在身上是冰湿的，太阳晒在脸上是烤人的。

从此以后，我就是一个人了。看着父亲渐渐变淡变小的背影，我忍不住哭了一场，师傅站在我旁边，伸出一只手搭在我的肩上，轻轻拍了拍，我心里一热，哭得更厉害了。

晚上吃饭，师傅给我介绍了师娘。师娘很瘦，也黑，走起路来左摇右晃的，像根煮熟的荞麦面条。师娘话多，饭桌上问了我好多事情，都是关于水庄的，还说她有个亲戚就住在我们水庄。和师娘比起来，师傅的话则少了许多，一顿饭时间就说了两句话，我端碗的时候他说：吃饭。我放碗的时候他又说：吃饱。

吃完饭，我主动把碗刷了。在刷碗的过程中我偷偷探头看了看坐在堂屋里的师傅和师娘，当时师娘对着我站的位置指指点点，还不住地点头，脸上也有些不易觉察的笑容。师傅却不为所动，只是一个劲地抽烟，喷出来的烟雾也浓，让我想起在水庄和父亲烧山灰的日子。我明白师娘的笑容和我刷碗的行动有关，而我刷碗的行动又和临出门那晚母亲油灯下的唠叨有关。母亲说：出门在外不比在家，要勤快，眼要尖，要把你那根全是懒肉的尾巴夹好。

刷完碗师娘对我说，她的三个儿子都成家分出去了，家里就他们两老，所以我该做些力所能及的事情。

晚上我躺在床上，想明天就要吹上唢呐了，有一些兴奋，又有一些惶恐，总觉得我的人生不该就这样拐弯的，我还没有玩够，我还是个娃儿，娃儿就该玩的。想起我的伙伴马儿他们，此刻他们肯定正在水庄的木桥边抓萤火虫，把抓来的萤火虫放进透明的瓶子里，走夜路时可以当马灯用。

一早，我还在梦里捉萤火虫，就听见了两声剧烈的咳嗽声，咳嗽声是师傅发出来的，我一惊，知道这是起床的信号。师傅毕竟不是亲爹，没有像父亲一样冲进来掀开被窝照着屁股就一顿猛扇。我想他一定还当我是客人，所以方式也就间接一些。穿上衣服走出门，我先喊了一声站在屋檐下的师娘，正在淘蚕豆的师娘对我点了点头。打完一个呵欠我才发现太阳还在山那头浴血挣扎，我心里头就上来了一些怨气，想这太阳都还没有出来呢，就得爬起来。在家虽然被父亲扇屁股，但那时太阳都老高了啊。看见我脸嘴不好看，师娘说你师傅到河湾去了，你也去吧！

顺着师娘指的方向，我看见了土庄的河湾，土庄虽然叫土庄，可河湾却比水庄的还要大，河岸四周有烟柳，烟柳我们水庄也有，远远地看去像团滚圆的烟。烟柳四四方方地抱着一团翠绿的河湾，几只纯白的水鹤在河湾上悠闲地飞来绕去。师傅站在河滩上，静静地看着水面，他的身影很孤寂，也渺小。

师傅从河岸边齐根折来一根芦苇，去掉顶端的芦苇须，把足有三尺长的芦苇秆递给我，说过去把河里的水吸上来，记住，芦苇秆只能将将伸到水面。开始我以为这是件极简单的事情，一吸我才知道没有那么简单。我脸也红了，腿也软了、小肚子都抽筋了，还是没能吸上一滴水。我回头看了看师傅，师傅脸色灰暗，说等你把水吸上来了就可以回家了。

天黑尽了我才回到师傅家，师傅和师娘守着一盏如豆的油灯。看我进屋来，师娘端给我一碗饭，饭还没到我手里，师傅说话了。

水吸上来了？

我摇摇头。

那你回来搓尿啊？师傅猛地立起来，把手里的旱烟杆往地上狠狠地一掼。他的脸本来就乌黑，此刻就更黑了。

我现在才意识到这个黑脸男人是认真的。

我的晚饭被师傅扒掉了半碗，虽然师娘一直给我说情，说天鸣他爹可是交足了生活费用的，再说娃儿在吃长饭呢！

娃？老子哪个徒弟不是娃过来的？老子当初拜师的时候，三天没有饭吃呢！

夜晚我躺在床上痛快地哭了一回，哭完了就想父亲的绝情，想完父亲的绝情又想母亲的好。想着想着就睡着了，睡着好像没多久又听见了咳嗽声。我爬起来凑到窗户边，发现山那边连太阳浴血的迹象都还没有。

此后十多天，我天天攥着根芦苇秆在河滩上吸水。有往来的土庄人隔得远远地就喊，焦三爷又收新徒弟了。还有的喊，这个娃子能成焦三爷的弟子，看来是有些能耐的。我听见他们的喊声里有酸溜溜的味道，肯定是自己的娃没能让师傅看上。这样我有了一些信心，就把吸水这个世间最枯燥的活儿有模有样地干起来。

大约是一个黄昏，我记得那天河滩上的水鹤特别多，沿着水面低低地滑翔，在一片耀眼的绿中拉出一尾又一尾炫目的雪白。我像之前千百次的吸水一样，一沉腰，一顿足，一提气，竟然牢牢地咬住了一股冰凉。我把嘴里的水来回渡了渡，又把它轻轻地吐到掌心里，不错的，我把水吸上来了。看着掌心的一窝清澈，我恍若隔世，一股说不清道不明的东西在心窝子里上下翻滚，喉咙慢慢就变得硬硬的了。我撒腿疯了似的向师傅的土墙小屋子跑去，跑到院子里，师傅正坐在屋檐下编苇席。

吸上来了。我一字一顿地说。

本来以为师傅会笑一个，然后点点头，说这下你可以吹上唢呐了。但不是这样的。师傅听我说完，从脚边堆积的芦苇里挑出一根最长的，掐头去尾递给我。我把芦苇秆立起来，比我还要高，我疑惑地看着师傅，师傅依然认真地低头编着苇席，半晌才抬起头对我说，去啊！继续吸。

4

到土庄两个月零四天，蓝玉来了。

蓝玉来的头天晚上，土庄下了一场罕见的暴雨。第二天一大早我起得床来，看见院子里跪着一个男娃子。他的全身上下都湿透了，衣裤上沾满了黄泥。在他的身边，是一个三十出头的汉子，也披着一身的潮湿，他两只手不停地搓着，眼睛跟着师傅转。这个时候，我的师傅正在牛圈边给牛喂草，他大把大把地把青草扔给圈里的牛，还在院子里过来过去的，就是不看院子里的蓝玉和他的父亲，仿佛院子里的两个人只是虚幻的存在。我看出了蓝玉父子的尴尬，想起自己刚来到这个院子的情景，就有些同情院子里的人。

这个时候，蓝玉抬起了头，向我这边看了一眼，我给了他一个浅浅的微笑，一脸黄泥的蓝玉也笑了，他的笑意很薄很轻，仿佛往湖面上扔了一块拇指大小的石子起来的一层涟漪。好多年后蓝玉还在对我说，他说当时跪在泥水里的他都有了天地崩塌的感觉，他已经打定回家的主意了，不管他的父亲同不同意他都准备回家了，就是因为我的那个微笑，他留了下来。

师傅同意收下蓝玉是在蓝玉的父亲两个膝盖也重重地跌落在泥地里后。当时师傅正抱着一捆青草往牛圈边去。那个异样的声音至今犹然在耳，我看见蓝玉的父亲两腿一屈，接着他面前的泥水被砸得稀烂，咚，一个院子都颤抖起来。师傅回过头就僵在那里了，然后他说你起来吧，我可以试试他是不是吹唢呐的料，不行的话，你还得把娃领回去。

和我相比，蓝玉的测试多出了好几项内容。除了吸水，还有吹鸡毛，师傅把一片鸡毛扔到天上，要蓝玉用嘴把鸡毛留在空中，一袋烟的工夫不能掉到地面。还有就是打靶，含上一口水，对着桌上的木牌，在四步外的距离用嘴里的水把木牌射倒。我很为蓝玉担心，因为我连一瓢水也是吸不完的。

蓝玉轻描淡写地就完成了测试，不仅我惊讶，连师傅都有些惊讶了。虽然他把这种惊讶包裹得很严实，当蓝玉把桌上的木牌射倒后，他的两条眉毛很迅速地彼此凑了凑，眉间也多出来一条窄而深的沟壑。我至今都承认，我的师弟蓝玉天分比我要高得多。

蓝玉留下来了，和我睡一张床。师傅还郑重地把我介绍给了蓝玉，说这是你师兄，师兄师弟，就要像亲兄弟一样的，懂不懂？蓝玉点了点头，我也点了点头。

晚上蓝玉在床上问我，吹唢呐好玩吗？我说不知道，蓝玉惊讶地翻起来说你怎么会不知道呢？你不是都来两个月了吗？我说我还没吹上一天的唢呐呢！那你在干啥？蓝玉问。喝水，喝河湾的水。我答。

打蓝玉来后，土庄的河湾边吸水的娃由一个变成了两个。土庄人从河湾过就大声说焦三爷又收徒弟了，焦家唢呐班人强马壮了。

在我们吸水的这段日子里，师傅和他的唢呐班共出了十多趟门。整个无双镇都跑遍了。我和蓝玉还认识了焦家唢呐班的师兄们。我的大师兄年纪和我父亲差不多，师傅让我和蓝玉叫他大师兄，我们都有些不好意思，毕竟他是个满脸胡须的大人。我们怯怯地喊罢，大师兄摸摸我们的脑袋，然后看着师傅笑笑。师傅说磨磨都能出来。大师兄又笑一回，他笑的时候嘴咧得很大，胡子满脸跑，他把唢呐凑到嘴里，唢呐的苇哨和铜围圈就不见了。

接活后出门的前一晚，焦家班照例要吹一场的。院子里摆上一张桌子，桌子上有师娘煮好的苦丁茶和炸好的黄豆。师傅和他的徒弟们散坐在院子里，大家先聊一些家常。聊家常的时候有一个人声音最大，说话像打雷，他是我的二师兄。据师娘讲，二师兄是师傅最满意的徒弟，天分好，也刻苦，特别擅长吹丧调，能在灵堂把一屋子人吹得流眼抹泪。聊一阵子天，师傅就咳嗽两声，众人会意，各自从布袋子里抽出唢呐，第一步是调音，看看唢呐音调对不对；然后师傅起调，如果接的是红事，就吹喜调，喜调节奏快，轻飘飘地在院子里奔跑；如果接的是白事，就吹丧调，丧调慢，仿佛泼洒在地上的黏稠的米汤，等到师傅独奏的那一段，我和蓝玉眼窝子都有了一窝水。

无双镇大部分人家接唢呐都是四台，所谓四台，就是只有四个唢呐手合奏；比四台讲究的是八台，八台除了四个唢呐手，还有一个鼓手、一个钵手、一个锣手、一个钞手。八台不仅场面大，奏起来也气势非凡。师娘告诉我，如果练的是八台，土庄的人都会来，聚在院子里，屏声静气地听完才散去。毕竟八台一是难度大，二是价钱高，一般人家是请不起的，土庄人近水楼台，运气好的话一年能听上一两回。我又问师娘，有比八台更厉害的吗？师娘笑笑，说有。我问：是什么？

《百鸟朝凤》，师娘答。

怎么个吹法？我问。

独奏！师娘说这话的时候神情肃穆。

独奏？谁独奏？我和蓝玉惊讶地问。

夜风撩着师娘的头发，她的表情像一本历史书，好久她才说，当然是你们师傅。

5

三个月了，我用一人多高的芦苇秆把河湾的水吸了上来。可我还是没有吹上唢呐。师傅只是让我和师娘下地给玉米除草。土庄六月的天气似乎比水庄要热得多，我们水庄这个季节都是湿漉漉的。在玉米地里，我对师娘说土庄不如水庄好，我们水庄没有这样热，师娘就哈哈地笑，笑完了说游家娃是想家了。中午收工回家，经过河湾的时候，我的师弟蓝玉扎着马步在河湾上吸水。蓝玉是有天分的，他才来一个月，就接到师傅递给他的一人多高的芦苇秆了。我到这一步比蓝玉整整多用了一个月时间。

吃完晚饭，蓝玉去刷碗，自从他来了以后，刷碗这个活就是他的了。刚开始我还觉得好，想终于可以不用刷碗了。可没过两天师傅对我说，跟你师娘下地吧。才下了半天的地，我又想念刷碗了。蓝玉刷碗的声音特别响，刷碗这活我是知道的，磕磕碰碰发出些声响是难免的，但绝没有这样大的声响的。连提个水壶，蓝玉都要弄得惊天动地的，一弓腰，就发出咳的一大声，仿佛他提起来的不是一个水壶，而是一扇石磨。很快，蓝玉就从厨房出来了，他甩了甩两只湿漉漉的手，眼睛看着师傅和师娘，他的意思是告诉我们，该他的活已经干完了。

蓝玉得到了师娘的夸奖，师娘说蓝玉刷碗动作比天鸣麻利，顿了顿师娘又说，麻利是麻利，但没有天鸣刷得干净。

蓝玉不仅话多，也会讲。他坐在师傅和师娘的中间给他们讲他们木庄的奇怪事，师娘被他逗得哈哈大笑，连师傅一直绷着的脸都会不时舒展开来。我没有蓝玉的嘴皮子，就在旁边一直闷坐着，师娘好像看出来了，就对我说，天鸣是不是想家了，想家的话就回去看看吧。她说这话的时候眼睛一直盯着师傅，我想是这个事情她做不了主，在征求师傅的意见。一提到回家，我的眼窝就一阵发热，我真想家了，想父母，还有两个妹妹，他们肯定也在想着我的。

我目不转睛地看着师傅，老半天师傅才说，早去早回。

我又回到水庄了。

以前觉得水庄什么都不好，一脚踏进水庄的地界，我发现水庄什么都好，水庄的山比土庄的高，水比土庄的绿，连人都比土庄的耐看呢。

走进我家院子，母亲正蹲在屋檐下剁猪草，父亲站在楼梯上给房顶夯草。一看见我，母亲就扔掉手里的活跑过来，她摸摸我的头，又摸摸我的脸，说天鸣回来了，还瘦了。母亲的手有一股青草的腥味，但我觉得特别好闻，我好久没有看见母亲的脸了，好像黑了不少，看着母亲，我的眼睛就模糊起来。

本盛，天鸣回来了。母亲对着父亲喊。

父亲没有从楼梯上下来，他弯下腰看看我，又继续给屋顶夯草。

好好的，回来做啥？父亲的声音顺着楼梯滑下来。

师傅让我回来的。我直着脖子说。

啥？你个狗日的，烂泥糊不上墙。父亲把夯草的木片子高高地摔下来，破成了好几块。

娃好好的，你骂他干啥？母亲说。

好好的？好好的能让师傅赶回家？父亲从楼梯上下来，还腾出一只手狠狠地对着我戳。你啊，你啊，你——父亲发出的声音像被他嚼碎了吐出来的。

晚上母亲给我做了一顿腊肉，还不让两个妹妹多吃，拼命把好吃的往我碗里夹。父亲在饭桌上不停地对我翻白眼，像要活吞了我似的。什么时候回去？母亲把碗里最后一片腊肉夹给我问。早去早回，师傅说的。我说。真的？父亲把头歪过来问，我点点头。这时候水庄的游本盛才笑了，还用筷子敲了敲我的后脑勺，轻轻的。我发现，这顿饭父亲的筷子一直没有伸到肉碗里，我把母亲给我的最后一片腊肉夹起来放进了父亲的碗里，父亲笑得更欢了，说那就恭敬不如从命了。

月亮上来了，两个妹妹都睡了。我和父亲母亲坐在院子里，我给他们讲土庄的好多事情。

爸，你知道唢呐除了四台和八台，还有什么吗？我问父亲。

父亲笑了笑，然后看了看母亲，母亲也笑了笑。

莫非还有十六台？母亲说。

我摇摇头，说唢呐吹到顶其实是独奏呢！你们知道叫什么吗？

这时候我看见父亲的笑容不见了，他的目光跑到月亮上去了，面容也变得复杂了。好半天他才把目光转向我，说你知道我为什么要送你去学吹唢呐吗？

我摇头。

就是要你学会吹《百鸟朝凤》。

我惊讶了，就兴奋地说原来你也知道《百鸟朝凤》的啊！还表态说你们放心，我学会了回来吹给你们听。

没有那样简单，你师傅这十多年来收了不下二十个徒弟，可没有一个学会《百鸟朝凤》的。父亲说。

很难学吗？我问。

倒不是，这个曲子是唢呐人的看家本领，一代弟子只传授一个人，这个人必须是天赋高，德行好的，学会了这个曲子，那是十分荣耀的事情，这个曲子只在白事上用，受用的人也要口碑极好才行，否则是不配享用这个曲子的。

咱家天鸣能学会吗？母亲问。

父亲摇摇头，走了。院子里只剩下母亲和我，还有天上的一轮残月。

6

回到土庄我才知道，蓝玉已经把河湾里的水吸上来了。

一回来蓝玉就兴冲冲地问我用长芦苇吸上河湾的水用了多久，我掰着指头数了数说一个半月多一点吧。我用了十天。蓝玉骄傲地说。我心里就有些神伤了，说师傅都说了的，你的天分比我好。蓝玉就拍拍我的肩膀，说你也很好的。

但是我发现我真的不好。

蓝玉吸上水后本来也和我下地的，可下地才几天，事情就发生了变化。

我清楚地记得那天有好大好大的雾，气势汹汹的，整个土庄都不见了。我还没起床，就听见蓝玉的尖叫声，我翻了个身，想多睡一阵子。蓝玉总是起得比我早，甚至比师傅师娘还早，为此他还得到了师傅的夸奖。说实话，我也想像他那样起得早，我也想得到师傅的夸奖的，可我就是起不来，硬着头皮爬起来也是昏昏沉沉的，好一阵子满世界都在乱转。到后来我索性不起来了，夸奖也不想要了，只要让我多睡一会儿就阿弥陀佛了。

起来，快起来，土庄不见了。蓝玉跑进来摇我。

嗯！我咕哝一声，没理会他。

天鸣，土庄没有了。他干脆把我的被窝抱走了。

无奈，我只好起来，走到屋外我才发现土庄真的不见了。

那是我一生中见到的最大的雾，天地都给吃掉了，连站在我面前的蓝玉也消失了。一眼的白，那白还泛着湿。我没有见过有这样气势的大雾，呼吸都不顺畅了。我凑近蓝玉，他正用两只手拼命地捞悬在空中的白，像一只巨大的蜘蛛，被自己拉出来的丝给网住了。

你们两个进来。师傅在里屋喊。

我和蓝玉折进屋，师傅说今天雾大下不了地了，正好我有事情要交代。

师傅从床下拉出一个锈迹斑斑的铁皮箱子，他打开箱子，我和蓝玉都凑过去看，屋子里光线不好，只能看个大概，反正里面都是唢呐，大大小小，长长短短的唢呐。

师傅弯下腰不停地翻检着箱子里面的家什，挑啊拣啊，终于，他抽出了一支略短一些的唢呐，把唢呐放进嘴里，唢呐就发出长长的一声——呜。师傅直起腰来，把唢呐递给我身边的蓝玉，说从今天开始你就不用下地了，专心吹唢呐吧，先把它吹响，我就教你基本的调儿。

蓝玉当时的样子我都没法子形容，接过唢呐的那一刻，昏暗的屋子里竟然划过两道亮光，那是蓝玉眼睛里出来的。我看见蓝玉握着唢呐的手在轻轻地抖动，然后他笨拙地把唢呐塞进嘴里，腮帮子一鼓，唢呐就放出来一个闷屁，又一鼓，又出来一个闷屁。

我想师傅接下来该给我派发唢呐了，说不定是支长的呢，比蓝玉的长。我就定定地盯着师傅的手，希望他能抓住一支长的唢呐不放，再放到嘴里试一试，然后递给我。但我是不会像蓝玉那样没有一点定力，当场就放几个闷屁显摆，我会找个没人的地头悄悄放。

师傅是拿出了唢呐，拿出来还不止一支，拿一支出来，他先是吹吹，然后卷起袖口拭擦一番，又放回去，又捡起一支吹拭一番，照例又放回去。我眼珠子都瞪直了，总是希望下一支就是我的，开始看见短的还害怕，怕他递给我，我想要一支比蓝玉长的。可随着箱子里翻剩下的唢呐越来越少，我的心就开始绷紧了，想短的也成，就是拇指长短的我也收。

"砰"的一声，师傅合上了他的箱子。

我没有吹上唢呐。晚上我对蓝玉说我要回家了。蓝玉说你不是刚回过家吗？我说我不想学吹唢呐了。我现在才知道，师傅其实是看不上我的。

土庄的夏天是没有水庄的好看，可土庄的秋天却老有味儿了。土庄的山小是小了些，可山上都有树，种类也繁多，常青的松和落叶的枫抱在一起，夏天还是整齐的绿，到秋天枫树就醉了。就这样，一个一个红绿间杂的山丘一排儿地往远方去了，像一排生动的省略号。我背着行李顺着省略号一直走，边走边哭，我悲伤极了，来土庄都这样老长的日子了，我就是吹不上唢呐，却成了焦家的长工。又想我连唢呐都没有摸过就回到水庄，水庄人肯定要笑我了。还有，我最担心的还是父亲，我这样回去倒不是怕他揍我，我是怕他会活活气死。

我是偷偷走的，从土庄不见了的那天起，我就想走了。昨天晚上，我的师弟蓝玉又爬到我的床上吹了一回唢呐，他吹的时候还拿眼睛瞟着我，眼角得意地往上翘。我知道他是在我面前显摆，可我不恨他，因为要换着我我也是想显摆的。蓝玉的脑袋很大，所以他很聪明，他现在都能把师傅教给他的丧调吹得我眼窝子发潮了。吹到精彩的地方他还会停下来给我讲，这是滑音，这是长调。每天我和师娘下地，他就爬到我干活的地头，猴样地蹿上草垛子，呜呜啦啦地就吹开了。回家的路上，我一身的疲惫，连走路都摇晃着，蓝玉却活蹦乱跳，像早晨刚刚沾上露水的青草儿样鲜活。

我走了，谁都不知道我走了。我走的时候蓝玉还抱着他的唢呐在床上说梦话呢。本来我想跟他道个别的，可我又怕他大呼小叫的惊动了师傅师娘。出门我才发现天还没亮，四处都是让人心悸的黑。我摸索着在屋檐下坐下来，坐下来就想在土庄的这些日子，想师傅和师娘。师娘是个好人，像母亲，在地里还不让我多干活，吃饭老往我碗里夹菜。我最不留恋的就是师傅，我还偷偷给他起了外号，叫焦黑炭。焦黑炭没有一点好，整天绷着脸不说，还不让我吹唢呐。想了好多，我的心里五味杂陈，喉咙一哽，就悄悄呜呜地哭起来，一直哭到天色微明，回家的路也能见着了，我才站起来离开，走出一段回头看了看，眼泪又下来了。

终于要离开土庄了，我这辈子怕是当不上唢呐匠了。想起上次回家时给父亲和母亲表的态，说一定学会那首《百鸟朝凤》回家吹给他们听。但是眼下的情形别说《百鸟朝凤》了，就是一段稀松的丧调都没有学会。我觉得我最对不起的人就是水庄的游本盛了，他一心一意地送他的儿子学唢呐，可他的儿子学了差不多半年，连用唢呐放两个闷屁的机会都没有，这让水庄人知道了还不笑掉大牙？又伤心了一回，却没有让我放弃回家的念头，反正迟早都是要一无所成地回家的，晚回不如早回，早回还能给家里帮把手。

又看见了水庄，横在天地间，安静得像熟睡的孩子。再拐一个弯，就到我们水庄的地界了。我走的是下坡路，路细而窄，弯弯拐拐，像截扔在山坡上的鸡肠子。路两边有一溜的火棘树，那些枝枝蔓蔓都不安分地往路上凑，这样本就狭窄的小路都快看不见了。

拐过弯，我听见路坎下有说话的声音。踮起脚，我看见老庄叔正领着一群人在他的新房上夯草。干活的人里还有我的父亲，水庄的游本盛。我悄悄地从火棘树下钻过去，把身子隐在草丛里。

天鸣最近没回家？老庄叔问父亲。

吹着呢！好多调调都会了。父亲声音很大。

以前我还没看出天鸣这娃是吹唢呐的料呢！老庄叔又说。

天鸣可比我强，我这娃不要平时看他不吭不响的，做起事情来可一点不含糊。父亲说，前不久回来还气粗地给我和他老娘表态，要吹《百鸟朝凤》呢！

老庄叔就笑一回，他知道父亲是吹牛。就说，《百鸟朝凤》！《百鸟朝凤》！我都好多年没听过了，上一次听还是十多年前，火庄的肖大老师去世，焦三爷给吹过一次，那场面，至今还记得，大老师的亲戚学生在院子里跪了黑压压一片，焦三爷坐在棺材前的太师椅上，气定神闲地吹了一场，那个鸟叫声哟！活灵活现的。

等天鸣学回来了，我让他吹给你们听。父亲许愿。

那样我们水庄就长脸了，本盛也长脸了，我就是担心，天鸣有没有那个福气，这《百鸟朝凤》一代弟子就传一个人呢。老庄叔说。

你们可以不相信天鸣，我是相信我的娃的。父亲说。

我蛇样地从草丛里梭出来，我不想回家了，我想吹唢呐，从来没有像此刻这样想吹唢呐。

我顺着原路爬到山顶，回头看了看水庄。远处近处有袅袅的炊烟，水庄醒过来了。

回到土庄，师傅正在院子里磨刀。看见我失魂落魄地站在院子边的土墙下，师傅说：你师娘到地里去了，你也去吧！

7

师傅把唢呐递给我。是一支小唢呐，哨子是用芦苇制成的，芯子是铜制的，杆子是白木的，铜碗的部分则有些斑驳了。我摩挲着它，这支唢呐比蓝玉的要小，但我已经很满足了，我终于吹上唢呐了。我使劲揪了一下大腿，生生的疼。

这是当年我师傅给我的，是我的第一支唢呐。师傅蹲在大门口吸着旱烟说。

别看它个儿小，但是调儿高，唢呐就是这样，调儿越高，个儿就越小。师傅吐出一口烟雾接着说。

我点点头，门口的师傅渐渐就模糊了。

冬天来了，土庄也热闹了。我和我的师弟蓝玉把土庄整天搅得呜呜啦啦的。河湾边，草垛上，还有庄子西边的大青石上，都能听见破烂的唢呐声，破烂的声音主要是我吹出来的，蓝玉吹的唢呐声已经很悦耳了。他吹的时候，过往的土庄人会停下来仔细听一听，听完了就远远地喊说焦家班后继有人了。我则没有这样的待遇，过往的听见我的唢呐声拔腿就跑了，我就和蓝玉哈哈地笑。

师傅很吝啬，每次教给我的东西都少得可怜，一个调子就要我练习十来天。

焦家班又接活了。出门的前一晚，一班人围在火塘边，木桌上还是有苦丁茶和炒黄豆。我和蓝玉一人抱着一支唢呐坐在人群中，血都滚热了。我们终于成为焦家班的一员了，也许要不了多久，我们就可以和师兄们一起到很远很远的地方去了。

大家演奏完，大师兄就说两个师弟来的时间也不短了，也该露一手了。我有些怯，因为我吹得实在是不好，就推说让师弟先来吧。蓝玉也不推辞，像模像样地先抖一抖衣袖，两手举着唢呐，往前一推，再徐徐地把哨子凑进嘴里，像一个老练的唢呐手。蓝玉吹奏得确实好，我觉得和师兄们都差不多了。他演奏的是一段喜调，曲子轻快地在屋子里跳跃，他脑袋和调子一起左摇右晃的，吹得一屋子喜气洋洋。吹奏完了，大师兄就摸蓝玉的大脑袋，说不得了不得了，其他师兄也说好，只有师傅不说话，大口大口地吸烟。

蓝玉吹完了，一屋子人都看着我，我的心突突地跳，握着唢呐的手也浸出好多的汗来。二师兄对着我点点头，我知道他是鼓励我。我战战抖抖地把唢呐塞进嘴里，呜呜地憋出几个滑音和颤音，然后我低下头，说我就会这点了。

一屋子都无话了，只有油灯在轻轻地跳动。师兄们都神情肃穆地看着师傅，师傅还是低着头吸烟。好半天二师兄才低低地对师傅说，师傅，恭喜您了。师傅把旱烟伸到凳子腿上按熄说好了，今天就到这里，散了吧，明天还要赶远路呢！

我不知道二师兄为什么要恭喜师傅，我吹得那样烂，这样久了也只会吹一些基本的音调，师傅还一副不依不饶的样子，每天就只要我钉着几个调儿吹。

就几个调，我把冬天吹来了。

今年的第一场雪总算来了，都孕育了好几天了，直到昨夜才落下来。半夜我和蓝玉都听见了雪花滑过窗棂的声音。我和蓝玉都睡不着。我们睡不着倒不是等这场雪。在黑夜里大大地睁着眼睛，是等天亮后激动人心的一刻。昨天晚上，焦家班围在火塘边奏完最后一曲调子后，师傅对大家说：明天天鸣和蓝玉也和我们一起出门吧！

蓝玉推开窗户对我说，落雪了，不知道我们木庄是不是也落雪了呢？我说我们水庄肯定是落雪了的，每年这个时候，雪落得可大了，漫天遍野地飞，一个庄子都陷下去了。

我起得很早，草草地抹了一把脸，小心翼翼地把唢呐装好。我装唢呐的布袋子是师娘缝的，碎花青布，唢呐刚好能放进去，可熨帖了；蓝玉的唢呐也有布袋子，是藏青棉布缝制的，后来我才发现，装蓝玉唢呐的布袋子的前身是师傅的内裤。这个秘密我一直没有给蓝玉讲，再后来我又发现，我的布袋子是师娘贴肉的裤衩改的。

今天要去的人家请的是白事。我刚装好唢呐，接客就到了。来接唢呐的是两个年轻人，比我和蓝玉大不了多少，嘴边刚刚长出来一些茸毛，他们一人背着一个背篓，怯生生地站在院子边。我们无双镇就是这样的，请唢呐要派接客，接客要负责运送唢呐匠的工具，等活结束了，还得送回来。

很快我的七个师兄就到了，看来主人请的是八台，七个师兄加上师傅刚好八个。我和蓝玉当然还不能上阵，蓝玉其实是够了的，但师傅说了，先跟一段再说。两个接客很麻利地把锣啊鼓啊的全装进背篓，看我和蓝玉怀里还抱着唢呐，就伸过手来说都装上吧。我不让，说自己拿就成了，反正也不重的。接客不让，说哪有唢呐匠自己拿东西的道理，我们金庄没有这规矩，无双镇也没有这规矩。我还想推让，师傅在旁边说，给他吧，不依规矩，不成方圆。

主人姓查，金庄漫山遍野散落的人家差不多都姓查。

我们被安排进一个单独的屋子，屋子很紧凑，还有两个炭火盆。屁股还没有坐热，师傅就对大家说："捡家伙，开锣！"说完就往院子里去了。

我终于能亲眼目睹唢呐匠们正儿八经的八台大戏了。焦家班在院子里呈扇形散坐着，师傅居于正中，他的目光左右扫视了一番，众人会意，齐齐进入了状态。一声锣响，焦家班在金庄的唢呐盛会拉开了序幕。我此时听到的唢呐声和昨天晚上听见的预演有极大的差别，师傅和他的一班弟子个个全神贯注。唢呐声在高旷的天地间奔突。先是一段宏大的齐奏，低沉而哀婉；接着是师傅的独奏，我第一次听到师傅的独奏，那些让人心碎的音符从师傅唢呐的铜碗里，源源不断地淌出来，有辞世前的绝望，有逝去后看不清方向的迷惘，还有孤独的哀叹和哭泣。尤其是那哭声，惟妙惟肖。一阵风过来，撩动着悬在院子边的灵幡，也吹散了师傅吹出来的哀号，天地间陡然变得肃杀了。

一直在院子里劳作的人群过来了，没有人说话，目光全在师傅的一支唢呐上。渐渐有了哭声，哭声是几个孝子发出来的。没多久，哭声变得宏大了，悲伤像传染了似的，在一个院子里弥漫开来，那些和死者有关的、无关的人，都被师傅的一支唢呐吹得泪流满面。

一曲终了，有人递过来一碗烫热的烧酒，说焦师傅，辛苦了，润润嗓子吧。

开过晚饭，主人过来了。先是眼泪汪汪地给师傅磕了一个头，说这冰天雪地的你们还能赶过来送我老爹一程，我谢谢你们了。

"他生前是我们查家的族长，可德高望重了！"主人爬起来说。

师傅点点头。

"做了不少好事，我都数不过来。"主人又说。

师傅又点点头。

"焦师傅，你受累，看能不能给吹个《百鸟朝凤》？"主人把脑袋伸到师傅面前问。

师傅摇摇头。

"钱不是问题!"

师傅还是摇摇头。

磨了好一阵子,师傅除了摇头什么都不说。主人无奈,只好叹着气走了,走到门口又心有不甘地回头问:"我老爹真没这个福气?"师傅抬起头说你去忙吧!

主人走了,二师兄看着师傅说:"师傅,查老爷子德高望重呢!"师傅的鼻腔哼了哼:"知道查姓为什么是金庄第一大姓吗?以前的金庄可不光是查姓,都走了,散到无双镇其他地头去了,这就是查老爷子的功劳!"

接下来几天,我和蓝玉就进天堂了。顿顿有肉吃,其间我和蓝玉还偷喝了烧酒,焦家班坐到院子里吹奏的时候,我还和蓝玉躲在屋子里抽烟。烟是主人家偷偷塞给我们的,我和蓝玉本来是不收的,可主人家不干,非得塞给我们。

离开那天,死者的几个儿子把焦家班送出好远,临了就把一沓钱塞给师傅,师傅就推辞,结果两个人在分手的桥上你来我往地斗了好几个回合,师傅才很勉强地把钱收下来。

几个师兄则站在一边木木地看着,眼神倦怠,眼前这个场景他们已经看够了。

8

春天降临了。

乡村的春天总是和仪式有千丝万缕的联系。像我们无双镇,春天一露头,就有拜谷节。播撒谷种的前一夜,每个村子的老老少少都要带上祭品,去本村最大的一块稻田里供奉谷神。拜谷节过去没几天,就该是迎接灶神爷的日子了,猪头是不能少的,还有小米渣,听老人们说,天上是没有小米渣的,人间全靠这点东西留住他老人家了。把灶神爷安顿好,就是晒花节了,太阳公公和花仙一起供奉,因为有两个神仙,供品自然不能少,蜂蜜、白米、干菊花,还有圆圆的玉米饼。太阳还没有出来,一庄人早就遥对着太阳升起的地方把供品摆放妥帖了,等那抹血红一上来,大家就整齐地磕头作揖,好听的话也会说不少,庄稼人没野心,就是祈求有个好年成。

晒花节刚过,土庄又热闹了。人们槐花串似的往焦三爷的院子里跑,扛凳子搬桌子的。遇上闲逛的路人,就有人招呼:"焦三爷传声了!"路上的人一听,一张脸就怒放了,随即融入队伍。往焦三爷的院子迤逦而来。

土庄人等这个盛大的日子已经很久了。

无双镇的唢呐班每一代都有一个班主,上一代班主把位置腾给下一代是有仪式的，这个仪式叫"传声"，不传别的，就传那首无双镇只有少数人有耳福听到过的《百鸟朝凤》。接受传声的弟子从此就可以自立门户，纳徒授艺了，而且从此就可以有自己的名号，比如受传的弟子姓张，他的唢呐班子就叫张家班，姓王，则叫王家班。总之，那不仅仅是一门手艺，更是一种荣耀，它似乎是对一个唢呐艺人人品和艺品最有力的注脚，无双镇的五个庄子都以本庄能出这样一个人为荣。

这个仪式最吸引人的还不是它的稀有，而是神秘。在仪式开始之前，没有人知道谁是下一代的唢呐王。所以，焦家班所有的弟子都是要参加这个仪式的，连他们的亲人都会四里八乡地赶来参加，因为谁都可能成为新一代的唢呐王。

人实在太多了，师傅的院子都装不下了，于是屋子周围的树上都满满当当地挂满了人参果。我和我的一班师兄弟坐在院子正中间，两边是我们的亲人，我父母还有两个妹妹都来了；我的师弟蓝玉坐在我的旁边，他的家人也来了，比我的父母还来得早些。他们的脸上都是按捺不住的期待和兴奋。

屋檐下有一张八仙桌，八仙桌的下面是一头刚宰杀完毕的肥猪。此刻，这头猪是供品，仪式结束后，它将成为全土庄人的一顿牙祭。猪头的前面有个火盆，火盆里的冥纸还在燃烧。师傅坐在八仙桌后面。他一直在闷着头抽烟，师傅的烟叶是很考究的，烟叶晒得很干，吸起来烟雾特别大。很快，师傅的一张脸就不见了，他的半截身子都隐在一片雾障中，像一个踏云的神人，我竟然生出一些隐约的幻意。

良久，师傅才站起来，四平八稳地杵灭手里的烟袋，对着人群，平伸出双手往下压了压。喧闹的人群瞬间就安静下来。往地上吐了一口痰，师傅发话了。

"我快要吹不动了，可咱们这山旮旯儿不能没有唢呐，干够了，干累了，大家伙儿听一段还能解解乏。所以啊，在咱们这地头唢呐不能断了种！我寻思了好久，该找一个能把唢呐继续吹下去的人了！"师傅咳嗽了两声，停了停，下面又开始有响声了。这个时候我偷偷地侧目看了看蓝玉，我发现蓝玉也在偷偷地看我，他的嘴角还淌着一些笑。四目相对，我的脸刷就红了，像是心里某种隐秘的东西被戳穿了似的。蓝玉的脸没有红，他的脑袋抬得更高了，像一只刚刚得胜的大公鸡。我就生起一些不快，想还没见底呢，咋知道水底是不是石头？又想想，我的这班师兄弟里，也只有蓝玉最适合了，他人精灵，天分高，也勤苦。反正最后是他我也不会惊奇的。最后我觉得我那几个师兄也可怜，为什么师傅不全给传了呢？那样就整齐了，人人有份，个个能吹《百鸟朝凤》，焦家班、蓝家班、游家班，还不响亮死啊！

师傅又开腔了："我这几年收了不少徒弟，大大小小的，个个都有些活儿，出活也带劲，没给吹唢呐的丢人。"顿了顿师傅接着说，"我们吹唢呐的，好算歹算也是一门匠活，既然是匠活，就得有把这个活传下去的责任，所以，我今天找的这个人，不是看他的唢呐吹得多好，而是他有没有把唢呐吹到骨头缝里，一个把唢呐吹进了骨头缝的人，就是拼了老命都会把这活保住往下传的。"师傅又咳嗽了两声，对旁边的师娘点了点头，师娘过来递给师傅一个黑绸布袋子。师傅接过来，小心翼翼地从里面抽出来一支唢呐。远远的我就感觉到了这支唢呐该有些年龄了，铜碗虽然亮得耀眼，却薄如蝉翼，杆子是老黄木的，唢呐的杆子一般就是白木，最好的也就是黄木，能用这样色泽的老黄木制成的唢呐，足见它的名贵。乡村人一般是见不到这样的稀罕货的。

"这支唢呐是我的师傅给我的，它已经有五六代人用过了，这支唢呐只能吹奏一个曲子，这个曲子就是《百鸟朝凤》。现在我把它传下去，我也希望我们无双镇的唢呐匠能把它世世代代地传下去。"师傅举着唢呐说。

院子里一点声音都没有，我只听见我的师弟蓝玉的喘息声，所有的眼睛都盯着师傅手里的那支唢呐。我相信这一刻的土庄是最肃穆的了，这种肃穆在了无声息中更显得黏稠，我最后只能听见自己的呼吸声了。

我侧目看了看我的师弟蓝玉，他紧缩着脖子，脑袋花骨朵似的。慢慢地，他的脖子被拉长了，成了一朵盛开的鲜花。花朵儿正期待着雨露的降临，焦虑、渴望在稚嫩的花瓣间涌动着。蓦然，盛开的鲜花枯萎了。几乎就在一眨眼间，正准备迎风怒放的花儿无声地凋谢了，花瓣起来了一层死灰，花秆儿也挫短了半截。这朵刚才还生机蓬勃的花儿，转眼间铺满了绝望的颜色。悲伤一下从我的心底涌起来，我的师弟蓝玉，迅速地在我眼睛里枯萎，他的目光慢慢地转向了我，我能看懂他的眼神，有不信、不甘、绝望，当然，还有怨恨，可我看到的怨恨很少，很稀薄，星星点点的。

这时候我的父亲，水庄的游本盛在旁边喊我："你呆了，师傅叫你呢！"

父亲的声音像要魔术的使用的道具，充满了意外和惊喜。

9

蓝玉走了，披着一身绚烂的朝霞，向着太阳升起的地方去了。我站在土庄的土堡上，看着他的身影逐渐变小变淡。太阳明天还是要升起的，可我却见不到我的师弟蓝玉了。蓝玉在我的生命里出现和消逝都突然得紧，仿佛那个落雨的日子，蓝玉就该出现在我的面前，又仿佛这个炫目的黄昏，他本就一定要离去。

昨晚的晚饭很丰盛，有师娘做得最好的土豆汤。师娘做土豆汤是要放番茄的，番茄在无双镇不叫番茄，叫毛辣角。毛辣角又是土庄特有的小个毛辣角，樱桃样。师娘把剁碎的毛辣角和土豆搅拌在一起，还放了半勺猪油，颜色血红，喝起来酸酸的，很开胃；另外，还有蓝玉最喜欢的灰灰菜，灰灰菜是凉拌的。我在水庄没有见到过这种野菜，蓝玉说他们木庄也没有。嫩嫩的灰灰菜在水里飞快地跑过一趟，晾干后凉拌，居然有鲜肉的味道。

饭桌上师娘不停地往蓝玉的碗里夹菜，一盘灰灰菜差不多都到蓝玉碗里了。蓝玉很得意，不停地对我撇嘴，还故意咂吧出嘹亮的声音。师傅吃饭是没有响动的，他每一个动作都很小心，在饭桌上你都感觉不到他的存在。直到他把一筷子灰灰菜夹到蓝玉的碗里，我才发现师傅一直都在饭桌上的。师傅的这个动作让我和蓝玉的嘴合不上了。要知道，焦家班的掌门人没有给人夹菜的习惯。他总是静悄悄地在饭桌上干他该干的事情，不要说夹菜，就是话也极少说的，有客人他也只是两句话，开饭时说吃饭，客人放碗时说吃饱。师傅看见了我和蓝玉的惊讶，就对蓝玉说，多吃点，这种灰灰菜只有土庄才有的。

我忽然有了一种不祥的预感。这种预感在晚饭后终于得到了证实。

师傅照例在油灯下吸烟，蓝玉就坐在他的面前。

"睡觉前把东西归置归置，明天一早就回去吧！"师傅对蓝玉说。

蓝玉低着头抠指甲，不说话。

"差不多了，红白喜事都能拿下来的。"师傅又说。

"师傅，是我哪里没有做好吗？"蓝玉问。

"你做得很好了，你是我徒弟中悟性最好的一个。"

"那你为什么要赶我走？"蓝玉终于哭了。

"你我的缘分就只能到这里了！"师傅叹了口气说。

"蓝玉不要哭，没事就到土庄来，师娘给你做灰灰菜吃。"师娘也有了一窝子眼泪。

"我吹得比天鸣都好，天鸣能学《百鸟朝凤》，我为什么不能？"蓝玉咬着牙说。他力气太大了，把左手的中指都抠出血来了。

师傅眼睛一亮，忽然又黯淡下去了。他站起来拍了拍屁股，烟袋悬在嘴上，背着两只手离开了，走到门边才把烟袋从嘴里拿出来，回过头说睡吧，明天还有事情干呢！这话听上去是对师娘说的，又好像是对屋子里所有的人说的。

睡在床上，我有很多的话想对蓝玉说，可又不知道说什么好。一直到天亮，我们谁都没有说一句话。焦家班的传声仪式结束后，蓝玉很是难过了一阵子。没多久他就缓过来了，他对我说，只要还留在师傅身边，他就一定能吹上《百鸟朝凤》。

我是相信蓝玉的，我知道师傅传我《百鸟朝凤》是因为我老实，不传给蓝玉是觉得蓝玉花花肠子多。其实师傅是不对的，蓝玉天分比我好，他确实是比我精灵了一些，可人精灵点有什么不好呢？我打心眼里希望师傅能把《百鸟朝凤》传给蓝玉，我也这样对蓝玉说过，可蓝玉不领情，还说我挤对他呢！

现在师傅要让蓝玉走了。我的师弟最后的希望也就没有了。

蓝玉走的时候就是寻不见师傅。蓝玉在屋子里找了一圈也没寻着，师娘说定是下地去了。蓝玉就在院子里给师娘磕了六个头，说师娘我给你磕六个吧，你和师傅各自三个，我一并磕了。师娘把蓝玉扶起来，眼泪就哗哗地下来了。蓝玉走了，背着一个包袱，狠狠地转了一个身，留给我一个瘦削的背影。

蓝玉不见了，师傅从屋子后面的草垛子后转了出来。我回头看见了他，他对我说，从今天开始，我教你《百鸟朝凤》吧。

10

游家班到底是哪一年成立的我忘了。那年我好像十九岁，抑或二十岁？我经常在夜晚寻找我的唢呐班子成立时候的一些蛛丝马迹。暗夜里抽丝样出来的那些记忆大抵都和我的唢呐班子无关，倒是一些无关紧要的事件从记忆的缝隙里顽强地冒出来，堵都堵不住。

最深刻的当数我的堂妹游秀芝和人私奔。秀芝是我四叔的闺女，一直是个老实的乡下女娃，脸蛋一年四季都红扑扑的，见到生人就红得更厉害了。之前没有一点迹象表明她要离开生她养她的水庄。那个普通的早晨，我的四叔发现他的闺女不见了。一家人慌慌张张地找了一天也没有寻着。后来有人告诉四叔，天麻麻亮时看见秀芝和赵水生一起翻过了水庄后面的那座大山。赵水生是水庄赵老把的儿子，刚脱掉开裆裤就和他老子去了远方，听说是个大城市。秀芝读书的时候和他是同桌，受过他不少欺负，我还替秀芝揍过这龟孙子一顿呢！

毋庸置疑，赵水生拐走了秀芝。

四婶哭了好几场，说姓赵的这几天跑过来和秀芝两个躲在屋子里嘀嘀咕咕，感觉就不对头，然后就骂姓赵的，骂完姓赵的又骂自个儿的闺女；四叔则是每日都杀气腾腾的样子，多次表态要活剐了姓赵的。一年后事情才出现好转。秀芝寄回来了一封信，信里说她很好，在深圳的一家皮鞋厂上班，一个月能挣半扇肥猪，还照了照片，照片的背景是一个大水塘，比水庄的水塘可大多了。后来才知道，那不是水塘，是大海。

我很奇怪为什么我的记忆里都是和游家班成立无关的事件。为此我陷入了长时间的自责，并试图用记忆来缓解这种不安。可是在梳理属于游家班的丝丝缕缕时，却让我陷入了更大的危机中，因为这些记忆没有一丝亮色，相反，它像一面轰然坍塌的高墙，把我连同我的梦都埋葬掉了。

不知道出师四年还是五年后，师傅把他的焦家班交给了我。

那天师傅对一屋子的师兄弟们说：从今后，无双镇就没有焦家班了，只有游家班。一屋子的眼睛都在看着我，我很茫然，手足无措。他们的眼神都带着笑，善良而温暖。可我却感到害怕。我不知道我该干什么，能干什么，我只知道今后这一屋子人就要在我稚嫩的翅膀下混生活了。我想起了六七岁放羊的经历，父亲把七八只羊交给我，对我说，给我看好了，丢了一只你就甭想吃饭。我特别害怕山羊漫山遍野散落的情景，总是希望它们紧紧地拢成一团。在路上我就和山羊们商量好了的，可一上了坡它们就没有规矩了，眼里只有茂盛的青草，哪儿草好就往哪儿奔，弄得我眼里尽是颗粒状的白。到回家的时候，这些白就更稀疏了。我那时除了哭真是没其他的好办法的。

而此时，那个叫游本盛的男人正挑着一对儿箩筐在水庄的山路上轻快地飞奔，他对遇见的每一个重复着一句话：天鸣接班了，今后无双镇的唢呐就叫游家班了。他说这句话时除了自豪，更有一个伟大的预言家在自己预言降临时的自负。

猝然而至的交接像一场成人礼，从那天起，我眼里的水庄褪去了一贯的温润，一草一木都冰冷了，那些整日滑上滑下的石头也变得尖锐而锋利。

<h2 style="text-align:center">11</h2>

游家班接的第一单活是水庄的毛长生家。

过来接活的是长生的侄儿。一进院子就给我父亲派烟，父亲把香烟吸得有滋有味的，一脸的幸福。这是他的唢呐匠儿子严格意义上给他带来的第一次实惠，滋味自然是与众不同的。

我刚从屋子里出来，父亲就冲着我喊："八台哟！"

"我叔是啥人？别说八台，十六台也不在话下的。"接活的说。

父亲白了长生侄儿一眼："你妈的 ×，哪有十六台？"

长生侄儿咧了咧嘴，说现在不是天鸣做主吗？自个儿造啊！别说十六台，捋出个九九八十一台也行啊！

父亲这回笑了，快意地猛吸了一大口烟，他从蹲着的长条木凳子上一跃而下，说："那倒是。"

我点了师傅和几个师兄的名字，长生侄儿就蹦跶着去通知了，走的时候又给父亲派了一支烟，父亲接过香烟说你龟儿子脚程放快些，晚上要吹一道的哟。

其他几个师兄都来了，师傅和蓝玉没有来，长生侄儿说他好说歹说说到口水都干了，师傅还是不来，只推说身子不太利索。我没有问他蓝玉为什么没有来。

我家屋子不大，寨邻来了不少，把一个院子堵得满满的，都想看看游家班的第一次出活预演。大庄叔也来了，父亲还单独给了他一条独凳子和一碗浓茶。大庄叔一脸的笑，说真没想到这唢呐班的当家人会是天鸣这崽儿，平时十棍子敲不出一个屁，吹起唢呐来还叫喳喳的呢！当年你爹说你能吹上《百鸟朝凤》老子还不相信呢，看来你游家真的是祖坟上冒青烟了。

几个师兄话不多，一直笑，父亲给每个人都倒了一碗烧酒，还不停地催促说喝啊喝啊润润嗓子啊！

水庄的夜晚好多年没有这样热闹了。四支唢呐呜呜啦啦地吼。奏完一曲丧调，人群里有人喊说天鸣整一曲《百鸟朝凤》给大家听听。我说那不行，师傅交代过的，这曲子是不能乱吹的。人群又起来一阵哄，老庄叔把凳子往我面前挪了挪，说就整一段，给大伙洗洗耳朵，这曲子当年肖大老师走的时候我听焦三爷整过一回，那阵势真他奶奶的不得了，能把人的骨头都给吹酥了。我还是摇头，父亲站在我身后对大家说今天就到这儿吧，以后机会多的是，天鸣保证给大家吹。老庄叔看见父亲发了话，也站起来说对对对，不依规矩不成，以后听的时间还多，散了吧都。

人群散了去，我对几个师兄说，这是游家班第一次接活，不能砸了，再走几遍吧。

远远地就看见了长生，他头上顶着一块雪白的孝布站在院子边等我们。看我们过来，长生给每个人派了一支烟。自己也叼上一支。我说老人家什么时候走的？长生喷出一口烟，笑着说这个月都死三四次了，死去没多久又缓了过来，直到昨天早晨才算是死透。旁边一个老人干咳了两声，说长生，快行接师礼呀！接师礼就是磕头，长生回头看了看旁边的老人，说接什么卵师呀！天鸣和我啥关系？一起比过鸡鸡的。然后他回头看着我笑笑，我也笑笑。

我其实倒是很希望长生给我磕个头。长生比我大五岁，是个精灵货，个子也比我大，小时候放牛我没少挨他揍，揍了我还要我喊他爹，喊过他多少回爹我都忘了。我一直想着报仇的，慢慢长大了，懂事了，报仇这个事情也就丢到一边了。今天本来是个机会，可长生还是显示着他一贯的与众不同。算起来，长生算是水庄第一个穿夹克和牛仔裤的人，这几年水庄人都前赴后继地把庇护了自己几千年的土墙房推倒了，于是水庄出现了一排一排的镶着白晃晃瓷砖的砖墙房。长生看准了这个变化，拉上一群人在水庄的河滩上搞了一个砖厂。现在水庄好多人都不叫他长生了，叫他毛老板。

长生给游家班的待遇充分展示了他毛老板这个称呼并非浪得虚名。一人一条香烟，比起那些一支一支扔散烟的人家，这种一次性的大额支付确实让人快意，因为我从几个师兄接过香烟的眼神可以看出，他们像打了一辈子小鱼小虾的渔民，今天忽然就网起来了一头海豹。

然后，你就可以看见我的几个师兄在吹奏的时候是多么的卖力，我真担心他们用力过猛会震破手里的唢呐。特别是长生打我们旁边经过的时候，我大师兄高高坟起的腮帮子像极了他妻子怀胎十月时的大肚皮。

除了香烟，毛老板的慷慨还体现在很多细节上，比如润嗓酒，是瓶装的老窖；再比如乐师饭，居然有虾。那玩意通体透红中规中矩地趴在盘子里，连我都看得傻了，虾我听说过的，是水里的东西，我们无双镇好多水，可我们无双镇的水里没有虾，只有一汪一汪淡绿的水草。长生最大的慷慨还不是这些，而是看见我们卖力地吹奏时，他就会过来先给每个人递上一支烟，说别太当回事了，随便吹吹就他妈结了。

走的那天长生没有送我们，而是每人递给我们一把钱。大师兄说了，这是他吹唢呐以来领到的最多一回钱，二师兄在一边也说，钱是最多的一次，可吹得是最轻松的一次。

我捏着一把钱站在水庄的木桥上，木木地看着一庄子正起来的炊烟。

12

稻谷弯腰了，我去看了一回师傅。

又见到土庄的秋天了，一马平川的黄一直向天边延伸。

师傅刚下地回来。他好像更黑了，也更瘦了，裤管高高地卷起，赤着脚，脚板有韵律地扑打着地面，地面就起来一汪浅浅的尘雾。走到我的面前，他把手里的锄头往地上一拄，下巴挂在锄把的顶端，看着我笑笑，就伸出沾满泥土的手来摸我的脑袋。

"看你那双爪爪哟！"师娘嗔怪师傅。师娘也赤着脚，裤管也高高地卷起，正从屋子里往外搬凳子。

我把从水庄带来的东西拣出来放到院子里的木桌上。有师傅喜欢的旱烟叶子，烟叶是我到金庄出活时买的，师傅说过无双镇最好的旱烟叶在金庄；还有腊肉，腊肉是我父亲烘的，颜色和肉质都好，带给师傅的是猪屁股那一段，在乡村人眼里，猪屁股是猪身上最珍贵的部分；此外还有母亲让我捎给师娘的碎花布，让师娘做件秋衣。

"来就来，还叮叮当当的带这样一大堆。"师娘总是要客气一番的。

我和师傅坐在院子里，这时候夕阳上来了，土庄就晃眼得紧。远处的金黄在晚风中奔腾翻滚，我都看得呆了。师傅指着远处对我说："看那片，是我的，那谷子，鼓丁饱绽的。"我说我知道的，师傅就哈哈地笑说对对，你在的那阵子下过地的嘛。

我给师傅装了一锅刚带来的烟叶，师傅吸了一口，再吸一口，说没买准，金庄最好的烟叶在高昌山下，那片地种出来的烟叶才是最地道的，这烟叶儿不是高昌山下的。

"要吃人家饭，最后还要拉屎在人家饭盆里。"一旁剥蒜的师娘给我主持公道。

"前几天你二师兄来过一趟，说你们那边乐师钱出得很阔呢！"师傅往地上啐了一口烟痰说。

"不多的，就是有钱的那几家大方些！"

"人心不足蛇吞象啊！"

晚饭时辰，师傅搬出来一土壶烧酒。

十年了差不多，师傅一脸兴奋地说，火庄陈家酒坊的，那年给陈家老爷出活的时候到他酒房子里接的，没掺一滴水。

师傅在饭桌上照例没话，低着头呼啦啦地吃，间或端着盛酒的碗对我扬扬，这时候我也端起酒碗对着他扬扬，然后就听见烧酒在牙缝里流淌的声音。

我在土庄整整待了三年，没见师傅喝过一滴酒。其实师傅是有些酒量的，三碗青幽幽的烧酒倒下去，师傅的脸就有了猪肝的颜色。两只眼睛也格外的亮。

最让我惊奇的是那天师傅喝完酒后在饭桌上的话，那个多哟！比我在土庄听他说了三年的话还多。那天师傅说的一些话让我印象深刻，因为师傅在说这些话的时候就像一只老狼，两手撑着桌面，脸向我这边倾斜着，眼睛里则是血红的光芒。他说唢呐匠眼睛不要只盯着那几张花花绿绿的票子，要盯着手里那杆唢呐；还说唢呐不是吹给别人听的，是吹给自己听的；最后我的师傅焦三爷终于扛不过他珍藏了十年的陈家酒坊的高度烧酒，瘫倒在桌子上了，他倒下去的那一刻，两只眼睛直直地看着我说：

"有时间去看看你的师弟蓝玉吧！"

第二天起来，师傅师娘都不见了，我知道他们下地了。这就是他们的生活，规律得和日出日落一样。我还是有些晕，走到屋外，院子里木桌上的笆箕里有煮熟的洋芋，这算是给我的早饭了。那些日子就是这样的，我和蓝玉每天早上都要为拿到大个的洋芋争斗一番的。

站在山梁上，我回头看了看土庄，它好像老去了不少，那些山，那些水，都似乎泛黄了。

13

马家大院看上去比五年前阔多了，楼房像个长个子的娃，几年光景就多出了三层。马家在木庄习惯领跑了，还把后面的拉下一大截。老马家两层小平房起来了，木庄其他人家还在茅草屋子里忍饥挨饿，好不容易有了两层小平房，一瞧，老马家都五层了。木庄人总是在老马家屁股后面，怎么跑都跑不过。个中缘由除了老马脑筋好用以外，最主要的是老马有四个身强力壮的男娃子。几个娃出门早，据说中国的大城市都有他们的脚印。

可惜精打细算的老马还是耗不过病痛，六十不到的人，年前还背着手在木庄的石板路上检阅风景，年后就蹬腿了。四个儿子回来奔丧，每个人都有一辆小汽车，十六个轮子一码子停靠在木庄的石板街上，成了木庄人眼里一道稀有而复杂的风景。

游家班在马家大院里呈扇形散开。八台，也当然是八台。烟酒茶照例是不能少的，还有黄澄澄的糕点，放进嘴里又软又酥，上下颚一合拢，就化掉了。几个师兄都兴奋地交谈着，连平时话最少的三师兄都停不下口，他慌乱地说话，慌乱地把好吃的东西往嘴里扔，好几次该他的锣声响起了，他都还在为他那张嘴奋斗。我有些火了，吼了他两声，没多久又听不见他的锣声了。

我忽然好惶恐。从我们进到马家大院起，好像就没有人关注过这几支呜呜啦啦的唢呐，我开始以为是大家不卖力，白了他们几眼，大家精神就抖擞不少，大师兄两个眼珠子都要给吹飞出来了，可对我们的处境仍没多少改善。人们依旧在院子里穿梭，小孩子依旧在院子里打闹，就是没人看我们。其间还有人碰倒了二师兄脚边的酒瓶子，白酒汩汩地往外流，那人像没看见一样，径直就去了。

我正要伸手去扶酒瓶子，眼睛就什么都看不见了。

猜猜，我是谁?

不用猜我就知道是他，我的师弟蓝玉。他的手粗壮了不少，声音也变得厚实了，嗓子也由男孩儿的蜕变成男人的了。

我的眼睛一下就潮湿了，其实我早看见他了的，混在来来往往的人群里，一件红色的外套招招摇摇。他的眼睛还不时地往游家班这边瞟，我没敢过去和蓝玉相认，不知道是没有相认的勇气还是其他的什么原因。

我的师弟蓝玉早就看见我们了，他一直没有过来，我想他不会过来了。

但现在他却蒙住了我的双眼，让我猜他是谁。

蓝玉惊慌地松开了手，惊讶地看着两只手掌中的潮湿，又抬起头看着我的眼睛，忽然他的眼泪也下来了。我和蓝玉面对面站着，我们差不多一样高，他嘴角的胡须比我的要茂盛，身子却比我瘦弱一些。

我忽然有了拥抱蓝玉的冲动，那种感觉热乎乎的。好多年前我们家有一条狗，黄毛，短耳朵，有一天突然不见了，刚不见的那几天还会想想它，慢慢地就忘掉了。大约过了两个月，那条狗出现在了我家院子里，一身泥污，一条腿还折了，两只眼睛弥漫着哀伤和委屈。那时候我也是这种热乎乎的感觉，跑过去抱着狗流了一回泪。

我看着蓝玉，蓝玉也看着我，我们谁都没有动。

师弟！我喊了一声。

蓝玉走过来，捶了我一拳。

"你有丢过狗的经历吗？"我问蓝玉。

"有，丢了整整十年！"蓝玉说。

几个师兄的唢呐一下嘹亮起来。

晚上蓝玉没有回家，一直陪着我们。喝酒、吹牛、抽烟。

下半夜，几个师兄都去睡觉了，人群也大多散去了。我和蓝玉坐在院子里，我把唢呐递给他，说来一调，蓝玉兴致勃勃地把唢呐接过去，苇哨刚送进嘴里又抽出来了。他把唢呐还给我，为难地笑笑说算了吧！好多年没吹了，调子都忘记了。我也笑笑说你那脑袋，十分钟就能把调调找回来。蓝玉拿来两个碗，倒了满满两海碗烧酒，我们就开始喝，一直喝到月亮下去，漫天的红霞上来，没有一点睡意。

这么多年来，蓝玉那晚说过的话我基本都记得。甚至他说话时的每一个表情、歪脑袋、大幅度地点头、掏耳朵等这些细节都还在我的脑海里。比如他说当年离开土庄的时候，我一个人像条野狗一样，茫然地在田间小路上走，连死的心都有了。讲到这里他就把脑袋夸张地往下缩，等脑袋落到肩上了，我才听见他喉咙里出来的那声浑浊的长叹。还有他说其实我不怪师傅，师傅让我回家是对的，要换了我，无双镇的唢呐班子早没了，我性子野，干啥都守不了多久，总会有些稀奇古怪的想法。讲到这里蓝玉的脖子忽然伸得老长，都快顶着头上那片红云了。他还呵呵地笑，笑完就猛灌下去一大口烧酒，脸也成了天边的颜色。

我的生命里有很多的变化，这些变化就像天气一样让人捉摸不定，但每次变化之前又隐隐约约地看得见一些预兆。下雨之前是一定要乌云密布的，太阳带晕了，接踵而至的就是干旱，月亮带晕了，那说明接下来就该是一个连绵不绝的细雨时节了。那个木庄的夜晚，我和我的师弟蓝玉十年后相遇了，我们还有了一次酣畅淋漓的谈话，这场谈话让我隐隐地看到，也许，我的命运又到了拐角的地段了。

14

老马的四个儿子比想象中的要阔得多。

老马要入土的前一天，一辆卡车开进了木庄。

老马的四个儿子都到庄头去列队迎接。车上下来几个人，和老马的大儿子聊了几句，老马的大儿子一挥手，庄上一群年轻人就钻进卡车里卸东西。

一开始那些东西还是零零碎碎的一堆，让人不知所以，东拼西凑的一倒腾，我身边的师弟蓝玉惊讶地说：

"妈的，这是一支乐队！"

游家班呈扇形站在马家大院里，我惊奇地发现，我的师兄们集体陷入了某种迷惘。他们的眼神笔直地指向同一个地方，嘴全都大大地咧着，像咫尺有了一个意想不到的惊人变化，也像遥远的天边出现了神奇的海市蜃楼。他们最后都笨拙地完成了复杂情感下简单的语言传递。

"到底是搞哪样卵哦！"

"这些狗日的是从哪里冒出来的！"

"哎呀！"

"哦哟……"

天黑下来，落雨了，一开始那雨细微得让人都觉察不到，落到手背上、脸上，有些淡淡的凉意，用手一抹，什么都没有。渐渐地雨就大起来了，雨滴也变大了，砸在裸露的皮肤上还有些疼痛。人群就开始往屋子里、屋檐下和灵堂里拱。

城里来的乐队还在雨中忙碌着。二师兄看着雨幕中的几只落汤鸡，说为何不下刀呢？我看了他一眼，他可能意识到这个愿望着实歹毒了些，又讪讪地矫正说下石头也行的。我也赞成下石头，所以我就没有说话了。但很快我发现，下石头恐怕对城里来的乐队也不会有什么实质性的伤害。老马的大儿子很快招呼人在院子里支起了一个帆布帐篷，还满脸堆笑给他们派烟，每个人的两边耳朵上堆满了他还在乐此不疲地派。

很快城里来的乐队就准备就绪了。他们的家伙比起乡村八台唢呐要复杂得多。

从我见多识广的师弟的介绍我知道了左边那一排鼓叫架子鼓，站着的那个家伙手里抱着的像机枪一样的东西叫电吉他，案板样的是电子琴。最让我惊奇的是右边的络腮胡手里攥着的那支唢呐，他的唢呐好像更长更粗，腰身没有游家班使用的唢呐腰身好，大大咧咧的一粗到底。我就想这样粗的唢呐如何吹呢。

"砰！"弹吉他的用手指拨出了一个清脆的音符。我现在还会在梦里听见那一声响，它的出现让我的梦总是充满了灰色的格调，每一次醒来，我都会双手枕着头想好久，那一声"砰"为什么在我的梦里不再是乐器的音符，而是极其怪异的幻化成了各式各样断裂发出的声响。譬如我正在建房，砰，房屋的大梁断裂了；或者我刚爬上高大的桑葚树，砰，大树一折为二；又或者我孤独地在一方悬崖下爬行，砰，悬崖张牙舞爪地迎面扑来。

我唯一可以肯定的是，在木庄马家大院的那个夜晚，仿佛从天而降的一声炸裂，搅乱了某种既定的秩序。每个人的心底都有一些莫名的东西在暗暗涌动着，像夜晚厨房木盆里那团搅和完毕的面团，正悄悄地发生着一些不为人知的变化。

就在那把吉他发出那声诡异的"砰"的声响的瞬间，我惊异地看见，马家大院所有一切都静止了。洒落的雨滴停在半空，在灯光下有五彩的颜色；洗菜的妇女扔进大木盆的萝卜也滞留在空中，在灯光下有耀眼的白；还有灵堂里的烛光，瞬间就收束成了一团实心的灼热，坚硬如冰；一个正在奔跑的孩子身体前倾，悬停在大门处，手臂一前一后伸展着，像一尊肉铸的雕塑。我张皇地在静止中游走，伸手去碰了一下半空里的水滴，它竟然炸裂成了一团水雾；我绷起指头弹向那团坚实的火焰，哗啦一声，散落了一桌的橘红。

我痛苦地捂着脑袋蹲在院子里。

"咚"，一声闷响。杂乱的噪音铺天盖地地向我袭来，震得我耳朵发麻。我站起来，发现一切都是活的，一切都在继续。雨一直在下，萝卜翻滚着跌进木盆，烛火在欢快地燃烧，孩子在院子里不停地奔跑。

"你刚才看见什么了吗？"我问蓝玉。

蓝玉看着我，说："你是不是丢东西了？"我摇头。"那你满院子找什么呢？"蓝玉问。

15

老马的葬礼新鲜而奇特。

乡村的葬礼不一定非得沉痛，但起码是严肃的。七十岁以上的老人去了那头，这叫喜丧，气氛是可以鼓噪些的。老马六十不到，他的葬礼是没有资格欢欣鼓舞的。可就在他入土的头一个晚上，马家大院出现了前所未有的喜气洋洋，那些奔丧迟到的人走进马家大院都一头雾水，以为走错了门，这里怎么看都像是老马家在娶媳妇，说在办丧事打死人家都不相信。

让老马由死而生的，是那支乐队。

先是几个人叮叮咚咚地乱敲一通，然后就唱开了。

鼓捣吉他的边弹边唱，唱的过程中还摇头晃脑的。他唱的是什么我听不懂，我的师弟蓝玉在一旁跟着哼哼，我问蓝玉他唱的是什么，蓝玉说是时下正流行的，只能跟着哼哼几句，整个儿的记不住，曲子叫什么名字也记不住了。

开始，木庄的乡亲们站在院子里，脸上都有了怒气。每个人都不很适应，脸上都有矜持的不满，一个上了年纪的阿婆把手里的一棵白菜狠狠地摔在地上，眼神离奇的愤怒，嘴里还咕咕囔囔，最后很沉痛地看了看灵堂。我知道她是在为死去的老马打抱不平呢！

渐渐地，大家的神色开始舒展开了，有一些年轻人还饶有兴致地围在乐队的周围，环抱双手，唱到自己熟悉的曲子时还情不自禁地跟着哼哼。

游家班站在马家大院的屋檐下，局促得像一群刚进门的小媳妇。我低头看了看手里的唢呐，才忽然想起来我们也是有活干的。

雨停了，空气清爽得不行，干干净净的。院子里为游家班准备的呈扇形排开的凳子还在。我们过去坐好。我看了看几个师兄。

"还吹啊？"一个师兄问。

"怎么不吹？又不是来舔死人干鸡巴的！"我对他的怯懦出奇地愤怒。

我还拿起脚边的酒瓶子灌了一大口烧酒，悲壮得像即将奔赴战场的战士。

呜呜啦啦！呜呜啦啦！

平日嘹亮的唢呐声此刻却细弱游丝，我使劲瞪了几个师兄两大眼，大家会意，腮帮子高鼓，眼睛瞪得斗大。还是脆弱，那边的声响骄傲而高亢，这边的声音像临死之人哀婉的残音。一曲完毕，几个师兄都一脸的沮丧，大家你看看我，我看看你。

吹，往死里吹，吹死那群狗日的。师弟蓝玉在一边给大家打气。

我们吹得很卖力，在那边气势较弱的当口，就会有高亢的唢呐声从杂乱的声音缝隙里飙出去，那是被埋在泥土中的生命扒开生命出口时的激动人心，那是伸手不见五指的暗夜里划燃一根火柴后的欣喜若狂。

我们都很快意，那边的几只眼睛不停地往这边看，看得出，眼神里尽是鄙夷和不屑，甚至还有厌恶。

说实话，我对这群不速之客眼神里的内容是能够接受的，甚至他们就应该对我手里的这支唢呐感到厌恶才对。只是我没有想到，对我手里这支唢呐感到厌恶的不光是他们。

一个围在乐队边唱得最欢的年轻人不知什么时候站在我的面前。他斜着脑袋看着我，表情怪怪的，像是在瞻仰一具刚出土的千年干尸。我把唢呐从嘴里拔出来，吞了一口唾沫问：干什么？

你们吹一次能得多少钱？他说。

和你有关系吗？我答。

我付你双倍的钱，条件是你们不要再吹了。

我摇头说那不行。

没人喜欢听你们几根长鸡巴吹出来的声音。

那我也要吹。

这时候我的师弟站出来了，他过来推了年轻人一把。说柳三你干啥？叫柳三的说关你啥事？蓝玉说他妈关我的事，咋了？

两个人就你来我往地开始推搡。本来已经有人过来劝住了的，柳三这个时候像想起了什么来，然后他说："哦！我差点忘记了，你原来也是个吹破唢呐的！"说完还嘿嘿地干笑两声。

我看见蓝玉的拳头越过三个人的脑袋，奔着柳三的脑袋呼啸去了。一声闷响后，殷红的鲜血从柳三的鼻孔里奔涌而出。场面一下子就乱了，呼喊声，叫骂声，拳头打中某个部位后的空响，夹杂在癫狂的乐曲声中，活像一锅滚热的辣油。

第二天是蓝玉送我们离开的。我的师弟脑袋上缠着一块纱布，左边眼圈像块圆形的晒煤场。在我们身后远处的山梁上，送葬的队伍爬行在蜿蜒的山道上，那利箭一样的乐器声响充斥着木庄的每一个角落。

16

水庄最近变化很多，有些是那种轮回式的变化，比如蒜薹又到了采摘的时候；有些变化则是新鲜的，让人鼓舞的，比如水庄通往县城的水泥路完工了，孩子们在新修完的水泥路上撒欢，大大小小的车辆赶趟儿似的往水庄跑，仿佛一夜之间，水庄就和县城抱成一团了。要知道，以前水庄人要去趟县城可不是那样容易的，不在坑坑洼洼的山路上颠簸五六个小时，你是看不见县城的。现在好了，去趟县城就像到邻居家串个门儿。

这个时候，我的父亲游本盛站在自家大蒜地里，满脸堆笑。在他眼里，像水庄有了水泥路这些新鲜事儿和他没有什么关系，他更关心的是他的大蒜地。今年的大蒜地倒是争气得紧，从冒芽儿开始就顺风顺水的，该采摘了，一根根在和风里炫耀着粗壮的身躯。父亲每天都要到大蒜地走一走，看一看，然后啜着纸烟蹲在土坎上，没有比这让他更满足的事情了。

父亲弓着腰在剥蒜薹，一阵风过去，我看见了他两扇瘦窄的屁股。我说歇歇吧。他直起腰，回过头，一脸的怒气："歇歇？歇歇都能有饭吃老子早歇了！"我不说话了，还后悔刚才说出来的话。我想我最好是闭嘴，我说出来的每一句话，我的父亲都能找出让我难堪的理由。

可我发现，我不说话也不行，我不说话父亲也会把他的不满通过诸如眼神和动作传递给我。这一年来，父亲看我的眼神总是充满了疑问和警惕，我就像一只潜入他们家偷食的野猫，不幸正好被他发现了。我这只偷食的野猫只好把尾巴藏着掖着，生怕主人哪天不高兴了一脚把你踹出门去。

初夏是水庄一年中最好的季节，这个时候的水庄可有生机了，天空清澈碧透，水面也清澈碧透，一庄子待收割的蒜薹也清澈碧透。最打动人的是不管你走到哪里，每一个水庄人的脸上都带着笑。水庄人真的没有野心，一次理所当然的丰收就能把一个村庄变得天宽地阔。父亲不和我说话，埋下头继续采摘蒜薹。我直起腰，天空没有一丝云彩，一望无际的蒜地在阳光下像一幅油画。远远地，族中的三叔对着我远远地招手。三叔是我请去通知几个师兄弟出活的人。不知道从哪一天开始，无双镇的唢呐班子省掉了接师礼，连运送出活工具这些规矩都一并没了。我三步两跳地跑过去，先递给三叔一支烟，他撩起衣角擦了擦满脸的汗水，把烟点燃后对我说：

"都通知了，只有你大师兄同意来。"

"其他人呢？他们怎么说？"

"还能说啥？不是说忙就是这里那里不利索咯。"

三叔说完走了，走出老远了他好像又想起了什么，回头大声喊："对了，你二师兄说以后不要去叫他了。"

"为什么？"我问。

"说下个月要出门了。"

"去哪里？"

"不知道，大城市咯！"

我悻悻地回过头，就看见了父亲那张铁青的脸，他两手叉在腰际，眼睛直直地看着我。我低着头从他旁边走过去，他在后面冷冷地笑，笑完了说："都快孤家寡人了吧？看你以后还怎么吹！吹牛 × 还差不多。"

晚上我没有吃饭，躺在床上，定定地看着天花板。天花板上有一只蜘蛛倒悬着垂下来，一直垂到我的鼻尖处，我伸出手，让蜘蛛降落在我的手心里，它就顺着我的手臂往上爬，时左时右。我不知道哪里是它想去的地方，或者它压根就没有目的地，只是这样一直往前爬，再往前爬，什么时候爬累了，织个网，就算安家落户了；又抑或被天敌给吃掉了，无声无息的，谁又会去关心一只蜘蛛的未来呢！

仿佛一眨眼时间，我身边这个世界一下就变得陌生了，眼里的一切都没变，山还是那座山，河也还是那条河。可有些看不见的东西却不一样了，像水庄的那条河，看上去风平浪静的，可事实不是这样的，小时候下河游泳，一个猛子下去，才发现河底下暗潮汹涌。

直到父亲睡了，我才从屋子里出来。母亲重新把菜给我热了热。我吃饭时，母亲还是像小时候一样静静地坐在我的旁边，目不转睛地看着我，眼神里流淌着源源不竭的爱怜。

"后天是不是要出活？"母亲问。

我点点头。

"听你爹说几个师兄都不来？"

我又点点头。

"唉！"母亲长叹一声，然后她接着说，"天鸣，要不这唢呐不吹了！咱干点别的，凭咱这双手干啥不能活命啊！"

我放下碗，转过去对着母亲。

"我知道这个理，可当年拜师的时候我给师傅发过誓的，只要还有一口气，就要把这唢呐吹下去。"

"可你看，就你一个人也吹不来啊！"

"过两天我去找师傅。"

17

我还没来得及去找师傅，师傅就先来找我了。

师傅一进院子就骂："你个小狗日的游天鸣给老子出来。"

我出来看见师傅站在院子里，他的双脚沾满了泥，连衣服的下摆都有星星点点的泥点子，脸和我当初去拜师的时候一样黑，只是皱纹更多了。看见师傅老了一大截，我忽然上来了一些伤感。这个无双镇当年响当当的焦家班的掌门人，像入了冬的一棵老槐树，尽是令人沮丧的残败。最揪心的就是他一身灰布衣服了，还是老式样，对襟衫，几个地方都是补丁，要知道，现在无双镇像这样有补丁的衣服是不多见了，偶尔看见，不会有人说你艰苦朴素，下意识还会把你往穷人堆里推。

我喊了一声师傅。

"不要叫我师傅，我没有你这样的徒弟。"师傅往地上狠狠地啐了一口痰，"当初你是怎样说的，有口气就要把这活往下传，可这才过去多久？昨天就有人给我递话了，说无双镇的游家班散伙了，垮台了，有活也不接了，无双镇从今以后就没有唢呐匠了。"

我说师傅你先进屋，我们到屋里说。师傅一挥手："进不起你的宝殿门，你现在哪里还瞧得上吹唢呐的？"还是母亲出来，说焦师傅你先不要着急，进来说，天鸣正托人到处通知他的师兄弟们呢，这几天就要出活。母亲说话时不断对着我眨眼，我慌忙应和说对对对。师傅火气这才消了些。背着手走进屋，也不看我，只说，不给老子说个一二三，看老子不撕破你那张 × 嘴。

师傅坐下来，接过母亲倒来的茶，怒气冲冲地等我的解释。听完我的解释，师傅把茶碗往桌上狠狠一掼。

"我去找他们，几个狗日的还翻天了。"

师傅出了院门，看我还站在屋檐下，就吼："傻了？游家班班主是我还是你？"我哦了一声，才快步跟上去。

我跟在师傅身后，一路上他一句话都没有，但我能清晰地听见他大口大口喘气的声音。

二师兄对我和师傅的到来有些意外。当时二师兄正在打点行装，屋檐下，他正把一捆衣物狠命地往一个陈旧的蛇皮口袋里塞，口袋太小，装不下二师兄远涉的必需品，就委屈地从口沿处往下撕裂，还发出吱吱的怪叫。二师兄骂了一句，抬起头就看见了师傅和我，他的嘴上下翕动着，是想说些什么，但从师傅的脸色他似乎已经明白了我们的来意，于是就什么也没有说。他放下手里的袋子，直起身子，从屋檐下的檐坎上下来，站在师傅面前，静悄悄的，没有一点声息。

师傅没有理二师兄，鼻子有了一声闷哼后，径直走到屋檐下，把口袋拎到院子里，把口袋里的东西一样一样地掏出来往院子里抛撒。师傅的这个动作持续了好长时间，我惊讶于这个看上去个儿不大的口袋居然有如此壮观的吞吐量，等师傅将直了身子，院子里早成了花花绿绿的晾晒场。

师傅把干瘪的口袋踩在脚下，目光盯着二师兄，那眼神像水庄六月的日头，能把人烤晕过去的。

二师兄低着头，他一句话没有说，两个手交互搓揉着，这时候有几只麻雀从天而降，欢快地在院子里那些各式各样的衣物上跳跃。二师兄忽然松开了两只互握着的手，低头从师傅旁边走过去，蹲下身子把地上的衣物一件一件地拾起来搭在臂弯处，其间还拍拍打打地扇掉衣物上的灰尘。等他臂弯放不下后，他就慢慢蹲着移到师傅的脚边，伸出一只手扯师傅脚下的蛇皮口袋，师傅一动不动，师兄却执着地扯，力量也越来越大，最后我看见师傅的身体都开始摇晃起来。我站在一边看着这对奇特的师徒，他们就像在出演一出哑剧，每一个动作和眼神都极具深意，所有的表达都在你来我往的无声的动作中了。这时我的师傅伸出一只脚，狠狠地踹向了他二徒弟的面部，我看见二师兄猝然地往后倒了下去，像刚被掏空的蛇皮口袋。好半天，师兄才复苏的蛇一样从地上蜷曲着爬起来，两道殷红从他的鼻孔蜿蜒而下，几乎穿越了整个面部。他没有完全站起来，依旧半蹲着，一步步挪到师傅的脚边，伸出一只手，固执地去扯师傅脚下的口袋。

这时候，我看见我的师傅面部完全变成了死灰色，五官也剧烈地痉挛着，像一锅煮烂的饺子。良久，他终于仰头长长地叹了一口气，叹气的感觉和水庄冬天的寒风一般，经过皮肤，直抵骨髓，能把人的那颗心都冻僵了。他终于移开了紧紧踩踏着口袋的脚，转身走了，走得很快，留给我一个颤抖不止的背影。

18

道路弯弯拐拐，曲折迂回。乡间小路就是这样，站定一个点，极目远眺，道路伸出去没多远就倏然不见了。赶上去，才发现它又折向了某一个去处，再远眺，还是只能看到一根断面条。我们就在这样一条捉摸不定的道路上走着。最前面是我的师傅，中间两个，一个大师兄，一个蓝玉，我跟在最后头。

蓝玉自从离开土庄后，没有出过一次活。今天他能站在游家班的队伍里，我总有一种怪怪的感觉。我也不知道师傅是怎样说服蓝玉跟我们出这次活的。那天师傅离开二师兄家后，就直奔木庄去了。昨天晚上，蓝玉推开了我家的门。

师傅今天穿了一件新衣服，衣服上的折痕都还清晰可见。他走得很快，像一只老当益壮的野兔。蓝玉有意把步子放慢，很快我们的队伍就断裂成了两块，前面是师傅和我的大师兄，后面是我和我的师弟蓝玉。

和我并排着的蓝玉忽然说："师傅老了！"我点点头，蓝玉又说："这是我第一次正式出活，也是最后一次。"我转过头看着蓝玉，不知道他想表达什么。过了半晌，蓝玉自言自语："我答应师傅的，师傅也答应我的。"

我的师弟蓝玉就是这样，总让我琢磨不透，说话也玄机重重。我说这话什么意思？蓝玉笑笑，没说话。我就低头自己想，等我抬起头的时候，幽静的山路上就看不见人影了。

在无双镇，和其他几个庄子比，火庄一直落在后面，房屋还多是拉拉杂杂的茅草屋，道路也没有其他几个庄子来得宽敞。但火庄人老实。无双镇人到集市上买鸡蛋，特别是买土鸡蛋，都要先问问是哪个庄子的。说是其他庄子的，人家不敢买。那是因为吃过亏的，问的时候一个劲给你打包票说真是土鸡蛋，买回去打开，一眼的翻白。只有火庄的土鸡蛋货真价实，黄澄澄的不说，价格也合理。今天出活的人家在火庄的西头，看上去家境一般，房屋翻了新，但屋子里却空落落的，只有些日常生活必需的物事，看来是屋子翻新耗光了家资。

家境虽是一般，可仍旧热闹。这和死去的人有莫大的关系，死者是火庄的老支书。德高望重的老支书躺在堂屋里，安静得像一只睡去的猫。师傅过去恭恭敬敬地上了三炷香。晚饭毕，我们一班人聚在堂屋里，我百无聊赖，把玩着手里的唢呐。师傅则拿出他那支老黄木杆的唢呐不停地擦拭。

大师兄把唢呐放进嘴里调音，咕咕唧唧的。师傅说你们都收起来，今天天鸣一个人吹。说完把擦拭好的唢呐递给我。

我出奇地惊讶，大师兄更惊讶，连嘴里的唢呐都忘记拿下来了。

"为什么？"我问。

"他去过朝鲜，剿过匪，带领火庄人修路被石头压断过四根肋骨。"师傅面无表情地说。

"《百鸟朝凤》！"蓝玉一扫慵懒的模样，绷直了问。

架势是摆出来了。灵堂前一张宽大的木靠椅，一群孝子俯首跪倒在我面前。所有的人都站在院子里，仰直了脖子往灵堂里看，连一直撒欢的那条老黄狗也规规矩矩地端坐在院子里。

我忽然有了一种神圣感，像一个身负特殊使命的斗士。那些眼光让人着迷，在每天来来往往，平淡无奇的生活中，你是看不到这种眼神的。它是那样的干净无邪，仿佛春雨过后山野里散发着的清新气息，又像是冬雪里萦绕在山巅的蒸腾雾霭。

师傅站了出来，对着灵堂鞠了三个躬，然后转过身对众人说：

"《百鸟朝凤》，上祖诸般授技之最，只传次代掌事，乃大哀之乐，非德高者弗能受也。"我知道这几句是《百鸟朝凤》曲谱扉页上的几句话，下面的人是听不懂这几句话的，所以还是一贯的沉默。师傅接着说："窦老支书我不多说了，他的所作所为火庄人都看在眼里，记在心里，如果无双镇还有人能受得起《百鸟朝凤》这个曲子的，窦老支书算一个，今天，给窦老支书吹奏送行的，是游家班的班主游天鸣。"师傅的诚恳让跪倒在我面前的一干人开始发出呜呜的低鸣声。

"大哀至圣，敬送亡人，起奏！"师傅高喊。

我把唢呐送到嘴里，忽然眼前一片漆黑。

直到今天我都活在那段悔恨中，我本可以从容地完成一个乡村乐师所能完成的最高使命，可以让后人提起这段近乎传奇的事件时还能提起我的名字，本可以让乐师这个职业在乡村实现最动人的谢幕演出，甚至可以用一种近于神圣的方式结束我的乐师生涯。可就在那一瞬间，这些可能统统没有了，我的行为让无双镇这个古老的职业用一种异常丑陋的形式完结掉了，连在湮没于时代变化中的最后一刻也未能保持它曾经拥有的尊严。所以，在记录下这段经历的时候，我面临着可怕的记忆煎熬，我感觉我心灵深处的一块被时间慢慢治愈的伤疤又被重新揭开，我清楚地看见它鲜血淋漓，继而是透骨的疼痛。

重新睁开眼，一双双焦渴的眼睛全都在看着我。我把唢呐从嘴里慢慢抽出来，站起来对我的师傅说：

"对不起大家，这个曲子我忘了！"

出人意料，师傅笑了，下面的人也笑了。下面的人还在笑，师傅却哭了，他蹲在地上放声痛哭，我、我的大师兄，还有我的师弟蓝玉，我们站在师傅的身边，谁都不说话。师傅哭了一阵，站起来对还跪在地上的孝子鞠了三个躬，说我们对不起窦老支书，也对不起各位孝子。

焦三爷吹一个不就行了！人群中有人建议。

师傅摆摆手，说我早就没有这个资格了，这个班子不是焦家班，只有游家班的班主才有这个资格。师傅说完转过身从我手里抢过那支唢呐，抬起膝盖，两手握着唢呐猛力一沉。

咔嚓！

师傅走了，他迅速消失在了火庄伸手不见五指的黑夜里。

蓝玉从地上把断成两截的唢呐拾起来，又看看我，说："看来我这辈子是听不了《百鸟朝凤》了！"

19

父亲对我的态度是越来越坏了，他看我什么都不顺眼，水缸空了，他骂我眼瞎了，连水缸没水了也看不见；我把水缸挑满了，他还骂我，说我除了挑水还能干啥？

父亲骂得对，我都二十六七岁的人了，还窝在家里。你看水庄和我一般年纪的人，娶妻的娶妻，生子的生子，还有大部分早就打点好行装，爬上开往县城、省城的客车走了，除了过年过节能看到他们一两眼，平时像我这样的年轻人村里几乎就看不到了。

自从游家班解散后，我再没吹过一天唢呐。

游家班的解散没有什么仪式，自自然然的，仿佛空气蒸发了一样，请也没人请了，吹就更没人吹了。我和大师兄在无双镇的集市上遇到过一次，我们互相问候，还谈了今年庄稼的长势，最后还到无双镇的馆子里喝了一顿烧酒，可谁都没有说关于游家班的事情，哪怕一丁点也没有，像这个班子从来就没有存在过似的。

我二十八岁了，水庄的冬天又来了，水庄的冬天如今是越来越随便了，连场像模像样的雪都没有，最近两年更是蹬鼻子上脸，连点缀性的雾凇也看不见了，整个冬天都邋里邋遢，只知道一个劲地落冰雨，钉得人脸手生疼不说，还把一个水庄搅得稀泥遍地。

我现在最怕和父亲照面，不光是怕他骂我，是看着他一天天老去的模样我就会内疚。别人的儿子每年都能给家里寄回来数目不等的钱，我却只能坐在家里吃吃喝喝。母亲不像父亲那样责骂我，但她总是一声接着一声地叹气，叹气的声息像一块永远挤不干水的海绵，这比父亲的责骂让我更难受。就这样，我不得不在这个狭窄的空间里逃避。父亲每天吃完饭就去庄上看人打牌去了，他不参与，只是看，其实父亲很想坐上去摸一摸的，可他的口袋不允许。母亲则是每天都在灯下一直坐着忙，忙到实在疲乏得不行了才去睡觉。

我每个夜晚都早早爬到床上，却往往到了天亮还没有睡着。

今年从稻谷返青开始就没有落过一泼雨。本来都乌云密布了的，天地也陡然黑暗了，眼看一切前奏都摆足了，一庄子人都站在天地间等着瓢泼的雨水了。结果呢，稀稀拉拉地下来几滴，在地上留下几个濡湿的坑点，立马就云开雾散了。反复几次，水庄人的希望和耐心像田里的稻谷一样，都干枯瘪壳了。

父亲的背越来越佝偻，像一张松垮垮的泥弓。父亲每天都守在他的稻田边，脸色和稻子一样枯黄。他的眼神散漫无力地在一坝子干瘪的稻浪上翻滚，跟着风的摆动，晃来荡去，软弱无力。就这样一直到黄昏，他才直起腰来，在一阵吱吱嘎嘎的骨头摩擦声中，开始把枯朽的身躯往自家屋子里搬运。

偶尔我会在院子里遇见他，他总是呆呆地看着我，没有了愤怒，也没有了讥讽，目光蛛丝一般的柔软，缠得我有些透不过气来。

我清楚地记得，那一季的稻谷最后全枯死在了田里。我站在水庄后面的山头，视野里是一片灼人的枯黄，那黄一直向天边延伸，这样的颜色真让我绝望。但水庄的游本盛更让我绝望。一张脸黄得肆无忌惮。肝癌晚期，我和母亲竭力要求把圈里的老牛卖掉给他治病，可游本盛说：算了，我就是田里的稻子了，再大的雨水也缓不过来了。

一个月来，父亲的身体在木床上越来越小。从医院回来，父亲就再没有离开过家里那张宽大的木床。木床是爷爷留下来的，父亲当年就在这张大床上降生，如今，他又即将在这张大床上死去，像完成了一个可笑的轮回。

早晨我把家里的老牛牵到水庄的河滩边吃了一些草。中午回家的时候，我居然看见父亲站在庄头，阳光把他捏成一小团，他把身体靠在土坎上，土坎上有茂密的青色，这样他就像一朵从草丛里长出来的黄色蘑菇。我远远就看见了他，惊讶过后眼泪就下来了。

我怕他看见我的眼泪，拭干了才走近他。他颤颤巍巍地过来，像刚学走路的小孩儿。拍了拍老牛的脖子，父亲说："把它卖了吧！"说完居然下来了两滴眼泪。我明白了，父亲还不想死，他毕竟才五十出头，这样年纪的水庄人，都身强体健地穿梭于田间地头，还有使不完的劲，眼前的路还远得看不到头呢！"早该卖了，早卖早治的话，也不至于这样了。"我说。

牛卖掉那天，我在无双镇给父亲买了一双软底布鞋，我想过了，进城治病难免要走来走去的，软底布鞋穿上不硌脚，父亲全身只剩下骨头了，什么都该是软的才对。

晚上回来把鞋子递给父亲手里，他竟然从床上翘起来给了我一耳光。

"谁叫你费这钱？狗日的就是手散！"

耳光一点不响亮，听见的反而是骨头炸裂的声音。

我没有说话，把父亲扶下躺好，他两个鼻孔和嘴都大口大口地呼着浊气。喘了好一阵子，父亲终于平静了下来，他先是长长地嘘了一口气，艰难地把身体侧过来对着我说："天鸣，我听说金庄的唢呐也吹起来了。"我点点头。

其实不光金庄，无双镇除了水庄其他几个庄子都有唢呐了。也不知道是从哪天开始，城里下来的乐队就从无双镇消失了，就像停留在河滩上的一团雾，一阵风过，就无影无踪了。乐队一消失，唢呐声就嘹亮起来了。

"把游家班捏拢来。"父亲说，"无双镇不能没有唢呐。"

"有哩！除了水庄其他庄子都有了。"我说。

"日娘，那叫啥子唢呐哟！"父亲面色灰土，喘气声也大了许多，额头上还有汗出来。

我呆坐在床边，不说话。父亲的喉咙里有咕咕的声音，像地下的暗河，涌动着不为人知的秘密。良久，我听见父亲发出呜呜的哭声，哭声尖而细，如同一柄锋利的尖刀，划过屋子里凝滞的气息，继而如撕裂的布匹，陡然凄厉得紧。

此刻我才发现，我的父亲，水庄的游本盛心里一直都希望他的儿子吹唢呐的。在游家班解散后，父亲那种看似寡毒的蔑视、打击、嘲讽，其实是伤心欲绝，是理想被终结后的破罐子破摔。我又想起了父亲带着我拜师的那个湿漉漉的日子，还有他跌倒后爬起来脸上那道殷红的血痕。

我伸出手，摸到了父亲夸张的锁骨，它坚硬地硌着我的手，更硌着我的心。

我试试吧。我说，声音很小，但父亲还是听见了。

尽管屋子里光线很暗，但我还是看见了父亲眼里的亮光，我的话像一根划燃的火柴，腾地点亮了父亲这盏即将油尽的枯灯。

"我就知道，你狗日的还想着唢呐。"笑容在父亲枯瘦狭窄的面容上铺开，氤成一团凄苦和苍凉。"知道我为什么卖牛吗？"父亲纯真得像一个孩子，"我那是给游家班买家什用的，我想过了，啥子鼓啊锣啊，都老旧了，该换新的了。"接下来就是一阵咳嗽，父亲太兴奋了，又呼啸了一阵才平静了下来，父亲又说："我死了，给我吹个四台就行了。"

"我给你吹《百鸟朝凤》。"我说。

父亲摆了摆枯瘦的手，半天才说："使不得，我不配！"

20

父亲病得越来越重了，话也越来越少了，开始是整夜整夜睡不着，后来是睡过去就醒不来。母亲总是守在父亲旁边，隔一阵子就看一回，探探他的鼻孔，摸摸他的额头，怕他睡过去就永远醒不来了。

我则在无双镇几个庄子之间昼夜奔走。

在无双镇生活了这么多年，我第一次在如此密集的时间里听田间的蛙鸣、山谷的鸟叫。夜晚，我一个人在狭窄的山间小路上行走，天边的一弯冷月漠然地朗照，大地如逝者的巴掌一样冰凉，裹紧衣服才发现，寒冷正不可抗拒地到来。脑子里又浮现出父亲孤独无助的眼神和日渐枯槁的面孔。我怕他等不到我把游家班捏拢他就走了，那样我的父亲就听不到唢呐声了。对于水庄的游本盛来说，没有唢呐的葬礼是不可想象的。

无双镇被我的双脚丈量完毕了，我仍像一个出海旬月却两手空空的渔人。我的师兄师弟们，此刻正在繁华而遥远的城市挥汗如雨，他们就像商量好了一般，整整齐齐地离开了生养他们的土地。

大师兄还在。他不去城市不是他不想去，而是一次意外让他拥有了一条断腿，而这条腿也成了他和城市之间永远的屏障。我把香烟递到他手上的时候，他还满含神往地给我讲述了师弟蓝玉去年来看他时的情景。"小屁股，抽的烟一支顶你这个一盒，你还别不服气，那烟抽起来就是他奶奶的顺口。""看来，城里这钱还真他奶奶的好挣。"

听完我的来意，大师兄惊奇地盯着我，然后他说，你见过两个人吹的唢呐吗？旧时一般穷苦人家都四台，你想造个两台？埋条死狗还差不多。我说不是埋死狗，是埋我的父亲。大师兄脸上才起来了一层歉意，他大大地吸了一口烟，说去火庄吧，那里起来了好几个班子，听说场面很大，都有十六台了。奶奶的，十六个人一起吹唢呐，怕死人都能给吹活呢！

我走了好远，大师兄站在山梁上喊："去看看吧！如今无双镇的唢呐都成他们的天下了。"

我到火庄正赶上这里的唢呐班子出活。

确实很让人惊讶。

十六个唢呐匠占据了整个院坝，连死者这个理所当然的主角都被逼到了狭窄的一隅。一排条桌浩浩荡荡地拉出了雄壮的架势。条桌上的茶盘里有香烟和瓜子。瓶装的润嗓酒也精神抖擞地站成一列。唢呐匠一色暗红色西服，大宽领，下摆还卷了圆边，一个个像即将走入洞房的新郎。条桌顶头是一件银灰色西服，还扎了根猩红的领带，胸前挂了一块亮闪闪的牌子。看样子，他就该是班主了。

最显眼的还不是班主，而是他面前盘子里的一沓钞票，百元面额的，摆出了一道耀眼的风景。"起！"班主发声，接下来就是一场宏大的鼓噪，唢呐太多了，在步调上很难达成一致，于是就出现了群鸟出林的景象，呼啦一片，沸沸扬扬，让人感到一些惶然的惊惧。我甚至满含恶意地发现，有两个年轻的唢呐匠腮帮子从头到尾都瘪着，要知道，这个样子是吹不响唢呐的。这是我见过场面最大的唢呐班子，也是我听过的最难听的唢呐声。我的大师兄说得不对，十六台的唢呐不能把死人吹活，但没准会把活人吹死。

我回到家，父亲已经不能说话了，我凑到他的耳朵边说：给你请个火庄的八台吧！父亲忽然睁大眼睛，脑袋拼命地摆动，喉咙里咕咕地响着。我知道，他不要火庄的唢呐，他说过的，火庄那不是真正的唢呐。

水庄的游本盛是水庄的河湾开始结冰时离开这个世界的，他静悄悄地就走了，头天晚上还挣扎着吃了半碗稀饭，第二天一早，发现身体都已经变得冰凉了。他死的时候瘦得像个刚出生的婴儿，把一张木床映衬得硕大无比。我用卖牛的钱将父亲安葬了。他的葬礼冷清得如同这个季节，唢呐声自然是没有的，倒是北风从头到尾都在不停地呼啸。

那个黄昏，我守在父亲的坟边。从此以后，水庄再没有游本盛了，他和深秋的落叶一起，凄凄惶惶地飘落、腐烂。我在夕阳里想了好久，都没有想起我到底给了我的父亲什么。而我对于他，只有一个又一个的失望。我的唢呐没了，游家班也没了，直到死去，他连一台送葬的唢呐都没有。

好久没有看到水庄这样的黄昏了，在我的印象中，水庄的黄昏总是转瞬即逝的，刚发现它，它就一头栽进黑夜。其实心细一点观察，水庄的黄昏是很好看的，落日静止在山头，草的须穗摩挲着它的脸面，有了麻酥酥的微痒；风翻滚着从山梁上滑下来，撩开大山的衣襟，露出暗红的裸背。大地，就在这样简单的组合中，变得古老而温暖。

我从怀里抽出唢呐，对着太阳的方向，铜碗里就有了满满的一窝儿夕阳。

曲子黏稠地淌出来，打了几个旋儿，跌落在新鲜的坟堆上，它们顺着泥土的缝隙，渗透进了冰冷的黄土。我知道，我的父亲能听见他儿子的唢呐声。从我学艺到他离开这个世界，他还没有听我吹奏过这曲《百鸟朝凤》。开始唢呐声还高亢嘹亮着，渐渐地就低沉了，泪水把曲子染得潮湿而悲伤，低沉婉回的曲子中，我看到父亲站在我的面前，他的眼神如阳光一般温暖，那些已经一去不复返的日子，在朦胧的视线里逐渐清晰起来。

起风了，唢呐声愈发凌乱，褪掉了肃穆的色彩，却有了更多的凄凉。我的喉咙被一大团悲伤硌得生疼，唢呐终于哭了，先是呜咽，继而大恸。连绵不绝的群山，被一杆唢呐搅得撕心裂肺。

21

今年第一场雪刚过，村长领着几个人到了我家。

我站在院子里，村长拍着我的肩膀说：这就是无双镇游家唢呐班子的班主。

很年轻啊！一个戴着眼镜的中年人说。

是这样的，他说，我们是省里面派下来挖掘和收集民间民俗文化的。

我说你就说找我什么事情吧。

戴眼镜的说我们想听一听你的唢呐班子吹一场完整的唢呐。我说游家班已经没有了，火庄有，你们去看看吧。那人笑笑，说我们刚从那里过来。"怎么说呢！"他干咳了一声，"我们听过了，他们那个严格说起来还不能算纯正的唢呐。"

你看？他递给我一支烟说。

我说怕不行了，我的师兄弟们全进城了。

这时候站出来一个年轻一些的，村长赶忙出来介绍说这是县里来的宣传部长。年轻的部长很豪迈地一挥手，说去把他们都叫回来，费用我们来出。他的语调和姿势让我热血一下涌了上来，我仿佛看到了我的游家班整齐出场的场景，那是多么让人神往的一个场面啊！七八个人一字排开，悠悠扬扬地吹上一场。我梦里经常出现这样的场景。

我说好。

冬天快过去了，我接到了蓝玉的一封信，他在信上说，他已经在省城站住了，拥有了自己的纸箱厂。我决定去省城把我的师兄弟们找回来，我要把我的游家班重新捏拢来，我要无双镇有最纯正的唢呐。

省城真大，走下客车我有了溺水的感觉。

根据地址东寻西找了一整天，我终于在一个胡同里找到了蓝玉的纸箱厂。

推开铁门，一个守门的老头在门里一间昏暗的屋子里看报纸。

请问蓝玉在吗？

"蓝厂长出门去了。"老头答，"你找他什么事？"老头抬起头问。

"师傅！"

那天夜里，蓝玉把在这个城市的师兄弟们都通知到了一处，还请大家去了一家金碧辉煌的饭店吃了一顿饭。师傅还是老样子，饭桌上一句话没有，沉默寡言地吃。我说明来意，师傅的眼里掠过一抹亮光，然后他抹了抹嘴，说上面都重视了，这是好事啊！

好多年没摸那玩意儿了。二师兄感叹。

我从包裹里取出来一支唢呐递给二师兄，说试试？二师兄把唢呐接过去，端平，刚把哨管放进嘴里，他的眼神蓦然黯淡，然后他举起右手，我看见我在木材厂打工的二师兄中指齐根没有了。

让锯木机吃掉了。他说，这辈子都吹不了唢呐了。

在水泥厂负责卸货的四师兄接过唢呐，说我试试，他架子还在，像模像样地摆好姿势，唢呐在他嘴里没有想象和期待中的嘹亮，只闷哼了一声，就痛苦地停滞了。他抽出唢呐吐出一口浓痰，我看见地上的浓痰有水泥一样的颜色。

别回去了，留下来吧！蓝玉看着我说。我喝了一大口酒，说我要回去，我一定要回去。看着桌子上的师兄师弟们，我忍不住哭了，师傅也哭了。

我知道，唢呐已经彻底离我而去了，这个在我的生命里曾经如此崇高和诗意的东西，如同伤口里奔涌而出的热血，现在，它终于流完了，淌干了。

夜晚，师傅还有师兄弟们送我去火车站。我们沿着城市冰冷的道路一直走，没有人说话，只有往来的车辆拉出让人心悸的呼啸，偶尔有行人经过，都一色地低着头，把脑袋往前伸，急冲冲地扑进城市迷离慌乱的大街小巷。

在车站外一块巨大的广告牌下，一个衣衫褴褛的老乞丐正举着唢呐呜呜地吹，唢呐声在闪烁的夜色里凄凉高远。

这是一曲纯正的《百鸟朝凤》。

【作者简介】

肖江虹：1978 年出生，贵州省修文县人。大学文化，曾经从事过教师、公务员等职业。2005 年前后开始文学创作。已在《雨花》《山花》《贵州作家》等文学期刊发表小说作品若干。

选自《小说选刊》2009年第5期

岁月如诗

林 希

1

一九四八年，我是南苑大学语言所中文系二年级的学生。我们这个系，在校学生只有六个人，可是每逢孟先生讲《殷墟书契》，整个教室座无虚席，连窗沿上都坐满了人。好在孟先生上课，从来不和学生交流，他老人家如入无人之境，虚眯着眼睛，微微地扬着脸，摇着脑袋瓜子自顾自地吟唱。唱够了，过足了瘾，下课了，孟先生胳膊挎上手杖，孟露小姐挽着孟老夫子的胳膊，孟老夫子踱着四方步，谁也不瞧，潇洒地走了。

孟老夫子何许人？

国字号大师。

我们南苑大学，有五大所，语言所、史学所、理学所、哲学所，还有经济所。南苑大学的五大所，因六大教授得名，语言所的孟老夫子，史学所的郑先生，理学所的何先生，经济所的吴先生，哲学所的程先生，加上语言所另一位泰斗，当年和鲁迅先生一起编过杂志的李先生，合起来，人称七大泰斗。

不对，明明六大教授，怎么说成七大泰斗？

加上校长张先生。

就因为我们这七大泰斗，南苑大学在世界大学名校中名列前茅，还不是后来的那种"排行榜"，那是花钱买来的名次。南苑大学的名声是"思想自由、学术独立"精神创立起来的。能在南苑大学混上一顶学士帽，就能吃遍天下，混得最好的，国共两党的高级领导人里，都有俺们南苑大学的学子。

牛不牛？

南苑大学七大泰斗不仅代表了中国学术的最高水平，在政治上也是不可轻视的民间力量。南苑大学以思想激进闻名全国，更被国民党当局严密监控。一次社会局带着宪兵来校抓人，张校长一把椅子坐在学校大门正中，六大教授每人一只板凳坐在张校长身后，五大所的教授们排成人墙，站在七大泰斗身后，愣和社会局宪兵对峙了八个小时。最后南京发来命令，撤！乌龟王八蛋们这才蔫拉巴唧地溜了。

回到孟老夫子讲课。何以孟老夫子下课时由一位美女孟露小姐搀扶着走出教室呢？这就要说到南苑大学的校花孟露小姐了。

孟露，原名并不重要。那时候美国影星梦露正迷得全世界发飙，偏偏我们学校的这位校花容貌长得和梦露小姐一模一样，高高的身材，圆圆的脸蛋，亮亮的大眼睛，月牙儿小嘴向上弯，卷曲的头发。一九四五年美国水兵登陆天津，一群军官来校参观，出来致欢迎辞的就是孟露小姐（自然是地道的美式英语）。美国水兵舰长听着欢迎辞，在台下跺着脚大喊"梦露梦露"，由此人们就将这位校花的原名忘掉，称她是孟露小姐了。

孟露小姐原来是经济所的学生，后来她爹妈私下做主，将她许配给了国民党政府财政次长的二儿子。孟露死活不干，两边闹翻了脸，她爹妈不认她了，登报脱离关系，小姑奶奶孟露也没"尿"他们，更名改姓，干脆就叫孟露了。断绝家庭关系，没人供养读书，正巧赶上语言所要为孟老夫子招一位书记员——不是助教，助教要有学历，书记员就是协助孟老夫子工作，如此孟露小姐毅然弃学工作，靠自己的工资独立社会，也引起了一场不大不小的轰动。

孟露小姐国色天香，什么闭月羞花、沉鱼落雁，这些形容都不及孟露小姐美丽容貌的一半，而且，孟露小姐说话轻声细语，性格温柔，不光我们南苑大学多少人为她倾倒，就连北洋大学、辅仁大学，再远到北京清华园、南京艺术专科大学，每天都有人为孟露小姐发誓终生不婚，包括本人。唉，小不拉子，排不上名儿了。

孟老夫子讲课要带很多东西，但甲骨原件是不能带到课堂上来的，拓片又太小，看不清楚，孟露将拓片画成立轴，孟老夫子讲到什么时候，就将拓片画轴挂上。每逢孟露挂拓片画轴的时候，许多人就抢着去帮忙，抢挂拓片是假，借机朝孟露小姐旗袍领口袖口看看，才是真正目的。好在人家孟露小姐几个纽襻儿系得很严，白费力气，里面的风光，一点也看不见。

本人聪明，才不费那股瞎力气，我坐在前排，孟露小姐挂拓片，脚尖要踮起，旗袍往上一抻，小腿露出一大截，特性感。

所以，有不得好死的人说，何以听孟老夫子课的人多，大多半，是看孟露小姐来的。

也许别人是，我不是。

孟老夫子讲课结束，由孟露小姐搀扶着走出教室，我们六名学生和满满一教室旁听生全体肃立，连气也不敢喘，目送孟老夫子走出教室，直到孟先生拐进休息室，屋里的学生才敢走动。你别以为孟先生呆，他前面走出教室，后面有一点声音，他立即回头看。学生们都怕孟老夫子的"回头一望"，大家都说，被孟老夫子盯上一眼，折你十年寿数。

这就是我们那时候的求学生活，和现在不一样，现在教授还没走出教室，学生先挤出去了，没点胆量的教授，先请学生们走，唯恐被学生们挤倒。到了这年纪，老胳膊老腿，摔跤可不是小事。每天教授去学校，老伴们都嘱咐，别和学生们抢道儿。

捷足先登么。

其实，孟老夫子并不认识谁是他的学生。黑压压一教室人，连看也不看一眼，他就自顾自地开始哼起来了，时间一到，甩下袖子，抬脚向外走。且住，孟老夫子怎么不挟他的讲义夹呢？你们又不明白了，我们读书那时候，教授讲课以不带讲义为荣，两只袖子一甩，走进教室，两只袖子再一甩，优哉游哉地又走了。最牛的教授，深度近视，几近双目失明，也讲课，什么也不带，就带一张嘴巴，学生们鸦雀无声地坐在教室里，教授有时候问："屋里有人吗？"他以为教室里没有学生，只他一个人犯病呢。

孟老夫子不认识他的学生，我也不认识我的同学，入校注册的时候，我们这个系只有六名学生，遇到孟老夫子讲课，黑压压教室里坐满了人，谁认识谁呀？

那时候，大学没有门卫，自由出入，教授上课，也不点名，名教授讲课，座无虚席，ＰＰ教授讲课，一个人没有。没有人，他也讲，讲三民主义救中国，讲国学，讲《论语》。不像现在的什么"讲坛"，越是胡说八道，收视率越高。说了一兜绕弯子话，现在就要说到正题了。

正题是，每次孟老夫子讲课，我发现总有一个陌生人坐在我旁边。

每次孟老夫子讲《殷墟书契》，总是他第一个到教室，占个好位置。我对《殷墟书契》也有兴趣，第二个进教室，就坐在这位旁听生旁边，很多次他还向我笑笑，似乎是对于自己的"蹭课"不好意思。我也向他笑笑，意思是无所谓，学校就是这样，有钱的爷来玩玩，没钱的穷光蛋看热闹。我们是在校生，泡够了时间，滚蛋；你们是旁听生，只有看热闹的份儿，也占不上什么便宜。

早早坐在座位上，没事好做，我又是一个惜时如命的好学之士，坐在座位上，我就读书。我读书品位极高，不三不四的破书，连看也不看。那一天我正在读瞿秋白的《赤都心史》，就觉得有人暗中捅了我一下，还小声地提示我说："来了。"我下意识地抬一下头，正看见另一个人走进教室，我不明白坐在我旁边的这位旁听生为什么提示我这个人"来了"，但也立即收起《赤都心史》，装出打瞌睡的样子，眯上了眼睛。

如此，听出门道来了吧？

一九四八年的大学，国共两党拉开阵势，共产党一方组织反饥饿、反迫害、反内战进步阵营，组织、启发学生接受新思想，从组织上、思想上迎接新时代的到来。国民党一方则加强对青年学生的监视迫害，千方百计搜捕进步学生，破坏共产党的地下组织，诱迫进步教授，企图将学校建成他们最后挣扎的阵地。

旁听生提醒我"来了"的这个王八蛋，叫魏敬明，不知道是哪个所的，职业学生，三青团、蓝衣社、调查局，什么背景都有，更是学校四维学馆的铁杆骨干，监视学生动态，按时向当局打小报告，特务。

南苑大学的四维学馆，活动能量极大，什么活动都组织，而且有经费，每次请圣教会来人讲课，不仅给讲课费，还专车接送；连请来听讲的人都有酬谢——也不是给钱，就是预备小吃。课堂外面一张大案，小烧饼，酱牛肉，西式点心，饮料，巧克力，足够吃饱。小无赖林希有时候也去凑热闹，弄一大包食品回来，够吃好多天。

国民党当局发现孟老夫子讲课时旁听生最多，他们也不是吃干饭的，自然就想何以这样一门死学问引来这么多人，想了一阵儿，明白了，听孟老夫子讲课是假，暗中一定有活动。于是，魏敬明也"听"孟老夫子讲课来了。

装作没事人的样子，我假装打瞌睡，听见魏敬明向我走过来的脚步声，突然一只脚伸过去，魏敬明险些摔倒。

"你踩我脚了！"

我还有理。

魏敬明凶巴巴地看了我一眼，气哼哼地走了。

……

时局紧张，东北解放，解放军开始向华北进发。前几天传来消息，战线转移，国民党已经退出山海关，共产党则加紧推进，杨得志部已经潜进河北，夜行昼伏，正一步步向平津一带逼近。天津、北平已是共产党囊中之物。国民党当局放言誓死保卫平津，也是昼夜忙碌，白天调动军队，坦克车、军人东奔西跑，夜里起降飞机，往南边运黄金。完喽，完喽，老百姓都说国民党完喽。

学校还在上课，孟老夫子还在讲他的《殷墟书契》。《殷墟书契》里面没有共产党，也没有国民党，没有三民主义，也没有共产主义，《殷墟书契》就是《殷墟书契》，谁来了也是一片鬼画符。

改朝换代到了最后时刻，青年学子们热血沸腾，学校里随处传唱进步歌曲："天那边呀好地方，一片稻田黄又黄，大家唱歌来种地呀，高粱谷子堆满仓。"还有更直露的："团结就是力量，团结就是力量，这力量是铁，这力量是钢。"号召年轻人准备战斗。

那时候我只有十七岁，对政治不甚了了，虽然也读过许多进步书籍，但以苏俄小说居多。知道国民党特务政治毒恶，也知道物价飞涨老百姓活不下去，更知道国民党官员贪污，没一个好东西，还知道共产党要建立新中国，可是到底共产主义是怎么一回事，中国的未来应该是一个什么样子，我就懵懵懂懂了。

一九四八年进入夏季之后，学校里形势愈发紧张，张校长年初去南方开会，被国民党当局扣下，不准回校，后来竟以张校长的名义给学校发来要求全体教授南迁的"通知"。教授们人心惶惶，无所适从。学生会一方，也加紧活动，准备一旦战事逼近，成立学生自卫组织，保卫学校，保卫教授，劝阻教授别跟着倒霉蛋老蒋南去，老蒋已经没有希望了，等着迎接新时代的曙光吧。国民党方面也加紧了最后的疯狂，密切关注学生情况，一些平时受注意的学生陆续失踪，几位糊涂教授被特务架上南去的飞机。

魏敬明是公开的特务，可是谁能保证旁边这位旁听生不是特务呢？

林希也不是等闲之辈，自然暗中有了警惕，挨近这位旁听生坐着，眼睛向旁听生瞟过去，想察看这位旁听生到底是什么人。

学生和旁听生们陆续走进教室，两个小时，孟老夫子也过足了《殷墟书契》瘾，孟老夫子走出教室，学生们纷纷散去，刚才坐在我旁边的那位旁听生向我靠近过来，不出声音，暗中将一本书塞到我手里。

回到宿舍，我把那位旁听生塞给我的书拿出来，原来是一本徐訏的小说《风萧萧》。没劲了，我还当是什么禁书呢，《风萧萧》谁没读过呀，在如我这般激进学生心里，《风萧萧》是一部消沉青年革命意志的垃圾小说。

只是，正在我要把这本书扔出去的时候，忽然书页翻动了一下，跳过前几十页，到了书的中间，书的编排形式变了，书脊上虽然还印着"风萧萧"三个小字，书页中间的文字却变了，将书取过来细看，在"风萧萧"书眉的下面，版心换了内容，是《论联合政府》。

共产党。

正中下怀。

我从七岁立志救国救民，只愁没摸到门路。十五岁之前，我梦想做一个游侠，游走天下，劫富济贫，除暴安良，把坏人都杀光了，提高百姓生活的幸福指数，只可恨咱没有那么大的能耐，倒也知道谁是坏人，也知道如何收拾坏人，最可恨坏人比咱能耐大，我还没下手呢，人家先把我收拾了。

十五岁之后，读了克鲁泡特金的书，还读了《震撼世界的十日》，总算找到门路了，只是我想，无政府伟大理想实现之后，无政府不就变成有政府了吗？那时候无政府的政府又接着做坏事怎么办呢？

拉倒了，我还是听孟老夫子讲《殷墟书契》吧。

朝闻道夕死可矣，原来联合政府可以救中国。我吃下定心丸，从此，我一心只想着联合政府的事了。

一夜时间，我把《论联合政府》读完了，第二天又读了一遍，越读越兴奋，越读越来劲，心想，这次中国有希望了，光明的日子就要来到了。难怪战争打得这样紧，就是为了尽快建立联合政府。

下一个星期，又赶上孟老夫子讲课的那天，我第一个走进教室，等那个塞给我书的旁听生，没等多少时间，那个旁听生来了。

我问他："还有吗？"

他又给了我一本，很薄，好多篇文章。回到宿舍打开，头一篇是《中国社会各阶级的分析》。茅塞顿开。原来建立联合政府之前，一定要弄清楚谁是我们的朋友，谁是我们的敌人，连敌人朋友都闹不清楚，联合谁呀。

渐渐地和这位旁听生成了朋友，他告诉我，他叫马克。这名字好，比马克思少一个字，三分之二的马克思。由此我也想改名字。我崇拜列宁，列宁的全名叫弗拉基米尔·伊里奇·乌里扬诺夫。我改名叫林弗拉？不好听；叫林乌里，叫着绕嘴，不行；还是改个偶像，我崇拜托尔斯泰，叫林托尔，也不好听。拉倒了，还是叫林希吧，一听就是中国人。

……

学校里有许多学生组织的社团，但自从一九四八年春天开始，时局紧张，学校里国民党、三青团、中统军统、蓝衣社加紧活动，所有的学生社团都被勒令停止了。其中有以我为首的"老黑奴读书会"，有以夏里亚宾为首的"威尼斯合唱队"，还有不知政治为何物的"六祖禅院"，"禅院"已经冷冷清清，只留着门外一副楹联："风声雨声读书声，声声逆耳；国事家事天下事，事事伤心"，颇是清高也哉。

学生社团引起三青团、中统特务的注意，一天学校贴出布告，明令一切学生社团停止活动，连几个女生玩同性恋的组织"海伦城堡"都被取缔了。

学校当局取缔学生社团可以理解，学校里任何看似业余爱好的组织活动，背后都有激进色彩。国民党要完蛋了么，自从日本一投降，中国人就在思考未来中国之命运，稍稍有点头脑的人都能够看清楚，国民党不行了，连美国人都认为国民党没有希望了，大家都说共产党肯定要胜利，只是谁也没有想到共产党胜利得这样快，当时，连我这样的狂热青年，也估计共产党要取得胜利，至少五十年。

共产党么，就是创造奇迹的党，什么史无前例的奇迹都可能创造出来。

这话，说远了。还说学校里的事情吧。

学生社团被勒令停止活动，激进学生被国民党势力看得死死的，急来抱佛脚，只能从校外引进进步力量，在学生中开展工作。

马克老兄火眼金睛，被引进学校开展工作，先向我了解情况。马克问我校内各种社团的成员情况，我向他介绍说，我们"老黑奴读书会"的成员都是激进青年，人人相信国民党政权必定完蛋，老蒋不亡，实无天理。这些人绝对值得相信；"威尼斯合唱队"成分比较复杂，为首的夏里亚宾，半个神经病，其实他五音不全，但自认为可以媲美俄罗斯男低音歌唱家夏里亚宾。合唱队里的歌手，也是醉生梦死，他们才不管什么国民党共产党谁胜谁败呢；"六祖禅院"绝对进步组织，别看几位仙风道骨的神经病坐禅，学校里许多传单，据说都是他们散发的，三青团盯他们可是下了工夫了；再有"海伦城堡"，城堡主人是哲学系三年级学生，芳名任敏，学校第一丑女，同学们送她绰号"两条人命"，从背后看，爱死一个人，从前面看，吓死一个人——纠结几十个美女学生，标出海伦的美名。有人说这帮小姐玩同性恋，不过，她们和男学生关系极好，三青团、中统特务、蓝衣社、四维学馆的狗仔，常参加她们的活动去吃豆腐。一次，"两条人命"任敏在舞会上小声对我说，你们"老黑奴读书会"已经受到校方注意，要选些没有色彩的书研究。由此我们才读了两个月的乔伊斯（自然，是英文原版），怎么读也是不懂，最后大家闹得吃饭都没胃口了，吃嘛嘛不香。

一九四八年十月的一天，马克带我去东马路费家胡同四号。走出学校，走进城区，找到地方，敲开院门，出来开门的是一位老女人，显然是佣人。女佣人引我走进楼内，走进一间客厅，又给我送来茶水，然后就将我一个人留在客厅里了。

等了大约半小时，从楼上走下来一个人，抬头一看，我的天，险些吓得我喊出声来。你们谁也猜不到，竟然是"两条人命"——学姐任敏。

"两条人命"姐姐坐在我的对面，极是知心地对我说，国民党注定完蛋了，在时代交替的历史关头，青年人要做出明智选择。革命事业胜利需要大批革命人才，你林希小弟又是青年精英，希望你早早走上革命道路。

"两条人命"姐姐又对我说，今天晚上有一条船，可以送我到河北省的一处地方，是什么地方，不必问，到那里学习什么，自然也有安排。

"两条人命"姐姐还嘱咐我许多注意事项，例如，上了船，无论看见谁也不要打招呼，路上不得和任何人说话，别东瞧西望，不许看书，不许唱歌。当然，"方便"是可以的。

我说，任敏姐姐，你就别说绕脖子话了，参加革命是我最大的愿望，我去，我早就想去了。

就这样，我毅然决然参加革命去了。

后来，我才知道，南苑大学共产党地下组织决定第一个将我输送参加革命，倒不是因为我对革命胜利可能做出什么贡献，而是因为我惹了一场祸，晚走一天，就可能有生命危险。

我能惹什么祸呀？

这要从孟老夫子和孟露的事说起。

一九四八年夏天，被老蒋扣在南京的张校长以校长名义发来一封信，动员全体教授立即南迁，不能等共产党接管。指令信第一个寄给孟老夫子，要孟老夫子带领全体教授南迁。

孟老夫子接到张校长指令，晚上和找他来谈禅的"六祖禅院"禅主许人呆商量。许人呆是哲学所三年级学生，身体不好，极瘦极瘦，绰号"三期肺病"，看着一副大病在身的样子。许人呆平时总来向孟老夫子请教关于禅学上的学问，孟露小姐在孟老夫子身边工作，自然和许人呆也认识。

孟老夫子拿着张校长的信给许人呆看，许人呆还是他一贯的做法，不吭声，不表态。

"张校长给孟先生的信，孟先生您还是自己做决定吧。"

"唉呀，你这个人真是没办法。孟先生既然将信拿给你看，自然想征求你的意见。"孟露小姐在一旁说。

"我能有什么意见呀。说到时局，孟教授应该比我清楚，国民党就要崩溃了，这时候谁肯去为它殉葬呀。"

一句话，孟老夫子做出决定，坚决留下，迎接新时代。

"孟教授德高望重，不光要自己留下，还要联合全校教授一起回绝张校长的指令。"

许人呆开始出谋划策了。

对。孟老夫子毅然做出决定，动员全校教授一起留下准备迎接共产党进城。

"好，你来帮我写一封信，号召全校教授留下，迎接新时代。"

孟老夫子向他的助手孟露小姐说道。

"我古文底子不行，许人呆同学执笔吧。"

"不行，不行。"

你想许人呆能干这种事吗？

最后还是孟露代替孟老夫子写了一封致全校教授的公开信。

自然，许人呆最后看了孟露的草稿，还做了一点小小的修改。

信写好了，就要到各家去征集签名。

受孟老夫子委托，孟露进城去征集另外五位教授的签名。

从南苑大学到城区，有四里地的荒芜土路，不通车。那时候天津市内交通只有有轨电车，距离南苑大学最近的电车站在法国教堂，身体好的青年人，要走两个小时。兵荒马乱，从南苑大学通市区的道路没什么人，孟露一个人进城，孟老夫子不放心。孟露说，我自己找一个可靠的人吧。正好，那天中午我站在布告牌前看通知，希望四维学馆发通知有活动，自然也就有好东西吃了。

"喂，小学弟。"背后传来孟露好听的声音。

孟露认识我，讨厌我的时候叫我小无赖，有事求到我的时候，就叫小学弟。

"有事？"我向孟露问道。

"陪我进城走一趟。"孟露爽快地说。

哟，孟露小姐让我陪她进城逛街，王宝钏扔绣球，居然被我接住了。和孟露小姐一起走在市区大街上，一旦被我们家人碰见，譬如叔叔舅舅呀，嘿，林希这孩子真有出息，才读大学二年级，就搭上天下第一美女了，将来必有大出息。

二话没说，跟上孟露就走出了校园。孟露也不说去什么地方，反正有孟露在身边，无论什么地方都是伊甸园。

美！

旧英租界，明仁里。敲开一幢小楼，仆人迎进去，客厅里，史学所郑先生正在读书。

"孟先生派你来的？"

"孟先生派我来交给您一封信。"

"知道，知道。就是六教授声明吧？我签我签。国民党反动政府终于到了崩溃的一天，谁还会跟着它往坟墓里走。"

我才知道，孟老夫子起草了一份六教授声明，拒绝南迁，孟露小姐进城找郑先生签名，我呢？小毛驴，不骑，牵着带路。

晚上回来，校园里朦胧一片，路灯亮着，电压不足，昏昏暗暗。走进校园，人家孟露抢先一步，将我甩开了。我也不想追，一路上没什么"动作"，回到学校更没戏了，我也累了，慢慢地在远处跟着，眼睛还向布告栏瞟，四维学馆若是有活动，现在去还不迟。

"站住！"前面传来一声喊叫。

抬头看过去，魏敬明站在孟露对面。

远远地，我也站住了，担心他对孟露小姐使坏。

孟露不说话，停住脚步等着看魏敬明要做什么。

"做什么去了？"

"你管不着。"

"哟，好大口气，这南苑大学还有我管不着的事？"

孟露不说话了。

"把书包拿过来。"

孟露自然不会把书包交给魏敬明，那里面有六位教授签名的六教授声明。

"交给我！"

魏敬明凶巴巴地喊着。

这时候，我应该怎么办？

后悔，后悔。少年时我不是没学过铁砂掌少林拳呀什么的，都没练好。好歹我要是有点本事，这时候一个箭步蹿将过去，先一个铁砂掌，再一个扫堂腿，一拳封上王八蛋的眼，再一套组合拳将王八蛋打翻在地，英雄救美，在校史上也能留下个美名。

偏偏我不行，我能写诗，这时候才知道诗原来还不如一个臭驴屁，毛驴放个屁，魏敬明还要回头看看，我朗诵一首抒情诗，拜伦写的，魏敬明理也不理。

舍出性命也要救孟露脱离危险。

我这点小聪明还是足够用的。

正看见理学所的七狼八虎在路边踢球。

"喂，你们追我，拿出狗追兔子的劲头追我。"

七狼八虎，铁哥们儿，立即就喊着叫着跑了过来。

"拦住他，拦住他。"

我就发疯似的向前跑，绝对百米冲刺速度。

"拦住他，拦住他。"

三步五步我跑到魏敬明身边，一把抓住魏敬明，躲在魏敬明身后，拉着魏敬明打转儿，借他的身体挡住七狼八虎的追赶。

七狼八虎还是追上来了，一左一右，将魏敬明夹在中间，从两侧抓住了我。

"你们为什么追我？"我恶汹汹地问。

"你为什么跑？"七狼八虎恶汹汹地反问。

"你们追我，我能不跑吗？"

"你不跑，你们能追你吗？"

把魏敬明小子玩儿了。

魏敬明站住脚，对面的孟露早不知道哪儿去了。

社会局接到密报：南苑大学共产党行动小组负责人林希，胁迫孟教授拒绝南迁，并草拟六教授联合声明稿，携带武器去六教授家逼迫签名。云云。

南京调查局下达指令：修理他。

许人呆得到消息，让马克引我去东马路费家胡同四号，逃出这场大难。

我参加革命的故事，一天两天说不完，唯一要说的，是从此之后，我有三十年，没有见到我的革命引路人马克同志。

多年以后，再见到马克同志，他已经得到平反，恢复党籍，享受正局级待遇，正等待安排工作；此时，他已经离开烟酒公司——原来他在那里的食堂做帮工。马克老兄告诉我，他烧的葱香茄子，很得大家欢迎。

马克这样的革命经历，对革命做出过那么大的贡献，怎么混到烟酒公司当伙夫呢？别是他犯了什么错误吧，右派、婚外恋、受贿、二奶？

都不是。

说起马克同志这些年的经历，那真是一篇小说啊。

2

马克原名齐富成，乡巴佬的名字。对了，他就是乡巴佬，原籍河北昌黎。

齐富成老爹，正儿八经的读书人，经史子集，博览群书，曾经写文章批驳胡博士谬论。胡博士海量，没生气，还礼贤下士，亲自到昌黎来向老爷子请教。齐老爷子因受胡博士造访扬名天下，由此被延聘为县立两级完全小学校长，没有工资，每天到学校来，自己带午饭，午饭也很简单，两只大饼子。

齐老爷子膝下有一个宝贝儿子，就是后来的马克同志。马克同志小学毕业时已经通读过齐老爷子家里的所有藏书，只是可气，无论读过哪本，他都认为是瞎说，没有一本中国书被后来的马克同志看作是真理的。气得他老爹骂他混账：你懂个屁，老祖宗留下的学问，说的不是真理，中国能繁衍生息千年不衰吗？中国人写的书不是真理，哪里还有真理？日本人如今强大，占领了大半个中国，日本的文化哪里来的？中国！

无论齐老爷子如何教导，后来的马克同志仍是听不进去，直到后来马克同志考进昌黎第二师范学校，老爷子才放心儿子也许从此可以安心读书了。马克同志在昌黎第二师范学校读书的第二年，一个偶然机会，在自己床下发现一本书。奇怪，床下怎么出来书了？一定是有人放到褥子下面的，书不厚，封面也没有字。马克好奇地打开书本，头一行字："一个幽灵，共产主义的幽灵，在欧洲徘徊。"

《共产党宣言》！

唉呀，马克可发现讲真理的书了，每一个字都是真理。一口气，马克将一本《共产党宣言》读完了，没睡着觉，借着窗外路灯的微光，又读了第二遍；第二天天明，马克托词身体不适，没去上课，躲到操场后面的角落里，又读了第三遍。到第三天，一本《共产党宣言》已经熟记在马克同志的心里了。

齐富成读《共产党宣言》中了魔，三天之后，倒背如流，从此心中充满光明，绝对相信"唯新兴的无产阶级才有将来"。坚定信仰之后，他毅然改掉原来的封建名字，做马克思的忠诚信徒，更名为马克，三分之二的马克思。

就在马克改名字的第二天晚上，马克同学正在教室里上晚自习课，书桌上放着一本物理，书桌下面藏着日本人写的《戏剧资本论》，马克读得正入迷，就听见有人在外面敲玻璃。马克抬头向外张望，玻璃窗外面，黑暗中出现一位女同学的面影。马克感到奇怪，自己在学校一心读书，从来不和女同学来往，除了功课上的事情，从来没和女同学说过一句话，这位女同学何以站在院里敲自己座位旁边的窗子呢？

马克再仔细看，认出了敲窗子的女同学，也是二年级学生，孙惠兰，一个很俗很俗的名字，和自己同年级，不同班，相貌平平，平时不被男同学注意，学校里那些混账男学生，看也不看她一眼，这位女同学也不和男同学来往。

奇怪，她为什么事情找自己呢？

马克看了窗外的孙惠兰一眼，立即又低下头读书，谁料，窗外的孙惠兰又敲敲窗子，还向马克使眼神儿，示意他出来一会儿。

马克明白了。

孙惠兰如此急着找自己，能有什么事情呢？天已经晚了，有什么话明天说不行吗？

一定是这个丫头对哪个男同学有了好感，让自己帮助她传信儿。马克和孙惠兰是一个镇里的同乡，一次春节回乡，乘车出了昌黎，两个人还搭伴走了七八里路。路上孙惠兰说得没完没了，马克不爱搭理她，好在孙姑娘脾气好，马克不吭声，孙惠兰还是说得没完。

别别扭扭，马克走出教室，绕到教室后面，孙惠兰正站在那里等自己呢。还没容马克询问她有什么紧急的事，孙惠兰先紧张地四处望望，然后小声地对马克说："明天天明前，头遍鸡叫，校门外有一个挑筐卖菜的农民等你，他引你出城。"

马克心里一阵热血沸腾，革命找自己来了。一定是自己改名马克的事情组织知道了，立即派下人来引自己去投奔革命，好男儿当立志救国救民，参加抗日斗争，我以我血荐轩辕。

看着孙惠兰神秘的样子，马克此时才明白，这个孙惠兰一定是共产党的地下工作者。唉呀，自己真是有眼不识泰山，平时只看着人家姑娘相貌平平，谁知道人家竟然是革命战士。一瞬间孙惠兰在马克眼里变成天下第一大美女了。

"你呀你呀，"不等马克询问明天挑筐卖菜的农民要引自己去什么地方，孙惠兰先小声埋怨地说道，"都怪你改了个惹是生非的名字，训育主任已经把你列上黑名单，递到宪兵队去了。"

"记住联络信号，学校门外，面朝东，坐着一位卖菜的老农，地上两个空菜筐，菜筐上横着一条扁担，老农坐在扁担上，手里拿一根烟袋。你走过去问：'菜都卖光了？'农民回答：'想买菜，明天早些来。'然后农民站起来，说一声'回家喽'。你就跟着他走，再不许说话。"

记住了，记住了。革命就是如此浪漫。

天上，东方的晨曦刚刚升起；地上，前面摇动着卖菜农民的身影；不远处，一个青年人匆匆地跟着走；远处传来晨鸡的啼鸣；城里安静异常，只有宪兵队巡逻的马蹄声嘚嘚作响。日本宪兵队从青年人身边走过，恶汹汹一双眼睛向路人看着，但他们什么破绽也看不出来，只得快快地走去，走过去还回过头来张望。

一个青年，就这样走上了革命的道路。

只有这个青年，记住了这个不平凡的早晨。多少次，天亮前走过城里的街道，没有任何感觉，只有今天清晨，这条街道才成为走向光辉未来的道路，成为决定一个年轻人一生命运的道路。

走出校门，果然一位卖菜的农民坐在扁担上，面朝东。马克悄悄走过去，农民也不抬头。

"菜都卖光了？"

"想买菜明天早些出来。"农民站起来，哼了一声"回家喽"，便自顾自地走了，马克在后面紧紧地跟着。

走在前面的农民，"突嚓突嚓"的脚步声，马克听着像是前进的号音，一声声地呼唤着一个年轻人奔向光明；后面，马克的脚步声更是令人激动，一声声像是前进的乐曲，敲击着黎明前的大地。

一步步向城门走过去，马克知道脚步不能犹豫，绝对不能被日本兵看出破绽来。正想着过城门的对策，突然走在前面的农民回过身来，向马克狠狠地踢了一脚，马克还没有明白农民为什么踢自己，农民便破口大骂："我打死你个小王八蛋！"打着、骂着，农民小声提示马克："你打我呀！"

立即，两个人揪了起来。一起出城的农民过来拉扯："别打了，别打了，都是一个村里的，有话回去说。"

呼啦啦，一群人围着打架的两个人，混出城门去了。

高智商的中国作家总是把日本兵写成大傻帽，譬如娶媳妇的花轿里坐着武工队长穿过封锁线呀，出殡的棺材里藏着机关枪出城呀，等等等等，日本兵什么也看不出来。今天昌黎县城把守城门的日本兵，看着十几个卖菜的农民，打着骂着走过来，挤成一团混出城门，难道他们一点也不怀疑？

绝对大傻帽，要不怎么无条件投降呢。

混出城门，那个领自己出城的农民在后面小声地向马克喊了一声："快走！"喊声未落，一声枪响，日本兵从后面追了上来。

"站住！回来，站住！回来。"

马克没敢回头，只自顾自地快跑，幸好城外就是没膝的荒草，马克一侧身，蹲到荒草里去了。

又是几声枪响。有人在后面喊："俺是卖菜的！"

有人被日本兵抓住，重重的打人声，几个农民被日本兵带走了。

在荒草里蹲了好长好长时间，路上安静下来，城门那里也没了声音，一场动乱已经过去，马克身上暖暖的，太阳出来了，披着一身光明，马克悄悄从荒草中走出来，路上一个人影也没有了。

那个带自己出城的农民不见了。

不会是被日本兵抓回去了吧？

一起出城的农民，一个也看不见见了。

马克东瞧瞧，西望望，知道这里不是久留之地，要远远地离开。

只得背向昌黎城，马克沿着道路无目的地走着。

革命在哪里？引路人在哪里？

心里一片茫然，立刻马克身上一点力气也没有了，早晨那股兴奋劲荡然无存。摆在马克面前的严重问题是到哪里去。回学校？不可能了，说不定自己才溜出学校，日本宪兵队就抓自己来了。回家？更不可能，日本宪兵队来学校没有抓到自己，一定要去家里抓，无论回学校还是回家，都是自投罗网。

走吧，只能向前走。

去哪里呢？马克心里一片空空荡荡。回学校，找到孙惠兰同学？断了联系怎么办？孙惠兰没有向自己交代。革命在哪里？黄尘滚滚的道路上没有路标。

远远地听到火车声，知道离铁路线不远了，只是不敢往火车站靠近。日本宪兵凶得很，平白无故，一个学生模样的青年乘火车做什么？先抓进宪兵队，休想活着出来。

饿呀。

还是走进了个村子，村子不大，几十户人家吧，偏偏听到了读书声。有一家私塾，里面有几个孩子嗡嗡地读书。乡间私塾不至于有日本宪兵队吧？马克小心地向私塾破房子走过去。

脑袋瓜子越来越重，后来的事情，马克就不知道了。

私塾先生姓齐，谢天谢地，活该马克不死，遇见本家人了。

马克醒过来，私塾先生问过几句话。孩子，这里不是躲避的地方。私塾先生怎么知道马克是逃出来的？

那时代，好歹明白点事情，谁看不出些眉目来呀。一个学生模样的孩子，只身一人饿昏在私塾课室窗外，醒过来，一双眼睛充满恐怖，问什么话也不说，只咕咚咕咚喝了一大碗水，接过饼子，狼吞虎咽地吞下肚里，吃过之后才说了声谢谢，还要站起来鞠躬。

问了许久许久，马克才回答说自己姓齐。

一家人呀，天下齐姓无二家。

孩子，我也没有办法帮助你。你走吧，乡下偶尔也来日本兵，我给你几个钱，你到天津去吧。那地方好混，咱们齐姓人家有人在天津开刻字铺，你到那里学徒去吧。

学徒，革命者以天下为己任，刻字算什么使命？

只是没有办法，革命者走投无路，也得先找个安身之处。

天津南马路，好几家刻字铺，其中一家手艺人姓齐，一个人刻字，一个人经营，又是手艺人，又是老板。正好老家亲戚送来一个孩子，毛笔字写得不错，还会写梅花小篆，头一天套上围裙，第三天就刻出图章来了，给一家字号刻了两个字：收讫。

《共产党宣言》里没有"收讫"二字。

天津这样大，一定有共产党暗中领导抗日斗争。

马克留心马路上走着的每一个人，人人都不像共产党，又人人都像共产党。一个人提着鸟儿笼，优哉游哉地在马路上转，你说他是不是共产党？他鸟笼里说不定就有情报，可是越看越像日本特务，在马路上转，就是观察来往人等，看着谁东张西望，一努嘴，立即就过来人把他带走了。

在天津，千万别轻易相信什么人。

看着血气方刚，其实刚吸完鸦片；听着慷慨激昂，其实卖的是野药，祖传秘方，专治小肠疝气。天津这地方呀，学问大啦，老朽全须全尾能混到今天，不容易呀。

人在曹营心在汉，革命者马克同志一心要寻找共产党，人在刻字铺里混饭，眼睛向街上瞟来瞟去。

找不到共产党，马克誓不罢休。

苍天不负有心人，一天，马克终于发现了一个秘密。

天祥商场二楼，一家小书铺，一个人，像是买书的人，读书人的打扮，斯斯文文，面向书架站着，什么书也不翻，双手背到身后，最最奇怪，背到身后的手掌里捏着一张老头票儿，一千元。

暗号！联络暗号。

对于联络暗号，马克有过经验。从昌黎第二师范学校逃出来，使用的就是暗号。不必细问，这个买书人一定也是拿暗号来联络，一定和自己一样是寻找共产党的革命者。

看着看着，书铺掌柜似是漫不经心地走过来了，走到买书人身后，马克再看，刚才捏在买书人手里的老头票儿不见了，掌柜悄悄拿走了。

书铺掌柜捏过老头票，悄悄地走进后面的一间内室，挂着蓝布帘，掌柜一掀布帘，悄悄走了进去，一会儿工夫书铺掌柜走出来，又走到买书人身后，人不知鬼不觉，将一本书塞到买书人手里。买书人感觉手里有了重量，看也不看书铺掌柜，蔫儿蔫儿地走了。

书铺掌柜将一本禁书交给买书人，脸不红、心不跳，一副怡然自得的神态；买书人拿到一本禁书，更是平平静静，转身踱着四方步走了。一旁看见这一景象的马克倒紧张得热血沸腾，心"怦怦"跳得似擂鼓，激动得更是连气都喘不上来。联络暗号，马克知道许多革命书籍都是单线联系扩散出来的。散发革命读物的联络点，一定是共产党的联络地点。马克兴奋得几乎跳了起来，转身跑出书铺。干什么？他去换一张千元面值的老头票儿。

双手背在身后，手里攥着一张千元面值的老头票儿，站在书架前，目光呆滞，绝对不像买书的样子，马克留心掌柜的动作。果然没过多少时间书铺掌柜发现了马克，悄悄走到他的身后，哧溜一下，从马克手里抽走老头票儿，似乎还嘟囔一声："唉，看着像个读书人。"随后，书铺掌柜走进那间内室，不多时，走出来，马克感觉到书铺掌柜将一本书塞到自己手里，似乎什么事情也没有发生，书铺掌柜悄悄地走开了。

怀里揣着"真理"，马克心里热热乎乎，一口气跑回刻字铺，迎头正碰见刻字铺掌柜在铺里收拾，看见马克一脸兴奋的样子，掌柜还问："什么事这样高兴？"马克没回答，只在心里骂了一句："你懂个啥！你知道什么是人生最大的幸福吗？"

二话没说，马克回到自己房里，关紧房门，打开书铺掌柜塞给他的那本书。封面：河边月下，一对情侣相厮相拥。掩护！遮人耳目！往后面看，翻过一页：终成好事；第三页：洞房花烛；第四页：和合之好；第五页：鸳鸯戏水；第六页：老汉推车；第七页：敲山镇虎；再往下，霸王硬上弓！

小书很薄，最后一页："七十二式，乐趣无穷，君子量力而为"云云云云。

我呸！

寻找真理的革命者马克，利用联络暗号买来一本书——两个妖精打架！

一甩胳膊，把禁书扔到地上。外面掌柜问："嘛事？"

马克立即拾起禁书，一头冲出刻字铺，跑到公共厕所。幸好没人，使劲把"禁书"扔进茅坑里了。

……

一九四五年，日本投降，中国共产党领导全国人民经过八年抗战，打败了日本帝国主义。

一心投奔革命的马克在天津住了一年多，报上每天都有共产党活动的消息，只是马克看不到共产党的踪影。如今日本投降，国土光复，回趟老家，至少可以找到当年救自己的孙惠兰，向她表明自己投身革命的愿望，她一定会为自己引路的。

而且，自己离家出走，走前连老爹都没见上一面，这几年不敢给家里写信，老爹为自己担惊受怕，也该回家看看去了。

稍事准备，马克登车回到冀东老家。

马克在昌黎城下了火车。穿过昌黎城，日本占领后期，大破坏，昌黎城一片败落。昌黎第二师范学校还在，只从校外经过，没有时间进去，直奔长途汽车站，买一张票，马克回乡去了。

马克老家距离昌黎县城几十公里，才坐进汽车，立即就被人认了出来。

"你是齐富成？"

"你认识我？"

"看着你长大的，怎么认不出你呢？"

"你是九大爷。"

"你发财啦？"

唉，白在外面躲了这些年。

"发财了，发财了。看你气色多好呀，可怜你爹呀，要是能看着你回来，该多高兴呀。"

"你说啥？"

"唉呀，你还不知道呀，可怜呀可怜。说是从昌黎下来的宪兵队，去学校抓你，你跑了，宪兵队跑到乡间，把你老爹带走了，再没有回来。唉，乡亲说，齐大爷可是好人呀。"

说着，陌生人眼圈微微地红了。

"爹！"

两年前，昌黎老家，日本宪兵队去昌黎第二师范学校抓马克，扑了个空，连夜赶到昌黎乡下，将马克的老爹"请"走了。请到宪兵队，也没受什么委屈，日本宪兵队再混账，还拿乡间小学校长当读书人对待。一个大佐出来和齐老先生谈话，给了他一支毛笔，给了齐老先生一张纸，出了个题目："论马克思主义不适于中国。"齐老先生奋笔疾书："夫马克思主义者，吾不知其所详也。不才只知，儒家教诲，君君臣臣父父子子，己所不欲，勿施于人。吾人更知，老吾老以及人之老，幼吾幼以及人之幼。天下太平，世界大同，乃人间正道。大日本帝国主义推崇武力征服世界，寒儒不敢苟同也。马克思先生乃德意志人士，曾著有《资本论》一书……"

齐老先生东拉西扯，写得正高兴，宪兵大佐一怒之下，夺过齐老先生的纸笔，大喊一声，蹬蹬蹬跑过来两个日本兵，一左一右将齐老先生架到屋外，突然第三个日本兵跑过来，大叫一声，举起大枪，一声巨响，一阵硝烟，齐老先生应声倒在了血泊里。

3

齐老先生惨遭日本特务杀害，尸骨未见，马克回到乡间，在自家茔园为老爹修筑了一座衣冠冢。看祖宗茔园的老人是齐家本族的一位远亲，爷爷辈。本族的爷爷告诉马克说："你老爹在世时置买下四十亩良田，你老爹遇害，地契存在我这里，如今你回来了，也了结了我的一桩心事。"

本族爷爷将地契交给革命者马克，并劝告他说："你也别走了，将四十亩良田租出去，够你一辈子吃用。明年你就可以成家，虽说不算荣华富贵，至少可以过平安富裕日子了。"

老人到底一个农民，不知道世上还有一种人将祖辈留下的良田不放在心上。马克对本族爷爷说："这四十亩良田我不要了，你愿意留着，就算是你的财产，你不要，就卖了，捐给本镇学校，也了断了老爹生前的心愿。"

啊？世上有这样的事？四十亩良田说不要就不要了？

马克放弃老爹留给他的四十亩良田，一心投奔革命，发誓为天下穷苦人找到一条翻身的道路。回到家乡，他四处打听少时青梅竹马的朋友孙惠兰，还到孙家去过，孙家没了，老妈老爹都过世了，也不是被日本宪兵害死的，就是谢世了，活到七十多岁，死了。孙惠兰去了哪里？没消息，人们说，孙惠兰和马克一起考进昌黎二师之后，一直没有回来；有人说孙惠兰参加共产党，去了东北；也有人说，在城里见到过孙惠兰，身边走着一个大胖子，孙惠兰出嫁了，丈夫很有钱。

马克不相信，孙惠兰不是那种人，即使到了出嫁的年龄，她也不会嫁给有钱人。少年时，孙惠兰和马克一起，崇高理想，伟大信仰，献身真理，蔑视金钱。他们曾经一起发誓救国救民，一起梦想建立新世界，在未来的新世界里，没有贫穷，没有剥削，什么痛苦也没有，只有歌声。天上有小鸟，地上有鲜花，口袋里有钱，是干净的钱，工资、补贴、夜班费、误餐费、奖金、稿费、讲课费、国务院特殊津贴，不是肮脏的钱。

孙惠兰没有消息。

马克打听孙惠兰的消息，是要叙叙旧日的少年情谊。马克相信，孙惠兰一定参加革命去了，在昌黎二师，在日本宪兵队准备抓自己的前一天夜里，孙惠兰安排他离开昌黎县城，她一定和共产党地下组织有联系，她一定是革命组织的成员。离开学校，她怎么可能出嫁成家，放弃自己的伟大理想呢？

找到孙惠兰，就走上了革命道路。

偏偏革命和马克捉迷藏。

回到天津，刻字铺关门了，刻字铺被国民党接收大员定为逆产。

国民党接收大员到津，各界人士欢迎，沦陷八年，国土光复，终于看见亲人，中国人能不高兴吗？无论如何高兴，中国人的优秀传统、最好的欢迎方式就是吃饭。一时间，天津所有大饭店夜夜满座，一桌饭至少几万元，燕窝鱼翅，天上飞的，地上跑的，水里浮的，什么山珍海味都摆上来了。抗战八年，艰苦卓绝，也应该补补了，接收大员个个肥得流油。饭店生意火了，舞厅生意火了，房地产价位上去了，日本占领时期一幢小洋楼十万银元，如今涨到几百万。接收大员个个置办房产。有人说，接收大员们离乡背井八年整，在天津买房是急着把老娘接到天津来，但是房子买到手，老娘没有接来，住进去清一色的天津美女，唱玩意儿的，舞女，妓女，反正都是巾帼豪杰。美女们投靠上接收大员，不光住在小洋楼里睡懒觉，更积极投身实业，把定为逆产的实业接过来，立到自己名下，那些被定为逆产的实业就成了二奶们的产业了。

二奶产业发展极好，警察局规定市内电车必须安装除尘设备，电车后边拖着一把大扫帚，电车开起来，后面的扫帚将路上的尘土扫光，也是一大发明。这家专用扫帚厂，就是卫生局局长二奶的产品；第二项规定，全天津市民住房窗帘统一颜色，布料也要统一，夏天要挂蓝色窗帘，冬天换成红色窗帘，两种窗帘由公用局统一制作，制作窗帘的工厂厂主，是副市长级的二奶。

国土光复未及半年，全中国一片怨声载道，国民党腐败贪污，无官不贪，搜刮百姓，穷的越穷，富的越富，百姓真是活不下去了。

马克忧国忧民，虽然只身一人在天津飘零，但立志一定要走上救国救民的革命道路。各方消息传来，共产党早建立了革命根据地，马克摸不着投奔革命的道路，只是一个人干着急。

好在日本投降，市面上进步书籍多了，马克读到了《西行漫记》，尽管书中的第四章被删掉了，到底还是知道了共产党的存在。随即又有几家进步书店开张，马克买了许多革命书籍，更买到了许多苏俄作家的小说。读过这些书籍，马克追求革命的意志更坚定，热情也更高了。

只恨没有引路人，投奔革命的道路渺茫，马克每时每刻注意市面上的变化，盼望能遇到一位引路人。

苍天不负有心人，马克终于找到投奔革命的引路人了。

消息说，近日学生游行，反内战，反饥饿，反迫害。官方报纸说，学生游行是受共产党鼓动。好了，有游行的地方一定有共产党。马克留心街上游行的学生，盼着能发现一位共产党。

那一天，马克走在南马路上，远远听见游行学生的口号声：

反对内战！

反对饥饿！

反对迫害！

浩浩荡荡，学生游行队伍走过来了。个个情绪激昂，热血沸腾，挥着拳头，挥着双臂喊口号。马克心里更是一片热血沸腾，一步走进游行队伍，口号喊得比学生还响，心情比游行学生还激动。

走在游行队伍中，马克感觉自己活到今天才实现了人生价值，甚至于连身体都长高了，一身的力气，精神抖擞，热血沸腾。游行队伍最后解散，马克还舍不得离开，马克想一直跟着浩浩荡荡的队伍走下去，走进伟大光明的新世界。

再看看身边的学生，走在自己身边的一位学生实在不够精神，萎靡不振，穿一件洗得发白的蓝布衫，脚下一双破皮鞋，头发乱蓬蓬，戴着深度近视镜，看着像是三期肺病患者。马克并不担心自己会传染上肺病，他更赞赏这位同学的精神，只有精神可以战胜疾病，不要相信什么三期肺病，饱满的革命精神才是最强大的生命力量。

走着走着，围观的市民越来越多，走到市中心地区，围观的民众已经有上万人了。

突然，马克觉得身边有一点小小的动作，有人突然从队伍中跑出去。马克举目一看，正是那个"三期肺病"跑到马路中央，举起胳膊，突然将手中的一叠传单向空中抛去，传单从高空飘落下来，市民们争着去抢。随即，"三期肺病"走回队伍，靠近马克若无其事地走着，还是无精打采的样子。

马克心中又是一惊，果然真人不露相，莫看一副三期肺病的样子，绝对是真正的革命同志，别人都只跟着队伍走，只有他早早地准备了传单，走到市中心撒传单。至于传单上写的什么，自然是反对国民党的内容。歌颂国民党还用撒传单吗？写点效忠党国的狗屁文章，登在小报上，还能得稿费呢。

马克正想和"三期肺病"说话，突然看见几个特务往队伍里挤，几个特务紧盯着"三期肺病"，明明是抓人的样子。

不好，必须保护"三期肺病"，万一被特务们抓去，很可能组织被破坏，"三期肺病"也会受苦。只是特务们已经挤进了游行队伍，除非地上有个缝儿，"三期肺病"已经陷于特务的包围圈里，绝对不可能脱身了。

急中生智，马克想起了自己当年逃出昌黎县城的情景，来不及准备，马克身子一歪转过身来，狠狠地向"三期肺病"挥去拳头，"当"地一下，"三期肺病"晃晃身子，险些跌倒在马路上。

"三期肺病"被马克打了一拳，迷迷糊糊地不知道发生了什么事。还没容"三期肺病"还手，马克一把将他从游行队伍里拉到边道上，恶汹汹一双眼睛盯着他，眼睛里冒着凶光。马克向"三期肺病"大喊："你踩我脚了！"

"对不起，对不起。"

"光对不起就完了？今天我非教训教训你不可。"

"当"地又是一拳。

"你可还手呀！"马克小声对"三期肺病"说。

"我打你个小王八蛋！""三期肺病"喊了一声，扬起胳膊照着马克打了一拳。到底是"三期肺病"，拳头落在胸前，一点感觉没有。马克火了："你会打架吗？"

马克和"三期肺病"纠缠在一起，马克拉着"三期肺病"想往胡同里钻。

"站住！"

马克和"三期肺病"一起被特务带走了。

学生们围过来，口号声震天响。

"不许逮捕学生！"

最后，马克和"三期肺病"还是一起被特务带走了。

4

马克和"三期肺病"被带到警察署。一路上"三期肺病"再三争辩，警察们就一句话，有什么事情署里去说。

带到警察署，把马克和"三期肺病"关进了一间小屋，屋里光线不好，不能读书，过道里有一盏灯，有人送过一次水，晚上还送来两个饼子。

不错了，警察署不是享福的地方，能够有水喝，有饭吃，也算人道了。

倚着墙壁，马克和"三期肺病"对面坐着，"三期肺病"不说话，马克不知道应该说什么，沉默了好长时间，马克看门外没人，又看看"三期肺病"似是没有睡着，这才小声地向对方说道：

"你撒传单也不看看环境，我早发现路边有特务了。"

"你说什么？"

"我说以后再撒传单一定要看好情形。"

"哈哈哈！"

"三期肺病"哈哈大笑，笑声惊动了巡视的警察。

"安静，安静，别人都睡了。"

马克再不出声了，这小子和我装疯卖傻。

估计已经夜深了，马克睡不着，虚眯着眼睛看"三期肺病"，他也没睡，正在摇头晃脑地嘟嘟囔囔叨念着什么。

巡查的警察似是睡觉去了，走廊里听不见脚步声，看看"三期肺病"似是还没有睡，马克凑过去，小声在他耳际说道：

"刚才对不起，拳头打重了，不是我欺负你，特务看见你撒传单，向你围了过来。"

"什么传单？"

"就是你扬胳膊撒到半空中的那一叠传单呀！"

"我？我？我？"

"三期肺病"硬是和马克装糊涂。

"唉呀，我救了你，你难道还不相信我吗？"

马克目光里充满着真诚，"三期肺病"看了看，似乎也觉着马克不像是坏人。

"我知道，只要撒传单当时没被特务抓着，进了警察署就可以死不认账。当时我实在想不出好办法了，只好打你一拳，再把你从游行队伍里拉出来。明天过堂只承认咱两人打架，撒传单的事，和咱两人无关。是不是这个理儿？"

马克还向"三期肺病"解释，谁料"三期肺病"突然哈哈大笑，一挥手打断了马克的话，盯着马克的眼睛说道：

"这位同学，既是本校同窗，难道你不知道我是本校'六祖禅院'的主持居士许人呆吗？"

啊，"三期肺病"终于报出姓名来了，原来他是学校"六祖禅院"的主持。

还是位居士。

明白了，越是标榜清高，才越是革命人士。

马克正琢磨许人呆到底是真呆还是装呆，趁机，许人呆倒先说起话来：

"我法以心传心，不立文字。这位同学何以说我撒过什么传单呢？"

你瞧，他开始抵赖了。

"你没撒传单？"

马克心想，我若是看错了，算我不是人。

"什么传单？""三期肺病"又接着说，"人呆一心研习禅宗，而禅宗自创立以来，不立文字，以心相传，见性成佛。这道理同学应该是知道的。"

"我没有那么大学问，不懂禅宗。我也不是你们的同学，我是个无业游民，跟着学生游行。"

"朋友何以跟着干这类愚蠢之事？"

"愚蠢？国民党发动内战，杀害无辜，贪污腐败，民不聊生，怨声载道，天下兴亡，匹夫有责，热血青年怎么能够袖手旁观呢？"

"人呆不懂政治，不知时局，何以当局倒行逆施？何以民不聊生？人呆更不知何以救国救民。吾佛昭告，善有善报，恶有恶报，生死轮回，早去极乐世界一天，早一天脱离苦海。吾佛圣明，人呆只知道苦海无边，回头是岸呀。"

明白了，明白了，这小子明天受审，他就拿这套疯话"玩"警察署。

"这位朋友，人呆倒想知道，你有兴趣参加游行，可是游行后你去哪里吃饭呢？"

"三期肺病"开始挑逗革命者马克了。

"唉。"

马克蔫了。

……

第二天，"三期肺病"许人呆一番装疯卖傻，老子压根儿就不知道传单为何物，再在警察署讲了一大套禅宗道理，最后把审问的法官弄得五迷三道。滚蛋！"三期肺病"许人呆回到学校来了。

许人呆不光自己回到学校，还把马克带回了学校。

在警察署，许人呆得知马克没有职业，就建议他可以到大学来，大学里有的是杂活，那么多实验室，每天都雇人。做零工也行，干一个月也行，不想走，一直干下去，至少能混上饭吃，还有时间听课。想听哪位圣人的课，到时候就进教室，坐下来，就是学生。圣人也知道，旁听生比弟子多。

如此，革命者马克就成了业余大学生了。

迁进大学，马克活得很惬意。第一，每天都能找到活儿干，好歹干点活儿，就能挣到饭钱，从此马克没有温饱之忧，一心只追求真理，投身革命了；而且学校里气氛自由，过去马克要将钱捏在手里，背着手等书店老板将钱取走，再偷偷放在自己手里的"禁书"，如今就堂而皇之地摆在学校书店的书架上，三青团、蓝衣社、中统特务也不管。趁着空气自由马克很是买了许多革命书，连王亚南翻译的《资本论》

都买了，还有《斯大林传》等等。读过革命书籍，马克更加坚定了追求革命的伟大理想，很快就成了尚未参加共产党的共产主义战士。

另一点让马克感到惬意的事是，进了大学门，谁也看不出谁是学生，谁是旁听生，谁又是找零活干的小工。那时候还没有农民工，那时候的农民也不进城做工。马克面貌清秀，斯斯文文，漂亮，很有几个挟着厚本书的女学生，有意无意间向马克丢眼神儿，幸亏马克有远大理想，换了别人，早堕落了。

最让马克激动的事情是，他参加了学生组织。学生社团才不管你有没有学籍，学校到处贴着告示，"什么什么社团今晚活动，欢迎各位同学踊跃参加。"只要你去，就算你一号。马克什么社团也没参加，他是跟着"三期肺病"许人呆来的，他参加了由许人呆主持的"六祖禅院"。

马克坚信"六祖禅院"绝对是共产党的地下组织，他明明看见游行队伍里"三期肺病"撒传单，进了警察署，他死不认账，还和警察署玩猫捉老鼠，最后警察署只好放人，放人还不行，"三期肺病"不走，你得向我道歉，还得将我送回学校。你瞧，不是共产党能如此高明吗？

跟着许人呆走进学校大门，革命者马克的心潮又澎湃起来了。社会动荡，大学是敏感区，共产党以大学为根据地发动合法斗争，国民党则撒开特务大网对青年学生进行迫害。马克以一个旁听生的身份走进校园，黑名单上没有马克的名字，马克比进步学生有更大的活动自由。

只是，事实并不像马克想的那么浪漫，在校园里，没有人通知马克去参加秘密会议，也没有人要马克去探知秘密情报。走在校园里，"三期肺病"许人呆从对面走过来，马克才要过去打招呼，"三期肺病"许人呆一舰脸，压根儿不认识，硬从马克身边走过去了。"六祖禅院"活动，"三期肺病"也不向成员们介绍马克，马克也不知道这些居士们姓甚名谁，大家一起嘟囔一阵，天黑了，人也累了，作鸟兽散，明天该听课的听课，像马克这样，该找活干的去找活干。

一点革命气氛也没有。

马克开始失望了，没有一点浪漫色彩，还叫什么革命？

不对，还是自己没有找到引路人。

"三期肺病"在游行队伍里撒传单，未必就是共产党，共产党不暴露自己，出来闹事的，都是傻小子，被特务们抓走的也是傻小子，真正的共产党，一个也抓不着。

在大学里混了整一年，马克没有发现一个共产党，更没有参加任何革命活动。这一年，没有发生学生运动，只看见时局一天一天乱下去，东北解放，国民党军队节节败退，最后，解放军进关，天津、北京告急。

解放军就要攻城了，以一个平民身份进入新社会，马克越想越不平衡，自己从少年追求革命，直到革命胜利，什么贡献也没有，太冤了。

光参加"六祖禅院"，每天晚上看几个神经病坐禅，马克一腔怒火，什么时代了，外面炮火连天，解放军已经开始包围北平天津，中国人民盼望的新时代就要到来了，你们身为青年一代，不参加变革时代的伟大斗争，却每天坐在这里悟禅，浪费了大好时光，来日你们会后悔的。

一天晚上，"六祖禅院"一帮神经病散去，禅院里只剩下了"三期肺病"和马克两个人，马克悄悄关上房门，小声对"三期肺病"说："人呆，我实在不明白你们这帮人犯的是什么神经病，解放军节节胜利，国民党最后崩溃的日子已经指日可待，平日，你们组织游行，反对国民党，如今眼看着国民党就要倒台，你们倒关在屋里讲禅了。"

"你想做什么？""三期肺病"冷冷地向马克问道。

"我也说不清应该做什么，我只是想，我们总应该为即将到来的新时代做点贡献，我们也不知道共产党现在需要什么情报，我们也弄不到情报，我们也没有能力向解放区输送武器医药，现在向民众宣传革命吧……"

"好了好了，你快回去睡觉吧。"

马克吃了个软钉子，怪无聊地从"六祖禅院"走出来了。

过了几天，一个黄昏，马克在大院里看见"三期肺病"无精打采地从外面回来。今天也怪，"三期肺病"一身泥巴，累得几乎走不动路，拉着两条腿，脸上一点精神没有，明明是干过重活。

"人呆，你怎么了？"

"我挖战壕去了。"

"挖战壕？"

马克一下惊呆了。早从去年，东北解放，传言解放军已经进关，天津警备司令就放言，要在天津打一场反击战，扭转战局进入反攻，天津城防固若金汤，必将成为共军过不去的封锁线。为了建筑固若金汤的防线，天津在护城河外修起了连绵十几里的碉堡群。那一阵，大汽车每天拉着水泥石块从学校后面的道路上跑过去，能看到军队押着成队的民夫往外走。晚上民夫们下工，一个个疲惫不堪的样子，学生们都看在了眼里。

如今战争就要拉开了，何以还修碉堡呢？

马克迷糊了。最让马克不解的是,许人呆书呆子一个,看神色绝对"三期肺病",而且他还不至于没饭吃,学校里虽有人去挖战壕,那都是些家里断了消息,为了挣工钱,才去挖战壕的。莫非"三期肺病"是被抓去挖战壕的?

"没事少上街,乱哄哄的。"

马克劝"三期肺病",时局吃紧,没事少进城。

没想到,第二天黄昏,"三期肺病"又拖着疲惫不堪的身子回来了。

"你又挖战壕去了?"

"哦。"马克恍然大悟,"三期肺病"一定负有什么使命。挖战壕是一种掩护,说不定是刺探军事情报。

"一天给多少钱?"马克动了小心眼儿,向"三期肺病"询问。

"一个工五万元,馒头白吃。"

别激动,这里说的五万元,可不是一部分人先富起来之后万元户的五万元,这五万元是一九四八年秋冬之交金元券的五万元,早晨粮铺开门之前,十斤棒子面的价钱,开门之后,就八斤棒子面了。

"明天我和你一起去。"

"你别跟我一起去。想去挖战壕,招工的地方,每招够四十人往阵地拉一批。你在旁边看着,等第一批拉走了,你再过去。"

明白了。

马克是何等精明的人儿呀。

"三期肺病"不是靠挖战壕挣饭钱。吃饱了撑的,他挖战壕去锻炼身体?不对,他一定负有使命,而且他告诉马克和他分开去挖战壕,明明是想了解阵地的情况。哦,马克心里突然一亮,共产党指示"三期肺病"提供国民党防线地图。

第二天,马克来到招工地点,八里台小河边上,几个国民党兵,一张桌子,桌子后边一条绳子拉出个大场子,里面蹲着几十个报名挖战壕的民夫。一个人拿着大喇叭喊叫:"挖战壕去啦,一个工五万块,馒头牛肉,挖战壕去啦!"喊声震天响,马克犹豫一会儿,毅然和几个穷苦人向国民党兵走过去。

"学生不要!"

"我还有上学的造化?你瞧瞧我身子骨,学生有这样强壮的吗?"

"叫啥名?"

"王小六。"

"把名字写下。"

马克拿过笔来在纸上画了一个 ×。

"我让你写名字。"

"不会。"

这是个啥？

中国人凡是不会写字的，名字都是一个 ×。

"行了，进去。话可是说前头，到了工地不卖力气可不客气，五万块不是好赚的。"

马克没吭声。

凑够了四十号民夫，过来一个大兵，押着民夫登上大汽车走了。

汽车开出八里台，下车，马克看看周围环境，呆了。

光知道天津警备司令部在护城河外筑了碉堡，没想到，就在修筑护城河外碉堡的同时，他们还悄悄在护城河内一侧筑起了一道碉堡线。马克虽然没学过军事，但凭他的智商，立即他就明白，这是第三道防线。第一道防线在护城河外，第一道防线失守，后面是几米深的护城河，护城河被攻破了，解放军登上河堤，居高临下，完全暴露在第三道防线面前，而且这个第三道防线，地势低，火力密集，一定会让进攻的一方吃大亏。

如今是拉来民夫挖战壕，各个碉堡之间要相互连通。时局紧张，地堡要准备进入战事，所以在各个地堡之间要挖通战壕。战壕一米深，培上半米高的土，相互连通，大兵弯腰可以跑来跑去。

难怪"三期肺病"要来挖战壕呢。

解放军一定不知道这个隐蔽的第三道防线。

明白，明白，天下没有马克不明白的事。比马克思少一个字，智商只比马克思低三分之一。

宣布纪律，每个工定额十米，深一米，宽二米，培半米高的土。早完早下工，早领钱，早回家，完不成定额不发工钱，干到第二天，还是一个工钱。对于磨洋工偷懒者，绝不客气，更不许东瞧西望，只许挖战壕，不许进地堡，发现刺探军情者，就地正法。

干活！抡起大镐，马克干起活来，一看就是庄稼汉，干活卖力气。挖了一会儿，累了，马克掏出纸烟盒。

不对，马克不是不吸烟吗？

对，马克不吸烟，就为了挖战壕，昨天恶补，学会了吸烟。

挖战壕何以还要学吸烟？

你们没进过农场。俺们在农场干活，累了，想直直腰，唯一的办法就是吸烟。你不吸烟，直腰站着，偷懒呀？还想不想重新做人了？吸支烟，养精蓄锐，为了更努力改造。后来，我说自己从来不吸烟，假话，农场里有不吸烟的吗？

马克才点燃一支香烟，带工的大兵晃晃荡荡地走了过来。

"来支烟。"

马克恭恭敬敬地送上一支香烟。老刀牌，最次的香烟，一股烧树叶味儿。

"干活！"

大兵抢起大枪就要捣马克，马克一闪，嬉皮笑脸地向大兵讨好。

"副爷，我孝敬您大前门。"

说着，马克掏出一盒"大前门"。大兵没笑，装着不情愿的神色，接过"大前门"，装进口袋里，走了。

叼着香烟，前半截香烟，脸向南站着，后半截香烟，脸朝北站着。向南向北，马克基本看清了这条碉堡的布局：朝南，筑好了八个地堡，如今先拉来的民夫正在挖战壕，说不定"三期肺病"就在那边；往北看，看不到头，能看见的地堡，二十几个，再远处的还没有人挖战壕。慢慢来，总有挖到最后一个地堡的一天。

挖到中午，一人发一斤大饼，一块咸菜疙瘩。战壕已经挖到一米深了，战壕外侧，已经培起了半米多高的土坡。马克拿着大饼，跳上土坡，正想举目眺望，大兵大喊一声："我开枪啦。"

马克从土坡上跳下来。

这就行了，只一秒钟，马克看到一个秘密，在第二十几个地堡之后，绕了一个大弯，为什么要留一片空地？看得出来，炮位。

"妈个巴，你撩高看什么？刺探军事秘密，就地正法。昨天就敲了一个。"

"我直直腰。"

"就你事儿多，看着就不是好人。"

大兵嘟嘟囔囔地拉着大枪走了。

马克低下头，玩命地干起了活。

晚上，校园里没看见"三期肺病"，马克找到"六祖禅院"，空空的房间里，椅子桌子都没有了，扒着窗子一看，"三期肺病"倚着墙睡着了，鞋子也没有脱，一身的泥巴，神色疲惫不堪，看样子是累苦了。

马克悄悄走进房间，更是大吃一惊，"三期肺病"嘴角上淌着鲜血。

"你怎么了？"

马克扶起"三期肺病","三期肺病"无力的眼睛看看马克，指指胸口，出了一口粗气。

"唉，你哪里是挖战壕的人呀！"

马克背着"三期肺病"走出校园，就近进了一家小医院，医生开了药，病情终于稳定。

"明天你不要去了。"

马克安置"三期肺病"睡下，嘱咐着说。

第二天，只马克一个人挖战壕去了。

晚上回到学校，迎面正看见"三期肺病"在院里转，似是闲着没事散步。看得出来，是等马克。

好在校园里没什么人，马克向"三期肺病"点了点头，两个人蹲下，马克手里抓着一把碎石头，一个一个摆开，向"三期肺病"汇报他看到的情形。

"我赢了！"

突然，"三期肺病"把摆成一道直线的碎石头胡噜乱了，在地上摆好了五子棋的样子，好像他正和马克下五子棋。

马克抬头观望，远处，魏敬明慢慢地走着。

这小子，白天晚上在校园里转，监视学生们的活动。

马克向魏敬明招手："过来，过来。"

马克拾起一根树枝，在地上画了一大堆公式，魏敬明走过来，向地上看着。

"你解解这道题。"马克指着画在地上的公式向魏敬明请教。

魏敬明不懂，摇摇头，没兴趣，走开了。

马克笑了笑，又将石子摆在地上，继续向"三期肺病"汇报。

从小树林开始，第一个地堡，一条直线，三十六个地堡，每个地堡之间，二百米距离，每三个地堡之间，有一组炮位，中间一片开阔地，可能是雷区，越过开阔地，又是地堡，直到护城河拐弯儿，连上了大河。

"三期肺病"听着，听着，一字一字记在心里。

嘿！我们那茬大学生，脑子绝对金刚钻，闭着眼睛能画出世界地图，标出人口百万以上的城市，标尺多少，实际面积多少，经度多少，纬度多少。"三期肺病"更是记忆力惊人，据说他学英文背字典，从第一页开始，背下来一页，撕掉一页，直到最后一页撕掉了，英文也学会了。如今，马克向他描述的三道防线情况，听一遍，全记在心里了。

哟，不相信了。

当今诸位学子呀，吓着你们了，对于"三期肺病"来说，莫说是三道防线，就是三百道防线，向他说一遍，他也能记得一字不差。真有这样的神人吗？告诉你们，我党一位老前辈，从莫斯科第三国际回来，带来一份第三国际更新的密电码，没带一张纸，没记一个符号，愣靠脑袋瓜子，一字不差地全带过来了。什么海关，什么特务，让他玩儿蛋去吧。

挖战壕的活干完了，马克回到校园。第三天，"三期肺病"来到丙字六寮勤杂人员宿舍，将马克找出来，走进"六祖禅院"，小声对马克说：

"我要走了，你的情况，我已经向组织上汇报，组织对于你坚信真理，投身革命的热情非常了解，希望你为中国人民的解放事业做出更大贡献。"

马克嘤嘤地哭了。

噙着泪珠，马克激动得嘴唇哆哆嗦嗦说不出话来。多少年等待见到革命时尽情述说的一肚子话，此时此刻竟然一句也想不起来了。马克只是呆呆地看着许人呆，也不过去握手，也不拥抱，就是远远地坐在许人呆对面，无声地嘤嘤抽泣。

早从六岁开始识字，就知道自己是一个中国人，开始上学，看着校园里飘荡的太阳旗，知道中国人在太阳旗下只能屈服忍受。进入中学，不记得是什么场合，也不记得是什么机会，马克开始知道中国人不能做奴隶，进而，青春热血涌进马克的血脉，马克开始寻找中国自强的道路。

从改名马克，从昌黎二师出走，马克更坚定了投身革命的意志。为了找到革命，马克毅然放弃可以供养自己一生的四十亩良田，忍受老爹惨遭杀害的悲痛，远走他乡，寻找投身革命的道路。

终于，轰轰烈烈的学生运动将马克带进了一个新的生活世界。在学校里，马克感受到年轻人救国救民的强烈心愿，更看到铁血青年为未来新时代献身的崇高理想。几年时间，马克朦朦胧胧地跟着撒传单，按照许人呆的布置，引领一个个进步青年去东马路费家胡同四号大院，直到和许人呆一起去挖战壕，再到今天许人呆说出"组织"两个字，这条寻找革命的道路实在太漫长，太艰难，也太曲折了。

马克明白，许人呆要走了，解放战争进入最后决战时刻，为保护革命力量，长期在国民党统治区工作的革命同志，必须在最后时刻撤离。在组织撤离的最后时刻，许人呆代表组织向自己传达最后指示，此时此刻自己就是革命队伍的一个成员了。

马克没有说一句话，许人呆和自己谈话的时间也不可能太长，天时不早，许人呆可能立即就要离开学校，马克只是以坚定的目光看着许人呆，向许人呆表达自己对革命事业的一片忠诚。

"我知道，学校里有许多事情要做，保护好学校，保护好几位教授，迎接新时代的到来。放心吧，我做事情，身份方便，我绝对不会辜负组织对我的信任。"

此时此刻，马克走进革命组织的瞬间远不如他想象的那样隆重，那样神秘，那样浪漫。外面没有跟踪的特务，校园里没有秘密联系地点，没有稍显黑暗的房间，墙上没有镰刀斧头的红旗，没有引领宣誓的领导，远处没有飘来"因特纳雄耐尔一定要实现"的乐曲。一切一切像是都没有发生，仍是一片黑暗的校园，清静的校园，隆冬季节的寒风，许人呆显得瘦弱的身体，还有马克怦怦跳动的心音。

"我走了。"

听到许人呆说出"我走了"三个字，马克觉得自己的身体几乎变成一尊铜像，沉重的担子落到自己肩上，校园的景色变了，周围的环境变了，远处微弱的灯光变了，连天空的颜色也变了。

许人呆走了，没有回头，马克也没有目送，马克知道纪律，知道一个革命者此时此刻应该有怎样的表现。

许人呆走了。

解放战争胜利之后，马克和许人呆重新聚首，说起自己离开学校那天夜里的情形，许人呆还虔诚地向马克忏悔。

按照任敏同志的布置，许人呆离校之前，只能接触马克一个人，向他传达组织对他的安排，向他转告组织对他的信任。只是，不知道为什么，许人呆向校园外面走着，突然发现自己走到南斋孟老夫子住处附近来了。

还有一点时间，许人呆控制不住自己，轻轻地敲响了南斋孟老夫子的院门。

出来开门的，自然是孟露。

孟露没有说话，好在许人呆晚上来向孟老夫子请教禅学的事，早就司空见惯了。

"神经病，大炮响得这么近了，还想着你那套禅学。"

孟露引着许人呆往房里走，小声地数落着。

"我看看孟教授的生活安排好了没有。"许人呆解释。

"房里的玻璃窗都粘好了宣纸，地下室也准备好了。"

"哦，这就好。"

许人呆跟在孟露的身后，似是并不急着往房里走。

孟露回头，看见许人呆穿着厚厚的棉衣，一副出门的样子。

"这么晚了，怎么还出去？"

"我胃口不好，出去买点药。"

"早些回来。"

"很快，很快就会回来的。"

"你还不快走，过一会儿戒严了，听说战事越来越近了。"

许人呆站在院里，倚着老槐树，呆呆地看着孟露的身影。

孟露回过头来，静静地看着许人呆。

许人呆和孟露，本来一对要好的朋友，后来许人呆参加了共产党，一对本来经常来往的朋友，渐渐地疏远了。许人呆再不和孟露过多接触，也不多说话，就像陌生人一样。许人呆来到孟老夫子院里，只问教授有时间吗？两个人往房里走，许人呆常故意和孟露拉开距离，有时候孟露不高兴，抢白许人呆，我吃不了你。许人呆还装作没听见，什么话也不说。

今天似是情形不对，许人呆似是没有什么理由敲孟老夫子的院门，也不急着进屋，就是倚着老槐树看孟露，目光显得有些冷峻，没有激情，没有温暖，只是冷冷地看着孟露。孟露会意，索性转过身来，由许人呆看自己。

孟露知道，今天晚上许人呆就是为了看自己才敲开孟老夫子院门的。

你看吧。

孟露背倚着墙壁，抬起头，一双含情脉脉的眼睛看着许人呆。

突然，孟露想起什么，解下自己的围巾，"晚上风大。"走上一步，将围巾套在许人呆的脖子上。

许人呆慌忙躲闪，孟露身子一晃，两只胳膊紧紧地抱住许人呆，立即，两个人分开，孟露向后退了一步，将围巾递给许人呆。

"早点回来。"

许人呆听到身后孟露深情的声音。

许人呆走了。

……

战争离学校越来越近了，炮弹越过学校，落到市区守军的重要据点上，各种各样的消息传来，振奋人心，解放军就要打过来了，市里一片混乱，物价飞涨，人心惶惶。人们都说"快了快了"，人们也不问什么"快了"，反正就说"快了"。

隆冬季节，学校暖气几乎没有热度，马克每天都要到后院煤山上去偷煤点炉子取暖。一天黄昏，马克推着小车往后院走，突然一声尖叫，活赛是杀鸡，吓得马克停下了脚步。

一个女子的尖叫声。

马克突然一惊，站到高处张望，一定发生了恶性事件。学校里只剩下有限几个学生，大多是家在解放区，没法离开学校的外地人，其中也有几个女学生，空荡荡的校园里，说不定会溜进来坏人。一个女学生大叫失声，马克意识到自己的神圣使命，一定要找到呼救的女子。

顺着喊声找过去，不远处，后院煤堆附近，一个女学生跌倒了。

马克跑过去一看，呆了。

认识，学校有名的校花，孟露。

马克和孟露虽然没有说过话，但每次孟老夫子讲课马克都去旁听，每次孟老夫子讲课又都是孟露搀扶着进教室，两个人早就相互认识。

看见孟露跌倒在煤堆旁边，马克慢慢地向孟露靠近过去。为避嫌，马克没有俯下身去扶她起来，怕落下调戏的罪名，跳进黄河也洗不清。

"乡巴佬，你愣着做什么，扶我起来呀！"

说着，孟露高高地伸过手来。

马克吞下豹子胆，弯下身去拉孟露站起来。唉呀，孟露同学的小手活赛是一团凉粉，没有骨头。

"我来弄点煤，跌倒了。"

马克实心眼儿，扶起孟露，又接过孟露手里的小筐筐，替她装了一筐煤。

孟露龇牙咧嘴地要提起装煤的小筐，试了试，没有提起来。

"既然做好事，你就帮助我把这筐煤提到南斋去吧。"

孟老夫子住在南斋。

孟老夫子南斋的暖气温度太低，孟露为孟老夫子在卧室、书房里安了两个煤炉。

走进南斋，马克将一筐煤倒在院里，还对孟露说，以后捡煤的事就交给我吧。

孟露说，谢谢你了。

"明天你陪我进城一趟。"

马克将煤筐放下，正转身向外走，突然孟露在后面小声地说道。

"进城？"

"是呀。"孟露点了点头。表示马克没有听错，自己就是请马克陪她进城。

进城么，不是奇怪事，女人买点东西，洗洗头发，做件衣服呀，都要进城。从南苑大学到市区，四里的荒路。我们读书那时候，从市区通往校区的道路是最荒芜的道路，谁走这条路呀？哪个时代都一样，通往官府的路，走的人最多，送礼的，买官的，求人办事的，套近乎的，告密的，路上行人络绎不绝。通往花街柳巷的路，人也不少，买笑的，打茶围的，拉皮条的，时出时没。至于通往学校的路，那就没有多少人走了。穷教书匠，都是混不上饭的失败者，寥寥无几，学生，更是一个星期走一趟，所以通往学校的路，没人修，夏天一片荒草，冬天白雪皑皑。

通往学校的路，最安全，没有劫道的土匪，土匪不会劫书，也没有美女，美女不来勾引穷教书匠，通往学校的路上，没有值钱的货。

如今兵荒马乱，孟露要进城，自然要找一个陪伴，路上几乎没有人，即使没有土匪，一个人走着也害怕。

孟露进城有什么事？

第二天，走在路上，孟露才告诉马克。

孟老夫子对孟露说，六教授的严正声明，在社会上引起强烈反响，天津几所大学的教授们响应南苑大学六教授严正声明，一致决定留下来迎接解放。不光是大学，社会上许多读书人，都不怕老蒋的胁迫，决定留下来迎接解放。但是自从六教授发表严正声明之后，南京方面就断绝了财政拨款，从发表严正声明至今三个月不发工资。教授工资本来就微乎其微，一连三个月不见一分钱，教授们怎么活呀？

如今变卖什么也不行了，教授家里有绝版古籍，五毛钱一斤。一箱书，换不来一斤棒子面，别的东西更没人要了。卖文为生，写小稿，报纸没有人看，报馆都快关门了，类如后来，一家大杂志只印一千本，哪里还有稿费呀？饿得活不下去，有人开始写色情小说，写新武侠，还有的挨不起饿，跟老蒋走了。

孟师母，旗人，还是正黄旗，祖辈上在紫禁城里骑马，出嫁时带过来许多好东西。如今党国要人南迁，金银财宝带不了多少，使劲搜罗钻石珠宝。孟老夫子不管家里的事，不知道吃饭穿衣还要用钱去买，日子好过不好过，与他无关。孟师母惦着六教授的日子，悄悄拿出一件东西，正好有一位亲戚说有一位官太太想买点东西，孟师母找出一小块石头渣，拿出去换回来五十元银洋。正常年月，这块小石头渣至少能卖到五千两白银，倒霉了，卖不上价儿了，一小块石头渣能换来五十块大洋，已经够占便宜的了。

按照孟老夫子的分配方案，五十元银元分成六份，每人八元。多出两元，给史学所的郑教授。郑教授老伴有病，需要钱。

孟老夫子吩咐，第二天，找一个强壮学生，陪孟露将银元分别给各家送去。如此，孟露便找到马克一起进城。

进城路上，孟露对老一代读书人的品德表现出了无限的敬佩，中国有这样的知识泰斗，真是国家之幸，民族之幸。中国人只要一读书，立即就手足兄弟了，可以共患难，共富贵，同舟共济，患难与共，这才真是有饭同吃，有穴同居，什么是共产主义？中国读书人信奉的就是共产主义。

第一个来到的，是史学所郑先生家。

郑先生接过银元，哈哈一笑："唉呀，昆明西南联大时期欠孟老夫子的钱还没还清呢，新债又来了，到底欠多少钱，我也记不清了，你们孟老夫子不是相信生死轮回吗，下辈子还吧。只是谁知道孟老夫子下辈子投生到什么地方去呀，而且也不知道孟老夫子下辈子是不是还能和你们孟师母喜结伉俪，这钱如何还呢？哦，哦，你们孟师母有好东西，首饰匣里好多五颜六色的碎石头，还有玻璃球（可能是钻石，宝石，珍珠。林希穷眼，没见过比山芋更值钱的东西，也叫不上名儿）。哈哈哈哈。"

郑先生爱说玩笑话，日月难熬，绝不愁眉苦脸。郑先生立即将太太请出来："财神爷送钱来了，你赶紧买米去吧。"

下一家，理学所的何先生。何先生内向，光感动，不时地拭着热泪盈眶的红眼角，嘴巴微微地动着，十足的湖南口音："老蒋不就是要把大家饿死吗？饿死也不跟他走，不走！"

说着，何夫人给两个学生送上来两杯白水。

出来之后，马克对孟露说："你看，何先生家连买茶叶的钱都没有了。"马克要去买包茶叶给何先生送去，孟露拦住他："你那样做就伤了何先生的自尊，这些人怪得很，孟教授给他送钱，他感动，你给他买茶叶，他可能把你踢出去。"

第三家，经济所的吴先生。吴先生血气方刚，接过钱来，大骂蒋介石，日本投降之后，中国人抱着满腔热情希望中国振兴，可是老蒋一帮人倒行逆施，推行一个主义，一个政党，一个领袖，使用特务手段，扼杀思想言论自由，最不得民心，悍然发动内战，妄图建立法西斯独裁统治，云云。如果不是孟露再三告辞，吴先生最少要讲一个课时。

……

回到南斋，马克正要告别，孟露又对他说：

"明天下午四点，你到东马路费家胡同四号去一趟。"

说完，孟露小姐走进屋里去了。

马克心里一惊，怎么孟露小姐也知道东马路费家胡同四号？

孟露女士，上海大财阀家的千金小姐，美貌迷人，花枝招展，牛气哄哄，从来不和任何人来往，想不到，东马路费家胡同四号要她转告自己去那里一趟。东马路费家胡同四号，对于马克来说，绝对不是陌生地方，多少次，"三期肺病"布置自己去那里送人，自己早就走熟了路，只是自己从来没有进去过，看来孟露小姐一定进到院里去过了。

同志。孟露和自己一样，也是革命队伍的一名成员。

东马路费家胡同四号为什么通知自己到那里去呢？

马克心里一动，投身革命的时间到了，自己帮助输送了这么多的进步学生，如今眼看着就要围城了，再不出去就没有机会了，东马路费家胡同四号传话让自己去，一定是要输送自己去解放区接受培训。

这次，堂堂正正的革命人士了。

到了东马路费家胡同四号，敲开院门，出来开门的还是那位老太太，什么话也没说，只是把大门拉开个缝，老太太身子闪向一旁，等马克走进大院，老太太把门关上，还是什么话也没说，老太太自己走开，将马克丢在大院里。

马克抬头看看，大院里三面厢房，正房大门锁着，只有西厢房，房门半开着，马克茫然地向西厢房走过去，突然听见背后有人招呼自己。

马克回过头来，呆了，站在西厢房门外的，正是任敏，"两条人命"姐姐。

真没想到，多少次输送进步学生来东马路费家胡同四号，里面接待这些进步学生的竟然是"两条人命"姐姐。这位姐姐平时在学校里并不活跃，几次游行也没参加，各种集会从来没见她发表过什么演说，都知道她是"海伦城堡"的主持，学校里传说她带着几个另类女学生玩同性恋，怎么她躲在东马路费家胡同四号领导革命了呢？

"马克同学，这两年，你为革命做了许多工作，组织上对你是相信的，你一定想，追求革命的学生都走了，怎么把你留下了呢？这是因为你还有更重要的任务。"

天将降大任于斯人也。

"为什么将你留下？因为你不是在校生，学校当局不知道你的存在，国民党三青团更不注意你的活动。现在正是黎明前最后的黑暗时期，国民党三青团很可能对进步学生施以更野蛮的迫害，所以组织决定先把有危险的学生输送出去。但是学校里不能没有我们的力量，现在我们的任务就是保护学校，防止反动派对学校的最后破坏。不必多少时间，解放军就要进城了，能够保护好学校的财产，保护好图书，保护好建筑，保护好老教授，就是对解放战争最大的贡献。"

马克万分激动，组织上把自己留在学校，原来对自己有更高的要求。说得对呀，临近解放，国民党三青团疯狂迫害进步学生，只有自己隐蔽得深，国民党三青团不知道学校里有个革命者，叫马克，由马克负责解放前最后的保卫工作，才是最好的安排。

马克接受任务返回学校，很快组织起了护校队，都是原来的工友，胳膊上佩着白布带，上面写着红色"护校"二字，白天巡逻有木棍子，夜里巡逻有手电筒，胸前挂着哨子，几个人一组，威风凛凛，成为学校最高权力象征，代替校长、学生会主席执行任务。马克是最高执行官，神了。

一般护校队每天一班，值白班的，夜里睡觉，值夜班的，白天睡觉。马克三班总监督，没有休息时间，没有固定巡逻路线，学校里每一个旮旯他都得查看，实验室大门上的锁有没有人动过，图书馆里有没有动静，防火设备齐全不齐全，几位还住在学校里的老教授生活上有什么问题，而最大的任务，就是注意国民党最后疯狂，破坏学校。

5

一九四八年，进入冬季，远方传来了炮声。

学校里早就没了人影儿，学生们几乎全部离开了。外地学生，躲避战争，早早地回家去了，本市学生，也不再来上课。学校远离市区，传言说解放军将从这里攻进城市，这里将发生激烈战斗，国民党守军更在学校附近筑了工事，战争一打起来，这里就是前线。

住在学校里的教授们，也不知都去了什么地方。有人说共产党地下已经将教授们送到解放区。"左派"教授怕国民党最后疯狂杀害，早早离开学校躲到市里去了；追随国民党的教授，更早早乘飞机轮船南下了。学校庶务处大门挂上了大锁，学校里没有零活做了，好在教授们搬家，找到马克头上请他帮忙的活儿还不少，比起在实验室刷瓶子收入还多。在实验室刷瓶子，每天最多能挣到三顿饭，帮助教授搬一次家，遇到大手大脚的教授，最多的一次塞给马克一沓万元大票，吓得马克不敢接，以为这位教授要买通他，让他随自己一起追随国民党殉葬。

马克没有去前线参加战斗，马克革命信仰不变，马克坚信，组织对每个人都有安排，马克时时牢记着组织给他安排的任务，那就是任敏姐姐的交代：保护好图书，保护好教授，保护好学校！

有一天，呼啦啦，国民党败兵涌进校园来了。

夜里，马克正睡着，就听见外面大喊大叫。骨碌一下跳下床来，衣服也没穿好，马克从宿舍跑出来，就看见校园里人山人海，也没有灯，黑糊糊看着是国民党败兵，个个狼狈相，披着破衣服，已经是隆冬季节了，败兵们穿得极是单薄，一个个冷得吸鼻子，抱肩膀，在寒风中打哆嗦。

"就是这儿了，各团长拉着自己的弟兄找屋子睡觉，砸几把椅子拢火可以，别给人家毁东西，咱们还有番号哩。"

喊话的人操东北口音，听得出来是长官。官还不小，"各团长"么，起码是个军长了。团长也可怜，"拉自己弟兄"找屋子睡觉，一个团也剩不下多少人了。

有人问："吃饭的事咋着？"

"吃饭的事，明天我去找警备司令部。妈个巴子，反正不给饭吃不行，先忍一宿吧。"

"操他妈，当兵的挨饿了。"

"这学校有管事的吗？"

这个操东北口音的长官，披着草绿色呢子大衣，扯着脖子大喊。

马克挺身而出："校长不住在校里，庶务处也没有人，我是个做杂工的小工，有事你对我说吧。"

"给我们号房。"

"住房没有，学生宿舍空着，你们不能占。住教室，没床，将课桌连在一起，将就着睡吧。"

"至少得给我号一间房。"

长官下达命令，要马克给他找一处好房子。

"这样吧，咱们来个约法三章，你们住下可以，只是不许破坏学校的财产，学校也没有金银财宝，就是实验室里的仪器、图书馆里的书。"

"俺们要那些没用，你给俺们找点煤，弟兄们冷苦了。"

马克将败兵们安置进几间教室，告诉他们去哪里拉煤，还给那个长官号了一间房，看着败兵倒没有破坏什么东西，马克这才回去休息。

学校被从东北败下来的国民党兵占据了。

从锦州战役退下来的国民党六十九军，一群土匪，被天津警备区安置在学校里短期休整，将学校搞得一片乌烟瘴气。天冷，明明学校里有煤，没人去取，偏砸教室里的桌椅取暖；明明有厕所，却随地大小便，将花园一般的校园，搞成了露天厕所。为种种交涉，马克找到土匪"军长"，向他提抗议，如此胡作非为，学校将向警备司令部提出报告，要求军队立即离开学校。

"唉呀唉呀，大哥，说啥都行，不就是不让随地大小便吗，我立马集合队伍，谁他妈个巴子再随地大小便，我让他把拉出来的屎吃了。"

六十九军军长最怕学校给警备司令部打报告，一打报告，拉上前线，当炮灰去吧。

经过几次交涉，马克和六十九军军长熟了。军长姓黄，本来蒋介石想让他死守锦州，一查战绩，土匪出身，没打过一次胜仗。吓唬老百姓一把好手，一听枪响就辨不清东南西北。还抽大烟，喝酒，玩女人。就因为手下拉着上万土匪，蒋介石才收他进了正规军，封了军长。

从锦州退下来，路上跑了一半"弟兄"，到了天津才剩下一个团的"兵"力，天津警备区想把他派上前线，顶两天炮灰，也不是亲兵。黄军长鬼，强调弟兄们一路转移辛苦，要先休整休整，如此才被安置进学校，不发饷，不发枪，等候命令。

"喝酒！喂，我说，还有卖烧鸡的吗？"

为了防止土匪败兵对学校造成太大的破坏，马克想跟黄军长搞好关系。到底他发威，一个命令，从此果然再没有人随地大小便了，破坏教室桌椅点火取暖的事，也没有了。

一天，马克外出，给黄军长带回来一只烧鸡。

黄军长感动得热泪盈眶。

"兄弟，只有你还拿你哥当人看，谁还想着我黄某人如今还想吃点东西呀。只是，兄弟，哥眼下没钱，我记着你的恩情，几时收复锦州，这只鸡多重，我还你一只纯金老母鸡。"

"吃吧，吃吧，天津这家烧鸡最有名，我们吃不起。"

"你巴结我干啥？完了，没指望了，老蒋的天下完了，没救了。喂，兄弟，你们学校有共产党没有，帮我传个话，进入阵地，我朝天开枪，行不？"

"吃吧。"

"那我就吃啦。"

几口，两条鸡腿就被倒霉的黄军长啃光了。

啃光了烧鸡，黄军长才要睡下，突然一辆军用吉普开进学校，似是传达了什么命令，紧急集合，呼啦啦，拉着队伍出发了。

学校里空空荡荡。

马克想起，应该给孟老夫子送点煤去了。

"外边没什么消息吧？"

孟露小姐引马克将煤倒到后院，送马克回来的时候，小声问马克。

"快了，你没听见炮声越来越近了吗？听说解放军已经到了杨柳青，天津已经被包围住了，连通塘沽的路都断了。"

"快了，快了，多小心吧。"

孟露小姐关心地嘱咐马克。

"给你，整夜在校园里转，太冷，孟老夫子说把这件皮袄给你。"

说着，孟露小姐将一件皮袄披在马克背上。

"我也成老夫子了。"

马克执意不肯穿，怕有损于革命者形象。

"谢谢孟老夫子。"

"孟老夫子常说，马克可是好孩子，孟老夫子还问，马克不是共产党吧？"

"孟老夫子把我看得太重了。"

说着，马克从南斋出来，又巡查各个地方去了。

隆隆隆，炮声越来越近了。

今天风静，远远地似是听到机关枪声音了。

马克高兴得热血沸腾，匆匆回到南斋，将孟露小姐唤出来。

"你听，你听，机关枪声音。"

孟老夫子已经睡下了，孟露小姐引着马克坐在孟老夫子客厅里，两个人对面坐着，围着火炉烤手。外面时近时远的炮声、枪声在两个青年人的心里激起无限热情。看得出来，孟露小姐脸色一片红润，马克更是激动不已，连心跳的声音都听得见。

"马克同学，解放军进来，你要做的第一件事是什么？"

"自然是投身新时代了。推翻旧时代，我们也算是做了一点贡献，新时代来到，我们更要贡献出自己的一切。"

"只是，我还有一件事，要马克同学帮忙。"

"你要我帮忙？"

"是呀，马克同学应该知道，我虽然生在富裕家庭，但一心追求真理，我相信共产党带领全国人民推翻旧时代，也会带领全中国人民建设一个新中国……"

明白，明白。

这些道理不必对马克同学说了。

"只是，进入新时代，马克同学要帮助我参加革命。"

"你要我帮助？"

"是呀，马克同学，时局到了今天，我们也就不必再相互隐瞒了。你看我替任敏姐姐传递信息，其实我不是他们的成员，他们自己不好公开活动，就利用我的身份。我出身大银行家庭，国民党三青团中统军统不会怀疑我。好几次，我转弯抹角地向任敏姐姐说起自己的伟大愿望，人家都故意跟我打岔。我早就看出来了，这学校里只有许人呆、任敏姐姐和你是真正的共产党。"

"哟，你可不要乱想。"

"你再和我捉迷藏，就对我太不相信了。时局到了今天，国民党天下马上就要崩溃了，连国民党三青团军统特务们都不卖命了，我还能在这个时候出卖你吗？"

"唉，你别胡思乱想了，我就是一个来学校做工的杂役。"

"由你说吧，别总把别人当傻子。任敏、许人呆就把我当傻妞儿，他们两个人不直接联系，都是我在他们中间穿针引线，可是他们两个人从来不对我说一句真话，最后他们走了，也没对我说声再见。你来学校从来不利用我，什么事情都是自己出面。挖战壕，许人呆只去了两次，整整一个多月，都是你去挖战壕。你又不缺那几个小工钱，我早看出，你们有任务。现在许人呆也走了，你又组织护校队，代表校方和土匪败兵周旋，只有你不怕牺牲，勇敢无畏……"

"你快别说了，别说了。等着吧，快了快了，到时候你就明白了。"

马克抹去额头上的汗珠，哧溜一下，从南斋跑了出来。

……

已经是后半夜了，校园里一片喊叫，刚才紧急集合出发的土匪们回来了，黑暗的灯影照出一个个狼狈相，个个疲惫不堪，像是刚干过重活，许多人披着棉衣敞着怀，还呼哧呼哧地喘大气流汗。

"妈个巴，倒霉差事想起六十九军来了。"

土匪们骂着，跑进住宿的教室，衣服也没脱，爬上课桌，呼呼地睡着了。

最后，一辆军用吉普车开进来，黄军长从吉普车上走了下来。

"马队长，你还没睡呀？"

黄军长称马克为马队长，他不是护校队大队长吗。

看着黄军长一脸的兴奋神色，马克走过去和他搭讪。

"有行动？"

"嘿，这群王八蛋，到底听了我的主意。别梦想反攻，扭转战局，解放军攻上来，那就和松花江发水一样，眼看着大水漫过来，你休想抵挡。和解放军作战，你就得先将他们放进来，天津那么多条大河，只要把桥炸断了，把他们切开，一小块一小块吃掉他们，再调出你的精锐，不怕打不胜反击战。"

黄军长兴奋地说着，披着军大衣，回到他的房间去了。

黄军长无心地骂着，马克有心地听着，突然心中一惊，可能天津守军在防务上有了变化。

为了接近黄军长，马克又买了一只烧鸡，还带上一瓶老白干。

"我们天津高粱老酒最有名，不是酒厂出的，河东烧锅货。每天下午四点，不等烧锅出酒，桥头上就聚满了人。"

"我说哩，我把他们都撵开了，我隐蔽炮位，你们看什么，打仗了，桥头上稳几门炮，有什么好看的？刺探军事秘密，找死呀。"

桥头上稳大炮？

马克暗自想着。

"你不明白吧，你不懂军事，他天津警备司令，光知道修炮楼，护城河外一道防线，护城河一道防线，护城河后边还有一道防线。没用，八路军攻上来，就像松花江发水一样，眼看着漫过来。我说，你天津这么多条河，这么多座大桥，八路军攻进来，把桥炸断，把八路军切成小块，到时候你再拉出精锐部队，还愁消灭不了八路军，他在明处，咱在暗处，他是外地人，咱是老家……"

"佩服佩服。"马克假装连声称赞。

"兄弟，这些日子你关照我，我也没法报答，明天夜里你去跟我运一次炮弹，发你两个工钱。嘿，这回他们发给我钱了。妈个巴，自打从锦州退下来，没见过钱，退到天津，他们不发枪，不发饷，瘪得弟兄连买烟的钱都没有，个个抽树叶子。这回听我的了，稳炮位，军事任务，报效党国，军人天职。运炮弹，力气活，白天不许送，天黑送，一个工给我四个大头儿。"

听说黄军长要带他去送炮弹，马克当即答应："我去，我去。"

"可是有一条，你可不能泄露军事秘密。我担心有暗探，你是不知道，守锦州的时候，我们什么时候用兵，地堡在什么地方，军火库在什么地方，共军那儿一清二楚。妈个巴，我还想，你八路军到底有多少暗探，后来我才知道，不是八路军暗探，而是老百姓，个个老百姓都给八路军送情报，难怪人家得胜呢。"

入夜，黄军长扔给马克一身旧军装，马克跟着出发运炮弹去了。

没有大汽车，汽车都拉到前线去了，只有步行，不许喊叫，不许咳嗽，不许打喷嚏，怕暴露行动。走了两个多小时，到了河东，原来的日本仓库，没想到这里还藏着炮弹，一定是日本时期留下的，下地道，有好长好长的路，从地下仓库把炮弹背上来，再背着走出仓库大院，往一个个桥头上送。马克是"生脸儿"，近地方弟兄们抢着去了，派他往最远的炮位送，往返两个多小时，累得直不起腰。

送一夜炮弹，马克看清楚了，天津几十座桥，每座桥的东侧，稳下了四门６０大炮，每座炮位旁边，有一个炮弹库，已经堆放了百多枚炮弹，还继续往炮位上送炮弹，准备血拼一场，真要妄想扭转战局了。

天明之前，集合回校。

马克顾不得休息，早早地就给南斋孟老夫子住房送去一筐煤。

"你疯了？好不容易孟老夫子刚睡下。响了一夜大炮，孟老夫子时不时地往外看，喃喃自语，进来了，进来了。等到天明还没见动静，这才睡下。"

"有情报。"

看着马克紧张的神色，孟露大吃一惊。

马克拉孟露到清静地方，语气紧迫地对她说："昨天你说得对，我是组织的人，虽然我还不是共产党员，但组织把我留下来是有任务的。现在别人联系不上，所有问题都只能咱俩商量了。"然后他将自己听黄军长说的，夜里运炮弹看见的，河边炮位的位置，详详细细地对孟露说了一遍。

"唉呀。"孟露也感到情况严重了。

"要想办法把情报送出去。"

可是，如何送呢？

人都走了，关系断了，两三天的时间解放军就要打进来了。

城市已经被包围，鸟儿也休想飞出去，没有电台，又没有建立新的交通。

"我们想办法。"

晚上，马克又给孟老夫子送去一筐煤，感动得孟老夫子连连说：已经够烧到来年冬天了。

"把炉火点旺些吧，今年冬天冷。"

"你是好孩子，我讲课的时候就注意到你，你怎么只是旁听生呢？等解放军进来，嘘，小声点，我去找校方将你转为注册学生，你叫什么名字？"

"马克。"

"呜"，一颗炮弹呼啸着从孟老夫子屋顶上飞了过去，孟老夫子下意识地蹲下身子，孟露跑过去扶住孟老夫子，炮弹在远方爆炸，孟老夫子站起来："快了快了。"

孟露对马克说："上楼把孟先生的床搬下来吧。"说着，两个人走上楼，将孟老夫子的床、被子搬到楼下来了。

安顿好孟老夫子，马克又和孟露说起了早上的事。

一定要千方百计将情报送出去，解放军总攻的日子不会太远了，国民党垂死挣扎，布下了陷阱，不能让解放军受到意外伤亡。

道理谁都明白，只是要想出妥善的办法。

孟露说出了两个设想。

"第一个设想，还是要去东马路费家胡同四号，任敏姐姐可能还没走，那里应该还是联络点，只要那里有人，即使见不到任敏姐姐，总比我们有办法。"

"太危险，万一任敏姐姐走了，院子空了，即使还有人看守，再贸然去联系，也会引人注意，再说，一旦那里被特务破坏，我们贸然去敲门，岂不自投罗网？"

"不要紧，我想好了，你和我一起去，到了东马路费家胡同四号，你找个地方隐蔽，远远地等我，我过去敲门，只说是问路，只说我们是逃难来的昌黎人，找东马路斗店大街。就是那里被特务注意了，也不会有什么危险。"

"如果这个办法失败呢？"

"第二个办法，那就危险了，只能你一个人去冒险，闯封锁线。听说前线的士兵已经换不下来了，在碉堡战壕里守了四十天，穷苦市民们冒险去战壕做生意卖些香烟。你知道卖什么最赚钱吗？破衣服。国民党士兵知道守不住了，人人身边都收着两件百姓衣服，等着一旦败下来，穿着百姓衣服逃跑。"

马克费尽心力，再也想不出更好的办法了。

6

多少年后，同学重新聚首，马克向我说起那天早晨孟露小姐离别南斋孟老夫子住房的感人情景。

昔日同窗重新聚首，只有两个人，一个人就是在下，摘帽右派，林希；第二个是马克，"逃亡地主"齐富成。唯一令人感动的是，"两条人命"姐姐出国前，通过特殊关系，将马克从昌黎老家要出来，安置在天津第二商业局属下的副食品公司食堂当上了一名帮厨。每天早晨，将大萝卜切成块，将白菜切成段，放进锅里，抓一把盐，烧成八分钱一份的丙菜，加两块豆腐；乙菜，一毛，有肉片；甲菜，一毛五。与此同时，林希刚刚改造好，摘了右派帽，才安置进天津第一机械工业局下属的一家工厂做勤杂工，打扫车间，早晨扫一遍厕所，女厕所必须在早晨六点以前打扫完。

怎么这么惨？

众所周知吧。

别的人呢？当年学校正牌共产党地下党员"三期肺病"同志，解放后南下，一路披荆斩棘，所向披靡，打到十万大山，带着人进山开展工作，从此再没有出来，整整一个工作组，全光荣了。

和"三期肺病"保持单线联系的上级组织——"两条人命"姐姐情况最好，派到国外当大使去了。

马克告诉林希说，按照孟露的安排，前一天晚上马克剃了光头。孟露看了，说是绝对乡巴佬，第二天又穿上孟老夫子的中式棉衣。孟老夫子多年习惯，不着西装，不穿中山装，就是中式衣服，正好有一件旧棉袍，马克穿上活脱脱是个乡巴佬小商人。

孟露也一派农村妇女打扮，头发拢到脑袋后面，盘成大盘头，穿一件蓝布中式大袄，一双布底鞋，走起路来，果然像农村姑娘。

马克说，离开南斋那天，孟露似是有了什么预感，她为孟老夫子准备好了晚饭，还将洗过的衣服放在孟老夫子床头，走时再三嘱咐孟老夫子别忘了睡前服药，暖瓶里还灌满了开水。然后孟露拾起一个大包袱，是农村大炕单子裹着的一个大包袱，背在背上，绝对是一位避难的外乡人。走出南斋孟老夫子住房，孟露还回头望了望，不是马克催着出发，她还不知道要看到什么时候。

市里已经一片狼藉，街上的商号都关门了，马路上，骡车拉着大炮往郊外走，宪兵们在大街上搜查行人，吉普车嗷嗷叫着跑来跑去，穷苦市民东一堆、西一伙等着买粮食，更有大楼被炮弹击中，楼上的窗子耷拉着，在风中摇晃。

路过中原公司，中原公司对面的中正书局被炮弹炸平了，据说那里是国民党守军的总指挥部，也没有人清理现场，炮弹还嗷嗷地在头上掠过去，大街上一片混乱。

终于走到东马路，马克后悔地回忆说，怎么一路就没有说话，两个人无声地走着走着，孟露背着大包袱，牵了一下马克的手，马克感觉到孟露的手在颤抖，似是过分紧张，马克用力地握了一下孟露的手，孟露将手抽出来，又匆匆向前赶上去。

远远地看见了东马路费家胡同四号大院。

马克说，他不是没有准备，他陪着孟露从东马路费家胡同四号门外走了一遍，没有什么变化，还是两扇紧闭的大门。马克万分悔恨，当时怎么就那么心慌，不会没有迹象的。解放后他去过东马路费家胡同四号，大门上多出了一个小洞，明明就是特务们观察外面动静的小洞。

马克陪着孟露从东马路费家胡同四号大院外面走回来，走到大街拐角处，孟露示意马克在这里等自己。

然后……

马克说，你就不必问了，我知道你对孟露的感情，尽管孟露暗中对我说过，林希是个小无赖，从来对你没什么好感，但你对孟露那点意思，同学们都是知道的。后来的事情，你就别问了，太惨了。

在林希再三追问下，马克还是简单地说出了当天的情况。

孟露离开马克，慢慢地向东马路费家胡同四号大院走过去。马克看见了，她走得十分小心，就像是蹚地雷区似的，慢慢地走近了东马路费家胡同四号大院。孟露迈上台阶，拍了拍门，冲着大院里面喊话：

"大爷，大娘，俺问个路，东马路斗店胡同在哪里？"

听见孟露的喊话声，马克紧张地向孟露看过去，大院里没有反应。孟露也许还想问一句，但是，突然大门里伸出一只胳膊，孟露一看情况不对，转回身来就往回跑，已经来不及了，大院里闯出几个凶汉，喊叫着"站住站住"追了出来。

"站住，站住。开枪啦。"

"叭"的一声，追赶的凶汉抡起手枪从后面开了枪。

孟露喊了一声，身子向后挺了一下，应声倒在血泊里。

"俺们是问路的，你们凭什么开枪打人？"

马克一步抢过去，从血泊里扶起孟露，抬头看了看开枪的特务，悲愤地大声质问。

"哪里来的？"特务踢了马克一脚，恶汹汹地问。

"昌黎。"

"放屁，早就不通火车了。"

"俺们是早来的，一直没有找到亲戚。"

"哥，咱们走吧，家里娘还等着呢。"

受伤的孟露，强忍着疼痛，无力地向马克劝着。

"你们凭什么开枪？"

马克悲痛万分，向追上来的特务喊道。

"没打死你，便宜你了。"

"俺们就是问个路。"孟露努力争辩。

"走吧，孩子，这儿不是讲理的地方。"

闻声跑过来观望的市民纷纷劝说。

马克无奈，扶起孟露，再将孟露背好，围观的好心人给马克指路。

正好一辆胶皮车跑过来，将孟露放到车上，车夫拉起车来，飞快从东马路跑出来。

"兄弟，这是个是非地方呀。我在这儿拉车多少年了，原来是隆记洋行任家的老宅，任家大小姐出嫁两年丈夫死了，娘家把闺女接回来，一直住在这处宅院里，安安静静。前几天，不知怎么的闯来宪兵队，也没从院里拉出人来，只是里面情形变了，一个要饭的老女人抱着孩子敲门，一枪打出来，把要饭的女人打死了。唉呀，造孽呀。"

拉车的车夫匆匆跑着，边向追在后面的马克说道。

马克明白，任敏姐姐走了，东马路费家胡同四号大院被敌人发现，占据大院等着抓人。

往河沿走，东门外水阁医院是教会医院，别处都关门了。

车夫拉着孟露，马克跟在后面，很快到了医院。

战火纷飞中，一家教会医院还收病人，也没要马克交保证金，也没要门槛费，教会医院也不知道门槛费，也不怕看过病不付钱，医生护士也没要红包，也没挂号，傻瓜教会医院就知道生命最神圣，将孟露抬进手术室。医生跑来，也不问为什么受了枪伤，是被国民党开枪打着的共产党，还是被共产党开枪打着的国民党，注射麻醉药，开始手术。

骨头断了。

"回去吧，再晚就要戒严了。"手术中的孟露对马克说。

"放心吧，我们会照顾夫人的。你幸运，有这样好的太太，自己伤了腿，还惦记婆母，快回家照顾母亲去吧，愿圣母保佑你的母亲。"医院嬷嬷对马克说。

孟露腿部被枪弹射穿，打断了骨头，医生做手术，半身麻醉，手术做完，已经到了晚上七点多钟，医院护士劝说马克离开，再不走，市区就要戒严了。

孟露还没有解除麻醉，身子不能动，看着马克不肯离开的神色，孟露尽力劝解。

"走吧，再不走，就不能回校了。"

"我怎么能够把你一个人留在这里呢？"

"只能留下了，再有一个小时市区戒严，你也不能回去了，市区里电车也停了，带上我，更引人注意，只能你一个人回去了。"

"这里是妇科医院，宪兵队从来没搜查过。"

医院护士安慰马克。

马克看医院安置好了孟露，在孟露再三催促下，只得离开医院。

走出医院，呜的一阵啸声，几颗炮弹向河对岸飞过去，轰的一片巨响，炮弹落到河对岸。有人大声喊着："八路军炸桥了，八路军炸桥了。"

听着民众的喊声，马克突然一愣，马克虽然不懂军事，但对于发动总攻的军队来说，未占领城市先将市内的桥梁炸断，觉得不合情理。看着河边升起的滚滚黑烟，马克心中突然一亮，莫非解放军已经掌握国民党守军在河边布置炮位的情报？庆幸，庆幸，我们知道的情报，解放军早就掌握了。

马克忙着跑过桥去，查看炮弹落地的情况，桥下，一片弹坑，绝对是对着桥边的炮位来的，但是没有击中炮位，方向反了，炮位在桥东侧，炮弹落到桥西侧去了。

走在回学校的路上，马克还在想着如何把这情报送出去。解放军掌握了这个情报，只要校正一下炮位，炮弹向东移几百米，就把炮位"端"了。

回到学校，天色已经黑了，倒在床上，马克翻来覆去合不上眼。他一边想着医院里的孟露，一边想他和孟露当时制订的第二个方案：如何混过封锁线，过了护城河，到了前沿阵地，扮成做生意的市民，下到战壕，卖香烟，卖旧衣服，价钱不能要得太低，价钱低了，国民党兵会怀疑你有什么目的。避开监视，找个地方从战壕跳出去，向对面跑，跑不了多远，一定会遇到解放军，只要遇到解放军，使命就完成了。

马克又犯老毛病，充满幻想，把事情想得非常美丽。

天终于放亮了，马克匆匆吃过东西，吃得不少，不知道事情顺利不顺利，出现意外，也许中午就没有饭吃，事情顺利，中午就吃革命战士第一顿饭了。

收拾了一个包袱，背好，像做生意的模样，口袋里揣几个钱，路上买些香烟，还准备了些零钱，路上买通封锁线。

匆匆走出学校，没有向护城河方向走，心里惦念孟露，拐个弯儿，直奔水阁医院。远远地看见水阁医院，心里怦怦跳，见到孟露说什么？告诉她一切都准备妥当，天津解放再见吧，我会跟随大军尽快进城的，进城后的第一件事，就是来医院接你，把你送到解放军医院，那里一定比这里条件好。

耽误时间不能太久，要握手，握手要用力，不必多说话，嘱咐孟露好好休息，不要管外面的事情，最迟再有三两天，解放军就攻进来了，你不必跑出去迎接解放军，身体重要，爱护身体，我们还有更重要的使命。

想着，走着，走进水阁医院，远远地觉着不对劲，院里一片狼藉，墙上留着弹伤，看着似是发生过恶性事件。再往里面走，昨天见过的嬷嬷明明看见马克走了过来，却急忙转身躲开了，马克紧走一步，想拦住一位嬷嬷，询问昨天夜里孟露的情况，嬷嬷还是匆匆跑开了。

马克一步跑进病房，病房里空荡荡，病床上没有人，床单平平地铺着，一个病人也没有。

马克转回身来，想找位老嬷嬷询问，病房里没有人。

"孩子。"

一双暖暖的手掌从背后握着马克的肩膀，一位女性暖暖的声音在马克耳际呼唤。

"孩子，你要坚强，命运安排不可逃避的灾难，上帝给你力量帮助你变得坚强。"

"你说什么？"

马克猛然转回身来，才看见在背后握他肩膀的是一位老嬷嬷。

老嬷嬷穿着黑色长裙，头上戴着白色修女帽，老嬷嬷脸上充满着善良，目光中更充满着温暖。

"孩子，祈祷她的灵魂升上天堂吧。"

老嬷嬷眼中涌出泪花，将马克拥抱得很紧。

"昨天夜里，一帮宪兵突然闯进医院，他们扬言搜查一个腿上负伤的女子。聪明的玛丽亚嬷嬷一步跑进病室，从病床上拉起年轻夫人就往后院跑。后院有一个大地窖，冬天收藏着盆花，夫人似是明白发生了什么事情，不出声地跟着玛丽亚嬷嬷向后院跑，但是她们一个腿上有伤，一位也太胖，跑得很慢很慢。她们刚刚钻进地下室，宪兵们也追到了地下室。他们向地下室开枪，打了好长好长时间，地下室所有的玻璃都被打碎了，最后还往里面扔了几颗手雷。听着地下室没有一点声音，那群魔鬼才离开医院。你去看看吧，夫人和玛丽亚嬷嬷睡得非常安静，她们紧紧地拥抱在一起，在她们离开人世的时候，她们相互呵护，她们得到了圣母的爱。"

说着，老嬷嬷哭出了声音。

地下室很冷很冷。马克说："不要惊动她们，三天之后，我回来，以最隆重的方式悼念我的朋友。"

尾　声

"干什么的？"

最近一道封锁线，在护城河内一公里的地方，要过岗哨。

盘查的大兵极是凶恶，刺刀逼着马克的胸膛。

"做生意，挣点小钱。"

"查查。"

马克打开包袱。

盘查的大兵将一条香烟塞进自己的衣服。

"快点回来，下晌就不放行了。"

走过第一道封锁线，距离护城河二里地，护城河上没有岗哨，河面上结着冰。

马克小心地走过河面，护城河不宽，没多少时间就走到对岸来了。站到堤岸上，看见前面的战壕，弯弯曲曲，绵延而去，看不清战壕里的大兵，只觉得战壕上滚着一片雾尘，下面似有活动。偶尔从对面传来枪声，是三八式大枪的枪声，解放军已经不远了。三八式大枪有效射程最多也就是四五百米，只要跳出前沿阵地，一口气，就可以跑到解放军阵地。

河堤上蹲着两个人，也是去做生意的市民，等着马克走过来一起搭伴儿向前沿阵地走。眼看着马克走过来了，蹲在河堤下的一个人向马克问："今天什么货？"

"烟。"

就是烟卖得快，价钱也好，红锡包，城里一千块一包，下了战壕，一万一包。

"这帮王八蛋，昨天白玩了一天，货卖光了，出战壕时一个七斤半搜查，我知道他是要'亮儿'，塞给他一包大前门，没想到这小子胃口大，一下就把我卖货的钱全端了。娘的，我还没说话，一枪托子把我捣上战壕，再回头，他刺刀逼上来了。"

"七斤半"，是天津人对当兵的戏称，一杆三八式大枪重七斤半，大兵，也就是"七斤半"了。

三个人搭伴向前走着，马克心里盘算下到战壕后如何窥测时机跳上战壕向对面跑。眼看着前面就是战壕了，其中一个人提醒今天要当心别再被七斤半"洗"了，早早看个机会就出来。马克没有心思听这些，一双眼睛只向前看着。

"站住！"

突然一声大喊，几个人停住脚步，正想看看是从哪里传来的喊声，只见地面上，一把刺刀从掩体里探上来，掩体里一个"七斤半"，恶汹汹地向路上的三个人喊着。

"做生意的。"

"不让过。"

"卖点东西就回来，弟兄们也要买烟呀。"

小贩强作笑脸，讨好地向"七斤半"求情。

"今天不许过，从早晨就开始强攻了，全线戒严。"

"我们就是卖点货。"

"回去，回去。我开枪啦！"

"七斤半"喊得更凶了。

三个人没办法，只好转身向回走。

"把东西留下，算你们劳军，打完仗，双倍给你们送大头去。"

"放下，放下，我开枪啦。"

认倒霉，三个人不情愿地放下背上的包袱，不情愿地向回走。

一切计划全落空了，马克懊恼地走在后面，自己总是把事情想得那样顺利，越过战壕，想得多容易呀，你连战壕都下不去，你还想找个机会从战壕里蹿上来，往对面跑？

垂头丧气，马克跟在后面走过了护城河，一步步又走过护城河后面的碉堡群。马克心里万分焦急，情报送不出去，解放军就要遭受重大损失，即使攻进城市，也一定全遭遇埋伏，说不定还要被国民党守军再从城里反攻出来。

只是，没有办法越过封锁线。

从战壕冲过去的设想落空了，要回去另想办法。

孟露，我失败了，对不起你，你英勇地献出了年轻的生命，我没有完成你没有完成的使命，我对不起你。

呼啦一下，马克觉得走在他身边的那两个小贩突然跑开了，似是遇见意外情况。那两个小贩拼命跑着，还回头向马克大喊："傻小子，你还不跑？"

跑什么？马克正犹豫，还没容他看清楚发生了什么意外，突然一条小绳儿飞过来将马克套住了。

就像是城里打狗队套流浪狗，还没容挣扎，绳套儿已经将你套牢。再抬头，不远处一个人正用力拉着绳子，将马克往那边拉。

前面，一个大帐篷，帐篷顶上画着红色十字。

战地医院。

战地医院拉人做什么？马克被小绳儿套着，拉进了帐篷。帐篷里面，地上蹲着几十个人，蓬头垢面，都是穷苦市民，胳膊都被小绳儿套着，无精打采，似是等着发落。

"拉我做什么？"马克向一个管事的人争辩。

"蹲下！"一杆大枪，抡起来，枪托子重重地捣在马克背上。

"再恣歪，毙了你。"管事的人向马克喊着。

无奈，马克只能蹲下，和原来那些人挤在一起。

"兄弟，别问了，认倒霉吧。"旁边一个市民劝说。

"他们干什么？"

"还能是好差事吗？你看。"

说着，那位市民伸过胳膊，胳膊上一个白布箍，上面印着醒目的红十字。

"抽血？"

"担架队。前边吃紧，抓人去前沿战壕抬担架。两个人一副担架，已经凑够数了，发现溜了一个，临时上街，就让你赶上了，也不白干，一夜五块大洋。"

"蹲在这儿干吗？"

"天还没黑呀，天一黑，就往前沿拉，八路军总是天亮前发动进攻。"

马克安静下来了。天意呀！全天津老百姓可能只有马克一个人想着下战壕，偏偏就将马克抓来了。等着吧，名正言顺，比做小生意还可靠，天黑下来，担架队下战壕，打起仗来，往外背伤兵。

蹲了大半天，眼看着天黑下来了。一人发一个馒头，啃了，喝了水，又点了一下人数，成双。两个人一副担架。

起立。

抓阄儿。

怎么还抓阄儿？

抓着黑阄儿的，下战壕，没抓着黑阄，战壕下边等着，等战壕里伤兵背上来，两人一副担架往后边送。

抓。

一伸手，打开，白阄，马克不下战壕，留在战壕下边，等着抬担架。

"兄弟，行行好，我抓的黑阄儿，我害怕，一听枪响，就尿裤。"

一个瘦瘦的市民向人们求情。

没有人理他。

"兄弟，行行好。"穷苦市民凑到马克身边。马克小声地回答："你别声张，把黑阄儿给我。明天发钱的时候，你可别后悔。"

"谢谢兄弟，谢谢兄弟了。我家住在北门外，打完仗，你找我去喝酒。谢谢兄弟。"

一队人出发了，胳膊上的小绳套得更牢，走过碉堡群，走过护城河，没有人盘查，一直走到前沿战壕。

"抓着黑阄的过来！"

马克举着黑阄走了过去。

"还差一个，都亮出来，别想蒙混过关。"

终于拉出来一个。

"有话在先，下到战壕，别四处乱跑，只等着开火儿。别向对面张望，别直腰，露出脑袋瓜子，当心飞子儿。开火之后，出现荣军（他们不说伤兵），从战壕背上来，注意，别辨错了方向。昨天一个胆小鬼，背着伤员就往上面跳，一阵炮弹，吓破了胆，跑错了方向，跑到对面土坡上去了，正想回身，旁边督战队，一枪，撂倒了。可怜，他儿子有病，还等他十块大洋买药呢。说清楚了，到时候别怪枪子儿没眼儿不认人。"

马克听着，全明白了。

天黑了，战场上没有一丝声音，紧张得让人喘不过气来。马克抬头看看天空，满天的星星，心想，"三期肺病"许人呆和"两条人命"姐姐也许正看着星星，他们的心情是什么样呢？他们一定在想，再有几天他们就要回来，尽快回到学校，寻找自己，寻找孟露。许人呆和"两条人命"姐姐得知孟露牺牲的消息之后，一定会抱头痛哭，大家互相安慰。

彼时，马克的心间涌动着悲壮的诗句：

> 掩埋下战友的尸体，
> 拭干泪水，此时已是拂晓，
> 我们出发，
> 战争在召唤我们。

马克的眼睛湿润了。

……

轰，轰。

一阵剧烈的震动，将马克震醒，马克一下挺直了身子，睁开眼睛，发现自己不知什么时候睡着了。

第一个强烈印象：烟尘爆起，呛得人喘不上气，什么也看不见，一切一切都被爆起的浓烟、尘土笼罩在一片昏暗中，炮弹落到战壕中了。自己怎么睡着了呢？努力回忆，天将黑时下到战壕，解放军没有动静，没有枪声，只听见寒风飕飕地呼叫，"七斤半"们个个抱着大枪倚坐在战壕里，半躺着打盹。自己等呀等呀，没有跳上战壕的机会，碉堡里伸出大枪，严密监视每一个人。等着等着，眼皮沉重地垂下来，努力挣扎，不能打盹，不能打盹，还是睡着了。

烟雾久久不散，战壕里的"七斤半"们还睡着，一个个迷迷糊糊抱着大枪。马克努力越过战壕向对面注视，没有看见八路军，只看见天上炮弹飞着，远处枪声越发紧密。

唉呀，太遗憾了，如果刚才醒着，炮弹落在战壕里，爆起一团烟雾，正好跳上战壕向对面跑去，就是被督战队发现，他也瞄不准，只要几分钟就跑出了大枪射程，解放军前沿就在不到几百米的前方。唉，自己怎么就睡着了呢。

马克抖起精神，等着第二颗炮弹飞过来，解放军不可能只打一炮，只能一炮一炮地校正落点，一定还会打过来炮弹。

"嗖"，刚听到炮弹飞过来的声音，马克突然跃起身子，手扶着战壕沿儿，纵身一跳，跳上了战壕。方向没错，他担心一时紧张看错了方向，前面没有一棵树，没有建筑，早早地一切掩体都伐光了。一下一下，前方闪出刺眼的光亮，是炮位在打炮，没错，放开双腿向前跑。"轰"，一颗炮弹在马克身后炸开了，更是一团浓浓的硝烟，一团浓浓的黄土尘暴。跑，跑，背后打过来子弹。

"站住，站住。"

督战队发现有人跳上了战壕。

又是民夫吓破了胆，炮弹爆炸声中逃命，辨错了方向。

嗒嗒嗒，密集的子弹沿着地面飞过来，在马克双腿间画出一条一条鲜红鲜红的光线。

跑，跑。马克以跑百米的神速向前奔跑。

嗒嗒嗒。

督战队看出不是辨错方向的民夫，是一个逃兵。嗒嗒嗒。

马克咬紧牙关，已经跑出不短时间了，怎么还没有看见解放军的阵地？

跑，跑，跑。

几次，地面上什么东西绊着脚步，马克身子晃了晃，没有跌倒，使足力气，向前跑。

嗒嗒嗒，枪声更加密集，子弹嗖嗖地从双腿间穿过去。

跑跑跑。

突然双腿一阵沉重，马克身子剧烈地晃了一下，随着一阵密集的枪声，马克身子向前扑过去，跌倒在地面上。

解放军战士，解放军战士。

马克没有喊出声音，突然一阵昏迷涌上来，马克失去了知觉。

……

"老乡，老乡。"

温暖的呼唤声中，马克微微地苏醒过来。

感觉是在房里，没有风声，一点微微的温度，有亮光，但不是电灯。昏黄的光亮，摇摇曳曳，用力睁开沉重的眼皮，眼前几个人影晃动，看不清楚面孔，低头在关注地看着自己。

"老乡，欢迎你投奔光明，我们是中国人民解放军，你解放了。"

"解放军？"

马克问着，突然想起刚才发生的事情，挣扎着要坐起来。

"老乡，不要动，正在为你包扎伤口，你伤得很重，双腿都被打伤了，国民党反动派垂死挣扎，他们灭亡的时刻到了。"

"我，我有重要情报。"

马克想起自己为什么要跳上战壕。

"我找解放军指挥领导，重要情报，紧急情报。你们一定要立即帮助我联系指挥部，我是南苑大学的学生。你们知道马克思吗？我叫马克，比马克思少一个字。我不是投奔解放军的国民党兵，我是，我是共产党，不，还不是共产党，已经谈话，进城之后，就履行手续。紧急情报，帮助我联系，一分钟也不能耽误，紧急，紧急。"

屋子外面，一定有电话机，马克听见有人大声呼叫。

"南苑大学，来了一位马克思，有重要情报，重要情报。"

室内，医生安慰马克：安静安静，很快就包扎好了，放心，我们的尖刀部队已经杀进去了。

很快，听见有人说："指挥所来人了，指挥所来人了。"

一阵冷气袭来，一群人围到马克身边。

"老乡，你有什么情报？"

"马克！"

一个熟悉的声音从人群背后传过来。

马克强坐起身体。

"'三期肺病'？"

"不严肃。许人呆。"

许人呆走过来，紧紧地握住马克的手。

马克哭了。

"沿着河边，每座桥梁下面，都埋伏下炮位。"

"知道，知道，我们已经得到情报。"

"只是，你们的角度算错了，是在桥的东侧，我看过了，炮弹落在西侧，以桥中心为起点，四十五度角，向东二百米，快快去校正角度。大军一进了城，就危险了。"

许人呆跑出去呼叫电话。

"洞洞拐拐，勾两两两。"

一番密码，许人呆向指挥所报告情况。

又有新的伤员送进来，人们将马克从临时手术台上抬下来。

"走吧，到指挥所去，那里有床位，可以休息。马克同志，感谢你，革命感谢你。"

人们扶着马克登上军用吉普，车子开起来，颠颠簸簸，马克开始感到疼痛，不想说话，歪在许人呆的肩上微微地眯着眼睛，许人呆故意不让马克睡，睡着了危险。他小声地在马克耳际说话：

"学校没事吧？"

"成立了护校队。"

"六教授情绪稳定吧？"

"六教授表现很好，在全市知识界产生极大影响。"

"当时将你留下，是组织对你最大的信任。"

"知道，知道。"

"孟老夫子呢？"

"我们安排好了他的生活，现在住在地下室里，非常安全。"

"革命需要孟老夫子。"

"你出来就参军了？"马克问许人呆。

"前线用人呀，急需知识分子。"

"我也要参军。"

"会的，会有安排的。"

"你是最后一个人出来的？"

"最后，最后……"

"孟露呢？"

马克突然抬起头，睁圆了一双眼睛看着许人呆。

"孟露呢？"

许人呆问着。

马克低下了头。

"我问你，孟露呢？"

"我对不起她，那天夜里我不该将她留在医院里。"

"你说什么呀，我问你，孟露呢？"

"她、她牺牲了。"

汽车猛烈地颠簸了一下，嘎的一声停下。

成千上万的后续部队冲过来，向着城市冲过去。

胜利了，冲进去了，天津解放了。

许人呆跳下汽车，仰天大喊了一声，向着正在向前冲的战士大声喊道：

"同志们，前进，前进，消灭反动派，解放全中国！"

"消灭反动派，解放全中国！"

许人呆的喊声压下远处的炮声，枪声在夜空中震响。

"同志们，前进！"

前进！

冲呀！

……

第二天早晨，随军进城。

天津解放，许人呆，"两条人命"姐姐，马克，还有小无赖林希回到学校，学校完好，丝毫无损，孟老夫子带领全校师生欢迎解放军进城，很快，组织庆祝天津解放群众大会，同学们重新聚首，自是一片喜庆气氛。

战争远没有结束，很快，大家各奔前程。

如诗的岁月告一段落了，大家面对的是粮食，运输，疾病，城市改造，剿匪，清查暗藏特务，开始建设，安排就业，思想改造，土地改革，组织开工，发展生产……

需要说明的是，追求革命的马克不幸成了"逃亡地主"。

一九五二年，马克已经是领导干部了，一天办公室通知说，昌黎老家来人外调。马克来到客厅，迎面站过来一个人，仔细辨认，认识，当年昌黎第二师范学校的同学，那个半夜唤醒马克救他逃跑的女学生。

"唉呀，一时想不起你的名字来了。"

"不用想了，你看这是什么？"

来人打开公文包，取出一份地契。

昌黎城外什么什么地方，良田四十亩，田地主人：齐富成。

"是你吗？"

"是，我原来的名字叫齐富成，参加革命后改名叫马克。"

"好了，跟我们回昌黎吧。"

"岂有此理！我要向市委报告。"

"不用报告了，我们已经向市委报告过了。"

说罢，一份红头文件展开在马克面前："关于马克同志立即回乡参加土改运动的通知。"

唉，马克同志跟着他少年时代青梅竹马的好朋友孙惠兰回昌黎去了。

……

"文革"结束之初有一段时间，因为同在一个城市里，林希每逢农场放假，就进城找老朋友马克聊天。

林希一肚子怨气，革命多少年，右派了。他娘的，不服。

马克尽管当了多少年的"逃亡地主"，却很达观，他对我说："林希老弟，咱们当年搞学运，为的是什么？"

唉呀，这一下，把林希问瘪了。

"对吧，小老弟，咱们当年搞学运，从来没有想过革命胜利后给我们安排什么工作，什么级别，享受什么待遇，工资多少，坐什么车，住什么房，吸什么烟，喝什么酒，出差住什么宾馆，出国坐什么舱，下飞机什么人迎接，再等而下之，包什么工程得多少回扣……"

"得了得了，你别说了，若是想过那些，你早回家当你那四十亩良田的地主去了。"

"这不就对了吗？当年我们热血沸腾地追随共产党、追求光明，难道不是自觉自愿无怨无悔的吗？共产党推翻了一个统治中国长达几千年的黑暗旧社会，建立了新中国，我们亲身参与了这一伟大的历史进程，我们的青春因此而拥有了如此美丽如诗的岁月，难道不值得吗？"

我被他的话震动了，老马克什么时候变成一个诗人了？他的话语铿锵有力，一点不减当年。的确，如诗的岁月，是能把一个人变成诗人的，我相信。

说这番话时，我看到他的眼里有泪花闪闪，而我的眼睛也模糊了。

"服了服了。马克同志，你哪里是三分之二，你是百分之百啊。"

"三分之二最好，三七开嘛。"

哈哈。

【作者简介】

林希：1935年生于天津。主要作品有诗集四部，其中《无名河》获全国新诗奖；小说集《林希小说精品选》等；另有三部长篇小说出版。其《"小的儿"》获第一届鲁迅文学奖全国优秀中篇小说奖。

选自《小说选刊》2009年第6期

黑白电影里的城市

陈　河

1

那是个夏天早上，李松开着一辆老式的大型吉普车离开地拉那，前往南方海滨城市吉诺卡斯特。吉普的副驾驶位置上坐着迪米特里·杨科，后排的座位和货箱里装载着五十箱上海第四制药厂生产的抗菌素注射针剂。山地的公路上坑坑洼洼，车上的东西装得又很重，所以吉普车一直摇摇晃晃速度不快。在一些黑白战争电影片里，人们经常看到一些吉普车像这个样子进入了敌人的埋伏圈。

迪米特里·杨科是个秃了头的老药剂师，当时的职务是阿尔巴尼亚国家药品检验局的副主任。前一天，杨科打电话要李松去他办公室见他。他告诉李松南方省份吉诺卡斯特出现流行性肺炎，急需大量的抗生素针剂。可是那里医院的库存已经用完，又没有经费去采购价格昂贵的欧美产的抗生素。迪米特里·杨科问李松是不是可以帮点忙，发送一部分青霉素针剂给吉诺卡斯特医院，货款过几个月等他们得到卫生部下拨的经费以后再还。李松那时在地拉那做药品生意已有三年，和杨科经常打交道，知道他是个老狐狸。他以前多次对李松说要帮助他把药品卖给地拉那国家总医院，事实上李松知道他和一家希腊的药品公司有合作，暗地里在打压李松进口的中国药品。可不管怎么样，人家是国家药品检验局的二把手，李松总得给点面子。再说吉诺卡斯特医院虽然远了一点，毕竟还是国家的医院，赊点账问题不会太大。所以李松说："好吧，我仓库里还有三十箱青霉素，先给你拿去用吧！药品怎么发送？他们什么时候来拿？"杨科说："事情紧急，明天你是否可以开车直接送过去？我要亲自跟着你的车子去一趟。"李松知道杨科是吉诺卡斯特人，心想莫非是他要回老家看老母亲，才编了个事儿让他开车送他回吉诺卡斯特去？他心里正嘀咕着，听得杨科说："你知道吉诺卡斯特医院药房主任是谁吗？是伊丽达。这些药是要交给她的，伊丽达会在那里等着我们的。"就这句话，让李松不吭声了，心里愉快起来。第二天装车的时候，他装了三十箱青霉素后，又加装了十箱庆大霉素、十箱先锋霉素。

吉诺卡斯特在阿尔巴尼亚的最南端，紧挨着希腊边境，离地拉那有三百多公里。车子开过都拉斯港口之后，公路边就能看到蓝得刺眼的亚得里亚海的海面。阿尔巴尼亚中部平原的风景非常漂亮。田野上有丰饶的庄稼，有许许多多的果树园，而平原尽头的山峦则呈现一片光秃秃的褐色，不时会出现一座中世纪的石头城堡。李松沉浸在扑面而来的景色中。他还是第一次自己开车去阿尔巴尼亚南部，可对一路上的景物却有一种亲切的熟悉感。在他的少年时期，看了许多阿尔巴尼亚故事片，电影里的风景和人物已经成为不可磨灭的记忆。李松心里一直还有一种甜甜的感觉，因为杨科说过伊丽达将会在那里等着他们。杨科一路上大部分时间都在睡觉。他的大秃脑袋耷拉着，睡得很沉，好像回故乡的路途让他感到特别的放松。过了很久，杨科醒了过来，问李松几点了？李松说一点钟了。杨科说刚才自己一直在做梦，梦见了自己和早已去世的父亲还有很多祖先在一起。杨科说这个梦逼真极了，好像真的一样。他说着说着又睡了过去。

下午五点钟左右，迪米特里·杨科又醒过来了，这个时候吉普车靠着海边开行，空气里都能闻得出海洋的气味。车子又转进了一条山路，漫山遍野是浓绿的橄榄树林，一条清澈又湍急的引水渠伴随着公路蜿蜒下山。杨科说这条引水渠是吉诺卡斯特的饮水水源。公路从山上一下来，就快到目的地了。果然，从山阴处转出来，就看到远方山谷中浮现出来的吉诺卡斯特城在夕阳照射下闪闪发光。也许是因为距离还比较远，这个城市看起来像是海市蜃楼一样虚幻。

吉诺卡斯特虽然已经可以看到了，可要开车进城里，却弯弯绕绕又走了好多路。一直到天完全黑了，李松才逼近了黑压压的城墙，终于看到城墙下的城门洞。没有城门，但是有一道路障，边上有几个背着冲锋枪的人在把守。李松看到一个人穿着警察的制服，还有一个却戴着德国鬼子的钢盔。戴钢盔的人举手让李松把车停了下来。李松把车窗放下来，那人伸过头来，一看见李松，吃了一惊，喊了起来："怎么是个中国人？"

杨科下了车，和他们说了一通话，他们看起来还是很友好的。他们把拦路杆抬了起来，让车子进去，但是却让他们在城门口内的小操场上停一下，接受检查。他们说前些日子对面山上边境那边一个极端民族主义的武装组织袭击了阿尔巴尼亚这边的村庄，所以最近这里戒备很严，进出车辆都要查。李松看到那个戴钢盔的人在打开吉普车后盖时摸着沉重的青霉素针剂的包装箱，说这么沉啊！里面不会是炸药吧？不过他明显是开玩笑，边上的人都笑嘻嘻的。检查过后，杨科问哪里可以打电话？警察说城门下边左侧那个咖啡店里有电话，在那里喝咖啡的话就可以免费打电话的。那个戴钢盔的人自告奋勇带他们去。他摘下钢盔后，原来也是个秃顶，头皮光溜程度和杨科差不多。

杨科的电话是打给伊丽达的，说已经到了，正在城门底下喝咖啡。伊丽达说自己马上来，让他们等她。李松在一边听到话筒里传出她的声音，只觉得阵阵激动。杨科和戴钢盔的人喝过一杯咖啡后，建议再来一杯葡萄烧酒。他们说得很投机，还要了好几个煮鸡蛋下酒。在两个秃头一起剥着和他们脑袋一样光溜的煮鸡蛋之际，李松独自走出了咖啡店，在外边的小操场踱着步。李松看着操场上那条通向城里的路，想着过不了很久，伊丽达就会从这里出现了。

城门口的小操场不是很大，地面上铺着鹅卵石。这个时候月亮已经升起，照得小操场发出银色的亮光。他看见操场中央部分出现了一个赭色的五芒星的图案，而在五芒星图案之上，还有一个人形的光影，呈现出一种非现实的景象。在地中海沿岸国家，五芒星是战争和死亡的象征，而这个神秘的月光人影又是怎么回事呢？李松穿过广场，因为对面有一棵高大的树引起了他的注意。那棵树叶亭亭如盖，树叶发出沙沙的响声。李松来到了树下，发现这是一棵阿尔巴尼亚常见的无花果树。只是这棵特别的高大，而且很健壮。接着，李松看到了树下有一座雕像，是一座少女的雕像，五芒星上的神秘人影就是因为她挡住了月光投射而成的。由于天黑，李松看不出这是大理石的还是青铜的。他在雕像前待了一会儿，瞳孔慢慢开大了些。他能看见了少女的头发被风吹起来，脸上带着坚毅的微笑，这个刹那间的印象立刻深深烙在了李松的心底。尽管他不懂雕塑，也没看得很清楚雕像的细部，不过他相信这不是古希腊的女神，而是一个现代的雕像。

当李松从操场回到咖啡店的时候，看到伊丽达已经来了，和杨科以及那个戴钢盔的警察坐在一起。伊丽达看到李松进来，眼睛发出了光彩。李松能感觉到她久别重逢后的那种欢快和伤感。她微笑着，用英语和李松说："想不到你会来这里，你还好吗？一路上开车很辛苦吧？"她和李松握手，但没有像亲热朋友那样拥抱他。

"还不错，你怎么样？我们有半年多没见面了吧？"李松说。

"有那么久吗？时间有那么快吗？"伊丽达说。

"要不是杨科说是你的药房急需药品，我不会自己开车把药送来的。"李松说。

"杨科真可爱，谢谢杨科。要不我不知还要过多久才能见到你呢？"伊丽达说。

他们在咖啡店里吃了一些东西，起身开车前往城里的旅馆。安排李松住下后，杨科被他的一个亲戚接走了。伊丽达说她也得走了。这个城市很小，什么事全城很快会知道，所以她这么晚了不能陪他了。她说明天白天再来和他见面，他可以多睡一会儿，因为路上很辛苦。告别的时候，她飞快地在他的脸颊上吻了一下。

等他们都走了，李松才觉得这个旅馆有多破败。旅馆的结构很高大，看起来没有什么客人来住，好多房间的玻璃窗都破了。他的房间里面有四张床铺，可上面都没有被褥。房间里没有洗手间。李松在走廊上找到一个木盆，端着木盆到楼下一个水池里打了一盆水擦脸洗脚。然后，他和衣躺在那张没有被褥的床上，可是越躺越觉得脑子很清醒，没有办法入睡。他起来走到阳台上，拖了一张椅子过去，点起了一根香烟。

这个旅馆所处的地形比较高。从阳台上望去的下方，应该就是城市了。但李松睁眼所见的只是几盏时隐时现的昏暗的灯火，因为这个时候起雾了。我现在是在哪里呢？是在一个陌生的阿尔巴尼亚城市里吗？李松自问着，这种时空迷失的感觉总是让他好奇。这个城市里住的是些什么人呢？他们是怎么生活的，他一点也不知道。他只知道伊丽达也在城内的某个屋子里。当然还有杨科。杨科现在一定在她老母亲的身边听她讲他童年的故事吧？李松不会去多想杨科，他想的是伊丽达。过来的一路上他幻想着到了这里之后和伊丽达的相遇一定会很销魂的，可是他却被一个人抛在了这间破败的旅馆里。

他看着雾气中偶尔显出的昏黄的灯光，心想伊丽达是在哪盏灯下呢？也许她的房间里灯关了，也许她睡觉了，她会在睡着之前想起我吗？哦，要是她偷偷跑出来，来到这个阳台下面，对我吹一声口哨那该多好！可这是不可能的，完全不可能。这个时候也许她的身边睡着她的新男友，一个满身长着黑毛的家伙。李松的呼吸急促起来，把烟掐灭了。

这时他觉得肚子有点饿了，因而产生到外面走一走的冲动。他穿上了衣服，走出了旅馆。在他面前的这条路，左边是下坡，右边是上坡。他选择了上坡的路。可是走了一段之后，路没有了。前面是一条沿着石崖盘旋的石头台阶，借着月光，还能看得清光滑的石阶。他小心翼翼地走上了石头台阶，现在他终于看见了城市的内部。有许多高低不一样的石头房子建在狭窄的路边。这里没有路灯，偶尔有的店家门口点着一盏样式古老带灯罩的煤油灯，闪耀着中古时代的光芒。他在小街上走了一段，看着自己的影子慢慢地变长。前面有个老年人慢慢吞吞地走了过来。李松怕那个老人看见一个中国人会吃惊，就贴着墙的阴影快步走了过去。即便这样，他还是能感到那个老人在他走过去后，停下步子回过头来看着他。

他终于看见了一个小餐馆。这个餐馆做的烤鸡、芸豆汤同样有着中古时代的风味。那个戴着菊花帽藏在灯影里的老板娘极像是伦勃朗的一幅肖像人物。店里的青年侍者曾经在地拉那大学音乐系学吹长笛，不过这个晚上他好像对足球更有激情。当时正是世界杯足球赛前夕，他一再问李松喜欢哪个队，哪个队会得冠军。李松用英语和他聊了一些这个城市的历史，也说了一些中国的事情。青年侍者说很多年以前这里有过一些中国人。有一次中国国家足球队来了，在这里和阿尔巴尼亚国家队一起集训了一年多时间。

李松脑子里还记挂着城门口那个无花果树下的少女雕像。李松问他知不知道那是谁，他想了想，好像没把握。他过去到柜台那边问了那个伦勃朗画像里的菊花帽老板娘，然后回来告诉李松这个雕像是纪念一个少女游击队员的。这是二战时期的事，当时德军占领了吉诺卡斯特。这个少女地下游击队员是负责和地拉那方面联系的机要员。由于叛徒的出卖，她被德军逮捕。德军用尽所有的办法审讯她，她始终没有泄露一点机密。最后，德军就是在那棵无花果树上活活吊死了她。当时她才十八岁。那座雕像就是她，像座上的题字是霍查写的。后来霍查所有的东西都销毁了，只有这座雕像上的字，人们没有动手抹去它。

当天晚上，躺在这个空空荡荡、又冷又湿的旅馆里，李松睡得很不踏实，脑子里老是晃着那个少女雕像，并且和伊丽达的形象交织在一起。她在他不安的梦境里不是个石像，而是个一直在飞快跑动的战士。

经过一夜断断续续的梦，李松在天刚刚发亮时就醒来了。他走到了旅馆外边，城市从黑夜的面纱中显现出来了，他看到了就在不远处有一个高高的石头城堡。这个时候晨光弥漫，一头白色的母牛不声不响地从他面前走过。李松朝着城堡的方向走了一段路，看到有一条通向城池的陡峭的通道。当他登上城堡顶部，吉诺卡斯特城全部呈现在他的眼底。这是一个完全用白色石头建成的城市，坐落在巨大的环形山坡上。那些白色的屋顶有的是圆形的，有的带着尖顶，在晨光里闪闪发亮。李松呆呆地看着这个好似童话一样的城市，心里抑制不住地有一种熟悉的感觉，好像多年以前在什么地方见过这个城市。真的，当他环视四周，发现这个城楼的城堞和近处一个带拱顶的亭廊都是那么的熟悉。这怎么可能呢？他坐了下来，一群鸽子飞了起来，连这群鸽子看起来也是那样的熟悉，他确实在某个时间见过这群绕着城市飞行的鸟。

李松在城堡上待了将近一个小时，才回到了旅馆。这个时候伊丽达已经在旅馆门口等着他了。昨天晚上见到她是在昏暗的灯光下，还有那么多人在一起，所以她看起来很不真实。

在这个阳光明媚的早晨，他看到她是那么富有生气。她金色的短发、典型的希腊式脸蛋和眼睛，在几千年前的希腊古瓶里都已经画下来了。不过她的身材并不是很好，这一点李松早就很清楚，她的腿不够长，背部也不是很直，好像小时候营养不够，发育得不是很充分。但李松已经看习惯了，正因为这样她才是伊丽达。伊丽达穿了一条带黑点的白色衬衣，花布的长裙。这套衣服她以前经常穿，所以李松心里马上产生了极其亲切的感觉，他相信伊丽达是为了他才穿起了这套服装的。伊丽达在这天早上见面时轻轻地拥抱了他一下，她的气息钻进了他的心里面。她总是用英语和李松说话，尽管李松已经会说一点基本的阿尔巴尼亚语了。

伊丽达带来一个盖着毛巾的篮子，里面有烤得松软的面包和放在热茶壶里的咖啡。伊丽达把一条餐布摊在一个茶几上，把面包和咖啡放在茶几上，让李松趁热吃了。

"是你做的吗？"李松喝了一口滚烫的咖啡，心里有一种说不出的幸福感觉。

"不，是我妈做的。"伊丽达说。

"是这样的啊，你妈都还好吗？"李松说。他脑子里马上出现了一个头发斑白个子瘦小的阿尔巴尼亚妇人。伊丽达在他的公司上班的时候，她的母亲不时会来看看女儿。李松相信她的目的其实是要提醒他，不要碰她女儿。

"她很好。她知道你来了很高兴，说改天要请你到家里来做客呢。"她说。

"是吗？她真是个好人。"李松说。

"你喜欢我们的城市吗？你这么早就起来在外面跑了。"伊丽达说。

"伊丽达，刚才我在城楼上看到了城市，好像我以前到过这个城市一样。那种感觉非常强烈。"李松说。

"是吗？那说明你喜欢上了这个城市。"伊丽达说。

"不是喜不喜欢的问题。我只是觉得这个感觉太逼真了。"

"也许，这是一种心灵的感应吧。有一现象叫 Deja-ve（视感），你会发现你所见到的事情事先在你意识里出现过的。"

"不知道，反正我觉得我是回到了一个我去过很多次的地方。"李松坚持着说。

吃好了早餐，李松从停车场开出了车，把车缓慢地开进了城市。路非常狭窄，又是上下起伏，路面是石头铺成的，已经磨得很光滑。当吉普车拐进一条很长很长的下坡路时，李松心里那种熟悉的感觉又来了。这真是太奇怪了，他甚至还出现幻觉，发现前面有一辆德国纳粹的军车，路的两边有两排端着冲锋枪的德国鬼子一步步走来。李松看着路边那些用层层重叠的石片作为屋顶的房子，突然眼前出现一个景象：一个女游击队员在屋顶上飞奔，子弹把她身边的石片打得飞溅起来，她像鹿一样踩着屋顶继续飞奔，李松只觉得心跳得急促了起来。

"到了，停车吧。"伊丽达说。

"这是什么地方？"李松问。他显得神情紧张。

"这里是杨科的老家，我们得接他走的。"伊丽达说。

李松把车停了下来，他看到路边的屋前有一口水井。不是像中国那样的水井，是一种用唧筒提压的封闭水井。一个老人用陶质的水瓮来打水，几只公鸡气势汹汹走来，井边有几个妇女在绣花，李松知道有一种著名的阿尔巴尼亚十字绣花。连这样的场景，李松也觉得十分熟悉。杨科从里面出来。他的气色不是很好，脸色灰白，腿瘸得比往常厉害了些。他说自己的腿越来越麻，脑里的血栓似乎很麻烦了。

带上了杨科之后，他们开车前往医院。医院在城市后面的山里，他们在一条砂石路上开了一阵，拐进了山洼，进入了一排带拱顶的建筑。这里有一个开放的园地，种植着一大片茂盛的石榴树，石榴树的花正疯狂地开着，血红血红的。医院的屋舍外墙粉刷成白色，和石榴树的色彩形成强烈反差。李松看到有很多人等在门外，有穿白衣的，有穿病员服的，也有穿普通衣服的。伊丽达说："瞧！这么多人等着你的药品，人们是多么喜欢你啊。"

"他们是什么人？"李松问。

"这里的医生、病人，更多的是病人家属。医院的药用完了，他们在等着药呢。"

李松受到了英雄般的欢迎。他的吉普车被打开了，车上的药品被众人搬下来。马上有药剂师把普鲁卡因青霉素的箱子打开，把针剂分配到病房。这些上海第四制药厂生产的抗菌素很快被蒸馏水稀释，注入到阿尔巴尼亚肺炎病人的体内，在血液里循环，与病菌战斗。

李松被伊丽达带到了药房里。伊丽达已到换衣室换上了雪白的护士服，头上用别针别着白帽，看起来光彩照人。杨科被一个医生拉去了，他在这里有很多老朋友，所以这个时候只有伊丽达和李松待在一起。伊丽达带着李松参观了药房，药房几乎是空的，很多东西都断档了。

"你看，我们有多么的困难，几乎什么药都没有了。"伊丽达说。

"没有药怎么治病呢？不是说世界卫生组织在帮助你们吗？"李松说。

"说是这么说，可是我们这里到现在还没收到一点药品呢。"

"其实你还是待在地拉那好一点，那里至少不会这样缺药吧？而且这个医院有那么多肺病传染病人，你不觉得危险吗？"

"不，我想我回到这里是对的。你知道，我去过不少地方了，现在我还是喜欢回到自己家乡做点事。"

"也许你是对的。这里的风景很好，不仅是城市，你看，远处的山峰，还有更远的海，外面的石榴树花园也非常漂亮。"李松说。

"李，你知道吗，我快要结婚了，我有真正的未婚夫了。这一回，你可不会再骂我是 Bitch 了。"她微笑着说。

"伊丽达，我早就向你道过歉了，为什么还记恨呢？"李松说。Bitch 的意思是母狗，即便在英语里也是一种最厉害的骂女人的话。那次是伊丽达自己告诉李松说早一天她又去见飞机场的那个修理技师了。在这之前，伊丽达曾对李松说过这个修飞机的技师是个变态的人，经常要伊丽达再找一个女人来三个人一起群交。伊丽达表示过自己不会再和他交往了，可她这天还是忍不住去看他了。李松问，你和他做爱了吗？她说是的。李松愤然地骂了她一句："You are a bitch！"（你是一只母狗！）自从他这样骂了她，她就伤心得再也不理李松了。

"李，我没有记恨。其实我想，也许你说的是对的，我那时真是一只 Bitch，太放纵了。可我现在不是了，我已经在筹备婚礼了。你可一定要送我一些礼物哦。"

"礼物我倒是带来了。不过告诉我那小子是谁，我可要和他决斗了。"李松用开玩笑的口气说。

"他是一个外科医生，是我们医院的。小心哦，你可打不过他，他手里有很锋利的手术刀的。"伊丽达说。

"伊丽达，你现在看起来真是太迷人了。我要是一个阿尔巴尼亚人的话，我一定要娶你为妻的。"

"李，你又逗我开心了。不过，我还是从最深的内心感谢你为我所做的一切。你对我真的很好，从来没有一个人像你这样对我好。"伊丽达说。这样的话她以前也说过，但这一次，李松觉得心里酸酸的。他知道自己并没有真的爱上伊丽达，但他还是无法停止对她的想念。

这个时候外面的树林里有个白色的人影在晃动。伊丽达说："我的未婚夫来了。"说着，一个瘦削、胡茬发青的年轻人走进来了。李松对这个人的印象还不坏，只是觉得他是个妒忌的人，他的眼睛看起来十分紧张。他和伊丽达说了一些话，还很可笑地给了她一个苹果，让人想起伊甸园创世纪的故事。然后就走了。

中午时分，杨科不知从哪里又出现了，带着浓重的烧酒气味。他说吉诺卡斯特的市长要在市政厅见李松。李松说他为什么要见我啊？伊丽达说反正也没事了，去见见他也无妨。

于是李松开起了吉普车前往市政厅，车上坐着杨科、伊丽达。当车子进入了城内时，那种似曾相识的感觉又回到了李松的意识里。他几乎不用伊丽达指路就准确地穿过了好几条街。

"伊丽达，这里转过一个弯，是不是有一个铺着石板的大广场？"

"是呀，那就是市政厅广场了。你来过这里啊？"

"没有。我是第一次到吉诺卡斯特。可我好像来过这里一样，真是奇怪。"李松说。

车子转了个弯，进入了市政厅广场。那种熟悉的感觉愈加强烈了。李松甚至能记得在广场左边有很多的小贩在叫卖："卖糖卖糖卖巧克力糖！"右边的台阶上有一支铜管乐队在吹奏乐曲。

进入了市政厅，穿过了长长的走廊，看到胖胖的市长坐在一张巨大的桌子后面。他叫斯坎德尔，胸前横挎着一条表示权力的绶带。他紧紧拥抱了李松，说："我就相信中国同志是最可靠的朋友。我们现在需要抗菌素，毛泽东同志就赠送给我们了。"

李松赶紧对伊丽达说："请告诉市长同志，毛泽东同志已经不在了，现在中国的领导人是邓小平同志。这些药品不是赠送的，是我卖给你们医院的。等你们卫生部拨下了经费你们就要付钱给我的。"

伊丽达抿着嘴在笑。她把李松的话用阿语说给了市长，市长听了直摇头。他说："不，不！中国同志帮助我们从来是不要付钱的。你看这个城里的输电设备是中国人建的，地下的自来水管是中国人给的，山上的电视塔也是中国人建的，我们从来没付过钱。只是这些东西都老旧了，用了二十多年了。我正要找中国同志来帮助建设新的呢！"

这个说着梦话的市长十分的热情，邀请李松参观吉诺卡斯特的历史展厅。由于那时阿尔巴尼亚所有产业都休克了，市政府没有了经费，工作人员都溜走了，只留下斯坎德尔一个人还待在市政厅里。他一手拿着鸡毛掸子，带着他们进入了尘封已久的展览室，一边用鸡毛掸子掸着灰尘，一边讲解了吉诺卡斯特的历史。这个城市最初是拜占庭时代一个土耳其帕夏的行宫，后来不断扩建，曾是巴尔干半岛十分辉煌的城堡。然后讲到了二战时期德军占领时代。李松看到了昨天晚上他在城门口看到的那个无花果树下的少女雕像照片，他觉得是那样亲切，他已经知道那个少女的故事，她是被德国人吊死在头顶的那棵无花果树上的。接下去斯坎德尔先生说到一部电影。他用鸡毛掸子的柄指着一张被装在玻璃镜框内的黑白电影海报，李松的心像是被电猛击了一下。他看到了电影海报上的那个少女，那个永远让他无法忘怀的米拉！伊丽达用英语翻译这部电影的名字是《Never surrender》（决不投降），但是不用她翻译，李松知道这部电影中文名字叫《宁死不屈》。斯坎德尔告诉李松，电影的故事完全是真实的，米拉·格拉尼就是那个被吊死在无花果树下的女学生的真实名字，她死于一九四四年八月六号！二十五年后，她的故事被拍成电影，拍摄的背景就是这座城市。

哦，米拉！他在整个少年时期深深暗恋的对象。那时李松一次又一次看着这个电影，像一条鱼一样潜游在电影的细节里面，对每个镜头每一句台词都熟透了，所以他到了这个城市会有曾经来过的感觉。他看见了玻璃陈列柜里有一把吉他，他认出就是电影里那把吉他。泪花漫上了他的眼睛，李松的脑子里立即浮现出米拉露着肩膀换药的情景，他看见她长着一颗黑痣的脸，看见那个德国军官把一朵白花扔进了她背后的墓坑，看见她面带微笑走向了绞索……赶快上山吧勇士们，我们在春天加入游击队，敌人的末日即将来临，我们的战斗生活像诗篇……吉他伴奏的歌声如潮水一样在他耳边响起来。

2

卖糖！卖糖！卖巧克力糖！李松的脑子里一次又一次想着《宁死不屈》的这句台词。但叫喊的不是电影里的人，而是一个女童的声音。那是二十多年前的声音，他们的班级去解放电影院看过学生场的《宁死不屈》之后，那个叫孙谦的女同学在班级里学着电影里这句台词。李松的南方老家使用着一种古怪的瓯越土语，普通话还没在学校普及，所以这个女同学银铃般的普通话叫卖声让李松觉得奇妙而高贵，并对她产生了儿童版的爱慕之情。这个叫孙谦的女生不是本地人，她的父母在兰州防疫站工作，她只是寄养在外婆家里，所以她会说与众不同的标准普通话。李松现在还能回忆得起她十岁时的模样，她的脸又大又圆，很白，鼻子很平的，但是眼睛很亮。李松那个时候很愤慨班里的一些同学给她起了外号叫"兔子头"，可他心里也承认孙谦的确有点像一只小白兔。后来，在小学四年级的时候，孙谦离开了南方，回到了兰州。李松一直写信给她，她也有回信，到了十八岁那年，李松收到了她最后一封信，她说我们两个人之间儿童时代的友谊应该结束了。这个时候孙谦还在兰州边上的永登县农村里插队，而李松则入伍了，刚好还在新兵连。那个晚上部队的操场上刚好在放电影，正是《宁死不屈》。

现在想起来，孙谦那封最后的信是在一九七八年收到的，竟然也过了十八九年了。孙谦后来的情况如何，他一点也不知道。他自己在部队里当了几年的兵，退伍回来在一个贸易公司从科员开始干到了经理。很多人梦寐以求的职务他没费很大劲就得到了，可他越来越觉得这种生活没劲。他在第二年辞了职，独自去了新西兰，在那里他剪了半年的羊毛，又飞到了捷克的布拉格，在那里做起了贸易。后来有一次，为了追讨一笔债务，他开着车沿欧洲75公路下来，经过斯洛文尼亚，经过贝尔格莱德，从黑山共和国进入了阿尔巴尼亚北部城市斯库台。然后他沿着水势湍急的德林河，南下到了地拉那。

那个时候是一九九三年的春天，阿尔巴尼亚政局动荡，物质匮缺，到处是断壁残垣。李松在一个当地的翻译帮助下，根据那个债务人留下的地址去寻找那个人。他找到了那个地方，住在里面的人却告知他要找的那个人已经搬到另一个地方住了，并给了李松新的地址。可李松去了新的地址，同样的事又重复发生一次。在这个过程中，李松发现地拉那的城市内部是那么破败，很多住宅公寓都是粗制滥造的，红砖的外墙上没经过粉刷，水泥梁上露出了钢筋头。遍地的垃圾没人处理，大群无家可归的猫和狗徘徊其间。李松感到十分失望，脑子里那么美好的阿尔巴尼亚原来是这样的。几天过去了，他发现无望找到那个债务人，而且看来即使找到了也不会要到钱的。他决定离开，回布拉格去。

在最后一个傍晚，他走上街头，去喝一杯咖啡。这里是地拉那大学街，轴心线上有民族英雄斯坎德佩立马扬刀的铜像。他在前一天早上来过这里，只见行人零落，毫无意趣。但是这个黄昏的景象完全不同。他发现街上尽是闲逛的人们。大部分是青年人，有很多漂亮的姑娘，她们看起来无所事事，脸上满是幸福而神秘的笑容。那是一种十分奇特的现象，在自然界也有这种现象，比如在一场大雨后会有很多蜻蜓飞来飞去；黄昏时在原野上会有大群的鸟欢乐地一起飞出来，在天上打着盘旋。这些人群看起来和漫舞的虫鸟相似，纯粹是因为内心的喜悦和好奇来到黄昏的街头，漫无目的地闲逛。他们有的会在路边的咖啡店坐下来喝一杯，有的就是不停地走着。地拉那有足够大的地方给黄昏的人们散步，从斯坎德佩广场到地拉那大学那一段路的路边布满了各种风情的咖啡店，而在南面那一大片街区，有一个巨大的花园，到处是欧洲夹竹桃的浓阴。浓阴下布满了情欲满怀的人群。李松有点犹豫了，原来地拉那还有另外一幅景象啊！他把离开这里的时间往后推了一天。

第二天黄昏，他又来到了大学街的那个露天咖啡店，在台子上搁了一包三五牌香烟，慢慢喝着浓黑的意大利咖啡。他怀着安静的心情慢慢注视着大街，有时看看来往的行人，好像在等待着一个约会。

大概八点钟的时候，一个头发又长又黑的阿尔巴尼亚女人来到了他的桌边，她用纯正的伦敦英语说："对不起，你是日本人吗？"

"不，我是中国人。"李松说。他看到这个女人的眼睛也是黑色的。

"我可不可以抽你一根三五牌的香烟？"头发又黑又长的女人说。

"好的，没问题。"李松打开三五牌香烟的硬纸盒，递给她。李松发现这个女人并不是那种流落街头的落魄女子。他说："如果你愿意的话，我很荣幸请你坐下来喝一杯咖啡，我有好几天没有和人说过话了。"

"好吧。"那女人坐了下来，显得慵懒，都没看李松。她沉醉在香烟的感觉里。她深深吸了一口，屏住气，微闭着眼睛，像是捕捉什么感觉，然后把烟轻轻地优雅地吐了出来。

"刚才我在你的桌子旁边走过来走过去，走了三次了。我一直被你的三五牌香烟所吸引。"她说。

"你身边没带香烟吗？"李松问。

"不，我带了。"她从口袋里掏出一包 L&M 牌香烟放在桌上，"有很多年的时间，我只抽三五牌香烟，可是从去年开始，我再也搞不到这种香烟了。"

"是的，我看到这里买不到三五牌香烟。我的香烟是从布拉格带来的。"

"是的，这里买不到，其实以前也是买不到的。我可以再抽一根吗？"

"当然可以。"

"你知道，我是在英国读书时开始抽三五烟的，后来我就一直抽这个牌子。我说过，这个牌子这里一直买不到的。阿尔巴尼亚有很长时间，市场上供应的东西都是东欧或者本国生产的。只有我们这些人能搞到西方的东西：香烟、威士忌、名牌服装、香水。"

"那你看来有点来历的。"李松问。

"我的父亲是以前政府的 PARLIAMENT（议会）主席。"她说，她的眼睛被燃烧的烟头映得发亮。

议会主席？李松一想，阿尔巴尼亚议会相当于中国的人大常委会。李松一惊，屁股收紧了，腰板也挺直了些，遇见身份高的人他就会流露出恭敬来。

"我的父亲是最早的革命者，一个老游击队员。他已经死了五年了，他的老家有一座他的巨大的铜像纪念碑。"她说。李松看着她的脸，觉得她不像是欧洲人，更像是小亚细亚人。除了她的头发又密又黑，她的眼睛也又大又黑，而且眼眶上有浓浓的黑圈。她的脸上已有皱纹，但是遮掩不住她神情中的贵气，她无疑是一个过去时代的公主。

她的名字叫阿达·皮察。她有一个儿子和一个女儿，丈夫是个医生。她现在没工作，但是她有药剂师执照。以前她在英国学的就是药剂师专业。她说当初她的父亲让她学药剂师她还不愿意，觉得自己不可能去干这些具体的事情。现在才知父亲是对的。现在，她已沦为平民，有药剂师执照，才有希望找到一个谋生的职业。她正在学习做一个平民。

"阿达，我是为了追讨一笔债务来到了这里，可我发现那个欠我钱的人是一只狐狸，我根本无法找到他。本来今天我就离开这里回布拉格，旅馆的账都已结好了，可不知怎么的我没有走。"李松说。

"是啊，你没有走，所以还坐在这里喝咖啡。"阿达说。

"你这样说像是在谈论哲学问题。"李松说，"我不知道自己今天为什么没有走。而且现在，坐在这里，看着夜色里有那么多的人心情愉快地走来走去，我可能明天还不会走。"

"你在布拉格做什么事情呢？"阿达说。

"我在那里做一点小生意。"

"那你为什么不在这里做生意呢？"

"我不知道这里有什么生意可以做。"

"有啊，这里现在什么东西都缺，什么都要进口。你可以进口药品吗？"

"可以啊。什么药品我都可以做。"

"我不会做生意。可是我有很多朋友在医院、在卫生部。他们会帮助你的。"阿达情绪高涨地说。

因为遇见了阿达，李松留在了阿尔巴尼亚。阿达带他到了卫生部，到了中心药检管理局，见到了很多人，其中包括迪米特里·杨科。不久后，李松注册了药品进口公司。就这样，他在阿尔巴尼亚一晃就过了四年。

上午，伊丽达打电话到旅馆。看门人把李松喊起来到楼下接电话。伊丽达说杨科昨夜突然中风了，半身瘫痪，已经住到了医院。李松对这个消息倒不特别意外，因为他知道杨科高血压的毛病已经很重了。他开车去了吉诺卡斯特医院，看见杨科躺在病床上，鼻子里插着氧气管，身上吊着好几瓶输液。杨科看见李松，眼睛眨了一下，他的神志还很清醒。

李松坐在他的身边，看到他曾经像是西瓜一样油亮的大脑袋现在皱了皮，像是脱了水似的，一下子成了真正的老人。但是李松从他眨巴着的眼睛看出，杨科的心情还似乎很不错，甚至还带着一种魔术师一样的快乐。李松向他做了个喝酒的手势，他看到杨科的一只眼睛里出现了赞许的光辉。

"杨科，来点伏特加？"李松说。

杨科轻轻摇摇头。

"来点威士忌？"

杨科还是摇摇头。

"康涅克 XO 怎么样？"李松说。

杨科不动了，看得出他的眼睛在微笑。李松想，这个家伙总是爱喝这种最贵的酒，只要不是他自己掏钱。他第一次在阿达的牵线下和他在酒吧见面时，他一连喝了五杯康涅克。

"他就是喜欢喝一点酒。他就是因为爱喝酒才会得高血压。"伊丽达对李松说。

"杨科给我讲过一个最具人生真理的笑话。他说以前有两个喝酒的朋友，一个为了省钱把酒戒掉了。过了五年两个人碰到了，戒了酒的朋友买了自行车，喝酒的那个什么也没有。又过了五年，戒了酒的那个骑上了摩托车，喝酒的那个还是醉醺醺的什么也没有。十年过去他们再次相逢，喝酒的那个开起了汽车，戒了酒的那个还是骑摩托。他问喝酒的你哪来的钱买汽车啊？喝酒的说我把这十年喝掉的空酒瓶卖了，换了一台汽车。"

在听到最后一句话时，伊丽达笑了起来。她很奇怪，杨科是她大学里的老师，又是在检验局的领导，从来没有和她讲过这故事。

"伊丽达，你还记得我那次去检验中心找杨科，你给我指路的事吗？"李松想起了那天在环形走廊里转来转去找不到杨科，突然见到了伊丽达时那种惊艳的感觉。

"记得。可我不知道给你指了路，后来就会成为你的药剂师的。"伊丽达说。

是啊，伊丽达，你永远是我亲爱的药剂师。李松在心里说，感到亲切无比。但他嘴里还在争辩："你不是我的药剂师，你是我唯一的阿尔巴尼亚 Girl friend（女友）。"

伊丽达的眼睛出现了温柔的光辉，可她还是把李松打过来的球挡了回去。她说："别乱说，杨科听了会笑话的。"

杨科的鼻子嘴巴罩在氧气罩里。他的眼神有点发直，像个孩童似的。

"他的神志还很清醒，他其实是个热爱生活的人。"伊丽达说。

"也许，应该把他送回到地拉那去治疗。"李松说。

"不，地拉那的医院情况不好。杨科这回来这里，本来就准备到希腊的萨洛尼卡去看病，他有一个老朋友在那里当医生，是专家，要给他做手术的。我们已经和他联系，也许很快就可以把杨科送到希腊去。"伊丽达说。

"那就好。"李松说。他的心情有点发沉。本来他是准备在吉诺卡斯特待两天就走，可现在两天过去了，他还在这里。杨科又生病了，他不知什么时候才能回地拉那。不过想起有机会能和伊丽达在一起多待一点时间，他的心里还是觉得快活。

中午时分，杨科家族里很多人来了，好些是从周围的山地里来的，挤得病房都站不下人。伊丽达对李松说今天她休班，她母亲让她带李松到家里去，母亲要给他做饭吃。李松开着吉普车，和伊丽达一起前往她的家。她的家在城北，在一条溪流旁边，看得见远处的雪山，还有亚德里亚海湾。那是一座石头房子，旁边也长着几棵特别茂盛的石榴树。伊丽达的母亲在门口等候。这个头发花白个子瘦小的女人，看起来很温和，微笑着，但透露着坚强。不知为何，李松再见到她时，还是会觉得有点难为情，总觉得她早已看穿了他的心思。

伊丽达的母亲没有看错，从某种意义上讲，李松的确像是一只狼，觊觎着她的女儿。那天他和阿达一起去国家药品实验室找杨科，在接待室等候的时候阿达被一个熟人拉去喝咖啡抽烟去了。李松后来独自在环形的走廊里寻找杨科办公室而迷失了方向，突然从一个房间里出来一个金色头发的姑娘。李松当时就被她的美貌镇住了。这个穿着白衣的金发美女药剂师显得亲切热情，问李松需要帮忙吗？李松说要去杨科办公室。她说那我带你去吧。她把李松领到楼上杨科的办公室，开了门让他进去。李松问杨科刚才这姑娘叫什么名字，杨科说她叫伊丽达。杨科问李松你问她名字干什么？李松笑笑没回答。他记住了伊丽达的名字。

阿达是他的第一个药剂师。可是阿达这个昔日权贵的女儿，外表依然美丽精神却已经被摧毁了。她十分的懒散，总是不能准时上班，来上班了也只是坐在桌子前面，不停地一根接一根抽着一种刺鼻的香烟，然后发出阵阵剧烈的咳嗽。更多的时候，她干脆不来上班，让李松大伤脑筋。这段时间里，李松和伊丽达有了来往，他偶尔会付给一笔让她惊喜的报酬请她给他做点药剂师的事情。后来，伊丽达辞了国家药检室的工作，去了意大利。半年之后，李松在地拉那一家破旧的私人小药店意外看见了伊丽达在这里当药剂师，她受不了在意大利的屈辱生活回来了。李松说："伊丽达，做我的药剂师吧，你会得到很好的报酬的。"

以前在地拉那，每次伊丽达母亲来找女儿时，她的神色总是温顺中带着紧张。她的恭顺而坚强的笑脸让李松明白了伊丽达处于她的有力保护之下。但是今天，在她自己的地盘里，伊丽达的母亲看到李松时显出了真诚的快乐，她对李松以往给予伊丽达的优厚照顾心怀感激。她把李松迎进了屋子。在屋子的中间摆着许多吃的东西。按照阿尔巴尼亚人的习俗，先要上一杯叫"阿拉契"的白葡萄酒，而后再是一杯带渣子的土耳其咖啡。桌上摆满了蜜饯饼干之类的食物。

伊丽达母亲做了很多好吃的东西，有烤小羊肉、奶豆腐炖牛肝、洋葱无花果饼，还有好多说不清的东西。她像中国过去的妇女一样，忙着做饭菜，自己不愿入座，只是站在一边看着他们吃。这让李松觉得不很自在。他这时想起一部名叫《地下游击队》的阿尔巴尼亚电影里一个镜头：一个名叫阿戈龙的游击队员在一个老大娘家里，老大娘给他端来一个盖着餐巾的盘子，他摇摇头说自己没有胃口。大娘说你至少把餐巾打开看一看。阿戈龙掀起餐巾，看见盘子里是他被上级收缴的手枪。

由于比较局促，李松只是机械地吃着，吃了很多，他把伊丽达母亲做的东西都吃光了。这让她感到很高兴。这个时候，发生了一件让李松如释重负的事，伊丽达的母亲披上了头巾，说要出去到教堂去参加唱诗班练习了。在她自己的家里，她对李松一点戒备都没有了。李松从窗口看见她沿着小溪边的小路，提着裙裾，过了小桥（有一下看起来她差点掉下桥去），急急忙忙迈着碎步走去。

哦，伊丽达，我们又能够在一起了。李松心里有个声音说着，他觉得一阵慌乱的心跳。

母亲一走，伊丽达起身。她系上一条绣花的围裙，把盘子收拾起来清洗。李松看着她灵活挪动的身体，她在劳动时自然迸发出来的那种快乐和热情，让他觉得是那样的愉快。

他想起伊丽达在他那里当药剂师的时候，经常这样给办公室做卫生。她常常用一个大木盆盛上水擦洗门窗，尽管这些事不是她的职责。她一边洗，一边用英语给李松讲普希金那个金鱼和渔夫的故事。当渔夫贪心的婆娘最后惹怒了金鱼，她已拥有的所有财富被波涛卷走，唯一留下的只是一个木盆。伊丽达说这个故事里的木盆就是她现在用的这个木盆。她干完了杂活，李松会给她一个奖励，那就是放一支她喜欢的歌。开始的时候是玛丽亚·凯丽，后来是麦克·鲍顿，后来还有巴西的Boney M。而且，李松还会不声不响倒一杯马蒂尼甜酒放在桌上，伊丽达会像一只爱喝牛奶的猫一样忍不住把酒喝了。喝完了还用舌头舔着酒杯。喝了酒她会变得风情万种，浑身散发着女人的香气。李松有一天把酒杯偷偷换大了一号，但是他的阴谋总是会被伊丽达的母亲粉碎。她会像个超人一样准时出现在门口，给女儿送来一把雨伞，尽管这天阳光普照，没有下雨的可能。可谁能说天一定不会下雨呢。

在这个阳光明媚的中午，伊丽达的母亲沿着溪边的小路远去了。伊丽达洗好了盘子，把围裙解了下来，她穿着紧身汗衫的丰满身材一览无遗地展现了出来。每当这个时候，李松会想起一个电影的名字《远山的呼唤》，日本片，高仓健演的。那个远山是伊丽达的乳峰的联想。现在他又感到了两座高山的呼唤，但他为了抑制这种冲动，把目光离开了，眺望远方真正的山峦。屋外的那两棵石榴树开得如火如荼，李松昨天在医院看到了那片石榴树之后，老是想着希腊诗人埃利蒂斯那首诗，此刻诗句浮现了出来：在那些刷白的庭院中，当南风，吹过那带拱顶的走廊，告诉我，是那疯狂的石榴树，在阳光中洒着果实累累的笑声？当草地上那些赤身裸体的姑娘们醒了，用白皙的双手采摘青青的三叶草，告诉我，是那疯狂的石榴树，随意用阳光把她们的篮子装满？

"伊丽达，看我给你带来了什么？"李松说。他从那个放礼物的袋子里拿出了一对中国的青花瓷花瓶。

"哇，这是什么？"伊丽达吃惊地喊起来。

"我答应过送给你的，最漂亮的中国陶瓷。上个月到北京的时候特地给你买的。我还以为不会有机会送你了呢。"李松说。

"天哪，亲爱的李，你真是个好人！"伊丽达激动得脸孔发红。

"我还有一件东西呢。"李松说，他拿出了一瓶意大利产的马蒂尼甜酒，曾经充满了阴谋的酒。

"哦，李，你真是我的甜心。"伊丽达把酒瓶贴在心口，吻了一下酒瓶。她把酒瓶放下来，在一部 CD 音乐播放机上摆弄了一下，音乐起来了，是麦克·鲍顿的那首《Soul Provider》这盘 CD 原来是李松的，伊丽达走的时候，李松送给了她。

"每次我听这首歌，我就会想起你给我倒马蒂尼酒。没有马蒂尼酒这首歌就不好听了。"伊丽达说。

"伊丽达，我来给你倒一杯马蒂尼酒好不好？"李松说。他的欲望开始燃烧，每回给她倒马蒂尼，总会让他产生有机可乘的希望。

"好啊，给我倒一杯。"她显得很干渴，把酒喝了一大口。她的胸脯起伏着。

"伊丽达，我爱你。"李松说。

"不，不，你是在开玩笑。"伊丽达吃吃地笑着。

"I can't Living without you."李松说。意思是我不能没有你而活着。

"得了，这句话是玛丽亚·凯丽的歌词，谁都会唱。"伊丽达说。

"不是这样的，伊丽达，在你离开了地拉那后，有很长的时间我都很不快活。我知道这算不上是爱情，可我想起和你在一起的时候真的很有意思。"

"你真的想起过我吗？那你为什么不来看我？"伊丽达说。

"对我来说，你的家乡是个神秘的地方，不只是遥远，而且觉得你家乡的人一定很凶悍，不会接受一个中国人来探望一个城里美丽的姑娘。"

"哈哈，你不是一个骑士。故事里的勇士为了一个美丽的姑娘，从来不怕路途遥远，也不怕城堡里的妖魔多么厉害的。"伊丽达说。

"可我现在不是来了吗？我找到你了。可是你以前答应我的事却没有给我。"李松说。

"我答应你什么了？"其实她心里知道李松会怎么说，她是喜欢听他再说一次。

"你答应和我做一次爱。"李松说。

"你说的是真的吗？我怎么忘记了？"她辩解说。她看着李松，眼睛里燃烧着情欲。

李松闻到她的身体发出了一种气味。那是一种与中国女人不同的气味，这个信号告诉他可以进入下一步了，他可以吻她的脸，可以抚摸她的上身，但只能仅仅在衣服外面。如果他的手想伸进衣服里面则马上会被挡开，他们之间的这种游戏以前做过好几次，每次到这里就到尽头了。

在这个温暖的中午，李松和伊丽达长久地相拥在一起。比起过去，李松并没取得什么进展，但是还是感觉到了她的身体不像过去那样紧张充满防卫性，而是像海浪一样起伏着。

李松待到了下午，在她母亲回来之前和她一起离开了。李松送她回医院值下午班，自己回到旅馆，倒头便睡，很快进入深沉的梦乡。

傍晚时分李松睡醒了，觉得心情愉快精神饱满。他起身出门，又走上那个巍峨的城堡。落日照耀之下，城市一片金色。

和他刚来那天的清晨不同，他现在清楚知道他看到的就是《宁死不屈》里呈现的城市。他已经想起来了，他所站立的城堡在电影里是个监狱，那个纳粹军官把关在黑屋里的米拉带到了屋顶，让她去看阳光中盘旋的鸽群。那个纳粹军官喝着白兰地，对助手说："看，她马上要哭了。"这个时候闪烁着雪花的黑白银幕上慢速摇过了城市的全景，米拉的头发被风吹起，银幕上黑云中出现了一道光线，照耀着米拉心潮起伏的脸庞。米拉的脸上慢慢露出沉思忧郁的微笑，她转过身，看着纳粹军官，慢慢走了过来。她站住了，平静而坚决地说："刽子手！"

李松坚信，他现在所在的位置正是当年米拉站立的位置。他记得那个电影是一九六九年拍摄的，现在是一九九七年。二十八年前，几个装扮成德国军官的男人和一个扮演米拉的女演员在几盏聚光灯的照耀下拍下了那一段镜头。不，还不是这样，这个电影拍摄的是一个真实的故事，电影里的米拉不过是个演员，真正的米拉就是城门口小操场上那个石头的雕像，她被吊死的时间是一九四四年，超过五十年了。虽然时间消逝，可李松对二战胜利之前死去的真正米拉和一九六九年演员米拉都感到那样的亲切，似乎还能感受到她们的血肉之躯的温暖。他在那几个小时前和伊丽达接吻的感觉还在，对伊丽达的渴望在他的意识深处和对米拉的记忆混杂在一起了，好像有一根导线，把这三个不同历史年代的姑娘连接上了。

天渐渐黑了下来，城堡上的风大了起来，景物变得模糊了。李松走下了城堡，进入了城市里。现在他对这城市感到熟悉极了，好像在这里住了几十年似的。他行经一个石块铺成的长坡，前面有几个女孩在向前走，她们的背影让他想起米拉和她的两个女同学走过长坡的镜头。这个时候他又开始想念伊丽达。他的心里很是沮丧，刚刚和她分手，现在又开始了对她强烈的思念。他知道这算不上是爱情，也不仅仅只是性爱。因为米拉，他对她的思念加深了，也似乎给他自己找到了一个思念她的借口。伊丽达很快要结婚了，要成为人家的新娘，而他还在想和她亲热，这似乎是一个危险和不光彩的行为。但道德的谴责此时不起作用，对伊丽达的思念和欲望一波波高涨。

李松又来到第一天来过的那个小酒店，那个戴着菊花帽的妇人还坐在黑暗的灯影里。他走进来，坐下来。长笛手侍者走了过来，问他这几天过得怎么样，李松说还不错的。侍者说，有一个人想见见他，在这里等了好几天了。李松说："什么人啊？让他过来吧。"

一个戴着礼帽的阿尔巴尼亚小老头走了过来，他用生硬的中国话说："同志！你好吗？"

"我还好啦。"李松说。

"好得厉害吗？"他说。

"好得很厉害，非常厉害，Very 厉害。"李松回答，心里奇怪小老头这古怪的问候从哪里学来的。

这个小老头就会说这一两句中文，接下来全是山地口音很重的阿尔巴尼亚话了。李松听不大懂，还得借那个侍者的英语翻译。李松问他这几句中文是从哪里学来的？他说六十年代中国的专家在吉诺卡斯特工作的时候，他给他们做过清理卫生的杂活，跟他们学了几句中文。他报出了好几个中国专家的名字，可发音不清，李松根本听不清楚是些什么人，即使听清楚了对他来说没意义。小老头真正要说的是另一件事。他说在吉诺卡斯特城市后面的那座高山上，埋葬着一个中国的年轻人。这个人是来参加建设吉诺卡斯特电视台的工程师，在安装高架发射塔的时候从高空坠下死亡的。李松问是哪一年死的？小老头说大概是一九六八年吧，他的坟墓修建的时间要晚一点。

　　小老头说，坟墓修好以后，市政府让他兼差做守墓人，每月还给他一点钱做津贴。七十年代初的几年里，经常会有一些中国人专门从地拉那过来，到山上去给死者献花扫墓。后来，慢慢地没有人过来了。再后来，这里的市政府也忘了他是守墓人这件事，不再给他发津贴了。小老头说，他现在已经老了，不可能再到山上了。他说自己老是梦见有一个中国人会来寻找这个坟墓，他一直在等待着，现在终于等到了。李松连忙说，他对这件事一点没兴趣，他根本不是为了这事来的。小老头说，不管怎样，他无法再等待了。他说他早已画下了那个坟墓的位置和路线，按照这个地图，就可以在高山上找到那个坟墓。小老头把那卷地图打开来，在结实的羊皮纸上，墨水笔画的，像一幅故事里的藏宝图。小老头不管李松答应不答应，起身快步走了。李松只得把地图收起来。

　　杨科第二天早上要被送往希腊萨洛尼卡医院，李松前往送行。

　　在一排墙壁刷得雪白的病房外边，石榴花盛开。天空中有一只秃鹰在盘旋，无声地上升到了天庭。从希腊来的救护车已经停在车场，两个穿着雪白护士服戴着白头巾的姑娘慢慢推出了帆布担架床，上面躺着杨科。杨科的眼睛被阳光和湛蓝的天空刺得睁不开。伊丽达推着担架床，她的眼里含着眼泪，她的未婚夫穿着白色的医生大褂站在她的身边。李松对杨科偷偷做了个喝酒的动作，他看到杨科的眼睛里又流露出快活的光辉。杨科的担架被推上了救护车，车门被重重关上了。那车里的女护士是希腊医院的人，鼻子很高，神情冷漠。车子开动了，李松看到天上那只秃鹰也远远飞去了。

<h2 style="text-align:center">3</h2>

　　就在这天下午，李松正寻思着是否要在明天回地拉那的时候，他听到城里响起了枪声。枪声开始是稀稀拉拉的，后来渐渐密集，听起来好像是中国人大年除夕全城都在放鞭炮似的。李松伸头到外面一看，只听得子弹的呼啸声，可就是看不见开枪的人。突然，他看见一个持枪的人出现了，就在旅馆对面的马路中间，拿着一支冲锋枪向天扫射，然后另一个人过来了，手里有一支步枪，也向空中开枪。李松赶紧离开了窗边，这么密集的枪声，弄不好就会有流弹打进来的。

　　李松感到一定是发生了重大的事情。他现在唯一能做的是把房间里那台黑白电视打开。这台破旧的电视机屏幕上全是闪耀的雪花和噪音，李松用手掌猛烈地击打着机箱，随着显像管的温度提高，渐渐在雪花中浮出一些人影和声音。他把调钮扳到英语的欧洲新闻频道 EURONEWS，那里正在现场直播地拉那的骚乱。大批汽车被推翻燃烧，商铺被抢掠。

对于电视上说的骚乱，李松心里倒不觉得意外，因为地拉那近几个月局势一直紧张。从去年开始，一种高息集资运动在阿尔巴尼亚盛行，利息高得惊人。这种金字塔式的骗人把戏必须不断扩大吸收新的入股者才能保持资金链运转。阿尔巴尼亚人还没见过这种把戏，以为是上帝给他们的生财之道。近几个月这种狂热的集资达到了高潮，很多人变卖了房产把钱投了进去。但是最近，很多集资公司资金链中断派不出利息了。李松出发之前，地拉那的人们已在排队提款，人心慌慌。李松想不到仅仅过了几天，这件事会演变成这样一场内乱。美国和西欧国家已经开始紧急撤离侨民。电视镜头上播出美国海军陆战队的大力神直升机在使馆官邸区接走了家属。

李松开始往地拉那拨电话，可是一点信号也没有，他在地拉那的仓库里还有大量的药品，真不知会不会被人抢掠一空呢。

这个时候，伊丽达打电话过来，问他还好吗？李松说他没有事，他已经知道了地拉那的情况，可不明白吉诺卡斯特发生了什么，为什么这么多人在打枪，是谁和谁在战斗？伊丽达说现在城里的枪声不是战斗，人们开枪是向空中打的，是表示他们对在集资骗局中失去财产的愤怒。伊丽达说，他住的旅馆附近的城堡下面的地道通向一个军火仓库，现在已被人打开了，全城的人都跑过来拿武器，所以这一带枪声特别密集。过一会儿有一辆车子会载着医院这边的人前往军火库，她也要跟着来。在进入军火库之前，她会先来旅馆看他。

果然，不到半个小时，伊丽达匆匆忙忙跑进了旅馆，一进房间就紧紧拥抱了李松。李松能感觉到她的胸脯挤压着他的身体，战乱时候人们变得亲密了许多。伊丽达的打扮也变了，穿着山地民族的服装，头上包着一块黑头巾，裙子一角掖在腰带上，很像法国七月革命时期那幅著名的油画里那个带领人民起义的自由女神。李松问她为什么也来拿武器，她说每家每户都有了武装，她们家也得有。李松说那你的未婚夫为何不来帮你拿？她说他是个追求理性的人，不喜欢暴力，所以没来。伊丽达说现在她得走了，还问李松待会儿是否也给他顺便捎两个手榴弹来？李松突然产生一个想法，捉住了伊丽达的肩膀，说：

"伊丽达，我也想和你一起去军火库拿武器。"

"你也要去？可你是外国人啊，恐怕不大好吧。"伊丽达说。

"不，一定要去。我刚才突然感到，我一直在等待着这一个时刻，这是很早在看你们的黑白电影时就决定的事情，真的，对于今天的事情我有说不出的兴奋。"李松说。

"李，我有办法了。刚才我来的时候，看到有的人戴着黑色的面罩，只能看见他的眼睛。你可以用我的黑头巾蒙住面孔，这样人家就认不出你是中国人了。"伊丽达说。她把头巾解了开来，她的金色的头发顿时散了开来，看起来动人极了。

李松用她的黑色丝绸头巾绑在鼻梁上，只露出眼睛，他跟着伊丽达出了旅馆，向着城堡方向跑去。

城堡在暗红色的天空映衬下显得巨大无比。城市的每个角落都在响着枪声，子弹的光芒把天空映红了，不时有曳光弹如流星闪过。通向城堡的石头甬道不宽，现在已挤满了人。人群在慢慢地前行，脸上有一种古怪的表情。伊丽达牵着李松的手，生怕他会走失，或者被人认出来。要是有人想和李松说话，伊丽达赶紧抢过话头，替他回答。

他们终于走到了城堡地下军火库的入口处。这里以前重兵把守，现在官兵都自动解散，回家不干了。电力供应已被切断，没有灯光照明，外边一只大油桶燃烧着，发出亮光。从地下军火库出来的人都打着火把，肩上挂满了枪支。进军火库的人先要自己制作火把。门口有一些木棒，有一些擦机器的油棉纱。李松把油棉纱缠在木棒上，蘸上了柴油，点上了火，就成了一个非常明亮的火把。

他和伊丽达打着火把走进军火库，李松心里发怵，弹药库里烧着这么多火把真是太危险。但集体的行为让人胆子变大，什么也不怕了，高举着火把只管往里面走。军火库里面很宽大，隔成很多的空间，李松见到旁边的一些库房里有一架架高射炮，在火光照耀下像是史前的恐龙化石一样无声无息。在洞穴深处的库房，他看到地上撒满了黄灿灿的子弹，好多子弹箱被打翻在地，绿色的木箱上清楚地印着中国制造的字样。五六式冲锋枪、班用轻机枪、半自动步枪一排排摆在枪架上。还有手榴弹、地雷、火箭筒、喷火器。李松问伊丽达喜欢什么枪，伊丽达说自己也不知道，她从来没摸过枪。李松说我给你拿一支冲锋枪，外加两百发子弹。他自己则扛了一挺班用轻机枪，捎带着还捡了支五四手枪揣在了兜里。

从军火库出来，扛着沉重的枪支，打着火把，伊丽达和李松随着人群走向了城里。现在城里的枪声开始冷落下来，整个城市到处闪耀着火把。拿起了武器的人游逛在街上，令李松奇怪的是，很多人包括伊丽达都穿着古老的传统粗布衣服。和电视上地拉那的人群完全不一样，这里的人非常的冷静，他们没有去抢劫商铺，也没去焚烧汽车。他们只是把自己武装起来，举着火把在黑夜里慢慢等候着。到后半夜的时候，人们开始打着火把集中到了市政府广场，好些人在发射彩色的信号弹，好像节日的焰火。一支铜管军乐队吹奏着雄壮的进行曲开进了广场，李松惊喜地看到那个餐馆里的青年侍者在第一排吹着长笛。广场上情绪高涨，在一个临时搭建的指挥台上，一个戴钢盔的人挥舞着手臂开始演讲，李松认出他就是那个在城门口检查他的车辆的那个钢盔秃头，他演讲时的姿态像巴顿将军。伊丽达在一边低声给他翻译着，说现在南方的城市已经联合起来，他们将准备北上进攻地拉那。

闹腾了整整一夜，天快亮的时候李松才回到旅馆睡觉。第二天醒来的时候，太阳已升得很高。他睡得很不安稳，做着乱七八糟的梦，以致醒来之后他觉得昨夜的经历只是梦的一部分。可是他摸到枕头底下那支被他的体温烘得热乎乎的手枪，探头看看床下，那挺轻机枪还躺在地上，让他相信昨夜那些事都是真的。他起来，看看外面的街面，外面很安静。

他穿好了衣服，洗漱完毕，要出去到那个小酒店吃早餐。他临走的时候犹豫了一下，还是把那支五四手枪别进了腰头。他沿着石头斜坡走下去，上了石阶，看到街路上没有行人。经过昨夜的一夜兴奋，城市现在还没醒过来。

他进入了小酒店，戴菊花帽的妇人坐在灯影里一动不动，那个长笛手青年侍者不在了。李松要了一点面包和咖啡，一边吃，一边看着店里的那台彩色电视。这里的电视信号很清楚，他们收看的是边境对面的希腊电视。

电视上的英文节目还在滚动播报地拉那的动乱消息。报道说南北的民兵可能会在地拉那展开激战，欧盟和北约组织已严重关切事态的发展。报道上有一段专题，是中国使馆大规模撤离华人的情况。李松看得头颈都直了。电视上报道中国南昌公司在地拉那的大型建筑工地被抢，几百个工人被洗劫一空，全部躲到了大使馆；好多家中国商店也遭到洗劫焚烧。由于地拉那机场早已关闭，中国政府委托意大利政府派军舰来接待撤的中国侨民，中国政府派专机到意大利罗马机场接人。镜头还追到了军舰，李松看到好几个地拉那的熟人，还看到认识的一个青田女人在一个意大利水兵的帮助下攀上了甲板，她的怀里是刚出生不久的孩子。李松知道现在所有的中国人都走了，只有他被抛掷到这个地方。

回到旅馆百无聊赖地待了一阵，李松把前日那个阿尔巴尼亚小老头给他的那张山上中国人坟墓的地图摊开看了。过了一会儿，他揣着沉甸甸的手枪又出来了，他已经喜欢上了这种口袋沉甸甸的感觉。这回他不是往城市里面走，而是沿着一条石级一直往上，离开了城市，走向后面那座绕着云雾的高山，去寻找那座中国人的坟墓。他走了一段路之后，已高高在城市之上了，云雾漫住了他脚下的山路，城市若隐若现，他感到自己好像在云雾中自动上升着。

在山顶接近永久积雪的山坡上走过一条布满蜘蛛巢的小径，李松在一片荒草中找到了这个中国人的坟墓。这里开满了野生的铃兰花，几只岩羊在山崖上啃着植被，远处的亚德里亚海湾闪闪发光。李松把坟墓周围的野草清除了，看到了一座小小的石碑，上面镶嵌着一块陶瓷的头像，是一个剪着平头的年轻中国人。石碑上面刻有中文：

> 赵国保，河北石家庄人，生于一九四二年。一九六八年七月在建设吉诺卡斯特电视台的施工任务中因事故光荣牺牲。

李松坐在草坡上，抽着烟，望着远处的海湾。他想着这个叫赵国保的年轻人死的时候才二十六岁，一九六八年，李松刚好开始上学，而他已经死了。他死了一年之后，《宁死不屈》的电影开始拍了。后来，又过了几年，在一九七三年，有一支中国的足球队来到了这里。之后，又过了这么多年，他来到了这里，不知是为了挣几十箱抗菌素针剂的利润，还是因为对伊丽达的思念，来到这里并陷入了奇怪的境遇。他把手枪掏出来，对着不远处一棵松树的枝干开了一枪。枪声在山谷间久久回荡。他以前在部队是榴弹炮兵，发射过很多的炮弹，对轻武器使用得反而比较少。他打过几次冲锋枪、半自动步枪，手枪则从来没打过。他瞄准着一颗松果开了两枪，都没打中。然后他学电影里枪手的样子双手持枪又击发了几次，把弹匣里的子弹打完了。他一边装上新的弹匣，一边对着那个坟墓说："赵国保兄弟，听到枪声了吗？我看你来了。现在就只有你和我还待在阿尔巴尼亚了。"

这天晚上，李松获悉杨科的手术没有成功，死在了萨洛尼卡医院的手术台上。这件事真是难以置信，这么一个不是很大的手术竟然会让杨科死去。据说手术当中一切都很顺利，快结束时杨科的血压突然急剧下降，医生用尽了办法无法使他的血压升回去，就这样，他在全身麻醉的情况下无痛苦地死去了。杨科的尸体很快被运回到了吉诺卡斯特。本来这个时候边境已经封闭，因为是一个死人，希腊海关才让杨科通过了。

杨科的尸体摆放在吉诺卡斯特的一个小教堂里，他的灵柩边上摆着很多石榴花。天气挺热，有几台电风扇对着他吹。李松来到教堂，足足等了一个多小时还没轮到他进去。他看到很多人聚集在教堂外边，身上都背着枪支。李松不明白杨科这个地拉那的药剂师会在老家受到这样英雄般的待遇。他后来进入了教堂，看到了杨科的几个亲友守在尸体边上，伊丽达也在其中，她看起来特别悲伤。杨科的脸因中风而拧歪了，看起来有点不高兴的样子。李松觉得他要是对杨科说一句来杯康涅克酒怎么样，也许杨科马上会睁开眼睛爬起来的。但是李松心里想的是另一件事，杨科死了，那五十箱的抗菌素针剂的货款可能会变得很麻烦。他要是现在对杨科说我的货款向谁要啊？那么杨科一定会装作什么也听不见而不起来。小礼堂里很热，除了充满石榴花的香气，还有一种隐隐的尸体气味，这味道让李松明白杨科真的已经死了。李松浑身冒汗，他看到伊丽达一直在哭泣，她那个未婚夫一直在她身边。

后来看到杨科的棺材盖子盖上了，他老是觉得杨科在里面闷不住了，会敲打着起来。然后人们抬着棺材到了教堂的墓地，一个大坑已经挖好了。有人放起枪来，大家都开始朝天开枪，结果引起全城的枪声。当杨科的灵柩放入墓穴时，李松看到伊丽达将一大把红石榴花撒进了土里。几分钟后，李松终于有机会站到了伊丽达的身边。伊丽达在人们不注意的时候，捏了一下他的手，贴着他的耳朵说，她已经决定和那个未婚夫结婚了，婚礼在下一周。

在这天夜里，李松辗转反侧怎么也睡不着。尽管知道伊丽达有了未婚夫，可现在得知她马上要结婚了，还是有一种说不出的难过。杨科真是一个魔术师一样的家伙，在他下葬的时刻，让伊丽达对他宣布了结婚的决定，弄得他此刻不得安宁。到半夜时分有人轻轻敲门，他十分紧张，贴着门问外面是谁。是伊丽达的声音。接下去的事情好像是李松还没有开门，伊丽达就已经穿墙而过进入了屋内，一下子扑入了他的怀里。李松问她怎么来了，发生什么事了吗？她说没有什么，杨科死了，她心里难受极了。今夜她无法独自待着。房间里没有窗帘，李松把灯关了。可是窗外夜空的星光还是照进来，照亮了伊丽达空洞而燃烧得发亮的大眼睛。李松小心地吻吻她的脸，她的嘴唇移了过来，和他对接了。李松抱住她抚摸着她的背和臀部。当他把手伸进衣内，意外地发现没有抵抗，李松心里一阵战栗，把手移到她胸前。从掀开的衣内喷发出浓烈的白种女人的身体气味，李松把脸埋在她的胸脯上。

经过数次潮汐般的起落，他们最后变得筋疲力尽，相互拥抱着，进入了沉沉的梦乡。

在他们的梦境之外，这个时候轰轰隆隆的战争机器的声音，从边境那边传来。公路上爬满了坦克和装甲车，低沉的发动机声音使得旅馆的房子震动着。夜空上有一架架武装直升机缓缓飞过，探照灯光扫过地面，一度穿过没有窗帘的旅馆窗户照射到了他们赤裸的身体。在他们做爱的时候，北约的多国联合维和部队越过了边境，进入了阿尔巴尼亚的领土。而军队进入吉诺卡斯特的时候，他们已经睡着了，现在，他们还沉浸在海洋一样深沉的睡梦里。

4

吉诺卡斯特成了多国部队的桥头堡。一支德国维和军队迅速占领了城市，并宣布了宵禁令。他们毫不迟疑地把指挥部设在了城堡上，在城堡上头飘起了德国的军旗。李松这天早晨走出旅馆时，发现了街上站满了戴着钢盔端着冲锋枪神情冷漠个头庞大的德国士兵。他们在城堡的城池上，垒起沙包，架着重机枪，李松心里不禁冷笑了起来，这一切和《宁死不屈》多么相似。

他走上了街头，他试着说服自己是回到了电影里的年代。街头上不时有巡逻的德国士兵端着冲锋枪走过。商铺都开门了，小商贩在大声叫卖，卖土豆、卖活鸡、卖鱼的都有。那些女学生三三两两走过了上坡路，男孩子在一边搭讪着。李松在这里住了好几天了，很多附近的商铺都认得他了，向他喊："KINEZ（中国人），早上好！"好多男人坐在路边咖啡店里，交头接耳。这些人前几个晚上搞到了武器，现在他们不动声色，变成了平民坐在这里观察。李松知道他们的秘密，觉得自己是和他们站在一起的。他们的枪就藏在附近什么地方，随时都可以拿出来。李松也有枪，一只短枪就揣在兜里，还有一挺班用轻机枪藏在旅馆的床底下。

他在广场上一个露天的咖啡店坐下，看着广场上阳光明媚，小孩在嬉戏，有小狗跑来跑去。不时有漂亮的女人走过。广场的一角停着一辆披着伪装网的德国坦克，上面的坦克手十分威武。很多市民围着坦克参观，还有的人爬上了坦克和士兵合影，而那些坦克手也都傻笑着摆出姿势对着相机。李松知道这只是假象。这些在这里无所事事的人都是枪手，他们在秘密地交换着眼神，这个秘密的力量他也在其中。和伊丽达亲热的余波还在他身体内荡漾，让他感到心旷神怡，同时又带着点感伤。这件事让他觉得自己和阿尔巴尼亚更接近了。现在他觉得自己真的爱上伊丽达了。伊丽达，你这个让我不得安宁的女人！李松在心底呻吟着。

现在想来，那一次在国家药检局环形走廊里第一次看见伊丽达的时候，他就觉得这个姑娘会让他无法忘怀的。然而他真正接触到伊丽达内心的那次，是在她从意大利回来之后。在那个偏僻小街的小药店里，李松看见伊丽达站在柜台里面，她的脸色苍白眼睛无神，一副饱经沧桑的模样。当她看见了李松，眼睛里浮出了泪水。那个晚上，李松和她一起吃饭，听她讲述在意大利的事情。她说自己这回去意大利是想和未婚夫结婚的，可是到了那里之后，未婚夫家里的人却不让她住在家里，把她送到海边一个瘫痪的老妇人家里当护理保姆。那个瘫痪的老妇人要她每天把所有房间的地板擦一遍，要用手工擦。那时是冬天，她整天跪在地上，不停地擦呀擦呀，她的泪水一串串滴在地板上。后来她明白自己不能过这样的生活，就和那个未婚夫吹了，回到了地拉那。她在国家药检中心的工作丢了，现在只得在小药店里当药剂师了。李松说伊丽达你是一个药剂师怎么可以跪在地上擦地板呢？我的公司虽然不大可是我会给你最好的待遇的。从那以后，伊丽达和他一起工作了。那是一段美好的时光。然而只有一年时间，伊丽达就和她的母亲一起回到了故乡吉诺卡斯特。

李松知道伊丽达很快要举行婚礼，他不可以再去找她，不能给她添麻烦。所以他只是整天坐在咖啡店里，不停地抽着烟，看着广场上来来往往的人出神。

大概是在他们分手两天之后的下午，李松突然远远看到伊丽达出现在广场上。她好像在寻找着什么，在一个个咖啡店之间巡视着。李松明白她一定在找他，于是站起来向她招手，她马上快步走了过来。

"我刚才去旅馆找过你。"伊丽达说。

"你怎么知道我在这里？"李松说。

"我找了很多地方才找到这里。要是再找不到你，我一定会哭了，我会以为你回地拉那了。"

"是啊，要是不戒严的话，我想我真的得回地拉那了。"李松说。

"李，我想喝点酒，给我点一杯马蒂尼甜酒好吗？"伊丽达说。

"Waiter！来杯意大利马蒂尼酒。"李松向侍者喊道。

"李，你真好。我想你一整天了。"伊丽达说。

"伊丽达，你看起来脸色不好。发生什么事了吗？"李松说。

"是的，我遇见麻烦事了。你还记得我在地拉那的时候那个飞机场的技师吗？昨天他到吉诺卡斯特找我来了。"伊丽达说。

"他来找你干什么？"李松说。他记得那个变态的家伙，曾经好几次来他的办公室门口等候伊丽达下班。

"他说他还爱着我，要我继续和他保持关系。"

"这个流氓。你怎么回答他的？"李松说。

"我告诉他，这绝对不可能，我马上要结婚了。"

"他怎么说？"

"他说我不可以结婚的。如果我不继续做他的情妇他就要待在这里不走。"伊丽达说。

"这个讨厌的家伙，当初我第一次看到他就知道不是好东西。"李松说。

"我母亲也早看出他品质不好。你知道吗，后来我为什么会离开地拉那？其实是我母亲知道这个人可能会毁了我，才带我回来的。"

"也许你得把事情告诉你的未婚夫，让他出面对付那个家伙。"

"这个肯定不行。我的未婚夫是个十分妒忌的人。他要是知道，一定不愿意和我结婚了。我现在最怕的就是让他知道这件事情。"

"那么，没有别的办法了。让我来会会这个人吧。"李松说。

"李，你得小心，他是个危险的人。"

这天晚上，李松在一个黑暗的小酒吧里见到了这个修飞机的技师，他的名字叫雅尼。他的脸上长满了胡子，眼睛布满了血丝，看得出他处境潦倒。

"你好雅尼。我们以前见过面的。"李松用阿语和他交谈。

"是的，过去你是伊丽达的老板。"

"地拉那怎么样了？我一点消息都没有。听说道路都不通了，你怎么能走到这里来呢？"李松问。

"是啊，公路全被封锁了。我是走小路爬山过来的。"

"地拉那到这里有好几百公里啊！你真的是步行过来啊？"李松说。

"是的，我不停地走了四天时间，才走到这里。"雅尼说。

"可你为什么要冒着危险这么辛苦步行过来呢？为什么以前道路畅通的时候不来，或者为什么不等以后再来？"李松说。

"我已经完蛋了，所以我才会来这里。"雅尼说着，把杯里的酒喝完。李松让侍者再来一杯。

"你知道，伊丽达离开地拉那之后，我就完蛋了。从那以后我就一点精神都没有，整天喝酒。很快，我在飞机场的工作丢掉了。不过后来，我把房子卖掉了，把钱交给了集资公司，每月都会领到一大笔利息。我想这样过过日子也算了吧。可是我被骗了，集资公司倒了，我什么也没有了。"雅尼说。

"很多人都一无所有了，你并不是最不幸的。"李松说。

"不，他们只是失去了钱财，我失去了伊丽达，我失去了灵魂。"雅尼说。

"你来到这里找伊丽达又有什么用呢？据我所知，她很快要结婚了。"

"不，她不能结婚。她是我的。伊丽达是我的女人。我不会让她和别人结婚的。"

"可是你有什么办法阻止人家呢？这里是她的家乡，很多人会站在她的一边，你只是个外乡人。"李松说。

"你看，我带了这个。"雅尼说着，把一支勃朗宁手枪放在了桌子上。

"这算什么，连我都有了。"李松从裤腰里把五四大手枪掏出来放在他的小手枪旁边，"你看，我的枪都比你的大。伊丽达家族的武器可能像一支部队一样了，你的枪算什么。"李松说。

"不，我不怕他们。我会赢的。"雅尼的脸上透出古怪的微笑。

李松心里打了一个寒噤，这个人的决心让他害怕。他知道自己根本无法影响这个绝望的人的想法，但是为了伊丽达，他还想继续和他保持接触。他和雅尼说好，明天他们再到这里一起喝一杯。

但是在第二天早晨，李松被城内的德国军队逮捕了。

在多国联军控制了阿尔巴尼亚之后，立即发布收缴武器的命令，主动交回武器的不追究责任，如果不主动交回，将会面临审判。电视上几天来一直在播着收枪通知，还播着有人交回武器的画面。但是交回武器的人数量很少，大部分人不予理睬。李松起先有点害怕，想把枪交回去。可是他想北约军队对于一个中国人会不会有另外的处置办法？也许这会变成一件很麻烦的事情。他打消了主动交枪的主意。

这天上午，李松出门之前犹豫了一下，是否要把手枪留在房间里。可是他想不会有事的，他就只是去附近吃点东西，再说他有点习惯了有把沉甸甸的手枪别在裤腰里，这让他有安全的感觉。于是他出门了，出门后看看左右，没见什么异常情况。他的手插在上衣口袋里，口袋里布已撕开，他可以摸到裤腰里的枪，他吹着口哨，缩着头颈向上坡方向走去。当时他的心情还不坏，正想着要吃点什么东西，是牛肉饼呢，还是烤鸡？

转过街角，进入了一条笔直的下坡路，路边的中世纪石板磨得十分光滑。李松突然看到了对面方向有两个德国巡逻兵走过来，他们的皮靴咯噔咯噔踩着石板发出响声。李松心里一惊，下意识地在口袋里把枪握紧了。他硬着头皮向前，小路不宽，当他和德国士兵交会时几乎肩头都擦到了。李松看到那两个德国人在看着他，眼神里有点惊奇。李松和他们点点头，走了过去。他手心里全是冷汗，虽然和德国人擦肩而过了，可是他觉得好像自己的背影还在被人盯着看。他紧张地走了五十来米，觉得那两个德国人应该拐弯了，忍不住转头回望了一下。他这个动作犯下了错误，那两个德国士兵还停在路上，在看着他，当他回头望时，他们转身跟着他走来了。李松听到了他们的皮靴声越来越紧。他知道这下坏了，他们一定是要跟踪他。李松紧走了几步，看到路边有一条小巷子。他闪了进去，贴住墙壁。他听到德国人的脚步跑过来了。德国人在喊：

"Freeze（站住）！不许动！"

李松又犯了一个错误，飞快地跑起来。他印象里这条小路是可以通到另一条路的，可是跑了一段，只见是个死胡同。路边虽然有一些门户，但都紧闭着，不像电影里一样会让他进去藏起来。当他想折回来时，那两个德国人已经逼近，冲锋枪瞄着他。

"不许动！"德国人又叫喊着。李松知道，如果他再作出反应，有可能被射杀。他于是举起双手，面对着墙壁贴住，充分和德国人配合。

一个德国人用枪顶住他，另一个对他进行了搜身。手枪被搜了出来。李松看到又有很多德国人增援过来了。他被铐上了手铐，带上了一辆军车。他的身边左右坐着一个德国兵，像夹板一样夹住了他。

车子在窄小的街路上缓缓开行。从两边的车窗可以看到城市的景色——闪过。熟悉的感觉又在李松的心里浮现了出来：那个黑白电影里米拉和另一个女游击队员被捕后也是这样坐在车上，望着车窗外的城市出神。李松还能记得米拉当时的表情：苦闷的微笑，忧郁的眼神。他想试着也在自己脸上模仿出同样的表情，可这样的结果是自己在心里骂了一声：真他妈见鬼，怎么会出这样的事情。

车子开始爬坡了，发动机的声音变得低沉。李松看见城堡就在眼前，车子正开向城堡。他想：干吗带我去城堡啊？一个顿悟电光一样闪出：他要被关在城堡内的监狱，就像一九四四年的米拉一样！

车子停下。李松被提溜了下来。这里是位置很高的城楼一角，阳光特别强烈。一扇铁门哐当一声打开了，李松被带到了里面。里面很黑，他在强光下待过的眼睛一下子还没适应。过了几分钟，他看到了两边都是监室，好多阿尔巴尼亚人的手和脸趴在铁栏上。看到了李松，他们大声兴奋地喊着："KINEZ！ KINEZ！（中国人！中国人！）"

李松被解开手铐，再次被搜身，然后被关进一个监室。监室的屋顶有一盏微弱的灯光。有一张小小的木床。

李松坐在木床上，靠着墙壁，心情很平静。他打起盹来，大概睡了一个多小时，醒来后觉得精神饱满。这时有人送吃的来了。是一个夹肉的面包，还有一瓶水，两个无花果。

李松坐到了地上，把食物放在木床上，一边吃，一边想着。

他想着伊丽达现在一定满心欢喜地在筹备婚礼。过几天她就要做新娘了。她穿上婚纱的样子一定很漂亮吧。他的感觉被放大了，好像她的婚礼是在天堂里举行，美丽辉煌。但是他的心里又有一个黑色的影子飘了过来。那个雅尼会怎么样呢？今天晚上他本来是要和他再次见面的，如果雅尼见不到他，会对伊丽达做出什么举动呢？李松担忧着，可他根本想不到，伊丽达这个时候即将死去。

李松被捕后的当天下午，伊丽达正在药房上班。她一点也不知道李松被德国人抓起来的消息。在这天上午，她还去旅馆找过他，后来又找遍了附近的酒吧咖啡店，一直不见他的踪影。她又折回旅馆，看见李松的吉普车还在那里，知道他不会走太远。伊丽达写了张纸条，说自己来过了，晚上还会再来，请他等着她。十点钟的时候，她赶到医院去上班。一路上遇见的人都向她祝贺很快就要结婚。李松把药品送来之后，很多肺炎病人都治愈出院了。医院里传说李松的药品是伊丽达争取来的。

如果不是前几天雅尼突然出现在药房外面的花园里的话，伊丽达应该是个十分幸福的人了。但是现在她的幸福感觉已经给毁了。她一直在注意着窗外的石榴树林，雅尼第一次就是从石榴树中间出现的。短短两天，雅尼已经拦截了她五六次，在药房，医院门口，在她家附近。当他出现在医院内外的时候，伊丽达感到一种末日到来似的恐惧。她最担心的是她的未婚夫会看见雅尼。伊丽达的心里还在想着李松，指望着他会帮助她。因为上午一直没有找到他，她更加心神不宁。

大概四点钟左右，伊丽达把晚上病房用的药配好了，正想喝一杯咖啡休息一下，她看见从石榴树中间的小径上又出现了雅尼的身影。她的心猛一下就揪紧了。他还是来了，伊丽达想。然而看到他越来越近，伊丽达反而镇定了。该发生的事总要发生，你无法回避。当雅尼进入药房时，伊丽达的助理药剂师也在现场，她目睹了接下去发生的一切。

"伊丽达，今天下午你下班了跟我一起走。"雅尼对伊丽达说。他当时刚进门，站在柜台外面，伊丽达在柜台里面。

"我去哪里？"伊丽达说。

"我们一起去吃饭，然后到我住的地方去。今夜我们要在一起过夜。"

"我跟你说过，这是不可能的事。"

"伊丽达，相信我，只要你和我在一起，我会变好的，我会让你幸福的。"

"不，我对你的感情早就结束了。我不想再过那种生活。"

"伊丽达，不要逼我。你知道我现在生不如死。不要让我们去死。"雅尼说着，他把手枪拿了出来。

"你想干什么？"伊丽达说。

"跟我走吧，伊丽达！求你了！"雅尼把手枪抬起来，顶住了伊丽达的眉心。

"不！我不会跟你走的。"伊丽达平静地把话说完。雅尼手里的枪响了。

那个助理药剂师后来向人描述了当时的情景。她说枪声响过之后，她看到伊丽达的眉心有个黑洞。她的眼睛还张着,脸上的表情好像是受到了震惊。她站立在那里,大概有几秒钟时间。然后她好像叹了一口气,脸上出现了痛苦的表情,仰面倒下了。雅尼在她倒下之后,随即举枪顶住太阳穴,扣动扳机把自己的脑袋打穿了,趴在了柜台上。

伊丽达的灵魂脱离躯壳慢慢升上天庭之际,李松正在城堡内的石头监室艰难地吃着难吃的食物。很奇怪的是,他这个时候觉得心里说不出的平静。他看着监室黑黝黝的石头屋顶和墙壁。他知道这里是城堡的内部,屋顶上方和墙壁外边还是厚厚的石头。他很奇怪这个古老的城堡会造得这么精致结实,那个名叫斯坎德尔的市长曾经解说过这个城堡在建成后一个重要功能就是用作监狱,这个说法要是真的,那么这些石室里也许监禁过古罗马时期的犯人。有一件事毫无疑问,那就是一九四四年的时候真正的米拉就是被德国人监禁在这里。而一九六九年一群演员和电影工作者在这里所做的只是把一段历史凝固到了一盘盘黑白的胶片中。现在,他也被德国人关在了这里,说不定,这就是某种神秘的意志。

夜深了,凉气从一个看不见的通气孔里钻进来。他缩成一团。他后来慢慢睡着了。

不知过了多久,他被铁门打开的声音惊醒了。他赶紧坐了起来。两个戴着钢盔端着冲锋枪的德国士兵走了进来,让李松站起来,给他上了手铐,示意他走出监室。李松想,现在我会去哪里呢?大概会是去接受审讯吧?我得让他们通知伊丽达,只有她才会证明我的清白。

他走出了监室,在黑暗的通道里慢慢向前。他又看到了两边监室里的犯人,他们这会儿都一声不响望着他,眼睛里闪着光芒。李松看见通道的尽头发着耀眼的亮光,那是外部的城市天空。李松再次想起了那部黑白电影最后的场面:米拉和女游击队员被德国鬼子押着从这条石头的通道里走出来。在那棵生长在城门口的无花果树上,绞索已准备在那里,她们正从容走向死亡。音乐在李松心里再次升起:赶快上山吧,勇士们,我们在春天加入游击队,敌人的末日即将来临,我们的战斗生活像诗篇……李松泪流满面,一阵对时间的悲喜交集的感动在心里汹涌成潮。

【作者简介】

陈河:浙江温州人,上世纪90年代曾任温州市文联副主席,现旅居加拿大。先后在《收获》《当代》等刊物发表文学作品多部。主要作品有:《致命的远行》《被绑架者说》《夜巡》等。

选自《小说选刊》2009年第7期

通天河

徐　坤

1

通天河是我们这座城市一条莫须有的河，也是这个小区命名的来源。

我们这个位于京城以西的社区，号称全世界第一大居民小区，名字就叫做通天园。为什么这么叫呢？说是它依通天河而建，从这里就可以直接通天。"通天"是个什么意思？全凭世人意会和想象。对于京城百姓来讲，"天"肯定不是上帝的天庭，也不是佛祖的西天。巍巍皇城八百年帝都，"通天"必定是通往天子，通往朝廷，通往翰林，通往贵胄，通往殿前御史、顶戴花翎南书房行走，通往洋务买办、金山银山荣华富贵祖坟冒青烟。

若干年前，开发商最初开发这个楼盘的时候，并未打算叫通天园，而是随时尚风潮，备了一个洋气熏熏的名字，叫"巴黎塞纳风岸"。楼盘尚未动工，在一次结交京华名流的璀璨晚宴上，外省来的开发商酒至半酣，志得意满，快意微醺之下，免不了要将功绩炫耀，尽数自己打造楼盘的辉煌。其中一项，就提到将要动工的占地面积最大的"巴黎塞纳风岸"。开发商还特意把这个洋名重复 N 多遍，以惊震嘉宾，并假意向座中一位鹤发童颜的国学大师讨教。开发商本意，无非是想讨个口彩，也借机在名流圈子中做做地产广告。

照常理，这种浮泛应酬场合，一般人，多半也就说些奉承话支应过去算了。有道是吃了人家的嘴软嘛！而大师却不一样。大师毕竟是大师，又是搞国学的，自然要有品位有风骨，不能够轻易随波逐流。但见这百岁老人国学大师美髯拂胸，仙风道貌，骨格清奇，他平生最擅长题字、作序、占卜、堪舆。见有人求教，大师也不谦让，遂两眼一闭，手捻长髯，端庄道：

我不做大师已有许多年。你这命名，庸滥至极，令人不吐不快！恢恢乎天地宇宙，煌煌京师，国家重地，吾国吾民，都应弘扬国学，以传播传统文化为要！好端端楼堂馆所，总是起一些什么塞纳河、泰晤士、罗马、曼哈顿、牛碧阿（NBA）那些洋名干什么！还嫌八国联军抢圆明园兽首抢得不够吗？

几句话，不留情面，说得开发商赧颜。

国学大师睁开眼，环顾四周，见座下名士都投来惊惶叹服之目光，遂长叹一声，道：唉！皇天后土，实所共鉴！有渝此盟，神明殛之。出来混，早晚都要还的。我看这盲目崇洋之风还是要改一改。京城里有些楼盘叫"王府"叫"望京"叫"真龙观"叫"皇恩寺"的，我看就很好！你的这尊，莫不如就叫它"通天园"罢！

开发商一听，晕！真雷人啊！心说这叫哪门子大师？还"通天"呢，干脆"入地"得了！以为这是挖蝙蝠洞、掏蝎拉虎子窝啊？贷款好几个亿，打造京城最好最大的楼盘，为子孙后代建业，为京城百姓造福，怎好跟俺开这种低端玩笑？"通天"一名简单幼稚，又土又俗，连黄口小儿也能脱口叫得出，还有劳你这百岁人瑞作祟？我看真是老糊涂了！

不悦归不悦，碍着一干官家名流在场，开发商也不敢造次，忙低眉顺眼，谦恭道：在下才疏学浅，不懂得什么叫国学，也不知这"通天"二字有何高义？望大师指教。

国学长老从他这口气里听出鄙夷和颟顸，遂又手捻须髯，解释道：唉！一干世人，只知盲目立庙崇神，却不知要编故事、索渊源，还以为围一道墙就成庙、插一根棍儿就是佛，那岂不跟立个棒槌差不多？如何能说服信众？我这"通天"之名，并非胡乱起意，而是用典。语出《西游记》第九十九回，《九九数完魔刬尽 三三行满道归根》，说那唐僧师徒四人西天取经回来，最后一站，正是经由通天河汹渡，才到达我东土大唐彼岸！没有通天河滔滔河水洗浴，他们怎能蜕掉旧皮囊，披上新袈裟，怎能立地成佛修成正果？他们又怎能到达朝廷长安，沐浴浩荡皇恩，大雁塔修经葺卷，设坛布道高扬佛教，成就一代高僧大德伟业？

听说你这楼盘周边有一条壕沟，盘桓数百里曲折蜿蜒，我料它应是那古代"通天河"从车迟国会元县境内千百年流转，一路浩荡奔涌，直通燕山山脉，经由运河连接永定河、温榆河、潮白河，再经清河、沙河、筒子河，到达北海、后海、中南海。如果从通天园底下挖个地道直线钻过去，它的出口处，一定就是故宫紫禁城金銮殿！

经大师这么一番贯口诠释，开发商登时两眼放光，心中的崇拜如滔滔江水奔流不息！啧啧！大师就是大师啊！"通天"二字，意境全出！大师何等气魄和襟怀！上至天文地理下至历史掌故，了然于胸，用典从来不查书，口吐莲花，张口就来。

开发商于是起身，"咕咚咚"茅台倒进自己杯子里满满一大杯，近身到大师跟前，鞠躬俯首，致谢道：感谢大师教诲！大师言出如山，一言九鼎！在下佩服！我先干为敬！

说罢，"咕——嘟"，一仰脖，半斤茅台灌进嗓子眼儿。

呜呼！天地之所同鉴，日月之所共察！大师授业开悟日，楼盘始得通天名。

嗣后，小区楼盘的巨额销售广告上，就打了这么一条偈子：

> 通天河畔觉正义
> 花果山中试禅心
> 百家讲坛儒道释
> 孔子老子庄孙子

正文曰：

> 通天河畔，京伦美苑。北依燕山，南接金水，十五分钟抵达天安门广场。大尺度开放空间，双首层，下沉式花园广场，南北通透，豁达视野，心境归真。

随后又将这条广告以每条六角钱低成本短信价格向手机用户群发群送。几番狂轰滥炸，人民群众果然矜持不住，纷纷涌来这个楼盘来打探。一瞧，哗！多么好的地段，多么快捷的交通，多么美丽的造型，多么富有魅力招人喜欢！那还等什么呀？

于是一万两万、十万二十万居民就下定金，办按揭，付全款。楼盘从一期盖到二期三期，销售业绩节节攀升，并继续打造第四五六期，要从郊外六环五环一直盖到城里四环三环二环，跟故宫景山中轴线拉成一条直线。

2

通天园果真能通天吗？

所谓"通天"，不是名词，不是动词，完全是形容词虚饰，缥缈旷远，虚实相映，大音希声，大象无形，不落俗套，不分左右，举重若轻，四两拨千斤。它彰显大盘利好，体现终极关怀，展示国学美好生机。这个名字，喜兴，吉利，绝无任何强迫上当或做虚假广告嫌疑。

人民需要利好。灵魂需要终极。百姓需要房子。人们果真就拎着一兜子一兜子钱，办理着一拨又一拨的银行贷款按揭，哗啦哗啦地涌来。合同签好，钥匙拿到，装修完毕，入住停当，这"天"就算是"通"上了。至于通完的具体效果如何，没人去深究，没人去细打探。毕竟，人们也知道，"通天"是个遥远漫长、考验心智、劳其筋骨的过程，就跟天之降大任于斯人时的情形一般，要慢慢来，慢慢熬，并不是立竿见影，而是要以观后效。

但是，也有个别性急者常要破坏规则，不按规矩出牌。个别性急者往往毫无顾忌，不讲长远关怀，急于现利返还。如京城坐地户老宋，人称外号宋斯基的，在计算投入产出比、争取利润最大化过程中，常要持虚守静，按兵不动；待他发威，使出一指禅功，那便是冷不防天昏地暗，漫山遍野到处都是鲜血梅花小图形。宋斯基亲自来通天园实地考察一番后，见这早先城乡接合部的大垃圾场，竟然打起"通天"之牌，心里不禁暗自冷笑。

你道怎的？原来这宋斯基是本城动迁户，随二环城里住的当地老街坊们一起，被政府安置到这个城乡接合部的偏远之地来。说起来，这园子里的开发商不简单，除了打造高档商住房外，还承接到政府动迁安置项目，在楼盘里打造一部分经济适用房。够有本事的！其意境，俨然已经实指"通天"。关公菩萨弥勒佛，手眼通天之谓也！像开发商这种能替政府分忧、为百姓造福的非公有制企业负责人，难道不应该除了在土地出让、贷款和税收方面给以优惠外，还发展吸收其为民主党派或人民团体工商联的负责人吗？当然！

再说人这老宋，也非等闲之辈，北京大爷，祖上也是在旗的，生就一副地道老北京模样。什么模样？碱大，面黄，水土闹的；小眼，窄额，肿眼泡，属于基因馈赠。老宋牙口好，说话利落，北京儿化卷舌音一嘟噜一串的，几句冷幽默，就能损死个人；一句反讽，就能把外地人噎得干瞪眼儿撂倒几个跟头；两句问候，京腔京调也能把外地人感动得热泪盈眶直叹北京古韵古风。老宋冷若冰霜古道热肠四季分明，一看那气质，就有个北方民间首领相。

的确，宋斯基原来也是见过大世面的，早年在国营大厂子里给一把手开车，最高时官任小车队队长。后来厂子黄了，又出来到社会上开出租车。再后来因为染上一身糖尿病高血压的职业病，才暂时洗手不干，回家养生活命。北京的出租车司机是全世界最厉害的司机，地球上的事情他全知道，地球以外的事情他也知道四分之三。如果一个人连北京的出租车司机都干过，那他还有什么是干不了的呢？群众口碑好，政策基础牢，是北京出租车司机斯基们的群体显要特征。

　　某日，春暖花开的一个周末，动迁户宋斯基随老街坊们一起，乘坐二环街道办事处的免费看房班车，千里迢迢，从城市中心区来城乡接合部这个通天园未来搬迁地点看房。一路上，车里的人们都是喜忧参半，议论声不绝。要住大房子啦，高兴！早就盼着这一天。可是对于即将要离开的北京城中心地带，老住户们感情深厚，心里热乎乎，舍不得搬出来。尽管小，尽管破，旧四合院平房狭窄拥挤，可那也叫皇城根底下，离天子最近，也是住了好几代人了，人不亲水还亲！

　　这一路上，车一打出了三环，看到的道路两旁就全是荒凉。到处是碎砖烂瓦、破铜烂铁，到处是已拆迁、待拆迁的破旧房屋。路也没个路样，暴土扬尘的，几条车道上沥青还没铺完呢，断断续续冒出臭油漆味。这哪里是北京啊，完全是农村乡镇，而且还是那种六七十年代的破落乡镇。

　　乡亲们的心哪！一个劲儿地往下沉。走了一个多小时，好不容易进了通天园小区里边。进去，先路过门面上一排排高档商住房区。嚯！敢情！是够阔绰的！可不是嘛！一排排、一幢幢楼房，大尺度开放空间，双首层，下沉式花园广场……直看得人心痒痒！他们的眼睛全亮起来。路上那沉下去的一颗颗心，稍微又往上提上来点。

　　不过，这一部分豪华区域里头，没有他们的份。他们的平民经适房，往里走，后头，跟商住房区隔一条马路，正在起层呢！乡亲们的心，只好又适度往下沉，归回常位。只见眼前钢筋脚手架、水泥袋子搅拌机之中，一群正平地拔起的灰体建筑，每栋二十几层高。数一数，一共有九排。外面也看不出什么来，反正是横平竖直，一个个四四方方火柴盒模样。宋斯基们就带着兴奋渴望焦急的心情下车，低头迈步，钻进去观瞧。

　　为什么说要钻进去呢？因为他们来看房签约的这第一拨经济适用房，还都是期房，没建好呢。钢筋水泥预制板支起的框框，围成一个个裸露的黑洞。宋斯基一行人小心翼翼从洞口钻入，躲过支棱八岔的钢筋铁条，踩着凌空的水泥陡梯，钻进对他们开放展示的一、二、三层户型里（高层危险，不让上去）。放眼一望，只见四下青灰色的水泥墙壁，一堵连着一堵，坑坑包包麻麻约约的墙，把整体空间分隔成一个个单独居室。都是正房，南北通透，采光好，开间大，建筑面积都在一百平米以上，有三室一厅的，有三室两厅的，外加厨房和两个厕所。够大！相对于他们居住过的狭小杂乱的平房来说，这么大的空间，可足够用的了！

　　要说呢，这是首批经济适用房的试点时期，政府和商家都没有经验，都想着把事情往好了做，又没有前例可循，不小心就把面积盖大了，都在一百平米以上。往后，几年之后，等试点结束、经验成熟，经适房政策大面积推广时，政府方面就进行了限制，要求只能造六七十平米的中小户型，一百多平米的户型再也没有了。

宋斯基他们做梦也没想到会住进这么大的方框里边，而且没想到这是沾了经验和政策不成熟的光。他们还假装带搭不理地东看西看，再伸长脖子从楼洞阳台的位置探出头去向远处一遥望，嘿！响晴白日的天儿，越过一片片庄稼地大空场，能看见远处的山峦依稀起伏，山体蜿蜒的轮廓一直延展到天边。微风吹拂，送来春天草木复苏的清香。这地界！这宽敞！还等什么？搬！

……且慢！见着眼前这大户型支架，宋斯基虽然高兴，心里边悄悄哆嗦，但是，表面上，他憋着，没吭声，一点高兴的意思也没表现出来。而是，转脸，找茬，开始找缺陷，把眼睛专往那楼盘的缺点上盯。要知道，眼下，这个节骨眼上，楼盘任何微小瑕疵，都可以成为他们跟拆迁部门讨价还价、获取高额补偿款的有利条件。

你这广告说明书上写，"衔远山，含近水，距离天安门十五分钟路程"，都在哪儿？我今儿这打城里过来，连路远带堵车，可整整走了一个多小时！

宋斯基手执广告，一脸义愤，质问陪同前来的拆迁办主任和售楼科科长。

拆迁办主任将这个问题让给售楼处主任回答。售楼处主任是位三十来岁的女士，一脸职业性横纹微笑，对于类似问题早有准备，慢悠悠说：是啊！远山就是西山，您探出头去就能看得到；近水就是通天河，就环绕在楼盘旁边；至于说到距离天安门十五分钟路程嘛，我们是按北京二环路上车辆最高限速每小时八十公里来计算的，通天园到天安门的直线距离是二十公里，二十等于八十的四分之一，一小时的四分之一那不就是一刻钟嘛！

宋斯基说：什么？！你这十五分钟是这么算出来的！好嘛！有你们这么算的吗？你这是说钻地洞啊还是说坐潜水艇啊？这不纯粹是忽悠人么！再有，你说的山，这看是看见了。有道是，望山跑死马，这里离山远了去了！凭什么说挨着山？

拆迁办主任打马虎眼：我说，行了，老宋，能看见山就算不错了。人这又没说正好在山根底下。

宋斯基急了，小豆鼠眼瞪得圆圆的，把钢牙一咬：不行！它这样说，就有虚假广告嫌疑！不能随便搬迁。有山，是挨着山的地段价格；没有，那就得另算。就你这地界儿？早几年，这里可都是大野地，出了城八区，这块位置就是城郊一个大垃圾站，这附近也就只有一家国有汽车大修场还算正经地方。你说，嗬（我）们凭什么从二环黄金地段挪你这荒郊野外来？

周围拆迁群众都应声说：是啊是啊！老宋说得对！一分钱一分货，一个地段一个价格。甭想哄骗谁！谁也甭想强制唔们搬迁！

售楼处主任不搭话，这事跟她关系不大。而拆迁办主任却是听得心里急，这是他负责管理的区片，到期完不成任务，他的职位可有点悬。拆迁办主任有心要收拾老宋，但也不敢轻易下手，知道这老宋的话有煽动性，在众人堆里起作用，搞不好惹起众怒。他只好一路解释，赔着笑脸，说些小话。

这一行看房人嘀嘀咕咕，嘀嘀咕咕，从钢筋水泥框架里钻出来，继续视察小区的周边环境。老宋让售楼处主任领着去看那条通天河。一伙人绕过四处尘土的建筑工地，东拐西拐，绕梁跨院，越过围墙，来到小区外围。一看，一条裤子面宽的壕沟，顺墙蜿蜒而去，沟里黄不啦唧，垃圾堆了半沟，偶尔淌出一汪浑水，那也是附近下水道里排出的废水。几个民工模样的人在河堤翻腾，一锹锹挖着什么，也许是扩坝，也许是清淤。一丝丝下水道的臭气飘扬起来，很不是个味儿。众人都皱眉头。老宋一看，道：这就是你们所说的通天河？这不就是早先崇文区金鱼池龙须沟吗？打解放那会儿就给改造了！你这都什么年代了？都快二十一世纪，还拿一条小臭河汉子蒙人？

售楼处女主任仍轻声细语，横纹微笑，说：哟！可不能那么说！这条河是从《西游记》里流过来的，一般人不知道。咱小区就是因为通天河而起的名，国学大师给起的，多少业主都奔着这个来的呢！通天河水正在治理，河面拓宽，还会开通渡轮，搞豪华画舫游船环城游，打造文化旅游休闲胜地。将来跨河还要加盖一座斜拉式钢梁大桥，桥上建铁轨快车道，火车汽车开起来，畅通无阻车行天下……

宋斯基说：得了，甭跟我这儿扯谎。原来你这通天就是这么个通法？还打《西游记》里来的呢，别蒙人了！《西游记》电视剧我看过，六小龄童演那个孙悟空，两眼那叫一个亮，嘿！嗞嗞嗞能冒火，就跟吃了十八根人参似的。《西游记》小人书打小我也看过，来回翻看十八遍了，也没听说有你这个通天河。

售楼处女主任嘴一撇说：那您就回家再看看。人国学大师是有学问的人，是不会诓人的。我们楼盘都售完二期了，还没有人说这不是通天河。

宋斯基有点不乐意：你这么说，是讽刺我没文化、少见多怪？那我还就真不信邪，还非得较较真不可！一旦让我查出你们的短来，得！可别怪我不客气！

售楼处女主任拉长声说：哟！那您就去好好查查啵，我们悉听尊便！

宋斯基从这一声拉长声的"啵——"里边，听出了对自己的蔑视，同时也听出了她的外地口音，大概是广西那边的。他心说：嘿！好嘛！哪来的外地佬还敢瞧不起唔们？敢跟北京大爷起腻？姥姥！我这回还真要悉听尊你个便！于是宋斯基脖子一梗说：废话少叙。咱们走着瞧！

说着话，回转家中。次日，宋斯基急急去了王府井新华书店，买了一百回版本的《西游记》家来查看。利益关己，不由人不较真儿。宋斯基那刻苦求实之精神，被大大激发，免不了头悬梁，锥刺股，认真研读。

风夜无寐。宋斯基大拇指蘸着唾沫，猛翻书页。他这一辈子，除了中学课本以外，从来就没看过超过五十页以上的厚书。费劲巴力地查，半文半白地找。功夫不负有心人。他这一查不要紧，却一下让他查出"通天河"作伪的证据！

<h2 style="text-align:center">3</h2>

你道怎的？

原来，这通天河，是《西游记》唐僧四人出国取经团归来时走的最后一站没错，但是也是他们被人下家伙下得最狠的一个地界！

他们被通天河的守官、一个大白癞头鼋给甩到了河里。离修成正果只差一步之遥就出了娄子。

这是为什么呢？就因为唐僧他们缺乏诚信，一群机会主义分子，用人朝前，不用人朝后。说白了就是得罪人了。

这通天河原本是一条急流汹涌的河，早在西游记时代，它正位于车迟国会元县境内，归一只大白癞头鼋管辖。鼋者，大鳖也。唐僧他们取经团一行刚出国那会儿，从繁华的东土大唐去西天印度不发达地区，走到第四十七回，《圣僧夜阻通天水 金木垂慈救小童》时就从这个通天河路过。当时就是河里的一把手老鼋同志给热心驮过河去的。到了对岸，为表感激，唐僧令徒儿沙僧拿出点盘缠来，送给鼋大师以为谢意。

老鼋一摆手：不差钱。俺只想求你个事儿。师傅到了西天见到佛主，麻烦替俺问一下寿数年限，如果可能，能不能把俺今生寿命给缩短点？拜托了！

唐僧纳闷，心说只见过求永生的，没见过求早死的。老鼋此番言语，却是何意？

老鼋觉出他的惊诧，遂含泪释告，唐僧才闹清原委。

原来，这个慈眉善目的老鼋，已经活过了一千三百年，真正的大师级人物！比百岁国学大师年龄超过数倍以上。一千三百年来，眼见得周围人类、猫狗、牛羊鸡猪、虾兵蟹将都有个生死时限，大限一到，皆双眼一闭、两腿一蹬，纷纷倒毙，转世投胎去也！任谁都能够灵魂逍遥自在、肉身变化多端，都能换个活法。唯这老鼋，活啊活啊，同辈人、下辈人、子子孙孙、几朝几代都被他活活熬死了，他却还得鼋头鼋脑留存世上，遥遥无期的以一种单一形态活着。

鼋大师恐惧。元鼋大师不耐烦。生存，只有相对死亡才有终极意义。总也不死，生之意义又当如何？这是一道哲学命题。当哲学难题无情横亘在大师面前时，大师无解。大师可叹。大师可怜。大师可悲。大师的郁闷就像像滔滔河水一样奔流不息。偶尔，当鼋大师也像著名电视节目主持人小那个谁一样抑郁症来临时，往往失眠多梦，时时都有自戕的冲动。但是它却不能自尽。因为按照业界皈依法则，自杀者的灵魂不得投胎转世。

鼋大师就伸长脖子哭，呜呜呜——

那唐僧心软，眼泪未免也跟着吧嗒吧嗒地掉落。这是生灵遇到的新问题。他自己岁数年轻，尚不曾得见。唐僧对鼋大师的处境表示同情。当时觉得这也不是个什么难事，不就是向佛主问问吗？唐僧就顺口答应了。

话说他四人的出国取经团，不辱使命，经过十四年的艰苦跋涉，一路斗美女、杀妖精，打山贼、拯民苦，经过八十难，终于到达西天，取得真经。见到佛主，唐僧光顾着说自己的事儿，就把老鼋托付的事儿给忘了。

十四年后，返回东土大唐的路上，行至书中第九十九回，马上就要到一百回结束的时候，又要经过通天河。只见那老鼋欢快前来迎候。求人办事，一己谦卑。鼋大师盼望圣僧一伙儿回返，已经等了足足有十四年了！老鼋二话不说，低眉顺眼，献出千年脊背，载上他们师徒四个，外加白龙马儿，还有那死沉死沉的几大箱经卷，轻快浮游过河。行至途中，当老鼋问起自己求办的事儿时，唐僧一下就懵了，这才想起，自己居然给忘了。

你就说，人这老鼋，该失望失落绝望到何种程度？这么鼋命关天的大事都他们都给忘记了，能不生气吗？走到河心，老鼋一怒之下，把他们四人连同白龙马全给巅到河里！真经也随之散落河中。

说时迟那时快，只见那通天河浮浪滔滔，处处急流漩涡。几个取经人屁滚尿流在水中挣扎，之后借助佛力暗中相助，才连滚带爬游上岸去。一行人惊魂未定，慌不迭地喘气，往外吐酸水，脱下浸湿的衣裳搭在岸边晾晒。那悟空又潜入河底，把失散的经书也一卷卷捞将上来。几个人手忙脚乱将经卷摊开，一并放在岸边石头上晾晒。悟空潜水的速度不如水流的速度快，许多经卷根本来不及打捞，就随滚滚河水逝去。还有厚重些的索性就沉入泥沙，掩埋化为齑粉去了。那些打捞上来的经卷，经过河岸石头上的风吹日晒之后，也有许多变得字迹模糊、残破不全。

从此，历史和真经，就永远是字迹模糊、语焉不详了。

通天河，最后一道河！难以泅渡，不让人保持囫囵个儿；通天河，最后一道坎儿！凡大师，必定命途多舛，求死难得。

4

考据出了"通天河"是"最后一道坎"的含义后，宋斯基不禁如获至宝，心花怒放！

安得倚天抽宝剑，把汝裁为三截？宋斯基手执西游宝书，热泪盈眶，浑身充满战斗力量。他的眼前似乎已经出现了被砍为三段的拆迁办、售楼处和开发商，看到了被他剁出的一个亮堂堂宽绰绰太平世界新模样！

通天河，你不见棺材不掉泪；通天河，不见真佛难求经。

怀揣宝贵证据，宋斯基采取逐级申告策略，先是兴致勃勃去找拆迁办主任老王。见了老王面，他手托《西游记》，义正词严对拆迁办头儿指出：这通天河绝非祥瑞之地，唐僧他们一伙人马上就取经成功，最后却打这儿掉河里了，差一点没呜呼哀哉眼屁着凉。您说，这么一块倒霉催地界，住进去有嗬们什么好？不搬！嗬们坚决不搬！

拆迁办那个秃了顶的老王，已经有点不耐烦了：行了我说老宋！差不离的就行了！动员搬迁的工作做了小一年，就剩我们这条街面拆迁不完，拖整个城市规划后腿。你提的条件够多了，不是都逐条给你解决了吗？又在这里扯什么淡？什么唐僧掉河里了？什么倒霉催地界？别说通天河啊，就连北京那什么公主坟、奶子房、骚子营什么的，人不也住得好好的嘛？甭再跟我这儿算计。没戏！我告诉你说啊，眼看要到了最后期限，你赶紧拾掇拾掇，准备搬。一旦最后关头强制搬迁，到时候，可别怪我们谁也帮不了你。

宋斯基见他不吃这一套，遂将那剑往剑囊中一插，宝书揣进怀里，说：好！得了您哪！您还真就别拿豆包不当干粮。您不管，我找管的去！

说着话，宋斯基兴冲冲，挥剑砍第二截。他一个人径直前来售楼处。偏巧，接待他的又是前一次招待他们的横纹笑脸女主任。待他把唐僧掉河里的故事这么一说，女主任的嘴角撇了撇：这都是什么乱七八糟的！唐僧猪八戒掉河里落水里，都跟您没有多大关系吧？您这经适房客户，是政府给安置来的，我们楼盘没多少赚头。如果您不想来，可以不来。有意见，跟你们当地拆迁办提去。

宋斯基说：怎么没关系啊？楼盘名字不好，嗬们住进来心里不踏实、不吉利、不吉祥你们知道不？臭垃圾堆，没事儿还整出个"通天河"来，什么通天河？霉运横生，不祥兆头……

女主任打断说：对不起，我这里正忙，还要接待那些前来买商住房的客户。你要没别的事情，我看今天就先谈到这儿吧：

说着，傲慢起身，欲开门出去。宋斯基在他身后大声嚷：好啊你们！甭来这欺贫爱富的这一套！甭管什么客户，你们都要实事求是，平等对待，跟谁也不能打广告骗人。不信，我现在就上你们销售前台，大声宣传，把这事儿当场公布出去！

他这儿正嚷着，正巧楼盘老板开发商今儿过来办事，打从门口经过。听见里边嚷，问：怎么回事？售楼主任说：老板，有个人在这儿穷捣乱，说我们楼盘的名字有问题。开发商说：哦？这事新鲜呀！让我看看。

开发商进门一看，见是一个小眼、肿眼泡男人怒气冲冲当堂而立。于是招呼道：这位大哥，请坐。有话好讲。

宋斯基看了看面前衣冠楚楚这位，模样很忠厚，整个就是个穿了名牌西服的范伟，看着顺眼亲切，是个讲道理人的样子。于是问：你是这里老板？开发商说，我是。宋斯基说：楼盘是你开发的、名字也是你起的？开发商说是，反问道：这位大哥是……宋斯基说：我是谁并不重要，关键是你是谁，你们楼盘是谁？开发商说：什么意思？宋斯基说：你们楼盘名字起反了，你知道不知道？开发商说：反……反了？什么叫反了？宋斯基说：你们原本意思要图吉利，喜庆，住到你这里就让人一步登天，可现在，这通天河却让人落地、让人掉水里，让人吹灯拔蜡撂挑子，这不是反了是什么？开发商说：此话怎讲？宋斯基说：我也不用跟你细讲，你去，好好查查《西游记》，九九八十一难，通天河是唐僧西天取经的最后一难。完全是凶兆，杀气灌顶，危机四伏，不得安生……

开发商说：大，大哥，你还真别唬我。我们这可是请国学大师给取的名。

宋斯基已看出对方的脸色的犹疑和难看，他自己仍不动声色，说：国学大师？国学大师就懂国学吗？谁告诉你他起的名字就一定对？不信，自己查查去。哼！实话说吧，没有十分把握我不能来跟你说这个事儿。

说着，又拿眼斜睖开发商一下，问：怎的？有书没有？没书，我这里带着呢，借你。

说完，"啪"地潇洒一拍，正版精装《西游记》沉甸甸厚重重地拍在开发商眼前的大班台上。

开发商这时霍地从椅子上站将起来，说：那什么，大哥，你到底是干什么的？能否透露一下？为何对敝楼盘的名字如此之热心？

宋斯基到底是毛嫩，小车队队长的斗争经验不够丰富，没能憋住劲，这会子被人一问，忍不住牙缝里吐露一点实情：实话跟你说，我也是即将搬进来的业主……

开发商像明白了什么似的，长长地"哦"了一声，复又把屁股蹾进大班椅子里，恢复倨傲神态，说：那什么，大哥，咱有话好商量。你打算买哪块地儿的楼盘？

宋斯基说：你别管我打算买哪块，你这楼盘名起晦气了是真格的。自己看着办吧！得，我还有事，先走了。

开发商急说：别价，大哥，咱们有话好商量。

宋斯基说：我还有事。拜拜了您呐！说着，一扭头，还真走了。临走前还没忘了把自己花钱买的《西游记》装兜里带走。

开发商明白，遇到真人了，不是个善茬子。他叫来销售部经理，立即去查书，弄清通天河名字的由来。一查，还果然如此。是有这么一说。据作家吴承恩说，《西游记》里的通天河之难，是佛主有意为之，为了圆佛家"九九八十一难"，故而在此给了西天取经团补上了最后一道劫难。通天河，于是乎就成了不祥的文化象征符号。

开发商听罢心里一惊，脑袋瓜子嗞嗞嗞冒冷汗。都说大师不余欺，今儿个，大师可真真是害惨我也！

他随即找来售楼处女主任打听，查这位客户的底细。听女主任说来找茬的这位，是即将要搬来住经适房的，开发商的脑袋"嗡——"的一声又大了。这就更不好办啊！俗话说光脚的不怕穿鞋的。看来这封嘴的难度生生要大了许多！

事已至此，不能坐以待毙。通天集团高层立即召开紧急会议，商议对付刁难顾客的封嘴策略。非公有制企业对开会的重视程度远远超过公有制机关，集团董事局会议扩大到副处以上中层领导干部参加，没一个人请假缺席。几十号头头脑脑集中住进五星级宾馆，两天两夜集思广益，寝食难安，共谋楼事。期间共发放文件十四道，全体会议和小组讨论五回，出简报六期，大会发言两次，反复修改决策，将各项条文漏洞咬文嚼字一一梳理，凡是可能遭诘问的路径和指向，一律都给事先考虑到，并做出二十套缜密谨严应对方案，以保证楼盘以及它的名字固若金汤，无懈可击。两天以后，大会胜利闭幕。在闭幕式酒会上，集团领导跟与会者举杯相庆，相互祝贺集团已经成竹在胸，对未来充满信心。众人严阵以待守株待兔，时刻准备迎头痛击任何来犯之敌。

三天过后，果然，宋斯基又胳膊底下夹着他的《西游记》前来造访。这次免去中层领导接待过程，径直由一把手开发商老板接待了他。

开发商老板按照战略部署，首先仍然采取怀柔政策、顺义心肠、昌平理想，对宋斯基进行绥靖安抚，尽可能的息事宁人。老板客客气气叫大哥，说：大哥，上回是我们有所怠慢。我们也知道您即将搬进敝小区经适房来，欢迎欢迎！请多提宝贵意见。

宋斯基矜持着说：我本不想提什么意见，本来咱们井水不犯河水。可谁让咱有缘，你是老板我是客户呢！我是为住在通天河边上的人们着想。住在这么个不吉利的地方，垃圾场上建楼盘，交通遥远不方便，臭水河沟临闹市，蚊虫孳生寝难安。祸害，妨人呐！谁住这里，都妨碍孩子上不了大学、老公媳妇一起下岗、老人们折寿医疗看病没保障……

开发商打断他说：大哥你别说了。你说的这些我们都明白。那你下一步的意思是……

宋斯基说：我建议你们把楼盘名字换一下。

开发商身体微微后倾，陷落在真皮老板椅上，慢条斯理说：大哥你是开玩笑吧？项目名称哪能随便改？那都是经市里批准到建设部备案过的，谁也没有权力改。你说的那个，《西游记》里边的通天河，唐僧是被甩河里不错，可最后他不是过去了吗？不是见到皇帝了吗？不是得道成佛了吗？不是千古一僧、名垂青史了吗？有道是，失败乃成功之母，不经风雨怎能见彩虹？不掉阴沟里怎么能爬上岸？不落进河里怎么能跳龙门？这不就是人生哲理吗？这不就是哲学、这不就是佛学、这不就是国学吗？我们就是要弘扬这种精神，低开高走、先抑后扬、大盘蹿升、一路向上、永远牛气冲天牛气通天！你说这"通天河"有什么不好吗？有什么不妥吗？有什么不对吗？

宋斯基见他这开发商气势汹汹、咄咄逼人，一连串竟用这排比句，知他是做了充分准备的，不禁心里暗笑。他仍然是面不改色心不跳，泰山压顶不弯腰，极度谦和、平静地说：要不，咱们这么着吧！我也不跟你理论。我儿子在一家门户网站当总监，我就让他在网站上搞个网络投票总调查，题目就叫："通天河"楼盘到底能不能通天？管保不出三日，我就能把你"通天河"给调查成"通地沟"你信不信？

开发商腰杆不由得端直了，说：敢问……贵公子的大名？

宋斯基报出了自家儿子番号及"骚狐浪"网站大名。

开发商一听，"咕咚"一声，从大班椅上掉下来，一屁股蹾在地上，就地一个劲儿抱拳作揖：哎呀！哎呀哎呀！哎呀妈呀！我这可是有眼不识金镶玉！大哥，大哥，误会！完全是误会！您老请坐，请上坐！

说着，连忙爬起来，躬身，到宋斯基身边，又是点头又是作揖：大哥，我信！你说的那些，我全信！咱有话好好说，有话好商量，你可千万别给我互联网匿名投票调查去！

宋斯基这才一屁股坐下，二郎腿一搭，接过开发商递过来的中华烟，就着他手里的打火机点着，又从鼻孔长长喷出一团气，这才冷笑说：哼哼！你也知道网络匿名调查的厉害！

开发商鸡叨米似的点头：知道！知道！那玩意，啥叫匿名调查啊？那简直就是匿名开批斗会、匿名贴大字报！好家伙！好端端一个人，一件事，让它给你一匿名，一投票，一点击，吧唧！得！黑的就给调查成白的，死的就给调查成活的，那家伙，那才活活的一个叫，芙蓉姐姐炼成丹，小损样如日中天！简直啥事都有可能出啊！

宋斯基仍鼻孔冒烟儿喷出不屑：哼！

开发商说：我说大哥，您老行行好，我这三期楼盘正在热卖当中，已经批地贷款建四五六期了。您给我留条活路，咱有话好说，有话好商量。杀人不过头点地，得饶人处且饶人。

宋斯基的肿眼泡盈出笑意：行！知道就行。算你识相，是个聪明人。

于是他二人坐下来，进一步商讨封口条件细则。开发商一边跟他应承，一边在心里头生气郁闷，心说：哼！北京人，也忒不讲究了！这么快就见底！我举集团之力，动用全部成员班底，备下一百一十页的文案，页面上画花，卷宗上封印，就等着和敌人太极推手，你来我往，搭手缠绕，避实就虚，沾粘连随，圆转自如，不顶不丢，还等着跟你玩个过瘾呢！你可倒好，两招过去就亮底牌，也忒他娘的沉不住气、忒不会玩了！你倒是多来几个回合、跟我多砍砍价、多折腾折腾啊！白瞎我这辛辛苦苦准备的这么多招数。都没用上。真丧气！唉，丧气！跟这样人斗，无趣！没意思。真没意思！

开发商很快答应宋斯基提出的条件。最终结果，开发商将自己预留的机动房，给了宋斯基一套。那是经适房中最好的户型，在最好的楼层，最大的开间，有一百三十多平米，三室两厅两卫。至于面积补差款如何折算，究竟折算没折算，也只有他们俩人知道。

宋斯基带着得胜的喜悦班师回朝，打点行装准备搬迁。他心里得意，心说，这通天河，果真不是一般性的河啊！通天河，这玩意到处流淌的都是国学！经史子集、西游八卦、和尚尼姑、妖精猴子……到了我老宋这里，那就是金的银的、一居两居、一毛两毛，简单明了，直来直去。

5

人间四月芳菲尽，通天桃花始盛开。长恨春归无觅处，不知转入此中来。

春回大地，万物更新。从摇号、抽签、分房，到装修、搬家、入住……宋斯基这些动迁户们经过一秋一冬的折腾整合，终于在美丽新家光荣定居。通天生活喜洋洋，人间没有灰太狼。居住在宽敞阔大、足有三米多高的房屋举架下，通天园业主们不禁感叹：这北方人盖房可真是实诚啊！一点也不偷工减料，把房屋举架实打实挑得那么高！敢情！是要就乎着姚明来住的吧？这要是换成南方人干活，也就给你个达标的两米五到头了，节省空间节省原材料了不是嘛！北方人，真是傻实惠傻实惠的。

他们就一边享受着挑高大空间的好处，一边耻笑着外地北方人的憨傻。业主们守着自家明亮的窗、雪白的墙，墙上挂着影楼补照的婚纱描眉画眼儿得瑟相；眼望小区绿树成荫花开遍地，一溜假山、喷泉、瀑布、雕塑、下沉式广场，还有花果山水帘洞模样的儿童乐园，那可真叫一个视野通透，心境归真！眺望西山，渴望亲近。居民们隔三差五，成群结队，走上个三五站地，到西山八大处半山腰上去取水。那是真正岩石峭壁上涌出的山泉水，清冽，甘甜，喝完以后百无烦忧，什么都不想了。有人一抹搭嘴儿说，嘿，真像孟婆汤，喝完了就不再惦念北京城里什么模样。旁边稍微有点文化的人就打住，说：什么孟婆汤！那可是奈何桥上的忘忧汤！咱这水可大不一样，咱这是开启幸福源泉！好日子才刚刚开始，瞧好吧您哪！

社区美丽如画，人民富足安康。利民工程取得极大成功。通天河畔园区建设得到市里高度关注。舆论及时报道他们的消息，各媒体机构指示专人盯着这个社区，派记者专门负责跑口，经常光顾，采访报道这里的好人好事新气象。比方说：社区里建起商贸大棚，解决待业人口和周围居民菜篮子问题；社区组织成立老年秧歌队合唱队，两年之内将上春晚；小区周边设施配套齐全，又建了幼儿园和小学校；通天河清淤工程顺利，还在修缮，虽然总也修缮不完，但河面已经从原来的褥子面宽，拓展到了现在的被面宽……

广大业主人民群众高兴啊！无论电视台还是报纸记者来采访，只要镜头话筒一对准，一端上，通天河畔的居民就会这样由衷连贯、舌头不打锉儿激情侃侃而谈：咱们从憋屈拥挤的小平房，搬到宽敞明亮的高楼大厦，夏天不用担心屋顶漏雨，冬天不用担心烧蜂窝煤炉子一氧化碳中毒，也不用见天价儿挤到大杂院当中一个水龙头底下洗脸刷牙，不用天天倒马桶、跑小胡同挺老远上公共厕所，街坊邻里也不再为争一点小事打架斗殴，人人讲卫生不再随地吐痰……比起过去的日子，咱们简直就是上了天堂啦！这通天园的日子，可真是通了天！

这话带着袅袅翘翘的卷舌音，插上天使的翅膀，飞呀飞，一直飞向高空，飞向天堂飞向祖国各地四面八方。热爱北京渴望通天的人都来了，提着一袋子一袋子的钱，办着一拨又一拨贷款按揭。通天园的声誉日隆，商住房的销售业绩又迈上一个新台阶。原来的那些商住房业主，还担心当地搬迁户过来，会降低楼盘声誉和水准，连带着他们的物产贬值。不承想，反倒托了经适房试点工程的福，整体房价水涨船高噌噌噌一个劲儿往上蹿。业主们高兴！各类价钱的业主们和睦相处打成一片，共同建设幸福美丽新家园。

作为业主代表，老宋成为一个定点被采访对象，一有啥需要露脸露面动嘴的事儿，社区街道物业都习惯性地爱去找他。不是因为他脸面好，长得耐看，能代表北京水土碱性大，而是因为他的好口才，随叫随到，把握政策，言出有据，使人放心，能将人们过上新生活的高兴幸福心情表达得不左不右，不偏不倚，中正圆通，能使上上下下都满意。往后，来人采访、搞民意调查基本上就成了他的事。时间一长，跑口的记者跟老宋混熟了，相互有用相互信任，就有点推杯换盏称兄道弟的意思了。记者说这么着吧，宋哥，这边道远，来回不好跑，过来一趟不方便，你就给我当个通讯员，有什么好人好事给我及时报道一下。

宋斯基连忙摆手：不行不行，我哪里会通什么讯？你看我平常拿扫帚水桶在广场水泥地上描水笔大字，那是治肩周炎呢！通讯报道这玩意，我可干不了。记者沉吟一下，说，嗯，要不咱们这么着吧。也不用你具体写稿，也就是动动嘴，报报料，负责提供这个地区的新闻线索。有情况打个电话招呼一下，你口述，需要核实的我再去现场核实采访。

老宋说，这个可以干。打个电话什么的没问题！记者又嘱咐说：宋哥啊，这不是一般的活，你肩上的责任可重啊！咱社区人民的幸福生活精神面貌，全靠你这一张嘴了！一登出去，全北京一千好几百万人民立马都能看到。全国也有好几百万人民立马能看到。

宋斯基放下酒杯，当即表态发誓说：大兄弟你放心！我一定对得起你这份信任，一定要通好讯，报好料，把社区幸福生活让全地球人民都知道！

打这以后，宋斯基就成了千里眼、顺风耳，每天再拎着苦瓜汁去街心花园广场上走步锻炼、再用扫帚水笔往水泥广场地面写大字的时候，心境就不那么专一和归真，而是眼睛随时瞪大，耳朵随时仄楞，看人家做事，听别人闲谈，从中挖出好人好事新气象。诸如：一受伤鸥枭落户通天园居民窗台，居民送到动物园查明是国家二级保护动物；110警察寻访四小时把老年痴呆症老太送回家中；通天河清淤工程进展顺利，河面已经拓展到双人床宽；通天园五期商品房两小时狂销上亿；保洁员拾金不昧，捡到装有上万元皮包交还失主等等新闻线索，都是经由宋斯基报料，而后传达给全市人民的。

为了鼓励他的积极性，记者偶尔会在括弧里署名打上"通讯员宋斯基"字样。这让宋斯基特别受宠若惊！这可是平生头一次他老人家的大名，以"黑小五"方块字形式，在国家正式印刷出版物上出现啊！宋斯基喜形于色，赶紧到报摊上把那一期报纸买下几十份送给左邻右舍。

要说乡亲们呢，原先还对宋斯基颇有成见，就因为他家住上了比别人都好的大户型。都是多年的街坊邻居住着，谁不了解谁啊？凭啥他家能捞到超面积最好的楼层和户型啊？乡亲们都背后嘀咕说，一定是老宋那个能挣钱的网络儿子，叫个什么"欧"的，CEO还是UFO？反正是个O，拿钱给动迁办管事儿的进贡贿赂了！这年头，有钱就是能使鬼推磨！

他们哪里知道，人宋斯基根本没动一枪一弹，全凭自己的智慧和超人胆量，攻城掠寨。

这种事情讳莫如深。谁一问起来老宋就打哈哈支应过去。如今，见宋斯基同志还能在报上通个讯，报个道，还能替咱社区说好话，乡亲们就认为他也还算凑合吧，不是什么坏人，起码还能为大家做点子好事。他们就把以前的嫉妒羡慕仇恨都忘却，就势表扬他两下子。宋斯基挺当真，就顺竿爬，一边散发报纸，一边谦虚着，冲各位一抱拳说：各位老少爷们，往后看哪里有个好人好事啥的，多给我说道说道，我这往报上一通讯，咱社区受表扬，大家伙儿的脸上都有光，咱这房子也能升值不是嘛！众人都说是啊是啊！可不是这么个理儿嘛！居家过日子，谁不愿意多听两句好听的？！

往后，果然，街坊邻里谁有什么稀奇好事俏皮新事线索，也主动给他提。老宋再经过筛选，报料到记者那里。在众人的参与鼓励下，宋斯基报料的心情和积极性都有了质的飞跃，愈发尽心竭力，履职称职。他自我规定的工作原则是：有了好事要报；没有好事，创造好事也要把它报出来！

经过老宋一干人等的共同报料努力，通天园的好人好事几乎每天都见报，还不只是一家报纸，现在各家报纸各个电视频道都来抢线索。通天河边新气象，好人好事一箩筐，不是这个报纸报，就是那个报纸登；不是这个频道报，就是那个频道播；不是出现在百姓生活版，就是出现在大众娱乐栏。通天园小区的知名度更大，声誉更好！它被成功地描述成人间天堂、伊甸园，是世界上最适合人类居住的宜居之地。这里还被评为全市精神文明建设红旗小区。谁一问，通天园的业主都特自豪，脖子一梗，说：家住通天园，天上新乐园！据说，某某电影明星也戴墨镜前来看房，某某画家买了好几套房子在这里囤下准备给儿孙们当遗赠。

通天园达到了它的声名鼎盛期。也就是在这个时候，通天园的房子，卖光了五期六期七期，却仍然供不应求，持币待购的人群仍如潮涌。

通天园，世界上最美丽的园！双人床宽的河水通上了天！

6

却原来姹紫嫣红开遍，似这般都付与京伦美苑。良辰美景奈何天，便赏心乐事谁家院？通天人忒看的这韶光贱！

经过短暂的蜜月亢奋之后，楼盘和它的业主们，很快进入高潮过后的不应期。免不了就腰膝酸软，乏力不举，对新家园的兴奋程度锐减接近于无。

时间是一把利器。它能让人的情绪从高位到低端，从巅峰到散淡，呈波浪形、抛物线状、心电图式样、股票大盘走势图一般排列。可能是螺旋式上升，也可能是倒栽葱下降。一般来说，下降的速度都比上升快。地心引力吸着呢！

通天园试点工程结束，取得巨大成功，经验可贵，效益良好。城北城东城南都开始普及这种形式，规划新楼盘。建造经适房的工作重心逐步向其他新区域转移。而在通天园这厢，随着最后一期楼盘的销售告罄，大规模入住的弊端已显露端倪。

问题首先从道路交通上暴露出来。没路了。路不够用了。这个号称三十万、四十万、五六七八十万人口的超大社区，还是自古门前一条路，双向六车道的进城道路，刚一修好，就不够用了。道路成了一个大停车场，没有两小时，出不去，进不来。通天园原来叫做"睡园"，说是住在这里的青壮劳力每天早九晚五进城工作，回到这里只不过是睡个觉而已。如今它又有个别名"死园"，死水一潭，死路一条。

还有那通天河水挖啊挖啊挖，没等挖出什么模样来，就知道不行了，白挖，下面水流不畅，不能跟京城所有水系贯通，上面建起来的是一座废桥，太窄，容不下几辆车经过，修建的速度没有人口聚居膨胀的速度快，搭起来也只能当成是积木桥、摆设。房屋维修的问题也紧跟着显露。房子质量不错是不错，可是也需要维护保养啊！就像平常体格再好的人，也得允许人有个头疼脑热小病小灾什么的，到时候就得打针吃药躺个一天两天恢复元气。住了三四年的房子，正是显露点小毛病的时候，上下水管道煤气管道、门禁电梯什么的，都需要换件保养、时不时敲敲打打、给拿拿龙。但是物业的服务没有跟上。还有社区安全之类的问题，门卫不负责任，来人随便进，小区乱停车，宠物随地大小便等等等等，类似情况出得多了，搞得业主们非常闹心。

楼盘建设速度太快，周边服务设施不配套跟不上，周边地区没有个三甲医院、急救中心，派出所和街道办事处都离得太远……弊病一个接着一个，简直罄竹难书，多了去了！业主们一时怨声载道，牢骚满腹。

去找物业理论，物业还跟大家解释，说这些都是发展中国家面临的共同问题，处处都有，有些是全球化现代化进程问题，有些是城市规划问题，有些是区域建设发展不平衡问题，有些是技术层面问题。所以不能把问题全算在物业头上。要慢慢来，慢慢解决。业主们也急了，立刻义愤填膺：不算在你们头上还要算在嗰们自己个儿头上？合着这问题都是别人的，你们一推溜干净，自己什么责任都没有了？物业你们是干什么吃的？收着嗰们高额的服务费，却不为大家办事。物业失职！驱逐！滚蛋！滚出去！

通天园小区业主委员会正式宣布成立！你不是没人管吗？好！嗰们自己管！今儿个嗰们要集体站出来给自己个儿维权！

广大业主一致推举有责任心、有正义感、有时间、有精力的宋斯基当主任，代表大家出面迎敌。宋斯基也责无旁贷，不负众望，说理讲理，代表弱势群体业主一方，与物业部门展开旷日持久的维权斗争。几个回合下来，大见成效，宋主任工作效益显著，其中最著名的几件成果有：率领小区人民成功驱逐原来的物业，请来新的有一级资质的物业公司替大家服务（原来那家物业公司竟然是开发商手下的翻牌公司，那怎么行！监守自盗嘛不是！怪不得牛皮哄哄欺骗了嗰们那么久。哼哼！）；第二件是打赢一场官司，收回小区底层公共场地所有权，它原来被物业出租为收费停车场；第三件是勒令物业每年必须向业主公布房屋公共维修基金使用情况，财务必须要透明；第四件是组织小区业主联名写信向本区域的人大代表政协委员呼吁，请他们到会上给提案，拓宽通天园前面的道路，要求多开辟几条从郊区进城的路线，同时，地铁二十八号线也必须要在这里有一站。业主们知道平常自己个儿直接去跟官口衙门说，说不着，也够不上。只有这些代表委员们提案说话好使，解决起来痛快！

仗是越打越精啊！官司也是越打越熟练。业主委员会证据在握，坚韧不拔，屡战屡胜，无坚不摧。漫长的平台期里，在共同对付物业部门的维权斗争中，通天河畔群众的兴奋紧张度又一点点被提升起来，像是走泄了的钟表又被重新拧紧了弦！新一轮高潮，不期然，轰隆隆，喀嚓嚓，迅猛而至！势不可挡，猝不及防！甚至比第一拨还热烈、还快感、还实在！人民群众重又看到了自己活泼泼、壮憨憨的雄厚膂力！

媒体也在配合老百姓维权。媒体在帮助百姓培养公民意识，法律意识，教导人如何保护自己，打击敌人。媒体上的百姓生活栏目，现在真是越办越灵活，尖锐，深刻，勇于说真话，敢于直言，对陋习不再捂着盖着，该揭就揭，该批就批，促进了和谐社会建设。报纸电视台原来那些"生活三原色""百姓五色光"等等栏目，如今也改叫"民生民调"，重点关注民生，解决疾苦，充分发挥舆论监督作用。哪里有撬门压锁、小偷小摸，哪里有酒后驾车肇事逃逸、哪里有出租房主不尽职尽责、熏得租房民工煤气中毒……都要一一登载，予以揭露，以督促整改。各大媒体报业集团竞争激烈，不断想出吸引读者观众招数，纷纷开通免费电话热线，鼓励市民参与报料，还设了专门经费奖给新闻线索提供人。根据每次报料后的使用情况，来决定奖励给每位五十到一百元不等的报料费。为了保护广大报料者的安全，提供批评线索的报料人可以匿名，只说"某某先生"、"某女士"提供便可。

当宋斯基第一次拿到结算的报料费三百元钱时，他十分意外十分不好意思，一个劲儿推搡说：不要不能要！给别人维权，也是给自己个儿维权，应该应分的嘛！还拿啥钱呢！这钱不能要。负责跑口联系的记者说：老宋你客气啥！这是光明正大的事情，你自己靠劳动得来的。拿着吧。你不拿，我也不能个人藏匿下。为我们工作，也耽误不少你个人业余时间。我们得感谢你！以后还得辛苦你，勤给我们报些来啊！

老宋一听，嘴里忙说，哦，哦，不客气不客气，那是一定的！一定的！心里边这个意外这个激动啊！难道这份工作这么光荣有价值？自己从来没有想到过要有回报，如今，这好回报自己个儿找上门来了！没想到啊没想到！这是对我老宋义务为大家伙服务的犒赏啊！于是乎他就暗下决心，一定尽自己的全力，将这通讯报料的伟大光荣事业进行到底！细一核算，嗯……这才小的溜的简单提了几条就得三百元，照这样下去……每个月要是提上个十来二十来条，不就得有个千八百块？！快赶上我一个月内退工资啦！

想到这里，宋斯基心花怒放！从此他愈发兴致勃勃，一边率人维权整改，一边不断电话、短信频繁把料报上去，暗中期待若干银两源源不断寄将过来。

可是，出乎他意料的是，当他又收到过三百元后，以后报的料，却怎么也登不上去了。财路忽然间断了。老宋心里纳闷，急忙打电话问记者，也不好意思直接问，一个劲儿绕着圈子说，是不是现如今报料的人忒多，我的就排不上号啊？

记者对他也挺客气，说：多倒是多，但各人报各人的料，互不耽误。老宋，你的问题是，你也应该与时俱进一下子。现在媒体竞争这么激烈，我们也不能总是炒冷饭，嚼别人吃剩下的馍。你平时多注意一点我们民生新闻节目的变化，得寻求新角度，想法找到一点新内容。

老宋得到启发，赶紧找出报纸来看。他发现自己的确是落伍了，总报些什么通天河水质不好、大垃圾堆、交通差什么的，不行了。你看看人家，看人家这报的嘿！全是杀人越货、强奸抢劫等等，一色的干货！都用黑体一号字、二号字通栏标题，黑森森，明晃晃，醒目！中间再配上幅俩大货车四脚朝天撞翻照片，血呼啦彩色高清晰，雷人！真是吸引人眼球，让人初刻拍案惊奇！

再扭开电视，找一找百姓民生心理专栏热线，见全是夫妻离婚、婆媳打架、姑嫂不睦、兄弟阋墙、公公扒灰，尤其以儿女跟老人们争房产的居多，还都是真人坐现场的，连哭带数落，铿铿锵锵，硬是拿着不是当理说。你说现在的人怎么都这么不要脸呢！连家丑不可外扬的老理儿都不顾忌了？！可也是，现如今，什么丢人现眼事，只要一披件"心理""法律""法制"节目马甲，就可以冠冕堂皇登场。瞧那电视里头那些人，八成也都跟自己一样，有价格不低的出场费作秀费吧？要不价，能搬动全家老少坐那儿录像灯底下照，然后让人拍完了满世界播去？多大的寒碜哪！

世道变了。看来，自己不下狠招子是不行了！老宋想。自己必须重新开始，舍弃旧角度，开发新能源，提高命中率，重新挣到报料钱！通过进一步的认真学习，他发现：世界上的好人好事总是极其相似，世界上的坏人坏事却各冒各的坏水。必须要有一双善于发现坏人坏事的眼睛。有坏事，坚决要报；没有坏事，鼓动别人干坏事，也要把它报出来！

有了这种决心和发现，宋斯基如醍醐灌顶，从今往后，便愈发刻苦敬业，往往抖出生鲜猛料，新奇闪亮，别具一格，超帅超靓，站稳了民生版的头条！

诸如：

一母藏獒随主人深夜潜入通天园一户养獒人家，引诱发情公藏獒与之交配。事毕，不给喂食补充营养，造成公獒终生阳痿。据查公藏獒身价一百八十万，从此只能卖出废狗肉价钱。獒主欲哭无泪，谴责盗窃者无良行为。

本报讯：通天园地区又出奇事，结婚当日随即离婚：一对新人结婚，上午婚礼，接新娘婚车被堵在通天园路上，傍晚才到达。女方娘家人不干，拒绝举行仪式，说是晦气触霉头，傍晚结婚的不是寡妇就是二婚。一桩喜事从此告吹。

通讯员宋斯基报道：通天园一小偷扒窗入户盗窃，强奸三楼一熟睡少妇，致使少妇怀孕。小偷逃逸。女方家人起诉到法院，告小区楼外的排水管道设施有问题，强奸犯正是顺管道溜入室内作案。

如此种种，绝对有卖点，有活力！媒体赚得了眼球，老宋赚得了实惠。媒体影响力骤增。栏目版面从一个版增加到两个版，最后增加到四个版八个版；电视台的"民生心理热线"栏目从午夜档进入了晚八点左右的黄金档。媒体的随栏广告大规模增加，成为文化企业创收增效益大户。宋斯基本人也赚得盆满钵满，不仅如期达到每月千儿八百的创收目标，且多有超额完成，连给儿子结婚娶媳妇的钱也攒下不老少。

通天园这个地区的名声越来越响，就连外省市也知道，北京的通天河地区是个交通极度拥堵、案件频繁多发、底层人口密集的贫民聚居区，是首都的著名不安全地带。这里垃圾熏天，民不聊生，杀人越货，盗窃抢劫，总有稀奇古怪案件出现。随便坐在出租车里，就会听到交通台主持人小哥小姐吱扭吱扭，数来宝似的拿通天园说事儿调侃：虽说现在北三环北二环正在拥堵，要我说你还别不知足；你要是真有不服，那就把你送通天园去打个赌，看不堵得你五脊六兽，看不灭你个粉身碎骨，咿呀呀，嘿啦啦啦……

经过一年间坚持不懈的报料曝光努力，业主们成功地将通天园打造成一个全市社会评价最低的居民社区。开发商十余年的筹备和建设、两拨物业八年间的打理、街道居民委五年间的管理服务，都不敌一年多来群众的报料曝光奏效。通天园从前的好名声，顷刻间土崩瓦解，分崩离析。

7

事情的逆转，是从宋斯基决定要卖房时开始的。光阴如箭，老宋家里那个网络儿子托了互联网事业蒸蒸日上的福，从泡沫走向实体，逐步稳定了，发达了。宋公子也到了岁数，晃悠够了，玩够了，开始成家立业，娶妻生子。儿子在城里CBD繁华区置下了房产，叫上荣升为奶奶的老宋老伴进城去帮助带孩子。一抱上那白胖胖的大孙子，把这五十多岁老太太乐得，合不拢嘴。这叫一个亲哪！带自己的孙子，这还有什么说？肯定的是脚不沾地倾家荡产鞠躬尽瘁也乐意啊！

老伴这一高兴，就顾不得通天园留家看门的老宋啦！五十来岁的老两口开始同城两地分居。一天两天还成，时间久了也不是个事儿。想到宋斯基一人守着那么大房子，身体还有不少毛病，老伴不放心，就让宋斯基也跟过儿子那边去，待在身边好有个照应。老宋拗不过，只好把通天园房门一锁，也跟着进了城。

老宋这一回城里一住，可就不愿意再回来喽！哎哟喂，这可真是，山中方一日，世上已千年！离开几年，北京城里真是大变样，变得他都认不出来了。美了，漂亮了，干净了，宽敞了！不光有熟悉的红墙绿瓦，还有那么多不认识的高大建筑，巨蛋，斜塔，大裤衩……老宋摸索踟蹰，没事时自己一个人沿着原先的记忆到处溜达。自打住进那"距天安门十五分钟路程"的郊区鬼地方之后，他就几乎没回来过。太远了，不方便。现如今啊，再来看这北海的白塔啊，景山的歪脖树啊，故宫的金水桥啊，中山公园红墙外的玉兰树啊……看着还都这么眼熟这么亲切啊！

春天的脚步，把皇城根底下染得粉红似白的，黄的迎春，翠的绿柳，粉的樱桃，开得这叫一个艳啊！最是一年春好处，绝色烟柳满皇都。春城无处不飞花，满城春色宫墙柳。早先住沙滩文化部的几个戴眼镜的，常跟他们一起打太极拳，一见到春天来了，就爱时不时地拽几句诗文，老宋当时跟着记住了，但没啥太多感觉。自己打小就看见的景物，可有啥稀奇感慨的！可是，现在，当他离开京都城里一段时间后再重新回来看，那可真叫做是感慨唏嘘啊！城里就是好啊！春天来了，这皇城也是占先，它的花先开，它的草先绿。古人的春天诗文这说的都是皇城根儿，说的都不是通天园那个大荒郊野场啊！你就看啊，那打太极拳的，还在那儿慢悠悠打着呢！好像他昨儿就在这儿打，今天还没有变；那唱京剧拉二胡的，也还在那吱吱嘎嘎拉着呢！也像是昨天的曲儿，今儿继续练，中间一点间断都不曾有过。连绵，连贯，悠远，悠闲，这才叫北京的韵律，这才叫京城的滋味呢！

老宋神思恍惚，被皇城根儿的春天给熏得迷迷瞪瞪的，一路走一路看，独自鳖进街边一家小吃店。坐下来，点上几样老北京小吃：豆汁，焦圈，驴打滚，芥末墩儿……一口冲劲上来，老宋的眼泪可就含在眼圈里了。生活了五十来年的北京城，祖祖辈辈好几代人都生活过的地方，亲切啊！连空气的味道，都散发着祖先的体香。可如今，自己个儿为什么要去那偏远的郊区大野地里去？为什么像个外地人、乡下人一样住在离皇城八丈远的地方呢？那里的生活，如今看来，多么不真实，不真切，多么像发癔症，发疟子，多么像大梦一场，像大病了一场啊！

这么一想，老宋的眼泪真就掉下来了。

当儿子提出建议，让父母别来回再折腾，索性都搬回城里来住时，老宋和老伴没怎么合计，就答应了。儿子和父母双方的理由都很相近：一来是为了带孙子，往后上幼儿园、来回送着上学，老两口能帮助照看；二来，人老了，离子女近些，有个照应。城里头看病什么的也方便。

老两口回城，不打算跟儿子一块堆住，怕时间长了跟儿媳妇过不到一起去。儿子就依照父母的意见，在离自家不远处，给父母买下一处两居室，八十来平米。交完了首付，办按揭。

说搬就搬，立刻就动手。老两口先住儿子家里，办好了新房入住手续，拿到钥匙，开始装修，那头把通天园房子腾出来，准备拿到房屋中介公司"你爱你家"挂牌出售。儿子不主张他们卖房，说留着吧，以后还是个物产，可以暂时租出去，用租金还这边城里新房的月供。老宋和老伴还是想赶紧卖房变现，然后把这边的按揭提前还款。他们属于上一代人，老脑筋，欠钱住房的事情没干过，心里不踏实。赶紧，赶紧把钱还银行这才算落定。儿子也就没拦着。反正，租也好，卖也好，都一样。就这么一个儿子，将来爹妈所有的东西还不都是他的。

老宋和媳妇一到房屋中介，才发现，完了，他们这儿的房子无人问津。整体落价了！臭了！臭大街了！砸了！砸手里了！那么多急于逃离这个社区的人，那么多挂牌出售的房子，都挂着，有价无市。没人买，没人来。人们都如躲瘟神一般，躲着这个地区，人人避之唯恐不及。

这都是他们成天价报料、曝光的功绩啊！

宋斯基这才知道，完了！完蛋了！毁了！自毁了！他们的舆论造势把自己个儿的楼盘搞毁了！如今各地楼盘价格都冒着烟的都往起蹿，唯有他们这里一落千丈。这会儿他也才明白，报的那些邪料，影响不到任何别人，只影响到他们业主自己，只影响到他们业主们自己的利益。这时候，无论说什么，开发商都不在意了。七期打造完毕售罄以后，开发商早已经移师别处打造新的楼盘。你现在再说通天河是通地沟也无所谓了，跟他卖楼没关系了。

老宋蒙了。老宋急了。为卖房计，他开始活动心思，想要拨乱反正，再报起从前好人好事的料，再把通天园夸成一朵花。然而，没用。根本没人信。根本不给发。没有哪家媒体愿意采用。如同一个失去清白的大闺女，说自己仍旧是处女；如同一个妓女说要从良，要想让人信，也没那么容易。

明处公开的不行，他想来暗的。知道社区有好事者成立了个网站，他就让儿子教他上网，用一根手指头在键盘上敲啊敲，费劲地在社区论坛上匿名发帖子，灌水，以"鸡丝送"、"宋祭司"、"送鸡食"、"鸡送屎"等等网名，呼吁业主们不要再说自己社区的坏话，不要再给媒体报料，不要发负面消息；请大家相信，我们的家园是个多么幸福的家园！我们的楼盘是个多么高尚的楼盘！

[宋祭司]：谁说这里是大垃圾场？咱这儿又不是宇宙太空，连人毛都没有过。咱这是八百年古都啊！哪一块砖底下没文物、哪一处地底下没埋过人？就连老北京那公主坟、奶子房、骚子营不也住得好好的吗？

[送鸡食]：谁说咱这高发治安案件？小偷小摸撬门压锁的事情，哪里没有呢？南城那些平房区盗窃入室更厉害！大街上抢盗案件更是到处都有，根本就不光是咱们这块地儿。

[鸡送屎]：谁说交通不好？公交线开了好几条，地铁二十八号线马上就要开通了！你看城里，高峰时间三环二环不也堵吗？

宋斯基的拨乱反正帖子刚一落地，立即就遭到网友围攻，遭来无数板砖猛砸：你丫哪个豢养的？社区走狗！睁眼说瞎话！

你丫拿了物业多少钱？

以为穿上马甲就不认识你了？再乱说话，当心人肉搜索！

网上众声恐吓呵斥，论坛暴力铺天盖地，把老宋整蒙了，吓着了，简直不敢再放声。

他这会儿好像有点明白了，在自己和大家伙儿的曾经共同努力下，人民群众已经适应熟悉了哭穷、哭嚎、哭闹、哭丧，适应熟悉了自诩弱势群体。业主已经习惯了自我贬低，自我糟践，自我渲染夸大缺点和不足。人们已经习惯了，说反话才是正道理。

其实他是有所不知有所不晓啊，在他暂时停报、洗手不干的岁月里，报料已经成为一个方兴未艾的文化创意产业，业已形成一条文化产业链，谁也控制不住、遏制不了。一个宋斯基倒下去，千百个宋斯基站起来！手机、视频、互联网，快捷、连续、高清晰！报料报出新科技，报料报出新感觉。古有锦衣卫，今有狗仔队，我们是新时代的报料人！头可断，血可流，报料的快感不能丢。报料已经脱离了原先曝光的含义。报料已经成为自贬、贬人、自残、残人、自虐、虐人的同义语。报料已经成为一种乐趣，一种调剂，一种漫漫人生、漫长无尽平台期的精神慰藉。匿名报料作恶捣蛋揭短的快意，简直胜过天底下任何好玩游戏，胜过一切言语。

仓皇奔走在从城里到通天园来回路上的老宋，嘴角起燎泡，腮帮子肿老高，那叫一个上火啊！他眼睁睁看着媒体上，至今仍是每天都有通天园的坏消息。那消息，变着花样，抖着机灵，弄着噱头，充分满足着人们的想象和企盼，几乎没有重样的。

如果哪一天没有，或者这坏消息发生在别处，人们也不相信，也不适应。所有的坏事恶事只有发生在通天园才适得其所、理所当然、合乎情理。通天园那些二手房屋和它们的价格，只好以文字构思的形式，始终挂在"你爱你家"中介牌上。不仅没人买，而且也没人租，任其空置，任其荒凉。

老宋一点辙都没有了。面对内外交困、这边空置房屋仍然要交物业费供暖费、那边新房还没入住也要按时还月供的压力，他紧张焦虑，不思茶饭，高血压糖尿病一起犯。思量良久，终于咬牙决定，重操旧业，干起报料人的老本行！这会子他会上网了，便采取网上偷盗策略，偷偷从各论坛帖子和通天园业主博客上寻找小区负面新闻线索。某个网友遇事泄愤骂人的话，哪位博主不经意冲物业发的牢骚，都成了他的信息来源，源源不断向媒体输送，尔后化作若干散碎银两，揣进自己腰包。尽管数目微弱，但是慰情聊胜无，总比坐吃山空什么都没有强不是吗！

他还在想哪：等到哪天，等到自己手里这点家底积蓄花完，月供取暖费什么的真的接不上捻儿了，我就把《西游记》唐僧掉河里的秘密抖搂出去！把通天河的老底揭出去！一定要找一个开价高的媒体，报一个天底下最大最惊人的大料！这可是我的杀手锏，至今还不见有人发现呢！到时候，换来的收入，起码也能抵上个两三年的物业取暖费吧？

打这往后，老宋白天以匿名形式在媒体报料，辛辛苦苦寻觅打探通天园的糗事坏事；黑夜里，他又网上实名制在各个二手房站点发布售房信息，在"简短留言"一栏中说通天园的好话唱赞歌，暗中期待某一天老天爷开眼，让他把房子尽早脱手卖掉。

8

奥运会开过之后，又一个新的秋天里，楼房开始供暖之前，物业通知各家各户留人，查看暖气打压试气时漏不漏水。宋斯基接到电话，又从城里回到老房子来查看。开了房门，见家里一片灰蒙蒙，久不接人气，一幅荒凉衰败迹象。老宋摸摸这，摸摸那，带着两手灰，无所适从。偶然间一照墙上镜子，见镜中人已经两鬓斑白。想他当年刚搬进通天园时，还是年轻力壮一头黑发。光阴不饶人啊！

查看过了暖气，锁上房门出来。不知怎的，鬼使神差般，宋斯基的脚载着他的身子，又走到老路上，回到了七八年间他走熟悉了的地方。似乎是变了，又似乎是没变。那是他拿扫帚练水笔大字的地方，这儿是他打太极拳的地方……街心花园里，灌木乔木长得葳蕤旺盛，假山、瀑布、雕塑、喷泉、秋千架、花果山也一如既往。

四处秋高气爽，一片安宁祥和。也许，这里一直都是如此祥和安宁，只不过他们报料者为了自己的需要，而在纸上、在口中肆意截取片断贬低，渲染夸大他们的虚妄。老宋心里五味杂陈。他信步走下门前大路，见十余条线路公交车有秩序地频繁从路上经过，地铁二十八号线站台已经搭建起来，马上就要开通。他来到院墙外围，一眼便望见了通天河。见那河面宽阔，碧波泛蓝，一条条观光游览船在河心游荡。横跨两岸的大桥，也已经及时修改了设计施工图，已经有三座斜拉桥飞架南北，几辆小汽车可以并排在桥面快速驶过。通天河啊！老宋的心里感慨。为什么只有离开了才能见到它的好呢？

夜的幕布落下，街灯全都亮了。那些鳞次栉比的高楼大厦，每一扇窗口都射出橘黄色的温馨灯光。秋季的微风把树叶子打得哗啦哗啦作响。老宋走啊，走啊，漫无目的，又像是朝着城里的方向走。仿佛想起了什么，蓦地，他站住，回转头来，朝身后打望。只见身后高远处，万家灯火，悠悠河水，画舫舟歌。通天河两岸明亮的灯盏，一串串，一排排，一直蜿蜒伸向天际，宛如夜色中的一道天河。高空繁星闪烁，大地澄静清朗。多美啊！

老宋忽然又有点想流泪。他知道自己是回不去了。

通天河啊！人啊！他想说。

通天河在上，人在下。人必须苦苦泅渡，终生却也无法抵达。

【作者简介】

徐坤：女，1965 年 3 月生于沈阳，文学博士。代表作有《白话》《先锋》《游行》等，短篇小说《鸟粪》曾获《小说选刊》优秀小说奖。短篇小说《厨房》获第二届鲁迅文学奖。系中国作协全委会委员。

选自《小说选刊》2009年第10期

小放牛

叶广芩

牧童哥，你过来，我问你，我要吃好酒哪里去买哪哈咿呀咳？

小姑娘，你过来，你要吃好酒在杏花村哪哈咿呀咳！

——京剧《小放牛》

1

我在青山坞下了长途汽车，有电瓶车在车站等候，司机说是专程来接这趟车的，从这儿到"杏花深处"还有一段路。

下车的除我之外还有两个年轻人，我们三个坐上了那辆带有观览性质的电瓶车，都说"杏花深处"的服务还挺周到，要不这段路程得走四十分钟。司机说只要公共汽车到站，有人没人他都得来接，虽然十之八九会落空，可也不能不来，这是接待科的规定，"杏花深处"的制度严格之极，谁不遵守就要扣分，分数是和工资挂钩的。

车沿着山道慢慢开，树荫渐浓，司机的话也渐多，给大家介绍说左边那座圆顶的山叫猫耳山，后头那座尖的叫鼠须峰，鼠须峰有大溶洞，正在开发修索道，将来这里的旅游前景辉煌而灿烂……

车上的男的对女的说，上个月咱们到西山给你爸爸看坟地也是坐的电瓶车，景致跟这儿差不多。

女的说，你找抽是吧！这回可是给我妈找养老的地界儿，我妈还硬朗着哪，一顿能吃俩馒头，离坟地还差得远！

男的说，都是依着山坡建的，就是有气儿没气儿的差别罢了。

司机说，"杏花深处"北边也有公墓，要是你们同时选中了，有气儿没气儿的都住在这儿，能随时见面。

大家都不说话了。

电瓶车七转八转走了十几分钟，一股花香扑鼻而来，紧接着望见了道旁无数繁茂的杏花，"夹岸数百步，中无杂树，芳华鲜美，落英缤纷"，好像进入了世外桃源。车在花的胡同里行走，飘落满身杏花雨，想起温庭筠的诗句"知有杏园无路入，马前惆怅满枝红"，我不禁为这一片灿若云霞的花朵而陶醉，而心旷神怡，深深地吸了一口气。此时恰巧有女声合唱在林中唱响，细听有高有低，竟然还是几个声部：

> 三月里来桃花开、杏花白、月季花儿红，
> 又只见那芍药牡丹一起开放哪哈咿呀咳！
> 牧童哥，你过来，
> 我要吃好酒哪里去买哪哈咿呀咳？

唱的是京剧《小放牛》，不过这京剧已经有了太大变化，颇似交响音乐《沙家浜》"朝霞映在阳澄湖上"，似歌似戏，婉转抒情，别有一番境界。见我跟着调子哼唱，司机得意地说，这是我们"音乐 course"的学员在排练。

我问这儿有多少 course，司机说，除了"音乐 course"以外，还有"美食 course"、"美术 course"、"书法 course"、"舞蹈 course"、"模特 course"……多了去了，我们这儿顶有名的就是"音乐 course"。

我说，你最好把后头的 course 省了，光说前头的就行了。

司机笑笑说他说习惯了，这儿的人都这么说。

男的问 course 是什么意思，女的说，连"科目"都不知道，你的英文硕士我看是白念了！

男的说，英文单词成千上万，能让我一个一个都碰上吗？

女的说，没吃过猪肉难道还没听过猪哼哼？

男的说，现在是猪肉好找，猪哼哼难寻。

女的再不说话。

车上这一对，一说话就抬杠，是对冤家。

动听的《小放牛》音乐渐行渐远，我说，唱得真好，没想到这里还是个藏龙卧虎的地界儿。

司机说，"杏花深处"的当家人叫王佳模，是从英格兰回来的，家里在外国开着牧场，专门养牛，本人特别喜欢音乐，当过业余合唱团的指挥，在柏林观看过帕

瓦罗蒂的独唱、卡拉扬的指挥，是见过大世面的主儿。王佳模没有子女，老了，把农场卖了，带着夫人回到了国内，如今"杏花深处"一多半的股份都是他的，他是董事长，这里的事儿他说了算，是他组织了这些 course。他管这些小组叫 course，我们当然也叫 course，我们的"音乐 course"是董事长亲手抓的，还上过电视呢。

车上男的说，王佳模看过帕瓦罗蒂就算见过世面啦，不就是意大利的老帕嘛，我还看过呢，老帕送上门来在午门唱的，甩着块大手帕，唱得罢了，一句也听不懂，票价倒贵得一般人买不起。

女的说，连世界"高音 C 之王"你都看不起，我看你是没救了，到现在你连"卡拉 OK"的门都没进过，除了咱家厕所，在别处你压根不敢张嘴，就这德行你还有资格评论帕瓦罗蒂，羞你先人吧！

男的说，你怎么拿我们家祖宗说事儿？

女的说，我不拿你们家的祖宗说事儿拿谁家祖宗说事儿！

司机问我去"杏花深处"看谁，我说看我的五姐，他问我五姐是谁，我说了名字，司机立刻说，大名人呀！您姐姐是"杏花深处"第一美，是"音乐 course"里头拔尖儿的人物！

我说，你们的第一美，都快八十了。

司机说，八十在这儿算年轻的，您那位姐姐扮上小村姑比十八都嫩，她在这儿的老"粉丝"、小"粉丝"多了去了，包括我在内，我们都捧她，章子怡是漂亮，可离咱们太远，够不着不是！我说呢，打您一上车，我就看着像谁，敢情是叶腕儿的亲妹妹到了，得咧，您得下车，刚才唱的那拨人里头就有您的姐姐，您错过啦！

我下了车，司机告诉我沿着小路走，见着广告牌往右就是了。

我顺着石径走了一会儿，果然看到了头顶有"杏花深处，颐养天年"的广告牌，广告用的是实人实景的大照片，照片上一群男老人和女老人幸福地笑着，想来都是经过挑选的，一个个长得都很周正。我的五姐是其中主要角色，银白的头发烫成了大波浪，满口白牙一个不乱，排列得十分整齐，红润的脸蛋，嫩粉的 T 恤衫，与周围一群人伸出俩指头做着"V"的手势。广告上所有人物的皱纹都被抹去了，所有的老年斑都被掩盖了，人人都不胖不瘦，个个都精神矍铄，真不能小觑电脑的骗人本事，它能把老头老太太整成精。

杏树越走越密，已经看不到天空了。

这个自费养老院，叫"杏花深处"，大约就是因了这片杏林，林子的树都很大，想是在没有养老院之前就已经存在了。过去老北京揶揄清朝宫廷暴发户是"树小房新画不古，此人必定内务府"，是说暴发者的迅速和张扬，但跟当前新贵比又逊一筹，如今满街上大卡车拉的都是大树，移植大树成风，乡间的大树一棵跟着一棵进了城，焦躁的新贵们已经等不得树木成长，小树长大，那是几年十几年以后的事情，他们要的是眼下，他们现在就要改变"树小房新"的局面，新建筑有大树撑腰，就是有根基，有品位，就是粗壮的门面。这么来看，"杏花深处"倒真是很难得了，它是占了天时地利的光，如若这里是一片桃树林、一片梨树林、一片石榴林，则又会叫做"桃花深处"、"梨花深处"、"榴花深处"，但无论哪个花深处，好像都比"杏花深处"好听，杏花深处容易让人想起"牧童遥指杏花村"的句子，有卖酒的嫌疑，跟养老院不搭界，更有"满园春色关不住，一枝红杏出墙来"的歧义，总之还不如像山西的酒厂，索性叫了"杏花村"更直截了当。

前面传来阵阵歌声，明朗清晰，是男声部：

> 三月艳阳天，放牛到村边，
> 野花红又艳，山草青又鲜。
> 黄莺枝头叫，白鹅戏水间，
> 今日风光好，山歌唱连天。

曲调我再熟悉不过，加快了脚步向林子深处走去。

有几十年没听过《小放牛》了。

2

过去的敬老院现在叫做养老院，叫做养老中心，叫做了"杏花深处"，变成了有钱才能来的地方。以前的敬老院是市政拨款的福利单位，只要是没人赡养的老人都可以住，自己不掏一分钱，由国家管吃管喝。

我想起了几年前五姐初进"杏花深处"那天，也是杏花开放的时节，是艳阳高照的春日，那时候董事长王佳模大概还在英格兰牧场放牛，这里不过是个很一般的养老院，没有什么course之类。

进养老院那天，五姐的脸色阴得几乎要拧出水来，大有被遗弃之感。除了她的儿女之外我也来了，五姐大我十几岁，是老姐姐了，我的工作不用坐班，有的是时间陪她，外甥们也许正看中了这个，送他们的妈进养老院的同时把他们的姨也拽来当临时陪衬了。

五姐那些忙碌的子女们当天下午就匆匆忙忙地返回城里了，好像第二天都有无法推开的事情，谁也不能陪伴他们的母亲度过"养老院"的第一个夜晚。

周围是一排排灰色的平房，木头门窗，水泥地面，那时这儿还不叫"杏花深处"，叫"青山养老院"，是某个农场的旧房改建的。一进管理室的门，墙上明码标价地写着收费价格，有生活自理和不能自理两个标准，生活能自理的，餐费、单间住宿费、管理费，每月收取 1260 元，月前支付，单间外还有两人间、四人间、六人间……

五姐住的是单人间。

下午，孩子们走了，闹哄哄的房间里安静下来，好像一下变得空旷了许多，我让人在墙角加了一张折叠床，加床的人说，租赁床铺和被褥每天 20 元，我给了对方两张票，这就意味着我要在这里住上十天，之所以这样是我看见姐姐对我的举动在意而关注，如同无助的孩童，她害怕我离开，害怕即将面对的陌生和孤单。我对她说，我最近没事，在你这儿住几天，这儿清静。

在养老院餐厅，我们吃了当天的晚饭，餐厅门口写着开饭时间和当日食谱：

> 早饭：馒头，南瓜粥，小菜，鸡蛋一个。
> 午饭：米饭，肉片炒洋白菜，拌菠菜，鸡蛋汤。
> 晚饭：片汤，花卷，小菜。

每日食谱大致相同，不同的是早饭后有顿加餐，或牛奶或豆浆，轮换着来。如若另有要求，可让小灶厨师单做，费用自理。

这样的食谱对于消化能力衰减的老人来说不失为一种科学的完美设计，可我总觉得少了些什么，好像又找回了当年在工厂当学徒工，敲着饭盒在食堂售饭窗口等待开饭的感觉。饥肠辘辘，没有油水，总是觉得饿，一天的主要精神全放在吃饭上，这顿刚吃完，又盼着下顿了，尽管下顿也跳不出白菜萝卜的范畴。

那晚，跟五姐喝着片汤，就着咸菜吃花卷，按说也够了，可我还是让小灶师傅做了熘肝尖和西红柿炒鸡蛋。结果菜剩了不少，五姐对我说，我们平日是奢侈惯了，"一箪食，一瓢饮，在陋巷"，孔子的大徒弟颜回都行，我们也不是贤人，怎的就觉得委屈呢。

我说，我没觉得委屈。

五姐说，没觉得委屈你点这些菜干什么，以后我日日要吃这个，难道日日要点熘肝尖？

我知道，她情绪不好，这样的改变搁谁身上谁也不会好，五姐有两个女儿一个儿子，孩子们不能说不孝顺，就是精力顾不过来，各自有各自的工作，有各自的家，五姐的脾气随着年纪增长越发不随和，越发古怪，自从老伴儿去世，性情变得很孤僻，看谁都不顺眼，感到谁都对不住她，谁都在算计她。她常常站在五斗柜前看着一张《牧归图》的国画发呆，画上骑在牛背上的牧童横吹短笛，头戴草帽，身披蓑衣，在杏花丛中逍逍遥遥向家走去，后头跟着一只欢快的撅着尾巴的小黄狗。这幅画是我们家老七应五姐的要求画的，画上的牧童是我的姐夫，紫阳大巴山人，参加革命前是个放牛的，后来当了八路军的连长，解放后当了某部司长，却依然依恋大巴山，在北京去世后依着他的遗愿，将骨灰送回老家，埋葬在他日日放牛的山坡上。五姐对着画上的牧童说，你个小牧童儿，现在你到家了，舒坦了，可是你身后头的小黄狗还在路上跑呢，它找不着家了……

说着说着，老太太眼泪就下来了，儿子、媳妇自然不理解，待得好好儿的，这是怎么了，谁招惹您了？得了，老太太，您到闺女们那儿住几天，换换环境吧！

闺女那儿没有"小牧童"，老太太有些失落，依着北京人老理儿，"宁看儿子屁股不看姑爷脸"的原则，老太太的心情也并不舒畅。姑爷是外姓人，女儿是泼出去的水，在娘家算是"客"，女儿既然是娘家的客，那么娘家妈自然也是女儿家的客，老太太在两个女儿家轮流住，环境不同，感觉一样——跟要饭的差不多！有时姑爷把碗放重了一点儿，她也要动动心思，想想是不是对着她来的。在女儿家不能跟"小牧童"说话，她索性一天不说一句话，不但她自己，把闺女、女婿闹得也很紧张，连话也不敢大声说，双方都变得有点儿神经质了。女儿拐弯抹角地想带她去看心理医生，她一听就火了，把我当什么了？精神病吗？想让我走就直接说，弹什么哩格楞！

老太太一拍屁股，走人。也不让闺女送，自己打的回来的。

五姐的脾气倔，不受一点儿委屈。其实也没人给她气受，是她自己多心。

儿子是工厂装配工，挣的薪水有限，性格有些懦弱，被姐姐们称为"小白兔"。"小白兔"理所当然地跟着妈，妈妈的房子大，还有一份不菲的退休金，是靠山。媳妇是会计，单位有房，娘家妈住着，两室一厅，小两口不便去挤，再说，儿子没离开过家，从小就是在这所大屋里长大的，老太太没理由让儿子媳妇另起炉灶，在外头单过。老了老了，她不靠儿子靠谁呢？

可事情并不如想得那样简单，谁靠谁还得两说着。

五姐容忍得了儿子容忍不了媳妇，她看不惯儿媳妇描眉画眼的模样，说她一看见媳妇的熊猫眼就想起卓别林，心里就猫抓似的乱；她嫌媳妇起得比她晚，每天享受她做的早餐，把人间的纲常弄颠倒了；嫌媳妇当着她的面跟儿子犯哕，跟儿子挤到浴室里光身子洗澡，全没有她这个妈在跟前的顾忌，好像全世界只有他们两个；嫌媳妇呵斥她的儿子像呵斥狗，还把她儿子叫做笨笨狗，她儿子要是笨狗那她是什么，这不明摆着骂人吗；嫌媳妇霸住了儿子的经济，把儿子管成了穷光蛋，连抽烟也要偷偷跟妈要，哪儿还像个爷们；嫌小门小户的媳妇就知道算计，两口子一月交老太太五百块钱，下班准时回家吃饭，却连棵青菜也不买，过年提回来一箱"可乐"，一箱"雪碧"，是单位发的，说是孝敬，可老太太不喝那挤眉弄眼的凉东西，孝敬全是白搭；儿子媳妇的屋脏乱得进不去人，被子一月不叠，桌子上扔着臭袜子脏裤衩，不能称为卧室，只能叫"窝"，老太太看不下去，让小时工一周打扫一次，小时工说这样脏的屋子得加钱；眼瞅着媳妇的肚子大了，做婆婆的应该高兴，但她也看出来了，媳妇打的算盘是将来要把她当作带工资的保姆，说小孩三岁以前不进托儿所，不请佣人，要"自己带"，这样跟爹妈亲……是跟爹妈"亲"哪还是跟奶奶"亲"哪？

五姐的想法越来越多，是自己的亲骨肉，情分却越来越掺水。不错，当妈的应该无条件付出，母爱嘛，可是母爱多了也把孩子们惯出毛病了。

住到养老院去是她最先提出来的，也只是个想法，却没料到得到全家的一致赞成，最赞成的是媳妇，说养老院有很多伴儿，平时有人伺候，省得闷得慌，他们每周去看妈，给妈买好吃的……五姐明白儿媳妇的心思，她走了，媳妇会把娘家妈接来伺候月子，这大房子由着她们做主，自在痛快，白捡个大便宜。

五姐也不傻，她提出了"自力更生，不给儿女添麻烦"口号的同时，把自己四室两厅的大房子租给了一个在北京工作的韩国人，连全套家具、炊具在内，月租四千，等于是韩国人替她养了老还绰绰有余地给了零花钱。老太太的工资卡在银行的保险箱里睡大觉，再没有别人的份儿，卡里的数字只要她活着，就月月自个儿往上长，就跟胡同口那些梧桐树似的，初栽时不过胳膊粗，现在已经抱不过来了。

看了母亲和韩国人的合同，"小白兔"儿子傻了眼，他或者在外头租房，或者跟岳母挤在那套简陋的两室一厅去。

兔秧子有种断奶的感觉。

五姐跟她的儿子说，这两年我也想明白了，你们的生活不能在别人奋斗了一辈子的成果上起步，你们得从零开始，自力更生，你们有你们的日子，你们有你们的前程。不遇阴雨，岂知明月？这一切都是为了你们好。

我说五姐的做法有点儿绝，五姐说这是最佳的选择，我是还没到她这年纪，到了她这岁数也将面临着同样的问题，日本有个电影叫《狐狸的故事》，电影里小狐狸长大了会被妈妈咬出去，让它们自己到生活中去磨砺，看着残酷，其实是爱……

在食堂吃过片汤和花卷，紧接着是晚上漫长寂寞的时光。

五姐晚饭后一直坐在她的房间里，管理人员告诉她，走廊东头就是活动室，那里有电视，可以下棋、打牌，还可以结识新朋友，五姐不去，她不喜欢下棋，也不会打牌，更不想认识什么新朋友。管理人员推荐说外头杏花开得正好，到杏林里散散步也很不错。五姐说她不喜欢杏花，那味道太甜腻。

她就那么闷闷地坐着。

咬走了小狐狸，老狐狸也不好受。

我里里外外地替她打点，将带来的各种吃食放进小柜，把洗换衣裳收进衣橱，告诉她打开水的锅炉房和小卖部的位置，告诉她到附近银行取钱怎么办手续……五姐没有表情，大概是为这一行动后悔了。我想跟她商量，要是不习惯，明天就退手续，跟我一块儿回家！

我还没张嘴，五姐对我说，你看我这不是成了张安达了吗！

原来五姐此刻想的是张文顺——我们家的老朋友，被我们叫做张安达的寿康宫太监。

3

张文顺是天津附近静海人。

张文顺进宫的时候十三岁，十三岁应该说还是个半大孩子，是在娘跟前撒娇，在田野里撒欢的年龄，可这个时候他已经学会看人的脸色，知道怎么伺候人了。张文顺在静海的家里有一个病病歪歪的老妈，当太监是他的自愿，不当太监他和他妈都得饿死——他们家没地。张家的日子全靠张文顺给人放牛、打短工维持，吃了上顿没下顿，日子过得艰难，他放的两头黄牛是本村佘家的，佘家老二在宫里当差，说要是张文顺愿意干，他能帮着引见……为了不让母亲挨饿，张文顺决心走这条道——当太监。

半大孩子一进宫便不是孩子了。

"安达"是宫里人对太监的尊称，"安"在这里读去声，发"案"的音，"达"读轻声，一带而过，影视作品里有"小李子"、"小的张"一类称呼，那是只有皇上、太后叫的，连皇后本人也得尊称那些有头有脸的太监为"某安达"。"某安达"跟"某公公"近似，"公公"是明朝叫法，清朝多叫"安达"。

张文顺张安达原是一个洒扫庭院的粗使太监，跟我们家认识是因为每年冬至要从宫里给送煮白肉来。冬至的时候，皇上要在坤宁宫煮白肉，祭祀祖先，祭祀之后那些白肉便赏给皇室宗亲，让大家不要忘记祖先征战之苦，创业之艰。白肉在傍晚之前由太监分别送至各家，太监们都愿意干这差事，因为这是讨赏的好机会，皇上也明白，每年"送白肉"是太监名正言顺捞取外快的一个由头，这点儿油水是顺水人情。太监们送了肉在主家磨磨蹭蹭，唧唧歪歪地不走，喝茶泡工夫，其实是等赏呢。收了白肉谁也不敢慢待太监，谁知道他会在皇上跟前说些什么？不给赏钱不行，给少了也不行，给少了太监立刻会阴不搭地甩出几句不好听的话来，给主家添堵。我们家不是皇上的嫡亲，所以每回分到的肉除了皮，大部分是骨头棒，送肉的太监也不是重要角色，是扫院子的张文顺。跟其他太监不同，张文顺更像饭庄子送菜的小伙计，从来都是搁下肉就走，干脆利落，一刻不多待。我父亲让看门老张追出去给钱他也不好意思要，推让不过，象征性地捏几个，说是当车钱。我父亲说，张文顺心善，不贪，在宫里这样的人不多。

溥仪退位后，张文顺再不来送肉，因为聪明伶俐，长得标致，他被敬懿皇贵太妃要到跟前去当差。敬懿太妃是同治皇上的妃子，住在寿康宫，宫闱邃密，殿宇深沉，敬懿性甘淡泊，不沾名利是非，在宫中口碑不错。

跟慈禧不同，敬懿爱看戏却不懂戏，她看戏看的是热闹，她没有婆婆慈禧那样对戏曲的热爱和研究，慈禧在世，动辄就在颐和园、在畅音阁、在漱芳斋听戏，叫外头大班、名角进宫，大排场大动静，锣鼓喧天震撼整个宫闱。敬懿是收敛而沉稳的，她从不叫外头演员来唱戏，也不让宫里自养的戏班来演出，至多让身边擅长歌舞的小太监关起门演两出小戏，自娱自乐，纯属解闷儿。到了老年，光绪、慈禧相继去世后，敬懿几乎从未走出过寿康宫半步，看太监的演唱成了她的唯一消遣，演唱的剧目也很单纯，全是载歌载舞的欢快表演，比如《小上坟》、《小放牛》一类。老太妃一辈子看的人生悲苦大戏太多了，老了，求的是简单明快，图的是安静省心，不想给自己找别扭。

寿康宫内太监们的看家戏是《小放牛》，一男一女，村姑和牧童，在春天的田野上一问一答，边歌边舞，清纯靓丽，调皮欢快，最能博得老太妃的开心。《小放牛》中扮演牧童的就是张文顺，张文顺秀气灵动，本人又是乡间农户出身，放过牛捕过鱼，所以把个小牧童演得活灵活现，十分可爱。演村姑的是个四十多岁的胖太监，银盆大脸，一身赘肉，腰粗得像桶，屁股大得像碾盘，擦一脸白粉，点两坨胭脂，穿上绿绸小褂，蹬一双大绣花鞋，整个一个跑旱船的，一出场就会把人笑翻。

要的就是这种效果。

京戏中常有丑男扮女的情景，《凤还巢》里的程雪雁，《锁麟囊》里的丫鬟均是如此，叫彩旦，据说这样可以达到一种烘托效果，把俊俏的女主角托得更美。《小放牛》应该选扮相漂亮的太监跟牧童相配，但是没有人选，只好将管膳食的刘掌案拿来充数了。刘掌案是个戏虫子，原来在宫内南府班唱丑，是班子里的教习，丑角在戏班里的地位最高，别人不能往戏箱上坐，丑角可以，丑角不将鼻梁上的那块白点了，别人不能动手化妆。据说唐明皇演出时鼻梁上就抹块白，以示此时身份和皇上的区别，唐明皇是戏曲界的祖师爷——老郎神。刘掌案是因为嗓子倒了仓，身体发了福，怕有碍主子们的观瞻，才遣到寿康宫来当差的。人来了，自然也把戏带来了，掌案本人文武双全，昆乱不挡，又会插科打诨，并不因为自己的粗蠢而有半点懈怠，抬腿下腰带卧鱼，全做得一丝不苟，不时还要跳出角色说几句逗笑的话，这又是很难得了。

刘掌案是张文顺的师傅，不是一般关系的师傅，是磕了头，认了门的师傅，刘掌案喜欢这个朴实憨厚的小太监，也是有意给自己留条"后路"，便倾其全部，在做戏、当差上给予指点。

张文顺饰的牧童短打扮，头上系着抓鬏，披着带流苏的"蓑衣"，开演时藏在寿康宫木头影壁后头，先用短笛吹出一段敬懿太妃爱听的曲子，再缓缓走出，意思是由远至近，这是戏里边没有的，真的演员不会吹笛子，张文顺会，所以宫里演的《小放牛》跟外边的不太一样。曲子至寿康宫的台阶前吹完，然后小牧童开始在庭院的毡子上边舞边唱了：

姐儿门前一道桥，有事无事走三遭。

胖村姑没出场在后头嚷道，放牛的小子唉，等我蒸完馒头你再来，我的面还没发哪！

太妃一听笑了，大家见太妃笑也跟着笑。只见村姑狗熊一样地扭出来，捏着假嗓唱道：

休要走来休要走，我哥哥怀揣着杀人的刀。

牧童做了一个鹞子翻身，拦在村姑跟前唱道：

> 怀揣杀人刀，那个也无妨，砍去了头来冒红光；
> 纵然死在了阴曹府，魂灵儿扑在了你身上吧咿呀咳。

村姑把手绢一甩说，你小子想吓死我呀，得咧，我给你俩馒头，你找别人去呗！姑奶奶不跟你玩了！

敬懿太妃说，刘掌案你快唱，别插科了，就你话多！

村姑挤挤眼睛耸耸肩，把个粗腰又扭了几扭说，奴才这是逗牧童呢，今天我非把他逗得忘了词不可，好让主子打他的屁股。接着唱道：

> 扑在我身上，那个也无妨，我家的哥哥他是个阴阳；
> 三鞭杨柳打死了你，将你扔在大路旁吧咿呀咳。

牧童唱：

> 扔在大路旁，那个也无妨，变一棵桑枝儿长在路旁；
> 单等姐儿来采桑，桑枝儿挂住了姐的衣裳吧咿呀咳。

敬懿说，小顺儿，以后不许唱"怀揣杀人刀"了，血丝呼啦的，还"冒红光"，不好，咱们改词吧。

张文顺说，主子说怎么改就怎么改，全听主子的。

敬懿说，也甭改了，忒费事，以后到这儿不唱就是了。刘掌案，你接着往下唱，他要挂住你的衣裳了。

村姑给敬懿道了个万福说，遵旨——

> 挂住了我衣裳，那个也无妨，我家的哥哥他是个木匠；
> 三斧两斧砍下了你，将你扔在了养鱼塘吧咿呀咳。

牧童围着村姑转了一个圈，做了一个青鱼分水的姿势，唱道：

> 扔在养鱼塘，那个也无妨，变一条鱼儿在水边藏；

单等姐儿来打水，扑棱棱溅湿了你绣鞋帮吧咿呀咳。

刘掌案说，还想变鱼呢，甭跟我打花舌，你顶多变条傻泥鳅！小子，你接着呗——

溅湿我鞋帮，那个也无妨，我家的哥哥他会撒网；
三网两网网上了你，吃了你的肉来喝了你的汤吧咿呀咳。

敬懿插话说，最好是清蒸，多搁姜片和小蘑菇。
村姑接茬说，下晚儿的膳桌上给您添条清蒸鳜鱼，南边刚贡来的，还是活的哪。
牧童唱道：

吃肉又喝汤，那个也无妨，变一个鱼刺儿在碗底藏；
单等姐儿来喝汤，鱼刺儿卡在你的嗓喉上吧咿呀咳。

村姑说，缺德吧你，小顺子，你还想扎我，没门！

卡在嗓喉上，那个也无妨，我家的哥哥他会开药方；
三方两剂打下了你，将你扔过了后院墙吧咿呀咳。

牧童唱：

扔过后院墙，那个也无妨，变一个蜜蜂儿在花瓣藏；
单等姐儿把花采，一翅儿飞到你手心儿上吧咿呀咳。

村姑说，你小子还想蛰我，我把你尾巴上的刺儿拔了，让你小顺子当个秃尾巴鹌鹑。

飞在手心儿上，那个也无妨，我家的哥哥他会扎枪；
三枪两枪扎死了你，管教你一命见了阎王吧咿呀咳。

牧童唱：

一命见阎王，那个也无妨，阎王爷面前我诉诉冤枉；

纵然死在阴曹府，转一世也要与你配成双吧咿呀咳。

两个人，你来我往，你唱我答，忽高忽低，忽急忽徐，高入云霄，低如絮语，把大家看得如醉如痴，忘乎所以。张文顺在演出过程中从来不像刘掌案一样插科打诨，添加些无用的噱头，他演得很投入，把身心完全化入牧童之中，仿佛又回到了静海乡下，回到那柳暗花明的村外小河边，草荡清流，白鹅戏水，妈妈在家里做好了贴饼子熬小鱼儿，等着他回去，什么紫禁城，什么寿康宫，什么棺材瓢子一样的老太妃，全跟他没了关系，在《小放牛》的舞蹈歌唱中，张文顺找回了自己，找回了一个健全完整，明亮舒朗的少年，他的心灵为之愉快而轻松。

在沉闷险恶的宫廷生活中，《小放牛》是张文顺的慰藉；在残缺阴暗的人生中，《小放牛》是张文顺的阳光。

这出戏，看着简单，其实演员唱、做的功夫都很吃劲，村姑和牧童要翻转跳跃，蝴蝶一样满场翻飞，有的人舞着舞着唱不出声儿来了，大口地喘气，有的人为了能唱而舞不到家，只是应付几个动作而已。像张文顺和刘掌案这样演到引人入胜的地步是很不容易的，刘掌案不愧为南府戏班的教习，把个小牧童张文顺调教得与真把式相比，有过之无不及。看到汗流浃背的村姑和牧童，老太妃心里不落忍了，大声地说，小顺子、刘掌案差当得好，赏！

皇恩浩荡。

那赏赐，有时是几块碎银子，有时是几块南糖。

太妃的赏赐和平时发的那点有限银两，张文顺都找机会带出来交给我父亲，再由我父亲托完家二少爷放假回天津时带到静海乡下去。完、叶两家是世交，完家复姓完颜，是金世祖后裔，完家二少爷完占泰在北京上学，就寄宿在我们家，二少爷经常往来于京津两地，帮这个忙纯粹是出于热心。完二少爷知道小太监这点钱来得不易，虽然少也很尽心，传来送去没有出过一回差错，尤其是年根底下，冒着大雪往乡下跑，把钱亲手交到老太太手里，再把老太太的话带回北京，为此张文顺心里总是感念这点儿情分。

溥仪一度喜欢骑着车在宫里满世界乱窜，有一回路过寿康宫，听见里头吹拉弹唱，笑声不断，就进来看。看到了张文顺和刘掌案演的《小放牛》，溥仪见太妃很高兴，顺手一掏，赏了张文顺和刘掌案一沓子钱，两人回去一数，折合现大洋两千多块，于是分了，乐得合不拢嘴。这样的好事、巧事不是经常能遇到，特别是在寿康宫当差。

张文顺从此有了私房钱。

1924年溥仪出宫，太监遣散回家，张文顺二十多岁，因为年轻、勤快，随着敬懿和荣惠太妃住到了东城的荣寿公主府，没多久，太妃们在麒麟碑胡同买了一套院子，俩老太太合二而一，留下七八个太监宫女算作佣人，过起了闲居的日子。

离开宫禁，张文顺与我们家的走动慢慢儿多了起来，我们家无论上下都将张文顺唤作"张安达"，我们的父亲说，对别人可以冷落，对张安达不能冷落，张安达的身份特殊，他是敏感的，对别人的态度是在乎的，不能伤了他的自尊。

张安达很知道自己的身份，来了先到正屋给我父亲请安，完家少爷在，就到完家少爷屋去，完家少爷不在就到看门老张的门房去喝茶说话。老张是唐山人，跟张安达算半个同乡，又都是姓张，自然就说到一块儿去了。张安达在北京没有亲戚朋友，唯一能串门的也就是我们家，老太妃们学习洋派儿，给下人们放假轮休，张安达休息了就来找老张。老张表面热火，其实从心眼里看不起张安达，认为张安达六根不全，是个有缺陷的人。老张特别想看看太监去势的那个地方究竟是什么模样，又不好直接提出来，就想了个馊主意，张安达来了，他使劲给他喝茶，灌了好几壶，为的是跟张安达一块儿上厕所。没想张安达喝了那么多水，一点儿不动声色，倒是老张一趟一趟地，往茅房跑了好几回。张安达走了，老张把灌水的事当笑话说给我父亲听，我父亲让老张再不要捉弄人，说张安达本身残疾就已经很不幸了，去势是他人生最难堪的伤痛，岂能将那地方轻易示人。老张还是奇怪张安达的尿泡竟然能装得下几壶水，我父亲说，太监都有这个本事，能憋屎憋尿憋屁，否则在主子跟前当差，一会儿一跑茅房还行？

没有两年，敬懿皇贵太妃去世，张安达彻底离开了麒麟碑胡同，冬月回静海老家住了几天，不习惯，又回北京了。在农村，他才知道自己已经肩不能担，手不能提，彻底丧失了劳动能力，是个废人了。他娘告诉他，邻村西双塘方家早些年从宫里回来了，花四百大洋置了一处一砖到顶的大瓦房，过继了两个儿子，日子过得挺不错。张安达不想过乡下的日子，多年的宫廷生活尽管辛酸，但他知道了什么是细致，什么是规矩，在农村瞅哪儿哪儿脏，瞅哪儿哪儿不顺眼，地冻天寒，朔风野大，土屋四面透风，粗硬的被里虱子滚成了蛋……看戏得等一年一度的庙会，庙会上草台班演的那些"蹦蹦戏"也太糙，在静海的荒滩上绝找不出杨小楼和梅兰芳来……

这也还罢了，顶难受的是大家都知道他的底细，他的身后永远有人在指指点点，人们看他的目光是好奇的,怪异的,内中不乏鄙夷也不乏怜悯,他成了人众中的异类。

他明白了,在寿康宫中思念的桃红柳绿的家乡全是《小放牛》里的虚幻。

转过年开春,张安达到我们家来,告诉我父亲他在北新桥金太监寺胡同买了一院房,院不大,用张安达的话说是盖得还算齐整。金太监寺离我们家不远,离雍和宫很近,环境很僻静。张安达说老太太也接来了,娘苦了一辈子,他得好好孝顺,另外,老太太身边也得有人伺候……家就得有个家的模样……张安达下边的话有些吞吐,但谁都听明白了,张安达要娶媳妇了。

张安达娶媳妇,是大家都关注的事情,特别是老张,借着老乡的名义没事就往金太监寺胡同跑,说是去看老太太,其实是观察太监媳妇进门没有。终于有一天回来说,太监媳妇来了,是个梳着元宝髻的小娘们儿,还带着个将会走路的小丫头,是张家老太太从乡下花钱买来的。小媳妇是个寡妇,本人不在乎张安达是太监,说只要真心对她和孩子好就行。

老张说,小太监是掉进福窝里啦,日子比我过得滋润。我要是在北京有房,把老婆孩儿都接来,当太监就当太监……

我父亲说老张站着说话不嫌腰痛,真把他骗了,给座金山恐怕他也不干。老张说,等着瞧,那媳妇现在是没想法,到将来保不齐红杏出墙,人家都说,"太监娶媳妇,不是太监活不长就是媳妇活不长。"

老张说这些话的时候我还没有出生,等我到了记事的年纪,除了太监的妈死了以外,太监和他的媳妇都活得很好,老张的话算是白说。

4

我记忆中的张安达是个英俊人物,面庞白皙,皓齿明眸,穿得很讲究,灰哗叽大褂,黑礼服呢布鞋,鞋底是黄牛皮的,软和随脚,走道没声响。脑袋像唱花脸的演员一样,寸发不留,刮了个"去青"。不是谁都敢把自个儿的脑袋收拾成这模样的,首先脑袋得长得周正圆润,不能坑坑洼洼,土豆似的里出外进,不能有伤痕疙瘩,得跟刮胡子似的,见天刮,可见张家的媳妇除了操持家务以外,还充当着剃头匠的角色。我特别欣赏张安达的圆脑袋,圆得好看,圆得秀气,当然,张安达对自己的脑袋也很满意,把头发刮光了就是他自信的表现。有一回我们家的老二脑袋长了秃疮,医院把他头发都剃了,大家才知道他脑袋的形状极差,前奔后勺,前后之长大于左右之宽,是个"梆子"脑袋,所以张安达剃光头是对自身的另一种展示,一种炫耀。

端午、冬至、中秋，张安达逢年过节必来我们家，每次从不空手，不是由东直门大街鱼市上提篓鲜螃蟹，就是从安定门外菜园子买一筐顶花带刺的嫩黄瓜，有一回还带来几只叽嘹叽嘹叫的小油鸡儿，绒球似的满院跑。有人描述太监行走的步伐是"鹅行鸭步"，也有人说叫"四六步"，但我总觉得"四六步"更近乎戏曲的专业术语，总之是撇着八字脚一步一步走得沉稳而有规律，我见过一张流传很广的慈禧出行照片，走在最前面左与右的是大太监崔玉贵和李莲英，两个人都端着肩膀，没有表情，完全是一副仪仗模样，不招人待见。但是张安达不，张安达活泼好动，从来没摆过什么"鹅行鸭步"，他走道向来是一溜小跑，灵敏又快捷。

张安达是谦恭的，进了门不怕麻烦地给每一个人请安，包括我这个小人儿，也包括厨子老王和看门的老张，他从来不把自己搁在显要位置上，他一直把自己当成一个底下人，把进退分寸拿捏得十分准确，他常常在你需要的时候就悄没声儿地出现了，好像他正巧赶上，让你觉得那么恰如其分，那么自然。比如，正月张安达和我父亲带我到雍和宫看"打鬼"，人挺多，我个儿小，什么也看不见，刚一懊恼，张安达就从后头把我举起来了，让我坐在他的肩膀上看，这样一来我比所有的人都"高"，看得清楚极了。我父亲画画，张安达站在旁边看，他能把要用的颜色及时地准备好，把要换的笔，衣纹、鼠须、大小红毛之类准确无误地递到父亲手上，这绝非一日之功，连我们家专门画画的老七也做不到。

母亲说，这是太监的本事。

我说这是善解人意。

张安达不愿意让人知道他当过太监，许多太监出了宫都住在庙里，过集体生活，彼此照应，可张安达从不往那个堆儿里扎，也不跟他们联系，刘掌案死后更是彻底断了来往。从外表上看，张安达和平常人没什么两样，甚至比平常人更随和，更温良恭俭让，遇到什么事儿，他的态度永远是"依着您"。

寿康宫短短的几年工夫，把一个静海的乡下小子磨圆了，磨得寻不出一点儿棱角来了。

母亲说，张安达来我们家，是冲着我五姐夫完占泰的，他感念完家姐夫当年的帮忙，不是完占泰曾经很实诚地一趟一趟给他往静海家里捎钱，他的娘哪儿能活下来，哪能有后来的日子。

完占泰从中学到大学都住在我们家，跟我的几个哥哥不分彼此，后来跟我五姐结了婚，是两家老家儿自小给定的娃娃亲，结婚后小两口不住天津却偏偏住在北平家里，说习惯北平生活，喝不惯天津的水。我母亲说，结了婚姑爷不能老住在丈人家，不合适。

完颜姐夫说，干吗赶我们走？我们不走，就算我是入赘还不行吗？

姐夫愿意当倒插门，奈何！

刚解放，街道宣传《婚姻法》，各家都去柏林寺开会，我代表我们家去了，我知道我是去充数的，母亲想的是《婚姻法》跟我们家没关系，让我去点个卯就行了。我很愿意干这样的事情，并不是我对《婚姻法》多么有兴趣，是我对家门口那座元朝庙宇有偏爱，柏林寺里头有大树，有王八驮石碑，还有停灵的大棺材，平时家里不让去那儿玩，现在正好，玩不到吃饭绝不回来，更何况宣讲完了还有节目，扭秧歌、打腰鼓什么的。

那天讲《婚姻法》是早晨，太阳刚升起来，照在柏林寺大殿台阶上，光线十分柔和。一个穿着绿军装的干部在讲话，干部很年轻，说的什么我没听懂，但是他挥着手说话的形象却一直让我记忆至今，我不知当年那个讲话的小干部现在变成了什么模样，有过怎样的经历，如果还在人世，大概已经是个耄耋老人了，至少我想通过这篇文章告诉他，他讲话的场景无端地映在了一个小丫头的记忆中，六十年了，清晰如昨，不能忘却。

那天，开完了会没扭秧歌，演出了一场评剧《小女婿》。

演《小女婿》是为了配合宣传《婚姻法》，《小女婿》的女主角叫筱白玉霜，看的人很多，观众气氛也很热烈，我挤在最前面，为的是看得真切。筱白玉霜扮演一个叫杨香草的村姑，嫁了个小女婿，新婚之夜小女婿尿了炕……我能记得的只有这些，最着急的是那个叫杨香草的女子坐在椅子上慢悠悠地唱：

> 鸟入林，鸡上窝，黑了天，
> 杨香草对灯独叹，
> ……
> 我十九，他十一，
> 什么事他都不懂得……

唱得缠绵柔韧，期期艾艾，行腔总是在喉咙里滚，据说这就是评剧白派的特点，周围人叫好不断，为能见到筱白玉霜本人而激动，我却盼着台上这个女子唱完了快点儿离婚。

宣传《婚姻法》，《小女婿》之外先后还有《刘巧儿》《罗汉钱》《小二黑结婚》

一类，我都不喜欢，原因是戏里的人物穿的是跟大家一样的衣裳，唱腔太多，不热闹。《小放牛》当时也在演出之列，《小放牛》是老戏，老戏比新戏更受欢迎，因为那些词儿大家都会，能产生共鸣，台上台下一块儿唱，《小女婿》就达不到这种效果，谁能跟着杨香草一块儿"鸟入林，鸡上窝"呢？《小放牛》牧童和村姑的漂亮扮相，欢快舞蹈让人眼花缭乱，少男少女在乡野打趣调侃，和谐自然，符合自由恋爱的精神，加之情节简单，类似街头小戏，有活报剧性质，比筱白玉霜的《小女婿》、新凤霞的《刘巧儿》来得更方便，所以很多单位都排演了《小放牛》，我们的街道也不例外。

演牧童的是张安达，演村姑的是我五姐。

张安达已经五十出头，我的五姐二十将过。

也不知怎的，平时一贯低调不喜欢出头露面的张安达竟痛痛快快地应承下了这个差事。大概是他太喜欢《小放牛》了。

张安达演《小放牛》轻车熟路，跟五姐配戏竟然没人能看得出他的岁数。张安达嗓子清亮，略带女声，但绝不是人们所说的太监的"公鸭嗓"，他的嗓音演少年牧童再合适没有了，就像今天的儿童艺术剧院，很多小男孩的角色都由女演员扮演一样，张安达演小小子儿还真的挺对路。张安达动作轻巧，腿一踢，能踢过头顶，腰一弯，平地就能打个旋子，还会大车轮一样地打把势，把个小牧童演得人见人爱。五姐回家跟父亲夸赞张安达的演技，父亲说张安达是打小练的童子功，是戏虫子刘掌案亲自点拨出来的，在寿康宫当差绝不是混事儿的。

相比较，我五姐的功夫就差了，但她毕竟年轻，长得漂亮，聪明，悟性好，张安达连托带领，不显山不露水地也把我五姐托成了明星，他们的《小放牛》演一场，火一场，拿过区里的大奖，还到中山公园去演过。

我五姐跟我们家其他能玩票的兄弟姐妹不同，她除了会唱《小放牛》，别的全不上道。有一回我父亲拉胡琴，带着她唱《女起解》，"苏三离了洪洞县"，那是个最简单的流水板，连我在旁边都跟着溜会了，五姐却还找不着调儿，父亲奇怪她怎能唱《小放牛》，她说，《女起解》里没有张安达，有了张安达我才会唱！

父亲说，这也是怪了。

张安达的媳妇给我五姐做了一双带大红穗子的绣花彩鞋，我五姐喜爱得不行，演戏不演戏都在脚上穿着，说是轻便跟脚。一段时间，《小放牛》是我五姐的唯一，她整个人都掉进《小放牛》的牛阵里了，魔怔了，一大早就在后院练唱，咿咿呀呀地没完没了，走路都迈着小碎步，水上漂似的从后院漂到前院，坐在饭桌前，拿筷子点着桌沿还在唱：

行来在，青草儿坡前，见一个牧童，

身披着蓑衣，手拿着横笛，倒骑着牛背，

他口儿里唱的俱是莲花落哪哈咿呀咳……

母亲说，吃饭还堵不上你的嘴？

五姐说，我不能跟张安达比，人家有功底，张嘴就来，我是一张白纸，不练行吗？

我说，张安达演的那个小牧童比《刘巧儿》里头的劳动模范赵柱儿还好看，胡同里的孙大妈、刘婶、赵奶奶都说看上这小子啦，我也看上他啦！

母亲让我住嘴，说张安达是太监，丫头家家不许胡说，怎能动辄就是"看上谁"！

五姐不乐意了，眼睛一瞪，冲母亲说，太监有什么不好，太监也是人，旧社会的奴才，新社会的主人！

母亲说，你跟我瞪什么眼？革命把你革得都不知道东西南北了，说这话你不嫌寒碜，真把你嫁个太监你能答应我？你男人可是清华毕业，论学历、家境、长相，哪点儿也没辱没了你！

五姐说，他跟太监也没两样。

母亲不说话了，母亲知道五姐与五姐夫关系不好，原因在我那位姐夫，我那位完颜姐夫练气功，炼丹药，吃五行散，讲的是清心寡欲，抱朴归一，我五姐不认这个，说他是半疯。五姐夫夜夜要打坐，一坐坐到天亮，月光下，对着北斗七星走禹步，属于半人半神系列。

母亲口气缓和下来说，咱们先不说姑爷的事，往后我会收拾他，咱们现在说的是张安达，张安达是个难得的好人，跟咱们家这些年也都是知根知底儿的，咱们也没看不起他不是，但是太监就是太监，他们是不能人道的人，不错，张安达人长得帅气、俊秀，可话说回来了，过去进宫当太监的哪一个不是五官端正，超乎常人的，歪瓜裂枣的能到皇上跟前儿去吗？

我问母亲"不能人道"是怎么回事，母亲推了我一把说，去！

五姐的脸通红。

母亲认为跟我们家没关系的《婚姻法》，没出一两个月便大有了关系，我们家那位情感丰富又多变的"小村姑"提出要和完颜姐夫离婚，谁也劝不住，她也不吵也不闹，就是铁了心地离！

我母亲说不出什么，因为五姐夫跟太监一样也"不能人道"。

很快这个婚就离了，我五姐参加了革命工作，嫁给了在陕西紫阳当过牧童的王连长，连长那时候已经不是连长也不是牧童了，是大干部了。

我那位被"抛弃"了的五姐夫完占泰离了婚却还住在我们家里，照常过着他的神仙生活，他没有工作也不想出去工作，他天津家里有的是钱，据说几辈子也花不完，不愁吃也不愁穿，在叶家被我母亲当儿子养着。后来公私合营，又连着几个运动，老姐夫家里就穷了，再没有钱给寄来了。没有了经济来源却也没饿着他，有我们吃的就有老姐夫吃的，好在他也不正经吃饭，经常"辟谷"，有时候吃三颗红枣就能顶一天。

张安达来我们家定要到五姐夫的屋里去，看看五姐夫有没有什么要换洗的衣裳，该拆洗的被褥，他拿回去让媳妇洗，洗过浆过，熨平整了再送回来。他的天津乡下媳妇做了什么新鲜吃食，也都想着给老姐夫送点儿过来，论远近，他们到底都是属于同一地域的，甭管是静海的穷太监还是津门的阔少爷。

我跟着老张去过一回张安达家，是为他们家老太太过世三周年去的。去张安达家，我是正差，老张是陪衬，毕竟我代表着叶家宅门，老张是跟差。但是一出街门立刻就变了，老张变成了正差，我成了跟随。他走前头我走后头，他甩着手，我提着蒲包水果……我说，老张唉，我怎么觉着秩序有点儿乱。

老张说，不乱！

进金太监寺胡同往西，路南一座干净精巧的小院就是张安达家了，门口有石头门墩，上头雕着两个歪着脑袋的小人儿，很像是《小放牛》里头的牧童哥。进门之前老张拉住我，再一次叮嘱千万别忘了他交代的事儿，我说，你放心，我忘不了。

老张交代我，到了张家，眼睛往房梁上瞅，他们家房梁上若是放着一个升那就对了，听人说太监的"根"又叫"宝贝儿"，用油纸包着，垫着灰，就搁在那里头，吊在房梁上，任何人也不能碰，太监死了的时候取下来，安在原来的地方，随主人一块儿埋葬。这个工作对死者来说非得至亲至近的人做不可，别人信不过，稍有闪失，死者在另一个世界就不完全了。刘掌案没儿没女，张安达是他的徒弟，所以刘掌案去世后，他的"根"是张安达亲手给安放的，放的时候张安达可谓毕恭毕敬，小心翼翼，第一"根"要紧贴着肉，不能有空隙，第二"根"得摆正了，不能歪……绝不是草草一搁了事。这些都是老姐夫告诉我的，那是在张安达死了之后……

可是当时我对这些并不了解，傻乎乎地问老张，房梁上头是什么"根"，老张说是"男根"，我说，有"男根"就得有"女根"，他们家"男根"在房梁上，那"女根"在哪里?

老张说,不知道!

就跟想看张安达上厕所一样,老张对太监的私密细节非常感兴趣。

张家院里栽着丝瓜和葫芦,还有一棵石榴,葫芦架底下有石头桌子,房檐下头挂着鸟笼子,笼子里头不是什么好鸟,普通的红子罢了。屋里有八仙桌,太师椅,老榆木的,结实而耐用。北边墙上挂了一副对联,"牧笛一吹春柳韵,杏花齐放彩霞云",好像也没脱开《小放牛》的意境。里屋紧靠南窗一盘炕,炕上有躺箱、炕桌,炕下靠西墙有梳妆台,门后有脸盆架子,架子上有大铜盆,盆沿上搭着白手巾,整个房间擦抹得一尘不染,连那砖地也闪着幽幽的光。没有堂皇阔绰,有的是简约舒适,但从格局看又一丝不乱,沿袭着传统,沿袭着规矩,让人想起紫禁城内乾清宫的西暖阁来。这怕就是张安达的心劲儿了,当过太监的心劲儿。

看得出,张安达在宫里当太监的时候一定是向往着安稳的小康生活,向往着一夫一妻,《小放牛》式的浪漫,独门独户的小院,热腾腾的炸酱面,母亲安逸,儿女绕膝,自己是尊贵威严的一家之主;可是过上了一家之主的日子又脱不开宫里的套路,脱不开习惯的束缚,就像是把熟粽子解开剥了,它还是个粽子,再变不成米饭一样。

老张谱摆得很大,进了门腆着肚子跟大爷无异,但张安达心里明镜儿似的透亮,孰重孰轻一点儿不糊涂,他把我往正座上让,尽管我还是个孩子,也一口一个"格格"地叫,让他的媳妇出来先跟我见过了再招呼老张,这让老张很没面子。

张安达的媳妇低着头几乎不说话,眼睛也不敢朝我们看,张安达说什么她就做什么,谨慎而温顺。我不知该管张安达的媳妇叫什么,张安达说她叫李增春,我便叫李增春,李增春终于冲我笑了笑,下兜齿儿,嘴还有点儿歪,模样一般。李增春能给太监当媳妇,并且无怨无悔地跟太监过了这么些年,这让我对她充满了好奇,母亲的"人道"教诲让我懵懂地感到了两口子之间的事儿,这是不能对人言说的,那些个苦辣辛酸也只有李增春自个儿明白了。若干年后我看了老舍先生的话剧《茶馆》,那里头有给太监当媳妇的康顺子,可我总不能把她和李增春联系在一起,也不能把庞太监和张安达扯到一块儿。其实人跟人挺不一样,太监和太监也不一样。世间的事儿,"葶苈似菜而味殊,玉石相似而异类",难以一言概之。

张安达的媳妇李增春身子骨很单薄,小脚,头发花白,看年龄比张安达大不少,俩人站到一块儿明显的不般配。李增春给我们倒了茶就进到厨房再没露面,是个沉静识体的女人。

张安达家用的茶碗很讲究，是粉彩薄胎美人荡秋千的西洋瓷，老张问是不是皇宫的旧物，张安达说是他在崇文门鬼市上淘换来的，没花两块钱，便宜！崇文门外的鬼市自解放前就有，一直延续到五十年代末，地点在花市附近，黎明出摊，天亮走人，买的卖的谁都看不清谁，每个摊上点着盏半明半暗的小灯，地上铺块布，摆着东西，谓之"鬼市"，又叫"晓市"。东西中有贼的赃物，也有潦倒大宅门的珍藏，碰巧了还真能买到好东西。后来老张回唐山之前我跟着他逛了一回"鬼市"，没买回什么东西，只买了两条板凳，老张说这东西在乡下很实用。

那天，老张跟张安达说他唐山家里给分了地，他梦寐以求的回家当地主的愿望就要实现了，他计划这个月就跟我们家把账结清，回家当他的"老太儿"去。"老太儿"是唐山话，老太爷的意思，出自《三侠剑》里的杨香武，杨香武是乾隆年间河北的大侠，跟窦尔敦、黄三泰们是同时代的人，戏台上的杨香武一口唐山话，通常由武丑扮演，装扮和《三岔口》里的刘利华差不多，穿着黑紧身衣，绣着满身五彩花蝴蝶。传说杨香武的轻功十分厉害，曾经有过"三盗九龙杯"的经历。两军对峙，兵对兵，将对将，双方要互通姓名，刀下不杀无名之鬼。杨香武出自民间，没有堂皇的名号，便自报"老太爷杨香武"，唐山话，"老太爷"就成了"老太儿"。后来人们就戏称唐山人为"老太儿"，老张就是个地地道道的"老太儿"。同是"老太儿"，老张跟人家杨香武却差得远，老张有点儿小自私，有点儿小蔫坏，还有点儿弯弯绕的小肚鸡肠，没有杨香武的侠义豪气。老张说厨子老王也想回山东，现在解放了，各自家里都有了很大变化，也不知道老婆孩儿过得咋样，岁数大了，不回家咋着呢。

张安达说是该回去看看，人走千里万里，那根儿还是跟家里的老坟地连着呢。他静海的家里已经没了人，虽然有几个远房侄子，但是他没给过人家什么济，到老了回去人家未必肯接纳。在北京好歹他跟前还有个闺女，他的闺女张玉秀现在在北新桥副食商店工作，也算是干部了。

我们走的时候李增春从厨房出来了，这一会儿工夫她给我烙了七八个糖火烧，用布兜了，塞到我手里。我不要，老张说，拿着吧，好歹是人家的一片心意。

张安达说，知道你们家有专门的厨子，不稀罕，可这个是我们静海的家常火烧，味儿自然是不一样的，也没什么好东西给小格格拿着，让格格空着手回去，怪不落忍的。

我提着火烧跟着老张往外走，张安达的媳妇送到了影壁跟前就止住了步，张安达一直把我们送到大门外，站在台阶上看着我们，直到我跟老张朝北拐弯，他还在朝我们挥手。

张安达的礼数真多。

老张问我朝房梁上看了没有，我说看了，他们家没房梁，只有白纸糊的顶棚。老张肯定地说，那"宝贝儿"就是藏顶棚里了！

我问老张，"金太监寺"跟张安达有没有关系，老张说有屁关系，这个胡同自打明朝就有了，张太监住这儿也是碰巧。我说张安达准是看上了这个地名才买的房。老张说，他躲还躲不及，但得有比这儿便宜的，我敢担保，张太监绝不会在金太监的地盘上住，甭管是明朝还是现在！

在我童年的思维中，一直是把"金太监寺"和张安达连在一块儿的，宽展的胡同，安静潮湿的小院，剥落的砖墙，藏匿于深处的故事……常常让人浮想联翩。

今天的金太监寺胡同不知还存在否？

我把糖火烧拿回家，母亲尝了，说半发面，又酥又脆果然好吃。厨子老王不以为然，掰了一块在嘴里捯了半天说，《小放牛》味儿。

我不知道糖火烧怎么会和《小放牛》绞到一块儿去了。

5

我五姐自嫁了"紫阳牧童"以后再没跟张安达一块儿演过《小放牛》，不是她不演，是再没机会演了，她在商业局工作，是搞行政的，严肃得厉害，跟谁都没个笑模样，好像谁都是她的下属。她回来动辄便批评我母亲落后，忘掉了南营房穷人出身的根本；批评她的前夫完占泰谲诡幻怪，醉生梦死，没有谋生技能，整个儿一个少爷秧子。我当然也在她的批评内容之中，她说我小小年纪，鬼精鬼精，心思全没用在正道上，一脑门子封建残渣，都八岁了，还没有加入少儿队。那时候的少年先锋队叫少年儿童队，不是我的记忆出了毛病，的确是如此，参加过"少儿队"的人现在大多七老八十了，想必他们还不会忘记这个名字。那时候的队歌是郭沫若写的，"我们新中国的儿童，我们新少年的先锋"，而不是现在的"我们是共产主义接班人"，现在的队歌是电影《英雄小八路》的插曲。

我当时反驳五姐说，我怎么鬼精了，我连"人道"都不懂！

母亲扑哧乐了，五姐捂着肚子歪在炕上说，你快给我一边儿待着去！

母亲将一个包袱给五姐抱来，打开都是婴儿的衣物，有连脚裤、老虎鞋、老虎帽、绣花斗篷，母亲说是张安达的媳妇给做的，说想的是五格格该用上了。张安达猜得没错，五姐姐的确要生孩子了，肚子大得像鼓，气儿都喘不匀了，两条腿肿得像大萝卜，自个儿都快顾不过命来了，还批评我"封建残渣"！

没过多久，五姐生了一对双胞胎，小鼻子小眼儿的两个小"村姑"，"紫阳牧童"的后代。

五姐添了千金，我妈作为姥姥给送了一对小银镯子、小银锁，本来这里头根本没有完姐夫什么事儿，他也过来凑热闹，拿着两块小破石头让我母亲一块儿送去，说石头来自陕西楼观台，楼观台是老子讲《道德经》的地方，是道教祖庭之一，亲耳听过老子教诲的石头不是一般石头，是有仙气有道行的灵石，有这样的石头与孩子相伴，孩子将来一定有仙风道骨。

听过老子讲话的石头到了我五姐手里，她看也没看，隔着窗户就扔出去了，他们家窗户外头是自由市场的鱼市，两块灵石降贵纡尊混杂于污秽腥臭之中，命也如斯，想必也是一番劫难了。

那对小丫头长大后并没什么出息，刚上四年级便双双留级，小学念了八年，初中念了四年，不爱学习爱臭美，一门心思在吃穿打扮上，高中开始搞对象，两个人加起来搞了百十来个，最终一个嫁了"无职业"，一个嫁了南京来的卖"盐水鸭子"的。

我说那样的石头怎能随便扔呢，老姐夫摇摇头说是"缘分"，缘分不到，不能强求。我说，老姐夫，什么时候您又转到佛教来啦！

我的老姐夫和他的朋友张安达后来的日子过得都不太好，跟那对小双胞胎不同，他们的日子过得有点儿被动。

他们的共同悲剧在于都没有工作，张安达曾一度在街道办的纸盒加工厂糊纸盒，计件制，张安达一天糊不上一个鞋匣子，用他的话说是连一两豆芽菜钱都糊不出来，就不干了。我看过写溥仪在监狱糊纸盒的书，也是糊不到一块儿去，我不明白了，怎么紫禁城出来的主儿在动手方面都这么差呢？无论是主子还是奴才！

我的完颜姐夫跟张安达不同，他是有条件而不愿意工作，数学系毕业，在当时是大学问了，但他的学问于他的人生经历没有起到任何作用，今天吃了绝不想明天，这位金世祖后裔活得很模糊，他对我说，模糊也是学问！九十年代我听说了"模糊数学"这个词，真佩服老姐夫的英明！但用我五姐的评论是，打着不走，拽着出溜，完占泰这个人没治了。

懂得"模糊"的老姐夫糊过火柴盒，给外贸工厂画过灯笼，挣得不多，够吃就行，青菜萝卜糙米饭，瓦壶天水菊花茶，简朴的生活正合他天人合一，道法自然的准则。老姐夫一直活到九十二岁，二十一世纪无疾而终。

张安达偶尔来串门，仍旧不空着手，有时候用手绢兜一兜花生米，有时候用黄糙纸包几块熏肠，熏肠不是现在超市卖的灌了淀粉的熏肠，更不是哈尔滨的美味红肠，是将猪小肠缠绕起来煮熟熏制的，小贩背着木盆，沿街吆喝，跟酱猪肝、猪心、猪尾巴一块儿卖，不过价钱更便宜罢了。再有的时候张安达会带来他闺女熬的豆酱，即把猪皮、黄豆、咸菜丁煮过，等凝固后浇上醋蒜汁吃，是一种实惠鲜美的家常小菜。

厨子老王回山东老家了，老王在，他又会不屑地说是《小放牛》水平了。

张安达是来陪我那位嗜酒如命的老姐夫喝酒的，其实他平时根本不喝酒。

我时常地想起"滴水之恩当涌泉相报"的话来，"涌泉"似乎太猛太快太直接，张安达的报答是"细雨湿衣看不见，闲花落地听无声"，如同筱白玉霜缓缓的唱腔，于悠悠静夜中似有似无，不绝如缕。

知己犹未报，鬓毛飒已苍。

渐渐地，张安达很少到我们家来了，他的小脚媳妇李增春死了，张家就剩下他和闺女相依为命了。我佩服张安达的远见，接纳了这个叫做张玉秀的女儿，有这个女儿跟没这个女儿是大不一样的。张安达不是刘掌案。

张安达的房子，自己住了三间，将其余几间租出去了，当时叫"吃瓦片"，可是那点儿租金十分有限，够不上每月的嚼谷，得靠女儿接济，就这，还落了个小业主的名声。张安达的女儿结了婚在和平里住，姑爷是运输公司的调度，两口子都是善良人，就想把张安达接去一块儿住，让张安达安享晚年。

张安达到我们家跟老姐夫商量，去还是不去，老姐夫说去，现在身体硬朗自然显不出什么，将来一旦落了炕，跟前还是得有人，他遗憾的就是自己这辈子没个一男半女，想想未来总是个事儿，谁管呢？

听老姐夫这么一说，张安达就把金太监寺的房子卖了，卖了两千块钱，两千块在那个年代是笔巨款，溥仪写了本《我的前半生》，稿费不过五千，张安达把这笔钱在自个儿手里攥着，住在闺女家，他一分钱不掏，他认为闺女养活他是应该的。

张玉秀在和平里的房是两室，厕所公用，水房公用，做饭就在楼道，谁家吃什么全体居民都知道，谁家没开伙，全体居民也知道。五十年代的居民楼多是这种水平，住惯了小院的张安达哪儿能习惯筒子楼，他不能习惯没有隐私的生活。

他一辈子都是在隐私中度过的。

他和闺女睡觉隔了一道门帘，他睡外间，小两口睡里间，虽说他是太监，但毕竟他是运输公司那位的老泰山，里间睡的是女婿，不是皇贵太妃。他的觉少，睡得灵醒，周围稍有动静他会激灵一下坐起来，这是当差多年的习惯。不隔音的筒子楼害苦了他，头上的顶棚都是相通的，先是里间，后是隔壁，各种各样奇妙的声音让他几乎无法入睡，都是以前没有听过的声音，敬懿太妃是寡妇，她的宫里晚上没这些声音。后半夜楼里好不容易安静下来，顶棚的耗子又开起了运动会，咚咚地跑，蹬得房顶往下掉土。

谦恭的张安达不是永远谦恭的，在女儿面前，他显尽了"老太儿"派头，养闺女图的什么，不就图有人尽职尽责地孝顺，无条件地伺候，自己理所当然地当"太上皇"吗？问题是他的闺女不是皇上，所以他的"太上皇"当得就有点儿打折扣，有点儿窝囊。

在家里，"太上皇"张安达不是个好说话好伺候的主儿。

老北京人，向来是早晨一壶茶，空着肚子喝够了再吃早点。有这习惯的一般都是清闲的大爷，提笼架鸟的八旗子弟，为生活苦奔的不在其中。到了张安达这儿就有点儿麻烦了，无论早晨多忙，也得让闺女把茉莉花茶沏好了，把油饼豆腐脑买来，才能去上班。按说这条件不高，可那个时候没有煤气，没有电磁灶，每天得点劈柴笼火，火上来再烧开水沏茶，这么一折腾闹得见天张玉秀天不亮就得起来。张玉秀跟张安达商量，能不能用暖壶的水沏茶，张安达说不行，隔夜的水泡不开，茶叶都在碗里漂着，那不是喝茶，那是泡干菜。张安达说他在寿康宫当差，从来都是三更就起来，没睡过囫囵觉，也没觉得不自在，到了闺女这儿怎就不行了呢？再说，她的妈活着的时候天天都是早早儿把茶沏好了搁那儿，十几年，也没见她提出过什么困难。

喝茶这件事不能更改！

女儿两口子上班，中午回不来，张安达不吃剩饭，自己也不做饭，让他在炉子跟前炒菜，没门！别说他，连他的师傅，专门负责御膳的刘掌案都没干过这个，连看门的老张、厨子老王都回家当"老太儿"去了，他难道连老张、老王都不如？谁见过"老太儿"自己下厨做饭的？不能掉这个价，就是说不能给小的们当使唤人，吃什么是次要的，关键是太爷的架子得端着。

女儿有女儿的办法，中午让老爷子在街口小饭铺包饭，想吃什么随便点，月底由女婿去结账。饭铺的饭跟御膳房不能比，翻不出多少花样来，没两个月，张安达就吃腻了。在饭铺里夸赞人家的饭食实惠，味道好，回到家就跟女儿翻脸，说饭铺的饭不是人吃的，饺子一两六个，半个巴掌大，还是萝卜馅，他什么时候吃过萝卜馅，他根本就不吃萝卜，宫里当过差的人都不吃萝卜，吃萝卜出虚恭，大不敬，那是要掉脑袋的事儿。御膳房的小饺子小手指头肚大，小包子十八个折儿，龙须面下到锅里自己会转圈儿，就是酱咸菜也得切出花儿来，好吃不好吃的模样得讲究，天下万物都有自个儿的品相，饭铺弄些个"大不列颠"搪塞人，他们做着不嫌寒碜，他吃着嫌寒碜。要是刘掌案还活着，知道他吃萝卜馅大饺子，非得笑话他不行。女儿说，老爷子，您就将就一下得了，刘掌案要是知道您今天有大饺子吃，恨不得从棺材里坐起来跟您要俩吃呢！

张安达不想将就，他将就一辈子了，在亲人跟前他要恣意舒展，把扭曲了的人生再扭过去。很多时候他什么也不为，就是想找点儿不痛快，不痛快在哪儿找，在晚饭桌上找，因为只有在晚饭桌上，一家子才能凑齐了。

姑爷将一块肘子夹到张安达碗里说，爸，你吃这个。

张安达的筷子停了，不快地对女儿说，我是谁，我是老家儿，是一家之主，跟一家之主就这么你我他仨地说话，不怕折了寿？

女儿给女婿翻译父亲的意思说，以后跟爸说话得说"您"，不能说"你"。对别人称呼父亲的时候得说"怹"，不能说"他"。

姑爷是广西人，翻着广西大舌头"您"、"怹"学了半天，终没将这个字说利落。

吃着吃着，张安达的筷子又停了，看着女儿半天不说话，女儿心里发毛，不知老爹爹又翻出什么新花样。张安达说，秀儿，我记得你不是属猪，是属兔的吧？

女儿说对，是属兔的。张安达说，属兔的你吃饭吧唧嘴干什么，吧唧吧唧，馕糠似的，饭桌上就听见你一个人的吧唧声。

坐对面的姑爷赶紧收拢了腮帮子，老丈人说的是女儿，指的却是他。

吃完饭，姑爷一边收拾饭桌一边讨好地问老丈人明天晚上想吃什么，张安达在等着女儿给点烟袋锅，听了姑爷的问话说，你们上一天班够累的了，吃点儿简单的吧。

姑爷问什么简单，张安达说，贴饼子熬小鱼儿。

看姑爷直发愣，张安达说，饼子在上鱼在下，一锅都熟了，省事儿！

为这锅省事儿的"贴饼子熬小鱼儿"，姑爷特意请了半天假，折腾得地覆天翻，做出来一锅连鱼带刺的腥棒子面粥。张安达自然拒绝吃那不伦不类的"混账"，女儿另外给做了一碗羊肉热汤面了事。热汤面还没吃完，张安达提出想吃天津西边杨村的糕干，女儿心疼姑爷，说，杨村糕干得上天津买，他们单位明天不休息。

张安达说，他们是运输公司，运输公司难道就没有一辆车上天津？

女儿说，去天津不进城也买不来，再说了，为一包糕干，小月科孩子吃的，也不好张嘴求人。

张安达说，老人都是小月科孩子，人生就是个圆，活着活着就活回去了，你刚来北京的时候,抱在你奶奶怀里,专吃杨村糕干,连你娘的奶也不吃;你奶奶到最后,躺在炕上,除了吃糕干,也是其他什么都不吃。

女儿无助地看着姑爷,姑爷痴呆呆地没有表情,他还没弄懂"糕干"是什么东西。

张安达愿意看女儿、女婿诚惶诚恐的模样,他对这种模样太熟悉了。女儿、女婿的无所适从,对他来说是一种得意,一种由内心深处生成的快感,这种感觉是他从少年时代便缺少的,久久盼望的。女儿女婿越经不起这折腾,他便越发折腾,目的只有一个,随时向别人提醒自己的存在,显示自己在家中无可动摇的重要地位,家里无论是谁,对他都应该绝对服从,为他无条件地服务。

孤古乖怪,真是一种别路心态。

女儿每天战战兢兢,如同哄小孩,下班总得给张安达带点儿好吃的,半斤槽子糕,一个黑崩筋儿西瓜,一串糖葫芦,几个"驴打滚儿",老爷子要是高兴,槽子糕便"赏赐"给了姑爷,老爷子要是不高兴,糖葫芦说不准就能从地上飞到顶棚里去。

整个一个"作(zuo 读一声)"!

女儿不跟爸爸计较,她希望一辈子活得不容易的太监爸爸老了老了能幸福。

孩子们越是周到,张安达越是不满,越是不满,越是融不到这个小家庭里去,没事就一个人瞎琢磨,女婿姓王,将来女儿有了孩子也姓王,他可是姓张,姓张的住在姓王的家里名不正言不顺,不合规矩,这就好比溥仪出宫,无论如何是不能住到他的丈人郭不罗蟆蟆家去的,尽管郭家的房子不少,也有钱,可那儿不是他落脚的地方,后海的醇王府大而无当,也没什么直接的亲人了,可他还得奔那儿去。张安达有点儿后悔将金太监寺的房子卖了,可是不卖他又靠什么养老,他真正的家又在哪儿呢?

张安达变得沉默寡言,神情恍惚了。他不愿意在"家"待着,女儿还没上班他先走了,女婿下了班他还没回来,他最爱去的地方是地坛,在地坛的长椅子上一坐一天,看着树影移动,感受着太阳从胸前照到后背……

在一次会议上,张安达的女儿见到了我五姐,说了她父亲的情况,我五姐以她的想法理解张安达,说张安达是重男轻女的思想在作怪,哪天她去好好做做张安达的工作,劝劝他,时代不同了,男女都一样,儿子、女儿承担的责任是一样的。问题是,我那个为革命而忙碌的五姐,转过脸就把这个应诺忘了,害得张玉秀等了大半年也没等来"做工作"的我五姐。

我的老姐夫告诉我,张安达最大的障碍在厕所。

我认为老姐夫的分析不错,当初张安达上我们家的时候,被看门老张强行着灌了几壶水，为的就是看太监上厕所……张安达住在筒子楼，厕所是公共的，左边一溜一排蹲坑，右边一溜一排尿池子，都是无遮无拦的公开，这让张安达尴尬而难堪。

至少，地坛的公厕有隔断。

6

1958 年，我们家前边的两进房子被征用，宽敞的广亮大街门挂上了敬老院的牌子。后进的游廊被从过道砌死，西边开了一个偏门，以便我们家人进出，门牌号也由 2 号改为 2 号旁门。从此，前头三分之二的房子与我们无关了，我们家只剩了第三进的四合院和后头的花园，没了影壁，没了垂花门，没了鱼缸和石榴树。

父亲抑郁了许多日子，又不好说什么，人家征用是经过您同意的，您在人前表现着积极与进步，背了人又唉声叹气，这是怎么档子事儿呢？父亲说，君子为人，唯善以宝，我何在乎那些房子，只是这"旁门"让人不快，有左道旁门之嫌，叶家人什么时候走过旁门？

母亲说，旁门就旁门罢，这个旁门比我娘家的正门要大多了，家里就这几口人，偌大院子也压不住，房子越来越旧，也没精力收拾，搁咱们手里早晚也是糟践了。

母亲说得没错，我们家的房屋院落已经显出了颓败的老相，廊柱掉了漆，露出了里面的麻；沟眼不通，一下雨院里全是水，如同北海的水榭；十几间屋子，除了东厢房不漏，其余下雨就得找盆接，几乎每间房子的顶棚都像地图一样，有一圈一圈的水渍；后院园子里的草都长疯了，常有一只胖刺猬沿着过道到前面来溜达，见了人小眼一翻，慢慢腾腾地再逛回去，好像它是这儿的主人。母亲说狐黄灰白柳是家神，狐是狐狸，黄是黄鼠狼，灰是耗子，白是刺猬，柳是长虫，家里有这些东西是兴旺象征，它们都得罪不得，所以那只刺猬就在我们家幸福地自在地生活着。

也没见我们家兴旺起来。

我们家越过越没有人气儿。

父亲年纪大了，白胡子在胸前飘荡，谁能指望一个白胡子老头能干什么呢？母亲婆婆妈妈的，除了柴米油盐，对别的没兴趣。哥哥们娶妻另过，姐姐们嫁人出阁，家里只剩七哥哥和我，可是这个老七就会画画，连换灯泡都不会……

同学们都不愿意到我们家来，说我们家像庙，像《聊斋》里闹鬼的地界儿。

隔出去的前院跟后头比是两个世界，没出两个月那些房子便修缮一新，窗户纸全换成了大玻璃，还安了纱窗，廊子都上了绿漆，重新铺了地砖，重新刷了墙，正屋开了后窗，院里搭了天棚，运来了许多椅子和床，还有一盆一盆的绣球花，好多的人进进出出，好多的东西摆摆放放，总之那个院子彻底变了，变得意外、陌生，从气味到格局。

有一天，前头敲锣打鼓，放了一阵鞭炮，来了些领导，住进了十几个老头老太太，老人有能动的有不能动的，个个都像碰不得的老祖宗。工作人员也不少，扫卫生的、做饭的、采买的、护理的，俨然像一大家子人，比我们家红火多了。

母亲不再让我往前头跑，说敬老院好歹也是个单位，哪能让闲杂人等随便出入。我告诉母亲，曾经是饭厅的东屋现在住了仨老头，一个是小学教员，一个是卖灌肠的，还有一个就是张安达。母亲惊奇地说，张安达是有闺女的呀，他怎么会住进去了呢？

我说，那他就住进去了呗，太监是没后人的，他为什么就不能住进去？

母亲说，那张玉秀呢，她当着干部却让她爸爸进敬老院，这不合适！这个张安达也是，跟咱们前院后院地住着，也不说过来言语一声，倒显得生分了。

住在前院的张安达一直也没到我们家来串门，老姐夫说张安达是不好意思，张安达内心认为凡是住进敬老院的都是走投无路，无依无靠的鳏寡孤独，他沦到这份上不好再跟叶家走动，怕让叶家失了身份。

张安达是多虑了。

但是我跟张安达的交往却一直没断，放了学就爱往张安达那儿跑，跟三个老头一块儿玩牌，我们玩的是"打百分"，也叫"升级"，我跟张安达打对家，我们配合得十分默契，就像张安达跟我五姐唱《小放牛》似的，严丝合缝，不出破绽。老头们玩扑克，耍赖、反悔、偷牌、换牌，比小孩还小孩。张安达在外人跟前平和顺良，他让着任何人，跟谁也不争，对什么事儿依旧是"依着您"，好像这才是他的本性，这种性情渗到他的骨子里去了，他觉得这样反倒很正常，很习惯。所以，我印象中的张安达至死都是不张扬，好说话的老好人。

他女儿张玉秀嘴里的张安达不知是谁。

在敬老院里，张安达不再刻意避讳自己的太监身份，太监住敬老院，理所当然，他不住这儿住哪儿呢？没人提出异议。

张安达在敬老院有自己的单独厕所，即将最里头的坑隔开并且很人性化地装了一扇小门，蹲坑上摆放了可以坐的便座椅。小门一关，里头自成一个小世界，谁想看太监怎么上厕所是万万不可能的，就是我们家看门老张跟张安达一块儿上厕所，怕也是达不到目的。北京人在厕所问题上向来不讲究，到了七八十年代，北京撤销私用厕所，为便于管理，统一改成公厕，那些蹲坑旱厕依旧是大敞亮，堂屋一般，倒是痛快，倒是无隐私，谁拉什么屎随时可以一览无余，彼此间可以聊天，可以交流手纸，清洁工到点清洁，刷完了这个坑你挪个窝，换到另一个坑去就是了。张安达在五十年代就有了自己如厕的"单间"，级别不低，玩牌的老头们戏称张安达的厕所是"御膳房"，张安达一去厕所，他们就说他上御膳房做饭去了，这回做的不知是稀还是干。

张安达在敬老院上上下下人缘很好，他手脚勤快，有眼力见儿，肯给任何人帮忙，在所有的人跟前，张安达永远把自己搁在最底下。

张安达说他住敬老院是不愿意给闺女和姑爷添麻烦，我说，我老姐夫正在吃政府救济，没有收入，国家每月发八块钱，要论住敬老院，老姐夫完全够条件，我动员他过来跟您做伴儿吧。

张安达听了想也没想说，完先生不会来。

我回来跟老姐夫一说，老姐夫想也没想说，不去！

我问干吗不去？老姐夫说，不自由。

张安达的女儿落了个不养老人的名声，让老家儿住敬老院，在人们的习惯势力中是不能理解不能原谅的，背后议论的人很多，所以，这个张玉秀的级别一直没有提升，她一生也没有生养，人们说是缺德缺的，不养爸爸的人自然也养不出儿子。

其实张玉秀挺冤枉的。

民政部门给敬老院送了一台电视，1958年的电视，稀罕！

于是，一到晚上，敬老院的大门关了，老人们都集中在正屋看电视。那个小电影对我的诱惑太大，不顾母亲阻拦，我每天晚上都会踩着高凳趴前院后窗往里看，敬老院的电视摆在北墙，这样在南窗的玻璃上便会映出影像，当然全是反的，就这我也很满足了。电视是黑白九寸，里头常出现的男女都英俊漂亮，记得女演播叫沈丽，是我喜欢的人。每当我的脑袋在后窗户上一出现，屋里正看电视的张安达就会叫坐在玻璃窗前的人让开，意思是别挡了我这个蹭客的视线。

张安达对我说，他跟领导建议过，放电视的时候允许让我到前院去看电视，但是领导没批准，领导说周围孩子很多，放一个进来跟放十个进来一样，不能开了这个口子。

张安达很遗憾，说他人微言轻。

有一天张安达告诉我，礼拜六电视里要演《小放牛》，让我五姐来看，说领导是不会拒绝我五姐的。我跟五姐说了，想的是她不会来，她不可能为个《小放牛》到敬老院来蹭电视，可我五姐还是来了，是应张安达的邀请来的。

那是他们最后一次碰面。

我随着五姐堂而皇之地坐在敬老院的正屋里，面对着那个比小人书大不了多少的电视机，看惯了反的，乍一看正的还有些别扭，沈丽胸前的那朵花明明是在左边，现在跑到右边去了。

《小放牛》一直拖到很晚才演，屏幕上两个小人一蹦一跳的，看不清眉眼，灰不溜丢的也没有颜色，如同两只白蛾子在扑棱，远不如五姐和张安达当年演得美好真切。我有些不耐烦，但是看五姐和张安达，两个人看得都很投入，五姐姐的眼里还有泪光在闪烁。我心说，哭什么呀，你不是喜欢牧童吗，如今嫁了紫阳牧童还有什么不知足的呢！

7

1966年初，进了敬老院从未到过我们家的张安达突然出现在我们家的堂屋里。

那是个冬天，天气很冷，我放寒假正在家。

我也有几年没见张安达了，这次一见不禁大吃一惊，一个老态龙钟，佝偻着身子的老头，黯淡得如同一块破抹布，坐在东墙的椅子上，跟墙上的古画连成一个颜色。我父亲坐在太师椅上，您上手"客"的位置空着，我知道，再怎么让，张安达也是不会坐上去的，甭管时代怎么变，张安达内心的规矩不会变。

张安达见我进来，站起来请安，迫使得我也回了一个蹲安，心里颇觉好笑，这套礼节多年不用，几乎忘光，让五姐看见保准又得说我是"残渣"了。张安达看出了我的不自在说，小格格几年不见，出落成大姑娘了，走街上怕认不出了。

我说我这几年住校，也顾不上到前院陪张安达打牌了。张安达摆摆手说，再别提了，打牌，那是下辈子的事儿喽！

张安达边说边拿手巾哆哆嗦嗦地擦眼睛，那里头老有泪水流下来，也不知道是伤心也不知道是病。张安达的围脖拧成了一条"绳子"，乱糟糟绕在脖子上，使那难看的皮肤松弛的脖子更加难看，但仍能看出，"乱糟糟"是毛料的，有着黑色的条纹，就是说，它曾经鲜亮过，辉煌过，现在旧了，毛都磨光了，还在尽职尽责地起着保暖作用。张安达脚上穿着五眼灯芯绒毛窝，还是八成新的，但是绒面已经被汤水油渍污得一塌糊涂。毛窝是白塑料底的，塑料底在当时属于时髦范畴，无疑是他女儿张玉秀从商场弄来的。张安达曾经剃过"去青"的脑袋上顶着一个不灰不蓝的棉帽子，棉帽子一个耳朵耷拉着，一个翻了上去，帽檐开了线，用白线匆匆连缀了几针，那几个白线脚就明目张胆地直往外跳……

这就是我小时候看上的牧童哥吗？这就是穿着灰哔叽长袍，风流倜傥的张安达吗？春尽有归日，老来无去时，我们家那位"小村姑"，现在仍旧光鲜得如同三春牡丹，可眼前的"牧童哥"却眼昏手颤，连步子也迈不利落了。

满脸褶子，说话没有底气，莺声细语，倒更像一个老妪。

太监原来这般不禁老！

张安达来我们家还是没有空手，这回带的是我在他们家见过的那套粉彩薄胎西洋美人茶碗和茶碟，张安达跟我父亲说这套瓷器是他十六岁那年演《小放牛》，敬懿太妃的赏赐，这些年他一直留着。洋人送给太妃的，想必是很珍贵的物件，他在敬老院用不着这东西，送给我父亲还能是个念想。

父亲看了碗底的字，说上头确有英文"敬送敬懿皇贵太妃"的字样，是英国人送的，这个碗是喝红茶用的。张安达说我父亲留过洋，又懂陶瓷，这套碗到了我父亲手里也算找到了知音，找到了归宿，凤愿堪偿，他替他的碗高兴。

父亲对张安达送来的茶碗没有拒绝，也没有像以往那样回赠东西，张安达送过碗之后再没话说，倒是我父亲东一句西一句地说些没用闲话。母亲拿来五姐由紫阳带来的橘子让张安达吃，张安达哪里吃得了，他嘴里一颗牙也没了。张安达问了五姐的情况，母亲说让孩子拖累着，怕再没有闲心唱戏了。张安达说，五格格天生嗓子嫩，扮相靓丽，演小村姑得天独厚。

母亲说连五姐的女儿现在都到了小村姑的年纪了，她再不是当年了。张安达摇摇头，喟然长叹，儿女催人老啊。

末了张安达说要到西院看看完颜姐夫去。

母亲说老姐夫屋里不生火，寒气大，怕是待不住，他们练功的人爱清冷。张安达说不碍事，当年他在寿康宫，冬天除了老太妃的小暖阁地上有火道，别的地方都跟冰窖似的，他打小冻惯了。母亲让我陪着张安达上西院，说院里上上下下的台阶多，留神别磕着碰着。

父亲送出了房门，站在台阶上跟张安达告别，这是以往没有的，张安达有些受宠若惊，回过身给父亲请了个双安，这个安请得直起直落，利落优美，是我见过的最标准最漂亮最郑重的安，仿佛当年牧童哥的影子又回到了张安达身上。

我搀扶着张安达上西院，张安达的腿明显地迈不开步了，几乎是在蹭，不是我扶着，有几登台阶他可能都上不去，我真弄不明白，这个老爷子是怎么从前院蹭过来的，这得花费他多大的精力啊。张安达穿着厚厚的大棉裤，裤脚绑着，隐隐地从那大棉裤里发出难闻的气味儿。一辈子都是从别人角度体谅事物的张安达，一定知道自己身上有味儿，在西院角门前他站住了，不安地对我说，不用扶了，我可以扶着墙自己走。

看着枯槁孤单的张安达，我内心一阵悲凉说，安达，您见外了，我是您抱大的啊……

张安达一双浑浊的眼里有清亮的泪流了出来，执巾揾泪，唉了一声说，没法子，到老了，尿就管不住了，这是我们这些人的通病，那个刘掌案，还没到六十，裤裆就老是湿的了，味气忒大，众人避他唯恐不及，没人愿意到他跟前去，在庙里住着，我半个月过去给拆回棉裤，送点儿吃的，怎的也是师徒一场……我明白这个，前年夏天，我就搬到了前院门房，同屋人家没说什么，咱们自个儿得自觉，不能招人讨厌不是。

我说，安达，我还记得您演《小放牛》的模样，多好看的一个牧童哥呀，后来看过很多牧童，都没您演得好。

张安达说，《小放牛》是个梦，年轻的时候常做梦，现在成宿成宿地醒着，甭说梦，连觉也没有了。

张安达说着指了指西偏院说，还不如完先生，人家压根就不睡觉。

我说，安达，您这一辈子不容易……您心里苦……

张安达说，有你这句话我就知足了，丫头，安达没有白疼你。

我注意到，此刻张安达将我呼作了"丫头"，不再是"格格"，就是说，我这个人在他的心里得到了认同，这是我至今想来都感到欣慰的。上北屋台阶的时候，我用左臂端着劲儿托着张安达的右手，张安达的手明显地向下用力，他对这个姿势很熟悉，是的，他用胳膊给当年的主子当惯了着力的支点……

那天，从老姐夫屋里回去的时候，张安达留给了老姐夫一个手巾包，他没说是什么，老姐夫也没问是什么，或许两个人都觉得这个包很不重要，远不如他们谈论的糊鞋匣子难以掌握的技巧问题。我对那个包更没在意，想的无外乎是几颗花生米，两块豆腐干……

将张安达送回敬老院，我回到母亲屋里，母亲正和父亲谈论张安达。母亲说张安达也是奇怪，好些年不来，三九天，天寒地冻地跑到后院来，什么事儿没有，就送一套碗，然后干坐着。

父亲说，张安达哪里是送碗，他是辞路来了。

母亲不说话了，屋里陷入长时间的沉默，我的心沉沉的，陡然地增加了许多惆怅。

"辞路"是旗人的传统规矩，老人年纪大了，趁着还能走动，最后一次出门，到亲友家去，叙叙旧，聊聊家常，并不说离别的话，免得让对方伤心，但暗含着道歉辞别的含意，意思是交往一辈子了，有什么不到的地方，希望能谅解担待。辞的和被辞的心里都很清楚，这是最后一面了，只是不将这层窗户纸捅破罢了。

事后我才知道，张安达留在老姐夫屋里的不是花生米，是钱，是他一生积蓄的剩余，一半给了张玉秀，那个受他折磨而无怨无悔的闺女；一半给了我的老姐夫，老朋友天津人完占泰。

春节到了。

大年初一天刚亮，我们家被一阵激烈敲门声惊醒，母亲让我出去看看是谁这么早就来拜年了。

我冒着雪打开街门，几个人抬着一口大棺材照直就往院里闯，我张开胳膊往外堵，哪里堵得住，那口棺材到底进来了，停在院子里。我说，你们往我们家送棺材什么意思？

他们说，是你们打电话让送的。

我说，谁打电话你们给谁送去，我们没打电话。

他们说，你这人，这事能闹着玩儿吗？

我说，我没跟你们闹着玩儿，是你们跟我们闹着玩儿。

对方说，这里不是2号吗？

我说，没错，2号。

他们说，那就对了。我们就是给2号送的。

我一时不知说什么好，还是老七回过味儿来，从屋里跑出来说，我们这儿是2号旁门，你们找的2号在前头，是敬老院。

送棺材的说，这可不怪我们，谁知道2号和2号旁门是俩院子。

我说，呸！晦气！

另一个说，小同志你别这么说，大年初一就给您家送材（财）来，您家今年准升官又发财！求之不得哪！

我说，去你妈的吧！

一个年纪大的说，大年下的，怎么张口骂人？

我说，没揍你们就是好事！

几个人自知理亏，不再计较，将棺材吭哧吭哧又弄出去了。

回到屋里，我看见父亲靠在被子上，气得脸色煞白，您活了一辈子，还是头回遇上这样倒霉的事情。老七说，都是"旁门"闹的，大年初一来这么档子事儿！

母亲说，老七你跟丫丫把院里的雪扫扫去。

老七说，大过年的不兴扫地。

我把他拽出来说，让你扫你就扫，说那些个话干什么！

足不出户的老姐夫那天破例从西院走出来，站在院里凝神一志地朝天上望，天空阴霾灰暗，雪花从虚渺的高天飘摇而下，无声地落到地上。我问老姐夫看什么呢，老姐夫说，这雪还没下透，待会儿有场暴雪呢。

我说，下雪好，瑞雪兆丰年！

老姐夫说，孤舟蓑笠翁，独钓寒江雪。

我说，您这是哪儿跟哪儿啊？

老姐夫没接我的茬，仍旧朝着天上呆望，将眼神送得极高极远。我正随着老姐夫的眼光寻觅，猛听前院有人撕心裂肺地一声哭喊，爸爸——

哭声一时不可遏止，有人劝阻，号啕变做了压抑的哭泣，边哭边在诉说。老七说，听声音好像是张玉秀。

的确是张玉秀，张安达于除夕夜里溘然长逝，那口棺材就是为他准备的，却送错了地方，进了我们的家。他的女儿得到消息赶来了，一身重孝，送来了她父亲的"根"，那是她父亲生前反复交代的，父亲说女儿是他此生最贴近的人，是亲人。

太监张文顺完完整整地走了，用他自己的话说是"全须全尾"。

同年八月，我的父母也过世了。

年初一那口不吉利的棺材，让我至今耿耿于怀。

8

不知不觉我已经来到了杏花深处，一群老头老太太正在林间空地上彩排，大概这就是司机说的"音乐 course"了。场地上的男老人穿着燕尾服，郑重而庄严；女老人穿着曳地长裙，优雅而秀美，人人手里拿着一个夹子，唱的时候就把夹子打开，好像世界上有名的合唱团唱歌的时候都张着夹子，念书一样，显得挺有学问。合唱队的背景便是那片一望无际的杏花海，"红杏枝头春意闹"，这景致搁在《小放牛》里最合适不过了，如若在舞台上演出，能做出这样的背景来，那是高手。

Course 有自己的乐队，有胡琴、笛子、月琴、扬琴和打击乐崩子，还有小提琴、大提琴、单双簧管和长号，可谓中西合璧。虽然乐器混杂但是排列有序，团队正中依着中国习惯是扬琴，左边头一个是第一小提琴首席，在众多小提琴手中很引人瞩目，那是个穿黑裙的妇女，金发碧眼，是个洋人，就是说，她不但是弓弦乐器的首席，而且是整个乐队的首席，地位只在指挥之下。后排是黑管、竖琴和长号、低音大管，右边是大提琴，以及胡琴、月琴和中国打击乐，演奏家们在各自的位置上秩序井然，一脸专注。

乐队左前方站着女主唱，我的五姐，她正全神贯注地听指挥说什么，五姐发了福，腰杆比原来壮了两倍，小肚腩的肥肉也出来了，与合唱队不同，她穿的是大红绣花氅衣，大红绣花宽腿裤，脚上那双鞋我认识，是当年张安达媳妇给她做的红穗子绣花缎鞋，跟这身衣裳一配，倒也相得益彰。我不知她在这里平时是做何等装扮，那长长的假睫毛和夸张的耳坠如果不是为了演出，就纯属成精作怪。

五姐旁边站着一个几乎全部秃顶的"牧童"，光亮的脑袋不是刮出来的"去青"，是纯自然的秃，锃光瓦亮，反射着太阳的光辉，有着"去青"达不到的效果。"牧童"精瘦，戴着眼镜，穿一身雪白的西装，风度翩翩地静候在一侧。我想，这样的老童肯定不能像张安达一样打旋子，也不会有张安达那青嫩的少年嗓音，多半会让人失望。

人众中，唯有指挥穿了套休闲西装，披肩长发扎了条马尾巴，虽说头发全白了，但白得很匀称，如同一捧银丝，想必这个就是英格兰牧场主本人，乐队指挥王佳模了。王佳模手里舞的不是指挥棒，是戏曲《小放牛》使用的放牛鞭，鞭子上深蓝的穗子在晴空繁花的映衬下显得独特而重要，非此别物不能替代。大概指挥在这根鞭子上找到了牧牛的感觉，也找到了乐队指挥的自信。跟女主唱交代完毕，只见王佳模回到指挥位置，双手高高抬起，众人静气凝神，都关注着那条鞭子。并不见指挥有何举止，却见鞭梢轻轻抖动，隐隐有笛声传来，婉转轻柔，像来自杏花的深处，来自幽静的山林。渐渐地长笛吹响，接着加上了双簧管、小提琴，有轻微的风声，有溪流的潺潺和翠鸟的鸣叫……不知是来自自然还是来自乐队。

这段前奏大概就是张安达给敬懿太妃吹的那段笛子曲的效果了，百十年后却是以这种形式出现在山野之中。历史就这么转啊转，艺术就这么转啊转，人生就这么转啊转，许多都变了，但有一个没变——心劲儿。

指挥给了乐队一个信号，胡琴、月琴奏起，该"牧童哥"演唱了，我说过，我对眼前老牧童不抱过高期望，便给自己找了块花荫坐了，拿出手机，准备查看收到的信息。过门奏毕，老"牧童"一张嘴，我的嘴竟闭不上了，假如张安达在，他怕要晕厥过去了，我没想到是这样——

真正标准的美声男高音。

> 天上的婆罗什么人儿栽？地下的黄河什么人儿开？
>
> 什么人把守三关口？什么人出家他就没回来吧咿呀咳？

　　我猜想这个老"牧童"一定是哪个音乐学院毕业，受过专门训练的，也说不定是那个专业音乐团体的美声男高音退休到了杏花深处，"牧童"的声音金石一般，纯正没有杂质，让人想到了年过花甲的西班牙歌剧之王多明戈演唱的《蝴蝶夫人》，"看模样，演唱者已是垂暮，听声音，还在盛年"，演唱者嗓音丰满充沛，自然流畅，让人感心动耳，把个"什么人把守三关口"唱得荡气回肠，如听万壑之松。

　　余音未断便掌声四起，老"牧童"得到了大家的认可、赞赏。

　　我等待着五姐的演唱，胖"村姑"也不含糊，调门起得也很高，不逊"高音C"，老太太用的是民族唱法，举手投足大方沉稳，一板一眼不失当年风范。

> 天上的婆罗王母娘娘栽，地下的黄河老龙王开。
>
> 杨六郎把守三关口，韩湘子他出家就没回来吧咿呀咳。

　　八十的老人，那偷气换气，真假嗓的运用，都很到位，我五姐一辈子只会一出《小放牛》，够了！清风吹歌入林去，余音自绕杏花飞，张安达的提携培养刻骨铭心地印在了老太太内心的深处，几十年不改当初。

　　海归牧童王佳模身心随着牛鞭摇曳，乐声悠扬，第一小提琴和第二小提琴进行着问答式的演奏，胡琴月琴再次响起，伴随着老"牧童"清亮的男高音：

> 赵州桥来什么人儿修，玉石的栏杆什么人儿留？
>
> 什么人骑驴桥上走？什么人推车轧了一道沟吧咿呀嗨。

　　五姐的嗓音越唱越亮，人已分明进入化境：

> 赵州桥来鲁班爷爷修，玉石的栏杆圣人留。
>
> 张果老骑驴桥上走，柴王爷推车就轧了一道沟吧咿呀咳。

　　"乐莫乐兮新相知"，没有舞蹈，完全是两个老人在对唱，一男一女，一中一西，达天地之和，饬万千之物，美哉！

我也走过了许多路，有了一把年纪，自然理解了人生的许多情结，包括张安达，包括我五姐，当然也包括王佳模和秃顶老"牧童"。

演唱中的五姐姐朝我挥挥手，她看见了坐在杏花树下的我。

【作者简介】

叶广芩：女，北京人，1968 年到陕西。西安文联副主席，一级作家。主要作品有长篇小说《采桑子》等，中篇小说《梦也何曾到谢桥》获第二届鲁迅文学奖。

选自《小说选刊》2009年第11期

每一个下午

陈继明

1

下午，天气温暖又湿润，很长一段时间里，歪斜的巷子内只有晚晚在，她久久地躲在靠边的某个角落，披着刚洗过的还在滴水的长发，穿一条松绿色长裙，踩一双半新的粉拖鞋，悄无声息，像一片被阳光晒蔫的树叶。

这是连臣家院门西侧的一个角落，恰好有一棵挺拔的椿树倚墙而立，形成一个窄小的空间，只是，晚晚并没靠在树上，也没靠在墙上，看上去似乎是靠着的，其实没有，瘦弱的身子刚好虚在椿树和砖墙之间，微微收着腰，眼神不是垂向自己脚上的粉拖鞋，就是斜向巷子的东侧——那是通往镇子和县城的地方。

这个站姿至少满足了以下条件：

一是安全，身后无受攻击之虞。二是灵活，随时能够抽腿跑开。三是便于观察，从镇子或县城或更远处来的人，可以尽收眼底。还有一点，连臣家的院门锁了已有大半年了，里面安安静静，不必担心有人嫌自己碍眼。

二十岁的晚晚，十岁的眼神，就算眼前只有鸡在咯咯猪在哼哼，晚晚的眼神仍是羞怯的，软软的温温的羞怯，小小的羞怯。

"姑姑，等等……"

"姑姑，等等……"

姑姑等的叫声，是从三个确切的地点传来的，三只姑姑等，和晚晚一样，都单独藏在某一棵树上，一只在连臣家院子里，一只在村口的大槐树上，一只很远，在南山脚下。晚晚隐约记得，每年春天，姑姑等就开始叫了，叫得人心里慌慌的毛毛的，让人有一种急着赶路和快快做事的冲动。可不是吗，眼下村子里怎么是空的？年轻人十五过后都纷纷出外打工了，剩下的人，正分散在对面雾蒙蒙的南山上，在种胡麻。晚晚不明白，为什么全村的胡麻地都在南山？为什么没任何人叫她去干一点活？

于是她只好久久地站在这儿了！站着，而不是坐着、睡着，就不怕谁来怪罪了，晚晚想。"娃娃勤，爱死人！"老人们总是这么说，可是，大忙季节，没人叫她干任何活，没人看见她好端端的，不哭不闹，干点活没问题！

2

晚晚知道，连臣是县里的大局长，不过，村里人都叫他连臣，男女老少，脱口即是，亲得很，简单得很，像放羊娃喊羊群里的羊。连臣当了三年交通局的副局长，随后又升为水利局的局长，大家始终叫他连臣，只是一些人咬字就不那么有信心了，像手扶拖拉机超载时发出的声音，飘飘的，有不堪其重的味道。身为外乡人、读过中学的晚晚早就听出了这个变化。晚晚嫁到海棠村满两年了，说起来，她至今还没见过这位大局长的面呢。她只见过大局长的妈妈，随男人虎丘叫她大妈。半年前，大妈病倒后才被连臣接走。据说大妈一直拒绝去城里住，如果不是为了看病，肯定不会离开这么久。

站在连臣家门口的晚晚，有时难免会想，大局长连臣是什么样子呢？肯定有个大肚子，肯定官相很足，肯定严肃，走路肯定很慢，声音肯定很有力！所以，这天下午，当连臣只身走进巷子时，她并不知道那就是大局长连臣。因为，那人是瘦高个，衣着平常，哪有一点官架子，而且没开车，是自己一步步走过来的！

连臣同样不认识晚晚，新娶的媳妇多半他都不认识，所以，他笑着对她点头，她没反应，他就驻足问："你是谁家的媳妇呀？"

她缩着身子，不回答。

"是虎丘媳妇吧？"

她点了头，身子挨着了墙。

"我知道，我知道！"

写着"耕读门第"的院门终于打开了。

连臣又对晚晚笑笑，进去了。

哈哈，连臣并不比我家虎丘更像大局长，抱着这样的有趣念头，晚晚跑回家。虎丘打工去了，公公和婆婆种胡麻去了，奶奶在家晒暖暖，晚晚急着把这个想法说给奶奶，奶奶一听竟笑了，说："看上去没啥的人总是有啥！"

"也没开车，走来的。"晚晚说。

"傻瓜，上百里路，都是走来的？"奶奶又笑。

"明明是一个人走来的。"晚晚急了。

"你去大槐树后面瞅瞅，看有没有车？"奶奶说。

晚晚不服气，八十岁的奶奶见识会比自己高？便马上跑出大院子，重新来到巷子里，巷子里还是空空荡荡的，晚晚便忘形地向大槐树那边纵步走去，百步之后便看见矮墙后面果然有东西在闪光，又走了五六步，便看见了小卧车，藏在树影子底下，低低顺顺的，好黑，是黑兔子身上才有的那种黑，车屁股高高撅起来，司机正从里面拿东西，烟呀酒的，一大堆。司机看见晚晚，向她招手。晚晚停下来，屏住呼吸，哪敢吱声。司机喊："过来呀，帮我提点东西。"晚晚慢慢转过身，然后才拔腿逃走了。

"为啥不把车开到家门口？"

"把车停在村口，人走回来，你看人家多谦虚呀，多会做人呀，不像那些盖房子挣了几个臭钱的，骑着摩托车，专往人堆里冲。"

奶奶这么一说，晚晚就明白了，连臣为什么是大局长，那么干瘦又普通的一个汉子，为什么被村里人像活菩萨一样爱着敬着。

"唉，连臣好，是对别人好呀。"奶奶说。

晚晚心里有些不安，怕听奶奶说下去。

"当时，我去求他，不知咋样？"奶奶自己问自己。

奶奶没看见孙媳妇已经浑身发抖了。

"虎丘说，报上发个消息，全国的好心人看见了，众人拾柴火焰高，几天就能凑够二十万，不要连臣自己掏钱，只要他说个情！"

奶奶没看见晚晚的脸已涨红了。

"他那么大的官，报社的人他肯定熟悉，不就是说一句话嘛，一句话就能救一条命，他怎么就不管呢，他是谁家的活菩萨呀！"

奶奶的面前只剩下一双粉拖鞋了，奶奶这才慌了，冲着院门喊："晚晚，你回来！"奶奶一直追到巷子里，大喊："晚晚，晚晚……"

可是晚晚不见了，晚晚就是这样，说不见就不见了。奶奶的声音变得很慌乱，是因为，她明白了，自己不该触碰晚晚的痛处。

3

种胡麻的人看见大槐树下的小卧车，知道连臣回来了，心里就暖洋洋的，俯首望去，满目的沟沟坎坎都洋溢着媚态了，掺着尿素和阳光的胡麻，像最细小的精灵，心有灵犀，撒着欢向地里飘去。

不久连臣家厨房里开始冒烟了，有人便肯定，口福来了。连臣的厨艺一流，每次回家都会亲自下厨整一桌子菜，把村里辈分高的人请去，大鱼大肉地款待一顿。连臣自己不沾烟酒，别人送他的好烟好酒一大半流进了村里，村里有不少人，包括一些稚气未脱的男孩，常常能掏出半盒"中华"来，说："连臣给的！"村里喝过茅台的人，更是不计其数。

太阳还有一竿子高的时候，一半人都早早收工了，人扛着磨，驴驮着没用完的尿素，纷纷下山了。此时，四处的姑姑等叫得更欢，以一座山和整个黄昏为共鸣，底音里颇有些说不清的东西，除了催人奋进，更有些泣血的味道，却不见得是白面书生们说的"杜鹃泣血"，而是慈母般的苦口婆心，是苍老极了的忧伤。

"晚晚哎……晚晚哎……"

奶奶的声音表明，晚晚又跑掉了。

于是，这天晚上，村里的人，大致有了三个去向：一部分留在自己家里，一部分去了连臣家，一部分村里村外帮忙找晚晚……

4

连臣家也并不热闹，不过是两三个干部、三五个老人罢了，确实有酒有肉，却远不如以往可观，烟照例是软盒中华，酒照例是精装茅台，菜主要是家家都有的老式的铜锅子，底下煨着炭火，汤里面有肥肉粉条豆腐黄花木耳，周围摆了几个熟食的碟子，不像以往那样，热腾腾的菜碟子次第送来，空碟子一一撤走，气氛总是冷了又热的，客人们的心情有一种再三被加热的味道。连臣既要亲自下厨炒菜，又要抽出空来，如一介草寇那样，挽起袖子和大家猜拳行令，大拳小拳，荤的素的，样样精通，遇上同辈晚辈，准能赢你，遇上长辈准能让你赢，想赢即赢，想输则输，赢你是抬举你，输你也是抬举你，弄得人人舒服，满堂欢喜。对比之下，今天就实在称得上是冷冷清清了。

不过，连臣一开始就说明了理由：我妈这次可能过不去了，嚷着要回家，我回来，先把我妈的炕给烧热，明天再把她接回来。

这样的情形，其实更适合这几个人的身份。干部和老人坐在一起，恰巧是村里的上层建筑，自然有一种身在云端的味道。又因为是一祖之后，又是在大局长连臣面前，说着说着，真有些开会议事的情形了，人人说话的时候都带上了一种推己及人公而忘私的口气。

说到了下午失踪的晚晚，连臣才知道虎丘的媳妇名叫晚晚。提起虎丘和晚晚，连臣露出了自责的神情。他相当抱歉地说："虎丘找过我，让我找个报社记者，写篇文章，动员大家捐捐款，唉，一来报社我没熟人，二来时间紧，孩子从查出是急性白血病到咽气才四五天时间，我自己一下子又拿不出那么多钱。"

"不到半岁的孩子，就算有二十万，也不值。"

"半岁的孩子，倒也是一条命，可是，一下子拿二十万出来，确实不容易，我也是按月领工资的人，这个忙，想帮也帮不了。"

最后，大家对晚晚仍然持乐观态度。大家相信，晚晚才二十岁，刚生了头一胎，权当是小产了，再生一个出来，病肯定好。

大家又一致劝连臣，不必把这点小事挂在心上。晚晚精神失常，是她自己娇气又小气，以为自己身上掉下来的那疙瘩肉有多金贵。其实，几个月的一个孩子死了，做妈妈的虽然伤心，也没必要搞得这么惊天动地。在旧社会，一半孩子都长不大。光一个"四六风"就要了不少孩子的命，"有命不得四六风"，一个孩子生下来，能成功地活过第四天和第六天，才有可能活下去。后面还有没完没了的坎坷。

"我还是过意不去。"连臣说。

大家就争着列举连臣的功劳，于私则多如牛毛，可以不说，于公，两大贡献赫然摆在面前，一是在交通局的时候，把公路从县城修到了家门口。二是刚到水利局不久，便在南山的半中腰修了高高的水塔，埋了管子，家家户户用上了干净的自来水。一个偏远封闭的穷山村，如果不是连臣，难以想象会如此贵重。

5

从县城到家门口的公路，其实早就有了，在北山脚下，从村子背后环绕过去，由于处在三个县的交界地带，原本不过是一条三不管的土路，村里人习惯地称之为"官道"，说明它曾经是一条重要的古道。"官道"的说法，大约与今天的国道相似吧。据说这条路早在西汉时期就已存在，当年张骞出使西域就走这条路。连臣当了交通局副局长之后，经考证，得出了更明确的结论：这条路是丝绸之路上的一条近路，自长安始，经宝鸡、秦州，由此西去，过陇西、兰州，穿越长长的河西走廊，就到了遥远的西域。由官道东去，则是走"蜀道"的必由之路，第一站是秦州，然后翻秦岭、过广元，就"入川"了。大诗人杜甫入川前就在秦州休整了三个月，写了一百一十七首诗，其中就有著名的《秦州杂诗二十首》。"杜甫可能在咱们村里待过。"很多人这么说，有人甚至大胆建议，过两年等连臣的官再大一些，在村里搞一个杜甫故居出来。官道铺上沥青没多久，连臣就升官了，只是，从交通局到了水利局，虽然是一把手，仍旧是个偏官，还需要再等一等。

"给咱们好好干！"

祝酒的时候，大家总这么说。

"好啊，好好干！"

连臣总这么回答。

6

连臣家这边，第二瓶酒见底的时候，官道那边传来了摩托车的声音，随即便拐进门外的巷子里，有人出去看，回来说，晚晚回来了，横着坐在摩托车上，穿着裙子，光着双脚。酒桌边的这几个人能想象晚晚的样子，便嘿嘿嘿嘿地笑，仿佛村里有这么一个半癫的小媳妇，也是一件必不可少的乐事。接下来连臣把大家依依送出了院门，有人向东，有人向西，茅台酒的味道随着打嗝声，把半条巷子都醺醉了。

7

早晨，公公在院里喊："晚晚，今天咱们上南山种胡麻。"晚晚在屋里应了一声，显得有些兴奋。晚晚还是喜欢别人把她看成有用的人，去干活总比在巷子里发呆好。站在巷子里什么都等不来的，大局长连臣来了都是白来，没带来任何好消息。晚晚实在有些心灰意冷，几乎不再相信，丢失的东西还可以找回来。

晚晚牵着驴在前面走，公公扛着竹编的磨子、婆婆背着胡麻，跟在晚晚和驴后面。几天前有过一场春雨，乳白色的地气以孕妇般的淑姿扶摇上升，空气里便有细绒绒的白色颗粒，一碰即破，像牛舌头一样，舔湿了晚晚的额头。

一年之计在于春，一日之计在于晨，事实真是如此，太阳还没出来，巷子里已经牛哞马嘶的，脚步声宛如山洪初发，先向西，再向南，闷闷沉沉地一路漫了过去，接着，南山上的每层梯田里，便是各自为政的忙作景象了。

晚晚家的胡麻地在水塔旁边，一家三口喘着气站在地里的时候，太阳刚刚冒红了，朝山下看去，密集的瓦房蒙在一层薄薄的细雾里，细雾被太阳一照，像粉红的胭脂，村子外面的沥青官道，则像清洗过一样，愈加黑亮。

晚晚的目光找到连臣家：院门似乎又锁了，大槐树那边，小卧车也没影了，说明连臣在家里住了一晚上，一大早就离开了。这让晚晚心寒极了，大人物连臣来了又走了，轻得像风一样，没带来任何变化，还能指望谁呢？

没人知道，晚晚的病其实不大，不过是分不清什么是不可改变的，什么是可以改变的。大家都知道，那个三个月大的孩子突发白血病，已经死了，扔在县医院附近的某个山沟里了，晚晚却相信，总有一种神奇的力量足以起死回生，自己如果瞪大眼睛盯着县城的方向，就有可能看见虎丘抱着他们的宝贝儿子回来了。

"晚晚，干活。"公公喊。

公公的粗嗓门把晚晚吓了一跳，她赶忙回过身，学婆婆的样子，拼起双手，把编织袋里的胡麻掬出一捧，放进有尿素的脸盆里，可是，她的指缝没有并拢，许多胡麻从指缝里溜下去了，婆婆怕公公看见，急忙抹了一脚。

8

快到吃午饭的时候，小卧车又出现了，先在官道上，一眨眼拐了个大弯，开向村子，越过大槐树，直接到了连臣家门口，晚晚看清从车上下来了四个人，一个是连臣妈，一个是昨天那个司机，还有一男一女晚晚不认识。婆婆说："女的是连臣的妹妹小琴，男的是小琴的男人。"婆婆这么说的时候，看见晚晚突然表情紧绷，一双好看的杏眼像是要飞出去，仿佛那小小的小卧车里面还会变出一两个人来。

一个是虎丘。

另一个在虎丘怀里。

……

9

连臣公务缠身，没回来，不过，后事已经在暗中开始准备了。棺材是五年前就做好的，却是素面朝天，要赶紧请画师画出来。老衣也是早就有了，趁一口气还在的时候，要全数穿在身上。村民们认为，要是不在咽气前穿好老衣，到了"另一世"就光着身子，等咽气后再穿，只是白穿。老衣是单的、棉的和夹的，各一身，要同时穿在身上。老婆子下车后，几乎是自己走进家门的，但是，刚被女儿女婿扶到炕上，伸出手试了一下热被窝，就要求女儿小琴快给自己"穿衣服"。小琴笑着说："妈，你好好的，穿啥衣服！"老婆子骂女儿"不懂事"，请女婿和司机先出去，让女儿单独给自己"穿衣服"。于是，老婆子像个孩子一样展胳膊蹬腿，顺顺当当把三套衣服都裹在身上了。衣服刚穿好，老婆子便昏迷过去，一脸安心如意，脉象立刻变得浮弱，急着要去的样子。

在小琴的坚持下，连臣的司机去车上搬来了氧气瓶，炸弹一样立在地上，顶端那根黄色的软管子，斜斜地拉过来，插在老人家的鼻孔里，氧气不声不响流进去，老婆子便始终面色温润，气息宛然，和睡熟了没什么两样。

10

胡麻是雨后抢墒，赶着种的，面积又不大，两三天就消停了，正好连臣妈回来了，大家可以忙里偷闲进去看老婆子最后一眼，顺便再看看氧气瓶是什么模样的。老婆子头冲外侧躺在窗下，微微勾着的头一动不动，一头银发落在枕边，像盛开的白菊，舒卷自然，文文静静，鼻子上衔着长长的氧气管子，很受活的样子……

11

晚晚家的院门却被晚晚的公公四十一锁上了，三个女人干急着出不了门。奶奶和连臣妈是好朋友，很想出去给老朋友送送行，也没办法。养驴的知道驴脾气，儿子四十一是有名的狠角色，有个绰号叫短二。短，有手段毒辣、不计后果的意思，"二"是他的排行，由于又贴切又顺口，绰号更像是名字了。外人轻易不会惹他，家里的这三个女人就更是事事让着他。然而晚晚又有不同，近阶段的晚晚是不惧约束的。尤其是每天下午五点左右，太阳西斜的时候，晚晚总是心慌意乱，直想上天入地。

"姑姑，等等！"

"姑姑，等等！"

一只姑姑等在晚晚家房顶上叫得正欢，晚晚抬头，似乎是第一次看清了姑姑等的样子，灰身子，尖尾巴，头顶有个黑色绒球，脖子上有一条黑黑的细细的纹路。晚晚想起了那个传说：姑姑和小姑子相依为命，小姑子有些傻，瞌睡多，全靠姑姑一人里外劳作，操持家务。有一次，事先说好，第二天姑姑要带小姑子去某地给小姑子说亲，早晨，姑姑已经预备上路了，小姑子还在贪睡，怎么都叫不醒，咕哝道：姑姑你先走，我跑得快，我能追上你。姑姑果然先走了，小姑子一觉醒来后，急忙去追姑姑，一边追一边喊："姑姑，等等，姑姑，等等！"却始终没能追上姑姑，于是羞急难当，上吊死了，死后阴魂不散，化为鸟，脖子底下留下了永久的记号：状如绳索的一道黑纹。

晚晚可不想成为傻小姑子，待在家里傻傻地等好消息，晚晚想自己出去迎接好消息，外面那么热闹，一定有好消息。于是，晚晚便悄悄踩着梯子攀上院墙，然后嘭的一声跳下去，竟一点都没摔疼，还好心地回来打开院门。

晚晚没有直接冲进巷子，而是缩在墙角，够出半个身子，看巷子里到底有多热闹，尤其是公公在不在。果然人很多，全集中在连臣家院门口，公公好像不在人伙里。晚晚心跳怦怦，下了很大决心，终于沿墙角向连臣家走去。

好在并没人注意到她。

晚晚试探性地走了几步之后，胆子就大了起来，径直向连臣家门口走去，门口的人竟还让路给她，她就谨谨慎慎地趋入院门，绕过画有迎客松的照壁，看见院中央停着个大棺材，全身已经打好黑底，黑得夺目，其中一面已经画好了牡丹，那东西一头高一头矮，高的一头昂首直对院门，傲气极了，不把人看在眼里的样子。晚晚心里无意中被那东西狠狠教训了一下，脑子里嗡嗡嗡地乱响起来，实在是进退两难了，却硬撑着，鼓足勇气走向堂屋，堂屋里，炕上炕下都是人，抽烟喝茶嗑瓜子，都是欢天喜地的样子，这让她大感意外，她甚至很想张嘴骂人了，但她再一次顶住了，竟然抬脚迈过门槛，把面前的一个人推开，直到看清楚连臣妈一头吓人的白发，看清楚老婆子的一只手，黄蜡蜡的，握在女儿小琴白嘟嘟的手里，那样子好让人辛酸哟，光有辛酸倒罢了，谁知道她的想象力十分自觉地，把那个情景偷偷置换成：她握着她那三个月大的儿子的小手！

"宝贝呀，我的宝贝……"

绝对是千钧一发，晚晚突然跪下，放声哭起来。

"你怎么说走就走了呀……"

人们听明白了，晚晚是借题发挥，哭自己的儿子呢。

好在连臣妈并没受到惊吓。

"快把她赶出去！"小琴尖声喊。

离晚晚近的几个人便七手八脚架走晚晚，晚晚心里可能是明白的，愿意顾脸面的，所以，手脚在尽力合作，但是，再一次经过傲气的棺材时，又死活不肯离开了，意志顽强地抵抗着，不惜用嘴咬人，用脚踢人，尽管都没有成功。

晚晚终究回到自家院子了。

晚晚还在哭，还在哭。

很多人以为连臣妈过去了，跑来一看才知道是晚晚借势哭自己的儿子。有人不齿，说晚晚没德性，至少是没眼色，要哭回家偷偷哭去，哭得太不合时宜了，似乎她的哭，把一件干净漂亮的东西弄脏了。也有人大义凛然，公开同情晚晚，说："这媳妇终于哭出来了，让哭哭嘛，哭出来病就好了！"的确，自从儿子死了，晚晚还没这么纵情哭过呢。也许真的需要这么掏心掏肺地哭一场。"谁说三个月大的孩子，就不算一个人呢！"这个说公道话的女人，自己也哭了，但也不敢哭出声，急忙从人多处跑开，半路上又遇见几个女人，一同来到晚晚家，发现里面的三个女人抱作一团，都在哭……

12

晚晚哭声大作的时候，四十一在靠近官道的某个角落，正和人下棋呢，从连臣家过来的一个人把看见的情况告诉了他，他就当没听见，满脸专注，步步狠招，令对手难以招架。对手眼看自己要输了，试图动摇他的军心，就说："四十一，你儿媳妇这么死命地号，不怕人家骂她是丧门神呀。"四十一闷声闷气地说："该死的娃娃尿朝天！"对手一听，伸长舌头，不敢接茬，不说连臣，单说连臣妈，三十多岁开始守寡，吃斋念佛，辛辛苦苦把一对儿女拉扯大，还奇迹般地让儿子上了大学女儿上了中专，令男人们都自愧弗如。最近这几年，老婆子更是坚持留在村子里，起居自理，乐善好施，积下了很好的人缘，这么咒人家，哪怕只是旁着耳朵听一听，都觉得脸上烧乎乎的，于是只好草草收兵，认输走人。两个观棋的人也匆匆躲闪而去。四十一知道自己脾气坏，说话不饶人，不讨人喜欢，却也拿自己没办法，起身要回家，走了几步又停住了。他也觉得儿媳妇晚晚需要好好哭一场的，自己不该在此时回去，于是又折回来，出了村子，穿过官道上了北山。

13

晚晚其实还没学会哭，在村里，哭是一门学问，那些上了年纪的女人才懂得怎么哭，半是哭半是唱，甚至有意无意带些表演的性质进去，把心里的酸苦像歌词一样，不慌不忙地吼出来，一遍两遍不够，就循环往复地哭，直到"哭透"为止，像男人喝酒喝透了一样，否则便是哭夹生了，正如男人喝酒喝夹生了。晚晚才是个二十出头的新媳妇，又是初中毕业，所以哭出来的似乎都是墨水了，含着浓郁的书卷气。但是，对晚晚来说，毕竟从来没有这么放肆地哭过，想不到，眼泪真的如药水一般，把一大半惆怅都冲没了，睁眼一看，眼前好豁亮，心里也轻松了一截子，确信自己是一个好人了，再也不会犯病了！她确实也烦自己了，没完没了地生事！她已经暗暗打算，过一阵再去广州工地上陪陪虎丘，设法再怀个孩子！她甚至气咻咻地想，哼，我要生七八个孩子出来！

14

连臣妈并没有马上就走，第二天第三天，仍旧好好的，中间有过短暂的清醒，粥粥水水地喝过一些，然后又昏迷过去了，令村里的阴阳先生下不了台，当初他捉过脉之后，十分自信地竖了两个指头，意思是以两个昼夜为限，还要求筹办后事的人要加紧速度，他在这方圆的名气很大，原因之一就是，诊脉极准，绝少失误。当然，这次阴阳先生也用不着脸红，大家都相信：连臣妈的半口气是由氧气养着的。一瓶十五升的氧气刚好够吸一个昼夜，连臣的小卧车每天都要回一趟县城换氧气的。

第三天，连臣抽空回来了，看到母亲确实呼吸均匀面色如新，妹妹小琴还说："妈的指甲这两天都长了，我看妈没到走的时候。"于是连臣果断决定，继续用氧，小卧车和司机仍然留在家里，氧气一刻都不能断。

两个小时后，连臣又离开了。

行前连臣把小琴叫到路边，悄悄告诉她，自己要去北京开一周会，最好能让母亲挺过这一周。又说，别让大家知道自己在北京。

后事的筹办进度便稍稍放缓下来，人们紧绷的神经也微微松弛了，连臣家里不再人满为患。当然，一切都在阴阳先生和后事总管的掌控之下。小琴和丈夫各续了假，一白一黑地轮流守在母亲身边，另有四个为人老练、责任心强、熟知丧事事宜的村民，也是一组白班一组夜班，一刻不停地观察着老婆子的状况。

总之，一件丧事，尤其是一个特殊人物的丧事，并不比一场婚礼简单多少，而丧事往往是不期然而至，难就难在筹备的尺度总是不好把握，有时候一切都准备妥了，弥留者却又活过来了，像是从一场幽梦中醒过来一样。

"活过来当然好呀。"

多数人都持这样的看法，老婆子只要还活着，连臣和家乡的联系就还是紧密的，时不时地要回家看看，亲房邻里有个三长两短，也便于请他帮忙，再加上老婆子向来是仙骨佛心，也一直教育儿女勿忘桑梓，善待邻里，连臣也真的懂事，官越做越大，官架子却一点没大，对村里人是有求必应，有忙必帮，赢得了活菩萨的美誉。可是，大家也担心，老婆子一旦辞世，连臣和家乡的联系恐怕会渐趋平淡。

15

晚晚真的好起来了，再也不愿光脚穿着拖鞋出门了，也不会披着湿头发四处乱跑了，这天晚上，趁奶奶公公和婆婆都在，还说了这样的话："人家连臣妈多值钱，要走的时候，不是也没办法吗？还不得慌慌张张把棺材画好！"听得奶奶和婆婆直抹眼泪，晚晚还劝她们："别哭了，以后咱们三个都不哭了，好不好？"公公虽然没哭，却破天荒地主动给儿子拨了电话，拨通之后把话筒递给晚晚，用鼓励的眼神看着晚晚，晚晚接过话筒，不说话，那边，虎丘"喂喂"了好一会儿，晚晚才开口说："老公，我过两天去看你，要不要？""老公"的称呼只有上过初中跟着虎丘在外面待过两年的晚晚才叫得出，刚才还在哭的奶奶和婆婆此刻又笑得你推我搡前俯后仰，没听清虎丘说了什么，只听见晚晚又在说："你把被褥洗干净，晒得干干的，等我啊！"这样命令男人的口气也是奶奶婆婆这样的老媳妇不可想象的，要搁在平常，她们可能会露出厌恶的神情，可是，眼下她们却是喜欢得不得了，只等着晚晚多说几句，而晚晚真的还在说："你想吃什么，我去时给你带上？"公公也想多听几句，只是不好意思坐下去，只有抬起屁股匆忙躲到外面去了。

四十一来到黑黑的巷子里，在连臣家门口晃了两下，终于进去了。连臣妈回来之后，他还未曾看过一眼。越过照壁，他大步走向堂屋。里面有七八个人，照例烟雾缭绕的，等闲极了，喝茶、抽烟、打牌、下棋、嗑瓜子，分了好几摊子。只有小琴坐在妈妈的枕边，勾着身子，一门心思地守着母亲。他进去了，多少做出了一点初次登门的尴尬样子，却发现没任何人把他视作稀客。人家各玩各的，甚至连眼皮都没抬一下。他对小琴笑笑，小琴还认得他，只是并没有按村里的辈分给他一个称呼。他长一辈，排行为二，小琴应该叫他二爸的。不过可以原谅，毕竟是女人嘛。连臣见了他，就一定会喊他"二爸"的。连臣妈枕边刚好可以坐一个人，他就坐在那儿，尽量显出体恤温柔的样子，他突然想起了这位大嫂的很多好处，他甚至想起自己两年前还借过大嫂的五十块钱，至今都没还。他知道，现在还钱，倒像是没事找事，假惺惺的，不如不还。但是，为了那个三个月大的孙子的事，他记了大嫂和连臣半年的仇，实在是不可饶恕。好在这件事其实没几个人知道，没听见任何人议论过这件事，他们一家也只是暗暗负气，从来没在嘴上说过。他问小琴："大嫂这两天，吃东西没有？"小琴说："喝过几口粥。"类似的话，说了几句之后他就离开了，没人找他下棋打牌，这让他心里很失落，不禁感叹：把人活得猪嫌狗不爱了！

16

晚晚发现，奶奶和婆婆，甚至公公，各自都去过连臣家，却都不约而同地瞒着她，挑她不在的时候去，回来还假装去了别的地方，这说明，家里人还没把她当正常人看待，因而她心里很难过，关上门一个人闷在屋里，不小心又牵扯出许多恩怨，独自待了很久，她才意识到自己这么小心眼，说明自己真的还没好。

她听见婆婆和奶奶在隔壁低语，奶奶说，让晚晚回娘家住几天，等连臣妈的事过了再回来，要么就打电话让虎丘回来，快点把晚晚接走。奶奶肯定地说，过两天连臣妈咽气了，孝子们哭哭泣泣的，晚晚难免受刺激。晚晚想回趟娘家也好，让爸爸妈妈看到自己好了，少一份操心。在娘家住几日，再坐火车去广州，不用虎丘来接，自己去就可以。然而转念一想，又觉得不甘、不忍、不服！还是愿意留下来看看连臣妈是怎么咽气的，大局长的妈妈死了，外面那些下属和朋友是怎么赶来吊丧的，大局长儿子和打扮入时的女儿又是怎么跪在土里泥里哭的。所有这些是可以想象即将上演的一场大戏，怎么可以躲开不看呢。这种矛盾的心理藕断丝连的情形，干扰了晚晚对自己的判断，弄得晚晚心里发急，如履薄冰，甚至不惜咬破自己的手腕，让自己清醒，但手腕被自己咬出几个口印之际，她觉得自己的呼吸突然异样了，整个人像蒸锅里的热气一样要冲出去了。

晚晚果真冲出去喊："我不回去！"

奶奶和婆婆很紧张，预感到晚晚又要发作。

晚晚尽可能平静地说："你们没看见，我已经好了吗？"

奶奶婆婆如惊弓之鸟，哪敢吭声！

晚晚突然想起西房里放着奶奶的棺材，她嫁过来的时候就在，横在墙边，一无遮掩，里面盛着粮食，边角上已经有了油渍，木头的味道早闻不见了，最近几个月她很少进过西房，现在她倒要让奶奶和婆婆看看，她到底好了没有。于是，她踮起脚，取开顶上的门闩，大力推开门，进去，用双手抚摸着冷冰冰的棺材，大声朝外面喊："你们过来看看，我好了没有？"奶奶和婆婆的脚步声响过来了，晚晚转过身靠在棺材上，做出了一种曾在广州某座大桥边扶着铁索照相的样子，脸上半是笑容半是泪痕。

"我好了吧？"晚晚急忙擦去泪痕。

"好了，好好的了。"奶奶说。

"你们还要赶我走吗？"晚晚有了要挟的语气。

"没赶，没赶！"婆婆说。

17

到了第五天早晨，天还没有全亮，连臣妈突然喘了口长气，说了句胡话，小琴急忙"妈妈妈妈"地叫，老婆子答应了一声，接着便睁开眼睛，左左右右地看了看，继而看见鼻子上坠着黄黄的氧气管子，生气地说："把这死驴的屎给我拔了！"小琴说："妈，医生说不能拔。"老婆子说："别听医生的，听我的！"小琴说："要是听你的，你早就……"老婆子听懂了，坦然说："我赶紧走，免得你们麻烦。"

接下来老婆子竟要坐起来。

于是，小琴便把老婆子扶起来。

老婆子坚持不要氧气，小琴只好取下。

"我想吃雪糕。"老婆子说。

有人奔出去就近打开一家小店的门，买来三只雪糕，小琴举着一只，小心地挨在老婆子干裂的嘴唇上，老婆子张大嘴，想大口咬，有一种抢着吃的架势，咬了半口，停在嘴里慢慢嚼，体会着冰和凉的滋味，觉得这实在是世界上最好吃的东西，嚼完后又咬了半口，然后用一种感动得要哭的口吻说："好吃死了！"

围观的人全被惹笑了。

"好吃就吃完嘛。"小琴说。

老婆子却满足地摇摇头。

"还想吃啥？"有人问。

老婆子还是摇头。

大概只过了五分钟，老婆子忽然又喘不出气了，意识又迷离了，大家一阵慌乱，重新接好氧气，放倒后再一次回到旧有的状态。

回光返照，大家同时想起这个词。人们的神经再一次绷紧起来。但是，老婆子又平平静静地昏睡了一整天，接着又是一整夜。

18

种胡麻其实是一个标志，农民们全年的忙作由此开始。等不到胡麻发芽，又该种更大面积的洋芋和包谷了，还有少量的瓜果和蔬菜，样样都需要精耕细作，而年轻后生们大多数已出门打工去了，远的在广州深圳，近的在西安兰州，家里只剩下有限的劳动力，他们需要付出数倍的努力才能确保一年起码的收成。

所以，人们松懈了几天之后，又各自振作起来了。连臣妈那里，有女儿女婿在，再始终有三两个村民守在近旁就可以了。不过人员又做了必要补充，以便每个人都有机会回地里干干活。晚晚的公公四十一成为新成员之一。

这个差事不能说不荣耀，四十一当然欣然从命，况且，他还有一件要紧的私事要完成：等老婆子再度醒过来，他要对她说："大嫂子，那五十块钱就不给你还了。"为了孙子的缘故，五十元钱是否还，如何还，变得有些左右为难了，不还可以，但不能不作交代，这种时候交代又像是用心不纯。不过，四十一相信老婆子不知道那件事，当时老婆子刚好不在村里，连臣如果不告诉她，她就不会知道。实际上虎丘请连臣帮忙找报社的熟人，写文章向社会求援，等于委婉地向连臣借钱，狗急跳墙，人急抓心，当时唯一可以想到的人就是被村民们称作活菩萨的连臣，意外的是，连臣不仅婉言谢绝，而且没作任何表示。四十一想，老婆子要是知道这件事，一定会让儿子解囊相助的。

坐在连臣家里，有茶喝有烟抽，四十一就这样翻来倒去地想自己的心事，终究还是想不通：连臣一分钱都没掏，真的很奇怪！连臣对村里人向来是有求必应的，帮过很多鸡毛蒜皮的事情，人命关天的事，怎么倒袖手不管呢？

19

北山的半山腰有晚晚家三亩地，专门留下来种洋芋的。此刻，晚晚和婆婆已经在种了。土下三寸还有墒，每隔半步，婆婆很轻松就能挖出一个小坑来，晚晚便将两粒掺了草木灰的洋芋籽扔进去，然后用双脚把坑坑踢平，接着是下一个。这活用力少，多少有些游戏的意思，而且公公不在，和婆婆两个人可以说着话，不慌不忙地干。高处和低处的地里也有不少干活的，有时她们会大声喊叫着聊几句天。

"你家短二呢？"

"在连臣家帮忙呢。"

晚晚听得出，婆婆的口气里有一点得意。

停了一会儿，对方又喊：

"你知道连臣妈用了几瓶氧气了？"

"不知道。"

"七瓶了。"

"一瓶氧气多少钱你知道吗？"

"不知道。"

"一瓶十五升的氧气，七百四十元！"

"那么贵呀。"

"等于你那三亩地一年的收入。"

"吓死人啦。"

晚晚怕听这样的对话，听着听着，她会变得心若游丝，烦乱不安，况且还是下午，太阳明显西斜了，太阳再下沉一截子，就是半年前那个可怕的时刻了，晚晚的宝贝儿子在那个下午，永远地睡着了！就是因为一个"钱"字！此刻她才明白，她是多么讨厌"钱"这个字！她想大声制止："别说了。"但终究忍住了。

这也说明，她确实好多了。

20

当晚，晚晚做了个奇怪的梦，梦见自己光着脚，深更半夜离开家，月明星稀，穿过巷子的时候她看见自己的影子，像个仙女，轻盈地一跃一跃，经过那棵高耸的椿树后进了连臣家院门，棺材还停在院中央，骏马般有力地卧着，但她一点不害怕，蹑着脚走向堂屋，揭开门帘，进去后，看见里面空空荡荡，月光把窗格子和窗花漫了一炕，连臣妈一个人躺在好看的窗花里，有一种神秘的富贵感。氧气瓶真的像炸弹一样立在窗下，塑料软管以一个优美柔软的弧度垂过去，插在连臣妈的鼻孔里。晚晚有一种没有来由的镇定和清醒，敛气屏息，先是抬起屁股坐在炕沿，然后扭过身子，稍一用力，摘下塑料软管，像摘下一个欲褪未褪的疮疤，又狠心又轻柔，舒服里含着一丝疼痛……

21

次日上午，晚晚和婆婆继续在北山种洋芋，快要收工回家的时候，听见南山脚下隐隐传来哭声，先是影影绰绰，像一条缎带在风中摆动，某一刻哭声突然大了许多，哭的人显然增加了，那哭声在南北两山间的开阔空间里变得越来越雄浑有力，感染力在迟疑了几秒钟之后忽然神奇地增强了，令北山上的若干个女人当时就坐在各自的地里哽咽起来，有人竟操着那种经典的哭腔，大有喧宾夺主的势头，几乎把山下的哭声比下去了，姑姑等的叫声更是完全听不见了。天地万物，顿时便静穆起来。

晚晚的婆婆没哭，神色却也悲切。

晚晚心里则有一种化险为夷的虚脱感，所以她非但没哭，而是深深地舒了口气，伴随着一种想笑的欲望。但是心里又有一种难言的折磨，和任何具体的对象无关，甚至和自己的儿子、和死亡都没有关系，只是折磨而已。

晚晚走向田埂，故意看着远处，担心自己真的笑出来，被人看见。晚晚觉得，想笑笑不出来的感觉比想哭哭不出来还难受。

22

连臣妈的确走了，绳从细处断，这是家里最缺人手的一天，小琴的丈夫单位有急事，临时坐连臣的车回县城了，村里值班的人也只剩下四十一，而小琴的消化出了问题，一早起来就开始再三地跑厕所，一去就是四十一抽两支烟的工夫。第一次，当堂屋里只剩下连臣妈和四十一的时候，四十一突然有点不习惯，喉咙里干干的，喝了两大口水也没用，小琴回来后，才渐渐恢复正常了。然而，小琴第二次离开后，四十一的喉咙里又冒烟了，气喘吁吁的，如临大敌的样子，四十一不得不站起来，先到门口，再到竖立的氧气瓶面前，歪下头，似乎在观察氧气是如何流进老婆子鼻子的？看着看着，心里跳出一个清晰的疑问：现在我如果拔掉氧气，会怎么样？四十一被这个念头吓了一跳，甩甩头，又回到沙发上，大口喝着早就喝败了的茶水。

半个小时后，小琴又一次离开堂屋，后院的院门被重重关上的瞬间，四十一立即像弹簧一样蹦起来，直接走向那一头白发，动作连贯地弯下腰，伸出手，果敢地扯断了老婆子和氧气瓶之间的联系！四十一立即发现，老婆子的一头银发眨眼间变得黯然无光了，而他自己的双腿也突然变得颤巍巍的，几乎站不住了，他看见老婆子半张着嘴，像鱼一样直吐白沫，不等自己有工夫反悔，就跑回自己家了。

23

小琴回堂屋的时候，妈妈已经咽气了，眼睛半睁，腮边挂着白沫子，半点气息都没了，小琴抱住妈妈哭了几声后，阴阳先生、后事总管等人才先后跑来了，小琴哭着说："快去把四十一给我抓来，他拔掉了我妈的氧气！"

不大工夫四十一就被几个人揪来了，小琴放下妈妈，扑向四十一，用双手抓四十一的脸，四十一丝毫没躲，任小琴横一把竖一把地抓，血印子像蚕一样在四十一脸上爬来爬去，却没人敢制止，直到小琴自己停下来，用带血的手摸出手机，给人打电话，说着"我妈被人谋杀了""快派人来把凶手抓走"之类的话，然后又要求把四十一捆起来，于是四十一真的被捆了起来，四十一平时树敌过多，借小琴的命令捆他的人恍然体会到了几十年前用粗绳子绑"四类分子"的那种快感，他们却没有发现，今天的四十一完全没了野蛮劲，一声不响地听任他们下手，他们几乎忘了四十一平时是不服输的。

"短二，氧气是你拔的吗？"阴阳先生问。旁观者从阴阳先生的眼神里看出，他更希望四十一大声说："不是！"就算真是他拔掉的。

"是我拔的！"四十一却说。

"是不小心弄掉的吧？"

"是故意拔的。"

"你狗日的，真是个短二！"阴阳先生"呸"的一声，将一口痰吐在四十一脸上，多半的旁观者看出，这口痰实在是恨铁不成钢的意思——需要狗日的拿出一点无赖劲的时候，却丝毫都没有了，甚至连眼色也不会看了。

"把狗日的关进黑屋子饿上三天三夜。"阴阳先生给旁边的人使眼色。几个人看懂了阴阳先生的意思，便呼叫着要带走四十一。

"我已经报案了！"小琴却很清醒。

"小琴，这事，咱们村里自己解决吧。"阴阳先生说。

"不，他是杀人凶手！"小琴尖叫。

"小琴，听我的话，让你妈好好走吧。"

"我妈还没到走的时候！"

小琴完全不看阴阳先生的面子，于是，老先生也便拉下脸来，转过身回了自己家，令整个丧事停顿了下来，老婆子的尸体还横在炕上，脸上连一张纸都没遮，表情里有一种纯粹的蜡白，像结了一层浮冰一样，又寒冷又干净。

24

连臣家的动静，巷子南侧的晚晚家，三个女人差不多都听见了，三人先是静观其变，等阴阳先生扭转局面，后来却听见阴阳先生丢下不管了，回自己家去了，奶奶突然便急乎乎要冲出门去，婆婆追过去抱住奶奶，说："妈，听我的话，别出去。"奶奶左奔右突要出去，婆婆几乎松了手，用求助的眼神回头找晚晚，只见晚晚斜倚在厨房门口，一副恍若隔世耽于心事的样子。其实晚晚在生闷气，在生公公的气，因为，他抢走了她的东西。连臣妈鼻子上的氧气，应该是她拔掉的才对，就像她在梦里做过的那样。一瓶十五升的氧气，七百四十元，够吸二十个小时，已经吸了七瓶了！没人知道，这些被人们随意说出的数字，多么让晚晚伤心！晚晚实在想不通，一个老婆子的半口气为什么这么值钱，而自己的孩子——三个月大的一个男孩，偏偏就那么不值钱？！仅仅因为缺钱，就得眼睁睁看着死掉！很多人甚至振振有词："才三个月大嘛！"仿佛因为"才三个月大"就不值得挽救，可是，现在，一个七十岁的老婆子，却用一瓶一瓶的氧气死死拽住不让走，区别为啥这么大呢？自从梦见自己拔了连臣妈氧气之后，晚晚眼里就总是出现一个幻觉：真的进了连臣家，像拿掉疮疤一样拿掉氧气管子……可是，想不到公公竟然抢在了自己前面！

"晚晚，快过来把奶奶拉住。"晚晚听出婆婆的声音里满含恐慌，却故意不搭腔。"妈，你不替你的孙媳妇想想吗？你回头快看看晚晚。"晚晚看见了奶奶潮湿的目光，却还是无动于衷，静静地站着，在生公公的气，在生全世界的气。奶奶看了一眼晚晚后，果然听话了，身子滑落在地上，软成一摊泥，砸着地说："我上辈子造了啥孽呀！"婆婆关上院门，回到晚晚身边，把晚晚从厨房门内拉出来，发觉她轻得像一块布，问："晚晚你没事吧？"晚晚点点头，婆婆说："你说句话让我听听。"晚晚用一种堪称冷峻的语调说："氧气管子是我拔的。"婆婆急忙堵住晚晚的嘴说："不许你乱说！"

没多久，警车的声音就响过来了。

警车停在了连臣家门口。

尖锐的警笛声令久久坐在地上的奶奶突然安静下来了，像是替儿子豁出去了，婆婆侧身靠在最接近连臣家的墙边，侧耳倾听，晚晚则跑回屋内打通了虎丘的手机，说："你快回来，家里出事了。"虎丘问："出啥事了？"晚晚说："公安局的人把爸抓走了。"虎丘笑着问："晚晚你不是好了吗？"晚晚说："真的，我没骗你！"婆婆听见晚晚打电话的声音，跑进来抢走话筒，说："家里没事，你好好干你的活。"晚晚急了，冲着话筒喊："妈骗你呢，你听，警车在连臣家门口，响得呼呼呼的。"这时奶奶也赶过来了，奶奶说："我给虎丘说。"婆婆把话筒藏在怀里，说："妈，虎丘不能回来呀，我儿子比你儿子还不要命，你不知道吗？"奶奶说："让虎丘回来杀杀他家的威风。"婆婆终于生气了，说："妈，你是老糊涂了！"奶奶故意喊着说："我老了，没糊涂！"

25

北京的某个会场，有领导正在讲话，连臣的手机突然震动起来，他摸出一看，是小琴打来的，心想，坏消息终于来了，恰好不便接听，正如故意拒听坏消息。很快又有短信过来。连臣也没有马上看，僵坐着纹丝不动。但是，几分钟后还是看了："哥，今天上午十一点左右，妈走了！"连臣立即回了短信："丧事按计划进行，我明天回去。"之后的几分钟仍然风平浪静，连臣对自己的表现甚至有些羞愧，心里骂自己是个无情的家伙，可是，某个瞬间，他突然受不了了，他感觉自己的心，被一个小动物咬了一下，疼痛感先是很小很小，似乎不值得一提，但是，他有一种暴雨将至的预感，急忙起身，稳步离开会场，就在走进卫生间的一瞬间，突然便扑倒在地，泪流满面。

26

连臣家警车离开后，混乱局面迅速得到遏止。警车进村，逮走四十一，似乎有鲁莽和过分之嫌，却没机会形成强大舆论——联想到连臣妈和连臣母子二人长期以来的良善口碑，"拔氧事件"立刻变得令人难堪，罪不可赦，陷全体村民于不仁不义之境地！再说，四十一这个人，除了公安局，谁敢动他一指头呢？

"村长呢？"

"总管呢？"

"他们死哪儿去了？"

人们大声嚷嚷。

就这样，正如老鼠不得不乖乖钻出地洞一样，村长和总管被大家喊出来了，站在猫群里，都是灰头土脸任人宰割的样子。

"都是干屎啥的？"

"狗日的！"

在村子里，事情通常就是这样，谁先说话，谁声音大，谁就占据了优势地位，哪一种声音附和者众，哪一种声音就可能左右了事情的去向。况且，激烈的态度和亢奋的语气，更是为了向在场的小琴和不在场的连臣表态。

当然，村长和总管不过是陷入片刻的被动和迷惑，他们很快便知道自己该做什么，二人赶紧离开连臣家，朝阴阳先生家走去。

阴阳先生很快就被请回来了，后面跟着村长和总管等一伙人，他们远远走过来时，请人者和被请者，各个自足，面含春风。

阴阳先生刚好有一种适于观仰的高大个头，走路时步伐稳健，如涉深水，令人生敬。他刚刚走进连臣家院门，里面的喧闹声立即就降去了几分。他继续往里面走，后来，他站在堂屋的台阶上，回过身，做出一种驱鸟的手势，未见拥挤的人群有丝毫松动，于是就用微微含怒的洪亮嗓音说："多余的人都出去！"

多余的人只好退去了。

可是，另一个多余的人——晚晚却逆着人流走来了，她仍然穿着那条松绿色长裙，踩着那双粉红色拖鞋，穿过人影如织的巷子，目标明确地进了连臣家，绕过照壁，走向堂屋，揭开刚刚才垂下的白色门帘，躬身向内。

"氧气是我拔的！"晚晚说。

堂屋内异常安静，溢出吓人的神秘气味。

"氧气是我拔掉的！"

不知为何，没人搭理晚晚。

晚晚斗胆走进神秘的核心，对正在做法事的阴阳先生说：

"真的，氧气是我拔掉的！"

阴阳先生身处秘境，不便开口。

那几个跪着的人中，有人起来，把晚晚推了出去。

"氧气是我拔的！"晚晚回头喊。

那人阴着脸，径直把晚晚推出大大的院子，晚晚半是抵抗半是服从，重现巷子时，人们看到她眼泪汪汪，像个受尽委屈的孩子。

"怎么了，晚晚？"有人问她。

"氧气是我拔掉的！"她哭着说。

"是你拔掉的？"

"是呀，是我拔掉的！"

"不是短二拔的？"

"不是我爸拔的，是我拔的！"

很显然，没任何人相信她的话，人们嬉皮笑脸，只把她和她的话视作可爱的笑话，这令她十分恼怒，生出一种强烈的挫败感。

晚晚径直向大槐树那边走了。

"晚晚，去哪儿？"有人问。

"去公安局，自首。"晚晚答。

"自首是什么意思？"

"自首不就是自首嘛！"

晚晚身后爆出一片笑声。

刚走到大槐树底下，晚晚突然裹足不前了，正如蜜蜂迷恋蜂窝泥鳅迷恋泥潭，可是，晚晚毕竟是晚晚，以前总是一犯病就跑远的，直到被人追回来，才有成就感，而这一次，刚跑到村口，怎么好意思返回去？而且是自己主动回去？晚晚尽可能将身子收在大槐树后面，打算静悄悄地想一想，到底该怎么办？

一想到连臣家满院锦绣人意阑珊的情景，晚晚心里就一揪一揪的，终究舍不得离开，终究生出一份痴心和一丝妄想来：

在那热闹和神秘的深处，有人突然蒙住她的眼睛说："晚晚你摸摸，这是什么？"晚晚伸手之前，就闻到了一股熟悉的奶味，心里有点怯，柔柔地怯，"摸呀，快伸手摸呀！"于是，她小心地伸出手，是一张樱桃般的小脸，再睁眼看，果然是自己的宝贝儿子呀，他眨巴着眼睛，脸上的绒毛一根一根的，蒙着光……

晚晚哭了，因为，晚晚睁开了眼睛，伸出了手，只看见了白白的下午，还有老老的斜阳，还有山川万物的大和空，况且，头顶的树枝上还有一只姑姑等在叫——姑姑等等，姑姑等等……那么失魂落魄，那么源远流长！

晚晚强把一颗恻隐之心按到底，顺着原路回去了，从连臣家门口的人丛中穿过去，不理会大家的嬉皮笑脸，回自己家了。

27

一切恢复正常后，村长和总管蹲在连臣家后院的一个角落，抽着烟，讨论如何进一步把丧事办好？尤其在连臣缺席的情况下。

当务之急是增加哭丧的人数，连臣妈只有一对儿女，加上女婿和媳妇，一个外孙和一个家孙，再算上连臣的两个堂弟，总共不过八九个人，与大局长连臣的身份相比，这样的阵容几乎是寒酸的，而连臣不光是连臣家的连臣，更是海棠村的连臣，有必要动员更多的人众来哭丧，海棠村有一百零一户人家，连臣家所在的三队也有三十户人家，要么全村家家出一个人，要么三队家家出一个人，总管请村长定夺。

村长认真地想想，说："还是只限三队吧。"

总管说："少了点。"

村长很犹豫，总觉得全村家家出一个人，太兴师动众。总管则觉得这是海棠村借机向外界显示家族势力的时候，人越多越好。

村长说："你不懂政治。"

总管说："政治？村子里有狗屁政治！"

村长说："当然有，你不懂。"

总管大笑不止。

村长终究不为所动，坚持只限三队，三队的三十户人家，家家出一个人，最好是女人。但村长也不愿让总管在连臣面前有资本夸口，便想出一个补救的措施，在村头的大喇叭里连放三天哀乐，大人物死后才放的那种哀乐。

总管面色冷漠，傲然走开。

村长立即派人骑摩托车去县城买哀乐的碟，并让三队的队长挨家挨户通知，每户出一个有嗓门、哭功好的女人来连臣家哭丧。

"告诉大家，以自愿为原则。"

村长冲队长的背影喊。

队长没吱声，只把村长的话当耳旁风。

"喂，听见没有？"

队长假装没听见，只顾走远。

队长心里嘀咕："狗日的，用得着吗？"

在村子里，谁家死人了，帮着去哭哭丧，原本很简单，礼节性地"请"一下就可以了。大家都是一祖之后,生生死死都在同一块天空下,给任何一位死者哭丧送终,以免亡灵掉进十八层地狱,是应尽的义务。况且,通常也不会白哭,主人总会分出丧礼的一部分,好好打发大家的。遇到讲究排场、出手又阔绰的,哭一场,比在地里干上十天半月还划算。给大局长连臣的妈妈哭丧,就更是求之不得了。

队长便开始挨家挨户地请,却打着"受孝子连臣之托"的名义,故意不提村长,心里还骂村长那种斟字酌句的小官僚样子,不过,队长想不到,有些事情毕竟还得请示村长,比如,四十一家里,要不要出一个人?

在四十一家门口,队长打了村长手机。

村长果断地说:"他家就算了。"

队长说:"短二的婆娘,是全村最会哭的一个。"

村长说:"那也算了。"

队长几乎在喊叫:"我的想法还是请。"

村长说:"别啰唆了。"

队长仍然在喊:"那就不请了?"

村长已经挂了机。

28

女人们来到连臣家后,各人领了一袭又长又宽的孝衣,相互帮着穿好,腰间束一条白带子,头戴白帽,然后就跪在堂屋前,白花花一大片,还没出声,已经有了荡气回肠的效果。本来应该由女儿小琴领哭,但小琴从小读书,毕业后又长期在城里工作,只会掏心掏肺地真哭,不会有节制有眼色地假哭,只好由一名辈分相当的女人替她领哭。"妈呀!"这个单独的声音之后,便是裂帛一般的鸿篇巨制。尽管悲切极了,却有铁骨热血的坚硬气质和云蒸霞蔚的华美旋律,令人相信,生者可以献给死者的最好礼物,委实只有哭泣了。但是,哭丧无疑有着表演的性质,像舞台上的大合唱,有腔有调,更有始有终,领哭者的水平在于,是否能全神贯注地哭泣,又能准确把握起和落的时机,当起则起,当落即落,可以快速进入状态,更可以立即停下来不哭。随哭者同样如此,只在需要哭的时候哭,"说不哭就不哭"比"说哭就哭"还重要,开始时尚可以蒙混过关,大家都不哭了,只剩下你一个人无休止在哭,反而会添乱,甚而让人有不齿和憎恶之感。

小琴即是如此,她嗓门不大,也不会细数家珍,却总是一哭便忘我,越劝越能哭,哭得太贪,似乎别人的妈都是命如顽石,长生不老!而且她的样子令人联想到她执意要把四十一送进公安局的凶狠架势。那四十一尽管人缘甚差,脾气操蛋,可是,小琴打电话叫来公安局,警车呼啸而来,呼啸而去,毕竟如同挨了一鞭子,令人心乏气短。先前倒还不那么明显,此刻才因小琴的哭相,而意外地清晰起来。不过多数人以为这只是自己心底的想法,不知道别人是怎么看的,因而尽量不表现出来。

"如果连臣在呢?"

"连臣到底知道这事吗?"

这样的疑问,也是刚刚才产生的,而答案几乎立即就有了:连臣如果在,肯定不能允许警车进村,明目张胆抓走四十一。一个只剩半口气的老人,该走就让走,却用一瓶一瓶的氧气死死拽住不撒手,说实话,是让人觉着不对头。转念一想,那四十一倒多少有些英雄气了。全村上下,也只有四十一才有这胆量。

据说连臣明天就回来了。

那就等着看连臣的。

29

到了黄昏,大槐树顶上的大喇叭突然响了。很多人并不知道那是哀乐,却发觉,它好生了得,令整个村子陡然变得寒素低沉了,似乎天和地、风和树、鸡和狗,比人心更微细更深邃,连臣家,七八个孝子和二三十个哭丧的女人已经哭钝了嗓子,正准备歇一歇,吃些东西,然后要哭整整一晚上的,估计大批吊丧者会在明后天来,更要一个不落地哭着迎进家门,大后天出殡,那才是真正的高潮,不能早早就哭软了,谁料才过了半个时辰,却被这突如其来的声音勃然激起,孝子们先哭起来,陪哭的人略加迟疑后也着魔般地跟着哭起来,有开天辟地般的力量,令官道上的行人都觉出头晕了。

30

天黑了,连臣家院门口,两边各挂着一个一百瓦的大灯泡,几乎照亮了半个村子,巷子尽头那棵大槐树都披上了斑驳的光影。

哭丧告一段落,哀乐也停了,村子一时处在奇观般的静止中。各处的鸡在叫、狗在吠、姑姑等在低诉,都含着几分怨气和任性。

"孝子们快抓紧休息!"

总管在堂屋门口大声宣布过。

因而,孝子们、陪哭者,忽然从眼前消失了,分散在任何可能的角落里,打着瞌睡。

阴阳先生和他的两个助手也得闲回家了。

不过，真正睡着的人，只是连臣妈而已。大闹之后的安静，质地复杂，它的深处似乎更有一个抽象的虚空，令人浮想联翩。

这样的安静，不如不要！果然，没多久，官道那边有车响来，故意鸣着笛，一声，又一声，大家以为连臣回来了，心头便是一热，旋即又是悲，悲悲的热，热热的悲，仿佛人人都是孤苦的连臣了，千里奔丧，情何以堪。

孝子们慌忙聚拢，出门哭迎，却发觉下车走来的人举着花圈，没人认识："我是连臣局长的朋友。"对方礼貌地候在数米之外。

哭丧的女人们这才如一群在圈里困久了的绵羊，没头没脑地跑出来，跪在七八个孝子后面，用华丽的哭泣把客人迎进家门。

客人烧过香磕过头，留下装在信封里的丧礼，刚点上烟，听见又有车自官道开来，也是故意鸣着笛。有话说"前客让后客"，客人急忙起身要走，总管虚意挽留了几句，便仓忙带领哭丧者和孝子，用同样的方式把第二个客人迎进来，同样是烧香磕头，同样是留下写有姓名的厚信封，一方虚意挽留一方执意要走。

这样的情形从此便绵延不绝，一直持续到后半夜。连臣的朋友和下属为什么会不约而同连夜赶来吊丧？而不是选择明天和后天？大家多少能猜出些原因来，一是，明后天是上班时间，抽不出空，二是，来人全无例外都持着吓人一跳的厚礼，多则五六万，少则两三万，选择在晚上来，必然有避人眼目的意思。

……

31

又是安静的时刻，晚晚家的三个女人，分别待在堂屋、西房和耳房里，都还醒着，连臣家的动静，听见的比看见的更清晰，耳房里的晚晚甚至听见连臣家院拐角的水开了，"噗"的一声，令晚晚全身禁不住一紧。

某一刻，两个男人从连臣家过来，在耳房外面的墙根下撒尿，噼里啪啦的，晚晚感到一阵恶心，接着晚晚听见如下对话：

"狗日的，全是大礼！"

"最大的多大？"

"说出来吓你一跳。"

"六千？"

"十万！"

"真的？！"

"你猜今晚一共收了多少？"

"二十万？"

"三个二十万！"

"不得了！"

"长见识了吧？"

"我不活了！"

最后这句话令晚晚心里一惊，因为这正是自己向往了半夜的东西，儿子死了，公公被抓走了，丈夫左等右等不回来，院门被婆婆反锁了，又没有去连臣家哭丧的资格，可不就剩下"不活了"这一样东西可选择了吗？

可是，事实上晚晚有一颗爱热闹的心：连臣家有多热闹？死了就完全都不知道了。小卧车从远处一辆一辆开来，客客气气地停在巷子里，有的就停在耳房外面，和自己不过一墙之隔，所有这些难道和自己真的毫无关系？

"不活了"便终究是一句空话，直到听见两个撒尿的男人说连臣家一晚上收了"三个二十万"，要死的念头再一次像火一样着起来，一颗心就像纯羊毛做成的，火在羊毛深处燃烧，火势不大，速度也不快，也没声音，却坚定不移，秘密蔓延。"不活了，我不活了还不行吗？"晚晚扔开身上的被子，缓缓坐起来，半仰着脸，嘴唇一动一动。外面，两个男人重新回连臣家了，巷子里一时只有风流动的声音。晚晚转过身，下了炕。"姑姑等等，姑姑等等！"晚晚突然又听见姑姑等的叫声，在大槐树那边，似乎在催促晚晚快点起身，不要迟疑，晚晚觉得自己这次完全听懂了，真的听懂了，要死的念头，竟含上了悔过和追赶的意思。晚晚光着脚，打开门，狂热地向院中央走去。院中央有一眼水窖，里面有半窖水，先前是人喝的，现在是牲口喝的，村里有了水塔，家家户户用上了自来水之后，窖水就专供牲口喝。晚晚跑到窖旁边，用力挪开水泥做的窖盖子，跳下去了。

窖盖子摩擦的声音，包括随后那"嘭"的一响，被同样难以入眠的婆婆听见了，她从西房里冲出来，大喊："救命，救命！"

立即有人从连臣家跑过来了，推门，院门却是锁着的，晚晚的婆婆回西房找到钥匙，打开门，放人进来，已经耽搁了好几分钟。

晚晚被大家七手八脚捞上来时，已经不知死活。晚晚瘦弱的身体被人倒着抱起，从嘴里流出很多水。晚晚似乎还活着，于是，村长和总管等人立即作出决定，请连臣的司机开车送晚晚上县医院，派三队的队长跟去料理。

队长喊："我身上没钱。"

村长擅自做主，取了厚厚一信封丧礼交给队长，队长问："多少？"村长说："你数数。"周围的人就喊："数个屁，快上路。"

队长便揣上钱急忙上车。

村长喊："把花钱的单据留下！"

队长说："知道了！"

32

晚晚伏在婆婆的双膝上，头朝下屁股朝上，湿湿的头发把脸紧紧地包住了，嘴里的水和头发里的水混在一起，汩汩地往下流。

上了官道后，车子突然变稳了，晚晚的婆婆想起小时候见过的一个情景，有人跳了井，捞出来后放在牛背上，让牛狂奔，后来人就醒过来了。"师傅，能不能开到土路上？"晚晚的婆婆说，"不走了？"师傅问，队长帮腔说："沥青路太平了，肚子里的水颠不出来。"司机一听便心领神会，打转车头回到原来的土路上，故意开得又快又颠。果然，没多久，晚晚软软的身子突然绷紧了，晚晚的婆婆急忙把晚晚扶起来，便看见晚晚睁开了眼睛，迷茫地看着婆婆，问："妈，咱们要去哪儿？"婆婆笑着说："傻瓜，咱们刚从阎王府回来。"司机停下车，问队长："还去不去县医院？"队长问晚晚的婆婆："二嫂你说呢？"晚晚的婆婆说："人已经醒了，用不着去县医院了。"

队长把司机叫下车，走远了几步，对司机说："还是麻烦你跑一趟，不去县医院，去安宁医院把这媳妇的病彻底看一下。"

司机想顺便回趟家，就爽快同意了。

队长又把晚晚婆婆叫下来，压低嗓门说："二嫂，咱们干脆把晚晚送到精神病院，好好看一下，免得三天两头犯，寻死觅活的。"

晚晚婆婆说："算了吧。"

队长问："为啥算了？"

晚晚婆婆说："等有钱了再说。"

队长拍着衣服底下的厚信封说："这不是钱吗？"

晚晚婆婆说："那是人家的钱。"

队长说："已经拿出来了，不花白不花。"

晚晚婆婆说："刚把人家的氧气拔了，再花人家的钱……"

队长说："别管那么多，听我的！"

晚晚婆婆不说话了。

队长说："咱们可说好，花不完的归我，回来就说都花在晚晚身上了。"

晚晚婆婆说："还是算了。"

队长说："二嫂，只要把晚晚的病看好，回来就好交代！"

晚晚婆婆说："要是看不好呢？"

队长说："反正，咱们先紧着看晚晚的病，花完了我也没意见。"

晚晚婆婆说："我不敢。"

队长说："回来就说我的主意，跟你没关系。"

晚晚婆婆又不说话了。

队长急了，说："二嫂，你不知道，人家一晚上收了六十万！"

晚晚婆婆说："钱再多是人家的。"

队长说："哎呀，你这个人！"

33

后半夜的静，才是真正的静，有了几分温婉和清澈。晚晚的耳朵里虽然进了水，却像是被清洗过了，显得异常灵敏，车旁边，连臣的司机吸烟的声音都听得一清二楚，再别说队长和婆婆的那些对话。晚晚很快理出了头绪：自己跳进窖里，没死，被人救上来，现在趴在连臣的小卧车上，他们原本要送自己去县医院的，想不到自己早早醒过来了，于是队长打算把自己送到精神病院，原因是，队长身上揣着连臣家的丧礼，数量可能不少，队长打算一分为二，一部分给自己看病，剩下的归队长。

"回来就说都花在晚晚身上了！"晚晚觉得，深夜里的这句话有着振聋发聩的力量，让她鼻子发酸，也让她看清了万事万物的底，心头的委屈竟奇迹般地烟消云散，要说醒，这句话才真的让自己醒了，晚晚相信自己以后再也不会寻短见，再也不会钻牛角尖了。晚晚挣扎着要坐起来，尽管不易，却终于坐起来了。

"妈，咱们回家。"晚晚说。

"你们的话我都听见了。"晚晚又说。

晚晚打开门下了车。

"你们看，我好了。"晚晚说。

晚晚转身向村子走去。

晚晚的婆婆也就撵过去了。

34

天亮后，晚晚和婆婆上了北山，打算把最后半亩洋芋种完，照例是婆婆挖坑，晚晚把掺了草木灰的洋芋籽丢进坑里，用脚踩平。

整个北山上，除了晚晚和婆婆，更高处还有两三个人，而山下，村子里比昨天更热闹，如火如荼，虽然哭声震天，却是喜气洋洋。不断有小卧车从官道上开过来，再转向大槐树那边，巷子里始终停着七八辆车，一律是谦和乖顺的样子，那些低矮错落的农家瓦房倒显得有几分傲气了，包括晚晚家的那几间老房子。

晚晚每丢一颗洋芋籽，踩平后，总要顺便看一眼山下。不同的是，晚晚觉得，这种游离和俯瞰的感觉，如热天的阴凉，挺受活的。偶尔，晚晚想起儿子的小鸡鸡小脚丫什么的，不过是想起来了而已，没多么了不起。

35

下午，连臣回来了。

孝子们见了风尘仆仆的连臣，同样是哭，却不是面对客人时的那种大哭，而是又平凡又真切的嘤嘤哭泣。连臣会怎么哭？人们对此抱有好奇。意外的是，连臣只是眼睛红了，站在院门口听话地伸长胳膊，穿好孝服，然后持重地走进院门。跪在堂屋门口的时候，连臣终于哭出了声，却不稀奇，不过是一个儿子应有的表现。在阴阳先生的主持下，连臣先在母亲的遗像前烧了香，磕了头，然后匐然倒地，扑在母亲的遗体前，放开嗓门，号哭不已。阴阳先生、村长、总管等人也禁不住哭了。连臣的哭，无形中成了领哭，整个院子里的人，无论男女，不分主客，一律跟着大哭起来。

哭了最多有五分钟，连臣就衔泪退出堂屋，把村长和总管等人叫过来，对高音喇叭那边皱皱眉，说："快去把喇叭关了！"

村长试图讲什么。

连臣说："听我的，快去！"

村长红着脸离开了。

连臣正要回堂屋，阴阳先生又把他拉到后院，讲了四十一被抓走的事情，连臣一听，脸色大变，立即打开已关闭的手机，给县城拨了电话。随后，阴阳先生和连臣双双回到前院，阴阳先生面带微笑，连臣则满脸阴沉。

天黑前四十一被警车送回来了。

当然，这次，警车不再鸣笛。

下了车，满脸伤疤的四十一直接进了连臣家，去堂屋里烧过香磕过头，然后才默默回到自己家。狗日的四十一回来了，人们突然又不知道该说什么好了。但人们对连臣的敬佩有增无减，并深信连臣还可以干得更好。

36

出殡的这一天，全村的人都出动了，年轻人大多不在家，抬棺送葬就显得人手不足。这种事是不兴外姓人帮忙的，更不可以动用车辆。抬棺的八个男人里便有了四十一，这也正好让四十一下了台阶。他主动挑了最后面的一个位置，上山的时候，后面的人是最不能偷懒的。晚晚的婆婆终于"官复原职"，成了领哭，她把前几天积攒下的底气和力量，全都用在这一刻了，让大家看到，她领哭的水平到底无人可敌。

自然少不了晚晚，她分到了最轻的活，举着一对纸做的金童玉女，金童是最流行的样子，苗条俊美，像港台的某个歌星，玉女也像电视剧里某个角色，细腰肥臀，长发飘飘。所有的纸火被付之一炬的瞬间，晚晚盯着金童玉女，心里很疼，想冲过去把他们救出来，但终于还是忍住了，只流下两行凉滑的眼泪。

37

料理完丧事，回到县城的连臣和小琴兄妹，有过一次长谈，主要内容是：老家的那座宅院如何处置？他们的母亲其实有遗言的："老家的院子千万要留下，你们抽空可以回去住住，那几亩地可以让别人种，但千万不能丢。"

"我想处理掉。"连臣说。

小琴问："妈不是说，千万留下吗？"

连臣说："处理掉，图个干净！"

小琴有些吃惊地看着哥哥。

连臣说："我已经想好了，把院子和房子无偿捐给村里，再添些钱，办一个文化活动中心，妈九泉有知，也应该高兴的。"

小琴理解哥哥的难处：多年来，村里的人，不分亲疏，大事小事都求他，实在不胜其烦。每隔三两天，就有村里人大摇大摆地闯进水利局院子，门房都不敢挡，进了院子总是理直气壮的，扔一句"我找连臣"，就昂首直往楼里去了。"我们水利局，是海棠村的水利局。"水利局的楼上楼下，类似的议论其实早就有了。有人甚至给纪委写匿名信，要求"双规"连臣，只不过匿名信被人偷偷转给连臣了。

"和拔氧气的事有关系吗？"小琴问。

"没有，我早有这打算了。"连臣很肯定地回答。小琴再一次露出吃惊的眼神。

"到下决心的时候了！"

"哥，就按你的想法做吧。"

"好人难为，好官难当，这话一点不假。"

"就是，你有千般好，没人记得，你稍有个疏忽，就结上仇了。"

"狗日的……"

"那天你还打我耳光！"

"不打你打谁！"

烧二七纸的这一天，当着大家的面，连臣宣布了自己的决定，人们自是感佩淋漓，也有个别心眼稠的人，眼睛一闪，觉出了其中的味道，且不放过及时自夸的机会，悄声对旁边的人说："四十一拔了氧，连臣拔了根！"

38

胡麻是细细的绿，洋芋是粗粗的绿，麦子是茸茸的绿，春天的地里面，花，要么没开，要么没长大，满眼只是单一的绿，瘦瘦的麻雀找不到可吃的东西，在田埂上并着脚作徒劳的跳远……晚晚用出殡那天获得的六百元做路费，要去广州了，本该高兴，心里却一揪一揪的，觉得村子的角角落落里布满细碎极了的温爱，样样东西都令她牵挂，于是她便发愁，自己的病可能还在，好在，她突然意识到，出门上车的时间恰是下午，那么，挺过去就好了！最近这些天，每一个下午不是都挺过去了吗。

【作者简介】

陈继明：甘肃省甘谷县人，一级作家，教授，中国作家协会会员，曾任宁夏作家协会副主席。代表作有：长篇小说《一人一个天堂》，中篇小说《恐龙》，短篇小说《蝴蝶》等。

选自《小说选刊》2009年第12期

灵魂深处的大象

晓　航

据说，人这辈子总得见多识广才好，但是事实证明并不是什么东西见了都让人心情愉快。比如说，我这辈子就没见过经济危机，可它说来就来。来的时候不像正面入侵，而像打闷棍，恰如一面目狰狞的画皮美女，悄没声从背后过来，恶狠狠一棍子从后脑揳下来，被打者当场倒地，不省人事。

我记得刚开始别人吵吵这事儿时，觉得有点像听故事，且又发生在大洋彼岸，关我何事？后来听到某些商业巨无霸倒掉时，除了感叹"卧槽草泥马"之外，我还有一种卑鄙的幸灾乐祸。我想，嘿嘿，真是风水轮流转，靠，他们丫也有今天，想当年他们剥削全世界时是何等威风。

可是，谁想笑声未落，崩溃就很快传导过来。那几天恰好五一放假，我没事儿就是在家睡觉，睡醒觉之后，我就开始无聊地看电视，无意中摁到一个台，看到美国的什么救市计划被否了，当时我看完这个消息就开始牙疼，不对劲啊，我的牙从来都挺好的，什么时候这么疼过？我一边敷着冰块一边继续看电视，可是看着看着我发现每个台都在说这事儿，看到最后，我忽然真正警惕起来，我想，坏了，是不是狼真来了？

这个迟缓的判断后来被现实生活无情而迅速地证明了。我本来在一个科技公司供职，工作还算差强人意，我原打算一年一年地混下去，有人发工资就行。可是节后上班没几天，财务总监先跑了，然后老板跑了，剩下我们一二十个员工，被人欠着工资，面面相觑若干天之后，分了些公司的办公桌椅也自行回家了。

原来上学的时候，我就属于好吃懒做，没有上进心的那种人。走上社会后，看别人都特别努力，自己实在不好意思闲待着，就只好找个活儿凑合干。这回危机一来，对我来说真是千载难逢的好机会，全社会都撂挑子了，又不光我这样。我算是找着借口了，于是我下定决心，撤，特别彻底地撤。我不仅回了家，而且干脆上了床，然后我在床上待了整整两个月没下来。

这两个月睡是睡饱了，把这些年为工作起早贪黑缺的觉都补足了。但是我的老婆，一精于计算也刚刚被开除的外企职员，却丧心病狂地开始指责我。她列举了我这些年不思进取不求上进的种种行为，指出谁谁谁企业做得多大，钱挣得多多，谁谁谁官当成什么什么样，贪污腐败加上泡小三儿易如反掌，就连谁谁谁那种鼠辈都住上别"野"，开上大奔了，他不就是一开饭馆的吗？我没心没肺地听着，既不恼怒也不欣喜，等我老婆说到最后，我来了一句一般社会中的失败者常用来搪塞别人的话，我说："我视金钱与权力如粪土。"

我老婆听了马上说："事实上，是金钱与权力视你如粪土。"

我听了她的反驳哑口无言，因为她说的确实是实话。我老婆说完这句话，就从床上跳起来，穿上衣服走出了房门，从此再也没有回来。

老婆走后，我又在床上坚持了两天，最后也终于起了床。没办法，懒终于无法战胜馋，这个我终生遇到的问题总有一边倒的答案。我起来给自己做饭，很豪华地做了三菜一汤，西红柿炒鸡蛋，西红柿炒鸡蛋，西红柿炒鸡蛋，西红柿鸡蛋汤，然后狠狠焖了一锅米饭。

花了十五分钟饱餐战饭之后，我坐在茶几边抽着烟开始思考如何活下去。班儿是不能上了，就是想上也没地方上，电视里说现在的中小公司倒闭得如同雨后春笋一般。那我能干什么呢？我两个月来头一次认真地思考，良久，没有什么主意。我于是决定去网上溜达溜达，看看有什么启发。上网之后，我下棋打牌看新闻聊天浏览一下八卦网站，整整八小时之后，我有了一个主意：我需要因地制宜，利用现有的条件做一点小生意。

具体来说就是把父母给我留下来的两室一厅中的一间收拾出来，然后租出去。房间月租也行当钟点房租也行。我家周围是一个大学区，我想即使月租的人不多，也总有情侣每天愿意到我这里租两个小时吧，就这么定了。我想，我的基本原则是只要弄到钱，怎么都行，我一定逆来顺受。

为了让房子能租上个好价，我开始花力气收拾屋子。我这人虽懒但是不脏，这个世界上我唯一爱干的活儿就是收拾屋子。两天之后，家里全部打扫干净，我又花点钱买来了新的桌布、窗帘以及一些小饰品，很快，一切搞定，整个屋子焕然一新，一派小资气息。

于是，我去找了小区的房屋中介，又自行上网打广告推销房间。刚开始，确实无人问津，我问房屋中介怎么回事，他们说就是金融危机闹的，现在没人租。过了一阵，好歹总算有人打电话了，但是价钱开得特别低，而且是越来越低，看那趋势就差喊免费了。这太不像话了，我想，这不分明就是抢吗？

不久，我又接了一个电话，电话那头是个女孩，叫做桂小佳。很令人意外，她开出的价格相当不错，但是付款条件差一点，就是一月一结没有押款，我想想很快就同意了，首先当然是价钱好，其次是我觉得没有押款也没什么，因为我天天在家，房客住房之后逃跑的可能性不大。第三，很关键的一点，她是一个女孩子。说实话，我现在屋里确实需要一个女孩，她要能来，也算是个阴阳平衡吧。

电话交谈之后，桂小佳很快就来了，该女孩长得属于娇小玲珑型，短发，个性比较欢快比较令人舒服，恰好是我喜欢的南方女孩的路子。我带着她看了房间，又看了屋子里的各种家电设施，桂小佳对房子相当满意，当即决定，租了。

合同很快签好，之后她马上就搬了过来。桂小佳的行李不多，就是一个大旅行箱，还有一把木吉他。她又去商店买了一床被褥，我们就开始了同居生活。

新生活开始后，我很快发现这个家里不光我不上班，她也不上班。我发现桂小佳晚睡晚起，白天就在房间里待着弹琴听 CD，一天似乎只吃一顿午饭，晚上她有时会出来和我一起看看电视，聊聊天。有一次我终于忍不住问她："小桂，你没工作啊？"

"没有啊，我刚刚大学毕业找不到工作。"她特别坦然地说。

"那你靠什么生活呢？"我不禁问。

"现在暂时靠我妈。"她说。

我点点头，心想，看来我碰上啃老族了，这 80 后果然对父母下嘴不轻，即使我这种寄生虫，当年也不肯这么干啊。

"那大哥你有工作吗？"桂小佳这时问我。

"我也没有工作，金融危机把我的工作和老婆都打跑了。"我感叹一声说。

"那你靠什么生活啊？"她又问。

我看看桂小佳，笑笑说："现在就靠你了，我活得好不好，完全得看你的眼色。"桂小佳听完，会心地一笑。

反正，我们一直相安无事，处得也比较愉快。我不好色，也爱干净，男人有这两点，女人一般也说不出什么（除了当你老婆）。桂小佳吉他弹得很好，有时她的门开着，琴声传出来，我坐在客厅里认真地听着。那真是一种享受，一曲终了，我们彼此看见时还相视一笑。她一笑起来蛮好看，小小的鼻子向上一翘，眼睛眯起来。每当看到这种情形，我的心中总是有一种感叹，没想到，我人生当中最困顿的一段生活竟然是我最宁静的一段生活，没人聒噪，没人打扰，毫无理想却心安理得。

但是好景不长，我们最终还碰到了生活中的矛盾，这种矛盾是绕不过去的，那是一个月之后的一天晚上，在一起看电视剧等广告的时候，我对她说："小桂，你该交房租了。"

桂小佳看看我说："大哥，我没钱交房租。"

"什么？"我一下愣了。

"我真的没钱。"桂小佳摊摊手说，"你看我一大学生，刚毕业，又没工作，我哪儿有钱。"

"这可不行啊，"我说，"我也没工作，我就靠房租生活呢。"

桂小佳看看我，也不着急，她想想，微微一笑说："大哥，你容我想想办法吧，拖几天行不行？"

我皱着眉想想，犹犹豫豫地说："不行啊，妹妹，咱在商言商，一是一，二是二，我即使能通融，也给不了你几天时间，你要是真没钱咱俩就只能散伙。"我一边说一边想，这是原则问题不能妥协，我可是做生意，又不是搞慈善，没房租我怎么活下去？

桂小佳最终答应我一个星期之后付清房租。达成这个协议后，我就没再提一个钱字，毕竟是女孩子，脸皮儿比较薄，况且我们这一个月也处得不错，我没有必要太唠叨。不过，让我奇怪的是桂小佳并不着急，她还是那么优哉游哉，照样弹琴，听 CD，难道她还有什么后路不成？

我这星期的主要任务是泡一个网友，名字叫林岚。她给我发过照片，长相平平，眼睛挺大不过却是单眼皮。我因为没事，天天挂在网上和她闲聊。彼此来往之中，我觉得此网友态度闲适，不疾不徐。而且我渐渐发现，这个小女子是一个知识分子，她学富五车，似乎什么都知道，且酷爱转文，掉书袋，这可比我原来那个小市民老婆强多了，很符合我高雅的品味。

周末，为了以防万一我又去了一趟房屋中介，问问最近市场的情况。中介的业务员说，目前市场有些回暖，询价的人多了，但是价格还是起不来，稍微高一点就租不了。我出其不意地问钟点房好租吗？他想想说，这倒不清楚，还真没人想过这种主意，不过这周围是大学区，您要想这么干，说不定还真行。

得到业务员的肯定，我得意地往家走，这就叫天无绝人之路。要是桂小佳搬走，我干脆就练钟点房得了。我觉得这种出租方式应该比较适合我，一个是我天天在家，有的是时间；二是这种租法不欠租金，当场收钱当场租房，省得我竹篮打水一场空。到家之后，满脑子赚钱之道的我一开门，忽然看见客厅里坐了一个人。那是一个中年妇女，五十多岁，丰韵犹存，打扮得比较时髦，人虽有点胖，但身材还算没走形。

没等我反应过来，中年妇女已经站了起来，她热情地走过来，一把握住我的手热烈地摇着说："你是赵晓川先生吧——"

"是是，您是哪位？"我笑着问。

"我是桂小佳的妈妈，叫文秋凌——"中年妇女说。

"噢，噢，噢，您好。"我连忙说。

"小佳这一阵给你添麻烦了。"文秋凌说。

"没事，挺好的，您别客气。"我说。

"哎哟，大兄弟，你可别老您您的，那太见外，咱们是平辈。"文秋凌一边说一边拉着我往沙发那走。

"等等，您等等，咱们论得不对——"我一边跟着走，一边忙不迭地说，"您不能叫我大兄弟，您闺女可叫我大哥啊。"

"没事，咱各论各的，哪有那么多规矩。"文秋凌说着已经把我带到沙发上，我身不由己地一落座，她就凑了过来，手还是没放开，我使劲想甩，却被她抓得紧紧的。

"大兄弟，想必你知道，现在每年多少大学生毕业，国家不管分配，用人的企业又少，再赶上金融危机，这些大学生想工作都想疯了，可就是没地方要人啊，你说，我说的是不是事实？"文秋凌这时问。

"是事实啊——"我说，边说边暗暗用力甩手。

"那你们这些成功人士是不是该帮帮忙？"她又问。

"帮是应该帮，但我不算成功人士，我也失业在家呀——"我连忙说。

"你还不算成功人士？住在全中国最大的城市，拥有七十平米的豪宅，这就是成功，这就是成就啊——"文秋凌夸张地说。

"哎，哎，打住，大姐。"此时我顾不得那么多了，只好跟着乱叫，我说，"这不算成就，在这个城市里这种房子太多了，多如牛毛，基本上是人就有，与成功不沾边。"

"那这么说吧，孟子曰，恻隐之心，人皆有之，这话总对吧？"文秋凌这时又问。

"那当然。"我说。

"所以啊，你顶天立地一男子汉，现在面对一个没有工作，叫天天不应，叫地地不灵的女大学生不帮她都不落忍，还好意思落井下石，扫地出门吗？"文秋凌神情幽怨地问我。

"没有，没有，落井下石之事，小弟绝不会干。"我连连否认。

就这样，这个不速之客，桂小佳的母亲文秋凌跟我毫无由来地狂聊了两个小时。她口才太好了，从租房开始，聊生活，聊理想，聊痛苦，聊快乐，聊瞬间，聊永恒。我是越聊越气馁，不知为什么，我什么也没干，就已经成了一个道德上充满缺憾的人，特别是我竟然还想丧心病狂地收人家房租。最后时刻我不得不强行结束谈话，因为我知道再这么下去十分钟，我一定会崩溃的。于是就在我马上要从沙发的那一端掉下来的时刻，我痛彻心肺地说："行了，大姐，啥也别说了，你说，房租这事怎么办吧？我可是靠它生活呢。"

"房租这事包在我身上，我一定会付给你，肯定不会影响你的生活。不过，先拖一阵如何？"她说。

"好，就这么定了。"我咬着牙说，心想我先活过今天再说吧。

文秋凌听完嫣然一笑，用手在我身上轻轻拍了拍，然后袅娜起身，身法飘忽一闪即逝。五分钟之后，门声又一响，我刚刚喝了口水歇歇气，一听此声又吓得连忙抬头，这时只见桂小佳笑嘻嘻地走了出来，我大大松了口气，然后无可奈何地悄声问她："小桂，令堂是干什么的啊？"

"是唱戏的，走南闯北，鲜有敌手——"桂小佳凑过来说。

坏了，一听这话，我立刻绝望了，敢情碰上一戏梦人生的艺术家，怪道我有去无回呢。

很不中用，在这场蛮不讲理的谈判中，我被迫签下了城下之盟，不仅房租交纳期限推迟了，而且屋里还多了一个房客，就是桂小佳她妈。

妈的，我怎么这么窝囊，怪不得我老婆说我废物呢，一想到这屈辱的结果，我就不断地骂自己。可是随后每天一见文秋凌那张银盆般的笑脸，我又把该说的话全部一下子咽回去。算了，听之任之吧，我想，她太能说了，天生就能用唾沫把别人淹没，我在她身边能活下来就不易了。

为了偿还房租，文秋凌没有食言，她开始在我的客厅里工作起来。起初，我也不以为意，可是她说话声音太大，生意上的事情也不避着我，几天之后，当她的通话内容再次强行灌到我耳朵里时，我终于感到太雷了。忍了很久，我实在忍不住，不得不问她："大姐，你做的是什么生意啊？"

"我做的是环保生意。"文秋凌向我耐心解释。她说她认识一个城市的动物园园长，现在动物园一般都不景气，财政拨款基本上只是杯水车薪，门票又赚不了几个钱，所以，动物园就面临一个生存问题。她认识的这个园长，手里恰好有一批独具特色的东南亚大象，他一直想把这批大象租出去，弄点收入回来，可是总找不到接收的商业机构。可巧，文秋凌来到这个城市后，发现最大的问题就是污染问题，工厂多，汽车多，因此废气就多根本不环保，天永远是灰色的。所以她突发奇想，为什么不能让一些人租赁大象作为交通工具上下班呢？这不仅环保而且标新立异。尤其是一些富人，他们如果租了大象，不仅可以标榜自己的公益行为，还可以酣畅淋漓地在大街上招摇过市以显示自己尊贵的身份，这不是一举两得吗？

"我明白了，你是打算把大象当作自行车来用。"我说。

"没错，就是这个想法。"文秋凌坚决地说。

我听到这儿真的要晕了，我一边听一边摇自己的头，怀疑我又被谁打了一棍子，这时从我身边经过的桂小佳侧过头问我："哥哥，你肯定是在问自己，这是不是一场梦啊——"

"是，就这么回事。"我说。

"这不奇怪，我妈一生最拿手的把戏，就是给别人制造梦想，让他们永远不会醒来——"桂小佳笑嘻嘻地解释道。

桂小佳所言不虚。也许是文秋凌给了我太深的刺激，当天下午，在躲避失败人生的传统午睡中，我果然被迫拥有了一场梦，令我意外的是，在梦中，我看到了不一样的桂小佳。

那似乎是一个雨天，绵绵细雨笼罩了城市。城市的喧哗好像比一般的时候稀薄了很多，街道上人不多，人们打着伞两两而行。车飞快地开过马路，溅起的水花四散飞扬。我不知为什么正从一个立交桥上走过，桥上的我当时很犹豫，琢磨着到底走向何方，是左还是右？

就在此时，我看到了桂小佳，她骑着一头大象在人行横道旁安静地等待着。周围是一大块略显突兀的人群，人们对于她的大象毫无反应，他们只是认真地关注着来往的车辆。绿灯亮起，人群随即穿过马路。桂小佳骑着大象走在人群中间，她的脸上有一种落寞，还有一丝迷茫，好像在想什么事情。走过人行道，人群各自散开，桂小佳却停住了。她如同我一样有点不知所措，前看后看下不了决心。此时她抬起头，看到天桥上的我。我们长时间地对视着，我觉得她目光忧郁，心中似有难处。她想了很久，才张开嘴问了我一个问题，她说："哥哥，这是哪儿？"

我想想，摇摇头说："不知道，我也不知身在何处。"

回答完之后我醒了，这是一个不轻松的梦，梦里桂小佳欲言又止的样子让我颇费思量。这时我听到外面有人在说话，于是我揉着眼睛走出屋，迷迷糊糊看到桂小佳与文秋凌母女俩在聊天。

文秋凌纳闷地问桂小佳："它怎么会像一辆自行车呢？"

桂小佳回答道："是的，真的很像，就像那种具有古典气质的、充满机械美感的自行车，它如空气一般自然滑动，如果没有摩擦，将不会停止。"

"那么，它骑上去的感觉怎么样？"文秋凌又问。

"一种稳定、有规律的漂浮感。"桂小佳说，"它似乎浮于一切的表面，却充满一种难以想象的冷静，还有一点点的高瞻远瞩。"

"这种感觉真是太棒了。"文秋凌赞叹道，然后接着问，"那么后来呢？"

"后来，她就来了，她从浓雾中出现，站在大象前向我一笑，然后爬上大象，和我一起朝着更深的方向走去。"桂小佳笑笑说。

"超酷的想法，这样的大象实在令人神往。"文秋凌说，"佳佳，无论如何，我肯定是全力支持你的，我们家的人生来就是为理想献身的，别管是不是自投罗网，我们从不退却。"文秋凌想了一下，过了一会儿又说："但是有时，乘坐大象的迷雾之旅是不是能有人同行，那就看造化了，那是可遇而不可求的事。"

桂小佳听了认真地点点头。

我站着，不明所以地听着母女俩不着四六的对话。慢慢地，我完全清醒过来，此时我看看窗外说："怎么真的下雨了？难道今天是一个雨天吗？"

母女俩闻言转过头，盯着窗外，都默不做声。我想，妈的，谁说这是梦，她们的对话虽然还是很雷，但就是生活本身。

文秋凌就这么富有想象力地干了下去。但是，令人难以理解的是，她根本没有受到阻碍。她那些不知是真是假的大象真的一只又一只地租了出去！不久，我就难以置信地收到了我的全额房租，我拿着钱数了又数，新的，挺括的纸币，充满了深刻的物质感。看来，不服不行，这个世上就是有些人有脑子，挣钱就是快。

由于文秋凌按时付了房租，我一个月的吃喝有了保障，因此我们的关系还就真的近乎了起来。晚上，吃完饭，只要不看电视，我就听她神乎其神地瞎侃。她口才确实好，可以滔滔不绝声情并茂连讲几个小时。她谈她唱过的戏，她待过的剧团，她走南闯北的经历，外带很多的情感纠葛。我听得津津有味，乐此不疲，有时文秋凌说着说着还站起来，唱上那么一段，那种南方剧种我虽不太懂，但看她那手势身段，眼神什么的，再加上十分透迤的唱腔，果然是练家子出身，惹得我不禁鼓掌喝彩。

"大姐，牛！你是一真正的艺术家！"我因为房租的事感到满意，因此由衷地感叹道。

"唉，我算什么艺术家，不过是一辈子漂泊不定，戏梦人生罢了。"文秋凌不无幽怨地说，音调中有一种红颜易逝的萧索。

可是这种宁静的日子没过几天，麻烦还是来了。那是一天下午，我午睡刚醒，推开门看到文秋凌正坐在客厅里看韩剧，我洗把脸冲了一杯咖啡，也坐下来跟着看。没过一会儿，门铃响了，我走过去，打开门，只见门口站了一个身材魁梧的家伙，他穿着西装打着领带，头发锃亮向后背着，手提一密码箱，带着一副可以盖住半边脸的墨镜。他也没等我让，就毫不客气地走了进来，大大咧咧地环视了一下客厅，然后用一种超级雄性的嗓音问："谁是文秋凌？"

"我是——"文秋凌坐在沙发上抬起头说。

来人摘下眼镜，露出一张驴脸，他有一双大而深刻的眼睛，眼光中有一种说不出的狠毒，看样子有五十来岁。

"您是哪位？"文秋凌若无其事地问。

"我是黑社会，姓罗——"来人说着，走过来一屁股坐到侧面的沙发上，他把密码箱放下，然后把穿着闪亮皮鞋的双脚大大咧咧地担在我的茶几上。这个动作干净利落，顺利地穿越了茶几上的餐巾纸、水果以及方便面等杂物。

我和文秋凌都愣了，此时来人打开密码箱，拿出一个精致的铁盒，打开盒子，他掏出一根粗粗的雪茄叼在嘴上，然后颐指气使地说："火儿——"

我一听这话，立刻一个箭步蹿上去，找出打火机给来人点上。我算看出来了，这做派是典型的警匪片的开头，无论如何，不能让他接下来按照程序拿出冲锋枪什么的大开杀戒。文秋凌此时也看出了不对，但她相当镇定，笑嘻嘻地向来人凑过去。

"大哥，您怎么一副八十年代的行头啊？"文秋凌问。

老罗一听，马上看了看自己，他不信地反问："怎么可能呢？我新买的呀——"

文秋凌听了，撇撇嘴不信地一笑，又特别礼貌地问："大哥，您来我这小店有何贵干？"

老罗听了这话，立刻从对自己衣服的质疑中抬起头，他严肃地质问道："是你卖的大象吧？"

"是啊——"文秋凌说。

老罗此时忽然把雪茄往烟缸里一戳,声音提高了八度说:"你缺德不缺德?那一百多头大象都卖到我手里了!"

"啊?不会吧?那些大象租赁权我卖了很多人呀。"文秋凌不相信地说。

"那他妈仅仅是个开头——"老罗断喝道。

然后,不等我们说话,老罗就把事情原原本本地说了出来。原来,文秋凌确实是分别卖的,但是现在社会上的人都学会了炒作,他们购买了大象租赁权之后,又转手倒给了别人,别人一看这玩意儿不错肯定有市场,就又加了价再次卖给了另外的别人。按老罗的说法,他刚刚从里头出来,什么事都不摸门,手头有点积蓄,正愁没事儿干。他一看这个项目好,就动了心思,他想,不如把这批大象都弄到手,把它们当作城市出租车之类的交通工具在大街上运营,这玩意又环保又新鲜,一定会抢手的,一定会赚钱的。可是当他把老本花光购买了所有的大象租赁权之后,才发现没有一头大象能够真正到位。于是,他愤怒了,他去找那些卖给他大象的人,众人一个推一个,绕来绕去,他最终找到了文秋凌这个始作俑者。

"你说,到底是怎么回事?"老罗此时伤心欲绝地问。

"大哥,这事你听我解释。"文秋凌这时说,"首先,我对你的不幸遭遇深表同情,我真的不知道最后所有的大象都到了你手里。其次,我没有卖过一百多头啊,我才卖了十几头,这肯定是那些无良中间商谎报数量,吃空饷的行为,估计他们把动物园未成年的小象还有象妈妈肚子里的胎儿都算进去了。第三,大象没有到位的原因是这样,动物园由于资金匮乏,导致设备陈旧,管理不善。前一阵有一些大象吃不饱,为了弄吃的,大象从象园之中跑了,目前有关人员正追呢,我现在正等待着进一步的消息,一旦大象被追回,咱们马上落实大象到位的事情。"

老罗皱着眉听着,闷闷地又抽起雪茄,看他那倒了霉的样子,我也不得不张口劝慰他:"大哥,现在这个社会就这样,只要有机会,什么都能炒作,哪怕是一筐烂梨,炒着炒着就成一美人了。"

"太不讲信誉了,这太不讲信誉了。"老罗听到这儿忍不住愤怒地说,"这才几年,怎么都变成这样了?"

我们慢慢安抚着老罗,老罗的火气一点一点地消散下去,我们跟他谈世事变迁,谈人间冷暖。文秋凌与我轮番上阵,侃侃而谈,抱怨现在,怀念过去,但是依然憧憬未来。老罗叼着雪茄,一口一口深深地吸着,过了好一阵,他忽然长叹一声,他说,其实他也是做生意出身,知道这种事儿就是一个愿打一个愿挨,只不过刚一出来,就上了这个恶当，实在咽不下这口气而已。我们正聊着，这时桂小佳从里屋钻出来，她看看我们几个老家伙坐在一起没完没了地神侃，忽然说："各位，你们也聊半天了，我给你们唱首歌解解闷吧。"

我和文秋凌对看一眼，说好，我们想现在有人出来活跃一下气氛当然好。于是桂小佳回屋拿来了琴，她调调弦，然后唱了起来。那是一首舒缓而忧郁的情歌，旋律异常优美，小桂的嗓音有点哑哑的，充满了磁性。"你是我灵魂深处的大象，你是我最孤独的自行车，永远不变的自行车。别人离开的时候，你一直围绕在我身边，总是默默不语……"她的音准把握得很好，神情异常投入，一曲终了，屋子里沉寂一片。

"怎么样？"桂小佳抬起头征求意见般地问我们。

"很好，真的很好。"我说，实话说我没想到这首曲子如此优美。"这首曲子叫什么？"我问。

"叫《灵魂深处的大象》，是我和一个朋友写的。"桂小佳说。

我听了点点头不禁笑了笑，心想，怪不得，前一阵听她们母女俩聊天涉及过里头的事儿，看来这文秋凌倒卖大象的灵感多半跟这首歌有关。

"曲子是不错，"老罗这时也说，"只是这里头怎么也有大象，最近真是跟大象干上了。"

老罗话音一落，大家不禁莞尔。桂小佳这时看看我们，笑嘻嘻地说："我有一个直觉，不知当讲不当讲。"

"什么？说吧——"我们问。

"我觉得，也许你们三个老家伙就因为大象结了善缘呢！"桂小佳说，大家一听，互相对看了几秒，老罗没说什么，又接着深深抽了口雪茄。

"罗大哥，是这样，"桂小佳这时话锋一转，说，"我听你们聊了一下午，也觉得你怪不容易的，不过光抱怨没用，这样吧，要是你信得过我，我推荐你一个可以翻本的项目。"

"真的吗？"老罗一听，立刻抬起了头。

"我建议你去卖一段时间。"桂小佳说，"这是我和一个朋友在一个石舫练琴时偶然发现的，在那段时间里，一个人可以模模糊糊地看到他未来的某个瞬间，因此他可以在此刻决定是否走现在的这条路。"

又来了，这可能吗？我一听心里就叫了起来，这真是有其母必有其女，但是嘴上忍住什么也没说。

桂小佳这时很有信心地接着说："我可以和你合作，我来找到那段时间，你把它卖给别人，然后我们分钱。"

老罗听着慢慢皱起了眉，他抽着雪茄，铜铃大眼在眼眶中骨碌着，想了好久，他才慢慢地说："这种时间生意我还真没做过。但是毫无疑问，这应该是一个绝妙的主意。"

"大哥，慎重吧——"我听到这儿，实在忍不住说。

这是一个在多年前的战争中毁坏的残湖，一切毁于一场大火，然后世人就将这里遗忘了。不过，令人惊奇的是，经过多年的忽略，这里却拥有了一片绝美的自然风貌，残垣断壁宛如点缀，树木青草郁郁葱葱。穿过一条人踩出来的小路，一片广大的湖面呈现在眼前，水面呈深绿色，成群的白色水鸟绕湖而飞，一只永远不曾出发的石舫久久停留在岸边。

桂小佳说的就是这儿，如果不是常客，连那条到达石舫的路都找不到。按照她的说法，人们可以在石舫中拥有某段神秘的时间，在那段时间中，人们可以透视未来。而她能做的就是利用音乐，让人们在音乐中冥想，于思维共振中找到那段时间。

这显然很有吸引力，但是我根本不信，不过老罗却相信。当桂小佳提出这个建议后，文秋凌显得乐不可支，而我出于善良的心态，也怕进一步惹麻烦，则马上警告老罗注意此事的风险。老罗经过思考后，以一种推心置腹的态度反过来劝我说："兄弟，想开点。我算明白了，现在的生意不看实不实，就看有没有可以炒作的概念，有的话就可以忽悠别人，只要把别人忽悠进来买了概念，其他的就和咱们没关系了，这是我出来以后得到的最深刻的教育。"

老罗就这样不分青红皂白地毅然加入了这桩虚无缥缈的生意，这真是我没有想到的。原本只是以为他是来寻仇的，谁想他在一个下午之后不仅放弃了成见，还和桂小佳一起成为另一个"创业青年"。

文秋凌对这个结果相当满意，根据她的建议，老罗购买大象所耗费的钱财，变成了他在"石舫"生意中所持有的股份，这样，他就成为大股东，而执行者桂小佳只占了一小部分。自此，我的两居室里又多了一个人，那就是号称黑社会成员的老罗。说实话，刚开始我对老罗的尊重，只是因为他口口声声刚出来，黑社会什么的，完全是吓的。可谁知道与老罗慢慢一接触，就发觉我们哥儿俩确实脾气相投，言语甚欢。老罗这人也同我一样，真没什么钱，一天到晚就只有那一身唬人的行头。但他做人相当讲究，相当仗义，每次来我这儿报到，总是尽量带点吃的、喝的。另外，老罗此人见多识广,社会经验丰富,所以我特别爱跟他聊天,更重要的是他爱动脑筋,这一点使之绝不像那些所谓的好勇斗狠的黑社会成员。

不过,越是和老罗往深处交往,我心里越不踏实,我觉得老罗此人怎么看都不错,这回千万别再蒙人家,于是,我找机会"提审"了一次桂小佳,主要就是盘问"石舫时间"的事情。

桂小佳原本善良,这一次,小丫头看出了我真实的担心,于是想办法支走了文秋凌,忽悠她到外面公园去唱戏,然后踏踏实实坐下来,喝着茶,抽着烟,跟我原原本本地讲起了整个"石舫时间"的来龙去脉。

按照她的说法,她从小就受母亲影响喜欢文艺上的事情,尤其爱弹吉他。上了大学之后,有一次参加一个高校联盟的比赛时遇见了另一个女孩,名字叫于静。于静吉他也弹得特别好,歌同样唱得好,而且与她风格相似,她当时就想我们为什么不能成立一个组合呢?于是,在比赛之后她去找了于静,可几次都错过了。本以为两人缘尽于此,可有一天于静闻讯来宿舍找她,两人一见面就合唱了一首她们共同喜欢的歌,《再见玛丽亚》,结果这一唱,把周围宿舍的同学都吸引过来了,同学们听得如痴如醉,听后一齐起哄说,干脆你们就叫玛丽亚组合得了。

成立组合之后,她们就开始排练,一边排练一边去参加各个高校的演出,主要是为了增加一些实际经验。她们很受欢迎,几乎唱遍了所有流行歌曲。有一次,于静忽然提议干脆我们自己写个歌儿吧,可写什么呢?爱情还是友谊?她们拿不定主意。想了很久之后,有一天夜里,桂小佳在梦里又看到了那只时常出现在脑海中的大象,于是她毅然决定,就写这只大象,歌名就叫《灵魂深处的大象》。

歌曲的创作是个艰难的过程,这毕竟是她们的第一次,先是写歌词犯难,她们写了不少可都不精彩。但是有一天,机缘巧合,一个收费大妈给了桂小佳灵感。那天她骑着自行车穿过校园去上课,把车停下时,带红箍的大妈过来收费,她当时纳闷地问:"怎么现在连校园里都收停车费?"

大妈说:"姑娘,你怎么不知道,现在偷自行车的可不分校园内外,那不得花钱雇人看着?可要是不收费哪有钱雇人?"

桂小佳听了忽然说:"那我要是往这儿停了一只大象呢?"

大妈一愣说:"大象也得收,它也算自行车的一种。"

大妈的一句话点醒了桂小佳,这一回歌词算是有了!她的眼中马上出现了一个场景:那是一个雨天,一辆没有骑者的自行车,独自滑行着,它充满了古典的美感,它与大象是同质的,只不过它们互为外衣而已。

歌词有了之后,她们就开始谱曲,这对桂小佳她们来说更难,她们有时在一起琢磨,有时分开琢磨。她们拿着吉他到处吟唱,在宿舍,在操场,在没人的教室都练习过。她们同样写出过不少曲子,但都不那么动人。有一天,于静告诉她,一个朋友介绍了一个地方,那个地方有湖水有石舫,说在那里可以整日整夜地待着,既不会打扰别人也不会被别人打扰。

两个人于是去了,桂小佳难以忘怀她第一次看到那片湖水时的情景。她们穿过荒草,艰难地走过小路,到达岸边时,湖水扑面而来,四周寂寥无人,绿色四合,天地黯然无语。桂小佳刹那间感动了,她扭过头对于静说:"这里是一个充满可能性的地方。"

于静点点头说:"也许,我们会有意想不到的收获。"

她们找到了那个石舫,安顿下来之后,开始为她们的歌谱曲。这对她们来说是最紧要的一件事,她们一遍又一遍地弹,一遍又一遍地记谱,一遍又一遍地讨论,一遍又一遍地推翻重来。

不久,她们累了,于是就躺在石舫中枕着吉他昏昏睡去。醒来之后,她们接着工作。就这样几天几夜过去了,但在她们似乎是一瞬的事情,她们只吃面包喝水,全身心沉浸在一种亢奋而忘我的工作状态中。

最终,曲子打磨完毕,她们决定再认真合奏一遍,听听效果。桂小佳记得那是一天的傍晚,夕阳正好离去,薄雾悄悄降临。两个女孩,一人坐在石舫的一边,这时于静冲桂小佳点点头,于是两人同时拨响了第一个音符,就在此时,一个略带紫色意味的光影从她们中间一闪而过,它的周围镶嵌着灿烂的金色轮廓,无比夺目。

那是什么?两个女孩同时叫了起来。

光影随即而去,但是它的璀璨却令她们十分震惊。

"你看到了什么?"桂小佳马上问于静。

"我看到了你。"于静想了想,肯定地说。

"我也看到了你。"桂小佳惊讶地回应道。

"那我们在干什么?"于静问。

"我们俩好像坐在一个空荡荡的舞台上,台下寂寥无人,"桂小佳尽力回忆着说,"因为那一瞬简直太快了。"

"还有什么?"于静沉稳地又问。

"还有,我想想——我看到舞台的不远处有一个露出亮光的出口,我们的那只大象正好从门口走过。"桂小佳说。

于静听了一阵默然，然后她又问："那么，那辆自行车在哪儿？"

桂小佳皱着眉闭起眼睛又想想说："它在，它应该躲在我们身后的一个角落里。"

说到这儿，两个女孩停住了，这时夕阳湮灭，暮色合拢，湖水拍打而来，石舫似乎摇动起来。过了很久，于静叹了口气说："我看到的和你看到的完全一样，如果我没猜错，我们是看到了我们自己的未来。"

"真的吗？"桂小佳不信地问。

"当然是真的，那肯定是我们未来的某段时光。"于静说。

很奇妙，这个突发事件后来竟然被重复了，在她们随后的排练过程中，它不仅发生了一次而是好几次。她们发现，每当她们沉浸在一种心无杂念而被音乐激发的心灵状态时，她们就能看到一些纷杂的幻影，只是幻影所处的时间与空间各不相同，但是所有的信息均明确指向未来，因为在现实中，在历史中她们谁也不曾拥有这样的记忆，不曾经历过这样的景象。于是，桂小佳不得不承认，于静的断言确实为真。

"怎么会？这可能吗？"我听了桂小佳长长的叙述后还是心存疑惑。

"这件事我也是怀疑了很久，但是这种情形一而再再而三地出现，我就觉得它不是偶然了。"桂小佳说，"尤其，往往是在我们完全投入音乐，忘掉了周围一切的时候，光影倏然而至，因此我们俩私下里管它叫做'心灵共振的时刻'。"

心灵共振？利用冥想与音乐，让现在与未来的某段时间共振，并且设法看到未来？我思考着桂小佳的话，这真是玄而又玄，它当然无法用正常的逻辑来解释，不过，它让我想起某种宗教精神，那些教民们就是信，全然地信，然后据说他们就能因此看见奇迹，我们凡人无法理解。

"算了，我搞不清楚，我反正觉得你们是在倒卖七仙女的服装，成不成的只好祝你们成功吧。"我最后下结论说。

桂小佳终于找到了工作，那是一家刚刚开张的西餐厅，他们需要一个吉他歌手为客人们伴奏佐餐。很幸运，老罗与桂小佳的生意也同时被允许在西餐厅里进行，原因就是餐厅新开，实在没什么人，老罗西装革履地坐在那里总能招徕些客人。

于是就有了一个奇特的场景，老罗坐在一张铺着白色桌布，上面有支红玫瑰的桌子旁，面前有一个红色的座牌，上面写着：石舫时间售票处。旁边有一沓有关这个生意的介绍资料。但是，显然，一切都是幻想，餐厅在幻想，桂小佳在幻想，老罗在幻想。没有人来吃饭，没有人来听歌，更没有人来买票。不过，人们坚持着。每天，餐厅经理坐在吧台里，桂小佳坐在小小的舞台上，老罗坐在餐桌旁，他们都认真地等待着他们生命中要出现的那些人，没有人知道那些人是谁，会在何时到达，但他们朝朝暮暮，一如既往，毫不气馁地守在自己的那棵树旁边。

不久之后，事实再次出乎我的意料，我的这帮狐朋狗友确实等着了。从某一天开始，不仅餐厅的生意好起来，连老罗的生意也开张了。

起初，是一个中年人，他是这个餐厅的最早的客人之一。中年人头发斑白，但是穿着讲究，他总是熟练地使用着刀叉，切割着七分熟的牛排，独自一人啜饮一瓶红酒。他用餐的时间很长，餐厅里的人都猜他是一个孤独的人，并且看样子他在未来的岁月中也注定孤独。有一天中年人走到老罗面前，问道："你买卖的石舫时间是怎么回事？"

老罗摘下他的墨镜，微笑着把介绍材料递给中年人，中年人看完之后问老罗："真的是这样吗？"

"真的。"老罗说。

"好的，这段时间我买了。"中年人说着掏出钱包拿出钱买了一张票，接着他又问，"然后呢？"

"然后请您向后转，走到那位百无聊赖的小姐面前，她会接着办理剩下的事宜。"老罗和气地说。

中年人转过身，坚定地向桂小佳走去，走到了桂小佳面前，他说："我需要那段时间。"桂小佳抬起头问："那您这辈子最喜欢的一首歌曲是什么？"

中年人听了这话之后，想了半天，忽然之间泪如雨下，他说："我忘了——"

中年人就这样成了第一个尝试者，然后第二个，第三个接踵而来。生意就这样渐渐发展了起来，老罗忙起来，桂小佳忙起来，他们拿回来的钱日渐增多。挣钱伊始，桂小佳就夸张地向我支付了三个月的房租，我大喜过望，觉得刚认识的这帮狐朋真够意思。我把此事告诉了远在千里之外的网友林岚，林岚一如既往地对我周围发生的事情给予了高度评价，她认为我生活在一拨世所罕见的理想主义者中间，他们拥有梦想，毫不畏惧生活的苦难，这正是我们这个时代所需要的。

"你怎么会有这么高的评价？这是在说我认识的这拨人吗？"我不相信地问。

"当然，你其实并不知道你们的价值。"林岚回答说。

慢慢地，我开始喜欢了上这种聚会般的生活。说实话，这些年我太孤独了，由于我老婆的原因，我早已和当年的朋友四散，没想到，金融危机一来我不仅恢复了单身，而且又重新过上当年年轻时啸聚山林的生活。

老罗是收工之后几乎每天必到，一到之后由文秋凌掌勺做菜，很快，我们就开始吃饭。每天饭中必定有酒，酒不算高级，就是二锅头，但是够喝。酒到半酣，文秋凌必起而舞蹈，其略显肥硕的腰身晃动于整个房间，口中唱念有词；我和老罗则在一旁叫嚣鼓掌。曲到情深处，文秋凌或哀怨或豪放，我们都会被深深感动。

不过有一次，唱到酣畅处，文秋凌忽然收了音，她长叹一声说："我欲乘风归去，又恐琼楼玉宇，高处不胜寒。两位，我在此处也待了些日子，早晚得离开了。"

我和老罗听了都一愣说："别介啊大姐，你是咱们几人相遇的起因，你要是一走我们还有什么乐趣？"

文秋凌听了一摇头说："我命薄福浅，注定终生飘荡，这是改不了的——"

桂小佳工作的时间比较长，她除了白天卖时间，晚上还要唱歌。因此她与我们厮混的时间倒是不那么多。生意好了，碰到的客人自然多起来，什么样的脾气禀性都有，有的豪爽有的啰嗦，有的清楚有的糊涂，每个人的音乐素质也不一样。有人坚定果决，一张嘴马上能说出自己喜欢的音乐；有人磨磨叽叽，想了半天说了十个八个还是不肯定自己到底中意什么。小桂很是乖巧，她一一应付，基本上能妥善解决。不过有一回，我却看见小桂出了一次纰漏。那天，我因为无聊就去找老罗聊天，当然也想看看欣欣向荣的生意景象。刚一落座，只见一个穿着黑色衣衫的女士急匆匆地走进餐厅，她走到小桂面前，摘下大大的帽子，迫不及待地说："小姑娘，我要求重新测量那段时间。"

"为什么？"桂小佳问。

"因为我觉得你给我的时间范围只对了一半。"黑衣女士说。

"何以见得呢？"桂小佳不解地问。

"是这样，我严格按照你定的时间去了。我等了很久，确实看到了一些未知的东西。"黑衣女士严肃地说，"一开始我先看到了黑色，你知道我喜欢黑色，接着那些黑色飘动起来，它们震荡，分裂，后来就变成黑色的鸟，漫天地飞过来。"

黑衣女士双手比划着，看得出她十分在意那些片段，"那些鸟直接飞向我，可就在它们要到达我的一瞬间，它们一下子变为白色，很突然的，没有前兆，我当时心怦怦跳着，心想，也许这些飞鸟本来就是白色，只不过它们恰好经历了极夜，可就在我热切期待其他更为璀璨的情景时，我忽然听到了一声巨响，那肯定是一种时间断裂的巨响，然后一切就消失了，连同影像，气味，声音，都消失得无影无踪……"

"对不起，女士，你说的这些我闻所未闻，见所未见，我真的很难理解。"桂小佳诚恳地说。

"可是我见过了，我肯定，答案其实就在那声巨响之后，只是你恰好把那段时间错误地掐断了。"黑衣女士不无遗憾地说。

桂小佳听了，不禁皱起了眉，她确实有点抓瞎，于是她想了想说："那您坚持再看一次？"

黑衣女士立刻说："当然，我想再看一次，我一定要看到答案。"

小桂依言重新开始，但是这一回她明显有点拿捏不准，那个女士说完她的曲目之后就坐在她不远处等待，小桂拿起吉他弹了几遍，那个女士却并无反应。桂小佳没有什么头绪，她拿着笔，犹豫了几次也没在纸条上写下什么。这时，老罗和我已经看出端倪，看样子得有人出来帮小桂一下子了。于是，老罗站起来走到那个女士面前恭敬地说："这样吧，女士，请允许我们先给您唱一首大街上流行的爱情歌曲——《灵魂深处的大象》，让您先换换脑子，然后您二位再一起凑那段时间，如何？"

那个女士愣了一下，她肯定觉得老罗有点唐突，但是由于比较好玩她还是宽容地说："那好吧。"

看那位女士一许可，老罗马上一挥手冲着我说："来，兄弟，该咱哥儿俩了。"

我一听也毫不客气地站了起来，走过去和老罗并排站在一起，其实我是期待很久了，一直想能为大家的生意做点贡献，可就是找不到机会，这回可得卖点力气。

"好，我们开始了。"老罗说，接着示意小桂，她随即弹起了前奏，我俩马上声情并茂地唱了起来。

"你是我灵魂深处的大象，你是我最孤独时的自行车，永远不变的自行车，别人离开的时候，你一直围绕在我身边，总是默默不语……"

我们哥儿俩合唱，老罗是假美声，我是绝对的通俗，我们特别认真地唱着，感觉怎么就像帕瓦罗蒂与斯汀一起合唱《我的太阳》那样自豪，我们俩唱完，那个女士情不自禁地鼓起了掌。

"行啊，两个老家伙可以啊——"桂小佳此时非常意外地说。

"你以为哪。"我说，"就是因为你妈的熏陶，我们俩这身上现在弄得全是艺术细胞。"

"确实太棒了，真是声情并茂。"一旁的黑衣女士真诚地说，"你们是搞艺术的吧？"

"您看得太准了。"老罗得意地摘下墨镜，他龇着牙对女士说："人家都管我们叫玛丽亚组合。"

小桂一听，立刻捂着嘴狂笑了起来，大笑过后，她收了笑容，说："好了，我可以重新开始了，我断定能找到那段时间，谢谢两位老家伙的插科打诨。"

桂小佳的这次失误是个偶然事件，我只当它是生活中的插曲。可令我想不到的是，这件事却让我见到了这段生活必将到来的另一个人。这个人对我说不上重要，但是她却是我们这帮人生活的一部分。那也是一天下午，还是我午睡刚醒。我正在冰箱里找喝的，忽然门铃响了。我拿着一瓶可乐走过去，打开门，只见门口站了一个瘦瘦高高的女孩子，她长头发，细长的眼睛，身上背了一把吉他。

"你找谁？"我问。

"我找桂小佳。"她说。

"她在，她今天正好休息，没上班。桂小佳——"我回头叫了一声。

门开了，桂小佳也是迷迷糊糊的，她看见长发女孩的第一句话就是："你终于来了——"然后，她的眼圈瞬间就红了。长发女孩看到她，放下琴，走过去，伸开双臂，两个人一下子拥抱在一起，久久不愿放开。

来的女孩正是于静，桂小佳最好的朋友，玛丽亚组合的另一位歌手。她和桂小佳在大学期间天天泡在一起，几乎唱遍了各个高校，可毕业后，于静并没有遵守一起唱下去的誓言，而是屈从于家族的压力准备出国留学，桂小佳跟她谈了无数次，可是都没有效果。于是，桂小佳放弃了，她打算独自坚持下去。

那天晚上，我们举行了欢迎晚宴，本来就是没这件事，晚上我们老几位也总得喝点，现在玛丽亚组合重逢，当然要表达一下我们的欣喜之情。酒至半酣，文秋凌问于静："静静，真没想到，你会回来找我们佳佳，不是说彻底不干了吗？"

于静抽了一口烟说："阿姨，其实我一直就没有死心。我一直悄悄地关注着小桂的一切。比如她的博客，上回我看到她在博客里写，为了生活去卖时间，期间还忙中出错，让客人指摘。我心里不好受，实在忍不住就过来了，我想，如果我在，我们两个人就一定不会出错。"

"这有什么难受的——"我在旁边插话说，"这就是生活，我多少年就这样，天天被指责。"

"她的生活好。"这时桂小佳喝了一口酒，把胳膊搭在于静肩上说，"她家腰缠万贯，是大财主。"

于静听了笑笑说："是，我们家有钱得很，他们的意思是让我出国念个 MBA，将来回来掌管家族企业，可是我想来想去，当女商人实在没意思，还是当艺术家吧，为艺术，豁了。"于静词儿整得挺大，但是表情一直是淡淡的，声音很安静。

我和老罗一听都忍不住笑了起来，说："就是，咱就按照自己的愿望活一回。下面，不如让两位艺术家给咱们露一手，咱们也沾点艺术气。"话音一落，文秋凌立刻连声说好，她是酷爱艺术。我们马上收拾餐桌，先把碗筷放进厨房，桌子搞干净再点上蜡烛，接着把屋子里灯一关，一派小资情调立刻显现出来。

两个女孩顺手拿起琴，调调弦之后，就一起唱了起来，她们唱的自然是《灵魂深处的大象》，乐曲优美舒缓，略带忧伤。我整个人都沉浸在音乐当中，在她们歌唱的每一分每一秒我都被所有的事情打动，音乐，烛光，手指的弹动，一张又一张的脸，眼神，还有各种瞬间的神情，而在她们歌唱的每一分每一秒之后，我都在内心里企望时间能重新返回刚才的场景。

她们俩一直唱了很久，我一边听一边喝啤酒，思绪浮想联翩。我再次想起我乏善可陈的一生，每次我一想到自己，都充满了自卑与伤感，没错，我就是那种烂人，不努力也没有努力的能力，总是作为芸芸众生中的分母赖皮地活下去。但是此刻，音乐给了我力量，似乎生活的一切困苦都不算什么，即使作为分母，我的内心也充满一种宁静而坚定的东西——某种说不出的存在感或者意义感。

于静的到来，不仅重建了玛丽亚组合，她后来还提出了一个令我们吃惊的想法。因为她深知"石舫时间"的绝妙处，所以打算劝说她的家族按照风险投资的方式把这个项目买下。这真是一个意外的喜讯，如果真是这样，我们这些股东虽说不上发了，但是肯定要过上很长一段衣食无忧的生活了。

于是每个人都开始凭空美滋滋地盘算起来，我估计自己赚到一至两年的房租不成问题，老罗琢磨着这回投资大象的钱连本带息再加上利润全回来了。于静和桂小佳两个女孩则憧憬着她们如何制作第一张自己的CD，如何包装如何发行。

于静果真去做了努力，她抛弃了自己的不善言谈，上上下下游说了整个家族，很快，这个有钱有势的财阀集团就被这个不着边际的项目打动了，在最后董事会的投票中，于静的父亲投了同意票，董事长带头支持了集团历史上最不靠谱的一次投资。

当于静打电话把这个好消息报告给桂小佳时，屋中所有的人都高兴地鼓起掌来，大家有一种恍如梦幻的感觉，看着大家兴奋的笑脸，我心想，妈的，好日子总算来了，我终于可以坐吃山空了！

随即，所有的人都着手制定花钱计划。我最没出息，只打算单独溜出去吃点好的，下趟馆子，就吃日餐，怀念一下我有工作的日子，然后再想其他。老罗已经开始研究下一个投资项目，自打他出来之后，他与这个社会打了个平手，他很有信心赢得第三场比赛的胜利。文秋凌的计划最宏大，那是一份出游计划，它直指我国广大的北部边境地区，由于有了钱，文秋凌已经把去吃谁的目标改为去玩谁，她基本上认定了一些传说中美丽而不着边际的地区，包括沙漠、风口、冰川、高原。

"大姐，你这组计划相当梦幻，怎么想起当驴族来了？"我看了她的方案十分惊诧地说。

"大兄弟，人生苦短，大好河山总是要尽量游一游的。"文秋凌透出一股巾帼豪气。

"文大姐，那小桂你就不管啦？"老罗在一旁问。

"她，我管得还少啊？"文秋凌说，"她现在也过了难关了，我呢，也该管管自己了。我可不愿意一辈子待在一个地方。"

但是，令我们所有人意外的是，我们都太过乐观了。其实，这也是因为我们这些人对风险投资毫无认识，根本不知道做起项目来里面的沟沟坎坎多的是。某天，正当我们这些社会闲散人员再次聚众大侃时，负责项目执行的一个职业经理人给于静打了电话，他客气地说："小姐，事情有点麻烦。"

"怎么了？"于静问。

"我们考察了石舫，情况似乎并不太好，您不妨去看看。"职业经理人说。

于静和桂小佳闻言去了，她们是在一个晚上去的，到达时是七点多钟，她们相携走过小路，一种莫名其妙的担心一直横在心间，当她们看到石舫时果真惊呆了，石舫里坐满了人，大家聊着天，嗑着瓜子，打着牌，整个石舫基本上相当于一个没有茶水的茶馆。

两个女孩惊愕地走过去，踏上石舫，桂小佳试探着问一个人："大哥，这是怎么回事？"

"什么怎么回事，你们来了还问我？"那个人反问道。

"我们也是听了个大概。"桂小佳含糊地说。

"嗨，就是哪儿哪儿都盛传，在这里猜生意结果特别灵，所以大家就都过来看看，这不，有人打牌，有人算命，就是看能不能挣着钱，过两天这一定就有摇签的了。"那个人说。

桂小佳和于静对视着，面面相觑。

两个人溃退回来的时候，恰好只有我在。她们告诉我，我们是毁在了人们一种占便宜的心理上。桂小佳的石舫时间的确卖出了名气，不少人因此而受益，她的客人也渐渐增多了。但是另一部分狡狯的中国人听说这件事之后则选择绕过付费这道关口，直奔石舫。他们并不清楚石舫时间的真实含义，只是以讹传讹地认为到达那里就等同于免费算命。在这个免费就是美的时代，中国人是不会放过这种美的。

"他们坐满了整个石舫，黑压压的，在那里一边说笑一边打牌，就像马上要买到去往天堂的火车票似的。"桂小佳说。

"他们能得到他们想要的一切吗？"我问。

"当然不，他们只要不开启自己的心灵，就永远都是瞎子。"桂小佳有些愤怒地说。

"是这样。"这时于静接着说，"人们的心常常是被蒙蔽的。只有通过音乐或者冥想，一个人才可以拥有某种智慧，洞穿历史或者未来的某些片段。我们在不经意间掌握了一个等式，左边是一个人的音乐，中间是人本身，右边是一段位于石舫的共振时间。没有我们的帮助，人们将一无所获。"

我点点头，又问了我最关心的问题："那我们的项目怎么办？"

"完了。"于静摇摇头，冷静地说，"据我对商业的了解，一切都完了。"

文秋凌确实是一个艺术家，在我的观念中艺术家就意味着两个特点：第一是做事不靠谱，行为古怪；第二就是自私。

文秋凌坚持要走，即使她没有得到幻想中的那笔钱，即使她女儿的生意遇到了问题。但是更奇怪的是，没人拦着她，桂小佳似乎特别习以为常，她好像把她妈当作了一只时来时去的老蝴蝶，没有什么离别的悲伤，只有一种没心没肺的去留随意。

"我真不明白，你们这一代对父母到底是什么感情？"我看着桂小佳不解地问。

"都是人，给别人点自由好不好。"桂小佳白了我一眼，噎得我一愣一愣的。

老罗也不拦着，刚开始我以为老罗是麻木或者扛着，后来看他真没当回事，我就不由自主地也问他："罗大哥，你眼睁睁地看着文大姐走也不着急？"

"我着什么急？"老罗奇怪地反问我。

"哎，你那钱啊，文大姐一走你那笔大象租赁款就彻底没着没落啦。"我说。

"那算一件事吗？"老罗说。

我听了，一愣，不由得佩服着竖起大拇指说："行，你真行，有胸怀。敢情你花钱就是为了和我们聚会来着，罗大哥，我是看出来了，你是真的视金钱如粪土，是一条真正的好汉。"

"唉，这就对啦，关键是咱们混到一起不容易——"老罗由衷地说。

文秋凌就这么走了，走之前的那个晚上，是属于文秋凌的。她一会儿诗词歌赋，一边唱念做打，使尽浑身解数。那一晚，文秋凌还演唱了她最爱的《拾梦记》，她唱足全本，彻底过了把戏瘾。《拾梦记》里的故事我已耳熟能详，不过是一般的才子佳人的套路，但是故事中的腔调却有一种辉煌即将落幕的离愁别绪。

文秋凌那天表现得特别好，她一举一动韵味十足，我们看得津津有味。不一会儿，老罗忍不住了，他跳出来要和文秋凌合唱。这老罗原来虽也会些，只是他十分业余，唱起来荒腔走板，着实不好听。虽然他这一阵没少受熏陶，但是毕竟时间短浅，没有什么太大的进步。于是他刚一出现，好好一出悲剧马上就变成了一幕喜剧，文秋凌塑造的红颜薄命之感立马丧失，换来我和小桂在一旁哈哈大笑。

但文秋凌却不着恼，认认真真地和老罗对唱，一曲终了，文秋凌深情地握住老罗的手说："罗大哥，此生得遇，真是幸会——"

"文大姐，我的人生也因你而精彩。"老罗也转上了文词儿，我们俩在一旁乐不可支。

"大象之事，真是抱歉。"文秋凌又说。

"文大姐，这就叫缘分。"老罗说，"没有人在乎大象是否是真的，我们在乎的只是勇敢的梦想。"

"谢谢，罗大哥，你真是我的知音。"文秋凌感激地说，"如果一个人终生没有梦想，当他离开这个世界时不亦痛苦乎？"

文秋凌话音一落，我和小桂又一齐鼓掌大笑起来。

文秋凌走后，屋子里确实安静了许多，再也没有咿咿呀呀的唱戏声，再也没有高八度的人生议论。刚开始，我也觉得清净，但是时间一久，不知为什么心生寂寞，想起文大姐的出场与离开，总有一种虎头蛇尾，似真似幻之感。

桂小佳的工作还算是稳定，据说餐厅的生意比原来好了许多，老板为了奖励小桂，答应她和于静可以一起在西餐厅驻场唱歌，但是薪水只给她们一份半。有关"石舫时间"的生意确实是没了，人们都拒绝付费直奔目的地。老罗终日无事可做，于是他就撤退到我的老窝，天天和我泡在一起。

就是那么泡着，天天无所事事，我们毫无悬念地成为莫逆之交。我从不主动问起老罗任何真实的个人情况，只是和他天天山南海北地侃。老罗经历丰富，故事也多，讲起来娓娓道来，有时还非常传奇，我呢，也许是压抑太久了，所以每天都倾诉着对生活的不满，老罗是一个好听众，他一边沉稳地听着，一边给出自己的心得或者评论。

记得有一回他问我："你就没有特别想做的事儿？"

我想想说："没有，我就想这么待着。"

老罗又问："这样吧，我换个角度问，你有什么理想吗？或者什么事儿能特别引起你的兴趣？"

我想想说："我吧，就想天天提笼架鸟，三妻四妾，再来个十间大瓦房什么的。"又琢磨一下觉得还不够准确，最后又加了一句，"反正就是彻底的游手好闲吧。"

老罗听完点点头说："明白了，兄弟，你是唯一我见过的，真的没救的人。"

我们就这么待着，狠狠地，全身心地待着，这样的日子我很得意，因为这是我头一次按照自己的意愿生活。但是渐渐地，现实的压力又来了，桂小佳的工资甚少，也就仅仅够吃饭，而"石舫时间"再也卖不出去了，我未来的房租找谁收去？

我现在唯一肯定的是，我不会把桂小佳轰走把房另租别人。最近发生的一切，使我坚定地认为，我和她或者说我们是一伙的，大家应该有难同当，有福同享，不能不仗义。桂小佳其实也有同样的感受，她没有直说，但是不止一次地向我暗示，于静会帮她的，于静家有的是钱，可是，一直靠别人也不是个事儿啊，我想。

正挠头之际，我的网友，作为长期观察家的林岚忽然出了个主意。那一天我和她在网上聊天，抱怨未来不知怎么办，她问怎么了，我就巴拉巴拉地说了，她在网络那头沉默了一会儿，敲出了一些后来看来改变了我们这帮人历史的文字，她说："你们应该推出系列产品。"

我不明白，要求和她视频，她打开视频，我问她什么意思，这个纸上谈兵的专家坐在千里之外的香闺里说："你想，你们卖过大象，你们也卖过时间，我认为你们是一个相当优秀的销售团队，主要的问题是一直没有固定的产品，所以你们应该在推出系列产品上下功夫。"

"咦，有道理啊，我怎么没这么想过。"我拍拍脑袋说。

"那，我们下面该卖什么了呢？"我又问。

林岚想想说："你还记得文大姐总唱的《拾梦记》吗？"

我当然记得，就是那个才子佳人的故事。我们聚会时，按照林岚的要求，我总是把视频打开给她直播，看来她也因此把这出戏听熟了。

"记得啊。"我说。

"那里头提过一种东西，叫做忘忧草。"林岚说。

"对，是有忘忧草，怎么了？"我问。

"据我所知，忘忧草学名萱草，又称金针草，《本草纲目》说：萱，宜下湿地，冬月丛生，叶如蒲蒜，辈而柔弱，新旧相代，四时青翠，五月抽茎开化，六出四垂，朝开暮蔫，至秋深乃尽……"林岚娓娓道来。

"好学问。"我不禁赞叹了一声，心想，这个小资简直是个现代版的王语嫣。

"《本草求真》中也说：萱草味甘而气微凉，能去湿利水，除热通淋，止渴消烦，开胸宽膈，令人心平气和，无有忧郁。"林岚说。

我听了频频点头，此时林岚接着解释道："现在不是金融危机嘛，多少人惊慌失措，惶惶不可终日，而萱花虽小，却能让人忘却烦恼，你们如果能够推出一种忘忧草产品，肯定市场广大，买者云集。"

"着啊——这个想法真是太绝妙了。"我听到这儿不禁一拍桌子。

我带着发现新大陆的心情把知识分子美女林岚卖忘忧草的建议告诉了大家，众人一听皆高声称绝妙，都认为我认识的这一网络美女简直是天才，奇思妙想与文秋凌相比几乎毫不逊色。经过七嘴八舌的讨论，大家达成共识，都觉得我应该力邀美女北上，和大家见面，认真探讨一下她的计划的可能性。

在大家的劝说下我点头同意了，本来我们网聊了这么长时间，也该见见面了，这一回正好有了这个机会，我于是毅然下了英雄帖。林岚没有犹豫就答应了，隔天，她就告诉我她已经买好了火车票，要求我去接站。

六月骄阳似火，在火车站纷纷攘攘的人海中，等了两个小时，我终于等到了林岚，她穿了一身白色的连衣裙，长发披肩，身上散发着一种成熟的知性美。

"知识分子——"我走过去叫她。

她回过头一看是我，一笑说："租房子的——"

我毫不犹豫张开双臂拥抱了她，她也同样用力拥抱了我。我闻到她身上的香气，抚摸到了她瀑布一般的长发，我想，生活中只要有女人在，就永远有希望。

我们回了家，搞定该搞定的事。当天晚上，在西餐厅举行了隆重的欢迎晚宴。所有人都到齐了，大家就像一家人一样连说带笑度过了一个愉快的夜晚。林岚上知天文下知地理，但是除了书本知识，她对现实中的许多世俗之事却一无所知。

"那么姐姐，忘忧草到底是怎么回事？"饭局中是桂小佳提出了大家最关心的问题。

"这忘忧草我来之前细查过，在《拾梦记》中不是有一段情节说那对青年男女误食忘忧草之后，相对而眠三日吗？我原想，这是某种戏剧的夸张，不过，一查之下方知，这忘忧草确有这种功用，且效力不可小看。"林岚娓娓道来。

"到底哪儿能弄到忘忧草呢？"老罗心急地问道。

林岚笑笑说："忘忧草并不难找，在《拾梦记》中，除了那些优美无比的戏文唱词，作者就曾提到忘忧草原生于南方，后来被人带至北方山谷，大面积种植改良，最后山谷之中漫山遍野皆是，当时人称那个地方为忘忧谷。"

"那忘忧谷又在哪儿？"我问。

"这个问得好，其实，要找忘忧谷，线索倒是着落在已经离开的那位文大姐身上。"林岚这时候说。

"噢，这有意思啊，是怎么回事呢？"大家一听更加来了兴趣。

"在我看来，其实文大姐是按着《拾梦记》原稿，寻忘忧谷而来的。"林岚说。

大家听了一齐看桂小佳，桂小佳摇摇头说："不会吧，我从来没听我妈说过，也不知她最终找到了没有。"

"我觉得文大姐一定是尽兴而还，只不过她并未告诉大家而已。我判断忘忧谷就在这个城市附近，我们只要设法找到它，就会有取之不尽用之不竭的忘忧草。"林岚肯定地说。

随后的一个月，我陪着林岚跑遍了这个城市的各个郊县，别说，我虽生长于此，但这个城市实在是太大了，我其实对这周围的山山水水并不了解。这一回，为了陪林岚倒是有机会一览美景。可几次往返下来，我们均空手而归。休息两天，林岚又上网查资料，找线索，然后再拉着我出发去实地考察。最终，功夫不负有心人，我们在西北方最远的一个郊县发现了我们苦苦追寻的东西。

那是一个早晨，我们坐了头一班车赶到县城，然后雇了一辆车直奔预定地点。车开了不远，在公路旁停下。我们下车沿着土路走下公路，大致走了约摸两公里，发现一个山谷赫然在望。我们曲曲折折沿着小路走去，上了一个缓坡，再向下时，眼前忽地豁然开朗。整个山谷，漫山遍野长满了橘红色的忘忧草，生生不息，层层叠叠，我们相视一笑，随即携手走入花丛之中。徜徉中细观此物，只见叶片细长，花为筒状，花瓣向外张开，花色鲜艳异常。

"此花倒是秀气，似乎小家碧玉一般。"我笑道。

"这只是原种，你往那边看。"林岚说着指向我们的左侧，我抬头，果然看见前方左侧花开得更加灿烂，而花朵却大如杯口，每莛抽花之多蔚为壮观。

"据说，那就是后人配育的品种。"林岚说。

"厉害，看了这改良品种，我倒相信文大姐一定来过，这么美丽的地方，一定是一个艺术家梦寐以求的。"我不禁感叹一声。

林岚微微一笑说："没错，这就是一个理想主义者寻找的梦幻。"她说着，在花丛中蹲下身再次细看那些细小的花朵，然后又摘下一朵放在鼻前闻了闻说，"据说，一般忘忧草分为观赏与食用两类，只是不知这种是哪一类。"她说着把摘下的花朵放入口中，细细咀嚼起来。

两个小时后，林岚在花丛中睁开眼，我一直守在她身边，这两个小时我什么也没干，就这么坐着盯着她清秀的面庞，我坚信她会醒来的。

"怎么样，忘忧草味道如何？"我问。

"此物味甘，食之令人昏然如醉，乐而忘忧，书上写的果然不错。"林岚揉揉眼睛说。

回来之后，林岚以一个知识分子的本能开始了研究。她自然而然地占据了我的卧室我的书桌及电脑，我欣然让位退居到客厅，和常驻此地的老罗汇合。自此，我们这个小世界形成了三分天下的形式，桂小佳占据小卧室，她仍旧是练琴听CD，我与老罗居中暴侃，上知天文下知地理的林岚则在世界的另一头长时间无语沉思。

林岚想起事情来，常常非常投入。她有时会打开门，背着双手，自顾自地在房中踱步；有时会向我们要一支烟点上，抽上两口又掐掉；有时她会走到桂小佳的房间默默地听她弹琴，却不予置评。没人打扰她，我们都知道这就是一个知识分子的范儿，社会上统称为思想家。她的研究是我们目前最重要的事情，因为那指向我们未来实实在在的生存方向。

有一次，她又从我和老罗中间穿过，待她走回屋关上门，我指着卧室说："此美女风格与文大姐迥异，但是却真的很适合当咱们的领导。"

"那是，她与文大姐就是一文一武，各擅胜场。"老罗也由衷地赞道。

"如果把文大姐比作凤雏，她就是卧龙，所以凤雏虽去，卧龙又至，我等必得天下。"我撇着嘴作豪迈状。

"说不定你还能得儿子呢——"这时桂小佳在那屋插嘴道。

"放肆，小丫头片子，没大没小的。"我呵斥道，桂小佳听了嘻嘻一笑。

林岚最终把她的计划和盘托出，她有一天召集大家开会，把她这些天的思考结果向大家做了通报。首先，她设计了一个产品，是一种忘忧草饮料，名为"无忧水"，配方已经做好，单等试制。其次，她还制定了销售计划，她认为我们目前没有现成的销售渠道，因此忘忧草饮料应该以网络销售为主。为了进行网络销售，我们必须先制造一个话题，这个话题她思索良久，决定利用文秋凌与桂小佳母女俩来做个故事。她初步编的故事是这样，作为艺术家的文秋凌虽终生吟唱《拾梦记》，但是却遍寻忘忧谷而不得。后来当她于无奈之中飘然离去之后，桂小佳成立了"忘忧草"

组合继承了她的艺术理想，并苦心孤诣最终在这个城市找到了忘忧谷。

大家听了这个详细而庞大的计划都默不做声，在心里慢慢琢磨。一会儿桂小佳忍不住疑惑地说："姐姐，那个故事吉利吗？我妈又没死。"

"妹妹，这就叫艺术创作。"林岚耐心地解释说。

桂小佳皱皱眉，然后就看我，我这时点点头说："我看还行，这故事小资且动人，易于在网络上传播，那然后呢？"

"我们先把这个话题炒起来，引起人们的注意，接着我们再制造一个民族主义话题。"林岚说。

"什么话题？"老罗问。

"我们就说，当桂小佳找到忘忧谷时，发现外国资本已经悄悄进入此地，他们打算整体购买忘忧谷，然后把所有忘忧草运到国外加工制作成饮料，然后再卖回给中国人。"林岚说。

"这也太黑了，这事不行——"我和老罗一听果然起了民族主义情绪，同时叫了起来。

"因此，中国人不高兴，这是外国资本的一个通天阴谋，实在令人发指。"林岚非常严肃地说。

"没错，是可忍孰不可忍，我们民族的利益不能就这样丧失了！"我和老罗跟看见了一样，头一回感到国家或者民族的责任。

林岚把计划定下来之后就开始了执行。首先她必须组织生产与销售团队，这事儿老罗不用动员第一时间就冲了上去，瞬间之后，他就成了罗总，接着马上要动员的闲散劳动力就是我了。我这人一般比较被动，什么事儿就爱动动嘴，一到干实事儿就往后退，但此时我却身不由己，怎么着都得上阵。按照老罗的说法，这是一个团队的事儿，我要是现在掉链子基本上就属于缺德了。

经过分工，老罗负责了试制与生产工作，我和桂小佳负责销售，以我为主，以桂小佳为辅，林岚总负责。根据成例，众人都是股东，成立的新公司，被命名为"瓦岗"公司，注册地点依然是在我的房间，林岚查过我的房子属于商住两用，注册没问题。

但是最关键的问题是启动资金，我们这些人都比较拮据，哪儿有钱来做企业。有一天晚上，在我屋子里，我们商量来商量去找不出办法，最后林岚说："这样吧，我先垫上一部分。"

"那怎么成，人家傍男人都挣钱，你却掏钱，这不反了吗？"我说。

林岚摇摇头说："没事儿，我自愿和你们绑在一起，不关旁人的事。"

听了这话，我的心中瞬间有一种感动，望望灯光下的林岚，我觉得她那种盲目的不计后果的方式，就是某种知识分子的幼稚的牺牲精神。

林岚出了钱之后，金额还不完全够，这时还是于静跳了出来，她听说此事后填补了另一半空缺，我们想一起说声谢谢，但是看到于静那种超脱出世的样子，又集体咽了下去。于是，我们的"瓦岗"公司启动了，老罗一边雇人采摘忘忧草，一边按照林岚的配方试制"无忧水"。同时，我和桂小佳在网上进行了疯狂的煽动。按照林岚的设计，我们先炒作"忘忧草"组合的故事，且配发了桂小佳和于静的一些美女照片，其中还有个别比较暧昧挑逗的，网络里立刻轰动了。

就这样一传十，十传百，很快，几乎所有网络闲民都知道了这个组合，人们也开始不断下载她们那首非著名歌曲《灵魂深处的大象》。接着，话题深入，渐渐指向了忘忧谷，在此期间，老罗别出心裁雇佣了一些大鼻子留学生出现在忘忧谷，他们流里流气，刻意装出一副贪婪与攫取的样子。

等这拨拙劣的演员走后，他们遍访忘忧谷的照片迅速贴在了各个网站，于是人们惊醒了，愤怒了，看来外国人又在插手我们民族最后的一块自留地，这哪儿成，得起来，和他们丫干！

此时，老罗经过反复试制的饮料早已万事俱备，头一批几百支"无忧水"已经装瓶等待，这些"无忧水"不过是把忘忧草熬制之后略加了些糖分和酒精，味道说不上好坏，只是不难喝，喝不死人而已。老罗精准地控制了制作成本，他仅仅雇佣了两个人就干完了所有的活儿。

很快，就在网络上的情绪上升到一定程度之后，"无忧水"静悄悄地开始了网络直销，不久，第一批货卖了出去，第二批加量生产之后也是马上告罄。

"没想到啊，我们的产品这么受欢迎。"我难以置信地感叹道。

"这说明我们判断对了。人们真的忧愁，他们迷惘、压抑，所以他们很希望能乐而忘忧，不知所终。"林岚沉稳地说。

"太好了，要是全国人民都来买我们的产品，我们不就发了。"老罗在一边憧憬着说。

不过，我们最终经过讨论还是拒绝了一个传销组织的建议，虽然他们开的价很高，但是传销组织的种种劣迹，让我们觉得那就是一反动会道门，我们虽然喜欢钱，可还没有到不管不顾的地步，所以狠心把这个财神挡在了门外。

可是，要是人走运，那财气是挡不住的。"无忧水"渐渐热销，慢慢地不断有各色人等开始上门求购。我的两室一厅几乎成了一个门市部，一天到晚，总有人笑脸过来和我们讨价还价。我们一一礼遇，却在利益上毫不让步。此时，林岚开始思考知识产权的问题，她觉得必须得进行商标注册，她很担心人们不久就会生产出仿制品。

有一天下午，我顶着暑热刚从专利局回来，一进屋，就看见老罗正在与一个小伙子兴高采烈地吃西瓜。他一看我进来，就连忙叫道："赵总，来来来吃点凉的（我们现在都彼此称'总'了）。"

我走到沙发前落座，他随即介绍道："这是赵总，这位是青年才俊刘星。"

我和刘星打了个招呼，这小伙子果然年轻，文质彬彬，一表人才。他戴着一副金丝眼镜，穿着烫过的衬衣，看起来就像是一个"挨踢（IT）"人士。由于太热，我把主要精力都放了吃西瓜上，我迅速干掉半个，又觉得不过瘾，去冰箱里拿了瓶绿茶，才开始安心听他们聊天。

没想到一听之下，我却觉得相当吃惊。这刘星见识不凡，讲起话来逻辑缜密，滔滔不绝，颇有儒将之风。按他的介绍，他原来是官场中人，后来因为一些小事儿辞职下海搞起了咨询公司，他的公司主要是给一些企业做管理方面的培训，也给一些个人做如何升官的指导。不过，令他没想到的是，他的公司赚的第一笔大钱竟然是卖"无忧水"，这是他们的一个业务员，偶然在网上参与了团购买了一些，没想到买回来之后一倒腾立刻销售一空。后来他们又团购了一批货，价格提了百分之百，可还是瞬间就卖没了，再后来等他们筹集到公司能运用的所有流动资金后准备大批购买时，却发现断货了，什么也买不着。

刘星敏锐地感到了这个产品的独特性，他于是认真研究了这个案例，发现了这明显是在卖概念。

"太高了，真是太高了。"刘星吃着西瓜夸赞道。"这种策划只有罗总赵总这样的人才才能做出来。其实，没有人真的关注这个产品到底效果怎么样，关键是中国人都渴望治疗那种一望无际的忧愁，他们现在有吃有喝但就是觉得没劲，无聊，外加忧愁。"

"所言不虚，真是火眼金睛，我们当初就是这么想的。"我听了不得不承认。这时，老罗抹抹嘴说："刘星，把你的想法向赵总说说看。"

"简单。"刘星说，"我的想法就是'无忧水'生产应该扩大规模，如果资金不够我可以入股，提供流动资金。另外我想作为贵公司在华北区的总代理，每年保证固定销量，支付固定代理费。如果做得好，我还想成为大中华区总代理，要是再发展了，我们可以共同走向美国、日本、欧洲，还有各大新兴市场。"

"怎么样，兄弟？"老罗这时瞪着铜铃大眼问我，我听了没敢说话，我心想，好是好，可就我们这几块料，把事儿做得那么大也不现实啊——

刘星暴侃几个小时之后告退，晚上我们几个股东开了个小会，我们就关于是否寻找代理人问题展开了热烈讨论。会议中老罗认为应该实行总代理制度，他的理由是：这样做既旱涝保收又能减轻工作量，会轻松很多。林岚没有见到刘星，因此没有很大的倾向性。问到我的意见时，我具体也说不出什么意见，只是觉得刘星太能聊，他的计划太宏伟，这就让我本能地有点畏惧。

由于意见不一，讨论没什么结果，此事暂时放下。接着，老罗又汇报了他最近的工作情况，为了应付销售，他已经加雇了山民进行采摘，然后在山谷里进行初步清洗加工，接着把半成品运到一个开发区的租赁厂房中进行深加工，成品出来之后，经过检验就直接配送。

我听了，对老罗相当佩服，这么复杂的事情，老罗举重若轻地就搞定了，要是我早觉得麻烦死了。我心想，这老罗原来一定是个干大事的人，说不定是什么企业家出身呢，只不过时运不济，暂时走了麦城而已。

"可是最近我碰见了一个奇怪的事情。"这时林岚插言道。

"什么？"我们问。

"有人投诉说，我们的'无忧水'无效。"她说。

我和老罗对看了一眼说："其实，这效果不效果的也就是仁者见仁，智者见智，又没什么标准。"

林岚皱着眉思索着说："我是在想那个配方，它是从《拾梦记》中抄出来的，经过推敲，我略微增改了些，也不知是不是就此药性就减弱了？"

我和老罗一听就不以为然地摇起了头，我们说："这没什么可担心的，大小姐，刘星说得好，这玩意儿就是卖个概念，又不是搞科研，反正只要喝不坏就行。"

林岚听了此言，瞟了我们一眼，想想又说："既然如此，我看我们就该在短期内迅速改良配方，然后找个机会，把'无忧水'这个品牌卖给大的饮料公司，全身而退。"

"退什么？"我们不解地争辩道，"谁跟挣钱有仇，咱们现在不是卖得挺好吗？"

"未雨绸缪吧。"林岚说，"不然，会出事情的。"

我们后来当然没有听林岚的话，大家觉得她的担心多多少少有点书生气，现在形势这么好，往上冲才对，怎么能退呢？

果然，我们的判断没错，"无忧水"的销量依然直线上升，只是我们的产量还是跟不上。不过，由于林岚的坚持，扩大再生产并不坚决。我和桂小佳是小富即安，所以不太在意。而老罗就不同了，他明显是一个做过事情的人，具有雄心壮志，所以想法必然多些。其实，我也看出来了，原来没钱时，大家相当一致。但是这一旦有了利润，分歧自然就产生了，就好比那句话，共苦容易，同甘可就难了。

刘星一直没有放弃，他一直等待，他又找了我们几次，但大家都支支吾吾，互相推诿。后来他发现还是和老罗最谈得来，于是就把做工作的目标对准了老罗。这一回他们俩约在了一个豪华的商务会馆，时间是在晚上，待他们洗完搓完吃完按摩完后，在一个灯光幽暗的包间里，刘星开始了劝说工作。他还是先向老罗介绍了他更新后无与伦比的销售计划，谈起如果实行代理制，"无忧水"将畅销全球。老罗听了频频点头，接着他话锋一转，终于问到了主题，他问："大哥，关于代理权的事儿你们到底怎么想的？"

"这个嘛，我们一时还无法决定。"老罗为难地摸摸下巴说。

"你难道不想把事情做大吗？"刘星问。

"当然想做大了。"老罗说。

"可是其他几位股东似乎并不这么想。"刘星说，老罗听了此话默默无语。

过了一会儿刘星又说："大哥，想必你听说过瓦岗寨的故事吧。"

"嗯，有所耳闻。"老罗说。

"据说，这拨人原来叫'甲柳楼四十六兄弟'，刚结拜时都特仗义，后来有一部分人在瓦岗寨上凑齐了一起占山为王，可再后来，大家各为其主，弄得个反目成仇，尤其是罗成和单雄信，最后还不是刀兵相见。"刘星说。

"你想说什么呢？"老罗皱起眉问。

"大哥，这个社会就是个战场，可不相信什么善男信女，"刘星说，"恕我直言，您这'瓦岗'公司可不像个正经公司。管理，财务都基本上是空白，现在好是因为产品独特，可是经不起风雨，比如，就咱公司这产品，早晚有人复制，到时咱们'瓦岗'公司能不能抗得住冲击就得另说。"

"这倒是，中国人抄别人的东西快着呢。"老罗点点头说。

"所以，你不如悄悄把配方卖给我，然后扬长而去，因为据我猜想，你不卖早晚别人也会卖。"刘星说。

老罗深思着，他反复摸着卜巴，过了一会儿，他问刘星："那你要这配方干吗用呢？"

"我不过是把它包装一下，卖给别人呗，这个世界上总有最后最傻的那头猪存在，它的名字有很多，比如兄弟、风投、散户、爱情什么的。"刘星说。

老罗和刘星分手时已经快午夜了，不得不说刘星精准的分析，深深触动了他。这个世界上确实很少有好人，有时在一块肥肉面前，先下手为强是必须的。老罗思索良久，他没有回家，而是下意识地来到了西餐厅。餐厅里，晚上的表演还没有散，恰好是最后一节。客人虽然不多不少，但是气氛相当温柔暧昧。老罗走进来，熟门熟路走到右边靠窗的位子坐下，他点了一瓶啤酒一边喝一边抽烟，一边想事情。

桂小佳和于静正坐在台上表演，现在她们已小有名气了。根据观众的要求，她们正好在唱非著名歌曲《灵魂深处的大象》。灯光下，两个穿黑色衣裙的璧人相对而坐，她们皮肤白皙，神态典雅。于静的长发与桂小佳的短发交相辉映，她们洁白的手指轻轻滑动，用深情的嗓音唱着那首老罗耳熟能详的歌：*你是我灵魂深处的大象，最孤独时的自行车，永远不变的自行车……*

老罗一直紧紧盯着舞台，等到两人结束了最后一句时，他把啤酒一饮而尽，然后冲着服务生叫了一声："兄弟，结账！"

老罗最终做出了决定，第二天他又和刘星见了面，他告诉刘星说："不行，兄弟，我不能背叛他们，他们在我最落魄的时候给了我从未有过的温暖，我不能忘恩负义。"

刘星像看着外星人一样看着老罗，他奇怪地问："你们不是乌合之众吗？"

"确实是这样。"老罗显得很惭愧，"兄弟，也许你不理解，但我们这一代不管好人还是坏人，确实有这种令人不齿的情感。就像你鄙视的那种说辞，友谊，信义什么的，我知道你觉得可笑，真不好意思——"

刘星一脸的失望，他白白的脸灰暗下来，这时老罗看着绝望的刘星，话锋一转说："不过，为补偿你的努力，或许我们可以做点别的生意。"

"什么生意？"刘星嘘了一口气问。

"我前一阵手里屯了一批大象，后来由于某些原因停顿了下来，不过，最近有一个朋友告诉我，那批大象已经可以到位了，我正想重新开始呢，怎么样，你想不想接手，或者我们合作？"老罗说。

刘星一听，眼球一转，他的脸上慢慢浮起一丝笑容，他说："这个倒也有趣，愿闻其详。"

老罗于是把前前后后，来龙去脉都说了，什么租赁，新式公交工具，环保，尊贵的身份等等概念，全都细细道来，刘星越听眼睛越亮，到最后他完全由失望转为喜悦，就差拍手叫好了。

"这真是一个天才的设计！"刘星感叹道。

"那当然，向你透露一下，这一开始是一个老艺术家想出来的点子。"老罗神秘地说。

"牛×。"刘星点点头，他想了一会儿，果断地说："好吧，这事我干了，我来接手这批大象。"

老罗一听，笑笑说："兄弟，生意当然是好生意，但是这事儿你可得想好，入市有风险，投资需谨慎。"

"我当然明白，不会无的放矢。"刘星很明戏地说，"你知道这些大象像什么吗？它们其实就像现在市面上爆炒的那些真真假假虚虚实实的字画。现在很多人给当官的送礼，早已花样翻新。比如你是当官的，手里有一张假画或者什么不值钱的书法作品，我非说它值几百万，然后我就从你手里买过来。这样一来，两厢得利，我这边既送了钱，你这边又不落把柄，这多好。"

"方法是不错，可是还是有点直接。"老罗替那些当官的想了想说。

"所以啊，我可以利用手中的大象，向我们那个地方的官员赠送大象养护券。一张养护券代表要为一只大象提供一年的物质支持，这种行为是公益行为，动物保护行为，官员们一定不会拒绝。然后我再向各个企业吹风，让他们适时从官员手中高价购买这种养护券，这样，在正当的旗帜下，不就是各得其所，人人得利了嘛。"刘星说。

"高，实在是高。"老罗听到这儿，不由得由衷赞叹起来，不过，过了一会儿他又说，"但是，这种养护券也有限，不能卖太多吧，万一大象不能全部到位怎么办？"

"嘿嘿，放心吧，罗大哥，大象只是一个说辞，有那么一两只就行。大象券咱们可以任意发，只要有人愿意买就行，这就叫市场，这就叫'大象无形'。"刘星说，然后他又转转眼珠道，"大哥，另外，那个配方的事儿你再考虑考虑，说不定峰回路转，咱哥儿俩还能在这个项目上合作呢。"

"行行行，我再考虑考虑。"老罗说，其实他满脑子都是那存在或不存在的大象，他想，妈的，我总算把这批库存卖出去了——

正是因为扩大再生产没有进行下去，所以"无忧水"的产量一直上不去，这就给了人们炒作的空间。它的价格被一些炒家很快地拉高，每天我们都能在林岚设计的小小的"无忧"网上，看到挤满了求购者的小脑袋，还有一帮好事者标出的最新价格。

令人奇怪的是，仿制品还没有出现，这是怎么了？一般中国人抄袭一个产品的时候从来都是敢为天下先的，他们这次怎么没了动静呢？我们想不出头绪，所以就不想了。我们这拨人的优点就是没心没肺，我们知道一旦竞争对手闯入这个领域，我们将被迅速击溃，但我们不在乎，我们就只看眼前，像猪一样盲目地享受着目前片刻的欢娱。

桂小佳和于静的歌唱事业有了新的发展，她们又开发了一个酒吧，酒吧的老板答应让她们去唱下午到傍晚的那一段时间，于是，为了给她们凑人气，我和老罗几次巴巴赶到很远的地方去给她们捧场。一天，刚坐定一会儿，喝了两口啤酒，林岚的电话就来了，她在电话里低声而急促地告诉我出事了，我问出了什么事，她说有人卖假冒商品，致使部分群众食物中毒，现在质检局工商局来公司进行联合调查。

看来该来的总得来，是福不是祸，是祸躲不过，这点破事还真不禁念叨。

我放下电话，和老罗一说，两人马上决定回去，在路上，我和老罗还商量了好几种对策。

到家进了屋，我们果然看见有几个人在，全都穿着制服，流里流气的。我看了林岚一眼，发现她的脸都吓白了。我假装热情地招呼那几个人，正递烟说好话，琢磨中午去哪儿吃，这时只听老罗哼了一声，他冲着其中一个人说："你不是那谁谁谁吗？"

那个人一愣，抬起头特不忿地说："我是，你谁呀？"

"我谁呀？"老罗冷笑一声说，"罗大头你还认识吗？"

那个人一听，仔细辨认一下，立马态度一百八十度转变，脸上瞬间堆满了笑，"哎哟，罗大哥呀，敢情是您的买卖，我们哪知道啊。"

"麻利儿的，赶紧滚蛋，骗到老子头上来了。"老罗这时愤怒地嚷道。

那几个人一听这话，立刻拿着皮包计算器等装备，兔子一般跑了。

原来这是一帮骗子，到这儿来蒙钱来了。人一走，我终于松了一口气，我一屁股坐在林岚对面，歇了好半天我才说："大小姐，以后搞清楚点，你也太缺乏社会经验了。"

林岚说："我哪知道啊。"

"看来咱们是让人盯上了。"这时老罗思索着说。

"所以，我看我们还是适可而止吧。"林岚有些害怕地说。

我和老罗对视一眼，然后一阵沉默。

"哎，知识分子，什么叫'大象无形'啊？"这时老罗似乎想起了一件事，他问林岚。

林岚听了想想说："这是一句流行语，它的意思是说大象是看不到的，它们在虚拟的世界里，在人类最深刻的思维里。"

我们两人听了都似懂非懂，有点茫然若失。

骗子的事儿刚刚过去没多久，刘星就又回来了。那天，他找到我们公司，恰好只有我在，他坐下来一如既往地暴侃，等把我侃晕之后，就开始安安稳稳地看电视。看了很久，我看他实在没有撤退的意思，就试探着问他这回来有何贵干，是不是还是代理权的事儿，那个事儿我们这儿还没考虑好呢。他说没事，老几位先考虑着，他这回来是专等老罗的。我一想，对啊，怎么老罗有几天没露面了？我于是找机会溜出门给老罗打了手机，问他："喂，你这几天干什么呢？"

他说："没事儿，待着呢。"

我说："这刘星可又来了，照样一通暴侃，然后就坐在沙发上持之以恒地等你。"

"没什么异样吧？"老罗问。

"没有。"我说，又问他："到底怎么了？"

老罗听了直言相告，他说他把手里的大象卖给他了，以为这个小子得回去一段时间，没想到，前两天这小子又打招呼说要回来找他，他看这小子回来得如此迅速，怕出什么意外，所以就故意先躲几天。我听了之后，不禁龇着牙乐起来，心想，这刘星看着白白净净清清爽爽的一个人怎么这么不中用，连那种虚无缥缈的大象都敢买，脑子进水了不成？打完电话，我依照老罗的吩咐又去和刘星聊天，刘星健谈如常，假装不经意间，我提起大象的事儿，不提还好，一提他就特别兴奋地说："卖了，全卖了，官人与商人一抢而空。"

"是吗，这么抢手？"我听了简直难以置信。

"当然！所以，我这回来就是想问问罗大哥手里还有没有这样的奇货。"刘星特别渴望地说。

终于把刘星对付走，我第一时间又给老罗打了电话，我把情况一说，老罗也感到意外，"嘿，没想到，这大象就这么卖出去了？"

"是啊，我记得你当时多坐蜡呀——"我说。

老罗在电话那头沉思了一会儿说："他不是口口声声想要奇货吗？这样吧，兄弟，这次由你出面，咱们再卖给他点东西。"

"什么？"我问。

"石舫时间。"老罗说。

"不是都不行了吗？还卖？"我问。

"嗨，兄弟，有人想买，咱就可以卖，这就叫市场，谁跟钱有仇啊。"老罗说。

我磨叽了很久，还是决定按照老罗的吩咐这么做了。说实话，我也不算什么正人君子，老罗的那套说辞我基本上同意，反正是愿打愿挨的事儿。况且这刘星见天来家里坐着大侃，弄得也挺烦的。布局之前，我跟桂小佳打了个招呼，想让她配合一下，桂小佳一听就瞪起了眼睛，她说："赵晓川，明知不顶用了你还卖，这不是缺德吗？"

"什么叫缺德，这叫生意，一个愿买一个愿卖。原来你妈不就是这么卖给罗大哥大象的吗？"我说。

"我妈当时不知道大象到不了位，可是现在石舫里全是人，去了肯定什么也看不到，那不就穿帮了吗？"桂小佳说。

"不会。我刚刚又去了石舫，那帮俗人待了一段时间，看看没效果就撤了。现在石舫清净得很，所以说不定我们的生意又回来了。"我说。

桂小佳听了没法反驳，但是显得有点郁闷，她知道这件事明显有风险。过了一会儿，她有点纳闷地自言自语道："看这刘星口若悬河，也挺聪明的，怎么做起事来这么笨，奇怪！"

我听了嘻嘻一笑说："你还真替别人着想，不是说你们80后没有责任感吗？"

桂小佳又瞪了我一眼说："你别用80后说事儿啊，都是你们这拨老棒子给瞎划分，这好人坏人不分年代。"

最终，我带着刘星去了西餐厅。在西餐厅，桂小佳与于静的风采果然让他流连忘返，他当然知道"忘忧草"组合，网上那些飘来荡去的传说他耳熟能详，而她们真实优美的歌声又使刘星深深沉醉。于是，在午夜时分，我看到时机成熟后，向他提出了另一桩生意：石舫时间。我详细描述了整个生意，不出所料，这桩生意的想象力再次让刘星叹服，他听得心旷神怡，两眼炯炯有神，似乎另一个金矿在几步之遥向他招手。

"关键是，在这段时间内你可以看到你未来的瞬间，决定你现在到底走不走这条路。"我最后总结说。

"太绝了，真是太绝了，这事儿我干了。"刘星兴奋地说。

演出结束后，刘星走向了桂小佳，他向桂小佳说明了来意，桂小佳看看他，看看我，然后据实相告说："这档生意前一阵我们做来着，可后来让那帮小市民给毁了，这个你知道吧？"

"我知道。"刘星平静地说。

"知道你还去？"桂小佳不解地问。

"赵总不是说那帮小市民又散了吗？无论如何，我得去试试。"刘星说。

桂小佳忍不住皱起眉说："你可想好，这个生意风险还是比较大的，它有点像六脉神剑，时灵时不灵。"

"没事，我觉得这里充满无限商机，值得一试。"刘星说，然后又有点神秘地向我补充道，"据我所知，我们那儿的一些腐败官员，由于干的缺德事儿太多，天天求神拜佛，内心非常忐忑，所以，我想这个石舫时间会卖得很好。"

"好吧，既然如此，那就祝你好运吧——"桂小佳无奈地说。

于是，桂小佳马上开始弹琴测试，不久，她测出了第一份关于刘星自己的时间。她把时间交给刘星，刘星如获至宝般地收好。

几天后，深夜之中，石舫果然空无一人。清净再现，刘星到来。他坐定，等待，冥想，共振，在出世与入世之间盘旋很久。最终，他脱离开一切，脸上露出宁静的笑容，他想：真好，简直是天衣无缝——

没人想到关于"无忧水"的炒作会渐渐走入疯狂之境。根本就没有什么现实依据，"无忧水"的功效被越传越神，无限夸大，据说它不仅可以使人忘忧，还可以治病，甚至可以使人羽化成仙。

不是单纯的一个人，一个公司，而是所有沉浸在传说中的人们都陷入了某种疯狂。不讲任何道理，也没有任何理智，网络上充斥着无数有关"无忧水"的虚幻之词，人民群众如同一个无法理喻的整体在谎言、欺骗、激情的怂恿下向着一个莫名的方向勇敢地前进。

我们确实赚到了钱，但是大钱却不是我们赚的。我们不知道是谁赚到了，但是知道有人前手倒后手，一只手一只手地卖过去，出手的人就是赢家，而接手的人会马上在下一刻去寻找另一个想接手的人。总有人接手，因此这个游戏就一棒接一棒地玩下去，即使这些人只是得到了一个远期交货的保证书而已。

太难以理解了，当人们面对一个明显是编织起来的梦幻时，为何会具有如此忘我的献身精神呢？我们想不清楚，也不明白我们当初胡编乱造的产品为何如此受到追捧，因此我们就如同往常一样干脆不想了。

只有知识分子林岚一直是清醒的，她每天都密切地关注着网上不断上涨的"无忧水"的价格。有一天她正式向我们警告说，泡沫已经产生，这是一个危险的信号，我们必须准备撤退。可是大家均感到无所谓，我们反驳说，这又不是我们炒的，谁当最后一头猪管我们屁事。

相反，另外一件事却引起了我们的警惕。因为刘星在暴侃时告诉我们，国家总体经济形势依然严峻，央行为了拯救经济，准备继续狂发货币。这会通货膨胀的，这个我们懂，这会把我们辛辛苦苦挣来的钱给胀没的，按照原来课本的说法，这是对劳动人民的赤裸裸的掠夺——

于是，大家决定把手里好不容易挣来的这点钱买成可以防通胀的东东。大家讨论来讨论去探讨了很多品种，后来老罗说，他听刘星说最近艺术品市场价格大幅下滑，不如咱们去抄个底。大家连忙问，去哪儿抄，老罗说刘星熟，他老给当官的送礼，对这事儿门清。大家说，那就赶紧吧，让刘星联络一些艺术家，咱们去买！

随后，某一天，在刘星的撮合下，我们去拜访了某位艺术大师。我们先假模三道让他给"无忧水"品牌题词，然后递上一笔丰厚的润笔，接着就参观了大师与他的弟子们举行的联合画展。画展规模不小，大师及众弟子的画作均有充分展示，因为要花钱，我们这些艺术盲认真看了画展。甭说，还真不错，对我们这样的外行来说这些画已经相当有水平，花鸟鱼虫，山水人物，应有尽有，品种确实齐全。

正陶醉间，忽然于静咦了一声，她招呼大家过去看。大家走过去，只见展厅东侧挂了类似"八扇屏"似的八幅画，上面画了两个古代美女正在弹琴鼓瑟，神情沉醉。

"这不是画了我们的梦吗？"此时于静惊奇地说。

"是啊，这应该是我们俩啊！"桂小佳看了也很吃惊。

众人一听一起细瞧画作，这八幅画似有连续情节，也似乎可以独立成篇，每幅都好像要讲一个故事，连起来后又特别的意味深长，不过看到最后时，两个美女却黯然分手，看到这个结局，我心中一动，心想，这不对，这也不太吉利了。

终于，林岚的担心成为了事实，我们出事了。

出事之前，征兆一而再再而三地显现，只是我们始终沉浸在娱乐的盛宴中毫无察觉。第一次是在一天清晨，我当时还没睡醒，就听见有人敲门。我迷迷瞪瞪走过去打开门，只见一个胖妇女堵在了门口，她一见我就毫不客气地嚷嚷道："你们是瓦岗公司吗？"

"是啊——"我说。

"你们生产的产品怎么一点效果也没有？"她质问道。

"不可能。"我冷漠地回答道。

"你看，你们的短期强效'无忧水'，专门治疗考前综合征的，一点屁用也没有。"胖妇女说着把一个瓶子举到我眼前。

"不对——"我拿过瓶子看看说，"本公司没生产过这种产品。"

"骗人，就是你们生产的，这上面有你们的地址，你们这帮骗子。"胖妇女一把揪住我的脖领子，"我们家孩子喝了什么用都没有，他照样在考试前抑郁得一塌糊涂。"

第二件事是桂小佳碰见的。那是一天夜里她回家，楼道里灯亮的一刻，她忽然发现门口半躺半卧了一个人。桂小佳吓得不禁叫了一声，此人一见桂小佳，立刻扑过来，大声叫道："偶像，偶像，我可见到你了。"桂小佳吓得退了两步，仔细一看，只见此人衣衫不整，满脸络腮胡子，是一个三十多岁的大老爷们。

"你是谁呀——"桂小佳战战兢兢地问。

"你别管我是谁了，我就知道你是忘忧草组合中的一个，你叫桂小佳，对不对？"大老爷们说。

"是我，你有什么事？"桂小佳一边说一边往后退。

"偶像，赶紧跑吧。"大老爷们说。

"我为什么要跑？"桂小佳哆哆嗦嗦地问。

"别问为什么了，快跑吧，他们有一万多人呢，都要来砍你。"大老爷们说。

"不可能，砍我干什么呀，我没招谁惹谁啊？"桂小佳辩解道。

此时，大老爷们扑通一下跪下了，他哇的一声哭了起来，他一把拉住桂小佳的手说："偶像，求你了，你跑吧，赶紧跑吧，我是冒着被他们打死的可能来向你报信儿的。"

这时桂小佳再也受不了了，她吓得抽出手，掉过头撒腿就跑。

真的，我们无法确认出事的准确日子，只是知道从某一天起，有一个谣言传播开来。那就是"无忧水"根本没有效果，实际上就是一种毫无价值的糖水，喝多少都白搭，其偶然的药效完全靠饮用者的自我暗示。谣言传播者为了表示严谨，还在《红楼梦》里找到了证据，他们说书里那个张道士就是这么干的。

另一个致命打击是来自网络上的一个帖子的，它明明白白分析了"无忧水"的组成成分，最后结论是"无忧水"就是水，没有任何忘忧功能。

于是，市场忽然崩溃了。"无忧水"的现货价格从高位如同自由落体一般落了下来，惨烈的卖盘夺路而逃，但是几乎没有人接盘。很明显，这是二十一世纪又一次的郁金香事件，如同几个世纪前的荷兰，人们瞬间之后明白，他们手中的现货和未来的期货都一钱不值，而当他们想把手中的炸弹抛出去的时候，却正好引爆了炸弹。爆炸威力无比，它马上消灭了所有的希望与泡沫。

整个崩溃的过程很迅速，先是巨大的恐慌，拼命地奔跑，然后是绝望与死亡。血流成河之后，残余的幸存者聚集起来，他们带着痛苦、悲伤、愤怒，开始了复仇之旅，他们强烈要求行政当局惩办始作俑者，于是"瓦岗"公司在劫难逃。

工商局，质检局，公安局联合行动，他们组成联合调查组对我们"瓦岗"公司开始进行了调查，我们所有的人都被吓坏了，虽然我们自认为并没有做过什么亏心事，虽然《拾梦记》上明明白白写着那张药方，虽然各种医书中记载着它的疗效，可我们还是害怕了。我们知道，这件事必须有责任人或者替罪羊出现，才能得到平息。

因此，我们决定集体逃跑，各自浪迹天涯。

在逃跑之前，桂小佳提出给我们每一个人都测一次石舫时间。我和老罗想想同意了，我们两个人想法相同，就是这么多年来，我们真的不知道未来的路在哪里，所以我们挺想看看答案。但是林岚拒绝了，她的理由是：作为知识分子，她更坚信理性的力量。

去自测之前，我想起了一件事，我问桂小佳："妹妹，你们曾经在石舫待过那么长的时间，你们的未来将会怎样？"

"我们早已看到过自己的未来，只不过一直没说。"桂小佳笑笑说，"很遗憾，我们终将一事无成，但我们就打算这样下去，飞蛾扑火，直至灭亡。"

"牛，你们才是生活中真正的寻梦组合。"我说。

我去了，时间选在了一个午夜时分。我一个人摸索着找到那条小路，在荒草中默默前进。路很难走，让我不禁想起这一段的生活。湖面与石舫出现在不远处，湖水广大，石舫坚定，我仰头看看天上的星星，它们饱含着意味深长的沉默。

我边走边思考。我很少能拥有这种宁静的时间，在这种单纯的宁静中，我尝试着接受自己，接受自己的溃败，把溃败和与溃败搏斗当作正常生活的一部分，当作生命意义的一部分。

我走入石舫，坐下，心中一片空白，我在等待着那段时间的到来。桂小佳给我的那段时间不长不短，有二十分钟。据经历过的客人们说，要想捕捉到精确的时间点，实在是因人而异，有人听音乐会起作用，有人只要在心中默默回想即可，关键是要全神贯注。

我决定听音乐。因为我平时对音乐知之甚少，说不出什么特别喜欢的，所以我选择了桂小佳他们那首非著名歌曲《灵魂深处的大象》。我打开 MP3，桂小佳与于静优美的合音立刻传来。我已经做了充分的准备，为了看到未来，我把整个 MP3 里只存了这么一首歌曲，它反反复复能吟唱三个多小时。

果然，在音乐的帮助下，我精确地捕捉到了时间窗口，并且通过窗口我看到了自己。

那是一个秋天，一个老人缓慢地踽踽独行。他身材瘦削，神情忧郁，脸上有一道自左而右的伤疤。他走过灿烂的街景时，沉默无语，然后于无边落叶之中坐在一张公园的长椅上。

人们从他身旁走过，他们与他彼此不闻不问，好像对穿而过的流水。令我惊奇的是，很久之后，老人站起身，他开始动手调整脸上的伤疤。他摘下伤疤，注视了好一会儿，然后又重新贴在脸上，只是方向改为自右至左，使它看起来是另一种味道。

那条伤疤竟然是一个人生的道具。

难道未来我会成为一个魔术师吗？我目瞪口呆地想，此刻那段时间消失了，幻影远去，眼前又恢复了黑暗。

我仔细回想着我看到的一切，没错，那就是我，那就是我的未来，但是那些景象对现在的我来说毫无意义，它们与我现在可能的所有道路都毫无关联。我断定，不管我现在在做什么，未来我都会走向这同一条道路。也许，伤疤就在每个人的心底，只不过它以不同的角度呈现在生活的脸庞中。

夜深了，我站起身，关掉 MP3，环视一下四周，周围依然是一片黑暗，依然没有明确的亮光。就这样吧，让生活按照它自己的方式来吧，我想，可能，人生就是一个谜，当它真相大白时，也正是它结束的时刻。

最后的时刻到了，"瓦岗"公司的所有成员参与了最后一场盛宴。桂小佳、于静、老罗、我、林岚，大家围坐在一起絮絮而谈，我们谈起已经先行离开的艺术家文秋凌，谈起表面精明实际上满脑子糨糊的刘星，谈起我们喜剧般的创业，谈起众人鸵鸟式的没心没肺。我们一起交谈，一边交谈一边喝大酒，就连平时滴酒不沾的林岚也不例外。

后来在桂小佳与于静的带领下，我们开始合唱《灵魂深处的大象》，一遍又一遍，我和老罗边唱边哭，后来干脆抱在一起痛哭，林岚爱怜地看了我很久，一会儿她站起来，泪眼蒙蒙地独自走向屋外。

音乐停止了，我和老罗也停止了哭泣，似曾相识的夜晚，似曾相识的桌上的红烛，熟悉的小资房间，只是这一回不是开始而是结束。但是在我的内心中非常感谢这些人的到来，与他们的不期而遇让我在生活中看到了某些已经忘却的动人的力量，比如友情，爱情，还有梦想。我拿了一张餐巾纸擦干鼻涕眼泪，然后说出了临别赠言，我说："再见了，兄弟们，我虽然是个卑微的、鄙俗的，有时还不知廉耻的烂人，但是正是你们让我明白，在生活中我可以同样拥有梦想，同样渴望尊严与自由，同样渴望被拯救。"

老罗说得比我通俗，他也擦干鼻涕眼泪说："我就坦白吧，我不是从来遮着掩着不说我过去是干什么的吗？我原来吧组织过偷渡，也算是个做大事的人，可是出来之后呢，我发现时代变了。没人理我了，人人觉得我过时，我他妈就像一条丧家犬似的，叫天天不应，叫地地不灵。可没想到，后来见到了大家，我觉得每个人都把我当回事，这让我特他妈愉快。说实话挣不挣钱无所谓，我觉得就是温暖，你们给了我温暖，这种温暖我一辈子忘不了。"

桂小佳一直在听我们说，她也哭得稀里哗啦的，于静坐在一旁眼睛红红的，一张又一张给她递纸，轮到桂小佳时她抬起头说："等我们老的时候，一定会想起这个房间的，它是我们飞蛾扑火开始追寻梦想的地方。"然后她又转过头对我说："赵哥哥，谢谢你，你是那么宽容大度，又毫无原则，你是一个好男人，你是一个女人十次八次恋爱失败后最终的选择。"

第二天又有新消息传来，在城市新闻中我们非常惊讶地发现了前一阵拜访的"国画"大师。大师被指疯狂作假，他的学术是假的，他的画儿也是假的，连他的徒子徒孙都是假的，但是当他被捕时，他却令人费解地表现出了一个艺术家的凛然不可侵犯，他面对着置疑他的群众与镜头说：你们是多么可悲啊，当你们相信的时候，它就价值连城，当你们不相信的时候，它就一文不值，其实你们什么时候真正质问过你们自己，真的相信什么？又真的拥有什么？

大师完了，还好我们跟他擦身而过。因兆头不好，在我极力游说下大家最终并没有购买那几幅仕女画。不过，跟我们有关系的是，为了增值保值手中的那点现金，我们转而购买了一种稀有木头叫做红豆杉，据说这种树种古老而罕见，它的功效在于防癌治癌，这个产品的推荐人是对我们亦步亦趋，一直想获取配方的刘星。

但是，当林岚得知大师的事情后，她脑筋急转弯，马上去查了红豆杉的真相。查询的结果随即让大家当场傻掉，很不幸，红豆杉被最终证明是假的。

看来我们是躲过了初一而没有躲过十五，刘星用大师先晃了我们一道，然后又在红豆杉上给我们挖了坑。我们就这样败在了这个我们一直没有放在眼里的对手手里，他不露声色，且贼不走空，我们才是最笨的猪！

在我们再一次一贫如洗，从终点又回到起点后，大家毫不犹豫地如期逃跑。首先是桂小佳，她拎着自己的一个大皮箱以及那把吉他搬往于静帮她租好的另一个房间，告别时，她神色匆匆，和我拥抱之后，只说了一句："傻哥哥，一切会好的。"就绝尘而去。然后是老罗，我们共同抽完一支烟，他和我互道珍重，接着他戴上墨镜拎着密码箱直奔火车站，那样子很像又去哪里潜伏一般。

最后剩下我和林岚，她拿着机票犹豫了一天，然后问我："我走了，你怎么办？"

"不知道。"我说，"我在这儿先扛着，扛不住的话我也跑。"

"那你往哪儿跑？"林岚问我，我听了一时语塞，我确实不知道自己还能去哪里。

林岚皱着眉深思，接着以一种惯常的都市卧龙般的姿态背着手踱步，此时的房间已经空空荡荡，人烟稀少，她溜达了很久，然后下了决心对我说："你走，我留下。"

就这样，知识分子美女单独留下，而我逃之夭夭。这是我没有想到的，我们这伙人中几乎每个人都比她江湖，比她阴损，比她胆子大，但是最后去勇敢面对现实挑战的却是这个现代版的王语嫣。

我走了，去她在另一个城市的房间隐居，而她则待在我的房间里以一个企业法人的身份，以自我牺牲的精神单独抵挡联合调查组的百般诘问。她留下的理由是，既然整体民众暴露出对于她这个忘忧草经济学家的怀疑与愤怒，她就有责任给出解释进而捍卫知识分子的尊严。

联合调查时，为了达到公平公开公正，整个质询进行了网络直播。林岚把一张桌子从卧室搬到客厅，她坐在一边，调查小组的成员坐在另一边，并把整个房间摆满了忘忧草。整个调查十分漫长，持续了一个月，在这个过程中，忘忧草时开时败，林岚不仅要回答调查小组的每一个问题，还要对付网友的质疑——他们最想质问的，就是知识分子是怎样和利益勾结起来的。

就是在这一过程中，林岚展示了她惊人的才华，强大的耐力，以及无与伦比的斗争精神。官员们的进攻以及公众偏执的批判都被一一打退，人们到头来哑口无言。

真精彩，当我在网络直播中看到林岚临危不惧以一个经济学家的学养运用各种知识把大众说晕时就是这种感受。

后来官员们崩溃了，撤退了，连网友们也束手无策了。本以为这算是结束，但是网络暴民们并不甘心失败，他们随即开始了最拿手的毫无理由的谩骂，林岚不为所动，冷笑着不辞劳苦地回复着各种脏话，到了最后她用视频对着所有的网络暴民总结道：你们这些无知的现代义和团，你们永远被权力所利用，永远被狭隘的民族主义与民粹主义所裹挟，你们从不思考，就是一群没有脑子的猪。

最终，曲终人散。

林岚幸运地逃脱了种种责难，全身而退。从后来的角度看，她在调查中的各种预言仍然与实际结果相反，不过人们在未来嘲讽她的七荤八素不靠谱的判断时，还是不能忘怀她身处险境时金丝雀般的歌唱，以及那种固执己见的牺牲精神。

桂小佳与于静终于出了一张 CD，但是由于唱片工业的衰落，CD 的销量非常差，听众反应也平平。她们后来只好长年坚持不断在各种餐厅演唱，为了谋生不懈努力。她们从"忘忧草"组合又改回到"玛丽亚"组合，但这个名字让人听起来太普通，所以一直没有走红。

老罗去外地躲了一阵，然后去了另一个大城市。他倒是找到了自信，"无忧水"业务使他熟悉了一个现代企业的运作和现在的社会环境，再加上他天然具有的组织能力与威严的外表，他很快就被外国资本看中了。一个新能源基金会邀请他去搞风险投资，理由是他既了解中国社会，又对风险有着深切的体会，并且头脑灵活与时俱进。

刘星，这个意想不到的胜利者，得意地消失了。据说，他还在另外的城市卖过大象，但我们这些人都没有兴趣去找他寻仇。

我和知识分子林岚最终也没走到一起，当困难消失，我们独处时，彼此发现了对方的缺点。比如她发现了我的毫不进取，我发现了她不断地批判与自我批判，这让我们彼此都受不了，很快就分了手。分手两年后，我在市面上看到一本她写的书，名字叫做《怀念在瓦岗寨的日子》，那书火得一塌糊涂，使她的知名度大大提高。

后来，我回到我的城市，我的房间，重新开始平静的生活。为了少惹事儿，我没再往外租房子。我非常偶然地发现了另一种生存方式，那就是给各个超市代为提供精心挑选的音乐。难以置信，凡是我挑的音乐只要在超市中播放，都能促进顾客的购买率，这也许来源于我前一阵偶然的音乐训练，我因此活了下来，而且还活得不错。

没事儿时，我总爱下意识地哼唱那首《灵魂深处的大象》，它的后一部分歌词是这样：我的大象／有一天／你丢失在街头／消失在我的生活中／如同消失在／我的灵魂之中／但是无论如何／你依然是我／心灵最深处的大象／最深处的自行车。

每当我唱到这儿，我总是情不自禁地怀念起桂小佳、文秋凌、老罗、林岚、于静这些不着四六的人，我非常怀念大家聚在一起时，宛如瓦岗寨般快乐的日子，它是我生命中最难以忘怀的一段旅程……

【作者简介】

晓航：原名蔡晓航。1990 年大学毕业，搞过科研，当过电台主持人。现从事贸易。本刊曾选发其作品《当兄弟已成往事》《当爱情已成往事》《师兄的透镜》等。